Zu diesem Buch

Dies Meisterwerk des großen englischen Romanciers, einst wie «Der Regenbogen» (1915), den es thematisch fortsetzt, als «abscheuliche Studie über die Sittenverderbnis» angeprangert, dokumentiert den lebenslangen Kampf des Autors für eine neue, Körper und Geist verbindende Sinnlichkeit, eine neue Beziehung zwischen den Geschlechtern.

Vor dem Hintergrund einer jungen Industriewelt läßt Lawrence hier am Schicksal zweier Paare die Gewalt «universaler Sinnlichkeit und ihrer Launen» Gestalt werden. Im Spannungsfeld von Liebe und Haß, extremer Leidenschaft und tödlicher Verachtung findet das eine Paar schließlich die befreiende «Heilung durch die Sinne», das andere scheitert tragisch an den Willensschranken, die ein krampfhafter, Erlösung verwehrender Intellekt aufrichtet.

David Herbert Lawrence wurde am 11. September 1885 als Sohn eines Bergarbeiters und einer Lehrerin in Eastwood (Nottinghamshire) geboren. Zunächst Lehrer, mußte er diesen Beruf wegen eines Lungenleidens aufgeben, dem er 1930 erliegen sollte. Von 1912 an lebte er als freier Schriftsteller. In diesem Jahr lernte er Frieda Weekley, geborene Freiin von Richthofen, eine Deutsche, kennen. Sie bereisten Deutschland und Italien und heirateten 1914 in England. Nach dem Krieg unternahmen sie Reisen in Australien, Neuseeland, Tahiti, Ceylon und Mexiko. 1926 kehrte das Ehepaar nach Italien zurück, und hier schloß Lawrence Freundschaft mit Aldous Huxley. In den letzten Jahren lebte er im ständigen Bewußtsein seines nahen Todes. Der zeitlebens Ruhelose starb am 2. März 1930 in Vence bei Nizza. Das erste Werk, das Lawrence als Schriftsteller Rang verlieh, war «Söhne und Liebhaber» (1913; rororo Nr. 4212), ein Roman aus dem Bergarbeitermilieu mit autobiographischen Zügen.

Von D. H. Lawrence erschienen als rororo-Taschenbücher: «Lady Chatterley» (Nr. 1638), «Auf verbotenen Wegen» (Nr. 5135) und «Der Regenbogen» (Nr. 5304).

In der Reihe «rowohlts monographien» erschien als Band 51 eine Darstellung D. H. Lawrences in Selbstzeugnissen und Bilddokumenten von Richard Aldington, die eine ausführliche Bibliographie enthält.

D. H. Lawrence

Liebende Frauen

Roman

Rowohlt

Titel der Originalausgabe «Women in Love»
Aus dem Englischen übertragen von Th. Mutzenbecher
Umschlagentwurf Alfred Janietz unter Verwendung
eines Szenenfotos aus dem gleichnamigen Film (United Artists)

74.–76. Tausend April 1985

Veröffentlicht im Rowohlt Taschenbuch Verlag GmbH,
Reinbek bei Hamburg, März 1967
Alle Rechte an der Übersetzung
beim Insel-Verlag Anton Kippenberg, Leipzig
Veröffentlicht mit freundlicher Genehmigung des
«Estate of the late Mrs. Frieda Lawrence, London»
Gesetzt aus der Linotype-Aldus-Buchschrift
und der Palatino (D. Stempel AG)
Gesamtherstellung Clausen & Bosse, Leck
Printed in Germany
1280-ISBN 3 499 10929 8

1

Die Schwestern

Ursula und Gudrun Brangwen saßen eines Morgens im Erker ihres väterlichen Hauses in Beldover plaudernd bei der Arbeit. Ursula war mit einer bunten Stickerei beschäftigt, und Gudrun zeichnete auf einem Brett, das sie auf den Knien hielt. Sie arbeiteten still und schweigsam und sprachen nur hin und wieder aus, was ihnen gerade durch den Sinn ging.

«Ursula», sagte Gudrun, «du willst also wirklich nicht heiraten?» Ursula legte die Stickerei in den Schoß und blickte mit ruhigen, bedächtigen Augen auf. «Ich weiß nicht», erwiderte sie. «Was meinst du damit?»

Gudrun wurde ein bißchen verlegen und sah die Schwester einen Augenblick an, ehe sie eine Antwort gab.

«Nun, damit kann doch eigentlich nur eins gemeint sein», lachte sie. «Aber glaubst du nicht doch –» ihr Blick trübte sich leise – «du ständest dich dann besser als jetzt?» Ein Schatten zog über Ursulas Gesicht. «Möglich», sagte sie, «aber sicher ist das nicht.»

Gudrun war ein bißchen enttäuscht. Sie wollte genau Bescheid wissen. «Meinst du nicht, es wäre ganz gut, einmal in seinem Leben die Erfahrung zu machen, was verheiratet sein heißt?» fragte sie nach einer Weile. «Glaubst du denn, daß das notwendig eine Erfahrung sein muß?» gab Ursula zurück. «Irgendeine Erfahrung doch wohl», meinte Gudrun in kühlem Ton. «Vielleicht eine wenig wünschenswerte, aber jedenfalls eine Erfahrung.» – «Ich glaube eigentlich nicht», sagte Ursula. «Eher das Ende der Erfahrung überhaupt.»

Gudrun saß ganz still und sann über die Worte nach. «Natürlich», sagte sie, «auch damit muß man rechnen.» Mit den Worten war das Gespräch zu Ende. Gudrun nahm ihren Gummi und radierte verstimmt an ihrer Zeichnung herum. Ursula stickte weiter, in Gedanken versunken.

«Würdest du es dir denn nicht überlegen, wenn du eine gute Partie machen könntest?» fing Gudrun wieder an. «Ich meine doch, ich hätte schon ein paar ausgeschlagen», sagte Ursula. «Tatsächlich!» Gudrun wurde dunkelrot. «War es denn etwas Ernsthaftes? Du hast also wirklich schon einmal einen Korb gegeben?» – «Tausend im Jahr, ach, und ein so netter Mensch, ich hatte ihn schrecklich gern.» – «Wahrhaftig? Aber war denn das nicht eine schwere Versuchung für dich?» – «Im allgemeinen wohl, aber nicht im besonderen. Wenn es erst soweit ist, kommt man überhaupt gar nicht in Versuchung. Ja, wenn ich einmal wirklich in Versuchung käme, ich heiratete ohne Besinnung. Aber versucht ist man immer nur, nicht zu heiraten.» Da mußten beide lachen.

«Ist es nicht merkwürdig», sagte Gudrun, «wie groß die Versuchung ist, nicht zu heiraten!» Sie sahen einander lachend ins Gesicht. Im Herzen aber erschraken sie.

Dann kam eine lange Pause. Ursula stickte, und Gudrun arbeitete an ihrer Skizze. Sie waren beide fraulich reif, Ursula war sechsundzwanzig und Gudrun fünfundzwanzig. Und doch hatten sie den abwesenden, jungfräulichen Blick der Mädchen unserer Tage, die eher Schwestern der Artemis sind als der Hebe. Gudrun war eine Schönheit mit weicher Haut und weichen Gliedern und mit einem leisen Zug von Trägheit. Sie trug ein dunkelblaues, seidiges Kleid, mit Rüschen von blau und grüner Leinenspitze an Hals und Ärmeln, und smaragdgrüne Strümpfe dazu. In ihrer Art lag etwas beinahe Unterwürfiges, Vertrauensseliges, ganz im Gegensatz zu Ursula, der Reizbaren, die gleichsam immer in Bereitschaft war. Die Leute in der Provinz ließen sich durch Gudruns überlegene Kühle und ihren völligen Mangel an Entgegenkommen einschüchtern und meinten: «Das ist eine von den Feinen.» Sie war gerade aus London zurückgekommen, wo sie mehrere Jahre an einer Kunstschule gelernt und ein Atelierleben geführt hatte.

«Ich denke eben, gerade jetzt dürfte ein Mann des Weges kommen», sagte Gudrun. Sie hatte die Unterlippe zwischen den Zähnen und zog ein putziges, halb verschmitztes, halb ängstliches Gesicht. Ursula wurde bange.

«So, erwartest du ihn hier und bist deshalb nach Hause gekommen?» lachte sie. «O du», versetzte Gudrun in schneidendem Ton, «ich täte nicht zwei Schritte seinetwegen. Wenn aber nun von ungefähr jemand ganz Bestrickendes daherkäme, der auch noch reichlich Geld hätte – ja dann –» spaßte sie und sah Ursula forschend an, als wollte sie ihr Inneres ans Tageslicht ziehen. «Wird es dir nicht allmählich langweilig? Findest du nicht auch, nirgends kommt etwas zu seiner eigentlichen Gestalt? Im Grunde wird nichts wirklich, alles welkt schon in der Knospe.» – «Was welkt in der Knospe?» fragte Ursula. – «Alles um einen herum – man selbst – die Dinge überhaupt.» Dann schwiegen sie, und jede hing träumerisch ihrem Schicksal nach.

«Es kann einem angst und bange werden», sagte Ursula. Wieder trat eine Pause ein. «Aber meinst du denn, bloß durchs Heiraten käme man schon zu etwas?» – «Das muß ja wohl doch der nächste Schritt sein», meinte Gudrun. Ursula sann den Worten nach, ein klein wenig bitter. Seit ein paar Jahren war sie Lehrerin an der höheren Schule in Willey Green.

«Ich weiß wohl», sagte sie, «so sieht die Sache aus, wenn man im allgemeinen darüber nachdenkt. Nun stell es dir aber einmal vor: denk dir irgend jemand, den du kennst, mal dir aus, wie er Abend für Abend nach Hause kommt und ‹'n Abend› sagt und dir einen Kuß gibt –» Da wußten sie beide nichts mehr.

«Du hast recht», sagte Gudrun kleinlaut. «Es geht nicht. Der Mann macht es unmöglich.» – «Freilich Kinder –» meinte Ursula zweifelnd. Gudruns Züge wurden hart. «Möchtest du wirklich Kinder haben, Ursula?» Ursula machte ein ganz erschrockenes Gesicht, als wäre ihr etwas Liebes zuschanden geworden.

«Man ist wohl doch noch nicht reif dafür», meinte sie.

«Solche Gefühle hast du dabei?» fragte Gudrun. «Ich mache mir nicht das geringste daraus, Kinder in die Welt zu setzen.»

Sie sah Ursula an. Ihr Gesicht war ausdruckslos wie eine Maske. Ursula runzelte die Stirn. «Wer weiß, ob das überhaupt echt ist», sagte sie mit unsicherer Stimme. «Am Ende verlangt man gar nicht recht von Herzen danach – vielleicht möchte man sie nur so äußerlich haben.» Gudruns Gesicht schloß sich noch fester zu. Sie wollte nicht zu deutlich werden.

«Wenn man an andrer Leute Kinder denkt –» begann Ursula. Wieder sah Gudrun die Schwester beinahe feindselig an. «Siehst du wohl!» sagte sie, um dem Gespräch ein Ende zu machen.

Schweigend arbeiteten die beiden weiter. Ursula glomm wie immer in dem wundersamen Schein innern Feuers, dem versagt bleibt zu lodern, weil es unter Widrigem fast verschüttet ist. Sie lebte zum guten Teil aus sich selbst und in sich selbst, arbeitete und schritt Tag für Tag vorwärts, dachte viel und versuchte des Lebens habhaft zu werden und es auf ihre Weise zu begreifen. Nach außen hin stand ihr Dasein beinahe still, aber unter der Oberfläche, im Dunkeln, bereitete sich das Ereignis. Wenn nur erst die letzte Hülle spränge! Es war, als mühte sie sich, die Hände auszustrecken wie ein Kind im Mutterschoß, und könnte nicht, noch nicht. Einstweilen hatte sie nur ein sonderbares Vorgefühl, geheimnisvolle Kunde von dem, was kommen wollte.

Sie legte die Arbeit hin und sah sich die Schwester an. Gudrun kam ihr so reizend vor mit ihren zarten Formen, unendlich reizend in ihrer Weichheit und feinen, feinen Üppigkeit. Bei aller Unberührtheit und Zurückhaltung steckte doch ein Funken Mutwille in ihr, etwas spielerisch Lockendes. Ursula bewunderte sie von ganzer Seele.

«Du, warum bist du eigentlich nach Hause gekommen?» Gudrun fühlte, wie sie bewundert wurde. Sie lehnte sich zurück und blickte aus den feingeschwungenen Wimpern Ursula an. «Warum ich nach Hause gekommen bin, Ursula? Das habe ich mich wohl tausendmal selber gefragt.» – «Und weißt es nicht?» – «Doch, ich glaube schon. Du weißt doch: *reculer pour mieux sauter.*» Und sie sah Ursula lange an, mit langsamem, wissendem Blick.

«Ich weiß wohl!» Ursula war ein bißchen verwirrt, als hätte sie nicht ganz ehrlich gesprochen und wüßte es im Grunde eigentlich doch nicht.

«Aber wohin kann man denn springen?» – «Oh, darauf kommt es nicht an», sagte Gudrun ein bißchen großartig. «Wenn man nur über den Rand hinunterspringt, muß man doch irgendwo ankommen.» – «Ist das aber nicht sehr gewagt?» meinte Ursula.

Um Gudruns Lippen dämmerte es wie leiser Hohn. «Ach was!» sagte sie lachend. «Das sind ja doch alles bloß Worte!» Und damit machte sie wieder einmal dem Gespräch ein Ende. Aber Ursula grübelte weiter. «Und wie findest du es zu Hause, jetzt, wo du wieder da bist?»

Gudrun ließ ruhig eine Weile verstreichen, ehe sie antwortete. Dann kam es herzlos und aufrichtig: «Ich gehöre mit keiner Faser mehr dazu.» – «Und Vater?» Gudrun warf Ursula einen beinahe bösen Blick zu, sie wußte nicht mehr recht ein noch aus.

«Über den denke ich nicht nach, ich hüte mich davor», sagte sie kalt. «Nun ja», meinte Ursula, und damit war die Unterhaltung wirklich zu Ende. Die beiden Schwestern sahen voll Entsetzen einen Abgrund vor sich gähnen. Hatten sie denn über den Rand hinabgeblickt?

Eine Zeitlang arbeiteten sie still vor sich hin, Gudrun hatte ganz rote Wangen vor unterdrückter Erregung. Es wurmte sie, daß all das aufgerührt worden war.

«Wollen wir nicht hingehen und uns die Trauung da ansehen?» fragte sie schließlich auffallend obenhin. «Ach ja!» rief Ursula reichlich begeistert, warf die Stickerei beiseite und sprang auf, als wollte sie vor etwas Lästigem weglaufen. So verriet sie die Spannung, die in der Luft lag; Gudruns Nerven sträubten sich, ihr war das höchst peinlich.

Als Ursula nach oben ging, wurde ihr auf einmal klar, in was für einem Hause sie wohnten, und es kam sie ein Ekel an vor den allzu vertrauten ungepflegten Räumen. Sie erschrak vor ihrem tiefen Abscheu gegen Heim und Umgebung, gegen die ganze Luft, die dort wehte, und all die überlebten Lebensverhältnisse, ihr wurde angst vor dem eigenen Gefühl.

Bald gingen die beiden Mädchen mit raschen Schritten die breite Hauptstraße von Beldover hinunter, zwischen Läden und Wohnhäusern, die nicht ärmlich, aber überaus formlos und schmutzig waren. Gudrun, die eben aus Chelsea und Sussex kam, schauderte vor der ungestalten Häßlichkeit der kleinen Grubenstadt in den Midlands. Doch ging sie die lange sandige Straße weiter, die ganze Skala von Schmutz und kleinbürgerlicher Unform entlang. Es war qualvoll, zwischen all den zudringlichen Blicken Spießruten zu laufen. Wieso hatte sie sich eigentlich entschlossen, zurückzukommen und zu sehen, wie die öde Scheußlichkeit des Ungeformten auf sie wirkte? Warum hatte sie nur das Unerträgliche auf sich nehmen wollen, mit häßlichen, ganz bedeutungslosen Menschen in entstellter Natur zusammen zu leben, warum war das auch heute noch ihr Wille? Sie kam sich vor wie ein Käfer im Staub, es stieß sie alles unsagbar ab.

Sie bogen von der Hauptstraße ab und kamen an verrußten Schrebergärten vorbei, wo geschwärzte Kohlstrünke schamlos aus dem Erdreich hervorstaken. Hier dachte niemand daran, sich seiner Umgebung zu schämen, hier gab es keine Scham.

«Wie ein Reich aus der Unterwelt», sagte Gudrun. «Die Kohlengräber schaufeln es mit herauf. Ursula, es ist fabelhaft, einfach unglaublich – du hältst es gar nicht für möglich, es ist wie eine andere Welt. Die Leute sind unsaubere Geister und das Ganze ein schmutziges Schatten- und Gespensterwesen, ein höllisches Spiegelbild der Wirklichkeit, ihr grausiger, versudelter Abklatsch. Als ob man nicht bei Sinnen wäre, Ursula.»

Die Schwestern schlugen einen Fußpfad ein, der, schwarz von Kohlenstaub, über ein düsteres, schmutziges Feld führte. Zur Linken öffnete sich ein breites Tal mit Kohlengruben, und gegenüber stiegen teils angebaute, teils bewaldete Hügel an, die sich, wie durch einen Kreppschleier gesehen, schwärzlich in der Ferne verloren. Weiße und schwarze Rauchwolken standen wie verzaubert in der finstern Luft. Dicht vor den beiden fing die lange Häuserreihe an, die sich den Abhang des Hügels hinaufschlängelte und oben in gerader Linie verlief. Die Häuser waren aus verrußtem roten Backstein, baufällig, mit dunklen Schieferdächern. Der Weg, auf dem die Mädchen gingen, war kohlschwarz und von den hin und wider gehenden Bergleuten ganz ausgetreten. Eisengitter grenzten ihn gegen die Felder ab, und der Zauntritt, der wieder zur Straße hinüberführte, war von den Moleskinjacken der Grubenarbeiter blank gescheuert. Nun gingen die beiden zwischen den Arbeiterwohnungen. Frauen in groben Schürzen standen schwatzend mit übergeschlagenen Armen an den Straßenecken und starrten ihnen mit langen weltfremden Blicken nach, Kinder riefen Schimpfworte hinter ihnen her.

Gudrun ging ganz benommen ihres Weges. Wenn das menschliches Leben sein sollte, wenn das überhaupt Menschen waren, Menschen, die in einer richtigen Welt lebten, was bedeutete dann ihre Welt da draußen? Sie fühlte plötzlich ihre grasgrünen Strümpfe, ihren großen grünen Samthut und ihren weiten, weichen, leuchtend blauen Mantel und wurde unsicher, als ginge sie hoch in der Luft, das Herz zog sich ihr zusammen, als könnte sie jeden Augenblick wieder auf den Erdboden hinabgeschleudert werden. Sie hatte Angst.

Fest schmiegte sie sich an Ursula, die schon so lange in dieser finstern, unerschaffenen feindlichen Welt lebte, daß sie ihr nichts mehr anhaben konnte. Doch schrie es immerfort in ihrem Herzen wie bei einem Gottesgericht: ‹Ich will zurück, ich will weg, ich will nichts wissen, nichts davon wissen, daß es etwas so Fürchterliches gibt.› Aber sie mußte weiter. Ursula fühlte, wie sie litt.

«All das ist dir schrecklich, nicht?» – «Ich halte es nicht aus», stammelte Gudrun. «Du bleibst ja nicht lange», gab Ursula zurück. Und Gudrun ging weiter und strebte ins Freie.

Sie ließen den Kohlenbereich hinter sich und stiegen über den Hügel in ein reineres Land hinab, nach Willey Green zu. Noch immer hing etwas von dem schwarzen Spuk über den Feldern und den waldigen Hügeln und glimmerte finster in der Luft. Es war ein Frühlingstag mit flüchtigen Sonnenblicken, die Luft war frisch. Gelbes Schöllkraut leuchtete unter den Hecken hervor, in den Gärten von Willey Green fingen die Johannisbeersträucher an auszuschlagen, und das graue Steinkraut, das über die Mauern hing, hatte schon kleine weiße Blüten.

Sie bogen in di Landstraße ein, die zwischen hohen Böschungen auf die Kirche zuführte. Ganz unten an der letzten Wegbiegung stand unter den Bäumen eine kleine Gruppe von Zaungästen, die den Hochzeitszug sehen wollten. Die Tochter des größten Grubenbesitzers aus der Gegend, Thomas Crich, sollte einen Marineoffizier heiraten.

«Komm, wir gehen wieder nach Hause», sagte Gudrun und machte eine Bewegung, umzukehren. «Sieh all die Menschen!» Unschlüssig blieb sie stehen. «Laß sie nur», versetzte Ursula, «es sind ganz ordentliche Leute. Sie kennen mich alle und tun uns nichts.» – «Müssen wir denn mitten hindurch?» – «Komm, sie sind ganz brav», sagte Ursula und ging weiter.

Die beiden Schwestern kamen Arm in Arm auf die Menschengruppe zu, kleine Leute, die sie aufmerksam und verlegen betrachteten. Hauptsächlich waren es arme Bergmannsfrauen mit argwöhnischen Schattengesichtern.

Die beiden Mädchen gingen straff mitten hindurch gerade auf das Tor zu. Die Frauen machten ihnen nur widerwillig Platz, als gönnten sie ihnen keinen Fußbreit Boden.

Schweigend gingen die beiden durch das steinerne Tor und über einen roten Läufer die Stufen hinauf. Ein Polizist verfolgte sie, Schritt für Schritt, mit den Augen.

«Was kosten die Strümpfe?» sagte eine Stimme hinter Gudruns Rücken. Da kam eine tödliche Wut über sie. Am liebsten hätte sie das ganze Gesindel vom Erdboden vertilgt, damit die Welt wieder rein zu ihren Füßen läge. Vor den Augen dieser Leute auf dem roten Teppich den Kirchhofsstieg hinaufzugehen, unter ihren Blicken sich zu bewegen, war ihr unausstehlich.

«Ich will nicht in die Kirche», sagte sie auf einmal so fest entschlossen, daß Ursula stehenblieb, umdrehte und in einen schmalen Seitenpfad einbog, der auf eine kleine Nebenpforte des angrenzenden Schulgartens führte.

Gleich jenseits der Pforte setzte sich Ursula unter den Lorbeerbüschen im Schulhof auf eine niedrige Steinmauer, um einen Augenblick auszuruhen. Hinter ihr lag friedlich das große rote Schulhaus. Es waren Ferien, die Fenster standen alle offen. Über das Gesträuch hinweg sah sie auf die hellen Dächer und den Turm der alten Kirche. Gudrun und sie waren ganz vom Laub versteckt.

Gudrun setzte sich still zu ihr, mit fest geschlossenen Lippen und abgewandtem Gesicht. Es war ihr bitter leid, daß sie nach Hause gekommen war. Ursula sah sie an und dachte bei sich, wie unglaublich schön sie doch in ihrem Unmut wäre. Aber ihre Natur litt Zwang durch die Gegenwart der Schwester, sie fühlte sich abgespannt, sie wußte nicht wie, und wünschte sich, allein zu sein und frei von Gudruns beklemmender Nähe.

«Wollen wir hierbleiben?» fragte Gudrun. – «Ich wollte nur einen Augenblick ausruhen.» Ursula stand auf, als hätte sie einen Verweis bekommen. «Wir stellen uns in die Ecke beim Spielhof, von da können wir alles sehen.»

Die Sonne schien gerade hell in den Kirchhof, es duftete angenehm wie nach Frühling und neuen Säften, vielleicht nach Veilchen von den Gräbern her. Ein paar engelweiße Gänseblümchen waren schon hervorgekommen, und die kaum entfalteten Blätter der Blutbuche glühten purpurrot in der sonnigen Luft.

Punkt elf Uhr kamen die Wagen. In das Menschenhäuflein am Tor kam Bewegung, alles drängte herzu, wenn ein Wagen vorfuhr, Hochzeitsgäste stiegen die Stufen hinan und gingen auf dem roten Läufer bis in die Kirche. Jedermann war vergnügt und angeregt, weil die Sonne schien.

Gudrun sah sie sich mit sachlicher Wißbegierde genau an. Sie traten vor ihr auf als in sich abgeschlossene Gestalten, wie die Personen aus einem Roman oder die Figuren eines Bildes oder wie Marionetten, als fertige Kunstwerke. Sie gefiel sich darin, ihre verschiedenen Eigenheiten herauszufinden und sich jeden in seiner wahren Gestalt und Umgebung vorzustellen, ihn ein für allemal festzulegen, während er vor ihren Augen zur Kirche hinaufschritt. Dann kannte sie ihn und hatte ihn für sich erledigt und mit Siegel und Stempel versehen. Sie war ganz mit ihnen fertig, in keinem blieb ein unbekannter, ungelöster Rest, bis die Familie Crich selber erschien. Die Leute interessierten sie, denn sie hatten etwas an sich, was schwerlich auf den ersten Blick abzutun war.

Da kam, geführt von ihrem ältesten Sohn Gerald, die Mutter, Mrs. Crich, eine wunderliche, etwas ungekämmte Erscheinung trotz aller offensichtlichen Versuche, sie für den Tag zurechtzumachen. Sie ging leicht vornübergebeugt und hatte ein gelblichblasses Gesicht mit stark ausgeprägten, wohlgeformten Zügen. Ihr Blick war gespannt, man hatte den Eindruck, die Augen sähen nicht, sondern gingen auf Raub aus. Das farblose Haar war ungepflegt, unter dem blauen Seidenhut stahlen sich Strähnen hervor und hingen bis auf das dunkelblau seidene Schneiderkleid herab. Sie sah aus wie eine Besessene, fast scheu, und dabei ungemein stolz.

Ihr Sohn war blond und sonnenverbrannt, etwas über mittelgroß, gut gewachsen und fast übertrieben gut angezogen. Doch hatte auch er etwas eigentümlich Wachsames, unbewußt Glitzerndes, als gehörte er nicht in die Welt der andern Menschen hinein.

Er fiel Gudrun sofort auf. Er wirkte so nordisch, und das zog sie mächtig an. Seine nordisch helle Haut und sein blondes Haar glitzerten wie die Sonne, die sich in Eiskristallen bricht. Frisch sah er aus, unberührt und rein, als stamme er aus dem Reich des ewigen Eises. Er mochte an die Dreißig sein, vielleicht auch älter. Doch seine blitzende Schönheit und Männlichkeit, die sie an einen muntern, freundlichen jungen Wolf gemahnte, machte sie nicht blind gegen die unheimlich bedeutsame Ruhe seiner Haltung, die lauernde Gefahr ungezähmten Bluts. ‹Sein Wappen ist der Wolf›, sagte sie sich immer wieder. ‹Seine Mutter ist eine ungebrochene alte Wölfin.› Und dann stand ihr das Herz still vor Entzücken, als hätte sie eine unerhörte Entdeckung gemacht, von der niemand auf Erden etwas wußte. Es war eine wundersame Seligkeit, durch all ihre Adern wogte es von wildem Gefühl. ‹Lieber Gott!› rief sie bei sich selbst. ‹Was ist das?› Und im nächsten Augenblick beruhigte sie sich: ‹Von dem Mann höre ich noch.› Es peinigte sie das Verlangen, die Sehnsucht, das unbedingte Bedürfnis, ihn wiederzusehen, sicher zu sein, daß all dies mehr war als nur ein Wahn, daß sie wirklich überwältigend für ihn fühlte, wirklich im innersten Herzen ihn erkannt und begriffen hatte. ‹Ist es denn wahr, daß ich unter allen andern für ihn bestimmt bin, ist dies bleiche goldige Nordlicht, das ihn und mich umfängt, kein Trug?› fragte sie sich und konnte es nicht glauben. Sie versank in Sinnen und merkte kaum, was um sie her vorging.

Die Brautjungfern waren schon da und der Bräutigam noch nicht. Ursula meinte, es müßte wohl etwas nicht in Ordnung sein, und am Ende würde aus der ganzen Hochzeit nichts. Es regte sie auf, als trüge sie dafür die Verantwortung. Die ersten Brautjungfern waren eben angekommen, Ursula sah sie die Stufen hinansteigen. Eine von ihnen kannte sie, ein hochgewachsenes, unnahbar aussehendes Geschöpf mit langsamen Bewegungen, schwerem blonden Haar und blassem, schmalem Gesicht, Hermione Roddice, eine Freundin der Familie Crich. Da kam sie, erhobenen Hauptes. Sie trug einen riesigen flachen Hut aus mattgelbem Samt mit naturfarbenen und grauen Straußenfedern. Ihr Gang hatte etwas Nachtwandlerisches, das lange weiße Gesicht blickte gen Himmel, als wollte es von der Welt nichts sehen. Sie war reich. Ihr Kleid war aus duftigem mattgelben Seidensamt, in der Hand trug sie einen dicken Strauß kleiner rosa Alpenveilchen. Schuhe und Strümpfe waren graubräunlich wie die Federn auf dem Hut, ihr Haar war schwer, sie ging mit eigentümlich unbewegten Hüften, fast als würde sie wider Willen vorwärts geschoben. Sie machte allgemein Eindruck, wie sie in dem lieblichen Mattgelb und Braunrosa daherkam, doch wirkte sie merkwürdig totenhaft und stieß eher ab. Als sie vorüberging, sagte keiner ein Wort. Die Leute stutzten, wunderten sich, wollten sich über sie lustig machen und verstummten, sie wußten selbst nicht warum. Das schmale blasse Gesicht, nach oben gerichtet etwa wie bei Gestalten von Rossetti, sah halb betäubt aus, als hausten im Dunkel ihrer Brust seltsam verworrene Gedanken, denen sie nie auch nur für einen Augenblick entrinnen durfte.

Ursula konnte kein Auge von ihr wenden. Sie kannte Miss Roddice ein bißchen, sie galt für die bedeutendste Dame in den Midlands. Ihr Vater war ein Adliger aus Derbyshire, ein Mann aus der alten Schule, und sie selbst eine Frau der neuen, geistig, schwer von Gemüt, nervös aufgerieben von nie aussetzender Bewußtheit. Sie interessierte sich leidenschaftlich für soziale Reformen und lebte mit ganzer Seele in öffentlichen Dingen. Doch war sie nichts ohne Mann, ihre Welt war die Gedankenwelt der Männer.

Sie hatte allerlei Geistes- und Seelenfreundschaften mit begabten Männern. Unter ihnen kannte Ursula nur Rupert Birkin, einen von den Schulinspektoren der Grafschaft. Gudrun aber hatte noch andere in London getroffen. Sie war mit ihren Künstlerfreunden in den verschiedensten Gesellschaftskreisen herumgekommen und hatte eine ganze Anzahl Menschen von Ruf und Ansehen kennengelernt. Hermione hatte sie zweimal getroffen, aber sie mochten einander nicht. Wenn sie ihr hier in den Midlands wiederbegegnen sollte, wo ihre gesellschaftliche Stellung ganz anders· war, so konnte das ein eigentümliches Zusammentreffen geben, nachdem sie bei allen möglichen Bekannten in der Stadt auf gleichem Fuß miteinander verkehrt hatten. Denn Gudrun hatte großen Erfolg in der Gesellschaft gehabt und ihre Freunde in den höchsten Kreisen gefunden, Genießer, die mit der Kunst Fühlung hielten.

Hermione wußte, daß sie gut angezogen und jedem, den sie in Willey Green träfe, gesellschaftlich ebenbürtig, ja den meisten weit überlegen war. In den Kreis der Gebildeten und der geistigen Führer war sie aufgenommen. Sie war selbst «Kulturträger», sie hatte tätigen Anteil am Umsatz der Ideen. Mit allem, was in der Gesellschaft und im geistigen und öffentlichen Leben hervorragte, ja sogar mit bedeutenden Künstlern hatte sie Gemeinschaft, sie war der Ersten eine und fühlte sich in ihrem Kreis unter ihresgleichen. Keiner konnte sie in Verlegenheit setzen oder mit ihr spaßen, denn sie stand obenan, und ihre Gegner waren ihr weder an Rang und Reichtum noch an hochtrabenden Gedanken, Fortschrittsneigungen und Auffassungsgabe gleich. So war sie gefeit. Ihr ganzes Leben hatte sie danach gestrebt, unverwundbar und unangreifbar zu werden und über dem Urteil der Welt zu stehen.

Und doch war ihre Seele allen Qualen preisgegeben. Sogar jetzt auf dem Weg zur Kirche, wo sie doch die Meinung der Leute gewiß nicht zu fürchten brauchte und genau wußte, daß ihr Äußeres nach den Regeln des vornehmsten Geschmacks untadelig war, fühlte sie sich trotz allem Vertrauen auf ihre Vorzüge und allem Stolz schutzlos gegen Wunden, Spott und Verachtung und litt grausam darunter. Sie konnte das Gefühl der innern Hilflosigkeit nie loswerden, immer war ein geheimer Spalt in ihrem Harnisch. Sie wußte selbst nicht, woran das lag. Es fehlte ihr an derbem Selbstgefühl: sie hatte kein natürliches Genügen an sich selbst, sie fühlte sich grauenhaft hohl und halb, verkümmert an Leben und Sein.

So brauchte sie jemand, um die innere Lücke für immer auszufüllen. Ihr ganzes Wesen verlangte nach Rupert Birkin. War er da, dann war sie heil und ganz und allem gewachsen. War er aber nicht da, so war ihr Haus auf Sand gebaut, in ihr gähnte eine Kluft; und all ihren Eitelkeiten und künstlichen Sicherungen zum Trotz konnte jedes gewöhnliche Dienstmädchen von gesundem Blut sie mit einem Achselzucken in die bodenlose Tiefe eigener Unzulänglichkeit hinabschleudern. Und dabei häufte die gequälte Seele Berge von Schöngeistigkeit und Bildung, von Weltanschauung und Selbstverleugnung zu ihrem Schutz und konnte doch den Abgrund des Ungenügens nicht ausfüllen.

Wenn Birkin sich nur fest und dauernd mit ihr verbinden wollte, dann könnte sie auf dem unruhigen Meer des Lebens sicher fahren. Er konnte sie stark machen und ihr über die Engel im Himmel den Sieg geben. Wenn er es nur täte! Zweifel und Angst ließen ihr keine Ruhe. Sie machte sich schön, sie tat, was in ihrer Macht stand, um so vollkommen zu werden, daß er nicht anders konnte. Aber immer fehlte es irgendwo.

Es war nichts mit ihm anzufangen, immer von neuem schüttelte er sie ab. Je näher sie sich mühte, ihn an sich zu ziehen, desto weiter wies er sie zurück. Und dabei liebten sie sich schon seit Jahren. All das tat weh, sie war so müde. Und doch verzweifelte sie noch nicht an sich. Sie wußte wohl, daß er sie verlassen wollte, sich ein für allemal losreißen und frei sein. Doch glaubte sie noch an ihre Kraft, ihn zu halten, denn sie glaubte an ihre überlegene Erkenntnis. So tief sein Wissen war, sie war der Prüfstein aller Wahrheit. Was ihr fehlte, war nur die feste Verbindung mit ihm.

Und dies eine, das auch für ihn die höchste Erfüllung gewesen wäre, verweigerte er störrisch wie ein ungezogenes Kind. Der trotzige Knabe wollte eigenwillig das heilige Band zerreißen, das sie aneinander knüpfte.

Sie wußte, er war zu der Hochzeit eingeladen, er sollte Brautführer sein. Er mußte also schon in der Kirche sein und warten und mußte spüren, wenn sie hereinkam. Als sie in die Kirchentür trat, überlief es sie vor Erwartung und Verlangen. Er würde da sein und sehen, wie prachtvoll ihr Kleid war, wie sie sich für ihn schön gemacht hatte. Dann mußten ihm die Augen aufgehen, und er würde begreifen, wie sie für ihn erschaffen war, die Erste für den Höchsten. Dann wäre er endlich reif, die Krone seines Schicksals zu empfangen, und würde sie nicht länger verleugnen.

Als sie eintrat, schwindelte ihr ein wenig, sie hatte den Bogen der Sehnsucht überspannt. Langsam glitt ihr Blick die Wangen herab und hielt nach ihm Ausschau, der schmächtige Körper bebte. Als Brautführer hatte er seinen Platz neben dem Altar, ihr Auge zauderte hinzusehen, so sicher war sie seiner.

Und er war nicht da. Über ihr schlug es zusammen, als sollte sie ertrinken, hoffnungslos. Mechanisch ging sie auf den Altar zu. Noch nie war sie so in die äußersten Fernen der Verlassenheit hinausgestoßen worden. Das war schlimmer als Tod, das war das öde Nichts.

Bräutigam und Brautführer waren noch nicht da. Draußen wußte man nicht mehr, woran man war. Ursula hatte ein Gefühl, als wäre sie schuld daran. Es ging doch nicht an, daß die Braut kam und der Bräutigam nicht zur Stelle war. Die Hochzeit konnte doch nicht ausfallen, nein, um keinen Preis.

Da kam der Brautwagen in lachender Fahrt, mit Bändern und Kokarden. Lustig galoppierten die Apfelschimmel vor das Tor, und nun sprudelte da des Jubels frohe Quelle. Die Wagentür wurde aufgerissen, und alles wartete auf die Blüte des Tages. Auf der Straße hörte man gedämpftes Summen, verdrossen, wie das Gemurmel einer Menge immer klingt.

Zuerst stieg der Brautvater aus wie ein Schatten in die helle Morgenluft: ein großer, hagerer, versorgter Mann mit dünnem schwarzen Bart, der schon mit Grau untermischt war. Er wartete still am Wagenschlag, als hätte er sich am liebsten selbst ausgelöscht.

Da quoll aus der offenen Wagentür ein Schauer von lieblichen Blättern und Blüten, von weißem Atlas und weißen Spitzen, und eine fröhliche Stimme sagte: «Wie komme ich denn nur heraus?»

Ein Rauschen der Befriedigung ging durch das wartende Völkchen. Die Leute drängten herzu, um sie zu grüßen, und schauten sich mit Wohlbehagen den gesenkten Blondkopf im Blütenkranz und den kleinen weißen Fuß an, der behutsam nach dem Tritt fühlte. Und dann brach es hervor wie eine Sturzsee: neben dem Vater flutete die Braut weiß wie Gischt in den Morgenschatten der Bäume, und lachend rann der Schleier hinterdrein.

«Da wären wir!» sagte sie. Sie legte die Hand auf den Arm des versorgten bleichen Vaters und schritt, umschäumt von ihren zarten Hüllen, nun auch über den roten Teppich. Der Vater, dessen fahles Gesicht durch den schwarzen Bart noch sorgenvoller aussah, ging stumm und steif die Treppe hinan, als wäre sein Geist anderswo; die Braut aber ging neben ihm, schön wie nur je, ein lachender Morgennebel.

Und kein Bräutigam – unerträglich! Ursula hatte Herzweh vor Aufregung, und spähte unverwandt nach dem Hügel, auf die weiße Landstraße, auf der er kommen mußte. Da, ein Wagen in voller Fahrt. Eben war er in Sicht gekommen. Er war es. Ursula wandte sich zu der Braut und den andern Leuten hin und rief ihnen von ihrer Warte her etwas Undeutliches zu. Sie wollte Bescheid sagen, daß er käme. Aber der Laut, kaum zum Wort geformt, verhallte ungehört, und sie wurde dunkelrot vor Eifer und vor Beschämung.

Der Wagen rollte den Hügel herab und fuhr vor. Die Leute begrüßten ihn mit Zurufen, die Braut, die gerade auf der obersten Stufe stand, wandte sich fröhlich um, zu sehen, was es gäbe. Sie sah das Gedränge, sah den Wagen halten, den Liebsten aussteigen, sich an den Pferden vorbeidrängen und in der Menge verschwinden.

«Tibs! Tibs!» rief sie in mutwilliger Glückseligkeit oben vom sonnigen Steig und winkte mit ihrem Strauß. Er bahnte sich seinen Weg, den Hut in der Hand, und hörte nicht. «Tibs!» rief sie noch einmal und sah zu ihm hinab. Da blickte er auf, wußte nicht, woher der Ruf kam, und sah plötzlich seine Braut, wie sie oben neben ihrem Vater stand. Er macht ein drollig erschrecktes Gesicht, besann sich einen Augenblick und setzte zum Sprung an, ihr nach. «Ha-a-a!» scholl es darauf von oben, ein sonderbarer Laut, halb erstickt. Sie fuhr auf, wandte sich und floh auf unglaublich flinken weißen Füßen mit fegender Schleppe auf die Kirchentür zu. Wie ein Jagdhund war der junge Mann hinter ihr her, übersprang die Stufen, sauste an dem Schwiegervater vorüber, seine geschmeidigen Oberschenkel arbeiteten behende wie die des Meutehundes, wenn er das Wild hetzt. «Faß, faß!» riefen die Arbeiterfrauen, denen das Rennen anfing Spaß zu machen.

Die Blüten waren wie Schaum von ihr abgeflogen. Sie hielt gerade inne, um in die Kirche einzubiegen, sah sich noch einmal um, drehte sich mit tollem, herausforderndem Lachen auf den Fußspitzen und war hinter dem grauen Strebepfeiler verschwunden. Im nächsten Augenblick kam der Bräutigam, vornübergebeugt im Lauf, faßte die Kante des schweigenden Steins mit der Hand und schwang sich herum, man sah noch die schlanken, kräftigen Lenden im Dunkel verschwinden.

Unten am Tor johlten und schrien die Leute, und dann sah Ursula wieder die dunkle gebückte Gestalt Mr. Crichs, der auf seinem Fleck stehengeblieben war und mit ausdruckslosem Gesicht der Flucht in die Kirche nachschaute. Nun war alles vorbei, er sah sich um, und sein Blick fiel auf Rupert Birkin, der sogleich auf ihn zukam.

«Wir müssen wohl die Nachhut machen», meinte Birkin mit leisem Lächeln. «Ja!» sagte der Vater kurz, und die beiden Männer gingen zusammen den Steig hinauf.

Birkin war ebenso hager wie Mr. Crich und sah blaß und elend aus. Er hatte ein schmales, gutgeschnittenes Gesicht. Den einen Fuß zog er etwas nach, aber wohl nur aus Verlegenheit. Wenn er auch ganz korrekt angezogen war, so lag doch etwas in seinem Wesen, was nicht paßte, und deshalb wirkte seine Erscheinung ein klein bißchen lächerlich. Er war ein kluger Mensch und ging seinen eigenen Weg, für konventionelle Festlichkeiten war er nicht geschaffen. Doch ordnete er sich dem allgemeinen Ton unter und nahm der Gelegenheit zuliebe eine Gestalt an, die die seine nicht war.

Er spielte den ganz gewöhnlichen, durch keine Eigenart getrübten Durchschnittsmenschen. Er stimmte sich auf seine Umgebung ab, paßte sich behende seinem Gegenüber und dessen Umständen an und brachte es zu einem so getreuen Abbild echter Durchschnittlichkeit, daß wer ihn sah, meistens gleich für ihn eingenommen wurde und nicht auf den Gedanken kam, ihn in seiner Eigenheit anzugreifen.

Jetzt unterhielt er sich ungezwungen und liebenswürdig mit Mr. Crich, während sie zusammen zur Kirche hinaufstiegen. Sein Auftreten hatte etwas seiltänzerhaft Spielerisches, doch vergaß er nicht einen Augenblick, daß er auf dem Seil ging, so sicher er sich auch gebärden mochte.

«Es tut mir leid, daß wir so spät gekommen sind», sagte er eben; «wir konnten keinen Schuhknöpfer finden, und da dauerte es lange, bis wir die Stiefel anhatten. Entschuldigen Sie bitte, Sie waren zur rechten Zeit hier.» – «Wir kommen eigentlich immer auf die Minute», sagte Mr. Crich. – «Ich nie. Heute aber bin ich in Wirklichkeit pünktlich gewesen und nur zufällig zu spät gekommen. Es tut mir sehr leid.»

Die beiden verschwanden. Für den Augenblick gab es nichts mehr zu sehen, und Ursula konnte ungestört über Birkin nachdenke. Er reizte, fesselte und ärgerte sie.

Sie hätte ihn gern genauer gekannt. Ein- oder zweimal hatte sie ihn gesprochen, aber nur in seiner offiziellen Eigenschaft als Schulinspektor. Sie hatte den Eindruck, als erkennte er eine gewisse Verwandtschaft mit ihr an, ein natürliches Einverständnis ohne Worte. Es war, als sprächen sie die gleiche Sprache. Aber dies Einverständnis hatte keine Zeit gehabt, sich zu entwickeln. Sie fühlte sich von ihm abgestoßen und zugleich angezogen. Er hatte etwas Abweisendes, kühl Unzugängliches, und schien sein Inneres ganz zurückhalten zu wollen. Und trotzdem wollte sie ihn gern kennenlernen.

«Wie findest du Rupert Birkin?» fragte sie Gudrun, ein bißchen widerstrebend, denn sie hatte nicht die Absicht, eingehend über ihn zu reden. «Wie ich Rupert Birkin finde?» wiederholte Gudrun. «Entschieden anziehend. Unausstehlich ist nur, wie er mit andern Leuten umgeht – er behandelt ja jedes Gänschen, als wäre sie ihm Gott weiß wie wert. Dabei kommt man sich selbst so dumm vor.»

«Warum tut er das wohl?» – «Weil er im Grunde kein Urteil hat – jedenfalls keine Menschenkenntnis. Ich sage dir ja, gegen die dümmste Pute benimmt er sich nicht anders als gegen mich und dich – und das ist eine Beleidigung.»

«O ja, allerdings», sagte Ursula. «Unterschiede machen muß man.» – «Man muß durchaus Unterschiede machen», wiederholte Gudrun mit Nachdruck. «Sonst aber ist er ein großartiger Kerl – eine Persönlichkeit. Nur kann man sich nicht auf ihn verlassen.» – «Möglich.» Gudruns Aussprüchen mußte Ursula beipflichten, auch wenn sie nicht ganz ihrer Meinung war. Sie konnte nicht anders.

Die beiden schwiegen und warteten, bis die Hochzeitsgesellschaft aus der Kirche kam. Gudrun hatte keine Lust zu reden. Sie wollte über Gerald Crich und den tiefen Eindruck, den er auf sie gemacht hatte, mit sich ins reine kommen, und für alles gerüstet sein.

In der Kirche wurde unterdessen das Paar getraut. Hermione Roddice dachte nur an Birkin. Er stand in ihrer Nähe, es war förmlich, als würde sie durch eine geheimnisvolle Schwerkraft von ihm angezogen. Sie wünschte sich, ihn berühren zu können, nur dann war sie seiner Nähe wirklich sicher. Doch blieb sie still an ihrem Platz, solange der Gottesdienst dauerte.

Sie hatte so schmerzlich gelitten, bis er kam, daß sie noch wie betäubt davon war. Der Gedanke, er hätte ebensowohl nicht kommen können, tat ihr noch immer körperlich weh. Halb von Sinnen vor Nervenqual hatte sie auf ihn gewartet, und wie sie nun gefaßt dastand, vergeistigten Angesichts wie die Engel und eben doch nur ein Bild des bittersten Herzeleids, jammerte sie ihn sehr. Er sah das geneigte Haupt und den entrückten Ausdruck ihrer Züge, in denen eine fast dämonische Ekstase brannte. Sie fühlte seinen Blick, hob den Kopf und suchte ihm zu begegnen, die schönen grauen Augen flammten ihm ihr Feuerzeichen zu. Aber er wich ihnen aus. Da senkte sie das Haupt in Qual und Scham und fühlte wieder das Nagen am Herzen. Auch er litt vor Scham, ihn peinigte eine innerste Abneigung, und zugleich dauerte Hermione ihn bitter, weil er ihren Blick und Augengruß nicht sehen wollte.

Braut und Bräutigam waren getraut, die Gäste gingen in die Sakristei. Im Gedränge trieb Hermione fast unwillkürlich zu Birkin hin, bis sie ihn streifen konnte. Und er ließ sie gewähren.

Gudrun und Ursula hörten draußen, wie ihr Vater die Orgel spielte. Er war gewiß glücklich bei dem Hochzeitsmarsch. Da kam das Paar. Glockengeläut erschütterte die Luft, und Ursula dachte, ob die Bäume und Blumen das Beben wohl spürten und was sie von der sonderbaren Bewegung halten möchten. Die Braut ging sittsam am Arm des Bräutigams, der in den Himmel hinaufsah und, ohne es zu wissen, die Augen schloß und wieder öffnete, als wäre er weder hüben noch drüben. Ein bißchen lächerlich sah er aus, wie er sich blinzelnd mühte, das Gesicht zu wahren, während er es eigentlich als Entweihung empfand, von den Leuten angestaunt zu werden. Er war der typische Marineoffizier, männlich und pflichttreu.

Birkin führte Hermione. Sie leuchtete triumphierend wie ein gefallener Engel, der wieder in die Himmelsherrlichkeit eingehen darf und doch den alten Dämonenzug noch auf der Stirn trägt. Er war ganz ohne Ausdruck, als wäre sein Ich aufgehoben und ihr verfallen, ohne Widerrede, wie seinem Schicksal.

Dann kam Gerald Crich, blond, hübsch, gesund, voll verhaltener Kraft, aufrecht und makellos. Aber durch sein liebenswürdiges, beinahe glückliches Äußeres glitzerte etwas seltsam Verstecktes. Gudrun stand rasch auf und ging, sie hielt es nicht aus. Sie wollte allein sein und ergründen, was so heiß in sie eingedrungen war und ihrem Blut plötzlich eine ganz neue Wärme gegeben hatte.

Shortlands

Die beiden Brangwens gingen wieder nach Hause, und die Hochzeitsgesellschaft versammelte sich in Shortlands, dem Besitz der Familie Crich. Es war ein langgestrecktes, niedriges, altes Gutshaus auf einem Hügel am anderen Ufer des schmalen Willey-Sees. Von dort ging der Blick über einen parkartigen Wiesenhang mit einzelnen großen Bäumen und über den kleinen Weiher auf den bewaldeten Hügel, der zwar die Kohlengruben von Beldover, doch nicht den aufsteigenden Rauch verdeckte. Aber es war trotzdem ein ländlich schönes, überaus friedliches Bild, und auch das Haus hatte einen eigenen Reiz.

Im Augenblick war es voll Menschen, die ganze Familie war da und viele Gäste. Dem Vater war nicht wohl, er zog sich zurück. Gerald machte den Wirt. Er stand in der behaglich eingerichteten Halle und unterhielt sich freundschaftlich zwanglos mit den Herren. Seine geselligen Pflichten machten ihm sichtlich Spaß, er lächelte und floß über von Gastlichkeit.

Die Damen ergingen sich in freundlichem Durcheinander, die drei verheirateten Töchter des Hauses trieben sie bald hierhin, bald dorthin. Immerfort hörte man ihre unverkennbaren, gebieterischen Stimmen: «Helen, einen Augenblick!» – «Marjory, komm doch mal her.» – «Ach nein, Mrs. Witham –» Frauenkleider rauschten, elegante Erscheinungen tauchten auf und verschwanden wieder, ein Kind hüpfte quer durch die Halle, ein Hausmädchen kam und ging eilig, wie sie gekommen war.

Die Herren standen in kleinen Gruppen gemächlich beisammen und plauderten und rauchten, als kümmerten sie sich nicht weiter um das Gerausche und Geschwirr um sie her. Doch kamen sie über all dem aufgeregten, glashellen, eiskalten Lachen und Schwatzen der Damen in kein ernsthaftes Gespräch. Sie fühlten sich gehemmt und unbehaglich und langweilten sich. Nur Gerald behielt sein vergnügtes Gesicht, als merkte er nicht, daß er eigentlich zu nichts Vernünftigem kam. Im Grunde war er der Mittelpunkt des Festes und wußte das sehr gut.

Plötzlich kam Mrs. Crich lautlos herein und sah sich mit dem scharfen, bleichen Gesicht überall um. Sie hatte noch ihren Hut auf und die blauseidene Jacke an.

«Was suchst du, Mutter?» fragte Gerald. «Nichts, gar nichts», erwiderte sie zerstreut und ging gerade auf Birkin zu, der sich mit einem von Geralds Schwägern unterhielt.

«Guten Tag, Mr. Birkin», sagte sie mit ihrer leisen Stimme, die klang, als wäre sie gar nicht an ihre Gäste gerichtet und reichte ihm die Hand. «Oh, gnädige Frau –» Birkin hatte mühelos den Ton gewechselt – «ich konnte nicht eher bis zu Ihnen vordringen.»

«Die Hälfte von all den Leuten hier kenne ich gar nicht», sagte sie leise. Ihrem Schwiegersohn wurde es unbehaglich, er drückte sich beiseite. «Und mögen Fremde nicht gern?» lachte Birkin. «Ich für mein Teil habe nie einsehen können, warum ich von Leuten Notiz nehmen soll, nur weil sie gerade mit mir in einem Zimmer sind: was brauche ich denn zu wissen, daß sie da sind?»

«Ja, warum eigentlich!» In der leisen Stimme lag etwas Krampfhaftes. «Und doch sind sie da. Die Menschen, die ins Haus kommen, kenne ich nicht. Die Kinder stellen sie mir vor – ‹Mutter, dies ist Mr. Soundso.› Damit bin ich aber um keinen Schritt weiter. Was hat Mr. Soundso überhaupt mit seinem Namen zu tun – was in aller Welt aber habe ich mit ihm oder mit seinem Namen zu schaffen?»

Sie sah zu Birkin auf. Er wußte nicht recht, was er aus ihr machen sollte. Nebenbei schmeichelte es ihn, daß sie sich mit ihm unterhielt, denn um die andern kümmerte sie sich kaum. Er sah hernieder in das gespannte, bleiche Gesicht mit den großen Zügen, hatte aber Angst, dem schweren Blick ihrer blauen Augen zu begegnen. Es fiel ihm auf, wie sich ihr das Haar lose und unordentlich um die wohlgeformten Ohren ringelte, die nicht tadellos sauber waren. Auch der Hals war nicht recht gewaschen. Dabei hatte er das Gefühl, er stünde ihr näher als der ganzen übrigen Gesellschaft, sogar in diesem Zug, wenn er sich auch überlegte, daß er selber – jedenfalls an Hals und Ohren – stets ordentlich gewaschen war.

Er lächelte ein bißchen bei seinen Gedanken, doch war er in einer starken Spannung. Es kam ihm vor, als machte er mit der gealterten, menschenscheuen Frau gemeinsame Sache – zwei Verschwörer, zwei Feinde im Lager der andern. Er glich einem Hirsch, der mit einem Ohr rückwärts auf die Fährte und mit dem andern vorwärts ins Revier lauscht.

«Im Grunde liegt ja gar nichts an den Leuten», sagte er und hatte eigentlich keine Lust, das Gespräch fortzusetzen. Die alte Dame sah plötzlich mit heimlicher Frage im Blick zu ihm auf, als zweifle sie an seiner Aufrichtigkeit. «Liegt ja gar nichts an ihnen –: wie meinen Sie das?» fragte sie rasch. – «Es gibt nicht viele, die überhaupt etwas sind.» Er fand sich gezwungen, tiefer auf die Sache einzugehen, als er wollte. «Die meisten klingeln mit Worten und kichern sich durchs Leben. Es wäre ihnen besser, sie würden einfach weggewischt. Ein wesentliches Dasein haben sie nicht – sie sind eigentlich gar nicht da.»

Während er sprach, beobachtete sie ihn unverwandt. «Aber wir denken sie uns doch nicht aus», sagte sie spitz. – «Bei ihnen ist eben gar nichts weiter auszudenken, und darum sind sie nicht.» – «Sehen Sie, soweit möchte ich nicht gehen. Da sind sie doch, einerlei, ob sie ein Dasein haben oder nicht. Über ihr Dasein zu entscheiden, ist nicht an mir. Ich weiß nur eins: niemand kann von mir verlangen, daß ich mich um jeden einzelne kümmere. Sie können doch nicht verlangen, daß ich sie kenne, nur weil sie gerade da sind. Meinetwegen könnten sie ebensogut nicht da sein.»

«Nun eben», gab er zurück. «Ich habe doch recht?» fragte sie noch einmal. «Genausogut können sie nicht da sein», wiederholte er. Dann trat eine kleine Pause ein.

«Aber sie sind einmal da, und das ist das Unglück», sagte sie. «Meine Schwiegersöhne zum Beispiel», fuhr sie fort, halb zu sich selbst. «Jetzt hat Laura auch geheiratet, und es ist noch einer mehr. Und dabei kann ich noch nicht John und James unterscheiden. Da kommen sie nun zu mir und nennen mich Mutter. Ich weiß schon, gleich sagen sie ‹Guten Tag, Mutter›. Eigentlich sollte ich antworten: ‹Ich bin eure Mutter nicht, in gar keinem Sinne.› Aber was hülfe das? Da stehen sie ja. Ich habe doch meine eigenen Kinder. Die kann ich doch wohl von den Kindern einer andern Frau unterscheiden.» – «Das sollte man meinen», sagte er.

Ein bißchen überrascht sah sie ihn an, vielleicht hatte sie vergessen, daß sie mit ihm sprach. Sie verlor den Faden. Ihr Blick schweifte in der Halle umher. Birkin war sich nicht klar darüber, was sie suchte oder dachte, offenbar bemerkte sie ihre Söhne.

«Sind alle meine Kinder da?» fragte sie auf einmal. Er lachte auf, sie wurde ihm unheimlich. «Ich kenne nur Gerald, die andern kaum», gab er zur Antwort. «Ach, Gerald!» sagte sie. «Er hat mich von allen am meisten nötig. Wenn Sie ihn sehen, wie er jetzt ist, kämen Sie nicht darauf, nein?» – «Nein», sagte Birkin.

Die Mutter sah zu ihrem Ältesten hinüber und sah ihn lange an mit schwerem Blick.

«Ä!» stieß sie hervor, einen unverständlichen Laut tiefsten Überdrusses. Birkin war unbehaglich zumute, er fürchtete sich wohl, zu glauben, was er sah. Und Mrs. Crich vergaß, daß er dastand, und ging weg. Aber gleich war sie wieder da.

«Ich wollte, er hätte einen Freund. Er hat nie einen Freund gehabt.» Birkin sah ihr in die blauen Augen. Er fühlte den Druck ihres Blickes und konnte ihn nicht verstehen. ‹Soll ich meines Bruders Hüter sein?› sagte er zu sich selbst und wußte nicht recht, woher ihm das kam.

Dann fiel ihm ein, das war ja Kains Wort. Er erschrak, denn wenn jemand Kain war, so war es Gerald. Und trotzdem war er nicht Kain, wenn er auch seinen Bruder erschlagen hatte. Es gab eben doch etwas wie Zufall, und dann trafen einen die Folgen nicht, selbst wenn man wie Kain den Bruder umgebracht hatte. Als kleiner Junge hatte Gerald seinen Bruder erschossen, ohne es zu wollen. Und was folgte daraus? Mußte das ganze Dasein gezeichnet und verflucht sein, das einst der Anlaß zu dem Unfall gewesen war? Ein Mensch kann durch Zufall geboren werden und durch Zufall sterben. Oder nicht? Ist das Leben des einzelnen dem Zufall unterworfen, bedeutet nur die Rasse, die Art, die Gattung etwas im Zusammenhang der Dinge? Oder ist es anders, gibt es keinen

Zufall? Hat alles, was geschieht, seine Tragweite im All? Und ist das gewiß? Birkin war in Sinnen versunken und hatte Mrs. Crich vergessen wie sie ihn.

Er glaubte nicht an irgendwelche Zufälle und Unfälle. Im tiefsten Sinn hing doch alles zusammen.

Als er eben mit sich darüber einig geworden war, kam eine der Töchter herbei und sagte:

«Willst du nicht mitkommen und deinen Hut abnehmen, Mutter? In einem Augenblick gehen wir zu Tisch, und heute ist doch eine feierliche Gelegenheit.» Sie gab ihrer Mutter den Arm und ging mit ihr weg. Birkin redete gleich den Herrn an, der ihm zunächst stand.

Der Gong rief zum Essen. Die Herren blickten auf, aber keiner tat einen Schritt ins Speisezimmer. Die Damen des Hauses schienen nicht auf das Zeichen zu achten. Fünf Minuten vergingen. Crowther, der alte Diener, erschien wütend in der Tür und warf dem jungen Herrn einen flehenden Blick zu. Gerald nahm darauf eine große Muschel vom Bort und blies, daß die Wände zitterten, ohne Rücksicht auf die Anwesenden, denen der fremdartige Ton durch Mark und Bein fuhr. Die Wirkung war fabelhaft. Alles kam gelaufen, als wäre Alarm geblasen, und drängte einhellig in den Speisesaal.

Gerald wartete einen Augenblick, ob seine Schwester sich nicht auf ihre Pflicht als Wirtin besänne, denn er wußte, mit seiner Mutter war nicht zu rechnen. Aber auch die Tochter hatte nur den einen Gedanken, an ihren Platz zu kommen. So übernahm es der junge Mann, den Gästen zu zeigen, wo sie sitzen sollten, ein klein wenig herrischer vielleicht, als nötig gewesen wäre.

Einen Augenblick wurde es still im Saal, jeder sah sich die Hors d'œuvres an, die herumgereicht wurden. Und in die Stille hinein ertönte ruhig und sicher die Stimme eines dreizehn- bis vierzehnjährigen Mädchens, dem das lange Haar lose den Rücken hinunterhing:

«Gerald, du denkst wohl gar nicht an Vater, daß du solchen Höllenlärm machst?» – «Meinst du?» versetzte er. Dann wandte er sich an die Gesellschaft: «Vater hat sich hingelegt, er fühlt sich nicht ganz wohl.» – «Ja, wie geht es ihm eigentlich?» fragte eine der verheirateten Töchter und lugte um den gewaltigen Hochzeitskuchen herum, der mit künstlichen Blumen geschmückt wie ein Turm inmitten der Tafel stand. «Schmerzen hat er nicht, aber er ist sehr angegriffen», antwortete Winifred, die Kleine mit den hängenden Haaren.

Es wurde Wein eingeschenkt, und jeder redete so laut er konnte. Ganz hinten am Ende der Tafel saß die Mutter mit den nachlässig aufgesteckten Haaren. Birkin war ihr Tischherr. Hin und wieder blickte sie grimmig die Reihen der Tafelnden entlang, beugte sich vor und starrte ihren Gästen unhöflich ins Gesicht. Dann sagte sie wohl leise zu Birkin: «Wer ist der junge Mensch?» – «Ich weiß nicht», war die vorsichtige Antwort. – «Kenne ich ihn?» – «Ich glaube nicht, ich jedenfalls nicht», erwiderte er, und sie war befriedigt. Ihre Lider senkten sich müde, Friede breitete sich über ihre Züge, sie sah aus wie eine ruhende Königin. Dann fuhr sie wieder auf, ein gesellschaftliches Lächeln spielte um ihren Mund, einen Augenblick schien sie ganz die zuvorkommende Wirtin und verneigte sich liebenswürdig, als wäre ihr jeder von Herzen willkommen. Und dann waren die Schatten wieder da. Das Gesicht bekam einen grämlichen, geierhaften Ausdruck, und sie blinzelte gehässig unter den Brauen hervor wie eine finstere Unholdin, die ihren Verfolgern ins Garn gegangen ist.

«Mutter», rief Diana über den Tisch, ein hübsches Ding, ein wenig älter als Winifred, «ich darf doch ein bißchen Wein haben, nicht?» – «Ja, du darfst Wein haben», gab die Mutter automatisch zurück, es war ihr völlig gleichgültig.

Und Diana winkte dem Diener, daß er ihr das Glas füllte.

«Gerald darf mir das nicht verbieten», sagte sie seelenruhig, zur ganzen Gesellschaft gewendet. «Da hast du ganz recht, Di», erwiderte der Bruder freundlich und sie warf ihm über ihrem Glas einen kecken Blick zu.

Ein merkwürdig freier Ton herrschte im Hause, im Grunde tat jeder, was er wollte. Doch war es eher ein Ablehnen jeglicher Autorität als wirkliche Freiheit. Gerald hatte zwar einiges zu sagen, aber nur kraft seiner Person, nicht etwa, weil ihm eine besondere Stellung gegeben worden wäre. Seine Stimme hatte einen liebenswürdigen Herrenton, der die andern, die alle jünger waren als er, in Schach hielt.

Hermione unterhielt sich mit dem Bräutigam über das Problem der Nation. «Nein», sagte sie, «ich halte es für einen Fehler, die Leute bei ihrem Patriotismus zu packen. Das ist ja, als wenn zwei Firmen einander Konkurrenz machen.» – «Hören Sie, das kann man aber nicht ohne weiteres sagen», warf Gerald ein, der für sein Leben gern diskutierte. «Schließlich können Sie eine Rasse doch nicht als Unternehmen bezeichnen, nicht wahr – und Nation und Rasse ist doch ungefähr dasselbe, wenigstens sollte es das wohl sein.»

Einen Augenblick sagte keiner ein Wort. Gerald und Hermione verkehrten immer in eigentümlich feindseligem, aber ebenso glattem und höflichem Ton miteinander.

«Glauben Sie wirklich, daß Nationalität und Rasse identisch sind?» fragte sie sinnend mit ausdruckslosem, unentschiedenem Gesicht.

Birkin wußte, sie wartete darauf, daß er sich in das Gespräch mischte. Und pflichtschuldig fing er an: «Mir scheint, Gerald hat recht – die Rasse ist doch die wesentliche Grundlage der Nation, wenigstens in Europa.»

Wieder machte Hermione eine Pause, gleichsam als wollte sie der Behauptung Zeit lassen, abzukühlen. Dann sagte sie in einem Ton angemaßten Sachverstandes, der sehr sonderbar klang: «Ja, und selbst wenn es so wäre, wendet der Appell an den Patriotismus sich denn an den Rasseninstinkt und nicht vielmehr an den Eigentumssinn, an die Händlertriebe? Und meinen wir nicht eigentlich das, wenn wir von Nation sprechen?» — «Vermutlich», sagte Birkin, der fühlte, daß für ein solches Gespräch weder der rechte Ort noch der rechte Augenblick war.

Aber Gerald war nun einmal im Fahrwasser der Diskussion. «Eine Rasse kann wohl auch vom wirtschaftlichen Gesichtspunkt aus betrachtet werden», sagte er. «Das muß sie sogar. Wie eine Familie. Da heißt es auch Vermögen erwerben. Und um Vermögen sammeln zu können, muß man andern Familien, andern Nationen den Rang ablaufen. Ich sehe nicht ein, wieso das falsch sein sollte.»

Wieder wartete Hermione überlegen und kühl, ehe sie antwortete: «Doch ich halte es immer für verkehrt, den Geist des Wettbewerbs aufzurufen. Das macht böses Blut. Und böses Blut sammelt sich an.»

«Aber Sie können doch den Geist des Wettbewerbs nicht ganz abtun?» sagte Gerald. «Als Ansporn zu Produktion und Fortschritt ist er nicht zu entbehren.» — «Ich glaube doch», meinte Hermione nachlässig, «man kann ihn abtun.» — «Ich muß sagen», warf Birkin ein, «ich finde diesen Wettbewerb niederträchtig.» Hermione knabberte an einem Stück Brot und zog es mit einer langsamen, etwas verächtlichen Bewegung aus den Zähnen wieder hervor. Sie wandte sich an Birkin.

«Du findest ihn gemein, jawohl.» Es klang vertraulich, einverstanden. «Niederträchtig», wiederholte er. «Ja», sagte sie leise, beruhigt und zufrieden. «Aber», fuhr Gerald hartnäckig fort, «man darf doch dem Mitmenschen nicht sein tägliches Brot wegnehmen; wie sollte denn ein Volk dem andern wegnehmen dürfen, was es zum Leben nötig hat?»

Hermione brummte verdrossen vor sich hin, ehe sie möglichst gleichgültig die paar Worte hinwarf: «Also es handelt sich nicht jedesmal um den Besitz, wie? Ist nicht alles reine Marktfrage!»

Gerald ärgerte sich über die grob materialistische Folgerung.

«Mag sein, mehr oder weniger. Wenn ich jemand seinen Hut vom Kopf reiße, wird ihm der Hut zum Symbol seiner Freiheit. Und wenn er sich des Hutes wegen mit mir schlägt, so schlägt er sich um seine Freiheit.»

Hermione war in Verlegenheit. «Allerdings», sagte sie gereizt. «Aber mit solchen erdachten Beweisen fechten, gilt doch wohl nicht für anständig, wie? Es kommt ja gar keiner und nimmt mir den Hut vom Kopf, oder etwa doch?» — «Und warum nicht? Einzig und allein weil es gesetzlich verboten ist.» — «Nicht allein deswegen», sagte Birkin. «Neunundneunzig unter hundert wollen meinen Hut gar nicht haben.» — «Das ist Ansichtssache», meinte Gerald. «Oder der Hut ist Geschmackssache», lachte der Bräutigam.

«Und wenn er meinen Hut wirklich haben will, so wie er ist», sagte Birkin, «so steht es ganz gewiß bei mir, zu entscheiden, ob ich lieber um meinen Hut kämpfen oder unbehelligt meines Wegs gehen will. Wenn ich gezwungen bin, den Huträuber zu fordern, so ist es mit meiner

Freiheit aus. Die Frage ist, was mir mehr wert ist, die Annehmlichkeit, mich benehmen zu können, wie ich Lust habe, oder mein Hut.» – «Ja, ja», sagte Hermione und sah Birkin sonderbar an.

«Aber würdest du dir denn deinen Hut einfach vom Kopf nehmen lassen?» fragte die Braut Hermione. Das hochgewachsene Mädchen saß sehr gerade und aufrecht da und wandte ihr Gesicht langsam, als wäre sie kaum bei Bewußtsein, der neuen Sprecherin zu. «Nein», antwortete sie ganz leise, in einem kaum noch menschlichen Ton, in dem es wie verborgenes Kichern klang. «Nein, ich ließe mir von niemand meinen Hut vom Kopf nehmen.» – «Wie wollen Sie das verhindern?» sagte Gerald. «Weiß nicht», antwortete Hermione langsam. «Ich denke mir, ich würde den Menschen umbringen.»

In der Stimme zuckte das sonderbare Kichern, in ihrer ganzen Art und Weise lag etwas gefährlich Sprühendes, dem schwer standzuhalten war.

«Mir ist natürlich klar», sagte Gerald, «was Rupert meint. Die Frage ist für ihn, ob ihm sein Hut oder sein Seelenfriede wichtiger ist.» – «Mein äußerer Friede», sagte Birkin. – «Meinetwegen. Wie aber willst du für ein Volk entscheiden?» – «Gott soll mich bewahren!» – «Nun ja, aber nehmen wir einmal an, du müßtest.» – «Dann läuft es auf dasselbe hinaus. Wenn einer Nation ihre Krone zum alten Hut geworden ist, dann soll der Herr Dieb sie ruhig nehmen.» – «Ja, aber kann der Nationalhut oder der Rassenhut jemals zum alten Hut werden?» Gerald ließ nicht nach. «Dahin wird es wohl noch kommen», sagte Birkin. – «So sicher ist mir das nicht.» – «Mir auch nicht, Rupert», sagte Hermione. – «Bitte sehr.» – «Ich bin doch sehr für den alten Nationalhut», lachte Gerald. «Und siehst albern genug darin aus», rief der Backfisch Diana, seine naseweise kleine Schwester. «Ach, ihr und eure alten Hüte, wir können schon lange nicht mehr mit», sagte Laura Crich dagegen. «Nun hör aber auf, Gerald, wir wollen ein Hoch ausbringen. Auf wen wollen wir trinken? O ja, hoch leben lassen, hoch, Gläser her, Reden, Reden, wer will die Rede halten?»

Birkin dachte über den Tod von Rassen und Nationen nach und sah zu, wie ihm Sekt eingegossen wurde. Die Bläschen brachen sich am Rand des Glases, der Diener ging weiter. Birkin bekam auf einmal Durst, als er den Wein sah, und trank das Glas aus. Da fühlte er die wunderliche kleine Spannung im Saal und kam zur Besinnung. Es war ihm sehr peinlich.

‹Habe ich das nun mit Absicht getan oder nicht?› fragte er sich und kam zu dem Schluß, es wäre, wie man gemeinhin sagt, «aus Versehen mit Willen» geschehen. Er sah sich nach dem Lohndiener um. Er kam, man fühlte seinem lautlosen Schritt die eisige Mißbilligung des Bedienten an. Birkin kam mit sich überein, daß er Toaste haßte, Toaste, Diener, Gesellschaften, die gesamte Menschheit beinahe in jeder Beziehung. Dann stand er auf und hielt eine Rede. Aber es widerte ihn doch an.

Endlich war das Festessen überstanden. Ein paar Herren gingen in den Garten und schlenderten an Rasen und Blumenbeeten entlang bis zu dem Eisengitter, das ihn gegen die parkartige kleine Weide abgrenzte. Der Blick war reizend. Eine Landstraße schlängelte sich unter Bäumen am Ufer des seichten Weihers dahin. In der klaren Frühlingsluft glänzte das Wasser, und die Wälder am andern Ufer leuchteten wie Purpur vor quellendem Leben. Schöne Jerseykühe kamen ans Gitter und hauchten aus ihren Samtmäulern die Menschenwesen heiser an, wohl in der Hoffnung auf eine Brotrinde.

Birkin lehnte sich über das Gitter. Eine Kuh blies ihm feuchte Wärme in die Hand.

«Schönes Vieh, sehr hübsch», sagte Marshall, einer der Schwäger. «Beste Sorte Milchkühe, die man haben kann.» – «Jawohl», sagte Birkin. «Ei gute Bleß, ei schöne Bleß!» fuhr Marshall in eigentümlichen Fisteltönen fort, die den andern vor unterdrücktem Lachen beinah ersticken ließen.

«Wer hat das Rennen gemacht, Lupton?» rief er den Bräutigam an, um sich nicht merken zu lassen, wie er lachte.

Der Bräutigam nahm die Zigarre aus dem Mund. «Das Rennen?» Dann verzog er den Mund zu einem etwas dünnen Lächeln. Er mochte von der Flucht in die Kirche nicht gern wieder anfangen. «Wir sind gleichzeitig oben angekommen. Freilich faßte sie den Pfeiler zuerst, aber ich hatte die Hand auf ihrer Schulter.» – «Was habt ihr da?» fragte Gerald.

Birkin erzählte ihm von dem Wettrennen zwischen Braut und Bräutigam.

«Hm!» sagte Gerald mißbilligend. «Warum bist du denn so spät gekommen?» – «Lupton wollte sich über die Unsterblichkeit der Seele unterhalten», sagte Birkin, «und dann hatte er auch keinen Schuhknöpfer.» – «O je!» fuhr Marshall dazwischen. «Unsterblichkeit der Seele am Hochzeitstag! Hast wohl auch nichts Besseres finden können, woran du denken konntest!» – «Was ist denn dabei?» fragte der Bräutigam, ein glattrasierter Marineoffizier, und bekam einen roten Kopf. – «Klingt ja, als hättest du an den Galgen gesollt statt in die Kirche. Die Unsterblichkeit der Seele!» wiederholte der Schwager mit vernichtender Betonung. Aber es hörte niemand auf ihn.

«Und wie habt ihr euch entschieden?» fragte Gerald, der bei dem Gedanken an eine metaphysische Diskussion gleich die Ohren spitzte. «Heutzutage kommst du ohne Seele aus, mein Junge», sagte Marshall. «Sie wäre dir bloß im Wege.» – «Herrgott, Marshall, laß uns in Ruhe und rede mit jemand anders.» Gerald verlor die Geduld. «Mit Wonne, Donnerwetter ja», brauste Marshall auf. «Dies ewige Gewäsch um die verfluchte Seele.»

Wütend ging er seiner Wege, Gerald sah ihm zornig nach und wurde erst allmählich wieder ruhig und freundlich, als die stämmige Gestalt in der Ferne verschwand.

«Eins steht fest, Lupton», wandte sich Gerald plötzlich an den Bräutigam: «Laura hätte nie einen solchen Esel in die Familie gebracht wie Lottie.» – «Tröste dich nur damit», schmunzelte Birkin. «Ich schneide sie einfach», lachte der Bräutigam.

«Wie war denn das also mit dem Rennen – wer hat angefangen?» fragte Gerald. – «Wir sind zu spät gekommen. Laura stand schon auf der obersten Stufe im Kirchhof, als unser Wagen vorfuhr. Da sah sie Lupton auf sich zustürzen und riß aus. Was machst du denn für ein böses Gesicht? Trifft dich das etwa in deiner Familienehre?» – «Eigentlich ja», sagte Gerald. «Wer etwas anfängt, soll es ordentlich machen, und wer es nicht ordentlich machen will, der soll die Finger davon lassen.» – «Hübsch gesagt.»

«Findest du das denn nicht auch?» – «Durchaus. Nur kann ich nicht gut vertragen, wenn du in Sprüchen redest.» – «Rupert, Mensch, soll denn alles Geistreiche immer nur auf deine Weise gesagt werden?» – «Das nicht. Aber das Geistreiche ist mir im Wege, und du kommst mir immerzu damit.»

Gerald lächelte unwillig über solche Verschrobenheit, und dann war es, als wollte er mit einer Bewegung der Brauen das Thema fallenlassen. «Du erkennst wohl für dein Benehmen überhaupt keine Norm an, was?» fing er an zu schulmeistern.

Birkin sah sich herausgefordert. «Normen – niemals. Ich hasse Normen. Für die große Masse sind sie allerdings nötig. Wer etwas ist, braucht nur er selbst zu sein und zu tun, was ihm Spaß macht.» – «Was meinst du mit ‹er selbst sein›?» fragte Gerald. «Stammt das von dir, oder sagt man das jetzt so?» – «Ich meine einfach, man soll tun, was man will. Ich fand es tadellos von Laura, wie sie vor Lupton weglief zur Kirchentür hinauf, geradezu ein Meisterstück an Form. Es ist das Schwierigste von der Welt, unmittelbar aus dem inneren Antrieb zu handeln, und dazu das einzig wahrhaft Vornehme – wenn man es sich leisten kann.»

«Du verlangst doch wohl nicht, daß ich dich ernst nehme?»

«Doch Gerald, du bist einer der wenigen, von denen ich das erwarte.» – «Dann kann ich zu meinem Bedauern in diesem Punkt deine Erwartungen nicht erfüllen. Du meinst also, die Leute sollen einfach tun, was ihnen Spaß macht.»

«Mir scheint, das tun sie auch immer. Aber ich wollte, sie hätten Spaß an dem rein individuellen Ich, das jeden auf seine besondere Weise handeln läßt. Doch sie mögen immer nur, was sie mit den andern gemeinsam haben; danach handeln sie am liebsten.» – «Und ich», sagte Gerald ingrimmig, «möchte nicht in einer Welt leben, in der die Menschen individuell und unmittelbar aus dem innern Antrieb handeln, wie du es nennst. In fünf Minuten wären wir dann so weit, daß jeder seinem Mitmenschen die Gurgel abschnitte.» – «Das heißt also, du möchtest jedem andern die Gurgel abschneiden?» – «Woraus folgt das?»

gab Gerald unwirsch zurück. «Keiner», sagte Birkin, «schneidet dem andern die Gurgel ab, wenn er nicht Lust dazu hat, und wenn der andre nicht möchte, daß sie ihm abgeschnitten wird. Das ist die reine Wahrheit. Zu einem Mord gehören zwei: ein Mörder und ein Opfer. Opfer ist nur, wer sich ermorden läßt. Und wer sich ermorden läßt, hat, wenn auch unbewußt, im tiefsten Grunde das Begehren danach, ermordet zu werden.»

«Manchmal redest du reinen Unsinn. Tatsächlich hat doch keiner von uns Lust, sich den Hals abschneiden zu lassen, und für die meisten Leute kommt früher oder später einmal der Augenblick, wo sie ihn uns am liebsten abschneiden möchten.»

«Das ist ja eine gemeine Art, die Dinge zu sehen, Gerald, kein Wunder, daß dir dabei vor dir selbst und vor deinem eigenen Elend bange wird.» – «Wie sollte ich vor mir selber bange sein? Und elend komme ich mir weiter nicht vor.» – «Mir scheint immer, du hättest heimlich den Wunsch, dir den Bauch aufschlitzen zu lassen, und bildetest dir ein, jeder, der dir über den Weg läuft, hätte im Ärmel schon das Messer dafür bereit.» – «Woher weißt du denn das?» – «Von dir selber», erwiderte Birkin.

Die beiden verstummten. Zwischen ihnen war eine sonderbare Feindschaft, die der Liebe eng verwandt war. Es war immer dasselbe: jede Unterhaltung führte zu tödlich naher Berührung, in ein seltsam gefährliches Vertrautsein, das Haß oder Liebe oder beides war. Sie trennten sich, als fragten sie nichts nacheinander, als hätte es weiter nichts zu bedeuten, wenn jeder seiner Wege ging, und sie hielten auch darauf, daß es sie nicht über das Maß des Alltäglichen hinaus bewegte. In Wirklichkeit aber hatten ihre Herzen aneinander Feuer gefangen und brannten zusammen in einer Flamme. Sie hätten das niemals zugegeben. Ihre Beziehungen sollten behaglich freundschaftlich sein und nichts weiter, sie waren nicht so unmännlich und unnatürlich, heißere Gefühle zwischen sich aufkommen zu lassen. Sie glaubten nicht im geringsten an ein tieferes Verhältnis von Mann zu Mann, und weil sie nicht daran glaubten, durfte die innige Zuneigung, die in ihnen mächtig war, sich nicht entfalten.

3

In der Schule

Ein Schultag ging zu Ende. In der Klasse war still und friedlich die letzte Stunde im Gange, Anfangsgründe der Botanik, Hasel- und Weidenkätzchen lagen auf den Pulten herum, die Kinder hatten sie eben gezeichnet. Nun war es zu dunkel geworden. Ursula stand vor ihnen und führte sie durch ihre Fragen in Bau und Bedeutung der Kätzchen ein.

Ein müder kupferroter Strahl fiel durchs Westfenster herein, vergoldete die Kinderköpfe und tauchte die gegenüberliegende Wand in tiefe Glut. Ursula merkte es kaum. Sie hatte zu tun, gleich war die Schule aus, und die Arbeit drängte ein bißchen, wie im friedlichen Strom das Wasser sich staut, ehe es ebbend zur Ruhe gehen darf.

Der Tag war vergangen wie viele andere auch, in halb unbewußter Geschäftigkeit. Gegen Ende ging es dann ein bißchen schneller, weil das Pensum erledigt werden mußte. Ursula setzte den Kindern mit Fragen zu, damit sie auch ja alles wüßten, was sie wissen mußten, wenn es läutete. In der dämmerigen Stube stand sie vor ihnen mit Kätzchen in der Hand und beugte sich heiß vor Lehreifer zu ihnen hinüber.

Sie hörte die Tür gehen und achtete nicht darauf. Plötzlich fuhr sie zusammen, sie sah im hereinfallenden Abendstrahl dicht vor sich das Gesicht eines Mannes. Es glühte wie Feuer und sah sie erwartungsvoll an. Ihr wollten die Sinne schwinden, so war sie erschrocken. Was sie je an Furcht und Grauen gewaltsam unterdrückt hatte, war plötzlich wach, sie zitterte am ganzen Körper.

«Habe ich Sie erschreckt?» fragte Birkin und gab ihr die Hand. «Ich dachte, Sie hätten mich kommen hören.» – «Nein», sagte sie, kaum der Stimme mächtig. Er lachte und entschuldigte sich, und sie konnte sich gar nicht denken, was er daran lächerlich fand.

«Es ist so dunkel», sagte er. «Wollen wir nicht Licht machen?» ging zur Tür und schaltete die hellen Lampen ein. Auf einmal lag das Klassenzimmer grell erleuchtet da, ein fremder Raum, nachdem der weiche Dämmerzauber gebrochen war, der es bei seiner Ankunft erfüllt hatte. Birkin wandte sich neugierig nach Ursula um. Sie machte runde, erstaunte Augen, als wisse sie nicht recht, wie ihr geschehen war, und es zuckte ein bißchen um ihren Mund. Menschen, die aus festem Schlaf geweckt werden, sehen wohl so aus. Ihr Gesicht leuchtete zart und lebendig schön wie erstes Frühlicht. Er sah sie mit einem ganz neuen Wohlgefallen an und dachte sich weiter nichts dabei, sein Herz hatte nur seine Freude an ihr.

«Sie nehmen gerade Kätzchen durch?» fragte er und nahm einen Haselzweig, der auf dem Pult vor ihm lag. «Sind sie denn schon heraus? Ich habe dieses Jahr gar nicht darauf achtgegeben.»

Er war ganz vertieft. «Die roten auch schon!» und er sah sich die kleinen Flämmchen an, die aus der weiblichen Knospe hervorsprossen.

Dann ging er durch die Reihen und ließ sich von den Schülern die Hefte geben. Ursula sah ihm nach, wie er ruhig und aufmerksam von einem zum andern ging, und der Aufruhr in ihrer Brust legte sich. Sie hatte das Gefühl, zum Schweigen verwiesen zu sein und beiseite stehen zu müssen, während er in einer Welt für sich angespannt tätig war. Was er tat, geschah so still, seine Gegenwart war fast wie ein luftleerer Raum in der lebendigen Luft.

Plötzlich sah er sie an, und ihr Herz schlug rascher beim Klang seiner

Stimme. «Ach, seien Sie doch so gut und geben den Kindern ein paar Buntstifte», sagte er, «damit sie die weibliche Blüte rot und die männliche gelb malen können. Ich würde sie einfach rot und gelb angeben lassen, ohne jede Schattierung. Auf den Umriß kommt auch nicht viel an, nur der eine Unterschied muß hervortreten.»

«Buntstifte haben wir nicht», sagte Ursula. – «Irgendwo sind doch gewiß welche aufzutreiben ... Sie brauchen ja weiter nichts als Gelb und Rot.»

Ursula schickte einen Jungen hinaus, der nach den Stiften sehen sollte. «Ich fürchte nur, sie verschmieren die Hefte», sagte sie zu Birkin und wurde dunkelrot. – «Das ist nicht so schlimm. Diese Dinge müssen den Kindern durch den Augenschein deutlich gemacht werden. Sie wollen doch auf die Tatsache hinaus und nicht subjektive Eindrücke festhalten. Und was ist hier die Tatsache? – Rote, spitzige Narben bei den weiblichen Blüten, hängende, gelbe, männliche Kätzchen, gelber Staub, der von den Kätzchen auf die Fruchtboden fliegt. Das muß bildmäßig festgelegt werden, so einfach wie das Kind ein Gesicht zeichnet – zwei Augen, eine Nase, Mund und Zähne –, sehen Sie, so ...» und er malte es an die Wandtafel.

In dem Augenblick erschien noch ein Gesicht hinter der Glasscheibe in der Tür. Es war Hermione Roddice. Birkin ließ sie herein.

«Ich sah dein Auto vor der Tür», sagte sie. «Du bist doch nicht böse, wenn ich hereinkomme. Ich wollte dich gern einmal bei der Arbeit sehen.»

Sie sah ihn lange, lange innig mutwillig an und lachte plötzlich auf. Dann endlich wandte sie sich zu Ursula, die mit der ganzen Klasse der kleinen Liebesszene zugesehen hatte.

«Guten Tag, Miss Brangwen», flötete sie in leisem, singendem Ton, wie das ihre Art war. Es klang immer, als wollte sie sich über den Angeredeten lustig machen. «Es ist Ihnen doch nicht unangenehm, daß ich hereinkomme, wie?» Die grauen Augen blieben mit ihrem geringschätzigen Blick die ganze Zeit auf Ursula ruhen, als wollten sie sie ein für allemal erfassen. – «Oh, gar nicht.» – «Ganz bestimmt nicht?» wiederholte Hermione, ohne aus ihrer Ruhe zu kommen. Der merkwürdigen Unverschämtheit, die darin lag, war Ursula nicht ganz gewachsen. «O nein, ich freue mich schrecklich», lachte sie ein bißchen aufgeregt und verwirrt, denn sie hatte das Gefühl, Hermione zwänge ihr die Worte ab. Sie war ganz nahe zu ihr herangekommen, als wären sie eng befreundet, aber wie hätte das wohl zugehen sollen! Das war die Antwort, die Hermione haben wollte. Befriedigt wandte sie sich an Birkin.

«Was habt ihr vor?» flötete sie leichthin und zudringlich zugleich. – «Kätzchen!» – «Ach nein! Und was gibt es daran zu lernen?» Sie redete mit ihm, als hätte sie ihn zum besten und betrachtete seine Arbeit nur als Spaß. Es reizte sie, daß Birkin den Kätzchen soviel Aufmerksamkeit schenkte, und sie holte sich auch einen Zweig.

Wunderlich genug nahm sie sich in der Klasse aus: sie hatte einen weiten, alten Mantel aus grünlichem Tuch mit altgoldener Stickerei an, der hohe Kragen und die Aufschläge waren mit Pelz verbrämt. Darunter trug sie ein Kleid aus feiner lavendelblauer Wolle mit Pelzbesatz, ihr Hut aus Pelz und stumpfem, grüngolden gemustertem Stoff schmiegte sich eng um die Stirn. Die große Erscheinung wirkte, als wäre sie eben aus einem modernen Bild von der etwas verzerrten Art herausgetreten.

«Kennst du eigentlich die kleinen roten Stempelblüten, aus denen die Nüsse werden, oder sind sie dir niemals aufgefallen?» fragte er, trat hinzu und zeigte sie ihr an dem Zweig, den sie in der Hand hielt. – «Nein, wozu sind sie da?» – «Dies sind die kleinen fruchtbildenden Blüten, die langen Kätzchen erzeugen nur den Blütenstaub, um sie zu befruchten.» – «Ach wirklich?» Hermione sah sie sich genau an. – «Aus den kleinen roten Zipfeln da werden die Nüsse; das heißt, wenn der Blütenstaub aus den langen Kätzchenquasten auf sie fällt.» – «Rote Flammen, kleine rote Flammen», sagte Hermione leise vor sich hin. Eine Weile war sie ganz in den Anblick der winzigen Knospen versunken, aus denen die roten Zungen des Stempels hervorschauten.

«Wie schön! Wie wunderschön!» Sie trat ganz nahe an Birkin heran und zeigte ihm die roten Fäserchen mit ihrem langen weißen Finger. «Hast du denn noch nie darauf geachtet?» fragte er. – «Nein, noch niemals.» – «Und von heute an siehst du sie nun immer.» – «Nun sehe ich sie immer», wiederholte sie. «Dank dir, daß du sie mir gezeigt hast. Ach, sie sind so schön – die kleinen roten Flammen.»

Sie war merkwürdig versunken, begeistert; Birkin und Ursula waren für sie nicht mehr vorhanden. Die kleinen roten Stempelblüten hatten für ihr Gemüt eine eigentümlich mystische Anziehungskraft.

Die Stunde war zu Ende, die Bücher wurden weggeräumt und die Kinder endlich entlassen. Noch immer saß Hermione da, das Kinn auf die Hand, den Ellbogen auf den Tisch gestützt, das lange weiße Gesicht nach oben gerichtet, blind für alles, was um sie hervorging. Birkin war ans Fenster gegangen und sah aus dem strahlend hellen Zimmer in die graue, farblose Dämmerung hinaus, es regnete leise. Ursula packte ihre Sachen in den Schrank.

Schließlich stand Hermione auf und ging auf sie zu. «Ihre Schwester ist wieder da?» – «Ja», sagte Ursula. – «Freut sie sich, daß sie wieder in Beldover ist?» – «Nein.» – «Das glaube ich wohl. Ich wundere mich nur, wie sie es aushält. Wenn ich hier bin, kostet es mich all meine Kraft, die Häßlichkeit der Gegend zu ertragen. Kommen Sie doch einmal zu mir! Besuchen Sie mich mit Ihrer Schwester ein paar Tage in Breadalby, ach bitte.» – «Vielen Dank.» – «Ich schreibe Ihnen dann. Meinen Sie wohl, Ihre Schwester kommt mit? Ich würde mich ja so freuen! Sie muß doch ein wundervoller Mensch sein, einige von ihren Arbeiten finde ich fabelhaft schön. Ich habe eine bemalte Holzschnitzerei von ihr, zwei Bachstelzen – Sie haben sie wohl gesehen?» – «Nein.» – «Herrlich, sage ich Ihnen – ein Aufblitzen des Instinkts.» – «Ihre kleinen Schnitzereien haben in der Tat etwas Besonderes», sagte Ursula. – «Vollendet schön sind sie – voll primitiver Leidenschaft.» – «Ist es nicht komisch, daß sie immer kleine Sachen macht? Immer müssen es kleine Dinge sein, die man mit den Händen umfassen kann, Vögel und niedliche Tierchen. Sie sieht die Welt gern durch das umgekehrte Opernglas – woher kommt das eigentlich?»

Hermione sah zu der Fragerin hernieder mit einem ihrer langen, ins Nichts gerichteten Grüblerblicke, die Ursula aus der Fassung brachten.

«Ja», sagte sie dann schließlich, «das ist auffallend, fast als hielte sie die kleinen Dinge für die feineren.» – «Das sind sie aber doch gar nicht. Eine Maus ist doch nicht feiner als ein Löwe, oder was meinen Sie?»

Wieder sah Hermione in tiefen Gedanken zu Ursula herab, als hätte sie ihre Worte kaum gehört. «Ich weiß nicht», kam es dann. «Rupert, Rupert», flötete sie sanft und winkte ihm. Er kam stumm herbei. «Sind kleine Dinge wohl feiner als große?» fragte sie mit dem merkwürdig kichernden Unterton, es klang wie Grunzen in ihrer Stimme, als triebe sie ihren Spott mit ihm. – «Weiß nicht.» – «Ich mag so etwas Überfeines nicht», sagte Ursula. Hermione wandte ihr langsam den Blick zu. «Nein?» – «Mir kommt es immer wie ein Ausdruck von Schwäche vor», sagte Ursula kampfbereit, als wäre ihr Ansehen bedroht. Hermione achtete nicht darauf. Plötzlich runzelte sie die Stirn, ihr Gesicht verzog sich vor angestrengtem Denken, das nach Ausdruck rang. «Glaubst du denn, Rupert», fragte sie, als wäre Ursula gar nicht da, «glaubst du tatsächlich, daß es der Mühe wert ist? Meinst du wirklich, die Kinder werden besser davon, daß man sie zur Bewußtheit bringt?»

Sein Gesicht wurde finster, es blitzte darin von stummer Wut. Er sah hohlwangig und blaß aus, wie kaum von dieser Welt. Das Mädchen rührte mit ihrer Gewissensfrage an die empfindlichste Stelle seines Gemüts.

«Es bringt sie niemand zur Bewußtheit», sagte er. «Sie lernen wissen, ob man will oder nicht.» – «Aber meinst du, daß es gut für sie ist, sie noch anzuregen und zu treiben? Wäre es nicht besser, sie wüßten nichts vom Haselstrauch und sähen die Dinge ganz, anstatt sie in Kenntnisse zu zerpflücken?» – «Denk doch an dich selbst. Möchtest du lieber wissen oder lieber nicht wissen, daß die kleinen roten Blüten da sind und auf den Blütenstaub warten?» Seine Stimme klang roh, höhnisch, grausam.

Hermione stand da mit aufwärts gewandtem Gesicht, tief in Gedanken. Er schwieg erbittert.

«Ich weiß nicht», sagte sie milde abwägend. «Ich weiß es wirklich nicht.» – «Und dabei ist Wissen für dich alles, all dein Leben ist ja nichts als Wissen», brach er los. Sie maß ihn mit langsamen Blick. «So?» – «Ja, Wissen ist dein ein und alles, du lebst doch von nichts anderem»,

32

schrie er. «Für dich gibt es nur einen Baum, nur eine Frucht hast du im Munde.»

Wieder sagte sie eine Weile kein Wort. «So?» kam es schließlich mit immer gleicher Ruhe. Und dann beliebte es ihr zu fragen: «Was für eine Frucht, Rupert?» – «Ach, den ewigen Apfel», antwortete er halb verzweifelt und verwünschte seine eigenen Metaphern. – «Ja.» Fast sah sie aus, als könnte sie nicht mehr. Kurze Zeit sprach niemand. Dann nahm sie sich krampfhaft zusammen und fing in halb singendem Tone wieder an, als spräche sie von gleichgültigen Dingen: «Aber laß mich einmal aus dem Spiel, Rupert. Meinst du, die Kinder werden besser von all dem Wissen, reicher, glücklicher, glaubst du das wirklich? Sollte man sie nicht lieber unberührt lassen in ihrer Ursprünglichkeit? Liefen sie nicht besser herum wie die Tiere, einfach wie Tiere, roh, wild, was du willst, nur nicht diese Bewußtheit, die es ihnen unmöglich macht, ursprünglich zu sein!»

Die beiden andern dachten, sie wäre fertig. Doch dann begann sie von neuem mit eigentümlicher Rauheit in der Stimme: «Wäre ihnen nicht besser, sie würden Gott weiß was und wüchsen nicht auf als Krüppel an Seele und an Gefühl – immer wieder zurückgeschleudert – das eigene Gesicht zurückgewandt auf sich selbst – nicht mehr fähig –» Hermione ballte die Faust wie außer sich – «nicht mehr imstande zu einer einzigen ursprünglichen Handlung, immer überlegt, immer ächzend unter dem Joch der Wahl, niemals hingerissen.»

Wieder dachten sie, sie hätte nun alles gesagt. Eben hob er an zu erwidern, da fuhr sie in ihrer wilden Rede fort: «Niemals hingerissen, niemals außer sich, immer bewußt, ihrer selbst bewußt, nicht ein einziges Mal selbstvergessen. Ist nicht alles andere besser als das? Lieber wie die Tiere, bloß Tiere, lieber überhaupt keinen Geist als so – so ein Nichts.» – «Ja, glaubst du denn, wir wären darum unlebendig und zum Selbstbewußtsein verdammt, weil wir wissen?» fragte er erbittert.

Langsam schlug sie die Augen auf und sah ihn an. «Jawohl», sagte sie. Dann hielt sie inne. Sie betrachtete ihn immer noch mit unbestimmtem Blick und fuhr sich müde wie im Traum mit den Fingern über die Stirn. Es reizte ihn bitter. «Das macht der Geist», fing sie wieder an, «und Geist ist Tod.» Langsam hob sie die Augen zu ihm auf. «Geist –» sie machte eine krampfhafte Bewegung, «ist denn der Geist nicht unser Tod? Er zerstört in uns ja die Ursprünglichkeit und jeden freien Trieb. Wachsen nicht heutzutage die jungen Menschen auf und sind tot, ehe sich das Leben vor ihnen auftut?»

«Nicht weil sie zuviel Geist haben, sondern zuwenig», sagte er brutal. «Weißt du das so gewiß? Mir scheint im Gegenteil, sie sind überbewußt, sie schleppen sich zu Tode an ihrer Bewußtheit.» – «Ein wahrer Kerker von falschen Begriffen», sagte er.

Sie hörte nicht darauf und überließ sich weiter ihrem Überschwang. «Geht uns denn nicht alles andre verloren, wenn wir wissen?» fuhr sie in hohen Worten fort. «Wenn ich von der Blume weiß, ist die Blume für mich dahin und läßt mir nichts übrig als Wissen. Tauschen wir denn nicht Wirklichkeit für Schatten ein und verscherzen Leben um Tod? Und was soll mir das alles am Ende? Was ist mir Wissen? Nichts.»

«Das sind alles Worte», sagte er. «Du kennst gar nichts andres als Wissen, sogar dein animalisches Leben soll sich ja im Kopf vollziehen. Willst gar nicht Tier sein, willst zusehen, wie das Tier in dir sich gebärdet, und dich geistig daran berauschen. Alles aus zweiter Hand – das ist schlimmerer Verfall als der verrannteste Intellektualismus. Was ist denn deine Vorliebe für Leidenschaft und tierischen Trieb anders als die ärgste und letzte Form des Intellektualismus? Leidenschaft und Trieb willst du, das glaube ich wohl. Aber bewußt, mit dem Verstand. Alles, alles geschieht in deinem Kopf, da in deinem Schädel. Nur willst du nicht erkennen, was wirklich ist: du brauchst die Lüge, die in deinen Hausrat paßt.»

Hermiones Herz wurde hart und giftig unter seinem Angriff. Ursula war ganz Verwunderung und Scham. Sie sah mit Entsetzen, wie die beiden sich haßten.

«Wie die Lady of Shalott.» Er redete laut und gleichsam über die Köpfe der Menschen weg, als klagte er sie an vor der augenlosen Luft. «Den Spiegel hast du, deinen starren Willen, deinen Verstand, der nie stirbt, die enge Welt deines Bewußtseins, und darüber hinaus nichts. Da im Spiegel willst du alle Dinge haben. Das ist deiner Weisheit letzter Schluß, und nun willst du umkehren und werden wie die Wilden, vom Wissen frei. Nun willst du Leben im Gefühl, ‹Leidenschaft›!»

Das letzte Wort warf er ihr mit ihrer eigenen Betonung höhnisch vor die Füße. Sie zitterte vor Wut und Schmach, eine geschlagene Pythia. «Doch deine Leidenschaft ist Lüge», tobte er. «Nicht Leidenschaft, nein, nur dein Wille. Dein herrischer Wille. Du willst die Dinge an dich raffen und in deiner Gewalt haben, in deiner Macht. Und warum? Weil du keinen rechten Körper hast, keinen dunkel lebendigen Leib, keine Sinne. Du hast nichts als deinen Willen, deine angemaßte Bewußtheit, deine Gier nach Macht, nach Wissen.»

Er sah sie voll Haß und Verachtung an und doch schmerzlich, weil sie litt; er schämte sich, weil er wußte, daß er sie quälte. Es trieb ihn, vor ihr auf die Knie zu fallen und sie um Verzeihung zu bitten. Aber sein Ingrimm war noch heißer und flammte zur Wut auf. Er vergaß Hermiones Gegenwart und war nur noch wilde Stimme.

«Du und Ursprünglichkeit! Du, das überlegteste Geschöpf, das je über diese Erde wandelte, kroch! Wahrhaftig, aus Überlegung möchtest du ursprünglich sein – ha, so bist du. Weil du alle Dinge in deinem Wissen haben willst, in deiner überlegten und gewollten Bewußtheit, in deinem kleinen Schädel, den ich hasse, der aufgeknackt werden sollte wie eine Nuß. Denn ehe er nicht birst, bleibst du die du bist, ein Insekt in seiner Schale. Ja, wer dir deinen Schädel zerbräche, dem möchte

34

es am Ende gelingen, eine echte, leidenschaftliche Frau mit lebendigen Sinnen in dir zu entdecken. Nun aber begehrst du nichts anderes als ein unzüchtiges Schauspiel – dich selbst willst du in tausend Spiegeln betrachten, das Tier in dir nackt im Spiegel sehen, damit du ja alles das im Bewußtsein hast und zu Verstand machen kannst.»

Es bebte in der Luft wie von etwas Zerbrochenem, als wäre zuviel gesagt, als wäre ausgesprochen worden, was nicht vergeben werden kann. Doch Ursula war jetzt nur damit beschäftigt, im Licht seiner Worte ihre eigenen Probleme zu lösen. Blaß und in sich versunken stand sie da.

«Ja, ist Ihnen denn aber wirklich an Sinnlichkeit gelegen?» fragte sie in ihrer Verwirrung. Birkin sah sie an und wurde ernst.

«Allerdings, das will ich und nichts anderes – um auch das auszusprechen. Es ist eine Erfüllung – die große, verborgene Erkenntnis, die wir uns mit dem Kopf nicht erringen können – das dunkle, unwillkürliche Sein. Der Mensch lischt aus – aber ein neuer wird geboren.»

«Wie soll denn das zugehen? Wie können Sie Erkenntnis anders haben als im Kopf?» Sie konnte sich bei seinen Worten gar nichts mehr denken. «Im Blut», antwortete er. «Wenn der Verstand und die Welt des Gewußten in Finsternis ertrinkt – alles muß dahinfahren, es muß die Sintflut kommen. Dann ist man leibhaftig gewordene Finsternis – dann bin ich Dämon.» – «Aber warum muß ich denn durchaus ein Dämon sein?» – «‹Es klagt das Weib um ihren Höllenbuhlen› –» zitierte er – «warum? Ich weiß es nicht.»

Da raffte sich Hermione gleichwie vom Tode auf – aus dem Nichts. Sie wandte sich zu Ursula.

«Er ist doch ein schrecklicher Satan, wie?» sagte sie gedehnt mit eigentümlich tönender Stimme, die in schrillem, kindischem Gelächter abbrach. Das Lachen der beiden Frauen war Vernichtung. Aus Hermiones Mund gellte das Triumphgelächter des Weibes und höhnte ihn, als wäre er ein geschlechtsloses Ding.

«Nein!» sagte er. «Du bist der wahre Teufel, vor dem kein Leben besteht.» Sie sah ihn aus halbgeschlossenen Augen unverwandt an, mit einem langsamen, bösen Blick. «Du weißt das alles, wie?» kam es kalt und bedächtig. Sie verstand sich wohl aufs Höhnen. «Genug», erwiderte er, und seine Züge gewannen ihre Form wieder, fein und klar wie Stahl. Da kam furchtbare Verzweiflung über Hermione und zugleich ein Gefühl der Befreiung. Freundlich zutraulich wandte sie sich zu Ursula.

«Sie kommen doch bestimmt nach Breadalby?» – «O ja, ich möchte sehr gern.» Hermione sah befriedigt auf Ursula herab, nachdenklich, eigentümlich abwesend, als wäre sie besessen von etwas und nur halb da. «Das freut mich so!» Sie nahm sich zusammen. «Etwa in vierzehn Tagen, wäre Ihnen das recht? Ich schreibe Ihnen dann hierher in die Schule, nicht wahr? Ja. Und Sie kommen doch ganz bestimmt? Ja. Ich würde mich so freuen! Auf Wiedersehen, auf Wiedersehen!»

Sie reichte ihr die Hand und sah ihr dabei in die Augen. Ihr war klar, daß Ursula ihre unmittelbare Nebenbuhlerin war, und das stimmte sie merkwürdig hoch. Sie ging ja weg. Wenn sie weggehen und die andere zurücklassen konnte, fühlte sie sich jedesmal als die Stärkere. Und obendrein nahm sie den Mann mit, wenn auch nur als Hassenden.

Birkin stand beiseite, starr und unirdisch. Aber als er nun Abschied nehmen sollte, fing er wieder an zu reden. «Die ganze Welt», sagte er, «liegt zwischen wirklichem, sinnlichem Sein und der ruchlosen Liederlichkeit aus Verstand und Überlegung, der sich heute alles in die Arme wirft. In unseren Nächten brennt immer das elektrische Licht, und wir sehen uns selber zu und zwingen tatsächlich alles in den Kopf. Verlöschen muß man, ehe man weiß, was sinnliche Wirklichkeit ist, hineingleiten ins Nichtwissen und den Willen aufgeben. Es hilft nichts, wir müssen lernen nicht zu sein, ehe wir zum Sein geboren werden können. Aber wir haben soviel Gefallen an uns selbst, da liegt es. Wir sind eitel und haben keinen Stolz, bloß Dünkel auf das eigene Ich, das künstlich zusammengekleisterte. Lieber sterben, als den selbstgerechten, hochmütigen kleinen Eigenwillen aufgeben.»

Es war still im Zimmer, beide Frauen waren feindlich und voller Groll. Er redete wie in einer Volksversammlung. Hermione hörte einfach nicht zu und stand wie im Achselzucken erstarrt, ganz Ablehnung.

Ursula sah ihn sich an, beinahe verstohlen und wurde nicht recht gewahr, was sie sah. Er hatte körperlich etwas sehr Anziehendes – durch seine Hagerkeit und Blässe spürte sie den Hauch verborgenen Gehalts, vernehmlich fast wie eine zweite Stimme, die anders Kunde von ihm gab als die Worte, die an ihr Ohr schlugen. In der Wölbung seiner Brauen und in der Linie seines Kinns, feinen, großgeschwungenen Bogen, war die mächtige Schönheit des Lebens selber. Sie wußte nicht zu sagen, woran es lag, sie fühlte etwas von Fülle und von Freiheit.

«Aber wir sind doch Sinnenmenschen genug, auch wenn wir uns selbst dazu machen?» Sie lachte ihm golden mit ihren graugrünen Augen zu, als würfe sie ihm den Handschuh hin. Und sofort huschte ihm das sonderbar lässige, fürchterlich anziehende Lächeln um Augen und Brauen, während der Mund unbeweglich standhielt. «Nein», sagte er, «das sind wir nicht. Wir sind zu voll von uns selber.» – «Aber mit Eitelkeit hat das bestimmt nichts zu tun», versetzte sie rasch. – «Doch! Und nur damit allein.»

Sie wußte wirklich nicht mehr, was sie sagen sollte. «Aber bilden die Leute sich nicht auf ihre sinnlichsten Kräfte am allermeisten ein?» fragte sie. – «Und eben darum sind sie nicht sinnlich, nur sinnlich erregbar – und das ist etwas anderes. Fortwährend wissen sie von sich – und dünken sich so viel, daß sie, anstatt frei zu werden und in einer andern Welt um einen andern Mittelpunkt zu kreisen, lieber –»

«Sie wollen Ihren Tee trinken, wie?» wandte sich Hermione liebenswürdig zu Ursula. «Sie haben den ganzen Tag gearbeitet...» Birkin verstummte mitten im Wort. Ursula erbebte vor Zorn und Kummer. Sein Gesicht wurde starr, und er nahm Abschied, als beachtete er sie nicht mehr.

Nun waren sie weg. Ursula sah ihnen noch eine kleine Weile nach. Dann machte sie das Licht aus. Als sie das getan hatte, setzte sie sich wieder auf ihren Stuhl und verlor sich in Sinnen. Und dann weinte sie bittere, bittere Tränen: ob vor Kummer oder vor Freude, hat sie nie gewußt.

4

Taucher

Die Woche verging. Am Sonnabend fiel ein feiner, sanfter Regen, der hin und wieder aussetzte. Eine solche Pause benutzten Gudrun und Ursula, um ein bißchen spazierenzugehen. Sie schlugen den Weg nach Willey Water ein. Die Luft war grau und durchsichtig, die Vögel sangen laut in den jungen Zweigen, und alles wuchs und sproß und drängte an das Licht. Die beiden Mädchen gingen rasch und munter dem sachten Morgenwind entgegen, der im nassen Dunst sein Wesen trieb. Am Wege blühten die Schlehen, tropfenübersät, die goldgelben Staubbeutel brannten wie winzige Fünkchen im weißen Blütenrauch. Purpurne Zweige leuchteten dunkel in der grauen Luft, hohe Hecken schwankten heran und glühten wie Schatten von Lebendigem, das entstehen will. Der ganze Morgen war erfüllt von neuer Schöpfung.

Als die beiden nach Willey Water kamen, lag zwischen Bäumen und Wiesen, wie ein Traum inmitten der feuchten, durchsichtigen Landschaft, der graue Weiher vor ihnen. In der Schlucht am Weg sang und klang es geheimnisvoll lebendig, die Vögel pfiffen einander zu, tief unten plätscherte das Wasser.

Rasch gingen die Mädchen weiter. Vor ihnen im Winkel des Sees lag dicht am Weg ein bemoostes Bootshaus unter einem Walnußbaum, am kleinen Steg war ein Boot angetäut und schaukelte zwischen grünen, morschen Pfählen wie ein Schatten im stillen grauen Wasser. Sommernähe brütete überall.

Plötzlich kam aus dem Bootshaus eine weiße Gestalt schnell wie der Blitz über den alten Steg gelaufen und schoß in schneeweißem Bogen durch die Luft. Der Wasserspiegel zerriß, und zwischen den glatten Wellenringen, die in sanft atmender Bewegung um ihn kreisten, glitt ein Schwimmer hinaus in die feuchte Weite. Nun war sie sein, die andere Welt, die durchsichtig Reine, Graue, Unerschaffene, und er bewegte sich in ihr, wie es ihm beliebte.

Gudrun stand an der steinernen Mauer und sah ihm zu.

«Beneidenswert», sagte sie leise und sehnsüchtig. «Hu!» schauderte

Ursula. «Aber kalt!» – «Freilich, und doch wie gut und herzhaft schön, da hinauszuschwimmen!» Die beiden sahen ihn mit kleinen, regelmäßigen Zügen weiter und weiter in die graue, feuchte Wasserwelt vordringen. Über ihm wölbte sich eine Brücke von Nebel und verschwimmenden Bäumen.

«Möchtest du nicht, du wärst das?» Gudrun sah Ursula an. – «Doch, ich weiß nicht recht – es ist so naß.» – «Ach, nein», sagte Gudrun; es kam widerwillig über ihre Lippen. Sie stand gebannt und sah den Wasserspiegel sich bewegen wie ein atmender Busen. Nach einiger Zeit kehrte der Schwimmer um. Er schwamm jetzt auf dem Rücken und sah über den Weiher hinweg die beiden Mädchen an der Mauer stehen. In den leise spülenden Wellen erkannten sie sein gebräuntes Gesicht und fühlten, wie er sie ansah.

«Das ist ja Gerald Crich», sagte Ursula. – «Ich weiß.»

Gudrun regte sich nicht und blickte unverwandt auf das Gesicht im Wasser, das in der Strömung auf und nieder trieb, während der Schwimmer ruhig seine Bahn zog. Von seinem andern Element aus sah er die beiden stehen und triumphierte, daß er eine Welt für sich hatte, die ihnen verwehrt war. Da war er frei und vollkommen. Zug um Zug stieß er das Wasser hinter sich zurück und genoß seine Kraft und die beizende Kälte des Sees, die ihn rege hielt. Er sah, wie die Mädchen ihn von fern beobachteten, vom Land aus, und es gefiel ihm wohl. Er hob den Arm aus dem Wasser und winkte.

«Er winkt», sagte Ursula. «Ja, ja», gab Gudrun zurück.

Sie sahen zu ihm hinab. Er winkte noch einmal und bedeutete ihnen mit einer eigenen Bewegung der Hand, daß er sie auch aus seiner anderen Welt her erkenne. «Wie ein Nibelung», lachte Ursula. Gudrun blickte nur unbeweglich auf das Wasser.

Plötzlich kehrte Gerald wieder um und schwamm mit raschem Seitenschlag von ihnen weg. Nun war er in der Mitte des Sees, ein Herr der Wasser, einsam und unangreifbar. Er war selig in seiner Alleinherrschaft im neuen Element und fühlte sich unbestritten, unbedingt. Glücklich stieß er mit den Beinen und mit dem ganzen Körper, nichts war da, was ihn band und anrührte. Er war er selbst in seiner Wasserwelt.

Gudrun tat fast das Herz weh, so beneidete sie ihn. Dies ferne, einsame Dahinfließen erschien ihr im Augenblick so unsäglich begehrenswert, daß sie sich da oben auf der Landstraße vorkam wie eine Geächtete.

«Gott ja, Mann sein!» – «Was sagst du?» fragte Ursula überrascht. «Frei sein, ungebunden, ohne Fessel!» sagte Gudrun mit roten Wangen und glänzenden Augen. «Wären wir Männer, wir täten, wozu wir Lust hätten, und kennten nicht die tausend Hindernisse, die Frauen im Wege sind.»

Ursula konnte sich nicht recht denken, was in Gudruns Gemüt solchen Ausbruch herbeiführen mochte. Sie kam da nicht mit. «Wozu hast du denn Lust?» fragte sie. – «Zu gar nichts.» Gudrun nahm rasch zurück, was sie vielleicht zuviel gesagt hatte. «Aber wenn es nun so wäre. Stell dir vor, ich wollte gern da im See schwimmen. Das kann ich nicht, es gehört für mich zu den Unmöglichkeiten des Lebens, mich jetzt auszuziehen und hineinzuspringen. Aber ist denn das nicht lächerlich, verkürzt uns das nicht ganz einfach am Leben?» Sie hatte so heiße Wangen und war so aufgebracht, daß Ursula sich wunderte.

Die Mädchen gingen weiter die Straße hinan zwischen den Bäumen unten an der Grenze von Shortlands. Sie sahen zu dem langgestreckten, niedrigen Haus hinauf, das über den Zedern am Abhang verwunschen im Morgendunst dalag. Gudrun sah es sich offenbar sehr genau an:

«Hübsch, Ursula findest du nicht auch?» – «Sehr hübsch. Sehr friedlich und anmutig.» – «Und es hat auch Verhältnisse – es hat Stil.» – «Aus welcher Zeit mag es sein?» – «Nun, sicher achtzehntes Jahrhundert. Dorothy Wordsworth und Jane Austen, was meinst du?» Ursula lachte.

«Meinst du nicht?» wiederholte Gudrun. – «Vielleicht. Doch paßt die Familie Crich nicht gerade in die Zeit hinein. Gerald soll ja wohl eine eigene elektrische Beleuchtungsanlage bauen und das Haus auch sonst mit den allerneuesten Bequemlichkeiten einrichten.»

Gudrun zuckte hastig die Achseln. «Das versteht sich doch von selbst, das ist gar nicht zu umgehen.» – «Freilich!» lachte Ursula. «Er ist gleich für ein paar Generationen auf einmal jung. Deshalb können sie ihn auch nicht leiden. Nimmt sie einfach beim Schopf und reißt sie mit sich fort. Wenn er nun alles hergerichtet hat, was es herzurichten gibt, und nichts Neues mehr zu machen ist, wird ihm wohl nichts übrigbleiben, als bald zu sterben. Aber Schwung hat er, das muß man ihm lassen.»

«O ja, Schwung hat er», sagte Gudrun. «So habe ich es noch bei keinem gesehen. Das Schlimme ist nur, man weiß nicht recht, wohin all sein Schwung eigentlich schwingt. Was wird denn schließlich daraus?»

«Oh, das weiß ich. Damit erringt er die neuesten Errungenschaften!» – «Stimmt.» – «Du weißt doch, daß er seinen Bruder erschossen hat?» fragte Ursula. – «Seinen Bruder erschossen?» Gudrun runzelte fast ablehnend die Stirn. – «Hast du das nicht gewußt? Ja, wirklich! Ich dachte, du kenntest die Geschichte. Er und sein Bruder haben zusammen mit einer Flinte gespielt. Dann sagte er seinem Bruder, er sollte vorn in den Lauf hineinsehen, und dabei war das Ding geladen, und die Kugel riß ihm die Schädeldecke weg. Entsetzlich, nicht?»

«Furchtbar! Das ist aber wohl lange her?» – «O ja, sie waren noch ganz kleine Jungens. Für mich ist es eine der schauderhaftesten Geschichten, die ich kenne.» – «Und er wußte natürlich nicht, daß die Flinte geladen war!» – «Wie sollte er! Es war ein altes Ding, weißt du, das jahrelang im Stall herumgelegen hatte. Kein Mensch hatte sich träumen lassen, daß es überhaupt noch losgehen könnte, und natürlich hatte nie-

mand eine Ahnung davon, daß es geladen war. Aber ist es nicht furchtbar, daß so etwas passieren mußte?»

«Entsetzlich», sagte Gudrun. «Der Gedanke, so etwas stößt einem als
Kind zu und man muß sein Leben lang die Verantwortung dafür tragen, ist grauenhaft. Stell dir doch vor, zwei Jungens spielen zusammen
– und dabei passiert ihnen das, gänzlich ohne Grund, rein aus der
Luft. Ursula, dabei wird mir angst! Mit solchen Sachen kann ich mich
nicht abfinden. Mord, ja, das begreife ich, dahinter steht doch ein Wille.
Aber daß einem das nur so zustoßen kann –»

«Wer weiß, ob nicht doch ein unbewußter Wille dabei war. Mir
scheint, in solchem Totschießen aus Spaß liegt etwas wie ein keimendes
Verlangen, wirklich jemand totzuschießen. Meinst du nicht auch?» –
«Wieso Verlangen?» fragte Gudrun ein bißchen kühl und steif. «Ich
sehe gar nicht ein, daß sie überhaupt Totschießen gespielt haben. Ich
denke mir, ein Junge hat zum andern gesagt: ‹Du guckst in den Lauf,
und ich drück ab, wir wollen mal sehen, wie das ist.› Ich halte es für den
reinsten Zufall, den man sich denken kann.» – «Nein», sagte Ursula.
«Wenn jemand in den Lauf hineinsieht, könnte ich nie im Leben eine
Flinte abdrücken, und wäre auch niemals eine Kugel darin gewesen. Das
kommt ganz von selbst – das kann man nicht.»

Gudrun schwieg empfindlich. Sie war ganz anderer Meinung. Nach
einer Weile sagte sie: «Natürlich, als erwachsene Frau fällt einem so etwas nicht ein. Wieso das aber zwei Jungens nicht können sollen, will
mir nicht in den Kopf.» Es klang kalt und unfreundlich.

«Doch!» Ursula blieb dabei. In dem Augenblick hörten sie ein paar
Meter vor sich eine Frauenstimme rufen: «Hol sie der Kuckuck!» Sie
gingen weiter und sahen Laura Crich und Hermione Roddice jenseits
der Hecke auf der Wiese; Laura Crich quälte sich mit der Pforte ab, die
sich nicht öffnen lassen wollte. Ursula lief hin und half ihr.

«Schönsten Dank!» sagte Laura und blickte auf. Mit ihren roten
Wangen sah sie beinahe wie eine Amazone aus und war dabei doch ein
bißchen verlegen. «Sie hängt nicht richtig in den Angeln.» – «Nein»,
sagte Ursula. «Und sitzt so fest.» – «Unglaublich fest.» – «Guten Tag,
guten Tag», sang Hermione von der Wiese her, als sie in Hörweite gekommen war. «Wie herrlich ist es geworden! Sie gehen wohl spazieren?
Ja. Ist das junge Grün nicht schön! Wunderschön – strahlend schön.
Guten Morgen – Sie besuchen mich doch? – Dank Ihnen tausendmal –
nächste Woche – ja – auf Wiedersehen, auf Wiedersehen!»

Gudrun und Ursula blieben stehen und sahen ihr zu, wie sie langsam den Kopf hob und ein wenig neigte und ihnen mit gemessener Handbewegung abwinkte. Dabei verzog sie den Mund zu einem sonderbaren,
gemachten Lächeln. Ihre große Gestalt sah wunderlich und beinahe zum
Fürchten aus mit dem schweren, blonden Haar, das ihr bis in die Augen
fiel. Die beiden gingen weiter, sie fühlten sich entlassen wie Untergebene. Auch die andern gingen ihres Wegs.

Kaum waren sie weit genug, sagte Ursula mit heißen Wangen: «Ist sie nicht unverschämt!» – «Wer, Hermione Roddice? Wieso?» – «Es ist doch eine Frechheit, wie sie mit uns umgeht!» – «Aber Ursula, was war denn daran so unverschämt?» fragte Gudrun ziemlich kühl. – «Ihre ganze Manier. Unerhört ist es, wie sie einen von oben herab behandelt. Sie will uns nur damit imponieren. Ein unverschämtes Frauenzimmer. ‹Sie besuchen mich doch›, als sollten wir gar Purzelbäume schlagen bei soviel Ehre.»

«Ich verstehe nicht, Ursula, worüber du dich eigentlich so aufregst.» Gudrun wurde ein bißchen ungeduldig. «Daß solche Frauenzimmer unverschämt sind, wissen wir doch. Man kennt ja diese adligen Mädchen, die sich von ihrer Klasse emanzipiert haben und freie Frauen sein wollen.» – «Es ist aber doch so überflüssig – und so gewöhnlich.» – «Nein, das kann ich nicht einsehen. Und wenn ich es einsähe – *pour moi, elle n'existe pas.* Ich gebe ihr nicht die Macht, unverschämt gegen mich zu sein.» – «Glaubst du, sie hat dich gern?» fragte Ursula. – «Das eigentlich wohl nicht.» – «Warum hat sie dich denn aber nach Breadalby befohlen?»

Gudrun zuckte ein klein wenig die Achseln. «Sie hat am Ende doch ein Gefühl dafür, daß wir keine von der ganz alltäglichen Sorte sind. Was sie auch sonst sein mag, dumm ist sie nicht. Und schließlich habe ich lieber jemand, den ich nicht ausstehen kann, als die gewöhnliche Frau, die immer nur mit ihresgleichen zusammensteckt. Hermione Roddice wagt doch etwas.»

Ursula überlegte eine Zeitlang. «Das glaube ich nicht. In Wirklichkeit wagt sie ja gar nichts. Eher scheint mir, wir sollen sie bewundern, weil sie es sich leisten kann, uns simple Lehrerinnen einzuladen, ohne etwas zu riskieren.»

«Und mit Recht! Denk doch daran, wie viele Frauen das nicht können. Sie macht aus ihrer Stellung, was daraus zu machen ist, und das will etwas heißen. Ich glaube tatsächlich, wir machten es ebenso an ihrer Statt.» – «Nein», sagte Ursula. «Nein. Das hätte ich bald satt. Ich könnte nicht mit ihren Spielereien meine Zeit totschlagen. Dafür bin ich mir zu gut.»

Die beiden waren wie die Klingen einer Schere und schnitten alles ab, was ihnen über den Weg kam; oder auch wie Messer und Schleifstein; die eine wetzte sich an der andern.

«Sie kann Gott danken», sagte Ursula auf einmal, «wenn wir sie besuchen. Du bist sehr schön, tausendmal schöner, als sie ist oder jemals war, und nach meinem Gefühl auch tausendmal besser erzogen. Sie sieht niemals frisch und natürlich aus wie eine Blume, immer alt, immer zurechtgemacht. Und obendrein sind wir wirklich intelligenter als die meisten andern Leute.» – «Zweifellos!» – «Und das müßte einfach anerkannt werden.» – «Sicher müßte es das. Und doch wirst du sehen: der höchste Schick ist, ganz alltäglich und ganz gewöhnlich zu sein wie jede Frau auf der Straße, so daß du wirklich nichts anderes bist als unter deinen Mitmenschen ein Meisterstück: wenn auch nicht einfach die Frau auf der Straße, so doch die Frau auf der Straße als Kuntwerk.» – «Wie gräßlich!» sagte Ursula.

«Ja, Ursula, es ist auch gräßlich, beinahe in jeder Hinsicht. Nichts darfst du sein, was nicht über die Maßen *à terre* ist, so sehr *à terre*, daß darin das Gewöhnliche zum Kunstwerk wird.» – «Das finde ich aber höchst flau, wenn ıan nichts Besseres aus sich machen soll.» – «Sehr flau! Ja, Ursula, flau, das ist das richtige Wort. Man sehnt sich dabei ordentlich nach Pathos und möchte am liebsten Reden halten à la Corneille.» Gudrun wurde rot und ganz aufgeregt über ihre eigene Klugheit.

«Den Kopf hoch tragen», sagte Ursula. «Ja, das möchte man, und ein Schwan sein unter Gänsen.» – «Jawohl! Ein Schwan unter Gänsen.» – «Sie spielen alle so eifrig das häßliche junge Entlein», lachte Ursula. «Und ich bin nicht ein bißchen demütig und zum Erbarmen. Ich fühle mich nun einmal als ein Schwan unter Gänsen. Was kann ich dafür, warum sind die andern so kümmerlich. Und wie die von mir denken, was schiert das mich! *Je m'en fiche.*»

Gudrun sah Ursula unsicher an; all das lag ihr nicht, und doch hätte sie sie beinah darum beneidet. «Natürlich ist das einzig Richtige, sie alle miteinander zu verachten», sagte sie.

Die beiden gingen wieder nach Hause, lasen, plauderten, arbeiteten und warteten auf Montag und die Schule. Anfang und Ende der Woche, Anfang und Ende der Ferien – Ursula fragte sich oft, worauf sie sonst wohl noch warten mochte. Und das war das ganze Leben? Manchmal, wenn es ihr schien, als flössen so die Jahre dahin und eines Tages wäre man am Ende und hätte weiter nichts gehabt, dann packte sie das Grauen. Doch ließ sie solche Gedanken nie recht aufkommen. Ihr Geist war tätig, ihr Leben glich einem Schößling, der unter der Erde wächst und wächst und noch immer nicht ans Tageslicht gedrungen ist.

5

In der Eisenbahn

Bald darauf hatte Birkin beruflich in London zu tun. Er war in seiner Wohnung nicht sehr zu Hause. In Nottingham hatte er ein paar Zimmer, weil dort seine Hauptarbeit lag, aber zwischendurch war er oft in London oder in Oxford und überhaupt viel unterwegs. Das gab seinem Leben etwas Unstetes, als hätte es weder festen Aufbau noch bestimmenden Sinn.

Auf dem Bahnsteig traf er Gerald Crich, der seine Zeitung las und offenbar auf den Zug wartete. Birkin blieb in einiger Entfernung zwischen andern Reisenden stehen. Es lag ihm nicht, jemand anzureden.

Von Zeit zu Zeit hob Gerald in der ihm eigenen Art den Kopf und blickte umher. Obwohl er eifrig in der Zeitung las, konnte er es nicht lassen, auf seine Umgebung achtzugeben. Sein Bewußtsein schien zweifach zu arbeiten: er dachte scharf über etwas nach, was er las, aber gleichzeitig überlief sein Blick alles, was um ihn her geschah, und es entging ihm nichts. Birkin beobachtete ihn, und dies gespaltene Wesen ging ihm auf die Nerven. Auch hatte er den Eindruck, als wäre Gerald bei all der originellen und vergnügten Menschenfreundlichkeit, die ihn auszeichnete, wenn er angeregt war, doch im Grunde fortwährend gegen jedermann auf der Hut.

Plötzlich fuhr er auf, denn er sah auf einmal den vergnügten Ausdruck in Geralds Gesicht aufleuchten, und schon kam er auch mit ausgestreckter Hand auf ihn zu. «Hallo, Rupert, wo willst du hin?» – «Nach London. Du ja wohl auch.» – «Ja.» Geralds Augen flogen neugierig über Birkins Gesicht.

«Dann können wir ja zusammen fahren?» – «Fährst du nicht immer Erster?» fragte Birkin. – «Ich kann es in einem vollen Abteil nicht aushalten. Aber Dritter geht auch. Der Zug hat Speisewagen, da trinken wir Tee.»

Dann sahen beide nach der Bahnhofsuhr und hatten sich weiter nichts zu sagen.

«Was steht in der Zeitung?» fragte Birkin. Gerald warf einen raschen Blick auf ihn. «Was sie auch alles in die Zeitung setzen, zu komisch. Erst zwei Leitartikel –» er breitete seinen *Daily Telegraph* aus – «mit dem gewöhnlichen Zeitungsgefasel – und dann gleich dahinter diese kleine Sache –» er suchte am Ende der Spalten – «wie willst du das nennen, einen Essay etwa – und darin steht dann, es müßte ein Mann aufstehen, der neue Werte und neue Wahrheiten und eine neue Einstellung zum Leben bringt, sonst fielen wir binnen wenigen Jahren in Nichts zusammen, ein zugrunde gehendes Volk.» – «Das wird ebensolches Zeitungsgefasel sein», sagte Birkin. – «Es klingt aber ganz echt, der Mann meint es wohl wirklich so.» – «Gib mal her!» Birkin nahm die Zeitung.

Dann kam der Zug, sie stiegen ein und saßen bald im Speisewagen an einem kleinen Tisch am Fenster einander gegenüber. Birkin blickte über die Zeitung weg und sah, daß Gerald wartete.

«Ich glaube wohl, der Mann meint, was er sagt, soweit er überhaupt etwas meint.» – «Findest du denn auch, daß er recht hat? Meinst du, man brauchte wirklich ein neues Evangelium?» fragte Gerald.

Birkin zuckte die Achseln. «Ich glaube, die Leute, die nach einer neuen Religion rufen, nehmen so leicht nichts Neues auf. Die zuallerletzt. Sehnen tun sie sich schon nach etwas Neuem, und wie! Aber dem Leben, wie wir es uns nun einmal eingebrockt haben, stracks ins Gesicht sehen und es wegwerfen, die alten Götzen zertrümmern, daß kein Stein auf dem andern bleibt, das bringen wir niemals fertig. Es muß einem schon sehr auf den Nägeln brennen, ehe man sich vom Alten losmacht und ehe etwas Neues dämmert. Das geht einem doch sogar persönlich so.»

Gerald ließ ihn nicht aus den Augen. «Du meinst also, man sollte dies Leben einfach abbrechen und dann los?» – «Dies Leben? Allerdings. Wir müssen es ganz und gar liquidieren oder darin verschrumpfen wie in einer zu engen Haut. Ausdehnen kann es sich nicht mehr.»

In Geralds Augen blitzte es auf, Birkin machte ihm Spaß, und er hörte in Gemütsruhe neugierig zu.

«Und womit meinst du soll man den Anfang machen? Mit einer ganz neuen Gesellschaftsordnung, nehme ich an.» Birkin hatte eine scharfe, kleine Falte zwischen den Brauen. Auch er hatte keine Lust, sich ernsthaft in ein solches Gespräch einzulassen. «Ich meine gar nichts», versetzte er. «Wenn wir wirklich zu etwas Besserem kommen wollen, schlagen wir das Alte schon in Stücke. Bis dahin aber sind all diese Ideen und all die Vorschläge, die man macht, nur öde Spielerei für Wichtigtuer.»

Der kleine Funke in Geralds Auge erlosch, er sah Birkin kühl ins Gesicht. «So meinst du also wirklich, es steht faul?» – «Durch und durch faul.»

Gerald schmunzelte wieder. «Inwiefern?» – «Durch und durch», sagte Birkin. «Wir sind kümmerliche Lügner und haben nur den einen Gedanken, uns selbst etwas vorzumachen. Es steckt uns ein Ideal von einer vollkommenen Welt im Kopf, wo alles sauber und richtig zugeht und jeder seine Genüge hat, und ihm zuliebe häufen wir all den Schwindel auf. Wir versudeln unser Leben in Arbeit wie Fliegen im Kehricht, damit deine Arbeiter ein Klavier in der guten Stube haben und du dir Diener und dein Auto halten und ein tadelloses Haus machen kannst und wir als Nation protzen können mit Ritz oder mit dem Empire oder Gaby Deslys und den Sonntagszeitungen. Es ist schon sehr kümmerlich.»

Gerald brauchte einige Zeit, um nach solchem Erguß wieder zu sich zu kommen.

«Soll man denn nicht mehr in Häusern wohnen – zurückkehren zur Natur?» fragte er. – «Gar nichts sollt ihr. Die Leute tun nur, was sie tun können. Wenn sie zu anderem fähig wären, so gäbe es auch etwas anderes.»

Wieder dachte Gerald nach. Er wollte Birkin nicht gern etwas übelnehmen. «Glaubst du nicht, das Klavier des Arbeiters, wie du es nennst, ist ein Symbol für eine ganz wesentliche Sache, für die Sehnsucht des Arbeiters nach etwas Höherem im Leben?» – «Nach etwas Höherem! Ja, kolossale Höhen sind das. Wieviel höher steht er dann nicht in den Augen der andern Arbeiter! Wie im Brockennebel sieht er sein Bild in des Nachbars Meinung um ein paar Füße höher, alles dank dem Klavier, und damit ist er zufrieden. Er lebt für ein Brockengespenst, sein Spiegelbild in der Meinung der Leute. Und du machst es ebenso. Wenn du der Menschheit viel bedeutest, kommst du dir selbst bedeutend vor, und dafür arbeitest du so schwer in deinen Gruben. Wenn du für fünftausend Mittagessen am Tag Kohlen fördern kannst, bist du fünftausendmal wichtiger, als wenn du nur dein eigenes Mittagessen kochst.» – «Das wollte ich meinen», lachte Gerald.

«Mach dir doch klar: wenn ich dem Nachbarn zum Essen verhelfe, so ist das um nichts besser, als wenn ich selber esse. ‹Ich esse, du ißt, wir essen, ihr eßt, sie essen› – und was dann? Warum soll denn jeder von uns das ganze Verb hersagen. Ich habe an der ersten Person Singular genug.»

«Mit dem Materiellen muß man doch anfangen», sagte Gerald. Das überhörte Birkin. «Und für irgend etwas muß man doch leben, man ist doch nicht wie das Vieh, das einfach grast und sich nicht weiter den Kopf zerbricht.» – «Du», sagte Birkin, «wofür lebst du eigentlich?» Gerald machte ein verblüfftes Gesicht. «Ich? Nun ja, um zu arbeiten und etwas zuwege zu bringen, soweit ich mir überhaupt Zwecke setzen kann. Sonst lebe ich eben, weil ich lebe.» – «Und was bringst du zuwege? Täglich holst du soundsoviel tausend Tonnen neue Kohlen aus der Erde. Und wenn wir so viel Kohlen haben und so viel Plüschmöbel und Klaviere, wie wir brauchen, wenn alle Kaninchen geschmort und gegessen werden und es bei jedem von uns schön warm ist und kein Wanst mehr leer bleibt und wir sitzen ums Klavier herum und hören zu, wie die junge Dame uns vorspielt – ja, was dann? Was dann, wenn ihr alles Materielle ordentlich in Schwung gebracht habt?»

Gerald lachte über Birkins Späße. Aber er war doch nachdenklich geworden. «So weit sind wir noch nicht. Es gibt Leute genug, die noch auf den Kaninchenbraten und das Herdfeuer warten.» – «Dann muß ich wohl Karnickel schießen, wenn du Kohlen schaufelst?» neckte Birkin. – «Ungefähr so wird es wohl sein.»

Birkin beobachtete ihn scharf und sah durch die wirtschafts-ethischen Gemeinplätze hindurch eine selbstzufriedene Kälte, ja eine eigentümlich sprühende Feindseligkeit glitzern. «Gerald», sagte er, «eigentlich hasse ich dich.» – «Ich weiß. Warum denn?»

Birkin versank eine Weile in unergründliches Sinnen. «Ich denke eben, ob du wohl eine Ahnung hast von deinem eigenen Haß», sagte er schließlich. «Kommt dir je bewußt ein Abscheu gegen mich – förmlich mystisther Haß? Ich habe sonderbare Augenblicke, dann hasse ich dich, wie die Sterne sich hassen müssen.»

Gerald war einigermaßen überrascht, ja ein bißchen verwirrt. Er wußte nicht recht, was er sagen sollte. «Es mag wohl sein, daß ich dich manchmal hasse. Aber ich merke nichts davon – das heißt, es tut mir niemals weh.» – «Um so schlimmer», sagte Birkin.

Gerald betrachtete ihn neugierig. Er konnte nicht recht aus ihm klug werden. «Um so schlimmer, was?» wiederholte er.

Dann fuhren sie eine Zeitlang schweigend weiter. Auf Birkins Zügen lag eine gereizte Spannung, er faltete die Stirn, als dächte er mühsam, ernstlich nach. Gerald beobachtete ihn behutsam und genau. Er suchte seine Gedanken zu errechnen, ihm war nicht klar, wohin sie gingen.

«Was ist wohl das Ziel und der Zweck deines Lebens, Gerald?» – Wieder war Gerald überrascht. Er konnte sich nicht denken, worauf der Freund hinauswollte. War das eigentlich Spaß oder nicht? «Im Augenblick kann ich dir das so schnell nicht sagen», antwortete er mit einem Anflug von Spott. «Glaubst du, daß Liebe eins und alles im Leben ist?» fragte Birkin mit unmittelbarem Ernst, tief aufmerksam. – «In meinem eigenen Leben?» – «Ja.» – Höchst verlegenes Schweigen. «Ich kann es dir nicht sagen. Bis jetzt ist es nicht so gewesen.» – «Was ist dein Leben denn bis jetzt gewesen?» – «Nun: den Sachen auf meine Weise auf die Spur zu kommen ... Erfahrungen machen ... was in Gang bringen.»

Birkins Stirnfalten wurden scharf wie Stahl. «Ich finde», sagte er, «man braucht irgendeine einzige Tätigkeit, wirklich bloße, reine Tätigkeit – und in dem Sinne möchte ich die Liebe reine Tätigkeit nennen. Wahrhaft lieben aber tue ich niemand – im Augenblick wenigstens nicht.»

«Hast du je einen Menschen wirklich geliebt?» fragte Gerald. – «Ja und nein.» – «Bis auf den Grund?» – «Bis auf den Grund – ganz bis auf den Grund: nein», sagte Birkin. – «Ich auch nicht.» – «Möchtest du es denn?»

Gerald sah dem andern mit einem langen zwinkernden Blick nahezu hämisch ins Auge. «Ich weiß nicht.» – «Ich weiß es aber: ich möchte lieben», sagte Birkin. – «Wirklich?» – «Ja. Ich will die Liebe bis auf den Grund.» – «Liebe bis auf den Grund», wiederholte Gerald und hielt inne. «Und eine einzige Frau?» fügte er hinzu. Golden floß das Abendlicht über die Felder und beleuchtete Birkins straffe, geistige Züge. Gerald sah immer noch nicht klar. «Ja, eine einzige Frau», sagte Birkin.

Doch in Geralds Ohren klang das mehr nach Wollen als nach Glauben.

«Ich glaube nicht, daß die Frau, die Frau allein jemals mein ganzer Lebensinhalt sein kann», meinte er. «Nicht Kern und Mark des Lebens – die Liebe zwischen dir und einer Frau?» fragte Birkin.

Gerald blinzelte den andern sonderbar an mit einem gefährlichen Lächeln in den Augen. «Das Gefühl habe ich eigentlich noch nie gehabt.» – «Nein? Aber was ist denn der Mittelpunkt deines Lebens?» – «Ich weiß nicht; ich wollte, das könnte mir einer sagen. Soviel ich sehen kann, hat es überhaupt keinen Mittelpunkt. Es wird bloß künstlich zusammengehalten durch das Gefüge der Gesellschaft.»

Birkin dachte nach mit zusammengebissenen Zähnen. «Ich weiß. Es kreist eben nicht mehr. Die Ideale von früher sind altes Eisen – da ist nichts. Mir scheint, es bleibt uns nur noch diese vollkommene Verbindung mit einer Frau – so etwas wie eine allumfassende Vermählung –, sonst gibt es nichts mehr.» – «Und du meinst, da gäbe es nur die Frau

46

und sonst nichts?» – «So wird es wohl sein – einen Gott gibt es ja doch nicht.» – «Dann haben wir aber nichts zu lachen», sagte Gerald. Er wandte sich ab und sah aus dem Fenster in das vorüberfliehende goldene Land.

Birkin konnte nichts anders, er mußte die soldatische Schönheit von Geralds Gesicht und einen gewissen Mut zur Gleichgültigkeit bewundern, der darin geschrieben stand.

«Du meinst, dann stehen unsere Aussichten schlecht?» – «Wenn wir nichts haben als eine Frau, als die eine Frau, überhaupt nur die Frau, um unser Leben aufzubauen, dann meine ich das allerdings», sagte Gerald. «Aus meinem Leben wird auf die Art jedenfalls nie etwas.»

Beinahe zornig sah Birkin ihn an. «Du bist der geborene Zweifler.» – «Ich fühle nur, was ich fühle», sagte Gerald. Und wieder warf er Birkin aus seinen glitzernd blauen, männlichen Augen einen beinahe hämischen Blick zu. In Birkins Augen war noch Zorn, aber gleich darauf schmolz der Blick und wurde unbestimmt und dann innig warm, liebreich und sonnig. «Es geht mir sehr nahe, Gerald», sagte er mit gefalteter Stirn. – «Das sehe ich.» Gerald öffnete den Mund zu einem männlichen, herzhaften Soldatenlachen.

Ohne es recht zu wissen, stand er in Birkins Bann. Er hatte ein Verlangen nach seiner Nähe und seinem Einfluß, es steckte etwas in Birkin, das ihm nahe verwandt war. Darüber hinaus aber gab er nicht viel auf ihn. Er fühlte, daß seine eigenen Wahrheiten härter und dauerhafter waren als alles, was der andere wußte, und kam sich älter vor, er kannte die Welt. Was er an dem Freund liebte, war sein schnell bewegliches Gemüt, die Bereitwilligkeit, mit der er sich gab, und die glänzende, warme Art, in der er sich aussprach. Im Verkehr mit ihm genoß er das funkelnde Hin und Her der Rede, den lebendigen Austausch. Auf ihren eigentlichen Inhalt sah er sich seine Worte niemals an: da wußte er besser Bescheid.

Birkin wußte das. Er wußte, daß Gerald ihn gern haben wollte, ohne ihn ernst zu nehmen, und das machte ihn kühl und verschlossen. Der Zug fuhr immer weiter, er sah hinaus in die Landschaft, und Gerald war für ihn versunken.

Birkin sah hinaus in das abendliche Land und sann: «Ja, wenn die Menschheit untergeht, wenn unser Geschlecht ausgerottet wird wie die Leute von Sodom und es bleibt der schöne Abend, die lichten Felder und die Bäume, dann bin ich zufrieden. Was dem allen seine Gestalt gibt, ist da und kann nicht verlorengehen. Was ist denn die Menschheit mehr als ein Ausdruck des Unfaßlichen, einer von vielen. Wenn das Menschengeschlecht dahin ist, so bedeutet das nur, daß dieser besondere Ausdruck erfüllt und ausgesprochen ist. Was sich darin ausspricht und sich immerdar aussprechen muß, kann nicht abnehmen. Es ist da, hier im schimmernden Abend. Laß die Menschen dahinfahren – es wird Zeit. Das Schaffende hört nicht auf, sich zu gestalten, und seine Gestalten allein *sind*. Die Menschen sind kein Ausdruck des Unfaßlichen mehr, Menschheit ist ein toter Buchstabe. Das Unerforschliche wird aufs neue Fleisch werden in neuer Gestalt. Mag die Menschheit so bald wie möglich verschwinden.»

Gerald unterbrach ihn mit der Frage: «Wo wohnst du in London?» Birkin blickte auf. «In Soho bei einem Bekannten. Ich bezahle einen Teil der Miete und wohne da, wenn ich Lust habe.» – «Das ist ein guter Gedanke – so hat man doch gewissermaßen sein Eigen», sagte Gerald. – «Das schon. Aber mir liegt nicht viel daran. Ich habe die Leute satt, mit denen ich da zusammen sein muß.» – «Was sind das für Leute?» – «Künstler, Musiker, Londoner Bohème – die kleinlichste Schachergesellschaft, die je ihre Groschen zusammengezählt hat. Ein paar anständige Leute sind darunter, wenigstens teilweise anständig. Sie haben allerdings eine gründliche Art, die Welt zu verneinen – sie leben wohl überhaupt nur vom Verwerfen und Verneinen –, aber als Neinsager sind sie etwas, soviel ist sicher.» – «Was treiben sie? Malen sie, machen sie Musik?» – «Maler, Musiker, Schriftsteller, Kunstschwärmer, Modelle, junge Leute von der freieren Observanz, irgendwelches Volk, das in offener Fehde lebt mit dem, was sich schickt, und nirgends recht hingehört. Studenten sind auch dabei, und Mädchen, die sich ausleben wollen, wie sie das nennen.»

«Also eine lockere Gesellschaft?» fragte Gerald. Birkin sah, wie er neugierig wurde. «In einer Hinsicht gewiß. Und dann wieder furchtbar engherzig. Bei all ihrer Unanständigkeit ist doch einer wie der andere.»

Er sah, wie in Geralds blauen Augen eine kleine lüsterne Flamme zuckte. Es fiel ihm auf, wie gut er aussah. Gerald war ungemein anziehend, man spürte die Funken in seinem raschen Blut. Die blauen Augen leuchteten hell, aber kalt. Es lag etwas geruhsam Schönes in jeder Linie seines Körpers.

«Vielleicht sehen wir uns mal – ich bleibe zwei, drei Tage», sagte Gerald. – «Gewiß. Ins Theater oder ins Tingeltangel gehe ich freilich nicht – vielleicht kommst du einmal zu mir herauf und siehst, was du mit Halliday und seinen Leuten anfangen kannst.» – «Danke schön – dazu hätte ich wohl Lust», lachte Gerald. «Was machst du heute abend?» – «Ich habe mich mit Halliday im *Pompadour* verabredet. Schön ist es da nicht, aber man kann nirgends anders hingehen.» – «Wo ist das?» – «Piccadilly Circus.» – «Ach ja; was meinst du, soll ich da hinkommen?» – «Auf jeden Fall, das wird dir Spaß machen.»

Es wurde dunkel, sie waren schon hinter Bedford. Birkin sah hinaus und verfiel einer hoffnungslosen Stimmung, wie immer vor der Einfahrt in London. Seine Abneigung gegen die Menschen, gegen die Masse war fast krankhaft.

«Wo die stillen Farben lächeln letzter Dämmerzeit
Weit und breit . . .»

murmelte er vor sich hin wie einer, der zum Tode verurteilt ist. Gerald, bei dem die feinsten Sinne wach waren, beugte sich vor und fragte lächelnd: «Was sagst du da?» Birkin sah ihn an, lachte und fing noch einmal an:

«Wo die stillen Farben lächeln letzter Dämmerzeit
Weit und breit,
Über Weiden, wo zuweilen wohl ein Schaf
Halb im Schlaf...»

Da sah auch Gerald in die Gegend hinaus. Und Birkin, der auf einmal müde und abgespannt war, er wußte selbst kaum warum, brach in die Worte aus: «Ich komme mir immer wie ein Verurteilter vor, wenn der Zug in London einfährt. Es überfällt mich eine Verzweiflung und Hoffnungslosigkeit, als sollte die Welt untergehen.» – «Ach!» sagte Gerald. «Und schreckt dich der Weltuntergang?»

Birkin hob langsam die Schultern und ließ sie wieder sinken.

«Ich weiß nicht. Solange er in der Luft hängt und nicht kommt, wohl. Aber die Menschen sind mir schrecklich, du glaubst nicht, wie schrecklich sie mir sind.» Geralds Augen lachten. «So?» Er sah den andern kopfschüttelnd an.

Ein paar Minuten später fuhr der Zug durch die schmähliche Trostlosigkeit des Londoner Häusermeers. Im Wagen drängte alles auf die Tür zu. Endlich lief der Zug in die riesige Bahnhofshalle ein, und sie standen im ungeheuren Schatten der Stadt. Birkin verschloß sich ganz in sich selbst – nun war er drin.

Die beiden nahmen zusammen ein Auto.

«Ist dir nicht zumute wie einem Verdammten?» fragte er, als sie in ihrem raschen kleinen Gefährt saßen und auf die häßliche Großstadtstraße hinaussahen. «Nein», lachte Gerald. «Für mich ist es der Tod», sagte Birkin.

6

Crème de Menthe

Ein paar Stunden später trafen sie sich im Café. Gerald trat durch die Pendeltüren in den großen, hohen Raum. Die Gesichter und die Köpfe der Gäste schwammen undeutlich im dicken Rauchnebel und wurden noch undeutlicher von den großen Wandspiegeln ad infinitum zurückgeworfen. Er fand sich in einer trüben Traumwelt von Trinkerschatten, die im blauen Tabaksdunst durcheinandersummten. Die roten Plüschsessel waren das einzig Reale in dem Freudenschwindel.

Gerald ging in seiner bedächtigen und dabei funkelnd aufmerksamen

Art, der nichts entging, zwischen den Tischen hindurch an den Leuten vorbei, deren Schattengesichter aufblickten, wenn er vorüberkam. Ihm war, als träte er in ein fremdes Element ein und zöge mit einem Schwarm zügelloser Seelen in festlich erleuchtete unbekannte Bereiche. Das gefiel ihm und regte ihn an. Er blickte über all die verschwimmenden, kaum erkennbaren Gesichter hin, die sich in sonderbarer Beleuchtung über die Tische beugten, und sah Birkin aufstehen und winken.

An Birkins Tisch saß ein Mädchen mit dunklem, flaumweichem Haar, das, kurzgeschnitten nach Künstlerart, ihr glatt und voll um das Gesicht fiel, etwa wie bei ägyptischen Plastiken. Sie war klein, von feinem Bau und warmen Farben und hatte große, dunkle, feindselige Augen. Eine zarte, ja schöne Erscheinung und dabei von einer gewissen verführerischen Derbheit des Temperaments, die in Geralds Augen sogleich einen kleinen Funken aufspringen ließ.

Birkin, der sich sehr gedämpft verhielt, als wäre er eigentlich gar nicht da und zähle jedenfalls nicht mit, stellte sie als Miss Darrington vor. Sie gab Gerald rasch und widerwillig die Hand und starrte ihn dabei unverhüllt mit ihren dunklen Augen an. Es überlief ihn heiß, als er sich hinsetzte.

Der Kellner kam. Gerald sah nach den Gläsern der beiden andern. Birkin trank irgend etwas Grünes, Miss Darrington hatte ein Schnapsglas vor sich stehen, das leer war bis auf einen winzigen Tropfen.

«Wollen Sie nicht noch ein bißchen?» – «Brandy!» sagte sie, sog den letzten Tropfen aus dem Glas und stellte es auf den Tisch. Der Kellner verschwand.

«Nein», sagte sie zu Birkin. «Er hat keine Ahnung, daß ich wieder da bin. Dem wird angst und bange, wenn er mich hier sieht.» Sie stieß ein bißchen mit der Zunge an, wie kleine Kinder tun. Es klang etwas geziert und drückte doch ihr Wesen vollkommen aus. Ihre Stimme war ton- und teilnahmslos.

«Wo ist er denn?» fragte Birkin. – «Er hat eine Privatausstellung bei Lady Snellgrove. Warens ist auch da.» Dann schwiegen sie.

«Nun, und?» sagte Birkin im Ton des völlig unbeteiligten Beschützers. «Was willst du denn jetzt machen?» Das Mädchen schwieg verdrossen, die Frage kam ihr höchst ungelegen.

«Gar nichts will ich machen. Ich sehe morgen zu, ob ich nicht irgend jemand sitzen kann.» – «Zu wem willst du denn gehen?» – «Erst zu Bentley. Aber der ist, glaube ich, böse mit mir, weil ich weggelaufen bin.» – «Ach so, bei der Madonna?» – «Ja. Und wenn er mich nicht haben will, gibt es Arbeit bei Carmarthen, das weiß ich.» – «Carmarthen?» – «Lord Carmarthen – er fotografiert.» – «Chiffon und Schultern...» – «Ja. Er ist aber furchtbar keusch.» Dann schwiegen sie wieder.

«Und was fängst du nun mit Julius an?» fragte er. – «Gar nichts. Ich tu halt, als ob er nicht da ist.» – «Dann bist du also ganz mit ihm fertig?» Sie aber wandte mürrisch den Kopf und gab keine Antwort.

Da kam ein junger Mensch eilig auf den Tisch zu. «Hallo, Birkin! Hallo, Pussum! Seit wann bist du denn wieder da?» Er war ganz aufgeregt. – «Ich? Seit heute.» – «Weiß Halliday was davon?» – «Weiß ich nicht. Ist mir auch gleich.» – «Haha! So weht der Wind immer noch daher! Ist es euch recht, wenn ich mich zu euch setze?»

«Ich rede gerade mit Rupert, du bist doch nicht böse?» sagte sie kühl und bettelte doch mit der Stimme wie ein kleines Kind. – «Offenes Bekenntnis – tut dem Seelchen wohl, was? Also auf Wiedersehen.» Der Jüngling warf Birkin und Gerald einen scharfen Blick zu und zog mit fliegenden Rockschößen ab.

Die ganze Zeit hatte sich kein Mensch um Gerald gekümmert. Und doch spürte er, wie das Mädchen seine Nähe fühlte. Er wartete ab, hörte zu und versuchte, sich aus den Brocken des Gesprächs etwas zusammenzureimen.

«Bist du jetzt in der Wohnung?» fragte das Mädchen Birkin. «Auf drei Tage», sagte er. «Und du?» – «Ich weiß noch nicht. Ich kann auch bei Bertha schlafen.» Schweigen.

Plötzlich wandte sich das Mädchen zu Gerald und redete ihn ganz förmlich und höflich an mit einer gewissen Distanz, wie Frauen sie haben, wenn sie wissen, daß sie gesellschaftlich tiefer stehen und doch auf eine vertrauliche Kameradschaft mit dem Mann Anspruch machen.

«Kennen Sie London schon näher?» – «Das kann ich eigentlich nicht sagen», lachte er. «In London bin ich oft genug gewesen, aber hier noch nie.» – «Dann sind Sie also kein Künstler?» sagte sie in einem Ton, der ihm bedeutete, daß er nicht dazu gehörte. – «Nein.»

«Offizier ist er, Entdeckungsreisender und Industrie-Napoleon», sagte Birkin und stellte ihm damit seinen Paß für die Bohème aus. «Sie sind Offizier?» fragte das Mädchen in kühler und doch recht lebhafter Neugierde. – «Nein, ich habe meinen Abschied genommen. Es ist schon ein paar Jahre her.» – «Er ist im Krieg gewesen», sagte Birkin.

«Tatsächlich?» fragte das Mädchen. «Dann hat er am Amazonenstrom geforscht», erzählte Birkin, «und nun ist er Kohlenkönig.»

Das Mädchen sah Gerald unverwandt ruhig und neugierig an. Er lachte bei der Beschreibung seiner Person, und doch fühlte er sich und freute sich seiner männlichen Kraft. Die blauen Augen blitzten lustig, das sonnenverbrannte Gesicht leuchtete unter dem hellblonden Haar und glühte vor Leben. Sie spürte seinen Reiz.

«Wie lange bleiben Sie?» – «Ein, zwei Tage. Ich habe keine besondere Eile.»

Noch immer sah sie ihm unverwandt ins Gesicht mit dem langsamen, vollen Blick, der ihn so merkwürdig aufregte. Er empfand einen brennenden Genuß an sich selbst und seinem eigenen Zauber, er fühlte, wie stark er war, und daß er wohl Macht hatte, zu sprühen und zu zünden. Und dabei ward er der dunklen heißen Augen inne, die auf ihm ruhten. Wunderschöne dunkle Augen hatte sie und schlug sie voll und heiß und

nackt zu ihm auf. Auf ihrem Spiegel trieb es wie ein leiser Flor von Auflösung und düsterm Elend, wie Öl auf Wasser schwimmt. In dem heißen
Café saß sie ohne Hut. Ihr schlichter, loser Jumper aus prachtvoll pfir-
sichfarbenem Crêpe de Chine war am Hals nur mit einer Schnur zusam-
mengebunden, aber die reiche Seide fiel weich und schwer von der jungen Kehle und den feinen Handgelenken herab. Ihre Erscheinung war
einfach und untadelig, wirklich schön, weil sie Maß und Form hatte: das
weiche dunkle Haar, das voll und glatt zu beiden Seiten des Kopfes her-
abfiel, die ebenmäßigen, feinen und doch so weichen Züge, die beinahe
ägyptisch anmuteten im leicht betonten Schwung der Bogen, der schlanke Hals und der hemdartig schlichte, farbenschöne Jumper, der sich um
die feinen Schultern schmiegte. Sie hielt sich ganz still und beobachtete.
Man merkte sie kaum.

Sie machte auf Gerald einen tiefen Eindruck. Er fühlte in sich eine
fruchtbare und wonnevolle Gewalt über sie, eine Zärtlichkeit, die wohl
grausam werden konnte. Denn sie war ihrer Natur nach Opfer. Er wußte sie in seiner Gewalt, und er war großmütig. Die Spannung seines
Blutes war kaum zu meistern und unerschöpflich an Lust; wenn sie sich
entlud, konnte sie das Mädchen zerbrechen. Sie aber saß still für sich,
ergeben, und wartete.

Eine Zeitlang redeten sie von gleichgültigen Dingen. Auf einmal sagte Birkin: «Da ist ja Julius!» stand halb vom Stuhl auf und machte dem
Ankömmling ein Zeichen. Das Mädchen drehte, ohne sich zu rühren,
mit einer sonderbaren, beinahe bösartigen Bewegung den Kopf über die
Schulter, und Gerald sah, wie ihr das dunkle, weiche Haar dabei um die
Ohren wippte. Er merkte, wie gespannt sie dem Herankommenden ent-
gegensah, und drehte sich auch nach ihm um. Es war ein blasser, starker
junger Mensch, unter dessen schwarzem Hut dickes blondes Haar ziemlich lang hervorsah. Schwerfällig bewegte er sich durch den Saal und
lächelte kindlich warm und leer zugleich. Dann ging er schnell auf Birkin zu, um ihn zu begrüßen.

Das Mädchen sah er erst, als er schon ganz nahe herangekommen
war. Er fuhr zurück, wurde noch blasser und sagte mit hoher, winseln-
der Stimme: «Pussum! Was machst du denn hier?»

Das ganze Café blickte auf, wie Tiere, wenn sie einen Schrei hören.
Halliday konnte kein Glied rühren, ein halb blödes Lächeln schwankte
bleich über sein Gesicht. Das Mädchen starrte ihn nur mit einem schwarzen Blick an, in dem eine bodenlose Hölle von Wissen flammte und doch
auch eine gewisse Ohnmacht lag. Sie kam nicht über ihn weg.

«Warum bist du wieder da?» wiederholte Halliday in höchsten Tönen,
ganz hemmungslos. «Ich habe dir doch gesagt, du sollst nicht wiederkommen.»

Das Mädchen gab keine Antwort und sah ihm nur mit demselben zä-
hen, schweren Blick wie vorher gerade ins Gesicht. Er war, wie um vor
ihr sicher zu sein, bis an den Nebentisch zurückgewichen.

«Du hast gewollt, sie sollte wiederkommen, das weißt du sehr wohl – komm, setz dich», sagte Birkin zu ihm. – «Nein, sie sollte nicht wiederkommen, ich habe ihr doch gesagt, sie dürfte es nicht. Pussum, was willst du hier?» – «Nichts von dir, du!» sagte sie voll schwerem Groll. – «Warum bist du dann überhaupt wiedergekommen?» Halliday kreischte beinahe.

«Sie kommt wann es ihr paßt», sagte Birkin. «Willst du dich nun zu uns setzen oder nicht?» – «Nein, bei Pussum will ich nicht sitzen.» – «Brauchst keine Angst zu haben, ich tu dir nichts», sagte sie sehr kurz und doch mit einem leise bemutternden Klang in der Stimme.

Halliday setzte sich an den Tisch, legte die Hand aufs Herz und heulte: «Ach, ist mir das in die Knochen gefahren! Pussum, wenn du solche Sachen doch bleiben lassen wolltest. Warum in aller Welt bist du wiedergekommen?» – «Bestimmt nicht deinetwegen.» – «Das hast du schon einmal gesagt», schrie er in den höchsten Tönen.

Sie wandte sich ganz und gar von ihm ab zu Gerald Crich, der seinen Spaß an den beiden hatte. «Haben Sie vor den Wilden große Angst gehabt?» fragte sie mit ihrer ruhigen, tonlosen Kinderstimme. – «Nein – das war nicht so schlimm. Im ganzen waren sie sehr harmlos; sie sind ja eigentlich noch gar nicht geboren, deshalb kann man keine richtige Angst vor ihnen haben. Man weiß ja, man wird mit ihnen fertig.»

«Ist das auch sicher? Sind sie denn nicht furchtbar wild?» – «So arg ist das nicht. Im Grunde gibt es gar nicht soviel furchtbar Wildes in der Welt. Bei den Menschen und auch bei den Tieren haben nur ganz wenige das Zeug dazu, wirklich gefährlich zu werden.» – «Außer wenn sie herdenweise auftreten», warf Birkin dazwischen. – «Meinen Sie wirklich?» sagte sie. «Ach, ich dachte, mit den Wilden wäre es immer sehr gefährlich und sie gingen einem ans Leben, ehe man sich umsieht.»

Er lachte. «Sehen Sie, die Wilden werden sehr überschätzt. Sie sind ganz wie die andern Menschen auch und gar nicht aufregend, wenn man sie ein bißchen näher kennt.» – «So? Dann ist es also gar keine besondere Heldentat, Entdeckungsreisen zu machen!» – «Nein. Es kommt vor allem darauf an, daß man was aushalten kann, viel Schreckliches ist nicht dabei.» – «Ach! Und Sie haben also nie Angst gehabt?» – «Mein ganzes Leben lang, meinen Sie? Ich weiß nicht recht. Doch, ich kann auch Angst haben, wenn man mich einschließen will – oder an die Kette legen. Angst habe ich, wenn ich an Händen und Füßen gebunden werden soll.»

Die dunklen Augen ruhten ohne Unterlaß auf ihm und drangen ihm so tief ins Blut, daß er an der Oberfläche ganz ruhig blieb. Er ließ sich mit Genuß die dunklen Geheimnisse seines Ich von ihr ablocken, ihm war, als zöge sie sie aus seinem innersten Mark hervor. Wissen wollte sie. Ihre dunklen Augen sahen förmlich in ihn hinein und legten die Natur in ihm bloß. Er fühlte, sie wurde zu ihm hineingezwungen: ihr Schicksal wollte, daß sie mit ihm in allernächste Berührung kam, ihr war be-

53

stimmt, ihn einmal zu sehen und zu erkennen, wie er war. Das gab ihm ein eigenes Hochgefühl. Auch wußte er genau, sie mußte sich ihm in die Hand geben und ihm gehorsam sein; die Art, wie sie ihn sich ansah und in seinen Anblick versank, war so profan und sklavenhaft. Was er sagte, war ihr gleichgültig. Sie war vertieft in seine Selbstenthüllung, ihn wollte sie, das Geheimnis seiner Person, sie wollte den Mann in ihm an sich erfahren.

Gerald lächelte unheimlich wach und licht, ohne sich dessen bewußt zu sein. Er saß da, die Arme auf dem Tisch, die sonnenverbrannten Hände, die etwas Unheimliches, Tierhaftes an sich hatten und doch von feinster Bildung waren, zu ihr hingeschoben. Sie konnte kein Auge davon wenden und wußte das wohl; sie sah sich selber zu, wie sie tiefer und tiefer in seinen Bann geriet.

Es waren noch andere Herren an den Tisch gekommen und unterhielten sich mit Birkin und Halliday. Gerald wandte sich leise zu Pussum: «Wo kommen Sie jetzt her?» – «Vom Lande», erwiderte sie sehr leise und doch mit vollem Klang in der Stimme. Ihr Gesicht schloß sich ganz zu. Immer wieder sah sie zu Halliday hinüber, und dabei brach es ihr wie schwarzes Flackern aus den Augen. Der schwere, blonde junge Mensch beachtete sie überhaupt nicht; er hatte tatsächlich vor ihr Angst. Hin und wieder vergaß sie, daß Gerald da war. Er hatte sie noch nicht ganz in seiner Gewalt.

«Und was hat Halliday damit zu tun?» fragte er noch leiser. Einen kurzen Augenblick zögerte sie und sagte dann mit Widerstreben: «Erst hat er mich mitgenommen, und dann haben wir was zusammen gehabt, und nun will er mich los sein. Und trotzdem soll ich zu niemand anders. Aufs Land soll ich und mich vergraben. Und dabei sagt er, ich wäre hinter ihm her, und er könnte mich nicht loswerden.» – «Der weiß nicht, was er will.» – «Er hat ja gar keinen Willen, wie soll er denn wissen, was er will», sagte sie. «Er wartet immer nur darauf, daß ihm einer sagt, was er tun soll. Was er will, tut er nie – er weiß eben nicht, was er will. Wie ein Baby.»

Gerald sah sich Halliday an. Er hatte ein weiches, ziemlich degeneriertes Gesicht, das gerade deshalb anzog. Eine weiche, warme, angefaulte Natur, in die hinabzutauchen ein Genuß sein konnte.

«Über Sie hat er aber doch keine Macht, was?» fragte er. – «Sie sehen ja, er hat mich mitgenommen und mit mir angefangen, und ich wollte doch gar nicht. Er kam und weinte mir was vor, so viel Tränen haben Sie Ihr Lebtag noch nicht gesehen, und sagte, er könnte es nicht aushalten und ich müßte wieder mit. Und er ging und ging nicht und stünde womöglich noch da, wenn ich ihm nicht seinen Willen getan hätte. Er hat mich gezwungen, und ich mußte mit. Und jedesmal führt er sich wieder so auf. Und nun soll ich ein Kind haben, und er will mir hundert Pfund geben und mich aufs Land schicken, damit er nichts mehr von mir hört und sieht. Aber das tue ich nicht, wo . . .»

Gerald machte ein sonderbares Gesicht. «Sie ein Kind?» fragte er ungläubig. Das war ja nicht möglich, sie war noch so jung, das paßte überhaupt nicht zu ihr.

Sie sah ihm voll ins Gesicht, und ihre urwelthaft dämmerigen Augen hatten jetzt einen verstohlenen Blick, der vom Bösen wußte, rätselhaft und unbändig. Es strömte ihm heiß zum Herzen.

«Ja. Ist es nicht gemein?» – «Wollen Sie nicht?» – «Nein!» antwortete sie nachdrücklich. – «Aber – seit wann wissen Sie es denn?» – «Seit zehn Wochen», sagte sie.

Die ganze Zeit waren die dunklen Urweltaugen voll auf ihn gerichtet. Er sagte nichts und dachte nach. Dann gab er sich einen Ruck, die heiße Welle verrann, und er fragte voll bedachter Freundlichkeit: «Gibt es hier etwas zu essen? Was möchten Sie denn gern?» – «Ach, Austern, bitte, bitte.» – «Schön», sagte er. «Dann essen wir Austern», und winkte dem Kellner.

Halliday merkte nichts, bis die Platte vor ihr stand. Dann rief er auf einmal: «Aber Pussum, du kannst doch keine Austern essen, wenn du Brandy trinkst.» – «Was geht denn dich das an?» – «Bitte sehr, gar nichts. Aber Austern essen und Brandy trinken kannst du nicht zu gleicher Zeit.» – «Ich trinke ja gar keinen Brandy.» Damit spritzte sie ihm die letzten Tropfen aus ihrem Schnapsglas ins Gesicht. Er quietschte. Sie saß da und sah zu, als hätte sie nichts damit zu tun.

«Pussum, was soll das?» schrie er entsetzt. Gerald hatte den Eindruck, daß ihm vor dem Mädchen graute und er in dies Grauen verliebt war. Er wühlte ordentlich in seinem Abscheu und Haß, um in seiner Herzensangst dennoch jeden Genuß daraus zu saugen. ‹Ein verrückter Kerl›, dachte er, ‹aber interessant.›

«Pussum», sagte einer von den jungen Leuten am Tisch leise und rasch, wie man es in Eton lernt, «du hast doch versprochen, du wolltest ihm nicht weh tun.» – «Ich habe ihm gar nicht weh getan.» – «Was willst du zu trinken haben?» sagte der junge Mensch, ein dunkler Jüngling mit glatter Haut und sehnigen Gliedern. «Porter mag ich nicht, Maxim», gab sie zurück. «Bitt doch um Sekt», wisperte der andere vornehm.

Gerald merkte plötzlich, daß ihm das galt. «Wollen wir Sekt trinken?» fragte er lachend. «Ach, bitte *sec*», lispelte sie wie ein kleines Kind.

Gerald sah zu, wie sie die Austern aß. Sie hatte eine überaus feine und zierliche Art zu essen, ihre Finger waren zart und wohl sehr feinnervig an den Spitzen, denn sie nahm die Austern mit kleinen, sachten Bewegungen aus der Schale und aß behutsam und mit Anmut. Gerald hatte seine Freude daran, Birkin aber ging ihre Art auf die Nerven. Sie tranken alle Sekt. Maxim, der feine junge Russe mit dem glatten bräunlichen Gesicht und dem schwarzen, glänzenden Haar, war der einzige Ruhige und anscheinend ganz Nüchterne. Birkin sah weiß aus, geisterhaft, seltsam, Gerald lächelte andauernd mit strahlend vergnügtem, kaltem Glanz in den Augen. Er lehnte sich ein bißchen wie zum Schutz zur Pussum hinüber, der Weichen, Schönen, die wie eine rote Lotosblume aufgebrochen war zu grauenvoll blühender Nacktheit. Sie führte große Reden unter den Männern, und ihre Wangen glühten vor Wein und vor Erregung. Halliday sah blöde aus. Ein Glas reichte hin, ihn weinselig zu machen, doch behielt er dabei immer eine gewisse liebenswürdige, warme Kindlichkeit, der kaum zu widerstehen war.

«Angst hab ich nie, bloß vor Kakerlaken.» Die Pussum blickte plötzlich auf und starrte mit den schwarzen Augen, die nichts mehr sahen und nur noch Flammen schlugen, Gerald voll ins Gesicht. Er lachte gefährlich, es kam aus dem Blut. Ihr kindliches Geschwätz streichelte ihm die Nerven; die brennenden Augen, die durch ihre Schleier nur ihn allein ansahen und alles Gewesene vergessen hatten, gaben ihm ihren Freibrief.

«Verlaßt euch drauf, ich fürchte mich vor nichts in der Welt. Bloß vor Kakerlaken – huh!» Sie schüttelte sich, als wäre schon der Gedanke ihr zu viel. «Wollen Sie damit sagen», versetzte Gerald spitzfindig wie jemand, der schon ein paar Glas getrunken hat, «daß Ihnen beim Anblick eines Kakerlaken bange wird, oder haben Sie Angst, er könnte Sie beißen oder Ihnen sonst etwas tun?» – «Was, beißen tun sie?» – «Ist das widerlich!» rief Halliday. «Ich weiß nicht», antwortete Gerald und blickte rund um den Tisch. «Beißen Kakerlaken? Aber darauf kommt es gar nicht an. Haben Sie Angst davor, daß sie beißen, oder handelt es sich um Abneigung im höheren Sinne?»

Das Mädchen sah ihm immerzu mit den Urweltaugen voll ins Gesicht. «Ekelhaft sind sie, ein greuliches Viehzeug», schrie sie. «Wenn ich einen sehe, kriege ich eine Gänsehaut. Und wenn einer auf mir krabbelt, dann sterbe ich – das kann ich euch sagen.» – «Ich will doch nicht hoffen...» wisperte der junge Russe. – «Ich sag es dir, Maxim.»

«Dann krabbelt da auch keiner», sagte Gerald lächelnd. Er wußte Bescheid. Er hatte ein merkwürdiges Verständnis für sie. «Im höheren Sinne, wie Gerald sagt», konstatierte Birkin. Peinliches Schweigen.

«Und sonst hast du vor nichts in der Welt Angst?» fragte der junge Russe in seiner raschen, vornehm gedämpften Art. «Angst eigentlich nicht», sagte sie. «Es gibt wohl ein paar Sachen, vor denen ich mich grusele, aber richtig Angst, nein, tatsächlich nicht. Auch nicht vor Blut.» – «Keine Angst vor Blut!» schrie ein Jüngling mit dickem, blassem, höhnischem Gesicht, der sich eben an den Tisch gesetzt hatte und Whisky trank.

Die Pussum warf ihm einen häßlichen, gemeinen Blick voller Widerwillen zu.

«Die will keine Angst vor Blut haben?» grinste der andere über das ganze Gesicht. – «Nein!» – «Möchte wohl wissen, wo du schon mal Blut gesehen hast, höchstens beim Zahnarzt im Spucknapf.» – «Ich habe gar nicht mit Ihnen gesprochen», sagte sie ziemlich großartig. «Du kannst mir doch wohl antworten, was?» sagte er.

Statt aller Antwort fuhr sie ihm mit einem Messer quer über seine dicke, weißliche Hand. Mit einem gemeinen Fluch zuckte er zusammen. «Da sieht man, was du für einer bist», sagte die Pussum verächtlich. – «Verflucht!» Der junge Mensch stand am Tisch und sah giftig und böse zu ihr herab. «Schluß!» gebot Gerald, rasch die Lage erfassend.

Der Jüngling stand da und sah hämisch und dabei doch mit dem Ausdruck eines geprügelten Hundes auf ihn herunter. Von seiner Hand begann das Blut herabzufließen.

«Wie gräßlich, weg damit!» winselte Halliday, wurde grün und wandte den Kopf. «Wird dir schlecht?» fragte der höhnische Jüngling ein bißchen besorgt. «Julius, wird dir übel? Mensch, das ist doch nichts, mach ihr bloß nicht das Vergnügen und bring sie auf den Gedanken, sie hätte eine Heldentat vollführt... Mann, das fehlte gerade noch, daß du ihr den Gefallen tätest!» – «N – n – n –» heulte Halliday. «Maxim, paß auf, gleich kotzt er», warnte die Pussum. Der feine junge Russe stand auf, nahm Halliday beim Arm und führte ihn ab. Birkin, bleich und in sich zusammengezogen, sah angewidert zu. Der verwundete höhnische Jüngling gab allen deutlich zu verstehen, daß er sich nicht das mindeste aus seiner blutenden Hand mache, und verzog sich.

«Und dabei ist der so ein Waschlappen, tatsächlich», sagte die Pussum zu Gerald. «Aber Julius tut ja alles, was er sagt.» – «Wer ist das?» – «Ein Jude, tatsächlich. Ein ekelhafter Kerl.» – «Ach der! Aber was ist denn mit Halliday?» – «Julius ist der größte Jammerlappen, dem man sich denken kann. Jedesmal, wenn ich ein Messer anfasse, fällt er in Ohnmacht – er hat eine Todesangst vor mir.» – «Hm!» sagte Gerald. – «Alle haben sie Angst vor mir. Bloß der Jude will den starken Mann machen. Und dabei ist er feiger als sie alle zusammen, tatsächlich, denn er zittert davor, was die Leute sagen – und das ist Julius ganz gleich.» – «Sind das Helden!» sagte Gerald vergnügt.

Die Pussum sah ihn an und fing langsam, ganz langsam an zu lächeln. Sie war schön und hatte glühende Wangen im Vollgefühl all des Grauenhaften, das ihr bewußt war. Auf Geralds Augäpfeln glitzerten zwei kleine Funken.

«Warum nennen sie dich Pussum? Weil du so eine kleine Katze bist?» – «Kann sein.» – Er lächelte immer heller. «Das bist du auch – ein junges Pantherweibchen.» – «O Gott, Gerald!» sagte Birkin einigermaßen angeekelt. Die beiden sahen verlegen zu ihm hinüber. «Du bist so still heut abend, Rupert», sagte sie mit einiger Frechheit. Sie war des andern Mannes sicher.

Halliday kam zurück und sah hilflos elend aus. «Pussum, wenn du solche Sachen doch bleiben lassen wolltest – äch!» Er sank stöhnend auf seinen Stuhl. «Geh lieber nach Hause», sagte sie. – «Ich will auch nach Hause. Aber ihr kommt doch alle mit! Wollen Sie nicht auch mit uns in die Wohnung kommen?» fragte er Gerald. «Es wäre zu reizend, wenn Sie mitkämen. Tun Sie es doch – Ja? Famos.» Er sah sich nach einem Kellner um. «Ein Auto.» Dann stöhnte er wieder. «Ach, ich fühle mich so – einfach scheußlich! Pussum, da siehst du, was du mit mir machst.»

«Warum bist du solch ein Esel?» sagte sie unfreundlich. Sie ließ sich nicht aus der Ruhe bringen. – «Ich bin gar kein Esel! Ach, ist das gräßlich! Kommt alle mit, ja, ihr sollt sehen, es wird blendend. Pussum, du auch. Was? Komm, liebes Kind, nun mach keinen Unsinn, ich bin ganz – oh, es ist ekelhaft – Hol euch der –! Äch!» – «Du weißt doch, daß du nichts vertragen kannst», sagte sie kühl. – «Ich sage dir ja, das kommt nicht vom Sekt – bloß weil du dich so widerlich benimmst, Pussum, weiter gar nichts. Ach, es ist zum –! Libidnikov, nun komm aber bitte.»

«Er hat nur ein Glas getrunken – ein einziges», sagte der junge Russe rasch und gedämpft.

Dann gingen sie alle nach dem Ausgang. Das Mädchen hielt sich dicht bei Gerald, es war fast, als ginge sie in gleichem Schritt mit ihm. Er merkte das, und es erfüllte ihn mit dämonischer Freude, daß sie Maß und Bewegung von ihm empfing. Er trug sie in seinem Willen wie in der hohlen Hand und fühlte, wie sie sich heimlich, sacht und unsichtbar darin regte.

Sie drängten sich zu fünft in eine Autodroschke. Halliday schwindelte sich glücklich als erster hinein und fiel gegenüber auf den Fensterplatz. Dann stieg die Pussum ein, Gerald setzte sich neben sie. Sie hörten, wie der junge Russe dem Chauffeur Bescheid sagte, und dann saßen sie alle im Dunkeln eng beisammen. Halliday stöhnte und lehnte sich aus dem Fenster. Der Wagen fuhr rasch, sie fühlten, wie er dumpf unter ihnen zitterte.

Die Pussum saß neben Gerald, und ihm war, als löse sie sich auf und riesele ihm sanft ins Gebein, wie ein geheimnisvoller elektrischer Strom. Ihr Leben ergoß sich magnetisch dunkel in seine Adern und staute sich tief am Rückgrat zu einer furchtbaren Quelle der Kraft. Indessen klang ihre scharfe Stimme, wie sie sich gleichgültig lässig mit Birkin und Maxim unterhielt. Zwischen ihr und Gerald war das stumme, zuckende Einverständnis tiefster Finsternis. Dann fand sie seine Hand und preßte sie in ihren kleinen Fingern. Es war stockfinster, doch redete der Druck ihrer Hand so unverhüllt, daß es ihm durch Blut und Hirn raste und er seiner selbst nicht mehr mächtig war. Immer noch klingelte ihre Stimme mit einem leisen Unterton von Spott. Und als sie den Kopf wandte, fegte ihm die feine Mähne gerade über das Gesicht, und seine Nerven knisterten und brannten. Aber das starke Zentrum seiner Kraft tief am Rückgrat hielt stand, ein prachtvoll stolzes Gefühl.

Sie hielten vor einem großen Häuserblock und fuhren im Fahrstuhl nach oben, wo ihnen ein Hindu gleich die Tür aufmachte. Gerald war überrascht und dachte, ob es wohl ein gebildeter Mann wäre, vielleicht einer von den Hindus aus Oxford. Doch war es nur der Diener.

58

«Tee machen, Hassan!» sagte Halliday. «Ist ein Zimmer für mich frei?» fragte Birkin. Auf beide Fragen grinste der Mann und sagte etwas Undeutliches.

Gerald war seiner Sache nicht ganz sicher, der Mann war groß und schlank und schweigsam und konnte durchaus von guter Herkunft sein. «Was haben Sie denn da für einen Diener?» fragte er Halliday. «Der sieht ja fabelhaft elegant aus.» – «Ach ja – aber nur, weil er den Anzug von jemand anders anhat. In Wirklichkeit ist er alles andere als elegant. Wir haben ihn halb verhungert auf der Straße gefunden. Ich habe ihn mit heraufgenommen, und ein anderer hat ihm den Anzug gegeben. Er ist durchaus nicht das, wonach er aussieht – sein einziger Vorzug ist, daß er Englisch weder spricht noch versteht und darum ganz zuverlässig ist.»

«Er ist sehr schmutzig», sagte der junge Russe rasch und tonlos.

Gleich darauf erschien der Diener an der Tür. «Was gibt's?» fragte Halliday. Der Hindu grinste und murmelte scheu: «Master sprechen möchte.»

Gerald betrachtete ihn neugierig. Der Bursche da in der Tür hatte hübsche Züge und schlanke Glieder, auch hatte er Haltung und sah elegant, ja vornehm aus. Doch war er mit seinem blöden Grinsen nichts weiter als ein Halbwilder. Halliday ging auf den Flur hinaus und sprach mit ihm.

«Was?» hörten sie ihn rufen. «Wie? Was sagst du? Sag es noch einmal. Was? Geld willst du? Mehr Geld? Wozu brauchst du denn Geld?» Dann hörten sie undeutlich, wie der Hindu antwortete, und darauf erschien Halliday im Zimmer und grinste ebenfalls: «Er sagt, er will Geld haben, um sich Unterzeug zu kaufen. Kann mir nicht jemand einen Shilling leihen? O danke schön, ein Shilling genügt reichlich für alles Unterzeug, das er braucht.» Gerald gab ihm das Geld, und er ging wieder auf den Flur hinaus, wo sie ihn hörten: «Mehr Geld brauchst du nicht, gestern hast du erst dreifünfzig bekommen. Mehr gibt es nicht. Nun schnell den Tee.»

Gerald sah sich im Zimmer um. Es war das übliche Londoner Etagenwohnzimmer, anscheinend möbliert gemietet, und sah recht gewöhnlich und unschön aus. Doch standen ein paar Negerplastiken da, Holzschnitzereien aus Westafrika, sonderbar aufregende Sachen. Die geschnitzten Neger sahen beinahe wie ungeborene Kinder aus. Eins war eine nackte Frauenfigur in eigentümlicher, sitzender Stellung. Der Bauch trat stark hervor, man sah deutlich, wie sie sich quälte. Der junge Russe gab Erklärungen dazu. Es stellte eine Frau in Wehen dar. In jeder Hand hielt sie ein Ende der Binde gepackt, die ihr um den Hals hing, und half so nach. Das eigentümlich, zermarterte Gesicht der Frau, das nur roh in seinen Grundzügen herausgeschnitten war, machte Gerald wieder den Eindruck des Ungeborenen. Und dann war überaus merkwürdig, wie es das Gefühl äußersten körperlichen Leidens vermittelte, bis dahin, wo es über die Grenze des geistig Bewußten hinausgeht.

«Finden Sie das nicht ziemlich unanständig?» fragte er mißbilligend. «Ich weiß nicht», wisperte der Russe rasch. «Für mich ist unanständig keine Kategorie. Ich finde die Sachen sehr gut.»

Gerald wandte sich ab. Im Zimmer hingen noch einige Bilder in futuristischer Manier, und dann stand ein großer Flügel da. Das war alles, außer ein paar von den üblichen Londoner Logismöbeln besserer Sorte.

Die Pussum hatte Hut und Mantel abgelegt und saß auf dem Sofa. Offenbar war sie hier ganz zu Hause, dennoch machte sie einen unsicheren Eindruck. Sie übersah ihre Stellung noch nicht ganz. Für den Augenblick gehörte sie Gerald, sie wußte nur nicht genau, wiewiet die andern Männer gesonnen waren, das zuzulassen. Sie überlegte sich gerade, wie sie am besten anfinge, ihren Willen durchzusetzen. Ihr Erlebnis wollte sie haben. Jetzt in elfter Stunde sollte ihr keiner mehr einen Strich durch die Rechnung machen. Die Wangen glühten ihr wie zur Schlacht, die Augen brüteten; aber Widerstand duldeten sie nicht mehr.

Der Diener kam mit Tee und einer Flasche Kümmel und setzte das Teebrett auf einen kleinen Tisch vor den Diwan.

«Pussum», sagte Halliday, «schenk ein!» Sie rührte sich nicht. «Willst du nicht einschenken?» sagte er noch einmal. Er hatte ein nervöses Gefühl davon, was kommen sollte.

«Es ist nicht mehr so mit mir wie früher», sagte sie. «Wiedergekommen bin ich nur, weil die andern es gern wollten, und nicht für dich.» – «Liebe Pussum, du weißt, daß du ganz dein eigener Herr bist. Ich will nichts weiter von dir, als daß du in die Wohnung kommst, wann und wie es dir paßt – das weißt du sehr gut, ich habe es dir schon oft genug gesagt.»

Sie gab keine Antwort, sondern griff still und zurückhaltend nach dem Teetopf. Dann saßen sie alle um den Tisch und tranken Tee. Wie sie so ruhig und in sich gekehrt auf ihrem Platz saß, fühlte Gerald den Funkenstrom, der zwischen ihnen hin- und herging, so stark, daß alles ein neues Gesicht bekam. Ihr unbewegliches Schweigen machte ihn unruhig. Wie in aller Welt sollte er zu ihr finden? Daß es geschehen mußte, stand fest, das fühlte er wohl. Er vertraute sich völlig dem Strom, der sie beide trug, und die Sorge ging ihm nicht tief. Es herrschten eben ganz neue Verhältnisse, das Alte war vorbei. Hier tat jeder, wozu es ihn trieb, einerlei, was es war.

Birkin stand auf. Es war kurz vor eins. «Ich gehe schlafen. Gerald, ich rufe morgen früh bei dir an – oder du rufst hier an.» – «Schön», sagte Gerald, und Birkin ging hinaus.

Als er außer Hörweite war, sagte Halliday sehr lebhaft zu Gerald: «Hören Sie mal, bleiben Sie doch hier – tun Sie uns den Gefallen!» – «Sie können uns doch nicht alle unterbringen», meinte Gerald. – «Aber natürlich, das geht glänzend – da sind noch drei Betten außer meinem –, bleiben Sie doch! Es ist alles fertig – hier ist immer jemand –, ich be-

60

halte die Leute jedesmal zur Nacht hier – ich habe zu gern, wenn das Haus recht voll ist.»

«Es sind aber nur zwei Zimmer da», sagte die Pussum kalt und feindlich, «jetzt, wo Rupert hier wohnt.» – «Das weiß ich wohl, daß nur zwei Zimmer da sind», sagte Halliday in seiner eigentümlich hohen Stimme. «Wieso, was ist denn dabei?»

Er lächelte ziemlich albern und redete sehr eifrig und bestimmt, damit die andern begreifen sollten.

«Julius und ich schlafen in einem Zimmer», sagte der Russe in seiner behutsamen, makellosen Sprechweise. Halliday und er waren Freunde von Eton her. «Sehr einfach», sagte Gerald, stand auf, preßte die Arme zurück und reckte sich. Dann trat er vor eins der Bilder und sah es sich an. Die Glieder barsten fast vor verhaltener Gewalt, der Rücken war straff wie der eines Tigers. Das Feuer schwelte. Er war sehr stolz.

Die Pussum stand auf. Sie warf Halliday einen schwarzen, tödlichen Blick zu, unter dem er albern und vergnüglich lächelte. Dann ging sie mit einem kühlen gute Nacht aus dem Zimmer.

Nach einer kleinen Pause hörten sie eine Tür gehen, und Maxim sagte mit seiner feinen Stimme: «So stimmt es.» Er sah Gerald bedeutsam an und sagte noch einmal mit leisem Kopfnicken: «Es stimmt so, nicht wahr?»

Gerald sah dem jungen Russen in sein angenehmes, glattes bräunliches Gesicht und in die sonderbaren Augen, die ihn vielsagend ansahen, und es war ihm, als tönten die leisen, tadellos gesprochenen Worte nicht durch die Luft, sondern durch sein Blut.

«Dann stimmt es also, nicht wahr?» sagte er. «Ja! Ja! Es stimmt», sagte der Russe. Halliday lächelte immer noch und sagte kein Wort.

Auf einmal erschien die Pussum wieder in der Tür, das schmale Kindergesicht hatte einen bösen Ausdruck. «Ich weiß wohl, du willst mich anführen», klang es kalt und lauter als sonst aus ihrem Mund. «Aber das soll mir gleich sein. Du kannst mich anführen, soviel du willst, mir ist alles gleich.»

Dann drehte sie sich wieder um, und weg war sie. Sie hatte ein loses Schlafgewand aus purpurroter Seide an, das über den Hüften zusammengehalten war. Unendlich zart und kindlich sah sie aus, wehrlos zum Erbarmen. Doch fühlte sich Gerald bei dem düstern Blick ihrer Augen in allgewaltige Finsternis versinken. Fast wurde ihm angst.

Die Männer zündeten sich noch eine Zigarette an und redeten gleichgültiges Zeug.

7

Fetisch

Am nächsten Morgen wachte Gerald spät auf nach schwerem Schlaf. Pussum schlief noch, rührend wie ein Kind. So klein und zusammengerollt und wehrlos lag sie da, daß die hungrige Leidenschaft von neuem in ihm aufflammte als ein verzehrendes, gieriges Mitleid. Er sah sie noch einmal an und hatte nicht das Herz, sie zu wecken. Da nahm er sich zusammen und ging hinaus.

Im Wohnzimmer hörte er Halliday und Libidnikov reden und blickte hinein. Er trug einen seidenen Schlafrock von wundervollem Blau mit amethystfarbenem Saum. Zu seiner Überraschung sah er die beiden jungen Leute nackt am Kamin. Halliday blickte vergnügt auf.

«Guten Morgen», sagte er. «Ach – suchen Sie Handtücher?» Und nackt, wie er war, ging er auf den Flur, eine eigentümlich weiße Gestalt zwischen den toten Möbeln. Er kam mit den Handtüchern zurück und hockte wie vorher auf dem Vorsatz am Kamin nieder.

«Ist es nicht schön, das Feuer so auf der bloßen Haut zu fühlen?» sagte er. «O ja, ganz angenehm», meinte Gerald. – «Es muß doch wunderbar sein, in einem Klima zu wohnen, wo man ganz ohne Zeug auskommt.» – «Freilich», sagte Gerald, «wenn es da nur nicht soviel Beißendes und Stechendes gäbe.» – «Ja, das ist der Nachteil dabei», wisperte Maxim.

Gerald sah ihn sich an, das nackte menschliche Tier mit der goldigbraunen bloßen Haut, und sah es nicht gern. Der Anblick war ihm erniedrigend, er wußte selbst nicht wieso. Mit Halliday war es anders. Er war von schwerer, schlaffer, gebrochener Schönheit, weiß und unbewegt, und erinnerte an den Christus in einer Pietà. Da war nichts Tierisches, nur schwere, gebrochene Schönheit. Gerald merkte auch, wie schön Hallidays Augen waren, blau und warm und verschwommen und auch im Ausdruck gebrochen. Der Feuerschein fiel auf seine schweren, gewölbten Schultern, er kauerte träge am Kamingitter und wandte das Gesicht nach oben, matte Züge, in denen sich die Auflösung ankündigte, und doch von ganz eigener, ergreifender Schönheit.

«Ach ja», sagte Maxim, «Sie sind ja wohl in heißen Ländern gewesen, wo man nackt herumläuft.» – «Nein, wirklich?» sagte Halliday. «Wo denn?» – «Südamerika – Amazonenstrom», antwortete Gerald. «Oh, ist das herrlich! Eins von den Dingen, nach denen ich am meisten Sehnsucht habe – Tag für Tag so dahinleben und niemals auch nur das geringste anziehen. Wenn ich das könnte, dann hätte ich das Gefühl, gelebt zu haben.»

«Aber wieso denn?» sagte Gerald. «Ich sehe nicht ein, daß das soviel ausmacht.» – «Ach, ich denke es mir wunderbar. Das Leben muß dann doch ganz und von Grund aus anders sein – vollkommen schön.» – «Ja, wieso eigentlich, warum denn?» – «Ach, dann könnte man die Dinge doch fühlen, anstatt sie immer nur zu sehen. Dann fühlte ich, wie mich die Luft anrührt, dann könnte ich alles fühlen, was ich im Vorbeigehen streifte, und brauchte es mir nicht bloß anzusehen. Ich bin überzeugt, das Leben ist ganz verkehrt, weil man immer nur sieht – wir können nicht mehr hören, nicht mehr fühlen und begreifen, wir können nur noch sehen. Das muß doch also falsch sein.» – «Allerdings», sagte der Russe, «das stimmt.»

Gerald blickte zu ihm hinüber und sah den anmutigen Körper in seiner Goldtönung mit den feinen schwarzen Haaren, die üppig wuchsen wie zarte Ranken, und die Glieder, die glatten Pflanzenstengeln ähnlich waren. Er war gesund und schön gebaut, warum schämte sich Gerald bei seinem Anblick, was stieß ihn daran nur ab? Wieso mochte er das nicht sehen und hatte sogar das Gefühl, daß es seiner eigenen Würde Eintrag tat? ‹War der Mensch nichts weiter als das? So unbeseelt!› dachte er.

Da erschien Birkin auf einmal in der Tür in einem weißen Pyjama, mit nassen Haaren und einem Badelaken über dem Arm. Er sah bleich aus und fern, als könnte er gleich in nichts zergehen.

«Das Badezimmer ist frei, wenn ihr es benutzen wollt», sagte er und ging schon wieder, als Gerald rief: «Du, Rupert!» – «Was ist?» Die weiße, einsame Gestalt kam wieder wie ein Geist. «Was hältst du von der Figur da? Das möcht ich wissen», fragte Gerald.

Birkin ging auf das holzgeschnitzte Negerweib zu, weiß und eigentümlich geisterhaft. Ihr nackter, unförmiger Körper duckte sich in sonderbar verkrampfter Stellung, mit den Händen hielt sie die Enden der Binde über der Brust gepackt.

«Das ist Kunst», sagte Birkin. «Sehr, sehr schön ist es», sagte der Russe. Sie kamen alle und sahen sich die Gebärende an. Gerald besah sich die Gruppe von Männern: der Russe goldigbraun und wie eine Wasserpflanze, Halliday groß und schwer, gebrochen schön, Birkin sehr bleich und unbestimmt, nicht recht zu fassen, wie er da stand und die Plastik genau betrachtete. Dann hob auch Gerald in seltsam erhöhter Stimmung die Augen zu dem Holzgesicht, und sein Herz bebte.

Im Geist sah er das graue, vorgestreckte Gesicht des Negerweibes lebendig vor sich, tropisch, angespannt und hingenommen bis zum Äußersten von höchster Körperqual. Ein entsetzliches Gesicht, leer, ausgemergelt, verblödet vom Übermaß der Schmerzen. Das war die Pussum. Er erkannte sie wie im Traum.

«Wieso ist das Kunst?» fragte er angeekelt und empört. «Es vermittelt eine vollkommene Wahrheit», sagte Birkin. «Den einen Zustand enthält es ganz, einerlei, was du dabei fühlst.» – «Aber große Kunst kann man das doch nicht nennen.» – «Große Kunst! Jahrhunderte und Jahrtausende liegen hinter dieser Holzfigur in gerader Linie der Entwicklung. Es ist der grausige Gipfel einer ganz bestimmten Kultur.»

«Wieso denn Kultur?» fragte Gerald mit innerem Widerstand. Er hatte einen Haß auf dies rein afrikanische Ding. – «Reine Gefühlskultur, eine Kultur körperlicher Bewußtheit, wirklich äußerster körperlicher Bewußtheit, in der der Geist nichts und die Sinne alles sind, so sinnlich, daß es nicht überboten werden kann.»

Aber Gerald lehnte sich auf. Gewisse Illusionen, gewisse Ideen, zum Beispiel, daß man etwas anziehen muß, wollte er nicht aufgeben.

«Du findest die falschen Dinge schön, Rupert», sagte er, «Dinge, die dir widersprechen.» – «O ich weiß wohl, daß das nicht alles ist», sagte Birkin und ging weg.

Als Gerald aus der Badestube wieder in sein Zimmer ging, trug auch er sein Zeug über dem Arm. Zu Hause hielt er so sehr auf das Schickliche, daß wenn er wirklich einmal woanders war und losgelassen wie jetzt, nichts ihm solchen Hochgenuß bereitete wie völlige Zügellosigkeit. So nahm er den blauseidenen Schlafrock über den Arm und kam sich sehr dreist vor.

Die Pussum lag im Bett und rührte sich nicht, die runden dunklen Augen sahen aus wie schwarze, trübe Wasserlachen. Er sah nichts als die beiden schwarzen, unergründlichen Wasserlachen. Sie litt vielleicht. Das Gefühl ihrer dunklen, kaum bewußten Schmerzen fachte die alte wilde Flamme wieder an, ihn überkam von neuem ein beizendes Mitleid und beinah grausame Leidenschaft.

«Bist du nun aufgewacht?» fragte er. – «Wieviel Uhr ist es?» kam es leise zurück.

Er kam näher, und es war ihm, als flösse sie davon wie Wasser, als versänke sie hilflos vor ihm. Ihr Urweltauge, das Auge der geschändeten Sklavin, die keine andere Erfüllung kennt als immer neue Gewalt, ließ seine Nerven in brennendem Wohlgefühl erschauern. Hier war kein Wille außer dem seinen, sie war nur seines Wollens willenloser Stoff. Es überlief ihn prickelnd und ätzend bis in die feinsten Fasern. Und dann wußte er es, er mußte gehen, zwischen ihm und ihr mußte reinliche Scheidung sein.

Beim Frühstück fiel nichts Besonderes vor, die vier Männer sahen nach ihrem Bad sehr gepflegt und sauber aus. Gerald und der Russe waren beide tadellos *comme il faut* in Erscheinung und Benehmen, Birkin mager und elend im Gesicht. Sein Versuch, gut angezogen zu sein wie Gerald und Maxim, war mißglückt. Halliday hatte einen Tweedanzug mit grünem Flanellhemd an und trug einen Fetzen von Krawatte, der ausgezeichnet zu ihm paßte. Der Hindu brachte Berge von weichem Toast. Er hatte sich seit dem Abend vorher nicht um ein Haar verändert.

Als sie beinah fertig waren, erschien die Pussum in einem Schlafrock aus tiefroter Seide mit schillerndem Gürtel. Sie war ein bißchen zu sich gekommen, doch saß sie noch stumm und ohne Leben da. Es war ihr eine Qual, wenn jemand sie anredete. Ihr Gesicht war wie eine feine, düstere Maske, ein Schleier von willenlosem Leiden hing davor. Es war schon beinahe Mittag. Gerald stand auf und ging in die Stadt, er war froh, als er weg war. Aber fertig war er hier noch nicht. Gegen Abend kam er wieder. Sie aßen alle zusammen, er hatte für die ganze Gesellschaft außer Birkin Plätze im Varieté genommen.

Spät in der Nacht gingen sie wieder in die Wohnung, heiß vom Alkohol wie am Abend vorher. Wieder kam der Diener – zwischen zehn und zwölf Uhr abends verschwand er regelmäßig – und brachte Tee, stumm und unergründlich. Mit fremdartig schleichender, leopardenartiger Bewegung beugte er den Rücken und setzte das Teebrett sacht auf den Tisch. Sein Gesicht war unbeweglich und vornehm, mit einem leichten grauen Ton unter der Haut. Dabei sah er jung und gut aus. Aber Birkin war nicht wohl zumute, wenn er ihn ansah, das leise Grau mutete ihn an wie Asche, wie Fäulnis, und in dem vornehm unergründlichen Ausdruck sah er eine tierische Stumpfheit, die ihm Übelkeit erregte.

Wieder unterhielten sie sich gemütlich und angeregt. Doch fing der Kreis schon an, auseinanderzubröckeln. Birkin war gereizt bis zur äußersten Nervosität, Halliday faßte einen wahnsinnigen Haß auf Gerald. Die Pussum wurde hart und eiskalt wie ein Kiesel, und dabei gab Halliday sich alle Mühe um sie. Schließlich wollte sie ja doch nur Halliday einfangen und ganz in die Hand bekommen.

Am andern Morgen schlichen sie wieder alle durch die Stuben und lungerten umher. Aber Gerald spürte, daß gegen ihn eine eigentümliche Feindseligkeit in der Luft lag. Da wurde er eigensinnig und blieb den andern zum Trotz. Zwei Tage hing er noch da oben herum. Das Ende war, daß er am vierten Abend auf ganz unflätige und wahnsinnige Art mit Halliday aneinandergeriet. Halliday machte im Café die tollsten Ausfälle gegen ihn, es kam zur Prügelei, und Gerald war nahe daran, dem andern den Schädel einzuschlagen. Da packte ihn auf einmal der Ekel, es war ihm nicht mehr der Mühe wert, und er ging. Halliday kostete seinen Triumph aus und gebärdete sich wie ein Verrückter, die Pussum blieb unbewegt – sie hatte ja ihren Willen – und Maxim machte Platz. Birkin war nicht dabei, er war schon wieder abgereist.

Gerald wurmte es, daß er der Pussum kein Geld gegeben hatte. Freilich machte sie sich nichts daraus, ob er ihr Geld gab oder nicht, und das wußte er auch. Aber sie hätte sich doch über zehn Pfund gefreut, und er wäre sehr froh gewesen, sie ihr zu geben. Nun war er ihr gegenüber in einer falschen Stellung. Er ging und kaute an seiner Lippe, bis er seinen kurzgeschnittenen Schnurrbart erwischte. Er wußte, die Pussum war froh, ihn los zu sein. Sie hatte ja nun ihren Halliday, und weiter wollte sie nichts. Wenn sie ihn erst ganz in der Gewalt hatte, konnte sie ihn heiraten, und heiraten wollte sie ihn, das hatte sie sich in den Kopf gesetzt. Von Gerald wollte sie nichts mehr wissen, höchstens vielleicht, wenn sie einmal in Schwierigkeiten wäre. Denn schließlich war Gerald doch nach ihren Begriffen ein Mann, und die andern, Halliday, Libidnikov, Birkin und die ganze Bohèmesippschaft waren bloß Halbmänner. Aber gerade mit Halbmännern wußte sie umzugehen, da fühlte sie sich sicher. Richtige Männer, wie Gerald, behandelten sie zu sehr als das, was sie war.

Und doch hatte sie wirklich Achtung vor ihm. Sie hatte sich seine Adresse verschafft und konnte sich also in der Zeit der Not an ihn wenden. Daß er die Absicht hatte, ihr Geld zu geben, wußte sie. Vielleicht schrieb sie ihm einmal, wenn einst der graue Tag kam, dem sie nicht entgehen konnte.

8

Breadalby

Breadalby war ein Gutshaus aus dem achtzehnten Jahrhundert, mit korinthischen Säulen, und lag in der weichern, grünern Hügelgegend von Derbyshire, nicht weit von Cromford. Nach vorn blickte es über einen Rasen mit einzelnen Bäumen auf eine Reihe von Fischteichen in einem stillen Park. Hinter dem Hause waren die Ställe, ganz im Grün versteckt, und der große Gemüsegarten, an den sich ein Gehölz anschloß.

Ein stiller Ort. Das Gut lag ein paar Meilen von der Landstraße in einiger Entfernung vom Derwent Valley, abseits von den landschaftlichen Sehenswürdigkeiten der Gegend. Schweigend und verlassen leuchtete der Stuck zwischen den Bäumen hervor, unverändert sah die Fassade des Herrenhauses wie vor Zeiten in den Park hinab.

Immerhin war Hermione in letzter Zeit viel dort gewesen. Sie war Londons und Oxfords müde geworden und hatte sich der ländlichen Ruhe zugewandt. Ihr Vater war meist auswärts, und so wohnte sie entweder allein mit ihren Gästen im Hause – es war immer Besuch da – oder hatte ihren Bruder bei sich, einen Junggesellen und liberalen Abgeordneten. Er kam immer, wenn keine Sitzungen waren. Man hatte den Eindruck, als wäre er eigentlich die ganze Zeit in Breadalby, obwohl er es mit seinen politischen Pflichten peinlich genau nahm.

Es wollte gerade Sommer werden, als Ursula und Gudrun zum zweitenmal Hermiones Gäste sein sollten. Sie fuhren eben in den Park ein und sahen über das kleine Tal mit den stillen Teichen auf die Säulenfassade des Hauses, die oben auf dem Hügel ganz klein vor dem Waldhintergrund in der Sonne lag, wie man es wohl auf alten englischen Zeichnungen sieht. Auf dem grünen Rasen bewegten sich winzige Gestalten, Frauen in Lavendelblau und Gelb, dem Schatten der riesigen, herrlich ebenmäßig gewachsenen Zeder zu.

«Daran ist doch wirklich nichts auszusetzen!» sagte Gudrun. «Das ist vollkommen wie ein alter Stich.» Ihre Stimme hatte einen unmutigen Klang, als könnte sie sich des schönen Eindrucks nicht erwehren und müßte wider Willen bewundern. «Hast du es wirklich gern?» fragte Ursula. – «Das nicht, aber in seiner Art finde ich es vollkommen.»

Das Auto sauste in einem Zug den Abhang hinunter und auf der andern Seite wieder hinauf und fuhr im Bogen auf die Seitentür zu. Ein Hausmädchen erschien, dann kam Hermione mit aufwärts gewandtem, bleichem Gesicht und ausgestreckten Händen den Ankömmlingen entgegen und sagte in singendem Ton:

«Da sind Sie ja – wie freue ich mich, daß Sie da sind», sie gab Gudrun einen Kuß, «freue mich so, daß Sie da sind», küßte auch Ursula und blieb bei ihr stehen, den Arm um ihre Schulter gelegt. «Sind Sie sehr müde?»

«Nicht ein bißchen», sagte Ursula. – «Gudrun, und Sie?» – «Danke schön, gar nicht.» – «Nein –» sagte Hermione gedehnt. Sie stand noch immer da und sah die beiden an. Gudrun und Ursula war es peinlich, daß sie nicht mit ihnen hineinging, sondern erst ihre kleine Willkommensszene draußen auf dem Weg haben mußte. Die Dienstboten warteten.

«Kommen Sie doch herein», sagte Hermione schließlich, als sie beide genügend gemustert hatte. Wieder fand sie Gudrun schöner und reizvoller und Ursula körperlicher, fraulicher. Gudruns Anzug gefiel ihr besser. Sie trug ein grünes Popelinekleid unter einer losen Jacke mit breiten dunkelgrünen und dunkelbraunen Streifen, dazu einen Strohhut, mattgrün wie frisches Heu, mit schwarz und orangefarben geripptem Band, dunkelgrüne Strümpfe und schwarze Schuhe. Das Ganze war sehr geschmackvoll, elegant und individuell zugleich. Ursula, in Dunkelblau, war schlichter angezogen, sah aber auch gut aus.

Hermione selbst war in pflaumenfarbener Seide mit Korallenschmuck und korallenfarbenen Strümpfen, doch war ihr Kleid abgetragen und voller Flecken, eigentlich recht schmutzig.

«Nun möchten Sie gern in Ihr Zimmer, wie? Ja. Wollen wir nach oben gehen?»

Ursula war froh, als sie endlich allein war. Hermione fand nie ein Ende, sie machte immer soviel Wesens, kam einem so nahe und drängte sich in der peinlichsten und bedrückendsten Weise auf. Man fühlte sich ganz lahmgelegt.

Das Frühstück war auf dem Rasen unter dem großen Baum gedeckt, dessen dicke schwarze Äste bis aufs Gras herabreichten. Es war noch eine zierliche, elegante junge Italienerin da, ferner Miss Bradley, ein junges Mädchen von athletischem Körperbau, ein gelehrter, vertrockneter Baronet von etwa fünfzig, der immer mit Witzen um sich warf und wiehernd aus vollem Hals darüber lachte, dann Rupert Birkin und die Sekretärin, ein junges, hübsches, schmächtiges Fräulein März.

Das Essen war jedenfalls ausgezeichnet. Es hatte Gudruns vollen Beifall, die, wie in allem, auch darin kritisch war. Ursula genoß das Ganze, den weißgedeckten Tisch unter der Zeder, die frische Sonnenluft und das feine Bildchen des laubigen Parks mit dem friedlich äsenden Wild in der Ferne. Es war ein Zauberkreis um den Ort gezogen, die Gegenwart blieb draußen, und drinnen lebte die alte goldene Zeit, Bäume, Wild und stiller Friede, ganz wie im Traum.

Aber innerlich war ihr nicht wohl. Das Gespräch ging rasselnd wie das Feuer von Feldgeschützen, jeden Augenblick geneigt, mit Sentenzen einzuschlagen. Das Geknatter der Witze und das Gesprüh der Wortspiele, das den kritischen Allgemeinheiten etwas wie Plauderton geben sollte, setzte nicht aus und machte die Künstlichkeit nur noch auffälliger. Die Unterhaltung strömte nicht freien Laufes dahin, sie war kanalisiert.

Es war anstrengend, denn man war sehr gebildet. Nur der ältliche Soziologe, dessen Gehirn so zäh war, daß es nichts mehr empfand, sah wunschlos glücklich aus. Birkin fühlte sich wenig wohl in seiner Haut. Hermione legte es anscheinend beharrlich darauf an, ihn vor jedermann lächerlich und verächtlich zu machen, was ihr überraschend gut gelang. Er war merkwürdig wehrlos gegen sie und wirkte ganz nichtssagend. Ursula und Gudrun redeten wenig, weil sie keine Übung hatten, und hörten Hermiones überschwenglichen Flötentönen, Sir Joshuas Schlagfertigkeiten, Fräuleins Geplapper und den Erwiderungen der beiden andern Damen meist schweigend zu.

Nach dem Frühstück wurde auf dem Rasen Kaffee gereicht, man saß dabei auf Liegestühlen je nach Belieben im Schatten oder in der Sonne herum. Fräulein zog sich zurück, Hermione nahm ihre Stickerei, die kleine Contessa ein Buch, Miss Bradley flocht ein Körbchen aus dünnen Gräsern, und so brachten sie den Frühsommernachmittag in gemächlicher Beschäftigung und meist intellektueller, wohlabgewogener Hin- und Widerrede auf dem Rasen zu.

Plötzlich hörten sie ein Auto bremsen und stoppen.

«Da kommt Salsie!» flötete Hermione in ihrem komischen, langsamen Singsang. Sie legte die Handarbeit hin, stand langsam auf, schritt langsam über den Rasen und verschwand hinter dem Gebüsch. «Wer ist das?» fragte Gudrun. «Mr. Roddice – der Bruder von Miss Roddice –, ich nehme jedenfalls an, daß er es ist», sagte Sir Joshua.

«Salsie, ja, das ist ihr Burder», sagte die kleine Contessa und sah einen Augenblick vom Buch auf, um in leicht gurgelndem Englisch, das einen Schatten zu tief klang, ihren Bescheid zu geben.

Alles wartete. Dann kam hinter dem Gebüsch Alexander Roddices hohe Gestalt hervor, romantischen Schrittes wie ein Meredithscher Held, der Disraelis gedenkt. Er war verbindlich mit jedermann und trat gleich als Wirt auf mit einer zwanglosen Gastlichkeit, die er sich für Hermiones Freunde angeeignet hatte und die ihm jederzeit leicht zu Gebote stand. Er kam gerade aus London von der Sitzung, und sofort wehte Unterhausluft über den Rasen: der Minister des Innern hatte das und das gesagt, und er, Roddice, war dagegen der und der Ansicht und hatte das und das dem Premier zu verstehen gegeben.

Da kam Hermione hinter dem Gebüsch zum Vorschein und mit ihr

Gerald Crich. Alexander hatte ihn mitgebracht. Er wurde einem nach dem andern vorgestellt, Hermione ließ ihn ein Weilchen stehen, damit alle ihn sehen konnten, und dann legte sie Beschlag auf ihn. Für den Augenblick war er offenbar ihr eigentlicher Gast.

Im Kabinett war es zum Bruch gekommen, der Unterrichtsminister war vor den Angriffen aus der andern Partei zurückgetreten. Das gab Anlaß zu einem Gespräch über Bildung.

«Ich sage ja», gab Hermione von sich und hob das Gesicht gen Himmel wie ein homerischer Sänger, «für Bildung kann es überhaupt keinen andern Grund, ich meine keine andere Entschuldigung geben, als die Wonne und die Schönheit des Wissens schlechthin.» Einen Augenblick klang es, als grollten und würgten in ihr die unterirdischen Gedanken, dann fuhr sie fort: «Berufsbildung ist gar keine Bildung, sie ist das Ende der Bildung überhaupt.»

Gerald fand sich an den Pforten der Diskussion. Selig sog er die Luft ein und rüstete sich zur Tat. «Das braucht sie nicht durchaus zu sein. Aber Bildung ist doch wohl eigentlich so etwas wie Turnen, und das Ziel der Bildung ein gut trainierter, kräftiger und energischer Verstand?»

«Genau wie körperliche Übung einen gesunden Körper erzielt, der nie versagt», stimmte Miss Bradley von ganzem Herzen zu.

Gudrun sah sie mit stummem Widerwillen an.

«Hm –» grollte Hermiones Stimme, «ich weiß nicht. Für mich ist die Freude am Wissen so groß und herrlich – nichts, das weiß ich genau, nichts anderes ist mir in meinem ganzen Leben so viel gewesen wie der Augenblick, da ich gewisse Dinge wußte.» – «Was denn zum Beispiel, Hermione?» fragte Alexander.

Hermione hob das Gesicht und es grollte aus ihr hervor: «M-m-m – ich weiß nicht... Eins davon waren die Sterne, als ich wirklich etwas von den Sternen begriff. Da fühlt man sich so erhoben, so aller Bande ledig...»

Birkin raste. «Wozu fühlen?» sagte er höhnisch. «Du willst ja deiner Bande gar nicht ledig sein.»

Hermione fuhr beleidigt zurück. «Ja, aber so ein Gefühl von Unbegrenztheit hat man tatsächlich dabei», sagte Gerald. «Als ob man auf eine Bergspitze steigt und den Stillen Ozean vor sich sieht.»

«Stumm auf einem Felsen in ‹Darien›», sagte die Italienerin leise vor sich hin und blickte einen Augenblick von ihrem Buch auf.

«Es braucht nicht durchaus in Darien zu sein», sagte Gerald. Ursula fing an zu lachen. Hermione wartete, bis sich der Staub gelegt hatte, und fuhr unbeirrt fort: «Ja, Wissen – das ist das Größte im Leben. Das allein ist wahres Glück und wahre Freiheit.» – «Selbstverständlich, Wissen ist Freiheit», sagte Mattheson. «In Tabletten gepreßt», bemerkte Birkin mit einem Blick auf den vertrockneten, steifen kleinen Körper des adligen Herrn. Und sogleich sah Gudrun den berühmten Soziologen wie ein plattes Fläschchen mit Freiheitstabletten vor sich. Das war

69

etwas für sie. Sir Joshua hatte nun für immer sein Etikett und seinen festen Platz in ihrem Kopf.

«Was heißt das, Rupert?» flötete Hermione und gab ihn in aller Gemütsruhe seinen Dämpfer. «Im strengen Sinne wissen kannst du nur, was vergangen und abgeschlossen ist», erwiderte er. «Du machst dann eben die Freiheit von vorigem Sommer mit den Stachelbeeren ein.» – «Kann man wirklich nur wissen, was vergangen ist?» nahm ihn der Baronet beim Wort. «Zum Beispiel unsere Kenntnis der Gravitationsgesetze: ist das Kenntnis von etwas Vergangenem?» – «Ja», war die Antwort. «Da steht etwas Herrliches in meinem Buch», sagte plötzlich die kleine Italienerin mit spitzen Lippen. «Da heißt es, der Mann kam an die Tür und warf seine Augen die Straße hinunter.»

Die ganze Gesellschaft lachte. Miss Bradley ging zu der Contessa und sah ihr über die Schulter.

«Sehen Sie hier!» sagte die Contessa: «‹Basorov kam an die Tür und warf seine Augen eilig die Straße hinunter.›»

Erneutes Gelächter, am lautesten lachte der Baronet, bei dem es klang, wie wenn Steine herunterpoltern.

«Was ist das für ein Buch?» fragte Alexander sofort.

«*Väter und Söhne* von Turgenjew», sagte die kleine Ausländerin und sprach Silbe für Silbe deutlich aus, und dann warf sie einen Blick auf den Einband, um zu sehen, ob es auch stimmte.

«Eine alte amerikanische Ausgabe», meinte Birkin. «Ha! – Natürlich – aus dem Französischen übersetzt», sagte Alexander und deklamierte mit schöner Stimme: «*Bazarov ouvra la porte et jeta les yeux dans la rue.*» Er sah einen nach dem andern strahlend an. «Was er wohl mit ‹eilig› übersetzt hat?» fragte Ursula. Alles fing an zu raten.

Dann kam zum allgemeinen Erstaunen das Mädchen und brachte den Tee mit reichlichem Zubehör. Der Nachmittag war unglaublich schnell vergangen.

Nach dem Tee wurden alle zum Spaziergang befohlen.

«Kommen Sie mit? Wir gehen ein bißchen», sagte Hermione zu jedem einzelnen. Alle sagten ja und fühlten sich dabei wie Gefangene, die zum Exerzieren antreten. Nur Birkin wollte nicht.

«Kommst du mit, Rupert?» – «Nein, Hermione.» – «Ach! Auf keinen Fall?» – «Auf keinen Fall.» Er hatte eine Sekunde gezögert. «Und warum nicht?» kam es singend zurück. Hermione stieg das Blut zu Kopf, sie konnte nicht ertragen, wenn er sich nicht fügte, sogar eine solche Kleinigkeit war ihr dann zuviel. Sie sollten alle mit ihr in den Park gehen. «Ich marschiere nicht gern mit der ganzen Abteilung», sagte er.

Einen Augenblick grollte es ihr in der Kehle. Darauf sagte sie eigentümlich ruhig und obenhin: «Dann soll der kleine Junge zu Hause bleiben, wenn er unartig ist», und sah von Herzen froh aus, als sie ihn beleidigte. Er schwieg nur um so hartnäckiger.

Langsam ging sie mit den andern davon, sah sich um, winkte mit dem Taschentuch, kicherte und sang ihn an: «Auf Wiedersehen, kleiner Junge, auf Wiedersehen.» – ‹Auf Wiedersehen, unverschämte Person›, sagte er bei sich.

Sie gingen miteinander durch den Park. Hermione wollte ihnen die wilden Narzissen zeigen, die an einem kleinen Hang blühten. «Hier herum, hier herum», flötete sie gelassen von Zeit zu Zeit. Und dann mußten alle mitgehen. Die Narzissen waren reizend, aber wer hatte denn ein Auge dafür? Ursula ging mit zusammengebissenen Zähnen, so zornig sperrte sie sich jetzt gegen dies ganze Wesen. Gudrun, unbefangen und immer geneigt zu spotten, beobachtete und merkte sich alles.

Sie sahen dem scheuen Wild zu, und Hermione redete mit dem Hirsch, als wenn auch er ein Knabe wäre, mit dem sie schmeicheln und tändeln wollte. Irgendwie mußte sie ihn ihre Macht fühlen lassen, er war ja ein männliches Geschöpf. Sie schlenderten nach Hause an den Fischteichen vorüber, und Hermione erzählte ihnen von dem Kampf zweier Schwäne, die um die Liebe des einen Weibchens gebuhlt hätten. Sie kicherte und lachte, als sie berichtete, wie der unterlegene Freier auf dem Kies gesessen und den Kopf tief unter dem Flügel versteckt hatte.

Als sie wieder zu Hause waren, stellte Hermione sich auf den Rasen und rief mit merkwürdig dünner, hoher Stimme, die sehr weit trug: «Rupert! Rupert!» Die erste Silbe wurde in der Höhe lange ausgehalten, die zweite fiel ab. «Ru-uu-upert.» Keine Antwort. Ein Hausmädchen erschien.

«Alice, wo ist Mr. Birkin?» kam es milde, beiläufig aus Hermiones Mund. Aber was für ein eigensinniger, wahnsinniger Wille stand hinter den hingeworfenen Worten.

«Ich glaube in seinem Zimmer, gnädiges Fräulein.»

«So?»

Langsam ging Hermione die Treppe hinauf, den Flur entlang und sang in hohen, dünnen Tönen: «Ru-uu-pert! Ru-uu-pert!»

Sie ging bis vor seine Tür, klopfte an und hörte nicht auf zu rufen: «Ru-pert.» – «Ja», kam es endlich. – «Was machst du?» Es klang milde neugierig. Er gab keine Antwort. Dann öffnete er die Tür.

«Da sind wir wieder», sagte Hermione. «Die Narzissen sind so schön!» – «Hab ich schon gesehen.»

Sie ließ ihren langsamen, unbewegten Blick die Wangen hinabgleiten und sah ihn lange an. «Hast sie schon gesehen», echote sie. Immer noch sah sie ihn an. Dies Zerwürfnis stimmte sie über die Maßen hoch, denn er stand hilflos wie ein ungezogener Junge vor ihr. Sie hatte ihn ja in Breadalby in sicherem Gewahrsam. Allein, tief im Innern wußte sie, daß es zum Bruch kommen mußte, und hatte einen unbewußten, heißen Haß auf ihn.

«Was hast du gemacht?» wiederholte sie in ihrem milden, gleichgültigen Ton. Er gab keine Antwort, und fast ohne zu wissen, was sie tat, ging sie zu ihm hinein. Er hatte sich eine chinesische Zeichnung, ein

71

paar Gänse, aus dem Boudoir geholt und kopierte sie mit viel Geschick und Lebendigkeit.

«Du kopierst das?» sagte sie, als sie an seinem Tisch stand, und sah sich an, was er gemacht hatte. «Ja. Wie schön du das kannst! Du hast es wohl sehr gern, wie?» – «Ein wundervolles Ding», sagte er. – «Findest du? Ich freue mich so, daß du es magst, ich liebe es von jeher. Der chinesische Gesandte hat es mir geschenkt.» – «Ich weiß», sagte er. «Aber warum kopierst du?» fragte sie in beiläufigem Singsang. «Warum machst du nichts Eigenes?» – «Ich will es kennenlernen. Wenn man dieses Bild kopiert, geht einem mehr von China auf als aus allen Büchern.» – «Und was geht dir dabei auf?»

Sie war sofort auf dem Posten und legte gleichsam Hand an ihn, um ihm sein Geheimnis zu entreißen, sie mußte es wissen. Sie unterlag selbst einem furchtbaren Zwang. Es ließ ihr keine Ruhe, alles, was er wußte, mußte sie auch wissen. Eine Weile sagte er nichts, es war ihm gräßlich, ihr Rede zu stehen. Dann fügte er sich der Gewalt und fing an: «Ich sehe das Innerste, aus dem sie leben – was sie wahrnehmen und was sie fühlen – das heiße, stechende Lebensgefühl der Gans mitten im kalten Wasser, im Schlamm – das eigentümlich ätzend, stechend heiße Blut der Gans, dessen Hitze in das Blut dieser Menschen übergeht, als wären sie mit bösem Feuer geimpft – mit dem Feuer kaltglühenden Schlamms – das Mysterium der Lotosblume.»

Hermione sah ihn aus schweren Lidern an; fremd, halb bewußtlos glitt der schwere Blick die schmalen, bleichen Wangen herab, in ihrem mageren Busen zuckte es wie ein Krampf. Unverwandt, teuflisch gab er den Blick zurück. Sie fuhr noch einmal krankhaft zusammen und wandte sich ab, als würde ihr unwohl, als könnte sie einen beginnenden Zerfall in ihrem Körper spüren. Denn mit dem Verstand war sie nicht fähig, seine Worte aufzunehmen. Er faßte sie gleichsam tiefer, als all ihre Sicherungen reichten, zerstörend mit heimtückisch verborgenen Kräften.

«Ja», sagte sie und wußte es kaum, «ja», sie schluckte ein paarmal und suchte ihres Geistes wieder Herr zu werden. Aber es gelang ihr nicht, sie hatte ihre Gedanken, ihr Gleichgewicht verloren und konnte nicht wieder zu sich kommen, so sehr sie ihren Willen anspannte. Das Grausen der Auflösung war über ihr, sie war ein gebrochener Mensch und der Zersetzung verfallen. Und er stand und sah sie an, unbewegt. Sie irrte zur Tür hinaus, bleich und ausgezehrt wie ein Gespenst, als hätte ihr der Hauch des Grabes ins Angesicht geweht, der uns auf Schritt und Tritt umwittert. Und dann war sie verschwunden wie ein Leichnam, der keine lebendige Gegenwart hat, keine Beziehung zu dem, was ihn umgibt. Er blieb stehen, hart und schadenfroh.

Hermione kam mit fremder, totengleicher Miene zum Diner, die Augen schwer, voll Grabesschatten und voll Macht. Sie hatte ein fest anschließendes Kleid aus steifem, altem Brokat von unbestimmtem Grün angezogen, in dem sie sehr groß, beinahe schaurig aussah. In der heitern Beleuchtung im Salon wirkte sie unheimlich und bedrückend. Wie sie aber im dämmerigen Eßsaal steif vor den abgeblendeten Kerzen bei Tisch saß, mutete sie fast wie eine höhere Macht, wie eine Erscheinung an. Sie hörte zu und merkte wie im Rausch auf alles, was gesagt wurde. Die Gesellschaft bot ein farbenfrohes, prächtiges Bild. Außer Birkin und Joshua Mattheson waren alle in Abendkleidung. Die kleine Contessa hatte ein Kleid aus einem orangefarbenen, golddurchwirkten Schleiergewebe mit weichen, breiten schwarzen Samtstreifen, Gudrun trug Smaragdgrün mit einer eigenartigen Filetstickerei, Ursula Gelb mit altsilbernem Schal. Miss Bradley hatte sich in Grau, Karminrot und Tiefschwarz geworfen, Fräulein März war in Himmelblau. Hermione fühlte jähen Hochgenuß bei all dem Farbenprunk im Kerzenlicht. Sie merkte, wie die Unterhaltung unaufhörlich im Gange war und Joshuas Stimme die andern übertönte, das unablässige Plätschern und Plappern lachender, leichthin antwortender Frauenstimmen schlug an ihr Ohr. Sie spürte die schillernden Farben, das weiße Tischtuch, den dämmerigen Raum zu Häupten und zu Füßen und wogte sichtlich in einem Taumel von Genugtuung, krampfhaft vergnügt und todeselend. Sie nahm wenig teil an der Unterhaltung und hörte doch alles, was gesprochen wurde. Es entging ihr kein Ton.

Ohne jede Förmlichkeit ging man in den Salon, wie eine Familie. Fräulein bot Kaffee an, alles rauchte Zigaretten oder auch lange weiße Küsterpfeifen, die reichlich zu haben waren.

«Was rauchen Sie? – Zigarette oder Pfeife?» erkundigte sich Fräulein niedlich. Es war ein merkwürdiger Kreis: Sir Joshua, der Mann aus dem achtzehnten Jahrhundert, Gerald, der vergnügte, hübsche junge Engländer, Alexander, hochgewachsen, der Typ des gut aussehenden Politikers, glänzend, demokratisch, Hermione seltsam, eine hohe, hagere Kassandra, die Damen gespenstisch in ihrer Farbigkeit. So saßen sie alle im behaglichen Salon bei mildem Licht um den Marmorkamin herum, wo die Flammen aus den Kloben schlugen, und rauchten pflichtschuldigst ihre langen weißen Tonpfeifen.

Man unterhielt sich viel über Politisches und Soziales, immer interessant, auf eine merkwürdig zersetzende Art, die alles in Frage stellte. Viel Kraft floß da zusammen, mächtig und zerstörerisch. Alles wurde gleichsam in den Schmelztiegel geworfen, und Ursula hatte das Gefühl, sie wären Hexen, die den Topf zum Sieden brächten. Man war offenbar sehr stolz und zufrieden dabei, aber auf den Neuling wirkte der unbarmherzige intellektuelle Druck, die verzehrende, zersetzende Kraft des Verstandes grausam erschöpfend, die von Joshua, Hermione und Birkin ausging, und alle beherrschte.

Doch es wurde Hermione jammervoll elend zumute. Die Unterhaltung legte sich ein wenig, als ihr unbewußter, allmächtiger Wille sie anhielt. «Salsie, spielst du nicht ein bißchen?» sagte sie und brach ganz ab. «Tanzt nicht jemand von Ihnen? Gudrun, Sie tanzen doch, ach bitte! Es wäre so hübsch. *Anche tu, Palestra, ballerai? – si, per piacere.* Sie auch, Ursula.»

Hermione stand auf und zog langsam an dem goldgestickten Klingelzug, der neben dem Kamin hing, hielt ihn einen Augenblick fest und ließ dann plötzlich los. Sie sah aus wie eine Priesterin, wie bewußtlos, schwer umnebelt, halb in Trance.

Ein Hausmädchen kam und erschien bald wieder mit beiden Armen voll seidener Gewänder, Schals und Schärpen, meist orientalischer Stükke, die Hermione bei ihrer Vorliebe für schöne, phantastische Gewänder allmählich gesammelt hatte.

«Die drei Damen tanzen zusammen», sagte sie. «Was soll es sein?» fragte Alexander und stand schnell auf. *«Vergini delle rocchette»,* sagte die Contessa sofort. «Ach, das sind solche Trauerweiden», meinte Ursula. «Die drei Hexen aus Macbeth», war Fräuleins zweckmäßiger Vorschlag. Schließlich entschied man sich für Naëmi, Ruth und Arpa. Ursula war Naëmi, Gudrun Ruth, die Contessa Arpa. Man stellte sich so etwas wie ein kleines russisches Ballett vor, wie die Pawlowa und Nijinsky.

Die Contessa war zuerst fertig. Alexander ging an den Flügel, ein Teil des Zimmers wurde ausgeräumt. Arpa, in schönen orientalischen Gewändern, begann langsam den Tod des Gemahls zu tanzen. Dann trat Ruth auf, sie weinten und klagten zusammen, und zuletzt kam Naëmi und tröstete sie. Es war alles stummes Spiel. Die Frauen tanzten ihre Empfindungen und drückten sie in Schritt und Gebärde aus. Das kleine Drama dauerte eine Viertelstunde.

Ursula war schön als Naëmi. Alle Männer, die sie geliebt hatte, waren tot, es blieb ihr nichts übrig, als allein stehen zu bleiben ohne Wanken und nichts mehr zu verlangen. Ruth, die Frauen lieben konnte, hatte sie lieb. Arpa, die feine bewegliche Witwe voll Lebendigkeit und Gefühl, wollte ins frühere Leben zurück und noch einmal anfangen. Das Spiel zwischen den Frauen war beinahe erschreckend echt. Es war merkwürdig, zu sehen, wie Gudrun mit schwerer, verzweifelter Leidenschaft an Ursula hing und sie dabei doch fein und böse anlächelte, und wie Ursula nur still hielt, unfähig, mehr für sich oder für die andere aufzubringen, aber gefährlich und ungebändigt, ihrem Leid zum Trotz.

Hermione liebte es, die Menschen zu beobachten. Sie bemerkte die flinke, wieselartige Sinnlichkeit der Contessa, sah, wie Gudrun bis zum äußersten und doch verräterisch an der Frau in ihrer Schwester hing, und wie Ursula gefährlich hilflos war, als stünde sie unter einem Druck, noch unbefreit.

«Das war aber schön!» riefen alle wie aus einem Munde.

Doch Hermione wand sich in tiefster Seele. Sie wußte nun, was ihr immer verborgen bleiben mußte. Sie verlangte, sie sollten weitertanzen, und gehorsam ihrem Willen, gaben die Contessa und Birkin einen komischen Malbrouk zum besten.

Gerald wurde aufgeregt, als er Gudruns verzweifelte Umarmungen sah. Von dieser unterirdischen weiblichen Lässigkeit, die nichts ernst nimmt, drang ihm etwas ins Blut. Er konnte nicht vergessen, wie Gudrun sich emporhob, sich darbot und achtlos schwer auf Naëmi niedersinken ließ, und das alles doch nur wie zum Spott. Und Birkin, der wie ein Einsiedlerkrebs in seiner Höhle saß und beobachtete, hatte Ursulas prachtvoll hilflose Zurückhaltung gesehen. Ihr Wesen war reich an gefährlicher Macht, eine wundersame Knospe lebendigster Weiblichkeit, die nichts von sich weiß. Unbewußt wurde er zu ihr hingezogen. Sie war seine Zukunft.

Alexander spielte etwas Ungarisches, und alles tanzte, keiner konnte dem Schwung widerstehen. Gerald war glückselig, sich bewegen, auf Gudrun hinbewegen zu können. Seine Füße konnten sich vom Walzer und vom Twostep noch nicht freimachen, aber er fühlte, wie es sich in Leib und Gliedern regte, die Fessel zu sprengen. Noch konnte er den wütenden Ragtime der andern nicht mittanzen, aber schon wußte er, wie er es anfangen mußte. Als Birkin sich von dem Druck der andern Menschen freigemacht hatte, die er nicht leiden konnte, tanzte er voll Schwung und ausgelassener Fröhlichkeit. Hermione haßte ihn unsäglich deswegen.

«Was sehe ich!» sagte die Contessa aufgeregt, als sie merkte, wie er ungemischt fröhlich und ganz er selbst beim Tanzen war. «Mr. Birkin kann auch anders.» Hermione sah sie mit einem langen Blick an und schauderte. Sie wußte, das konnte nur eine Fremde sehen und aussprechen. «*Cosa voul' dire, Palestra?*» flötete sie. – «Sieh doch!» sagte die Contessa auf italienisch. «Das ist gar kein Mann, das ist ein Chamäleon, er verwandelt sich ja fortwährend.» – ‹Er ist kein Mann, ist falsch und gehört nicht zu uns›, ging es Hermione fortwährend im Kopf herum. Und ihre Seele wand sich unter seinem finstern Joch, weil er die Kraft hatte, ihr zu entrinnen und anders zu sein als sie, weil er nicht fest und unveränderlich war, kein Mann, weniger als ein Mann. Sie haßte ihn mit einer Verzweiflung, an der sie zerbrach, sie hatte ein Gefühl wie von Verwesung und wußte von nichts anderm als von diesem entsetzlichen Dahinsiechen in Auflösung, am Körper und an der Seele.

Da das Haus voll war, bekam Gerald den Ankleideraum neben Birkins Schlafzimmer angewiesen. Als dann alle ihre Leuchter nahmen und bei dem milden Licht der Treppenlampen nach oben gingen, faßte Hermione Ursula ab und zog sie mit sich in ihr Schlafzimmer, um mit ihr zu reden. Ein peinliches Gefühl überkam Ursula in dem großen, sonderbaren Gemach. Ihr war, als sänke Hermione wie dunkles Urweltgrauen auf sie herab und flehte um etwas. Ein Paar indische Seidenhemden lagen da, wollüstig in sich selbst an Form und beinah lasterhafter Pracht. Die beiden sahen sich an, Hermione kam näher, ihr Busen wand sich. Ursula packte der bleiche Schreck. Im Augenblick sahen Hermiones verstörte Augen die Angst im Gesicht der andern und wieder brach etwas in ihr zusammen. Ursula griff nach einem Hemd aus purpurroter und tiefblauer Seide, das für eine vierzehnjährige Prinzessin gemacht war, und rief mechanisch: «Wie wundervoll – wer könnte es wagen, die beiden kräftigen Farben nebeneinander zu verwenden...»

Da kam Hermiones Jüngfer leise herein. Ursula wußte sich nicht zu lassen vor Angst und entschlüpfte, einem mächtigen Antrieb gehorsam.

Birkin ging gleich zu Bett. Er war müde und glücklich. Seitdem er getanzt hatte, war er froh. Doch Gerald wollte mit ihm reden. Als Birkin sich hingelegt hatte, saß er im Frack bei ihm auf dem Bett und mußte reden.

«Wer sind eigentlich diese beiden Brangwens?» – «Die kommen aus Beldover.» – «Aus Beldover? Was sind sie denn da?» – «Lehrerinnen an der Höheren Schule.»

Schweigen. «Ach so!» rief Gerald schließlich. «Mir war auch, als hätte ich sie schon gesehen.» – «Nun bist du enttäuscht, nicht wahr?» sagte Birkin. – «Enttäuscht! Nein – aber wieso hat Hermione sie denn hier bei sich?» – «Sie kennt Gudrun aus London, die Jüngere mit dem dunklern Haar – Künstlerin ist sie – bildhauert und modelliert.» – «Dann ist die also keine Schullehrerin – nur die andere?» – «Beide: Gudrun gibt Zeichenstunde, und Ursula hat eine Klasse.» – «Und was ist der Vater?» – «Er gibt Handwerksunterricht an den Schulen.» – «Ach nein!» – «Gesellschaftliche Schranken gibt es doch nicht mehr!» – Gerald war der Neckton des andern immer unbehaglich. «Handwerkslehrer in der Schule. Was macht mir denn das aus?» – Birkin lachte. Gerald sah in sein Gesicht, das lachend und bitter und gleichgültig auf dem Kissen lag, und konnte nicht weg.

«Von Gudrun wenigstens siehst du vermutlich nicht mehr viel. Ein unruhiger Vogel, in ein, zwei Wochen ist sie wieder auf und davon», sagte Birkin. – «Wo will sie hin?» – «Nach London, Paris, Rom – weiß der Himmel. Ich sehe sie schon in Damaskus oder San Francisco. Ein Paradiesvogel ist das! Gott weiß, was die in Beldover zu suchen hat. Das sind Gegensätze, wie sie einem im Traum vorkommen.»

Gerald dachte eine Weile nach. «Woher kennst du sie so genau?» fragte er. – «Ich habe sie in London getroffen, in den Kreisen von Algernon Strange. Sie weiß über Pussum und Libidnikov und die ganze Gesellschaft Bescheid – wenn sie sie auch vielleicht nicht persönlich kennt. Ganz dazugehört hat sie nie – sie war konventioneller, wenn du so willst. Ich kenne sie wohl seit zwei Jahren.»

«Verdient sie sich noch etwas neben dem Unterricht?» fragte Gerald. – «Ab und zu – nicht regelmäßig. Sie verkauft ihre Plastiken. Sie hat einen gewissen Ruf.» – «Was bekommt sie dafür?» – «Mal ein Pfund, mal zehn.» – «Sind sie denn gut? Was sind es für Sachen?» – «Einige finde ich unglaublich gut. Die beiden Bachstelzen in Hermiones Boudoir, du kennst sie doch· – die sind von ihr, bemalte Holzschnitzerei.»

«Ich dachte, das wäre wieder irgendwelche Eingeborenenkunst.» –

«Nein, die sind von ihr. So sind ihre Sachen – Tiere und Vögel, manchmal auch drolliges kleines Volk im gewöhnlichen Kostüm, das ihr wirklich ausgezeichnet glückt. Die Kerlchen haben einen Zug von ganz unbewußter und feinster Komik.»

«Am Ende wird sie noch mal eine ganz bekannte Künstlerin?» meinte Gerald. – «Kann sein. Ich glaube es aber nicht. Wenn sie irgend etwas anderes hat, läßt sie die Kunst liegen. Sie steckt so voller Widersprüche, daß sie ihre Arbeit nicht ernst nehmen kann. – Zuviel Ernst darf sie sich nicht leisten, das weiß sie; sie käme sonst womöglich dazu, sich an etwas hinzugeben, und das will sie um keinen Preis. Sie bleibt immer in der Defensive – das ist es, was ich an ihr und ihresgleichen nicht mag. Dabei fällt mir ein, wie ist eigentlich die Geschichte mit Pussum verlaufen, als ich weg war? Ich habe nie wieder was davon gehört.» – «Ziemlich eklig. Halliday fiel aus der Rolle, wir hatten eine richtige Prügelei nach gutem, altem Ritus, und um ein Haar hätte er noch einen Tritt in den Bauch von mir bekommen.»

Birkin schwieg. «Nun ja», sagte er dann, «Julius ist halb verrückt. Einerseits hat er religiösen Wahnsinn gehabt, und andrerseits blendet ihn das Unanständige. Heute weiht er sich dem reinen Dienst und wäscht dem Herrn die Füße, und morgen macht er unflätige Zeichnungen von Christus – Aktion und Reaktion –, dazwischen ist nichts. Er ist ganz wahnsinnig. Einmal begehrt er die reine Lilie, ein Mädchen mit einem Kindergesicht, und dann muß er durchaus die Pussum haben, einfach um sich mit ihr zu beschmutzen.»

«Daraus werde ich eben nicht klug», sagte Gerald. «Liebt er sie eigentlich, die Pussum, oder nicht?» – «Weder – noch. Sie ist für ihn die große Hure, von der geschrieben steht, und er kann es nicht lassen, sich ab und zu in diesen Pfuhl hineinzustürzen. Und dann steht er auf und schreit zu der Lilie der Keuschheit, dem Mädchen mit dem Kindergesicht, und vergnügt sich so von einem Ende der Welt bis zum andern. Das alte Lied: Aktion und Reaktion, und nichts dazwischen.»

«Ich weiß nicht», sagte Gerald nach einer Pause; «tut er denn der Pussum damit so unrecht? Mir kam sie doch ziemlich wüst vor.» – «Ich dachte, du möchtest sie gern», sagte Birkin erstaunt. «Ich habe immer etwas für sie übrig gehabt. Allerdings habe ich mich persönlich nie mit ihr abgegeben, das stimmt.» – «Für ein paar Tage mochte ich sie auch», sagte Gerald. «Aber länger hätte ich es nicht ausgehalten. Diese Frauenzimmer haben einen Geruch an sich, es ist nicht zu sagen, wie man den schließlich satt hat – auch wenn man ihn zuerst mag.» – «Ja, ja», sagte Birkin und fügte nicht besonders freundlich hinzu: «Nun geh aber zu Bett, Gerald. Gott weiß, wie spät es schon ist.»

Gerald sah nach der Uhr, stand schließlich auf und ging in sein Zimmer. Aber nach ein paar Minuten war er im Hemd wieder da.

«Eins noch», sagte er und setzte sich wieder aufs Bett. «Wir sind ziemlich stürmisch auseinander gekommen, und ich habe nie Gelegenheit gehabt, ihr etwas zu geben.» – «Geld? Sie hat schon, was sie braucht, von Halliday oder sonst von Bekannten.» – «Trotzdem möchte ich ihr gern geben, was sie bekommt, und die Rechnung glatt machen.» – «Ihr liegt nichts daran.» – «Mag sein. Aber man hat das Gefühl, die Rechnung ist nicht abgeschlossen, und das wäre einem doch angenehmer.» – «So?» sagte Birkin. Er betrachtete Geralds Beine, wie er da im Hemd auf seinem Bett saß, weiße, volle, muskulöse Beine, gut gewachsen und fest. Und doch rührten sie ihn bis zur Zärtlichkeit, als wären es die Beine eines Kindes.

«Ich schlösse die Rechnung doch lieber ab», sagte Gerald und wiederholte halb im Traum seine eigenen Worte. – «Es kommt wirklich nicht darauf an.» – «Du sagst immer, es kommt nicht darauf an», sagte Gerald ein bißchen verlegen und sah dem andern herzlich ins Gesicht.

«Es kommt auch nicht darauf an.» – «Aber im Grunde ist sie doch ein anständiges Geschöpf...» – «Gebt der Kaiserin, was der Kaiserin ist», sagte Birkin und legte sich auf die Seite. Es kam ihm vor, als redete Gerald nur, um zu reden. «Nun geh, ich bin müde – es ist schon spät heute.»

«Ich wollte, du sagtest mir einmal etwas, worauf es wirklich ankommt», sagte Gerald und sah ihm unverwandt ins Gesicht, als wartete er auf etwas. Aber Birkin wandte den Kopf weg. «Schön, dann schlaf.» Gerald legte ihm liebevoll die Hand auf die Schulter und ging in sein Zimmer.

Als Gerald am nächsten Morgen aufwachte, und hörte, wie Birkin sich bewegte, rief er hinein: «Ich finde doch, ich müßte der Pussum zehn Pfund geben.»

«Herrgott!» sagte Birkin. «Sei doch nicht solcher Geschäftsmann. Schließ die Rechnung in deiner eigenen Sache ab, wenn du durchaus willst. Du kannst ja nur selbst nicht damit fertig werden.» – «Woher weißt du das?» – «Ich kenne dich doch.» – Gerald dachte eine Weile nach. «Weißt du, mir scheint, Pussums muß man bezahlen, das ist das einzig Richtige.» – «Und Verhältnisse muß man behalten, und mit Frauen muß man unter einem Dach leben. *Integer vitae scelerisque purus*...» – «Unpassend brauchst du nicht zu werden.» – «Es wird aber langweilig. Was gehen mich deine Privatsünden an.» – «Das kann mir gleich sein – mich gehen sie was an.»

Wieder schien die Sonne. Das Stubenmädchen war dagewesen und hatte heißes Wasser gebracht und die Vorhänge aufgezogen. Birkin saß im Bett und sah faul und wohlig in den Park hinaus, wo es so grün und einsam war, ein Stück Romantik, ein Stück alte Zeit. Er dachte darüber nach, wie liebenswürdig, wie gesichert und gestaltet und in sich vollkommen das Alte doch wäre – all die Dinge aus der liebenswürdigen, der formvollendeten alten Zeit –, das stille goldene Haus, der Park, der in Frieden die Jahrhunderte verschlief. Und dann wieder, wie betört und umgarnt war man von der Schönheit des nicht mehr Werdenden –

was für ein grauenhaftes, totes Gefängnis war Breadalby in Wirklichkeit, all der Friede, was für unerträgliche Haft! Und doch besser als der schmutzige, wirre Kampf des Tages. Ach, könnte man die Zukunft nach seinem Herzen bilden – nach ein bißchen reiner Wahrheit, ein bißchen schlichter, unerschrocken gelebter Wahrheit, schrie ja das Herz ohne Unterlaß.

«Was läßt du mir denn eigentlich übrig, womit ich mich abgeben kann», kam Geralds Stimme von nebenan. «Die Pussums nimmst du mir und die Gruben und alles andere dazu.» – «Gib dich ab, womit du kannst, Gerald. Ich kann mich nicht damit abgeben», sagte Birkin. «Was soll ich denn überhaupt machen?» kam Geralds Stimme wieder. – «Was dir Spaß macht. Was soll ich denn selber machen?» Birkin konnte fühlen, wie Gerald über seinen Worten sann. «Hol mich der Teufel, wenn ich das weiß», kam die gutgelaunte Antwort. – «Siehst du», sagte Birkin. «Ein Teil von dir braucht die Pussum und weiter nichts, ein anderer Teil braucht die Gruben, Geschäft und nichts als Geschäft, so bist du – lauter kleine Stücke...» – «Und ein Teil von mir braucht etwas anderes», sagte Gerald mit eigentümlich ruhigem, echtem Klang in der Stimme. «Was denn?» fragte Birkin einigermaßen überrascht. – «Das, hoffte ich, könntest du mir sagen.» Eine Zeitlang sagten beide nichts mehr.

«Das kann ich dir nicht sagen – ich finde ja nicht einmal meinen eigenen Weg, wie soll ich deinen wissen! Du könntest heiraten», erwiderte Birkin. – «Wen – die Pussum?» – «Vielleicht.» Birkin stand auf und ging ans Fenster.

«Das ist ja dein Allheilmittel», sagte Gerald. «Hast es noch nicht einmal an dir selbst probiert und bist doch krank genug.» – «Durchs Heiraten?» – «Ja», antwortete Birkin hartnäckig. – «Und nein», fügte Gerald hinzu. «Nein, mein Junge, nein, nein, nein.»

Dann kam ein gespanntes, feindseliges Schweigen. Sie hatten doch immer ein Kluft zwischen sich und wahrten die Distanz. Sie wollten sich voneinander frei halten. Und doch fühlten sie ein sonderbares Ziehen am Herzen, das sie zueinander trieb.

«*Salvator femininus*», spottete Gerald. – «Warum denn nicht?» – «Ich habe nichts dagegen, wenn es wirklich hilft. Aber wen willst du denn heiraten?» – «Eine Frau!» sagte Birkin. – «Also!» schloß Gerald.

Birkin und Gerald waren die letzten am Frühstückstisch. Hermione mochte gern, wenn jedermann früh erschien. Es tat ihr weh, wenn ihr der Tag verkürzt wurde, dann hatte sie das Gefühl, ihr Leben zu verpassen. Es war, als packte sie die Stunden bei der Kehle, um ihnen Leben für sich abzupressen. Im Morgenlicht sah sie recht blaß und unheimlich aus, wie ein vergessenes Stück Nacht. Und doch hatte sie Macht, ihr Wille durchdrang alles. Als die beiden jungen Leute hereinkamen, entstand eine fühlbare Spannung.

Sie hob den Kopf und sagte in ihrem belustigten Singeton: «Guten Morgen! Haben Sie gut geschlafen? Das freut mich so!»

Dann wandte sie sich ab und achtete nicht weiter auf sie. Birkin kannte sie gut und merkte, sie hatte vor, ihn wie Luft zu behandeln.

«Sie holen sich wohl von der Anrichte, was Sie haben wollen», sagte Alexander mit leiser Mißbilligung. «Hoffentlich ist nicht alles kalt geworden. Ach, nein. Rupert, du bist wohl so gut und machst den Spirituskocher aus. Danke schön.»

Sogar Alexander wurde streng, wenn Hermione kühl war. Er konnte nicht anders, als ihren Ton annehmen. Birkin setzte sich und sah sich die Tischgesellschaft an. Er war in jahrelanger Freundschaft an dies Haus und dies Zimmer und an die Luft gewöhnt, die hier wehte, und fühlte sich nun in vollkommenem Widerspruch dazu. Das alles hatte mit ihm selber nichts zu schaffen. Er kannte Hermione zu genau, wie sie aufrecht und schweigend dasaß, etwas in Gedanken und doch allmächtig. Anders wurde sie nicht mehr, er kannte sie ein für allemal so durch und durch, daß es an Wahnsinn grenzte. Es fiel ihm schwer, zu glauben, daß er bei klarem Verstand war, er hatte ein Gefühl, als wären sie alle Statuen in der Pharaonenhalle eines ägyptischen Grabes, wo fürchterlich seit unvordenklichen Zeiten die Toten saßen. Wie in- und auswendig kannte er Joshua Mattheson und sein Gespräch, das niemals endende, wie es in immer gleichem rauhem und doch etwas geziertem Ton dahinrollte, immer in starker Verstandesarbeit erzeugt, interessant und doch ewig dasselbe. Alles, was er sagen konnte, wußte man im voraus, so neu und klug es sein mochte. Und Alexander, den eleganten Gastgeber mit seiner blutlosen Gemütlichkeit, Fräulein, die so niedlich zu allem ja sagte, ganz wie es sich gehörte, die kleine italienische Gräfin, die jeden beachtete und doch nur ihr eigenes Spielchen spielte, unberührt und kalt, wie ein Wiesel nach allem äugend und aus allem Vergnügen saugend, ohne sich je auch nur im geringsten hinzugeben; und dann Miss Bradley, ungeschlacht und ziemlich subaltern, von Hermione immer mit kühler, beinahe belustigter Geringschätzigkeit behandelt und deshalb von niemand ernst genommen – wie er das alles kannte, ein Spiel mit aufgestellten Figuren: Königin, Springern und Bauern, den gleichen wie vor Jahrhunderten, die sich in einer der unzähligen Verschränkungen bewegen, die das Spiel ausmachen. Aber das Spiel selbst ist ganz abgespielt; daß es weitergeht, ist der reine Irrsinn.

Dann saß Gerald da mit lustigem Gesicht, das Spiel machte ihm Spaß. Und Gudrun, die dauernd mit großen, feindseligen Augen beobachtete; das Spiel hielt sie im Bann und war ihr verhaßt. Und Ursula. Ein bißchen erschreckt sah sie aus, als täte ihr etwas weh und sie wüßte nicht recht was.

Auf einmal stand Birkin auf und ging hinaus. ‹Nun habe ich genug›, sagte er unwillkürlich zu sich selbst.

Hermione kannte die Bewegung, wenn auch nicht bewußt. Sie hob die schweren Augen und sah ihn plötzlich in einer unbekannten Flutwelle entschwinden. Da brachen die Wasser über ihr zusammen. Nur ihr unbezwinglicher Wille wankte nicht und arbeitete weiter. Sie saß weiter bei Tisch und machte ihre nachdenklichen, zerstreuten Bemerkungen. Doch die Finsternis deckte sie zu wie ein untergegangenes Schiff. Auch für sie war es vorbei, sie war in der Nacht zerschellt. Allein der nie aussetzende Mechanismus ihres Willens lief weiter, soviel Kraft hatte sie.

«Wollen wir heute vormittag baden?» sagte sie und sah sie plötzlich alle an. «Ausgezeichnet», fand Joshua. «Der Morgen könnte nicht schöner sein.» – «Oh, es ist herrlich», meinte Fräulein. «Ja, kommen Sie, wir baden», sagte die Italienerin. «Wir haben ja keine Badeanzüge», warf Gerald ein. «Nehmen Sie meinen», sagte Alexander. «Ich muß zur Kirche und den Text lesen, ich darf da nicht fehlen.»

«Sind Sie ein Christ?» fragte die italienische Gräfin mit plötzlichem Interesse. – «Nein, das bin ich nicht. Aber ich glaube an die Aufrechterhaltung der alten Institutionen.»

«Herrlich sind sie», sagte Fräulein niedlich. «O ja», bekräftigte Miss Bradley.

Sie gingen alle auf den Rasen hinaus. Es war ein sonniger, weicher Frühsommermorgen, ganz leicht rann das Leben durch die Welt wie erwachende Erinnerung. In der Nähe läuteten die Kirchenglocken, kein Wölkchen war am Himmel, unten auf dem Wasser schwammen die Schwäne wie weiße Lilien, und die Pfauen stolzierten in das besonnte Gras. Wie schön, in dieser entschlafenen Vollkommenheit bewußtlos zu versinken.

«Auf Wiedersehen», rief Alexander und winkte vergnügt mit den Handschuhen. Dann verschwand er hinter den Büschen und ging zur Kirche. «Nun», fragte Hermione, «baden wir alle zusammen?» – «Ich nicht», sagte Ursula. «Sie wollen nicht?» Hermione sah sie langsam an. – «Nein. ich möchte nicht gern.» – «Ich auch nicht», sagte Gudrun. «Und mein Badeanzug?» fragte Gerald. «Ich weiß nicht», lachte Hermione in eigentümlich belustigtem Ton. «Tut ein Taschentuch es nicht auch – ein großes Taschentuch?» – «Ja, das geht», sagte er. – «Dann nur zu», flötete Hermione.

Als erste lief die kleine Italienerin über den Rasen, zierlich, katzenhaft. Die weißen Beine blinkten bei jedem Schritt, und der Kopf, von goldgelber Seide umwunden, nickte ein wenig dazu. Sie trippelte durch die Pforte den Grashang hinunter, warf den Bademantel ab und stand, eine winzige Figur aus Elfenbein und Bronze, am Rande des Wassers und sah den Schwänen zu, die neugierig herbeigeschwommen kamen. Miss Bradley rannte hinterdrein, eine große weiche Pflaume in ihrem dunkelblauen Trikot. Dann kam Gerald mit scharlachrotem Seidentuch um die Lenden, das Badelaken über dem Arm. Es sah aus, als wollte er sich im Sonnenschein ein bißchen zeigen. Er blieb stehen und lachte und schlenderte behaglich dahin, nackt und weiß und ganz Natur. Sir Joshua folgte im Überzieher, und zuletzt erschien Hermione. Mit steifem Anstand schritt sie hinab in einem feierlichen Mantel aus purpurroter

81

Seide, den sie lässig von den Beinen zurückwehen ließ, ihr Kopf war in Gold und Purpur gehüllt. Der lange starre Körper mit den gerade ausschreitenden weißen Beinen sah sehr gut aus, sie hatte eine gemessene statuenhafte Pracht, als sie langsam und majestätisch wie eine Erscheinung aus versunkenen Zeiten über den Rasen dem Wasser zuwandelte. Zum Tal hin lagen stufenförmig untereinander drei Teiche groß und eben und schön in der Sonne da. Über eine kleine steinerne Mauer und niedriges Felsenwerk plätscherte das Wasser von einem zum andern hinunter. Die Schwäne waren an das jenseitige Ufer ausgewandert. Das Rohr duftete süß, eine schwache Brise streifte die Haut.

Gerald war hinter Sir Joshua her getaucht und bis ans Ende des Teiches geschwommen. Dort stieg er aus dem Wasser und setzte sich auf die Mauer. Ein Sprung – und die kleine Gräfin schwamm ihm nach wie eine Ratte. Da saßen sie nun beide im Sonnenschein, lachten und kreuzten die Arme auf der Brust. Sir Joshua gesellte sich zu ihnen, blieb aber bis an die Achselhöhlen im Wasser stehen. Zuletzt schwammen Hermione und Miss Bradley hinüber, und sie saßen zu viert in einer Reihe auf dem Wehr.

«Sind sie nicht zum Bangemachen, richtig zum Bangemachen?» sagte Gudrun. «Sie sehen ja wie Saurier aus, wie die großen Eidechsen. Sieh doch Sir Joshua, ist dir je so etwas vorgekommen? Wirklich, Ursula, der gehört in die vorsintflutliche Welt, wo die großen Eidechsen herumkrochen.»

Gudrun sah entsetzt zu Sir Joshua hinüber, der bis an die Brust im Wasser stand. Das lange graue Haar lag ihm naß über der Stirn bis in die Augen hinein, der Hals stak in plumpen, ungefügen Schultern. Er unterhielt sich mit Miss Bradley, die drall und dick und feucht oben auf dem Wehr saß und aussah, als ob sie gleich ins Wasser rutschen wollte wie einer von den glatten Seelöwen im Zoologischen Garten.

Ursula sah sich das alles an und sagte nichts dazu. Gerald saß zwischen Hermione und der Italienerin und lachte selig. Die volle lachende Gestalt mit dem gelben, wirklich gelben Haar erinnerte an Dionysos. Hermione lehnte sich neben ihn, groß, starr, düster, schön an Wuchs und Bewegungen, beängstigend, als könnte sie Dinge tun, für die sie nicht verantwortlich zu machen wäre. Er war sich der Gefahr in ihr, ihrer krampfhaften Tollheit, bewußt, aber er lachte nur um so lauter und wandte sich oft zur kleinen Gräfin, die ihn mit voll emporgerichtetem Gesicht anblitzte.

Sie glitten alle wieder hinunter und schwammen miteinander wie eine Herde Robben. Hermione war kraftvoll und selbstvergessen im Wasser, groß, langsam, mächtig. Palestra schwamm flink und geräuschlos wie eine Wasserratte, Gerald schillerte und flimmerte, ein weißes Stück Natur. Dann kamen sie einer nach dem andern ans Ufer gewatet und gingen hinauf ins Haus.

Doch Gerald blieb einen Augenblick stehen und redete Gudrun an.

«Sie haben das Wasser nicht gern?» fragte er. Sie sah ihn an mit einem langen, langsamen, rätselhaften Blick, als er lässig vor ihr stand, die Haut mit Tropfen übersät. «Doch, sehr gern», antwortete sie.

Er hielt inne und wartete auf eine Erklärung. «Können Sie denn schwimmen?» – «Ja, ich kann schwimmen.»

Noch immer mochte er nicht fragen, warum sie dann nicht mitgekommen war. Er fühlte den Unterton von Spott in ihrem Wesen. So ging er weg, zum erstenmal betroffen.

«Warum haben Sie denn nicht mit uns gebadet?» fragte er sie noch einmal, später, als er wieder der gutangezogene junge Engländer war.

Sie antwortete nicht gleich, seine Hartnäckigkeit machte sie eigensinnig. «Ich mochte die vielen Menschen nicht», erwiderte sie dann.

Er lachte, ihre Worte hallten noch einmal in seinem Bewußtsein wider. Die Art, wie sie sprach, tat es ihm an. Ob er wollte oder nicht, das Mädchen bedeutete für ihn das Echte in der Welt. Er wollte sich zu dem aufschwingen, was sie für gut hielt, und ihre Erwartungen erfüllen, ihr Maßstab war der einzige, auf den es ankam. Die andern Leute reichten alle nicht an das Eigentliche heran, menschlich nicht, einerlei, was sie gesellschaftlich vorstellten. Und es half nichts, Gerald mußte sich Mühe geben, ihrem Maßstab zu genügen und ihr die Erfüllung ihres männlichen und menschlichen Ideals zu sein.

Nach dem Frühstück blieben Hermione, Gerald und Birkin noch beisammen, um ihre Unterhaltung zu Ende zu führen, die andern hatten sich schon zurückgezogen. Sie hatten auf höchst intellektuelle und künstliche Art von einem neuen Staat und einer neuen Menschenwelt gesprochen. Gesetzt, die alten sozialen Zustände wären niedergerissen und vernichtet und alles wäre ein Chaos, was dann?

Der große soziale Gedanke, sagte Sir Joshua, wäre die soziale Gleichheit der Menschen. Nein, meinte Gerald, es käme darauf an, daß jedermann für sein eigenes bißchen Arbeit tauglich wäre – die sollte er tun und im übrigen machen, was er wollte. Das gleichmachende Prinzip wäre die zu leistende Arbeit. Nur die Arbeit, das Geschäft der Gütererzeugung, hielte die Menschen zusammen, mechanisch zwar, aber die Gesellschaft wäre nun einmal ein Mechanismus. Außerhalb der Arbeit wären die Menschen Einzelwesen und frei, das zu tun, wozu sie Lust hätten.

«Oh!» sagte Gudrun. «Dann brauchen wir ja überhaupt keine Namen mehr – dann machen wir es wie die Deutschen und sind nur noch ‹Herr Obermeister› und ‹Herr Untermeister›. Ich sehe schon, wie das wird: ‹Ich bin Frau Kohlenbergwerksdirektor Crich – und ich Frau Parlamentsmitglied Roddice – und ich Fräulein Zeichenlehrerin Brangwen.› Hübsch, nicht wahr?»

«Dann klappte aber alles viel besser, Fräulein Zeichenlehrerin Brangwen», sagte Gerald. – «Was denn zum Beispiel, Herr Kohlenbergwerksdirektor Crich? Die Beziehung zwischen Ihnen und mir *par exemp-*

le?» – «Ja, zum Exempel», sagte die Italienerin. «Was zwischen Mann und Frau besteht ...» – «Das ist asozial», bemerkte Birkin sarkastisch. «Da hast du recht», sagte Gerald. «Zwischen mir und einer Frau gibt es keine soziale Frage. Die Geschichten gehen mich ganz allein an.» – «Darauf setze ich zehn Pfund», sagte Birkin.

«Sie wollen also nicht zugeben, daß die Frau ein soziales Wesen ist?» fragte Ursula Gerald. «Beides ist sie», versetzte er. «Ein soziales Wesen, soweit die Gesellschaft in Betracht kommt. Was sie aber mit sich selber tut, ist ihre Sache, da ist sie ihr eigener Herr.» – «Es wird aber wohl nicht ganz leicht sein, die zwei Hälften richtig zusammenzufügen?» meinte Ursula. «Da ist gar keine Schwierigkeit», sagte Gerald. «Das geht ganz von selbst – man sieht es ja jetzt überall.» – «Lach nur nicht zu früh», warnte Birkin. Gerald runzelte die Stirn, es ärgerte ihn im Augenblick.

«Habe ich denn gelacht?» fragte er. «Ach», sagte Hermione schließlich, «wenn wir doch nur begreifen wollten, daß wir im Geiste alle eins und gleich sind, Brüder im Geist – so käme es auf all das übrige gar nicht an, und Neid und Unzufriedenheit und dies Ringen nach Macht, das alles, alles zerstört, hätte ein Ende.»

Ihre Rede wurde stumm entgegengenommen, und man stand sehr bald auf. Als aber die andern weg waren, wandte sich Birkin mit bittern Worten dagegen und sagte: «Im Gegenteil, Hermione, genau das Entgegengesetzte ist wahr. Geistig sind wir alle verschieden, da gleicht keiner dem andern – und nur die sozialen Unterschiede beruhen auf zufälligen, äußeren Verhältnissen. Abstrakt, mathematisch gesprochen, sind wir alle gleich, wenn du so willst. Jedermann hat Hunger und Durst, zwei Augen, eine Nase, zwei Beine. Zahlenmäßig sind wir gleich. Aber geistig herrscht Verschiedenheit schlechthin, da gibt es weder gleich noch ungleich. Auf diesen beiden Erkenntnissen muß man den Staat aufbauen. Deine Demokratie ist Lüge – es ist völlig falsch, daß alle Menschen Brüder sind, wenn du unter Mensch mehr verstehst als eine mathematische Abstraktion. Wir sind alle mit Milch gesäugt, wir essen alle Brot und Fleisch, wir wollen alle im Auto spazierenfahren – das ist aber auch Anfang und Ende menschlicher Brüderlichkeit. Gleichheit gibt es nicht.

Ich, der ich bin, wie sollte ich denn irgendeinem andern gleich sein, Mann oder Frau? Im Geist bin ich in meiner Art einzig, wie ein Stern für sich einzig ist, genauso von den andern unterschieden nach Quantität und Qualität. Darauf baue deinen Staat. Kein Mensch ist besser als der andre, aber nicht, weil alle gleich sind, sondern weil jeder schlechthin anders als der andre ist. Einen Maßstab des Vergleichs gibt es da nicht. Sobald du anfängst, zu vergleichen, sieht immer einer viel besser als der andere aus, denn alle nur erdenkliche Ungleichheit ist von Natur gegeben. Ich will, daß jeder seinen Anteil an den Gütern der Welt hat, damit er mir mit seinem Betteln nicht zur Last fällt und ich zu ihm sagen kann: ‹Du hast nun, was du brauchst – deinen gerechten Anteil am Inventar der Welt. Dummkopf, du hast auch nur einen Mund wie ich, sorg für dich selbst und geh mir aus dem Wege.›»

Hermione ließ den Blick die Wangen hinabgleiten und sah ihn von der Seite an. Bei jedem Wort, das er sprach, fühlte er ihren wilden Haß zu sich herüberwogen, triebhaften Abscheu, der schwarz und gewaltig aus dem Unbewußten hervorbrach. Ihr unbewußtes Ich vernahm seine Worte, wissentlich achtete sie nicht darauf und war wie taub.

«Das klingt nach Größenwahn, Rupert», sagte Gerald lustig.

Hermione ließ einen sonderbaren Grunzlaut hören, Birkin hielt sich schweigend zurück.

«Das soll es auch», sagte er plötzlich. Seine Stimme, die so eindringlich gesprochen und alle still gemacht hatte, war völlig tonlos geworden. Und dann ging er weg.

Aber es ließ ihn doch nicht los. Heftig und grausam war er gegen die arme Hermione gewesen und wollte es wiedergutmachen. Er hatte ihr weh getan und sie absichtlich gequält, er wollte die Beziehung zu ihr wiederherstellen.

Er ging in ihr Boudoir, ein abgelegenes, sehr molliges Zimmer. Sie saß am Schreibtisch und schrieb. Als er hereinkam, hob sie geistesabwesend den Kopf und sah ihn zum Sofa gehen und sich hinsetzen. Dann wandte sie sich wieder ihrem Brief zu.

Er nahm einen dicken Band, in dem er schon vorher gelesen hatte, und war bald mit ganzer Aufmerksamkeit bei seinem Autor. Hermione wandte er den Rücken zu. Sie konnte nicht weiterschreiben, die Gedanken gingen ihr wild durcheinander, sie fühlte es Nacht werden in ihrem Kopf und kämpfte wie ein Schwimmer im Strudel, um den Willen oben zu behalten. Umsonst, die Finsternis schlug über ihr zusammen. Ihr war, als zerspränge ihr das Herz. Die fürchterliche Spannung nahm zu und stieg bis zur Todesangst, ihr war zumute, als würde sie eingemauert.

Und dann ging ihr auf: die Mauer war er. Er, der da saß, brachte sie um. Wenn sie nicht ausbrach, mußte sie in dem Kerker des Grauens jämmerlich verenden. Der Kerker war er. Ehe sie selbst zerbrach, mußte sie ihn zerbrechen, die furchtbare Hemmung, die ihr bis in diese Stunde das Leben sperrte. Das mußte sein, oder sie ging auf das entsetzlichste zugrunde.

Immer wieder zuckte sie wie elektrisiert zusammen, als ob ein starker Strom sie niederschlüge. Sie fühlte, wie er stumm dasaß, die Hemmung, die die Gedanken nicht denken konnte, der böse Feind. Was ihren Geist in Finsternis ertränkte und ihr die Luft abdrosselte, war nur dies eine, da, sein stummer Rücken, sein Hinterkopf.

Furchtbare Lust schauerte ihr die Arme entlang – sie sollte in dieser Stunde die Erfüllung aller Wollust kennenlernen. Die Arme bebten ihr vor Kraft; unermeßlich, unwiderstehlich viel Kraft hatte sie. Ja, Kraft, die Seligkeit, der irrsinnige Genuß! In Wollust außer sich sein, endlich. Nun kam es! Auf dem Gipfel des Grauens, in der Todesangst wußte sie, nun war die höchste Wonne da. Ihre Finger schlossen sich um eine schöne blaue Kugel aus Lapislazuli, die als Briefbeschwerer auf ihrem Schreibtisch lag, sie ließ sie in der Hand auf und ab rollen und stand leise auf. Das Herz in ihrer Brust war reine Flamme, sie war ganz unbewußt und außer sich. Sie schlich zu ihm heran und blieb einen Augenblick ekstatisch über ihm stehen. Er war in den Zauberkreis gebannt, rührte sich nicht und wußte von nichts.

Und aufleuchtend, ein Blitz vom Scheitel bis zur Zehe, vollkommene Erfüllung, unsägliche Genugtuung, schmetterte sie die Kugel aus edlem Stein mit aller Gewalt hernieder auf seinen Kopf. Doch kamen ihr die Finger dazwischen und schwächten den Schlag ab. Trotzdem fiel der Kopf auf den Tisch, wo das Buch lag, der Stein glitt ab, über sein Ohr herunter. All das war für sie ein einziger Wonnekrampf, erhellt durch den Schmerz in den zerquetschten Fingern. Aber irgend etwas fehlte noch. Sie reckte den Arm und zielte noch einmal senkrecht auf den Kopf, der betäubt auf dem Tisch lag. Zermalmen mußte sie ihn, er mußte zermalmt sein, ehe ihre Ekstase vollendet war in Ewigkeit. Tausendmal leben, tausendmal sterben, ihr lag nichts daran, nur Erfüllung dieser vollkommenen Ekstase. Sie war ungeschickt und konnte sich nur langsam bewegen. Ein kräftiger Geist weckte ihn und hieß ihn aufblicken und den Kopf drehen, bis er sie sehen konnte. Erhobenen Armes stand sie da, in der Hand die Kugel aus Lapislazuli. Es war die linke Hand; voll Abscheu besann er sich, daß sie ja linkshändig war. Eilig begrub er seinen Kopf unter dem dicken Band Thukydides, der Schlag sauste hernieder, brach ihm fast das Genick und zerbrach ihm das Herz.

Zerbrochen war er, aber Angst hatte er nicht. Er drehte sich zu ihr, stieß den Tisch um und wich zurück. Er war ein zu Staub zermalmtes Gefäß und kam sich vor wie in tausend Scherben. Doch alle seine Bewegungen waren zusammenhängend und klar, seine Seele war unversehrt, die hatte sie nicht überrumpeln können.

«Tu das nicht, Hermione», sagte er leise. «Das duld ich nicht.»

Er sah, wie sie groß und fahl dastand und wartete, den Stein fest in der Hand.

«Geh weg, laß mich durch!» sagte er und kam auf sie zu.

Sie trat beiseite, als hätte eine Hand sie weggeschoben, sah ihn immerfort an und veränderte keine Miene: ein feindlicher Engel, dem seine Macht genommen ist.

«Es hilft dir nichts», sagte er, als er an ihr vorbei war. «Ich will nicht sterben, hörst du?»

Er ließ sie nicht aus den Augen, als er zur Tür ging, aus Furcht, sie könnte noch einmal zuschlagen. Solange er auf seiner Hut war, wagte sie nicht, sich zu rühren. Und er war auf seiner Hut. So hatte sie keine Macht über ihn, er ging hinaus und ließ sie stehen.

Lange stand sie wie erstarrt. Dann wankte sie zum Diwan, legte sich hin und schlief fest ein. Als sie aufwachte, erinnerte sie sich wohl daran, was sie getan hatte, aber sie meinte, sie hätte ihn einfach geschlagen, wie eine gequälte Frau das wohl tun konnte. Sie hatte recht, dem Geist nach war sie im Recht, das wußte sie. In eigener unfehlbarer Reinheit hatte sie getan, was getan werden mußte, sie war gerecht und rein. Ihr Gesicht bekam einen berauschten religiösen Ausdruck, unheimlich fast.

Birkin, kaum bewußt, aber vollkommen sicher in allem, was er tat, verließ das Haus und ging geraden Wegs durch den Park ins Freie, den Hügeln zu. Der strahlende Himmel hatte sich überzogen, es tröpfelte hin und wieder. Er wanderte weiter, bis er in ein einsames Tal kam, wo dichtes Haselgebüsch und unzählige Blumen wuchsen und im Heidekraut hier und da ein paar junge Kiefern die jungen Triebe wie weiche Pfötchen ausstreckten. Es war ziemlich naß überall, unten im Tal floß ein finsterer Bach – oder sah er ihn nur so finster? Er merkte, daß er nicht recht wieder zu sich kommen konnte und in einer Art Dämmerzustand vorwärts ging.

Doch wollte er etwas. Er war glücklich auf seinem feuchten Abhang, der mit Sträuchern und Blumen über und über bewachsen war. Alle wollte er sie streicheln und sich an ihnen stillen. Er zog sich aus und setzte sich nackt zwischen die Schlüsselblumen, wühlte sacht mit den Füßen, Beinen, Knien in all den Himmelsschlüsseln, tauchte die Arme bis unter die Achseln hinein und legte sich nieder, um die Blumen an Bauch und Brust zu fühlen. Sie strichen ihm so fein und kühl, so gelinde über die Haut, ihm war, als durchtränkte er sich ganz mit ihrer Berührung.

Doch waren sie allzu weich. Er ging durch das hohe Gras auf eine Gruppe mannshoher junger Kiefern zu. Die biegsamen Zweige peitschten ihn und taten ihm weh, als er auf sie eindrang, schüttelten ihm kalte Tropfenschauer auf den Leib und schlugen ihm die Lenden mit den weichen, spitzen Nadelbüscheln. Eine Distel stach ihn wach, doch nicht zu heftig, denn er bewegte sich ganz vorsichtig und weich. Sich niederlegen und in den klebrigen, kalten, eben aufgeblühten Hyazinthen wühlen, auf dem Bauch liegen und den Rücken mit feinem, nassem Gras zudecken, das leicht war wie ein Hauch und weich und viel zarter und schöner als die Berührung irgendeiner Frau – und dann den Schenkel von den lebendigen schwarzen Borsten der Kiefern stechen lassen, den leichten Schlag der Haselgerte wie einen Stich auf der Schulter fühlen, und den silbernen Stamm der Birke an die Brust drücken, den glatten, harten mit all seinen lebendigen Knorren und Rissen – das tat gut, das alles war sehr gut und tat sehr wohl. Nichts half und befriedigte, als die feine Kühle der Pflanzen sich ins Blut rinnen zu lassen. Ein Glück für ihn, daß die liebliche, feine und verständnisinnige Welt der Pflanzen da war und seiner wartete wie er ihrer. Wie war er erfüllt und glücklich!

Als er sich ein bißchen mit seinem Taschentuch abtrocknete, dachte er über Hermione und ihr Attentat nach. Er fühlte einen Schmerz seitlich am Kopf. Aber was lag denn schließlich daran? Was lag an Hermione, an den Menschen überhaupt? Hier war ja die vollkommene kühle Einsamkeit; lieblich, frisch und unentdeckt lag sie vor ihm. Wie hatte er sich geirrt, als er glaubte, er brauchte die Menschen, er brauchte die Frau. Was brauchte er die Frau! Die Blätter, die Schlüsselblumen und die Bäume waren in der Tat lieblich und kühl und begehrenswert, sie drangen ihm wirklich ins Blut und mehrten sein Leben. Nun war er über alle Maßen reich und froh.

Hermione hatte ganz recht, daß sie ihn umbringen wollte. Was wollte er auch von ihr? Warum so tun, als hätte er überhaupt mit Menschenwesen etwas zu schaffen? Hier war seine Welt, er brauchte niemand und nichts als die liebliche, feine und verständnisinnige Welt der Pflanzen und sich selbst, das eigene lebendige Ich. Freilich mußte er in die Welt zurück. Aber das schadete nichts. Er wußte ja nun, wohin er gehörte. Hier war er zu Hause und konnte Hochzeit halten. Bei den Menschen war er in der Fremde.

Er stieg aus dem Tal herauf und überlegte sich, ob er verrückt wäre. Und wenn auch, der eigene Wahnsinn war ihm lieber als der gesunde Menschenverstand der andern. Er freute sich seiner Tollheit, er war frei. Vom alten gesunden Menschenverstand wollte er nichts mehr wissen; er war ihm zuwider geworden. Die neu entdeckte Welt seiner Tollheit machte ihn glücklich, weil sie frisch und zart war und ihm sein Genüge gab.

Der Kummer, den er noch in der Seele spürte, war nur von der alten Lehre darin hängengeblieben, die dem Menschen befahl, sich zum Menschen zu halten. Doch er war der alten Lehre und der Menschen und der Menschheit müde. Er liebte jetzt die weiche, zarte Pflanzenwelt, die kühle, vollkommene. Den alten Kummer wollte er nicht beachten und die alte Lehre abtun, frei wollte er sein im neuen Leben.

Er merkte, wie der Schmerz im Kopf von Minute zu Minute beschwerlicher wurde, und machte sich auf den Weg zum nächsten Bahnhof. Es regnete, er hatte keinen Hut. Aber heutzutage ging mancher Kauz ohne Hut im Regen spazieren.

Noch einmal fragte er sich, ob ihm wohl aus Angst vor den Leuten das Herz so eigentümlich schwer war, aus Angst, jemand hätte ihn nackt im Grünen liegen sehen. Er hatte doch ein unglaubliches Grauen vor den Menschen. Das Gefühl, von andern Leuten beobachtet zu werden, war ihm wie ein Albdruck. Wenn er wie Robinson allein mit den Tieren und den Bäumen auf einer Insel leben könnte, dann wäre er frei und froh und aller Herzbeschwer und Bedenklichkeit ledig. Dann konnte er die Pflanzen lieben und, ohne an sich irre zu werden, glücklich und ganz bei sich selbst sein.

Es war doch besser, er schrieb Hermione ein paar Worte. Sonst wäre sie vielleicht seinetwegen in Sorge, und das wollte er nicht gern auf sich nehmen. So schrieb er auf dem Bahnhof die folgenden Zeilen:

«Ich fahre gleich weiter zur Stadt – nach Breadalby möchte ich jetzt nicht zurück. Es ist aber alles in Ordnung, Du sollst Dir nicht etwa irgendwelche Gedanken machen um den Schlag. Sag den andern, es wäre eine Laune von mir, wie gewöhnlich. Du hast ganz recht gehabt mit dem Schlag – denn ich weiß, es war Dein Wille. Und damit gut.»

In der Eisenbahn ging es ihm nicht gut. Jede Bewegung war ein unerträglicher Schmerz, ihm wurde übel. Er schleppte sich vom Bahnhof in eine Droschke, wie ein Blinder mußte er sich Schritt für Schritt vorwärtstasten. Nur ein bestimmter Wille hielt ihn aufrecht.

Eine Woche oder noch länger war er krank, gab aber Hermione keine Nachricht, und sie meinte, er wäre böse mit ihr. Die beiden kamen völlig auseinander. Sie verlor sich ganz und gar in der Überzeugung, daß sie allein recht hätte. Sie lebte nur von ihrer Selbstachtung und von dem Glauben an die Richtigkeit ihrer Art, zu denken.

9

Ruß

Eines Nachmittags gingen die beiden Brangwens nach der Schule zwischen den hübschen Landhäusern von Willey Green den Hügel hinab und kamen an den Bahnübergang, wo sie die Schranken geschlossen fanden. Der Kohlenzug aus den Gruben rollte heran, sie hörten das heisere Schnaufen der kleinen Lokomotive, die zwischen den Böschungen vorsichtig näher kam. Der einbeinige Bahnwärter schaute aus seinem Häuschen an der Straße heraus wie ein Einsiedlerkrebs aus einem Schneckengehäuse.

Während die Mädchen warteten, kam Gerald Crich auf seiner arabischen Fuchsstute herangetrabt. Er war ein guter Reiter. Er ritt weich und hatte seine Freude an dem leise bebenden Tier unter sich. Ein schönes Bild, in Gudruns Augen wenigstens, wie er leicht und fest auf dem schlanken Fuchs saß, dessen langer Schweif im Winde wehte. Er grüßte die Mädchen, hielt am Bahnübergang, um das Öffnen der Sperre abzuwarten, und sah die Gleise hinunter nach dem Zug. Gudrun mußte zwar darüber lächeln, wie malerisch er aussah, doch ruhten ihre Augen gern auf ihm. Sein Sitz war gefällig und frei, im sonnenbraunen Gesicht leuchtete der derbe weißblonde Schnurrbart, die blauen Augen blickten scharf und hell in die Ferne.

Langsam schnaufte die Lokomotive zwischen den Böschungen heran, noch war sie nicht zu sehen. Dem Fuchs wurde es unbehaglich. Er scheute, als täte der fremde Ton ihm weh. Doch Gerald riß ihn nach vorn und hielt ihn mit dem Kopf an der Schranke. Das schrille Schnauben der heranfauchenden Lokomitive wurde immer ärger. Das immer wiederkehrende schreckliche Geräusch ging dem Fuchs durch und durch, er bebte vor Schreck am ganzen Körper und schnellte zurück wie eine Feder. In Geralds Gesicht glitzerte ein halbes Lächeln. Unerbittlich brachte er ihn wieder an seinen Platz zurück.

Da kam die kleine Lokomotive mit lautem Getöse aus den Böschungen hervorgerasselt und fuhr mit gellend klappernden Kuppelstangen quer über die Landstraße. Wie ein Wassertropfen von heißem Eisen prallte das Pferd zurück, Ursula und Gudrun drückten sich ängstlich beiseite. Aber Gerald setzte sich fest hinein und schob es wieder vor. Er wuchs förmlich mit ihm zusammen und schien es gegen seine eigene Bewegung vorwärtsdrücken zu können.

«So ein Unsinn!» rief Ursula laut. «Kann er denn nicht wegreiten, bis der Zug vorbei ist?»

Gudrun sah ihn wie verzaubert mit schwarz aufgerissenen Augen an. Glitzernd, starrköpfig saß er oben und hielt das unruhige Tier, das unter ihm herumwirbelte und wie ein Windstoß zur Seite sprang und doch weder dem Griff des Herrn noch dem tollen Schreckenstumult entgehen konnte, der ihm durch Mark und Bein ging. Denn nun kamen die Loren langsam, schwer und grauenhaft über die Schienen gerattert, eine nach der andern, eine hinter der andern her.

Die Lokomotive bremste, als wollte sie hinter sich nach dem Rechten sehen, und die Loren kamen zurück, prallten gegeneinander mit den eisernen Puffern, die als schauerliche Zimbeln zusammenschlugen, und stießen sich knirschend und klirrend immer näher. Der Fuchs ging hinter den Zügel und begann zu steigen, wie vom Schreckenshauch emporgeweht. Krampfhaft strebte er von dem Schreckis weg, weit weg. Auf einmal tänzelte er mit den Vorderfüßen in der Luft. Immer weiter bäumte er sich hintenüber, die beiden Mädchen klammerten sich aneinander, jeden Augenblick mußte er rückschlagend den Reiter unter sich begraben. Aber Gerald lag vorn und strahlte eigensinnig über das ganze Gesicht. Und schließlich drückte er das Pferd nieder, zwang es nieder mit seinem Gewicht, und brachte es zurück an die Schranke. Doch gewaltsam, wie er es hintrieb, trieb die Angst es von den Gleisen weg; es tanzte wie toll auf den Hinterbeinen, als stünde es in der Achse eines Wirbelsturms. Gudrun griff ein jäher Schwindel bis ans Herz.

«Halt –! Halt –! Loslassen! Lassen Sie das Tier doch los! Sind Sie denn verrückt –!» schrie Ursula in den höchsten Tönen, völlig außer sich. Gudrun haßte sie darum bitter, der starke, nackte Klang ihrer Stimme war nicht zu ertragen.

Geralds Gesicht wurde härter. Mit seiner ganzen Schwere legte er sich hinein, scharf wie ein Schwert, und warf das Pferd herum. Der Fuchs keuchte, die Nüstern waren zwei glühende Höhlen, das Gebiß war überschäumt, die Augen flackerten. Ein abstoßendes Bild. Aber Gerald ließ nicht locker und drückte ihn eisern vorwärts in schon beinahe mechanischem Starrsinn. Mann und Tier waren naß vom Ringen. Doch er war ruhig dabei wie ein Wintersonnenstrahl.

Inzwischen ratterten die endlosen Loren ganz langsam vorüber, eine nach der andern, wie in einem scheußlichen Traum, der kein Ende nehmen will. Die Verbindungsketten knirschten und quietschten, wenn die Spannung sich verschob, der Fuchs scharrte und stampfte jetzt ganz mechanisch, die Angst hatte in ihm ausgesiedet. Der Reiter hielt ihn fest eingeschnürt. Es war zum Erbarmen, wie das Tier ohnmächtig scharrte und zu steigen versuchte, Gerald hatte es zwischen den Schenkeln und drückte es nieder, fast als wäre es ein Teil seiner selbst.

«Er blutet ja, sieh, wie er blutet!» schrie Ursula, außer sich vor Haß und Widerstand gegen den Reiter. Sie allein verstand Gerald ganz, weil sie sein Gegenpol war.

Gudrun sah, wie an den Flanken das Blut niedertroff, und wurde schneeweiß. Da fuhren die blanken Sporen mitten in die Wunde hinein und drückten erbarmungslos. Vor Gudruns Augen begann die Welt sich zu drehen und in nichts zu zerfließen. Sie konnte nicht mehr.

Als sie wieder zur Besinnung kam, war ihre Seele ruhig, kalt und gefühllos. Noch immer ratterten die Loren vorüber, noch immer kämpften Mann und Pferd. Aber sie blieb kühl bei sich und hatte kein Gefühl mehr, sie war ganz hart und kalt und gleichgültig dabei.

Der geschlossene Dienstwagen tauchte auf, das Getöse der Loren wurde schwächer, bald mußte der unerträgliche Lärm zu Ende sein. Automatisch klang das schwere Keuchen des ermatteten Tieres. Der Reiter war seiner jetzt sicher und ließ ihm etwas Luft, der Schild seines Willens war ja blank und fleckenlos. Dann kam der Dienstwagen heran und fuhr langsam vorüber, der Beamte staunte das Bild auf der Landstraße an. Und mit den Augen des Mannes im geschlossenen Wagen sah Gudrun den ganzen Vorgang noch einmal wie ein Bühnenbild, herausgelöst aus Zeit und Raum, für sich, ewig.

Eine erquickende Stille blieb zurück, als der Zug vorbei war. Süße Stille. Ursula sah erbittert den Puffern des entschwindenden Wagens nach. Der Bahnwärter stand in der Tür seines Häuschens und wollte gerade die Schranken öffnen, als Gudrun nach vorn sprang, dem unruhigen Pferd vor die Hufe. Sie schob den Riegel zurück, stieß die Schrankenflügel auf, warf den einen dem Wärter entgegen und lief mit dem andern selbst geradeaus. Gerald gab dem Fuchs plötzlich den Hals frei, er sprang an, auf Gudrun los. Sie war nicht bange. Als Gerald den Kopf des Pferdes zur Seite riß, rief sie in sonderbar hohem Ton, wie eine Möwe, wie eine Hexe, die vom Wegrand her kreischt: «Sie können aber stolz sein!»

Die Worte waren deutlich ausgesprochen. Der Mann wich mit dem tänzelnden Pferd aus und sah sie einigermaßen überrascht an. Er wunderte sich und hätte gern mehr gewußt. Dann trommelten die Hufe dreimal auf die Bahnschwellen, und Reiter und Pferd entfernten sich in nervösen, federnden Sprüngen die Straße hinauf.

Die beiden Mädchen sahen ihnen nach. Der Bahnwärter polterte mit seinem Holzbein auf den Schwellen, er hatte die Schrankenflügel festgestellt. Dann drehte er sich auch um und rief den Mädchen zu: «Ist das ein Jockei! Der weiß, was er will. Wenn einer seinen Kopf hat, der hat ihn.»

«Jawohl!» rief Ursula mit ihrer leidenschaftlichen, eindringlichen Stimme. «Warum konnte er nicht wegreiten, bis die Loren vorbei waren? Zu dumm, wie kann man sich so aufspielen! Findet er das etwa männlich, ein Pferd zu quälen? Es ist doch auch ein lebendes Wesen, was mißhandelt er es denn!»

Kurzes Schweigen. Dann schüttelte der Bahnwärter den Kopf und antwortete: «Ja, ein hübsches Pferdchen ist das! So was Feines sieht man nicht alle Tage – so ein famoses kleines Tier. Was der alte Herr ist, der geht aber anders mit Tieren um, das kann ich Ihnen sagen. Nein, unglaublich, wie die beiden verschieden sind, der junge Herr und sein Vater – eine ganz andre Sorte Mensch.»

Pause.

«Warum tut er das nur?» sagte Ursula erregt. «Was soll das eigentlich? Er bildet sich wohl wunder was ein, wenn er ein empfindliches Geschöpf in Angst setzt, das zehnmal feinnerviger ist als er?»

Vorsichtige Pause. Dann schüttelte der Mann noch einmal den Kopf, als wollte er nichts sagen und dächte sich nur um so mehr. «Er muß den Fuchs wohl zureiten, daß er was vertragen kann», antwortete er. «Vollblutaraber – nicht so was wie die Rösser, die hier überall herumlaufen. Ganz andere Zucht ist das. Sie sagen ja, er hätte ihn von Konstantinopel.» – «Das sähe ihm ähnlich!» sagte Ursula. «Er hätte ihn nur lieber bei den Türken lassen sollen, die wären anständiger mit ihm umgegangen.»

Der Mann ging hinein und trank seinen Tee, und die Mädchen gingen den Fußpfad hinunter und sanken tief in den weichen schwarzen Staub ein. Gudrun war ganz benommen im Kopf, sie konnte das Gefühl von der weichen, unbesiegbaren Körperlast des Reiters nicht loswerden, die sich in den lebendigen Pferdekörper einsog, die Vorstellung wie die kräftigen Schenkel des blonden Mannes den zuckenden Leib der Stute widerstandslos in der Gewalt hatten. Weicher, weißer, magnetischer Zwang ging von den Lenden, Schenkeln und Waden aus und preßte die Stute zu unaussprechlichem Gehorsam in weiche, furchtbare Leibeigenschaft.

Die Mädchen gingen schweigend ihres Weges. Zur Linken erhoben sich die großen Halden der Kohlengrube und die Eisengerüste der Fördertürme; unten die schwarzen Gleise mit den ausrangierten Loren sahen wie ein Hafen aus, eine breite Schienenbucht, in der die Wagen vor Anker lagen.

Dicht bei dem zweiten Bahnübergang, der über viele blanke Schienen führte, lag ein Gehöft, das zum Bergwerk gehörte. Auf einer Koppel neben der Landstraße stand stumm ein riesiger eiserner Ball, ein alter, rostiger kugelrunder Kessel, der nicht mehr im Gebrauch war. Rundherum pickten die Hühner, auf dem Rande des Wassertrogs wiegten sich kleine Küken, und ein paar Bachstelzen machten, daß sie fortkamen, und flogen dann zwischen den Loren umher.

Jenseits des breiten Bahnübergangs lag ein Haufen hellgrauer Steine am Weg. Daneben stand ein Wagen, und ein älterer, bärtiger Wegearbeiter lehnte an seine Schaufel und sprach mit einem jungen Kerl in Gamaschen, vorn beim Pferd. Beide blickten nach den Schienen.

Sie sahen von weitem die kleinen glänzenden Gestalten der Mädchen im scharfen Licht des Spätnachmittags herankommen. Sie hatten leichte luftige Sommerkleider an, Ursula eine orangefarbene gestrickte Jacke, Gudrun eine blaßgelbe; Ursula trug kanariengelbe Strümpfe dazu, Gudruns waren kräftig rosa. Die beiden Mädchen bewegten sich schillernd über den breiten Schienendamm, weiß und orange und gelb und rosa schillernd durch die heiße, verrußte Welt.

Die beiden Männer standen ganz still in der Hitze und sahen zu. Der Ältere war ein gedrungener, kräftiger Mann in mittleren Jahren mit harten Zügen, der Jüngere ein Grubenarbeiter von etwa dreiundzwanzig. Sie blickten den Mädchen stumm entgegen und sahen sie herankommen, vorübergehen und auf der staubigen Landstraße zwischen Häusern und staubiger junger Saat verschwinden.

Da sagte der Ältere mit dem Backenbart grinsend zu dem Jungen: «Was gibst du für sie? Die geht an, was?»

Der Jüngere spitzte die Ohren. «Welche denn?» lachte er auf. – «Die mit den roten Strümpfen. Was meinst du? Da gäb ich das Wochengeld für fünf Minuten. Junge, Junge – eben mal fünf Minuten.» Der Jüngere lachte wieder. «Da wird deine Alte dir schön kommen», antwortete er.

Gudrun hatte sich umgewandt und sah die beiden an. Unheimliche Gestalten, die da neben den hellgrauen Schlacken standen und ihr nachsahen. Der Mann mit dem Backenbart war ihr gräßlich.

«Fräulein, Sie sind eins a!» rief er ihr in die Ferne nach.

«Meinst du, das ist einem eine Woche wert?» sagte der junge Mann nachdenklich. – «Und ob! Ich schmiß es dir direkt auf den Tisch –»

Der junge Mann sah Gudrun und Ursula sachverständig nach, als wollte er ausrechnen, was da nun einen Wochenverdienst wert wäre. Dann schüttelte er voll finsterer Ahnungen den Kopf. «Nee», sagte er, «nicht so viel gäb ich für die.» – «Nanu!» sagte der Alte. «Ich aber, weiß der Teufel!» Und er machte sich wieder an seine Steine.

Die Mädchen gingen zwischen den Häusern mit Schieferdächern und verrußten Backsteinmauern ins Tal hinab. Schwer lag der goldene Abendzauber über dem ganzen Kohlenbezirk, und seine Häßlichkeit, in Schönheit getaucht, wirkte sinnbetäubend. Auf den rußverschlämmten Wegen leuchtete die untergehende Sonne noch wärmer und tiefer, Schmutz und Unform lagen wie verwunschen in der Abendglut.

«Schön und wüst, die Gegend hier», sagte Gudrun. Sie litt offenbar unter der betörenden Landschaft. «Fühlst du nicht etwas Qualmiges, Heißes darin, das dich zieht? Mir geht es so. Es macht mich ganz benommen.»

Sie gingen zwischen Arbeiterwohnungen. In den rußigen Höfen sahen sie hin und wieder, wie sich ein Bergmann an dem heißen Abend im Freien wusch; er stand nackt bis an den Gürtel da, die weiten Moleskinhosen glitten ihm fast herunter. Arbeiter, die sich schon gewaschen hatten, saßen auf den Hacken gegen die Mauer gelehnt und schwatzten oder schwiegen auch in ganz körperlichem Behagen, wohlig müde von der Arbeit. Ihre Stimmen hatten einen kräftigen Klang, die breite Mundart heimelte die Sinne merkwürdig an. Gudrun empfand ihre Laute wie Liebkosungen des Bergmanns, in der Luft lag überschwer ein Hall und Dunst und Widerschein von Mann und von Arbeit. Die Bewohner selbst merkten nichts davon, weil es in der ganzen Gegend so war.

Gudrun aber war überwältigt und fühlte sich beinahe davon abgestoßen. Sie hatte sich niemals klarmachen können, warum Beldover so ganz anders war als London und Südengland, warum man hier völlig anders fühlte und atmete. Nun ging es ihr auf: hier war die Welt kräftiger Männer aus der Tiefe, die den größten Teil ihrer Zeit unten im Dunkeln zubrachten. In ihren Stimmen war der üppige Klang der Nacht unter der Erde, der mächtigen, gefährlichen Unterwelt: geistlos, unmenschlich. Sie gaben Laute von sich wie fremdartige Maschinen, schwer, wie geölt. Es war eine kalte, eiserne Lust – der Rausch der Maschine.

So war es jeden Abend, wenn sie nach Hause kam. Ihr war zumute, als ginge sie in einer Woge vulkanischer Kraft, die hervorbrach aus Tausenden von kräftigen, halb Maschine gewordenen Arbeitern aus der Unterwelt der Kohlen und die in Herz und Hirn verhängnisvolles Begehren und verhängnisvolle Fühllosigkeit erzeugte.

Da kam ihr ein Heimatgefühl für den Ort. Sie haßte Beldover und wußte wohl, was für ein gottverlassenes Nest es war, häßlich, geistlos bis zum Überdruß. Manchmal schlug sie mit den Flügeln, eine Daphne unserer Zeit, die nicht in einen Baum, sondern in eine Maschine verwandelt wird. Und doch überwog das Gefühl, daß dies ihre Heimat war. Sie rang danach, immer mehr mit der Luft, die hier wehte, freund zu werden, und sehnte sich, hier ihr Genüge zu finden.

Abends zog es sie in die Hauptstraße der Stadt hinaus, die widerwärtig ungestalte, wo aber auch die allmächtige Luft starker und finsterer Gefühllosigkeit brütete. Es war da immer voll von Bergleuten. In ihrer sonderbaren, verbogenen Würde, ihrer eigentümlichen Schönheit und unnatürlichen Gelassenheit gingen sie da herum; die blassen, elenden Gesichter hatten einen versunkenen, halb resignierten Zug. Sie gehörten einer andern Welt an, fremdartige Spukgestalten, die Stimmen

94

hatten einen unerträglich tiefen Vollklang, der dem Surren der Maschine glich und betörender war als vor Zeiten der Gesang der Sirenen.

Sie konnte nicht anders, am Freitagabend mußte sie mit den Arbeiterfrauen zu Markte gehen. Freitags war Zahltag und Freitag abend Markt. Alle Frauen waren unterwegs und alle Männer auf der Straße, um mit der Frau einzukaufen oder mit den Genossen die Köpfe zusammenzustecken. Kilometerweit wimmelten die Landstraßen von Leuten, die zur Stadt kamen; der kleine Marktplatz oben auf dem Hügel und die Hauptstraße von Beldover waren schwarz von Männern und Frauen.

Es war dunkel, die Petroleumlampen strömten ihre Hitze über den ganzen Marktplatz und warfen ein rötliches Licht auf die ernsten Gesichter der einkaufenden Frauen und die blassen, geisterhaften Züge der Männer. Die Luft hallte vom Lärm der Ausrufer und der schwatzenden Menschen; auf den Fußsteigen zogen die Leute in Strömen hinauf in das undurchdringliche Gedränge auf dem Marktplatz. Die Läden waren grell erleuchtet und gestopft voll von Frauen, und auf den Straßen waren die Männer, fast nur Männer, Bergleute jeden Alters. Geld wurde reichlich, fast verschwenderisch ausgegeben.

Die Wagen konnten nicht durch und mußten warten, die Kutscher schrien und grölten, bis die dichte Menge Platz machte. Überall schwatzten die jungen Leute von außerhalb mit den jungen Mädchen mitten auf der Straße, an jeder Straßenecke. Die Kneipentüren standen offen, drinnen war es blendend hell, fortwährend strömten die Männer hinein und heraus, überall riefen und antworteten Männerstimmen, gingen Männer über die Straße aufeinander zu oder standen im Kreis und truppweise zusammen und diskutierten ohne Ende. Es summte von halbunterdrücktem Gerede und Geschimpf, die ewigen Bergmannshändel und politischen Zänkereien surrten mißtönend durch die Luft wie ein aus den Fugen geratenes Werk. All diese Männerstimmen gingen Gudrun so nahe, daß ihr fast schwindelte. Sie weckten in ihr ein seltsam brennendes Heimweh, ein fast dämonisches Verlangen, für das es nirgends Erfüllung gab.

Wie jedes Arbeitermädchen aus der Gegend schlenderte Gudrun die zweihundert Schritt nächst dem Marktplatz, das schillernde letzte Ende der Hauptstraße, auf und nieder, immer von neuem auf und nieder. Sie wußte, wie gewöhnlich das war, ihre Eltern waren empört. Aber das Heimweh überkam sie, und sie mußte hinaus unter die Leute. Manchmal saß sie im Kino zwischen dem niedrigsten Gesindel, wüsten Lümmeln, die auch gar nichts Anziehendes hatten. Aber es half nichts, sie mußte dabei sein.

Und wie jedes andere gewöhnliche Mädchen fand sie auch ihren «Freund». Es war einer von den Elektrotechnikern, die Gerald bei der Neuorganisation des Betriebes eingestellt hatte, ein kluger, ernsthafter Mensch mit starken naturwissenschaftlichen und soziologischen Neigungen. In einem Landhaus in Willey Green hatte er sich eingemietet und wohnte allein für sich. Er war von guter Herkunft und hatte ausreichend zu leben. Seine Wirtin sorgte dafür, daß man allgemein über ihn Bescheid wußte: er mußte durchaus eine große Holzwanne und jedesmal, wenn er von der Arbeit kam, Eimer und Eimer voll Wasser zum Baden im Schlafzimmer haben, und jeden Tag, den Gott werden ließ, zog er ein reines Hemd und reine Wäsche und reine seidene Strümpfe an. In solchen Dingen konnte man es ihm nie gut genug machen, aber sonst war gar nichts Besonderes an ihm, und er war höchst anspruchslos.

Gudrun wußte das alles. Der Stadtklatsch drang auf natürlichste Wege ins Brangwensche Haus und war gar nicht auszuschließen. Palmer war im Grunde Ursulas Freund. Aber in seinem blassen, eleganten, ernsten Gesicht fand Gudrun ihr eigenes Heimweh wieder. Auch er mußte am Freitagabend die Straßen auf und ab schlendern. So ging er mit Gudrun, und sie wurden gute Freunde. Verliebt waren sie nicht. Er wollte eigentlich Ursula haben, aber aus irgendwelchen sonderbaren Gründen kam es zu nichts zwischen den beiden. Gudrun mochte er gern als Seelenkameraden um sich haben, das war aber auch alles. Auch sie hatte keine wirkliche Neigung zu ihm. Er war ein Theoretiker und mußte eine Frau haben, die ihm im Leben beistand. Aber eine Person war er eigentlich gar nicht, er hatte die Feinheit einer elegant gearbeiteten Mechanik. Im Grunde hatte er nichts für Frauen übrig, dazu war er eine zu kalte und zersetzende Natur, zu sehr Egoist. Sein ein und alles waren die Bergleute. Im einzelnen konnte er sie nicht leiden und verachtete sie. Aber in der Masse zogen sie ihn mächtig an, wie die Maschine ihn anzog. Sie waren für ihn eine neue Abart der Maschine – aber unberechenbar, völlig unberechenbar.

So zog Gudrun mit Palmer durch die Straßen oder ging mit ihm ins Kino, und sein langes, blasses, nahezu vornehmes Gesicht blitzte auf, wenn er seine witzigen Bemerkungen machte. So waren die beiden: Gesellschaftsmenschen in gewissem Sinn, aber dabei wie zwei Masseeinheiten, ganz mit dem Proletariat verwachsen, die Sache des körperlich und menschlich verbogenen Grubenarbeiters war die ihre. In allen war das gleiche Geheimnis am Werk, in Gudruns und Palmers Seelen wie in den verluderten Halbwüchsigen und den kränklich aussehenden Männern: ein verborgener, nicht in Worten wiederzugebender Macht- und Zerstörungssinn, ein verhängnisvolles stumpfes Gehenlassen, ein gleichsam angefaulter Wille.

Manchmal scheute Gudrun und sah alles, wie es war und wie sie darin unterging. Dann konnte sie rasen vor Verachtung und Zorn. Sie fühlte, wie sie mit all den andern zusammengepfercht und vermengt in einer Masse versank. Das war grauenhaft, zum Ersticken. Dann dachte sie an Flucht und stürzte sich fieberhaft in ihre Arbeit. Aber bald ließ sie sie wieder liegen. Sie ging hinaus aufs Land – in das düstere, spukhafte Land, und der Zauber begann von neuem zu wirken.

10

Das Skizzenbuch

Eines Morgens zeichneten die beiden Schwestern am andern Ende des Willeysees. Gudrun war auf eine Sandbank hinausgewatet und saß da wie ein buddhistischer Bonze, die Augen unbeweglich auf die Wasserpflanzen gerichtet, die am niedrigen Ufer saftig aus dem Schlamm hervorwucherten. Sie sah nur Schlamm, weichen, nassen, morastigen Schlamm, und dem kalten Moder entstiegen kerzengerade und strotzend die Pflanzen mit dicken, kühlen, fleischigen Stengeln und streckten die Blätter im rechten Winkel von sich, unheimlich in den Farben, dunkelgrün mit schwärzlichen, in Bronze- und Purpurtönen spielenden Flekken. Sie erlebte mit, wie die Stiele sich fleischig strotzend aus dem Schlamm emporstreckten, sie wußte förmlich mit eigenen Sinnen, wie sie saftig und steif der Luft standhielten.

Ursula betrachtete die Schmetterlinge, die zu Dutzenden am Wasser schwärmten, kleine blaue, die plötzlich aus dem Nichts in ihr Juwelendasein schlüpften, einen großen schwarz und roten, der auf einer Blume saß und trunken mit den Flügeln atmete, reinen, luftigen Sonnenschein, zwei weiße, die von einer Gloriole umschimmert in der schwülen Luft spielten und dann nahe herbeigetaumelt kamen, so daß sie die orangefarbenen Flügelspitzen erkennen konnte, die als Glorienschein um sie her geschwungen hatten. Ursula stand auf, es trieb sie fort, sie wußte nicht wie – wie die Schmetterlinge.

Gudrun kauerte auf der Sandbank, ganz darein vertieft, die schwellenden Wasserpflanzen zu erfassen. Sie zeichnete und zeichnete und sah nicht auf und starrte dann wieder die straffen, nackten, saftigen Stengel an und hatte alles um sich her vergessen. Barfuß saß sie da, ihr Hut lag gegenüber am Ufer.

Sie fuhr aus ihrer Benommenheit auf, da ruderte jemand. Als sie sich umsah, erblickte sie ein Boot mit einem bunten japanischen Sonnenschirm darin, gerudert von einem Mann in Weiß. Es war Hermione, und der Mann war Gerald. Sie wußte es sofort und verging in einem Schauer der Erwartung, der ihr durch alle Adern schlug, tausendmal wilder, als das leise Zucken und Surren es je getan hatte, das in Beldover in der Luft lag.

Gerald war ihre Rettung aus dem Pfuhl der blassen, unterirdischen, unmenschlichen Bergleute. Er fuhr empor aus dem Schlamm, er war der Herr. Sie sah seinen Rücken und die Bewegungen der weißen Lenden, aber das war es nicht – sondern die weiße Helle, die er zu umfangen schien, wenn er sich beim Rudern nach vorn beugte. Es sah aus, als bückte er sich nach etwas. Sein weißblondes Haar glitzerte, grell wie Wetterleuchten.

«Da ist ja Gudrun», kam Hermiones Stimme deutlich über das Was-

97

ser. «Wir wollen hinfahren und ihr guten Tag sagen. Sie haben doch nichts dagegen?»

Gerald wandte sich um und erkannte das Mädchen, das dicht am Wasser stand und ihn ansah. Er hielt auf sie zu, mechanisch, ohne an sie zu denken. In seiner Welt, seinem Bewußtsein war sie noch nichts. Er wußte, Hermione fand ein sonderbares Vergnügen daran, sich wenigstens scheinbar über alle gesellschaftlichen Unterschiede hinwegzusetzen, und er ließ sie gewähren.

«Guten Tag, Gudrun», flötete Hermione und nannte sie beim Vornamen, wie das in eleganten Kreisen Brauch ist. «Was machen Sie denn da?» – «Guten Tag, Hermione. Ich habe gezeichnet.» – «Ach nein.» Das Boot trieb näher, bis der Kiel im Sand knirschte. «Darf man einmal sehen? Ich möchte es doch so gern.»

Wenn Hermione sich etwas vorgenommen hatte, war dagegen nicht aufzukommen.

«Ach –» sagte Gudrun mit Widerstreben, «es ist wirklich gar nichts dran.» Es war ihr zuwider, unfertige Arbeiten zu zeigen. – «Wirklich nicht? Aber Sie zeigen es mir trotzdem, wie?»

Gudrun reichte das Skizzenbuch hinüber, Gerald streckte ihr vom Boot aus die Hand entgegen und nahm es. Dabei fielen ihm ihre letzten Worte ein und wie sie zu ihm aufgesehen hatte, als er auf dem tänzelnden Pferde saß. Heißer Stolz rann ihm durch die Adern, er ahnte, daß sie ihm nicht widerstehen konnte. Das Gefühl flutete mächtig hin und zurück, doch wurde das keinem von beiden bewußt.

Als wäre sie behext, so fühlte Gudrun seinen Körper sich recken und über dem Schlamm aufspritzen wie ein Irrlicht und seine Hand wie einen Stengel gerade auf sich zuwachsen. Das Gefühl von ihm, das in ihr aufblitzte, war so selig, daß ihr das Blut stockte und die Sinne sich umnebelten. Und auf dem Wasserspiegel schwankte schillern seine ganze Gestalt. Er sah sich nach dem Boot um, es war ein wenig abgetrieben. So faßte er das Ruder und brachte es wieder heran, und die Wonne, das Boot im schweren weichen Wasser langsam stillzulegen, kam einer Ohnmacht gleich.

«Also das haben Sie gemacht», sagte Hermione, suchte unter den Wasserpflanzen am Ufer und verglich mit Gudruns Zeichnung. Gudrun sah dem langen, spitzen Finger nach. «Dies ist es doch, nicht?» wiederholte Hermione und ruhte nicht, bis es ihr bestätigt wurde. «Ja», sagte Gudrun automatisch. Sie paßte eigentlich gar nicht auf. «Zeigen Sie doch mal», bat Gerald und streckte die Hand nach dem Skizzenbuch aus. Hermione achtete nicht darauf; er hatte nichts zu verlangen, ehe sie nicht fertig war. Doch sein Wille gab dem ihren nichts nach, und er reckte die Hand nach vorn, bis sie das Buch berührte. Hermione fuhr unwillkürlich zusammen und ließ widerstrebend das Buch los, ehe er es fest gefaßt hatte. Es fiel gegen den Bootsrand und klatschte ins Wasser.

«Oh!» flötete Hermione mit eigentümlichem Ton, es klang fast wie boshafter Triumph. «Das tut mir leid, ich bitte tausendmal um Entschuldigung. Gerald, können Sie es nicht wieder holen?»

Die letzten Worte klangen sehr absichtlich und höhnisch, Gerald prikkelte es in den Adern vor haarscharfem Haß. Er lehnte sich weit aus dem Boot und langte mit der Hand ins Wasser. Dabei war er sich der Lächerlichkeit seiner Lage bewußt, mit den nach hinten heraustehenden Lenden.

«Das macht gar nichts», kam es kräftig und klingend aus Gudruns Munde. Es war, als hielte ihre Stimme ihn zurück. Aber er reckte sich noch weiter hinaus, das Boot schwankte heftig. Hermione ließ sich nicht aus der Ruhe bringen. Er erwischte das Buch unter Wasser, es kam triefend zum Vorschein. «Wie tut mir das leid», wiederholte Hermione. «Ich bin wohl ganz allein schuld daran.» – «Es macht nichts – wie ich Ihnen sage –, es liegt aber auch gar nichts daran», sagte Gudrun laut und nachdrücklich und wurde glühendrot im Gesicht. Ungeduldig streckte sie die Hand nach dem nassen Buch aus, um der Szene ein Ende zu machen. Gerald gab es ihr. Er hatte sich nicht ganz in der Gewalt.

«Es tut mir so schrecklich leid», sagte Hermione zu Geralds und Gudruns Verzweiflung noch einmal. «Kann man denn gar nichts dabei machen?» – «Und was zum Beispiel?» fragte Gudrun mit kalter Ironie. – «Sind denn die Zeichnungen nicht zu retten?»

Gudrun schwieg einen Augenblick und machte kein Hehl daraus, wie wenig Hermiones Gerede ihr nach dem Sinn war.

«Ich sage Ihnen», sagte sie schneidend deutlich, «mir tun die Zeichnungen noch genau denselben Dienst wie vorher. Ich brauche sie nur zu meiner Information.» – «Kann ich Ihnen denn nicht wenigstens das Buch ersetzen? Bitte, erlauben Sie mir das. Es tut mir so von Herzen leid, und ich weiß wohl, ich bin ganz allein schuld daran.» – «Soviel ich gesehen habe», sagte Gudrun, «war es durchaus nicht Ihre Schuld. Wenn da überhaupt von Schuld die Rede sein kann, so trifft sie Mr. Crich. Aber die ganze Sache ist so gänzlich belanglos, daß es lächerlich ist, auch nur ein Wort darüber zu verlieren.»

Gerald beobachtete Gudrun genau, während sie Hermione abfahren ließ. In ihrem Wesen lag ein kalter, gewalttätiger Zug. Der Blick, den er in ihr Inneres tun konnte, war fast hellseherisch klar. Er sah in ihr einen gefährlichen, feindlichen Geist, dem niemand etwas anhaben konnte. Dabei war ihre Natur in sich fertig und merkwürdig abgerundet in der Äußerung.

«Ich bin doch sehr froh, wenn es nicht so schlimm geworden ist und weiter nichts schadet», sagte er. Sie sah ihn mit den schönen blauen Augen an und sprach mit inniger, beinahe zärtlicher Stimme, unmittelbar zu seinem Gemüt: «Aber ich bitte Sie, nicht das mindeste.»

Mit ihrem Blick und Ton war der Pakt geschlossen. Ihr Ton ließ keinen Zweifel mehr an ihrem Einverständnis zu – sie waren beide von der gleichen Art und gleichsam durch ein höllisches Maurerzeichen zusam-

99

mengebunden. Sie wußte, nun hatte sie Gewalt über ihn. Wo sie sich auch treffen mochten, sie gehörten künftig zusammen, und dann war er ihr verfallen. Sie triumphierte.

«Auf Wiedersehen! Ich bin so glücklich, daß Sie mir verzeihen wollen. Auf Wiedersehen!»

Hermione sang ihren Abschiedsgruß und winkte mit der Hand, Gerald nahm mechanisch das Ruder und stieß ab. Doch sah er die ganze Zeit zur Sandbank hinüber, wo Gudrun stand und das nasse Buch schüttelte, und seine Augen glitzerten voll Bewunderung, die mit einem feinen Lächeln untermischt war. Gudrun wandte sich ab und achtete nicht weiter auf das entschwindende Boot. Aber Gerald sah sich beim Rudern um und betrachtete sie. Er wußte nicht mehr, was er tat.

«Fahren wir nicht zu weit nach links?» flötete Hermione, die vergessen unter dem bunten Sonnenschirm saß.

Gerald wandte sich zurück und gab keine Antwort. Die eingelegten Ruder glänzten im Sonnenschein. «Wir kommen schon recht», sagte er vergnügt und fing gedankenlos wieder an zu rudern. Hermione konnte ihn in seiner lustigen Verträumtheit nicht leiden. Sie war beiseite geschoben, und es gelang ihr nicht, das Übergewicht wiederzugewinnen.

11

Die Insel

Unterdessen war Ursula vom Willey-See weg an dem hellen kleinen Bach hinaufgewandert. Allenthalben sangen die Lerchen in den Nachmittag hinein, auf den besonnten Hängen schwelte es goldig von Ginster, am Wasser blühten ein paar Vergißmeinnicht. Die ganze Natur war wach und schimmerte.

Ursula schlenderte in tiefen Gedanken weiter, über allerlei kleine Wasserläufe weg. Sie wollte hinauf zum Mühlenteich. Die große Mühle lag verlassen da, nur in der Küche wohnte ein Grubenarbeiter mit seiner Frau. So ging sie über den leeren Hof und durch den verwilderten Garten das Ufer hinauf bis zur Schleuse. Als sie oben war und den vergessenen Teich mit samtenem Spiegel vor sich liegen sah, bemerkte sie am Ufer einen Mann, der mit Hammer und Säge an einem Boot herumbastelte. Es war Birkin.

Sie stand oben an der Schleuse und sah ihm zu. Er merkte nicht, daß jemand in der Nähe war, er schien sehr im Eifer, geschäftig wie ein wildes Tier, und ganz bei der Sache. Sie hatte das Gefühl, sie täte besser daran, wegzugehen, er brauchte sie nicht, er hatte soviel zu tun. Doch wollte sie nicht gern weggehen und wanderte am Ufer weiter, bis er sie gewahren mußte.

100

Das geschah bald. Im Augenblick, als er sie sah, legte er sein Handwerkszeug beiseite und kam auf sie zu: «Guten Tag. Ich mache das Boot dicht. Was meinen Sie, ob es wohl so geht?» Sie ging mit ihm. «Sie sind die Tochter Ihres Vaters und müssen das wissen.» Sie sah sich das geflickte Boot an. «Meines Vaters Tochter bin ich wohl», sagte sie und fürchtete sich, ein Urteil abzugeben, «aber von Zimmerei verstehe ich nichts. Es scheint in Ordnung zu sein, nicht wahr?» – «Ich glaube auch. Hoffentlich gehe ich nicht damit unter. Und auch das wäre nicht einmal so schlimm, ich komme schon wieder herauf. Nun wollen wir es ins Wasser schieben, sind Sie wohl so gut und fassen mit an?» Mit vereinten Kräften kippten sie das schwere Boot und machten es flott.

«Ich probiere es erst», sagte er, «und Sie passen auf, ob etwas passiert. Wenn es hält, setze ich Sie dann über nach der Insel.» – «Ach, bitte!» Sie sah ihm gespannt zu.

Der Teich war recht groß und hatte die Stille und den dunklen Glanz sehr tiefer Gewässer. Ungefähr in der Mitte lagen zwei kleine Inseln mit dichtem Gebüsch und ein paar Bäumen. Birkin stieß ab und paddelte ungeschickt auf dem Teich herum. Glücklicherweise trieb das Boot so, daß er einen Weidenzweig zu fassen bekam und es bis an die Insel ziehen konnte.

«Sehr zugewachsen», sagte er und sah weiter hinein, «aber wunderhübsch. Ich komme gleich und hole Sie. Das Boot leckt ein bißchen.» Im Augenblick war er wieder bei ihr und sie stieg in das nasse Boot. «Es wird uns schon tragen», sagte er und paddelte wieder nach der Insel.

Sie legten unter einer Weide an. Ursula scheute zurück vor einem kleinen Dickicht geil wuchernder, übelriechender Pflanzen, Feigwurz und Schierling. Doch er faßte hinein.

«Das mähe ich einmal ab, und dann wird es romantisch hier – ganz wie *Paul et Virginie*.» – «Und entzückende Picknicks à la Watteau kann man hier geben», rief Ursula begeistert.

Ein Schatten zog über sein Gesicht: «Ich danke für Picknicks à la Watteau.» – «Sie wollen bloß Ihre Virginie», lachte sie. – «Ach, Virginie.» Er verzog das Gesicht. «Nein, die brauche ich auch nicht.»

Ursula sah ihn genau an. Seit Breadalby hatte sie ihn nicht wieder gesehen. Er war sehr mager und hohlwangig und leichenblaß im Gesicht.

«Sie sind krank gewesen, nicht wahr?» fragte sie; sein Aussehen stieß sie beinahe ab. «Ja», erwiderte er kühl.

Sie saßen unter der Weide und sahen von ihrer Insel auf den Teich hinaus.

«Haben Sie Angst dabei gehabt?» – «Wovor?» Er wandte die Augen und sah sie an. Etwas Unmenschliches, Krasses in seinem Wesen störte sie und brachte sie aus ihrem Gleichgewicht. – «Es kann einem aber doch angst werden, wenn man sehr krank ist, nicht wahr?» – «Angenehm ist es nicht. Ob man eigentlich Angst vor dem Tode hat, habe ich nie recht herausbekommen. In gewissen Stimmungen gar nicht und dann wieder sehr.» – «Aber haben Sie nicht auch ein Gefühl von Schande dabei? Man schämt sich doch so, wenn man krank ist – Kranksein ist furchtbar erniedrigend, finden Sie nicht?»

Er ließ sich die Worte einen Augenblick durch den Kopf gehen. «Vielleicht. Schließlich ist man sich aber doch immer darüber klar, daß mit dem eigenen Leben etwas von Grund aus nicht stimmt, und das ist das Erniedrigende. Daneben fällt Krankheit gar nicht so sehr ins Gewicht, finde ich. Krank ist man, weil man nicht ordentlich lebt – leben kann. Es will einem nicht glücken mit seinem Leben. Davon wird man krank, und dann schämt man sich.»

«Mißglückt es Ihnen denn wirklich so?» fragte sie halb im Scherz. – «Ja, freilich – es kommt nicht viel dabei heraus. Man stößt sich ja wohl immerfort die Nase an der fensterlosen Mauer, die man vor sich hat.»

Ursula lachte. Er wurde ihr unheimlich, und immer wenn sie bange war, lachte sie und tat sehr übermütig. «Arme Nase!» sagte sie und sah sich seine Nase an. «Kein Wunder, wenn sie nicht hübscher ist.»

Eine Weile lag sie ganz still im Kampf mit ihren Illusionen. Es war ein Bedürfnis ihrer Natur, sich etwas vorzumachen.

«Ich bin aber doch glücklich!» sagte sie dann. «Das Leben macht doch soviel Spaß.» – «Nun also», antwortete er kühl, mit einer gewissen Gleichgültigkeit. Sie holte ein Stück Papier, in dem ein Stückchen Schokolade eingewickelt gewesen war, das sie in ihrer Tasche gefunden hatte, und begann ein kleines Schiff zu machen. Er sah ihr ohne viel Interesse zu. Es lag etwas rührend Zartes in der Bewegung ihrer Fingerspitzen, weil sie gar nicht merkte, wie sie bebten und schmerzten.

«Ich kann mich aber doch freuen – Sie nicht?» fragte sie. – «O doch! Aber es macht mich rasend, daß ich nicht zurechtkommen kann, und gerade mit dem Werdenden in mir. Bei mir ist alles verfitzt und verwickelt und will nicht eben werden. Ich weiß überhaupt nicht, was ich eigentlich tun soll. Man muß doch irgendwo irgendwas tun.» – «Wozu denn immer was tun? Das ist so plebejisch. Viel besser ein richtiger Patrizier sein und nichts tun als einfach nur selbst sein, eine Blume auf zwei Beinen.» – «Ganz richtig für den, der aufgeblüht ist. Aber ich kann und kann die Blume in mir nicht zum Blühen bringen. Entweder ein Pilz, ein Wurm hat sie in der Knospe angenagt, oder sie findet keine Nahrung. Ja, ist es denn überhaupt eine Knospe? Verdammt, ein Knorz ist draus geworden.»

Wieder lachte sie. Er war so schrecklich überreizt und erbittert. Aber sie machte sich Sorgen und wußte nicht recht, was sie antworten sollte. Wie kam man da nur heraus? Es mußte doch irgendwo einen Weg ins Freie geben.

Sie sagten beide nichts mehr, ihr kamen die Tränen. Sie holte sich noch ein Stück von dem Schokoladenpapier und faltete wieder ein Schiffchen.

«Und wie kommt es denn», fragte sie endlich, «daß es im Menschenleben kein Blühen und keine Würde mehr gibt?» – «Weil der ganze Begriff leer geworden und die Menschheit abgestorben ist wie ein Baum. Myriaden von Menschenwesen hängen an den Zweigen – hübsch und rosig sehen sie aus, all die blühenden jungen Männer und Frauen. Aber in Wirklichkeit sind es Sodomsäpfel, die in Staub zerfallen, sobald man sie abpflückt, Galläpfel, nichts weiter. Es ist wahrhaftig nichts Wesentliches an ihnen – innen sind sie voll schlechter, bitterer Asche.»

«Aber es gibt doch gute Menschen», wehrte sich Ursula. – «Gut für das heutige Leben. Doch die Menschheit ist ein toter Baum und die Menschen hübsche, glänzende Galläpfel.»

Ursula konnte nicht anders, als sich dagegen auflehnen, all das war ihr zu sehr Bild, zu lückenlos. Weitersprechen sollte er aber doch, auch daran ließ sich jetzt nichts mehr ändern.

«Und wenn das so ist, warum denn?» fragte sie kampflustig. Sie stachelten sich gegenseitig an zu immer schärferem und wilderem Widerspruch. – «Warum? Ja, warum sind die Menschen nichts als Hülsen voll bitterem Staub? Weil sie nicht vom Baum fallen wollen, wenn sie reif sind. Sie kleben an ihrem Platz, wenn die Zeit längst vorüber ist, bis sie mulmig werden und kleine Würmer sie anfressen.»

Lange Zeit wurde kein Wort mehr gesagt. Seine Stimme war hitzig und sehr scharf geworden. Ursula war bekümmert und verwirrt. Beide hatten alles ringsum vergessen und waren in sich versunken.

«Und wenn nun wirklich jedermann im Unrecht ist, wie können Sie dann im Recht sein?» fuhr sie plötzlich auf. «Inwiefern sind Sie denn besser?» – «Ich? Überhaupt nicht. Oder doch nur insofern, als mir das klar ist. Was ich äußerlich bin, ist mir verhaßt, ich hasse mich selbst als menschliches Wesen. Die Menschheit ist eine riesige Massenlüge, und eine Riesenlüge ist weniger als eine kleine Wahrheit. Darum ist es die Gesamtheit weniger, unendlich weniger als das Individuum, weil das Individuum hin und wieder der Wahrheit fähig sein kann, aber die Menschheit ein Baum der Lüge ist. Sie sagen: Liebe ist die größte, und sagen es immer wieder, die gemeinen Lügner. Und was tun sie? Sehen Sie sich doch all die Millionen Menschen an, die jede Minute wiederholen: Liebe ist die größte, Barmherzigkeit ist größer als alles – was tun sie denn? An ihren Werken sollt ihr sie erkennen, als schmutzige Lügner und Feiglinge, die nicht einmal den Mut haben, zu ihren eigenen Handlungen zu stehen, und noch viel weniger zu den eigenen Worten.»

«Aber», sagte Ursula traurig, «das ändert doch nichts daran, daß die Liebe die größte ist? Was sie tun, kann doch wohl die Wahrheit dessen, was sie sagen, nicht antasten?» – «Doch, umstoßen. Denn wenn ihre Worte wahr wären, so könnten sie nicht anders, als danach tun. Aber sie halten eine Lüge aufrecht und kommen darum zuletzt im eigenen blinden Eifer um. Das Wort lügt, das behauptet: Die Liebe ist die größte. Ebensogut kann man sagen, daß Haß der größte ist, denn alles hält seinem Gegenteil die Waage. Was die Leute wollen, ist Haß, und sie haben ihn auch im Namen der Redlichkeit und der Liebe. Aus lauter Liebe sprengen sie sich gegenseitig mit Nitroglyzerin in die Luft. Die Lüge tötet. Wenn wir Haß wollen, dann her damit – Tod, Mord, Folter, Gewalt und Zerstörung –, nur immer her; aber nicht im Namen der Liebe. Ich hasse die Menschheit, ich wollte, sie würde weggefegt. Sie könnte verschwinden, es wäre kein wesentlicher Verlust, wenn alle Menschen morgen tot wären. Das Wirkliche bliebe unberührt. Es wäre sogar besser so. Der echte Baum des Lebens hätte dann die grausig schwere Last all der Sodomsäpfel abgeworfen und wäre frei von der unerträglichen Bürde von Myriaden von Menschenpuppen, von Lüge und von Tod.»

«Ihnen wäre also am liebsten, wenn alle Menschen auf der Welt ausgerottet würden?» – «Allerdings, das möchte ich.» – «Eine menschenleere Welt?» – «Jawohl. Und Sie?... Finden Sie den Gedanken denn nicht auch wundervoll sauber – eine menschenleere Welt und weit und breit nichts als Gras, und ein Häslein darin, das Männchen macht?»

Der schöne, echte Klang in seiner Stimme ließ Ursula innehalten und ihren eigenen Gedanken ins Auge fassen. Ja doch, sie hatte viel Hübsches, die reinliche, liebliche, menschenleere Welt. Es war schon ein lieber Gedanke. Ihr Herz zauderte ein wenig und freute sich schließlich daran. Doch mit ihm war sie immer noch unzufrieden.

«Aber dann wären Sie ja selber tot und hätten nichts mehr davon», wandte sie ein. – «Ich möchte auf der Stelle sterben, wenn ich wüßte, die Erde würde wirklich von den Menschen gesäubert. Das ist mir der schönste und freieste Gedanke. Dann würde nie wieder eine neue Menschheit geschaffen, zu neuer Besudelung des Alls.»

«Nein. Dann wäre nichts mehr da.» – «Was? Nichts? Nur weil die Menschheit weggewischt wäre? Sie denken zu hoch von sich. Alles wäre dann da.» – «Aber wie denn, wenn es keine Menschen gibt?» – «Meinen Sie etwa, die Schöpfung hinge von den Menschen ab? Nie und nimmermehr. Denken Sie doch an die Bäume und das Gras und die Vögel! Ich denke mir die Lerche in der Frühe tausendmal lieber über einer menschenleeren Welt. Der Mensch ist ein Mißgriff, er muß weg. Das Gras ist ja da und die Hasen und die Schlangen und die himmlischen Heerscharen, richtige Engel, die frei umherwandeln, wenn keine schmutzige Menschheit sie mehr stört – und gute, echte Teufel: das wäre doch schön.»

Ursula hörte gern, was er sagte, ihr gefiel das heitere Phantasiebild. Weiter war es natürlich nichts. Sie kannte die gemeine menschliche Wirklichkeit zu gut und wußte, daß sie nicht so sauber und anständig verschwinden konnte. Ein langer Weg lag noch vor den Menschen, lang und scheußlich. Ihre dämonisch feine Frauenseele wußte das genau.

«Wenn nur der Mensch vom Angesicht der Erde vertilgt wäre, die Schöpfung schritte so wunderbar voran zu einem neuen Anfang ohne ihn. Der Mensch ist einer von den Mißgriffen der Schöpfung – wie der

Ichthyosaurus. Wäre der Mensch nur erst wieder weg, denken Sie doch, was für liebliche Dinge dann aus den befreiten Tagen hervorgehen könnten – frisch aus dem Feuer.» – «Der Mensch verschwindet aber nie», sagte sie. Sie hatte ein heimlich teuflisches Wissen von den Schrekken der Dauer. «Mit ihm geht auch die Welt zugrunde.»

«Nein, nein, das nicht. Ich glaube an die stolzen Engel und an die Teufel, die vor uns waren. Uns werden sie vernichten, weil wir nicht stolz genug sind. Der Ichthyosaurus war nicht stolz: er kroch und zappelte im Sumpf wie wir. Sehen Sie sich den Flieder und die Glockenblumen an – das sind die Zeichen dafür, daß eine reine Schöpfung im Gange ist –, ja selbst die Schmetterlinge. Doch die Menschheit kommt nie über den Raupenstand hinaus – sie fault in der Puppe, ihr wachsen niemals Flügel. Wider-Schöpfung ist sie, wie die Affen und Paviane.»

Ursula beobachtete ihn, während er redete. Sie sah da immerfort ein zorniges Rasen und am Ende doch ein großes Lächeln und Gewährenlassen. Und dem Gewährenlassen mißtraute sie, nicht dem Zorn. Es wurde ihr klar, daß er sich selbst zum Trotz doch immer versuchen mußte, die Welt zu retten. Und wenn die Erkenntnis auch ihrem Herzen ein bißchen Genugtuung und Sicherheit zum Trost gab, so füllte sie sie doch eigentlich mit bitterer Verachtung, ja mit Haß. Sie wollte ihn für sich haben, von dem Schuß Salvator Mundi in ihm wollte sie nichts wissen. Er hatte einen Zug ins Unpersönliche, Allgemeine, den sie nicht ertrug. Jedem andern gegenüber hätte er sich ebenso betragen und die gleichen Worte gesprochen, jedem, der des Weges kam, sich genauso rückhaltlos gegeben, jedem Beliebigen, dem es eingefallen wäre, sich an ihn zu wenden. Das war kläglich, eine ganz feige Art, sich gemein zu machen.

«Aber Sie glauben doch an die Liebe des einzelnen Menschen», sagte sie, «wenn Sie auch die liebende Menschheit leugnen?» – «Ich glaube überhaupt nicht an Liebe – das heißt ebensowenig, wie ich an Haß oder an Kummer glaube. Liebe ist ein Gefühl wie all die andern auch – schön und gut, solange man es fühlt. Aber ich kann nicht einsehen, wie daraus ein Absolutes werden soll. Liebe ist ein Bestandteil menschlicher Beziehungen und mehr nicht. Ein Bestandteil jeder menschlichen Beziehung. Warum man sie immerfort empfinden soll, will mir nicht in den Sinn, ebensowenig, wie man immerfort traurig sein oder sich grundlos freuen kann. Liebe ist keine Forderung – sondern ein Gefühl, das man je nach den Umständen hat oder nicht hat.»

«Was fragen Sie dann überhaupt nach Menschen, wenn Sie nicht an Liebe glauben? Warum machen Sie sich dann noch Gedanken um die Menschheit?» – «Ja, warum! Weil ich davon nicht loskomme.» – «Weil Sie sie liebhaben», beharrte sie.

Er ärgerte sich. «Wenn ich sie liebhabe, so ist das meine Krankheit.» – «Eine Krankheit, von der Sie nicht geheilt sein möchten.» Es klang kalt und höhnisch.

Da schwieg er, er fühlte, daß sie ihn kränken wollte.

«Und wenn Sie nicht an Liebe glauben, woran glauben Sie dann? Bloß an das Ende der Welt und an Gras?» Allmählich begriff er, daß sie ihn foppte. «Ich glaube an die himmlischen Heerscharen», sagte er. – «Und das ist alles? An nichts Sichtbares als an Gras und Vögel? Sie können aber nicht viel Staat mit Ihrer Welt machen.» – «Möglich», sagte er kühl und überlegen. Sie hatte ihn beleidigt. Er hüllte sich in eine unerträglich ferne Überlegenheit und zog sich in seine Einsamkeit zurück.

Ursula fand ihn unausstehlich und fühlte doch, daß sie etwas verloren hatte. Sie sah ihn an, wie er da am Ufer hockte. Er hatte etwas Schulmeisterliches, einen Zug von anmaßender Unnatur, der recht abstoßend war, und war doch körperlich so voll Nerv und Reiz. Ihn anzusehen, gab ihr ein großes Gefühl von Freiheit: die Linie der Brauen, das Kinn, die ganze Erscheinung hatte etwas unsäglich Lebendiges, trotz seines elenden Aussehens.

Und der Zwiespalt des Gefühls, in der er sie stürzte, ließ einen ganz feinen Haß in ihr aufzucken. Einerseits dies wundervolle, hurtig strömende Leben, die seltene Gabe, im höchsten Grade anzuziehen; und andererseits die lächerliche Art, wie das alles verwischt war zu einem Salvator Mundi und Sonntagsschullehrer, einem eingebildeten Pedanten steifster Sorte.

Er blickte zu ihr auf und sah ihre Züge seltsam leuchten, wie durchglüht von mächtig sanftem Feuer, und seine Seele erschrak vor dem Wunder. An ihrem eigenen lebendigen Feuer hatte sie sich entzündet. Atemlos vor Staunen und rein und völlig angezogen, machte er eine Bewegung zu ihr hin. Sie saß da wie eine fremde Königin, fast überirdisch glühend und lächelnd in der Fülle ihres Lebens.

Er faßte sich rasch. «Mit der Liebe ist es so: wir hassen das Wort, weil wir es gemein gemacht haben. Es müßte auf Jahre hinaus verboten sein, ein heiliger Name, den auszusprechen Fluch bringt, bis uns ein neuerer und schönerer Begriff dafür aufgeht.» Sie hatten einander verstanden.

«Und doch hat es immer den gleichen Sinn», beharrte sie. – «Nein, um Gottes willen, von nun an nicht mehr. Was sollen uns die alten Begriffe!» – «Und doch ist es Liebe.» Ein eigentümlich böses gelbes Licht schien ihn aus ihren Augen an.

Er stockte, weil sie andere Wege ging als er, und zog sich zurück.

«Nein. In dem Ton nie im Leben. Sie haben kein Recht, das Wort auszusprechen.» – «Ich muß Ihnen überlassen, es im rechten Augenblick wieder aus der Bundeslade herauszuholen», neckte sie.

Wieder sahen sie einander an. Plötzlich sprang sie auf, wandte ihm den Rücken und ging. Da stand auch er langsam auf und ging bis ans Wasser, kauerte nieder und fing unbewußt an zu spielen. Er pflückte ein Gänseblümchen und ließ es in den Teich fallen, der Stengel war der Kiel, und die Blume schwamm wie eine kleine Wasserrose auf dem dunklen Spiegel und schaute mit offenem Auge in den Himmel hinauf.

Langsam drehte sie sich herum, wie in ganz langsamem Derwischtanz, bis sie verschwand.

Er sah ihr nach und ließ noch ein Gänseblümchen ins Wasser fallen und dann noch eins. Er hockte ganz nahe am Wasser und folgte ihnen mit dem hellen, befreiten Blick. Ursula wandte sich um, um zu sehen, was er machte. Sie hatte ein eigentümliches Gefühl, als geschähe etwas, und konnte doch nichts fassen und begreifen. Sie war nicht mehr frei wie sonst, ihr war, als ob ein Auge auf ihr ruhte. Sie konnte sich nicht klar darüber werden. Sie sah nur, wie die leuchtenden kleinen Blumenscheiben sich auf ihrer Reise über das dunkel glänzende Wasser langsam drehten und drehten. Die kleine Flotte trieb ins Sonnenlicht und sah in der Ferne aus wie eine Schar weißer Tupfen.

«Ach, lassen Sie uns ihnen nachfahren ans Land!» Sie fürchtete sich davor, noch länger auf der Insel eingesperrt zu bleiben. So stiegen sie ins Boot und stießen ab.

Sie war froh, ihre Freiheit wieder zu haben, und ging am Ufer entlang nach der Schleuse. Die Gänseblümchen waren weit über den Teich verstreut, lauter strahlende Pünktchen, hier eins und da eins, wie kleine Funken Seligkeit. Was gingen sie ihr denn so geheimnisvoll tief zu Herzen?

«Sehen Sie», sagte er, «ihr purpurnes Papierboot ist das Geleitschiff, und die Blumen sind die Flöße.»

Ein paar Gänseblümchen schwammen langsam auf sie zu, hielten inne und tanzten eine schüchterne kleine Quadrille auf dem klaren, dunklen Wasser. Ihre fröhliche weiße Unschuld rührte sich beinahe zu Tränen.

«Sie sind doch unglaublich süß und lieb! Warum nur?» – «Niedliche Blumen», sagte er. Ihre Rührung machte ihn befangen.

«Sie wissen doch, ein Gänseblümchen ist eine Gesellschaft von winzigen Blüten, eine Vereinigung, die Individuum geworden ist. Stellen die Botaniker sie nicht in der Entwicklung zu oberst? Mir ist so.» – «Die Kompositen, ja, ich glaube...» Ursula war ihrer Sache nie sehr sicher. Dinge, die sie in einem Augenblick genau wußte, wurden ihr im nächsten schon zweifelhaft.

«Dann erklären wir es so: Das Gänseblümchen ist eine vollkommene kleine Demokratie, also die erste unter den Blumen, und daher ist sie so reizend.» – «Nein, unmöglich. Demokratisch sind die nicht.» – «Vielleicht eher das Proletariat, der goldene Pöbel, umgeben von dem protzigen weißen Gitter der reichen Nichtstuer.» – «Ach, Sie und Ihre gräßlichen Gesellschaftsordnungen!» – «Sie haben ganz recht! Ein Gänseblümchen ist es – dabei wollen wir es lassen.» – «Ach ja, dies eine Mal lassen Sie ihm sein Geheimnis – wenn Sie überhaupt noch Geheimnis ertragen können», setzte sie spottend hinzu.

Sie standen jeder für sich, selbstvergessen, wie vor den Kopf geschlagen. Der kleine Streit hatte ihr Bewußtsein entzweigerissen, und nun standen sie wie betäubt da, zwei anonyme Kräfte, die aufeinander geprallt waren.

Auf einmal kam er zu sich. Er wollte etwas sagen, um eine neue, banalere Beziehung herzustellen.

«Wissen Sie eigentlich, daß ich hier in der Mühle ein paar Zimmer gemietet habe? Da könnten wir uns doch hin und wieder einmal sehen, nicht wahr?» – «So, Sie ziehen hierher?» Sie wollte den vertrauteren Ton nicht hören, den er anschlug, als hätte sie ihm durch ihr Verhalten dazu Vollmacht gegeben.

Er paßte sich sofort an und war wieder förmlich wie bisher.

«Wenn sich herausstellt, daß ich von meinem Eigenen leben kann, gebe ich meinen Beruf ganz auf. Er sagt mir nichts mehr. Ich glaube nicht an die Menschheit, in die ich mich durch mein Amt einordne; die gesellschaftlichen Ideale, denen ich mein Gehalt verdanke, sind mir keinen Pfifferling wert; ich hasse den sterbenden Organismus der menschlichen Gesellschaft – so ist es also der reine Betrug, wenn ich in Erziehungssachen mitarbeite. Sobald ich mir klar genug darüber bin, trete ich aus – vielleicht schon morgen –, und ich bin mein eigener Herr.»

«Haben Sie denn genug zu leben?» – «Ja – etwa vierhundert Pfund im Jahr. Das macht mir meinen Entschluß leicht.»

Schweigen. «Und Hermione?» fragte Ursula. – «Das ist vorbei, endgültig – ein reiner Fehlschlag, und hätte auch nie etwas anderes werden können.» – «Aber Sie sehen sich noch?» – «Wir können wohl kaum so tun, als kennten wir uns nicht, oder meinen Sie doch?» Eigensinniges Schweigen.

«Ist das so nicht eine halbe Geschichte?» fragte sie schließlich. – «Ich glaube nicht. Und wenn, dann können Sie es mir ja sagen.»

Wieder sagten sie eine Weile nichts. Er dachte nach.

«Alles muß man wegwerfen, alles – alles fahrenlassen, wenn man das eine Höchste haben will, das man braucht.» – «Was denn?» warf sie ihm hin. – «Ich weiß nicht . . . Freiheit zu zweien.» Sie hatte gewollt, er sollte «Liebe» sagen.

Unten schlugen die Hunde an. Anscheinend paßte ihm das nicht. Sie hörte nichts, es kam ihr nur vor, als würde er unruhig.

«Hören Sie?» sagte er ziemlich kleinlaut. «Ich glaube, jetzt kommen Hermione und Gerald Crich. Sie wollte die Zimmer gern sehen, ehe sie eingerichtet sind.» – «Natürlich, sie will das Einrichten für Sie in die Hand nehmen.» – «Wahrscheinlich. Ist das schlimm?» – «Nein, wieso? Ich glaube nicht. Persönlich kann ich sie freilich nicht leiden, das stimmt. Für mich ist sie eine Lüge, wenn Sie so wollen. Sie reden doch immer von Lügen.» Einen Augenblick besann sie sich und brach dann los: «Doch, ich habe was dagegen, daß sie Ihre Zimmer einrichtet – und wie viel! Es paßt mir nicht, daß Sie überhaupt noch etwas mit ihr zu tun haben.»

Da schwieg er und runzelte die Stirn.

«Vielleicht haben Sie recht. Ich will ja gar nicht, daß sie mir die Zimmer einrichtet – ich habe auch nichts mehr mit ihr zu tun. Aber grob brauche ich doch nicht mit ihr zu sein, nicht wahr? Jedenfalls muß ich jetzt zu ihnen hinunter. Sie kommen doch mit?» – «Ich glaube nicht», sagte sie kalt und unschlüssig. – «Nein? Ach doch! Kommen Sie mit und sehen Sie sich auch die Zimmer an. Bitte!»

12

Ein Teppich

Er ging am Ufer entlang, und sie folgte widerstrebend. Sie wollte doch lieber dabei sein.

«Wir kennen uns schon ganz gut, wir beide», sagte er. Sie gab keine Antwort.

In der großen dämmerigen Küche des Mühlenhauses redete die Bergmannsfrau laut mit Hermione und Gerald. Die beiden leuchteten förmlich im Zwielicht, er war in Weiß und sie in bläulich schillerndem Foulard. In die Unterhaltung hinein sangen von der Wand her ein Dutzend oder noch mehr Kanarienvögel aus voller Kehle. Die Käfige standen rings um ein kleines quadratisches Fenster in der Rückwand, das die Sonne einließ, einen wunderschönen Strahl, der durch grüne Blätter hereinsickerte. Mrs. Salmons Stimme gellte in den lauten Vogelgesang hinein, die Vögel antworteten immer voller und triumphierender, die Frau tat, was sie konnte, um sie zu überschreien, und die Vögel wurden schließlich ganz wild.

«Da kommt Rupert!» rief Gerald in das Getöse hinein, das ihm höchst unangenehm war. Er hatte empfindliche Ohren.

«Oha, diese Vögel, da kann ja kein Mensch gegen an!» schrie die Arbeiterfrau entrüstet. «Jetzt deck ich da aber was über.» Und dabei schoß sie nach rechts und nach links und warf ein Staubtuch, eine Schürze, ein Handtuch, ein Tischtuch über die Käfige. «Nun werdet ihr wohl den Schnabel halten und einen auch mal reden lassen», sagte sie immer noch reichlich laut.

Die andern sahen ihr zu. Die Käfige waren schnell zugedeckt und sahen merkwürdig nach Begräbnis aus. Doch unter den Tüchern wirbelte es noch immer trotzig hervor in komischen Trillern und Glucksern.

«Die hören bald auf», beruhigte Mrs. Salmon. «Die schlafen gleich.» – «Nein, wirklich?» sagte Hermione höflich.

«Sie werden sehen», sagte Gerald. «Die schlafen ganz automatisch ein, wenn man künstlich Abend macht.» – «So leicht lassen sie sich etwas vormachen?» fragte Ursula. – «O ja. Kennen Sie nicht die Geschichte von Fabre, der als Junge einmal einer Henne den Kopf unter den Flügel

gesteckt hat, und sie schlief auf der Stelle ein? So ist es tatsächlich.» –
«Und daraufhin ist er Naturforscher geworden?» fragte Birkin. –
«Wahrscheinlich.»

Indes sah Ursula unter eins der Tücher. Da saß der Kanarienvogel
mit aufgeplusterten Federn zum Schlafen in eine Ecke gekuschelt. «Ist
das drollig! Der glaubt wirklich, nun wäre es Nacht. Zu dumm! Wie
kann man sich für ein Tier begeistern, das sich so leicht anführen läßt.»
– «Ja, wie kann man nur», flötete Hermione und wollte auch sehen. Sie
legte die Hand auf Ursulas Arm und kicherte leise in sich hinein. «Sieht
er nicht zu komisch aus? Wie ein dummer Ehemann.»

Sie ließ Ursulas Arm nicht los, zog sie vom Käfig weg und sagte in ihrem milden Singsang: «Wie kommen Sie eigentlich hierher? Gudrun
haben wir nicht gesehen.» – «Ich wollte an den Teich, und da habe ich
Mr. Birkin getroffen.» – «Ach, wirklich? Die Gegend hier haben die
Brangwens wohl ganz für sich, wie?» – «Das hatte ich wohl beinahe
auch gemeint. Ich wollte mich hier verstecken, und da sah ich Sie unten
am Teich, als Sie gerade zur Mühle gehen wollten.» – «So? Und nun
haben wir Sie aufgestöbert.»

Hermione schlug fast unheimlich lustig die Augen auf. Sie hatte immer noch den entrückten Ausdruck im Gesicht und sah überreizt aus,
unnatürlich, als hätte sie sich nicht in der Gewalt.

«Ich wollte weitergehen. Aber Mr. Birkin meinte, ich sollte mit Ihnen
die Zimmer ansehen. Eine entzückende Wohnung, nicht? Ganz wunderschön.» – «Ja», sagte Hermione geistesabwesend. Dann wandte sie sich
stracks von Ursula weg und tat, als wäre sie nicht mehr da.

«Wie fühlst du dich, Rupert?» flötete sie liebevoll in ganz anderem
Ton. – «Sehr gut.» – «Hast du es auch gut gehabt?» Ihr Gesicht trug
den unheimlichen, entrückten Ausdruck, ihre Brust zuckte krampfhaft,
sie war wie halb in Trance. «Sehr gut», antwortete er. Dann kam eine
lange Pause, Hermione sah ihn unablässig aus den schweren, förmlich
gelähmten Augenlidern an.

«Und du meinst, du wirst dich hier glücklich fühlen?» – «Sicher.» –
«Man tut denn ja auch, was man kann», sagte die Bergmannsfrau. «Und
mein Alter auch, da können Sie sich drauf verlassen. Der Herr wird sich
schon gemütlich fühlen.»

Hermione drehte sich um und schlug langsam die Augen zu ihr auf.

«Ich bin Ihnen so dankbar.» Dann wandte sie sich von ihr weg. Sie
hatte ihre Haltung wieder, richtete das Gesicht zu Birkin empor und redete nun ausschließlich mit ihm: «Hast du die Maße genommen?» –
«Nein. Ich habe das Boot ausgebessert.» – «Wollen wir es jetzt machen?» sagte sie langsam und sehr gelassen. «Haben Sie wohl ein Maß-
band, Mrs. Salmon?» fragte er die Frau. «Doch, ich glaube, ich kann
dem Herrn eins geben.» Sie sah eilig in einem Korb nach. «Dies ist unser einzigstes, das wir haben, das wird wohl reichen.» Sie gab es Birkin,
aber Hermione nahm es.

«Tausend Dank, das geht wundervoll. Tausend Dank!» Dann wandte sie sich mit einer fröhlichen kleinen Bewegung zu Birkin: «Wollen wir jetzt, Rupert?» – «Und die andern? Für die ist das sehr langweilig.» Er widerstrebte. «Haben Sie etwas dagegen?» fragte Hermione und sah ungefähr in die Richtung, wo Ursula und Gerald standen. – «Nicht das geringste.»

«Wo fangen wir an?» wandte sie sich wieder fröhlich an Birkin. Sie durfte ja etwas für ihn tun. – «Wir gehen der Reihe nach.»

«Soll ich den Herrschaften in der Zeit Tee aufsetzen?» sagte die Arbeiterfrau und war auch froh, daß sie etwas zu tun hatte. – «Wollen Sie so gut sein?» Hermione kam ihr mit eigentümlich vertraulicher Bewegung nahe, ungefähr, als wollte sie sie umarmen und an ihre Brust ziehen. Die andern blieben alle abseits. «Das wäre zu nett. Wo trinken wir denn?»

«Wohin wollen Sie es haben? Hier drinnen oder lieber draußen auf dem Rasen?» – «Wo wollen wir Tee trinken?» flötete Hermione, zur ganzen Gesellschaft gewandt. «Am Teich. Wir bringen schon alles hinaus, wenn Sie es uns nur zurechtsetzen möchten, Mrs. Salmon», sagte Birkin. – «Jawohl.» Die Frau war ganz zufrieden damit. Dann gingen sie über den Flur in das Vorderzimmer. Es war leer, aber sauber und hell, und hatte ein Fenster nach dem verwilderten Vordergarten.

«Hier sind wir im Eßzimmer», sagte Hermione. «Komm, Rupert, wir messen so herum – du mußt dahin gehen.» – «Soll ich?» Gerald wollte das Ende des Maßbandes anfassen. «O nein, danke!» Hermione bückte sich in ihrem bläulich glänzenden Foulardkleid bis auf den Fußboden. Es machte ihr große Freude, etwas zu tun zu haben und Birkins Angelegenheiten in die Hand zu nehmen. Er gehorchte ergeben. Ursula und Gerald sahen zu. Es war eine Eigenheit Hermiones, daß sie in jedem Augenblick einen Intimus haben mußte und alle andern solange zusehen ließ. So blieb sie immer die Herrin.

Sie waren noch im Eßzimmer beim Ausmessen und Besprechen, und Hermione bestimmte, was für ein Teppich hineingehörte. Wenn jemand anderer Meinung war als sie, stieß er bei ihr immer auf eigentümlich krampfhaften Unwillen. Birkin gab ihr deshalb im Augenblick jedesmal nach.

Dann gingen sie über die Diele in das andere Vorderzimmer, das etwas kleiner als das erste war. «Hier ist das Arbeitszimmer», sagte Hermione. «Rupert, ich habe einen Teppich, den mußt du hierher legen. Darf ich ihn dir schenken? Ach bitte, ich möchte es so gern.» – «Wie sieht er aus?» fragte er unliebenswürdig. – «Du kennst ihn nicht. In der Hauptsache rosenrot und dann blau, ein metallisches Mittelblau und ein sehr weiches Dunkelblau. Ich glaube, er wird dir gefallen. Meinst du nicht?» – «Das kann sehr hübsch sein. Was ist es denn? Ein Orientteppich? Langhaarig?» – «Ja. Ein Perser. Kamelhaar mit Seidenglanz. Ich glaube, die Sorte nennt sich Bergamos – zwölf zu sieben Fuß. Glaubst du, er paßt?» – «Passen würde er schon. Aber warum willst du mir einen kostbaren Teppich schenken? Ich kann mich sehr gut mit meinem alten türkischen aus Oxford behelfen.»

«Darf ich ihn dir denn nicht schenken? Laß mich doch.» – «Wieviel hat er gekostet?» Sie sah ihn an: «Ich weiß nicht mehr. Er war sehr billig.»

Er sah ihr fest ins Gesicht. «Ich will ihn nicht, Hermione.» – «So laß mich ihn der Wohnung schenken!» Sie trat zu ihm und legte leise bittend die Hand auf seinen Arm. «Ich hatte mich so darauf gefreut.» – «Du weißt doch, ich will es nicht haben, daß du mir immerfort alles mögliche schenkst», wiederholte er hilflos. – «Ich will dir ja auch nicht immerfort alles mögliche schenken», quälte sie. «Aber dies eine kannst du doch nehmen.» – «Also schön.» Er war geschlagen. Sie triumphierte.

Dann gingen sie nach oben, dort lagen den unteren Räumen entsprechend zwei Schlafzimmer, von denen das eine notdürftig eingerichtet war. Birkin hatte offenbar darin übernachtet. Hermione ging aufmerksam hindurch und merkte sich jede Kleinigkeit, als wollte sie all den toten Sachen ein Zeugnis von seiner Gegenwart ablauschen. Sie befühlte das Bett und untersuchte die Decken.

«Liegst du auch ganz gewiß bequem?» Sie prüfte das Kissen. «Ausgezeichnet», antwortete er kalt. – «Und ist es dir warm genug? Da ist ja keine Daunendecke. Du brauchst doch sicher eine, du darfst nicht unter so schweren Decken liegen.» – «Ich habe eine. Sie kommt in den nächsten Tagen.»

Sie maßen die Zimmer aus und hielten sich lange bei jeder Kleinigkeit auf, die zu bedenken war.

Ursula stand am Fenster und sah, wie die Frau mit dem Teegeschirr hinauf zum Teich ging. Hermiones Gerede war ihr zuwider, sie wollte Tee trinken, alles andere, nur nicht diese geschäftige Wichtigkeit.

Schließlich gingen sie alle zusammen das grasbewachsene Ufer aufwärts zum Picknick. Hermione schenkte den Tee ein, sie tat jetzt, als wäre Ursula überhaupt nicht da. Ursula aber, die ihre Mißstimmung überwunden hatte, wandte sich an Gerald: «Neulich fand ich Sie schrecklich, Mr. Crich.» – «Weshalb?» Gerald zog ein bißchen zurück. – «Weil Sie Ihr Pferd so mißhandelt haben. Oh, ich habe Sie gehaßt!» – «Was hat er gemacht?» flötete Hermione. – «Er hat seinen Araberfuchs, ein entzückendes nervöses Tier, gezwungen, vor der Bahnsperre stehenzubleiben, während eine ganz furchtbare Menge Loren vorbeiratterte. Das arme Tier war ganz außer Rand und Band vor Todesangst. Es war scheußlich mit anzusehen.»

«Warum haben Sie das getan, Gerald?» forschte Hermione ihn ganz ruhig aus. – «Der Fuchs muß stehen können; was habe ich denn in dieser Gegend von ihm, wenn er bei jedem Lokomotivenpfiff scheut und ausbricht?» – «Aber wozu ihn unnötig quälen?» sagte Ursula. «Wozu ihn die ganze Zeit vor der Schranke stehen lassen? Sie hätten ebensogut ein Stück auf der Landstraße zurückreiten können und ihm all das Grausen ersparen. Die Flanken bluteten ja, wo Sie ihm die Sporen gegeben hatten. Es war zu entsetzlich ...!»

Gerald wurde eigensinnig. «Ich soll ihn reiten. Und wenn ich mich überhaupt auf ihn verlassen soll, muß er lernen, Geräusche auszuhalten.» – «Warum denn?» rief Ursula aufgebracht. «Das Pferd ist doch ein lebendiges Wesen, ich sehe nicht ein, daß es irgend etwas aushalten muß, bloß weil es Ihnen so paßt? Es hat ebensoviel Recht auf seine eigene Art wie Sie auf Ihre.» – «Da bin ich andrer Meinung. Ich finde, das Pferd ist für mich da. Nicht weil ich es gekauft habe, sondern weil das die natürliche Ordnung der Dinge ist. Der Mensch nimmt sich ein Pferd und macht damit, was er will. Er fällt nicht vor ihm auf die Knie und bittet: es möchte nur ja tun, was ihm Spaß macht, und sein fabelhaftes Eigenleben leben.»

Ursula wollte eben losbrechen, da richtete Hermione das Gesicht aufwärts und begann in gedankenvollem Singsang: «Ja doch, ich glaube wirklich und wahrhaftig, wir müssen den Mut haben, den Mut, sage ich, das niedere tierische Leben nach unsern Bedürfnissen zu benutzen. Ich finde doch, es ist etwas Falsches daran, wenn wir jedes lebende Wesen so betrachten, als wäre es wie wir. Nach meiner Überzeugung ist es verkehrt, unsere eigenen Gefühle in jedes Lebewesen hineinzulegen. Das beruht auf einem Mangel an Unterscheidung, an Kritik.» – «Sehr richtig», sagte Birkin scharf. «Nichts ist so widerwärtig als die sentimentale Art, den Tieren menschliches Gefühl und Bewußtsein zuzuschreiben.» – «Ja», meinte Hermione müde, «wir müssen wirklich Stellung nehmen. Entweder wir gebrauchen die Tiere, oder sie gebrauchen uns.»

«Das stimmt», sagte Gerald. «Das Pferd hat seinen Willen wie der Mensch, wenn es auch eigentlich keinen Verstand hat. Und wenn mein Wille nicht Herr ist, dann ist das Pferd Herr über mich. Das ist nun einmal so, dafür kann ich nichts. Ich muß eben der Herr sein.»

«Wenn wir nur lernen wollten, unsern Willen zu gebrauchen», sagte Hermione, «dann könnten wir alles. Der Wille kann alles heilen und in Ordnung bringen. Davon bin ich überzeugt – wenn wir ihn nur richtig und verständig anwenden.» – «Was verstehst du darunter – den Willen richtig anwenden?» fragte Birkin.

«Das habe ich von einem ganz großen Arzt gelernt.» Es klang ungefähr, als redete sie Ursula und Gerald an. «Er sagte mir zum Beispiel, eine schlechte Angewohnheit könnte man dadurch heilen, daß man sich zwänge, ihr in einem Augenblick nachzugehen, wo man es lieber nicht täte – mit Willen tun, was man lernen wollte, zu unterlassen –, dann würde man frei davon.» – «Wie meinen Sie das?» fragte Gerald. – «Zum Beispiel wenn man Nägel kaut, soll man es tun, wenn man keine Lust dazu hat, dann sich dazu zwingen – und man wird es sich bestimmt abgewöhnen.» – «Ob das wirklich so ist?» – «Ja. In wie vielen Fällen habe ich mich erst selbst zurechtgerückt. Ich war ein sehr eigenartiges und nervöses Mädchen. Aber dann habe ich meinen Willen gebrauchen lernen und ihn einfach richtig angewandt, und dadurch habe ich mich in Ordnung gebracht.»

Während Hermione mit ihrer langsamen, ruhigen und trotzdem eigentümlich gespannten Stimme redete, sah Ursula sie unverwandt an, und es durchfuhr sie sonderbar. Eine fremde, finstere, krampfhafte Gewalt war in Hermione, die zugleich fesselte und abstieß.

«Seinen Willen so gebrauchen, führt zu nichts Gutem», sagte Birkin mit harter Stimme. «Das ist ekelhaft. Ein solcher Wille ist eine Unanständigkeit.»

Hermione sah ihn mit den schweren, verhängten Augen lange an. Ihr Gesicht war milde und sehr blaß und eingefallen, es phosphoreszierte förmlich. «Das glaube ich sicher nicht», sagte sie schließlich. Immer meinte man einen Abstand, eine merkwürdige Kluft zu empfinden zwischen ihren Gefühlen und inneren Erlebnissen und dem, was sie dann tatsächlich sagte und dachte. Es war, als haschte sie die Gedanken erst ganz zuletzt oben auf dem Strudel von schwarzen, verworrenen Gefühlen und Reaktionen, der in ihr brodelte, und Birkin sah mit fortwährendem Widerwillen, wie unfehlbar sie sie doch immer faßte. Ihr Wille ließ sie niemals im Stich. Und dabei schauderte sie vor Übelkeit, einer Art Seekrankheit, die ihren Geist immerfort herunterzureißen drohte. Aber er blieb ungebrochen, und der Wille wankte nicht. Es machte Birkin nahezu verrückt. Doch konnte er nie und nimmermehr wagen, den Willen zu brechen und den Strudel des Unbewußten in ihr zu entfesseln, nie durfte er sie in ihrem äußersten Wahnsinn erblicken. Und trotzdem ließ er nicht ab, nach ihr zu schlagen.

«Natürlich haben die Pferde auch gar keinen richtigen Willen im menschlichen Sinne», sagte er zu Gerald. «Das Pferd hat nicht einen Willen, sondern genau genommen zwei. Der eine Wille möchte sich der Macht des Menschen ganz unterwerfen – der andere verlangt nach freier Wildheit. Die beiden sind manchmal eng miteinander verkuppelt – wer je beim Fahren gefühlt hat, wie ihm das Pferd durchgeht, der weiß das.» – «Ich kenne das, wenn beim Fahren das Pferd durchgeht», erwiderte Gerald, «aber von zwei Willen habe ich dabei nichts gemerkt. Das Pferd hatte bloß Angst.»

Hermione hörte gar nicht mehr zu. Wenn über solche Sachen gesprochen wurde, paßte sie einfach nicht auf.

«Wie sollte ein Pferd dazu kommen, sich in die Gewalt des Menschen begeben zu wollen?» fragte Ursula. «Das will mir nicht in den Kopf. Ich glaube nicht, daß es das je gewollt hat.» – «Doch. Es ist das äußerste, vielleicht das höchste Verlangen der Liebe: den Willen hingeben an ein Wesen, das über uns steht», sagte Birkin.

«Was für sonderbare Begriffe Sie von Liebe haben!» – «Bei der Frau ist es ebenso wie beim Pferd: zwei Willen wirken in ihr gegeneinander. Mit dem einen will sie völlig untertan sein und mit dem andern durchgehen und ihren Reiter ins Unglück stürzen.» – «Dann bin ich ein Durchgänger!» lachte Ursula laut. – «Pferde bändigen ist schon gefährlich genug, und nun erst Frauen! Das herrschende Prinzip hat immerhin hier und da seine Widersacher.» – «Und das ist gut.» – «Sehr gut», sagte Gerald und lächelte leise. «Dann macht die Geschichte mehr Spaß.»

Hermione hielt es nicht mehr aus. Sie stand auf und sagte in ihrer freundlich singenden Manier: «Ist der Abend nicht wunderbar? Manchmal bin ich so voll von großem Schönheitsgefühl, daß ich es kaum ertragen kann.»

Ursula, an die der Ausspruch gerichtet war, stand auch auf, bewegt bis in die tiefsten Abgründe des Gemüts, wo das Persönliche aufhört. Birkin stand vor ihr als ein Unmensch in seinem Hochmut. Sie ging mit Hermione am Ufer entlang, und sie redeten von schönen, beschwichtigenden Dingen und pflückten sanfte Schlüsselblumen.

«Was meinen Sie zu einem Kleid in solchem Gelb mit orangefarbenen Tupfen», sagte Ursula, «einem leichten Waschkleid?» – «Ach ja!» Hermione blieb stehen und sah die Blume an und ließ sich den Gedanken beruhigend durch den Sinn gehen. «Das wäre hübsch. Entzückend wäre das.» Und sie wandte sich lächelnd zu Ursula in einer Wallung von ganz echtem Gefühl.

Doch Gerald blieb bei Birkin zurück, er wollte der Sache mit dem zwiefachen Pferdewillen auf den Grund kommen und wissen, was der andere sich dabei dachte. Ein erregtes Flackern zuckte auf seinem Gesicht.

Hermione und Ursula schlenderten zusammen weiter. Die beiden waren auf einmal in tiefer Zuneigung und Seelennähe verbunden. «Nein, wirklich, sie sollen mich nicht in all ihre Kritik und Analyse des Lebendigen hineinzwingen. Es liegt mir wahrhaftig daran, die Dinge ganz in unversehrter Schönheit zu sehen, so heil und heilig, wie sie von Natur sind. Haben Sie nicht auch das Gefühl ... fühlen Sie es denn nicht auch, in mehr Wissen kann man sich nun nicht mehr hineinquälen?» sagte Hermione, blieb stehen und drehte sich mit abwärts geballten Fäusten nach Ursula um.

«Allerdings. Dies ewige Herumschnuppern und Stöbern habe ich weiß Gott satt.»

«Das freut mich so! Manchmal –» Hermione blieb wieder mitten auf dem Weg vor Ursula stehen – «manchmal frage ich mich, ob ich all dies Bewußtmachen nicht doch über mich ergehen lassen müßte, ob es nicht Schwäche ist, sich dagegen zu wehren. Doch habe ich das Gefühl, ich kann nicht – ich kann es nicht. Es zerstört doch auch wirklich alles. Alle Schönheit und – und wahre Heiligkeit geht in Trümmer, und ohne sie, das fühle ich, kann ich nicht leben.»

«Das wäre auch einfach unrecht. Nein, man hätte ja gar keine Ehrfurcht, wenn man wirklich alles mit dem Kopf begreifen wollte. Etwas müssen wir Gott überlassen. So ist es und wird es auch immer bleiben.»

«Ach ja», sagte Hermione, getröstet wie ein Kind, «das muß so sein, nicht wahr? Und Rupert –» sie hob ihr Gesicht sinnend zum Himmel – «Rupert kann immer nur in Stücke reißen. Er ist doch wirklich wie ein kleiner Junge, alles muß er entzweireißen und nachsehen, wie es gemacht ist. Ich kann mir nicht denken, daß es das Richtige ist – es kommt mir so ehrfurchtlos vor, wie Sie sagen.»

«Als wenn man eine Knospe aufmacht und nachsieht, wie die Blüte aussehen wird.» – «Ganz recht. Und das macht alles tot, nicht wahr? Dabei kann es zu keinem Blühen kommen.» – «Wie sollte es denn! So zerstört man nur.» – «Ja, das meine ich doch auch.»

Hermione sah Ursula lange an mit einem langsamen Blick, als nähme sie aus ihrem Munde ihre Bestätigung. Dann waren beide still. Sobald sie einer Meinung waren, fingen sie an, einander zu mißtrauen. Ursula fühlte, wie ihr Gemüt sich trotz allem guten Willen von Hermione zurückzog, und sie konnte nicht mehr tun, als es nicht merken zu lassen.

So kamen sie zu den Männern zurück wie zwei Verschwörer, die eben etwas miteinander ausgemacht haben. Birkin blickte auf und sah sie an. Ursula war sein kaltes Beobachten in der Seele zuwider. Doch er sagte nichts.

«Wollen wir gehen?» fragte Hermione. «Rupert, du ißt doch mit uns in Shortlands. Kommst du jetzt gleich mit?» – «Ich bin nicht angezogen, und du weißt ja, Gerald ist auf Formen versessen.» – «Versessen bin ich gar nicht», sagte Gerald. «Doch wenn dir schlampiges Gehenlassen zu Hause so zum Überdruß geworden wäre wie mir, hättest du auch lieber, die Leute wären friedlich und manierlich, wenigstens bei Tisch.» – «Auch gut.» – «Aber können wir nicht auf dich warten, bis du dich angezogen hast?» beharrte Hermione. – «Wenn ihr gern wollt.»

Er stand auf und wollte hineingehen. Ursula fing an, sich zu verabschieden.

«Eins muß ich Ihnen aber noch sagen», wandte sie sich an Gerald. «Der Mensch mag noch so sehr Herr sein über das Vieh und die Vögel unter dem Himmel, er hat doch kein Recht, scheint mir, dem Gefühl der niedern Kreatur Gewalt anzutun. Ich hätte es viel vernünftiger und hübscher gefunden, Sie wären ein Stück zurückgeritten, bis der Zug vorbei war, und hätten ein bißchen Rücksicht genommen.» – «Ich sehe es ja ein», sagte Gerald lächelnd und ein bißchen geärgert. «Ein andermal will ich daran denken.» – ‹Nun sagen sie, das Frauenzimmer mischt sich auch in alles›, zog es Ursula durch den Sinn, als sie wegging. Doch war sie voll Zorn auf die ganze Gesellschaft.

Tief in Gedanken lief sie nach Hause. Hermione hatte sie sehr gerührt. Sie war ihr wirklich nahegekommen, und sie hatten nun eine Art Bündnis miteinander. Dabei konnte sie sie nicht leiden. Doch schob sie den Gedanken weg. ‹Sie ist doch ein guter Mensch›, sagte sie sich, ‹sie will wirklich das Rechte.› Und sie gab sich Mühe, mit Hermione zu fühlen und sich gegen Birkin zu verschließen. Sie spürte in sich wirkliche

Feindschaft gegen ihn. Doch war sie wie durch ein tiefes Gesetz an ihn gebunden. Das erbitterte sie und war zugleich ihre Sicherung.

Nur hin und wieder überlief es sie kurz und heftig aus dem Unterbewußtsein, und sie erkannte, woher das kam: sie hatte Birkin den Fehdehandschuh hingeworfen, und er hatte ihn, bewußt oder unbewußt, aufgenommen. Zwischen ihnen war Kampf bis zum Ende – oder bis zu einem neuen Leben. Und doch konnte keiner sagen, um was es eigentlich dabei ging.

13

Mino

Die Tage vergingen, und er ließ nichts von sich hören. Wollte er so tun, als kennte er sie weiter nicht und wüßte nichts Besonderes von ihr? Trostlos schwere Beklommenheit und herbe Bitterkeit drückten sie nieder. Und dabei wußte sie doch, daß sie nur sich selber belog. Er kam bestimmt wieder. Sie sagte keiner Seele ein Wort.

Dann kam, wie es zu erwarten war, ein Brief von ihm, in dem er sie bat, ihn mit Gudrun in seiner Stadtwohnung zum Tee zu besuchen.

‹Warum soll denn Gudrun mitkommen?› fragte sie sich sofort. ‹Zu seinem Schutz, oder meint er, ich käme nicht allein?› Der Gedanke, er wollte sich am Ende sichern, war ihr qualvoll. Aber zu guter Letzt sagte sie nur zu sich selbst: ‹Gudrun soll nicht dabei sein, er soll mir noch mehr sagen. Also sage ich Gudrun nichts und gehe allein. Dann weiß ich, woran ich bin.›

Bald saß sie oben auf der Straßenbahn, die den Hügel hinauf aus der Stadt hinausfuhr in die Gegend, wo er seine Wohnung hatte. Ihr war, als lebte sie in einer Traumwelt, frei von allem, was in der Welt der Tatsachen galt und band. Sie sah die schmutzigen Straßen zu ihren Füßen vorbeiziehen, als wäre sie ein Geist, der zum Sichtbaren in keiner Beziehung stünde. Was hatte das alles mit ihr zu tun? Lebendig und gestaltlos trieb sie im Strom der Geisterwelt. Sie konnte nicht mehr darüber nachdenken, was die Leute von ihr sagen oder denken mochten. Über ihren Bereich war sie hinaus, sie war losgebunden und aus der Hülle des täglichen Lebens herausgefallen, fremd, halb im Traum, wie das Korn aus seiner Spelze, der einzigen Welt, die es kennt, in das Wirkliche und Unbekannte hinunterfällt.

Birkin stand mitten im Zimmer, als die Wirtin sie hineinführte. Auch er war nicht wie sonst. Sie sah, wie bewegt und erschüttert er war, kaum schien er ihr noch Körper. Stumm stand er da wie der Schwingungsknoten der gewaltigen Kraft, die von ihm ausging und sie fast bis zur Ohnmacht durchschüttelte.

«Allein?» – «Ja; Gudrun konnte nicht.» Er wußte gleich warum. Und dann saßen sie beide stumm da in der furchtbaren Spannung, die im Raum lag. Sie merkte, das Zimmer war hübsch, sonnig und sehr ruhig in den Verhältnissen, und eine Fuchsie stand da mit hängenden Blüten, scharlachroten und purpurroten.

«Hübsch sind die Fuchsien!» sagte sie, um das Schweigen zu brechen. – «Ja, nicht wahr? Dachten Sie, ich hätte vergessen, was ich gesagt habe?» Ursula schwindelte es. «Sie sollen gar nicht mehr daran denken – wenn Sie nicht wollen», brachte sie schließlich wie aus dickem Nebel heraus. Dann schwiegen sie eine Weile.

«Nein», sagte er. «So nicht. Nur wenn wir überhaupt miteinander umgehen wollen, müssen wir uns für alle Zeit binden. Jede Beziehung zwischen uns, und wenn es auch nur Freundschaft wäre, muß etwas Entscheidendes haben, das nie versagt.» Seine Stimme hatte einen Unterton von Mißtrauen, fast von Unmut. Sie gab keine Antwort. Das Herz tat ihr zu weh. Sie hätte nicht sprechen können.

Als er sah, daß sie nicht antwortete, fuhr er beinahe bitter fort und ließ den Schleier fallen: «Liebe ist es nicht, was ich zu geben habe; ich will auch keine Liebe. Etwas viel Unpersönlicheres, Härteres – und Selteneres.»

Sie schwieg und sagte dann: «Sie wollen damit sagen, Sie lieben mich nicht?» Es wurde ihr grausam schwer, die Worte über die Lippen zu bringen.

«Nun ja, wenn Sie es gern so ausgedrückt haben wollen. Das heißt, vielleicht ist das gar nicht wahr. Ich weiß nicht. Jedenfalls ist das Gefühl, das ich für Sie habe, keine Liebe – nein, und das soll es auch nicht sein. Weil Liebe zuallerletzt versagt.»

«Liebe versagt zuallerletzt?» Sie fühlte ihre Lippen starr werden.

«Ja. Zuallerletzt ist man allein, dahin reicht die Liebe nicht. Es gibt in der Tat ein unpersönliches Ich jenseits von Liebe und jenseits aller Gefühlsbeziehungen. Bei Ihnen ist das auch so. Wir möchten uns selbst betrügen und glauben, Liebe wäre die Wurzel von allem. Das ist sie nicht. Die Äste nur sind Liebe. Die Wurzel ist jenseits, ein nacktes Fürsichsein, das einsame Ich, das sich nie vereinigen und vermischen kann.»

Sie sah ihn mit großen, verstörten Augen an. Ihr Gesicht glühte in höchstem Ernst. «Sie wollen also sagen, daß Sie nicht lieben können?» fragte sie zitternd. – «Wenn Sie so wollen, ja. Ich habe geliebt. Aber es gibt etwas darüber hinaus, wo keine Liebe mehr ist.»

Sie konnte sich dem nicht fügen. Es lag lähmend über ihr, aber ja sagen konnte sie dazu nicht. «Aber woher wissen Sie das denn – wenn Sie noch nie wirklich geliebt haben?» – «Es ist wahr, was ich sage. Es gibt etwas darüber hinaus, in Ihnen wie in mir, das ferner ist, als die Liebe reicht, wie es Sterne gibt, die unser Auge nicht mehr sehen kann.» – «Dann gibt es keine Liebe.» – «Ganz unten und ganz oben, nein, da ist etwas anderes. Liebe ist da nicht.»

Ursula hing dem Satz eine Weile nach. Dann stand sie halb vom

Stuhl auf und sagte, als wollte sie alles von sich weisen und ein Ende machen:

«Dann will ich gehen – was habe ich denn noch hier zu suchen?» – «Die Tür steht Ihnen offen», versetzte er. «Ich lege Ihnen nichts in den Weg.»

Nun konnte er gar nichts mehr tun. Einen Augenblick blieb sie unschlüssig stehen, dann setzte sie sich wieder hin.

«Ja, wenn es keine Liebe gibt, was gibt es dann überhaupt?» Es klang beinahe wie Scherz. – «Etwas.» Er sah sie an und rang bis zum äußersten mit seiner Seele. – «Was denn?» Er schwieg lange, lange, er konnte nicht mit ihr reden, wenn sie ihm so widerstand.

«Es gibt», sagte er dann im Ton reinen Philosophierens, «ein tiefstes Ich, das lauter und unpersönlich ist und jenseits aller Verantwortung. So haben auch Sie Ihr tiefstes Ich. Und in dieser Tiefe möchte ich Ihnen begegnen – nicht da, wo das Gefühl, wo die Liebe wohnt –, sondern tiefer noch, wo es keine Worte und keine Verständigung mehr gibt. Da kennen wir einander nicht, da sind wir zwei, jedes unbeugsam in sich selbst, zwei Fremde, und da will ich zu Ihnen kommen und möchte, Sie kämen zu mir. Da gäbe es keine Verpflichtung, weil kein Maßstab ist für das, was wir tun, auf den Gefilden hat noch keiner ein Verstehen geerntet. Ganz unmenschlich ist dort alles – und so kann keiner zur Rechenschaft gezogen werden, in keiner Form –, denn dort sind wir jenseits der Grenze von allem, was unter Menschen gilt, und nichts gilt, wovon Menschen wissen. Dort können wir nicht anders, als im Impuls gehorsam nach dem greifen, was vor uns liegt, und sind für nichts verantwortlich: nichts wird von uns verlangt, wir geben nichts, sondern nehmen nur ein jeder nach dem unmittelbaren Bedürfnis seines Wesens.»

Ursula hörte seine Rede, und ihr Gemüt blieb stumm und beinah unberührt, so unerwartet und so unfaßlich waren seine Worte.

«Das ist reine Selbstsucht», sagte sie. – «Rein, ja. Aber Selbstsucht ganz und gar nicht. Ich weiß ja doch nicht, was ich von Ihnen will. Wenn ich zu Ihnen komme, liefere ich mich dem Unbekannten aus, ohne Rückhalt und ohne Schutz, nackt und bloß. Nur das eine muß sicher zwischen uns sein, daß wir beide alles abwerfen wollen, ja unser Ich abwerfen und untergehen, damit das, was wir in Wahrheit sind, sich in uns vollziehen kann.»

Sie sann beharrlich ihren eigenen Gedanken nach. «Aber Sie wollen mich doch haben, weil Sie mich lieben?» – «Nein, eben nicht darum. Sondern weil ich an Sie glaube – wenn ich überhaupt an Sie glaube.» – «Das ist wohl nicht so ganz sicher?» lachte sie. Auf einmal fühlte sie sich verletzt.

Er sah ihr fest in die Augen und achtete kaum auf ihre Worte. «Doch, glauben muß ich an Sie, ich wäre sonst nicht hier und spräche so. Aber das ist auch die einzige Sicherheit, die ich dafür habe. Eines besonders starken Glaubens bin ich mir im Augenblick nicht bewußt.»

Sein plötzlicher Rückfall in Müdigkeit und Zweifel war ihr nicht lieb.

«Aber finden Sie mich denn gar nicht hübsch?» – Er sah sie an und wollte sich überzeugen, was er dabei fühlte. «Ich fühle es aber nicht, daß Sie hübsch sind.» – «Nicht einmal anziehend?» Es klang bissig.

Er faltete plötzlich gereizt die Stirn. «Können Sie denn nicht einsehen, daß von dem Äußeren überhaupt nicht die Rede ist? Ich will Sie gar nicht sehen. Frauen gesehen habe ich übergenug und habe es gründlich satt. Ich will eine Frau, die ich nicht sehe.»

«Bedaure sehr, daß ich mich Ihnen zuliebe nicht unsichtbar machen kann.» – «Doch. Sie sind unsichtbar für mich, wenn Sie mich nicht zwingen, Sie anzusehen. Ich will Sie nicht sehen und nicht hören.» – «Und warum haben Sie mich dann zum Tee eingeladen?» neckte sie weiter.

Aber er wollte nicht auf sie eingehen. Er sprach mit sich selbst. «Ich will Ihnen begegnen, wo Sie von Ihrem Dasein nichts wissen, das Ich finden, das von Ihrem Alltags-Ich verleugnet wird. Von Ihrem hübschen Gesicht, Ihrem Frauengemüt und Ihren Gedanken, Ansichten und Ideen will ich nichts – das sind alles Lappalien für mich.»

«Sie haben ja eine hohe Meinung von sich, Monsieur. Woher kennen Sie denn mein Frauengemüt und meine Gedanken und Ideen? Sie wissen ja nicht einmal, was ich jetzt von Ihnen denke.» – «Ich gäbe auch nicht soviel darum.» – «Ich denke, wie dumm Sie sind! Sie wollen mir doch wohl sagen, daß Sie mich lieben, und gehen wie die Katze um den heißen Brei herum.»

«Aber hören Sie mal! Nun gehen Sie bitte und lassen mich in Ruhe. Ich habe von Ihren Koketterien genug.» – «So, halten Sie das nicht für Ernst?» Sie fing nun wirklich an zu lachen, sie hörte in seinen Worten eine tiefsinnige Liebeserklärung. Er drückte sich aber auch so sonderbar aus.

Beide schwiegen sehr lange, sie war glückselig wie ein Kind. Sein Geist löste sich, und er fing an, sie einfach und natürlich anzusehen.

«Was ich will, ist eine ganz ungewöhnliche Verbindung mit Ihnen», sagte er ruhig, «kein Vereinigen und Vermischen – da haben Sie recht –, sondern ein Schweben im Gleichgewicht, zwei einzelne Wesen, die sich gegenseitig in reiner Schwebe halten – wie die Sterne.»

Sie sah ihn an. Er war sehr ernst. Ernst war ihr eigentlich immer lächerlich und banal und machte sie unfrei, ihr wurde unbehaglich dabei. Und sie mochte ihn doch so gern. Warum mußte er nur von den Sternen anfangen?

«Kommt das nicht ein bißchen plötzlich?» – Er fing an zu lachen. «Lieber erst den Vertrag durchlesen, ehe man unterschreibt.»

Ein junger grauer Kater, der auf dem Sofa geschlafen hatte, sprang hinunter und reckte sich auf den langen Beinen ganz hoch zu einem eleganten Buckel. Dann setzte er sich und überlegte einen Augenblick, erhobenen Hauptes, königlich. Auf einmal war er wie ein Pfeil aus dem Zimmer geschossen und durch die offene Glastür in den Garten entwischt.

«Was hat er denn da?» Birkin stand auf.

Der Kater trottete mit Herrenmiene den Weg hinunter und wedelte mit dem Schweif. Er war ein ganz gewöhnlicher gefleckter Kater mit weißen Pfoten, ein schlanker junger Herr. Demütig strich eine flaumige graubräunliche Katze am Zaun entlang. Der Mino schritt mit männlicher Nonchalance auf sie zu. Sie kroch tief vor ihm am Boden, flaumig weich, ein verlorenes schönes Kind, und sah mit den wilden grünen Karfunkelaugen zu ihm auf. Er gönnte ihr einen flüchtigen Blick. Da schlich sie wunderbar weich und scheu wie ein Schatten auf ihrem Weg zur Hintertür ein Stückchen weiter.

Er stolzierte ihr auf seinen dünnen Beinen nach und gab ihr plötzlich mit der weißen Pfote aus purem Übermut eine gelinde Ohrfeige. Sie flog davon wie ein Blatt vor dem Wind und duckte sich bescheiden in der Nähe, in leidenschaftlich gehorsamer Ergebung. Der Mino tat, als bemerkte er sie gar nicht, kniff die Augen und sah mit Feldherrnblick in die Gegend. Sogleich gab sie sich einen Ruck und huschte wieder ein bißchen weiter, ein wolliger graubrauner Schatten. Dann ging es schneller, in einem Augenblick mußte sie wie ein Traum verschwunden sein. Da sprang ihr aber der graue junge Herr in den Weg und gab ihr einen anmutigen Klaps. Sofort legte sie sich unterwürfig nieder.

«Eine wilde Katze», sagte Birkin, «die aus dem Wald hereingekommen ist.»

Die Lichter der hergelaufenen Katze flammten herum und glotzten Birkin wie zwei lodernde grüne Feuer ins Gesicht. Dann huschte sie lautlos in einem Zug den halben Garten hinunter. Da blieb sie stehen und sah sich um. Gänzlich erhaben wandte der Mino den Kopf zu seinem Herrn und schloß langsam die Augen. Jung und makellos stand er da, wie eine Statue. Die grünen Lichter der wilden Katze stierten und staunten die ganze Zeit in unheimlicher Glut. Dann glitt sie wie ein Schatten nach der Küche.

Wie der Wind fuhr der Mino mit einem entzückenden Satz auf sie los und boxte sie zweimal sehr nachdrücklich mit dem zarten Fäustchen. Sie duckte sich und glitt still zurück. Er ging hinter ihr her und versetzte ihr mit den bezaubernden weißen Pfoten in aller Gemütsruhe noch ein paar Puffe.

«Was soll das nun?» rief Ursula empört. – «Die beiden sind einander gewogen.» – «Und darum prügelt er sie?» – «Freilich, er wird es ihr wohl recht deutlich machen wollen.»

«Ist das nicht unerhört von ihm?» Sie ging in den Garten und rief dem Mino zu: «Laß das, spiel dich nicht so auf. Du sollst sie nicht schlagen, hörst du?»

Die fremde Katze verschwand wie ein flüchtiger Schatten. Der Mino blinzelte Ursula an und blickte dann verächtlich von ihr weg zu seinem Herrn.

«Du spielst dich auf, Mino?» fragte Birkin. Der schlanke Kater sah ihn an und zog langsam die Pupillen zusammen. Dann blinzelte er in die Gegend, ganz weit weg, als hätte er die beiden Menschenwesen vollkommen vergessen.

«Mino», sagte Ursula, «ich mag dich nicht leiden. Du machst dich nur wichtig, wie alle Männer.» – «Nein, er hat ganz recht. Er macht sich gar nicht wichtig. Er verlangt nur, die arme Landstreicherin soll in ihm so etwas wie ihr Schicksal sehen. Denn sehen Sie, sie ist flaumweich und verbuhlt wie der Wind. Ich bin ganz auf seiner Seite. Er will höchste Stetigkeit.» – «O ja, ich weiß, er will nur seinen Willen haben; ich weiß, worauf all die schönen Worte hinauslaufen – ich nenne das den Herrn spielen, weiter gar nichts.»

Der Katerjüngling blinzelte Birkin noch einmal voll Verachtung für das geräuschvolle Frauenzimmer an.

«Ich bin ganz deiner Meinung, Miciotto», sagte Birkin. «Bleib du nur deiner Manneswürde und höheren Erkenntnis treu.»

Wieder zog Mino die Pupillen zusammen, als sähe er in die Sonne. Und dann tat er auf einmal, als hätte er mit den Leuten überhaupt nichts zu schaffen, und trottete höchst vergnügt mit erhobenem Schwanz und muntern weißen Pfötchen ab, als wäre ihm das gerade so eingefallen.

«Nun geht er noch einmal zum Rendezvous mit der *belle sauvage*, um sie mit seiner überlegenen Weisheit zu unterhalten.»

Ursula sah Birkin an, wie er mit wehenden Haaren und ironischen Augen im Garten stand. «Oh, ich ärgere mich zu sehr, wenn die Männer immer behaupten, sie wären die Überlegenen! Rein erlogen ist das. Man hätte schließlich gar nichts dagegen, wenn es nur irgendeinen Grund dafür gäbe.» – «Die wilde Katze hat nichts dagegen. Die versteht den Grund.» – «Ach nein, tut sie das? Das müssen Sie Dümmeren erzählen.» – «Denen auch.» – «Genau wie Gerald Crich mit seinem Fuchs – ein Hang, sich zu fühlen – richtiger ‹Wille zur Macht› – so recht niedrig und kleinlich.»

«Der ‹Wille zur Macht› ist schon eine niedrige und kleinliche Sache. Aber Mino will ganz etwas anderes. Er will die Katze in dauerndes reines Gleichgewicht zum Kater setzen, in eine bleibende transzendente Beziehung! Sie sehen doch, ohne ihn zigeunert sie nur so herum, ein verwehtes Flöckchen Chaos. Bei ihm ist es eine *volonté de pouvoir*, Wille zum Können, wenn Sie so wollen – *pouvoir* als Verb verstanden.» – «Ach was – Sophistereien! Das ist der alte Adam.» – «Allerdings. Adam hielt Eva fest im sichern Paradies, solange sie mit ihm allein blieb. Da hielt er sie wie einen Stern in seiner Bahn.» – «Sehen Sie wohl!» Ursula zeigte mit dem Finger auf ihn. «Da haben wir es – ein Stern in seiner Bahn. – Trabant soll sie sein – Trabant des Mars. Da nun haben Sie sich verraten –, so sind Sie! Einen Trabanten möchten Sie haben wie Mars! Nun haben Sie es gesagt – ja, das haben Sie gesagt –, jetzt ist es mit Ihrer Herrlichkeit vorbei.»

Er stand lächelnd da und wußte sich nicht zu helfen. Er mußte lachen, ärgerte sich, bewunderte, liebte. Sie war so sprühend, er sah das Feuer förmlich in ihr züngeln. Sie ließ sich nichts gefallen und war voll Leben und Kraft in ihrer gefährlichen, rasch aufflammenden Empfindlichkeit.

«Das habe ich gar nicht gesagt», erwiderte er, «wenn Sie mir noch ein Wort gestatten wollen.» – «Nein, nein, Sie sollen nichts mehr sagen. Trabant haben Sie gesagt und sollen sich nicht noch nachträglich herausreden. Jawohl, Sie haben es gesagt.» – «Sie glauben mir ja nun doch nie mehr, daß ich es nicht gesagt habe. Ich habe einen Trabanten weder gemeint noch angedeutet, noch genannt, noch habe ich überhaupt davon sprechen wollen, niemals.» – «O Sie Rabulist!» Sie war ernstlich böse.

«Der Tee ist angerichtet», meldete die Wirtin. Beide sahen sie an, ganz ähnlich wie die beiden Katzen sie selbst erst angesehen hatten. – «Danke schön, Mrs. Daykin.»

Die Unterbrechung hatte dem Gespräch einen Riß gegeben, sie schwiegen.

«Kommen Sie, wir trinken Tee», sagte er. – «Ach ja, das ist schön.» Sie nahm sich zusammen. Dann saßen sie am Teetisch einander gegenüber.

«Ich habe nichts vom Trabanten gesagt und auch nicht daran gedacht. Ich meinte zwei ganz gleiche Sterne, die in Konjunktion miteinander stehen!» – «Nein, Sie haben sich verraten, Sie haben nun Ihre Karten ganz aufgedeckt», sagte sie und fing gleich an zu essen. Als er sah, daß sie ihn doch nicht mehr anhören wollte, fing er an, den Tee einzuschenken.

«Bei Ihnen gibt es aber köstliches Gebäck.» – «Ihren Zucker nehmen Sie lieber selbst.» Er reichte ihr die Tasse hinüber. Lauter hübsche Sachen hatte er, reizende Tassen und Teller in Lila und Grün und dazu sehr feine Schalen und Glasteller und alte Löffel. Das Ganze war auf einer hellgrauen, handgewebten Decke mit schwarz und tiefrotem Muster aufgedeckt und sah sehr elegant und geschmackvoll aus. Doch merkte Ursula Hermiones Einfluß.

«Ihre Sachen sind wirklich hübsch!» sagte sie halb ärgerlich. – «Ich habe sie gern. Es ist mir ein Genuß, Sachen zu besitzen, die in sich selbst schon sympathisch sind und erfreuen. Und Mrs. Daykin ist eine gute Frau. Sie findet alles schön, bloß weil es mir gehört.» – «Ja, mit einer Wirtin ist man heutzutage wirklich besser dran als mit einer Frau. Mühe geben tun sie sich bestimmt mehr. Hier in Ihrer Junggesellenwohnung haben Sie doch alles schöner und vollständiger, als wenn Sie verheiratet wären.» – «Aber denken Sie an die Leere drinnen», lachte er. – «Nein, ich bin eifersüchtig darauf, daß die Männer solche Perlen zur Wirtin und so schöne Zimmer haben. Es bleibt ihnen ja nichts zu wünschen übrig.» – «Das wollen wir auch nicht hoffen, soweit der Haushalt im Spiel ist. Finden Sie es etwa schön, wenn man heiratet, um eine Häuslichkeit zu bekommen?» – «Das nicht, aber heute hat der Mann doch eigentlich herzlich wenig Bedarf nach einer Frau, nicht wahr?»

«In äußerlichen Dingen vielleicht – sein Bett soll sie mit ihm teilen und ihm Kinder gebären, das ist wohl alles. In allem Wesentlichen aber braucht er sie doch ebenso wie früher. Nur daß keiner sich mehr die Mühe macht, wesentlich zu sein.» – «Wieso wesentlich?» – «Ich glaube doch, die Welt wird nur durch mystische Verbindung, höchste Vereinigung unter den Menschen zusammengehalten – durch heiliges Band. Und ein heiliges Band besteht zunächst zwischen Mann und Frau.» – «Das sind ja ganz alte Geschichten. Warum soll denn die Liebe ein heiliges Band sein? Nein, ich lasse mich nicht binden.» – «Wenn Sie nach Westen gehen, geben Sie damit den Norden und Osten und Süden auf. Wählen Sie die Vereinigung, so verlieren Sie jede Möglichkeit des Chaos.»

«Aber Liebe ist Freiheit.» – «Machen Sie mir nichts vor. Liebe ist die Richtung, die alle andern Richtungen ausschließt. Freiheit zu zweien, wenn Sie so wollen.» – «Nein, die Liebe schließt alle Dinge ein.» – «Sentimentales Gerede. Sie wollen das Chaos, das ist es. All dies Getue mit der Freiheit in der Liebe, mit der Freiheit, die Liebe, und der Liebe, die Freiheit ist, kommt auf nichts anderes als auf äußersten Nihilismus hinaus. Tatsächlich ist jede echte Verbindung unwiderruflich; wenn sie widerruflich ist, so ist sie niemals echt. Ist sie aber unwiderruflich, so gibt es in ihr nur einen Weg wie eine Sternenbahn.»

«Ach was», sagte sie bitter, «das ist die alte tote Moral.» – «Nein, sondern das Schöpfungsgesetz. Man gibt sich hin. Man muß sich hingeben und mit dem andern verbinden – für alle Zeit. Selbstentäußerung ist das nicht – nein, Selbstbehauptung in eigener Unversehrtheit und mystischem Gleichgewicht mit dem andern – wie ein Stern den andern in der Schwebe hält.»

«Ich traue Ihnen nicht, wenn Sie mit den Sternen kommen. Wenn Sie ganz wahrhaftig wären, brauchten Sie nicht so in die Ferne zu schweifen.» – «Gut, dann trauen Sie mir nicht», sagte er unwillig. «Es genügt mir, wenn ich mir selber traue.» – «Da machen Sie noch einen Fehler. Sie trauen sich selber nicht, Sie glauben nicht recht, was Sie sagen. Wirklich wollen Sie eine solche Verbindung gar nicht, sonst würden Sie nicht soviel davon reden, sondern sich einfach eine schaffen.»

Er stutzte und besann sich einen Augenblick. «Wie denn?» – «Dann liebten Sie einfach», versetzte sie trotzig.

Einen Augenblick schwieg er unmutig. Dann fing er wieder an: «Ich sage Ihnen ja, an so eine Liebe glaube ich nicht. Sie wollen Liebe, um Ihren Egoismus damit zu nähren, weil sie Ihnen gut bekommt. Sie wollen Nutzen von der Liebe haben – wie alle. Mir ist das tief zuwider.»

«Nein!» Sie warf mit blitzenden Augen den Kopf zurück wie eine Schlange. «Ich liebe aus Stolz – stolz möchte ich sein...» – «Stolz und Nutzen und nützlich und stolz, ich kenne euch», erwiderte er trocken. «Stolz und nützlich, den Stolzen zum Nutzen – ich kenne euch und eure Liebe. Ein ewiges Ticktack, ein Tanz in Widersprüchen.» – «So genau wissen Sie, was meine Liebe ist?» – «Jawohl.» – «So haargenau? Wie kann man recht haben, wenn man seiner Sache so unverschämt sicher ist? Das zeigt schon, daß es nicht stimmt.»

Er schwieg bekümmert. Sie hatten sich beide müde geredet und gerungen.

«Erzählen Sie mir ein bißchen von sich und Ihren Leuten», sagte er.

Und sie erzählte ihm von den Brangwens und von ihrer Mutter und von Skrebenski, ihrer ersten Liebe, und von späteren Erlebnissen. Er saß sehr still da und sah sie an, während sie sprach. Er hörte wohl mit Ehrfurcht zu. Ihr Gesicht war schön, es blühte darin das niedergehaltene Feuer, als sie ihm all das erzählte, was sie so tief verwundet und verwirrt hatte. Und er wärmte und tröstete seine Seele an dem schönen Licht ihres Wesens.

‹Könnte sie sich doch binden›, dachte er in leidenschaftlichem Beharren, doch fast ohne Hoffnung. Aber im Herzen tauchte ihm ein sonderbares kleines Lachen auf, von dem er sich keine Rechenschaft gab. «Wir haben doch alle schrecklich viel gelitten», sagte er mit Ironie.

Sie blickte zu ihm auf, und wilde Lustigkeit fuhr ihr übers Gesicht, die Augen schossen seltsam gelbe Blitze.

«Und wie!» brach es hervor, ein heller, verwegener Schrei. «Zu dumm eigentlich, nicht wahr?» – «Zu dumm», sagte er. «Nun habe ich keine Lust mehr dazu.» – «Ich auch nicht.»

Die Verwegenheit in dem prachtvollen Gesicht machte ihm fast bange. Das war jemand, der seinen Weg durch alle Himmel oder durch die ganze Hölle ging. Er traute ihr nicht, er fürchtete sich vor einer Frau, die so bis auf den Grund fahren lassen und niederreißen konnte. Doch lachte er innerlich auch.

Sie kam zu ihm hinüber und legte ihm die Hand auf die Schulter und sah mit wunderbar goldenen Augen zu ihm herab, sehr innig und doch mit halb verborgener Teufelei im Blick.

«Sag, daß du mich liebst, sag ‹mein Lieb› zu mir!»

Er gab den Blick zurück und sah, und in seinem Gesicht zuckte bitteres Verstehen. «Ich hab dich schon lieb genug», sagte er grimmig. «Aber so will ich nicht.» – «Und warum eigentlich, warum denn nicht?» kam es inständig, und das schöne, leuchtende Gesicht neigte sich zu ihm herab. «Warum ist dir das nicht genug?» – «Weil wir es besser haben können», sagte er und legte die Arme um sie.

«Nein.» Es war der starke, inbrünstige Ton der Hingebung. «Mehr als lieben können wir nicht. Sag ‹mein Lieb› zu mir, ach sag es doch.»

Sie schlang die Arme um seinen Hals. Er drückte sie an sich und küßte sie ganz leise und sagte leise, leise, voll Liebe und Ironie und Ergebung:

«Ja – Lieb, ja – mein Lieb. So soll denn Liebe genug sein. Also ich liebe dich – ich hab dich lieb. Das übrige hab ich satt.»

«Ach ja», flüsterte sie und schmiegte sich sehr eng und innig an ihn.

Das Bootsfest

Jedes Jahr gab Mr. Crich ein mehr oder weniger öffentliches Bootsfest. Auf dem Willey-See lagen eine kleine Barkasse und mehrere Ruderboote, und die Gäste konnten entweder in einem Zelt, das im Garten aufgeschlagen wurde, oder am See unter dem großen Walnußbaum beim Bootshaus Tee trinken. Dieses Jahr waren das Lehrerkollegium der höheren Schule und die obersten Angestellten der Firma eingeladen. Gerald und die jüngeren Familienmitglieder legten nicht viel Wert auf das Fest. Aber es war nun zur Gewohnheit geworden und machte dem Vater Freude, weil es die einzige Gelegenheit war, wo er Leute aus der Gegend in festlichem Kreis bei sich sehen konnte. Er hatte eine Vorliebe dafür, seinen Untergebenen und Menschen, die ärmer waren als er, Freude zu machen. Seine Kinder dagegen waren lieber mit ihresgleichen zusammen; die Demut, die Dankbarkeit, die Unbeholfenheit Geringerer war ihnen höchst unangenehm.

Doch waren sie besten Willens, bei dem Fest mitzumachen, wie sie es fast von Kind auf getan hatten, um so mehr, als sie jetzt alle moralisch einiges Unbehagen empfanden und ihrem Vater nicht gern mehr entgegen sein wollten. Denn er war sehr krank. So rüstete sich Laura, an Stelle ihrer Mutter die Gastgeberin zu spielen, Gerald übernahm die verantwortliche Leitung des Wasservergnügens, und beide machten ein ganz freundliches Gesicht dazu.

Birkin hatte Ursula geschrieben, er rechne darauf, sie auf dem Fest zu treffen, und Gudrun fand sich bereit, ihre Eltern bei schönem Wetter zu begleiten, trotzdem sie das Wohlwollen der Familie Crich verschmähte.

Es war ein blauer, sonniger Tag, ab und zu wehte ein leichter Wind. Die Schwestern waren beide in weißem Krepp und trugen weiche Strohhüte. Aber Gudrun trug eine breite Schärpe von leuchtendem Schwarz, Hellrot und Gelb und hellrote seidene Strümpfe, und dazu auf dem Hut eine Garnierung in Schwarz, Hellrot und Gelb, die den Rand ein bißchen herunterbog. Auf dem Arm trug sie auch noch eine gelbseidene Jacke. Eine auffallende Erscheinung, wie ein Bild aus dem ‹Salon›. Ihrem Vater war es sehr peinlich. «Du, du könntest dich wahrhaftig als Knallbonbon sehen lassen!» sagte er ärgerlich.

Aber Gudrun wirkte prachtvoll und trug die grellen Farben rein aus Trotz. Wenn ihr jemand nachsah und hinter ihr herkicherte, sagte sie recht laut zu Ursula: «*Regarde, regarde ces gens-là! Ne sont-ils pas des hiboux incroyables?*» und betonte die französische Phrase noch durch einen Blick auf die Lacher. Dann antwortete Ursula jedesmal vernehmlich: «Nein, es geht wirklich zu weit!» und so ließen die beiden ihren Übermut an ihrem großen Feind, dem Allerweltsphilister, aus. Ihr Vater aber ärgerte sich immer mehr.

Ursula war ganz in Schneeweiß, nur ihr völlig schmuckloser Hut war hellrot und die Schuhe etwas dunkler. Sie trug eine orangefarbene Jacke über dem Arm. So gingen sie den weiten Weg bis nach Shortlands, Vater und Mutter voran.

Sie lachten über die Mutter, die in schwarz und rot gestreiftem Sommerkleid und rotem Strohhut sittig neben dem Gatten schritt. Sie ging mit viel mehr jungmädchenhafter Schüchternheit und Bangigkeit auf das Fest, als ihre Töchter jemals gekannt hatten. Der Vater sah wie gewöhnlich ein bißchen ungebügelt in seinem besten Anzug aus, als wäre er junger Familienvater und hätte das Kleinste so lange auf dem Arm gehalten, bis die Frau sich fertig geputzt hatte.

«Nun sieh mal das junge Paar», sagte Gudrun ganz ruhig. Ursula sah die Eltern an und brach in unbändiges Gelächter aus. Die beiden blieben mitten auf der Straße stehen und lachten, bis ihnen die Tränen über die Backen liefen, als ihr Blick von neuem auf ihr schüchternes, weltfremdes Elternpaar fiel. «Mutter, wir lachen uns tot über euch», rief Ursula der alten Dame zu. Sie wußte sich vor Lachen nicht mehr zu helfen.

Mrs. Brangwen drehte sich ein bißchen erstaunt und gereizt um. «So, wirklich! Was ist denn gerade an mir so komisch, das möchte ich wohl wissen.» Sie konnte nicht begreifen, daß irgend etwas an ihrem Äußern nicht in Ordnung sein sollte. Sie hatte ein unerschütterliches Genügen an sich selbst, eine natürliche Gleichgültigkeit gegen jede Kritik, als könnte fremdes Urteil ihr nichts anhaben. Sie war immer ein bißchen wunderlich und meist nicht sehr sorgfältig angezogen, doch fühlte sie sich in jedem Kleid völlig frei und zufrieden. Wenn sie nur ungefähr ordentlich aussah, fand sie nichts an sich auszusetzen. Eine solche Aristrokratin war sie von Natur.

«Du siehst vornehm aus wie eine Baronin vom Lande», sagte Ursula und lachte ein bißchen zärtlich über die ahnungslose Betroffenheit der Mutter. «Genau wie eine Baronin!» stimmte Gudrun ein. Da bekam die natürliche Grandezza der alten Dame einen Anflug von Absichtlichkeit, und die Mädchen kreischten beinahe vor Lachen.

«Macht, daß ihr nach Hause kommt, ihr alberne Gesellschaft! Ihr Gänse, ihr!» schrie der Vater außer sich vor Ärger. – «Böh!» Ursula zog ihm ein Gesicht. Gelbe Flämmchen tanzten ihm in den Augen. Er beugte sich vornüber. Jetzt war er wütend.

«Sei doch vernünftig und laß die Kindsköpfe.» Mrs. Brangwen wandte sich um und ging weiter. – «Das wäre ja noch besser, wenn ich hier mit zwei kreischenden Zieraffen über die Straße gehen wollte!» Es klang bedrohlich. Die Mädchen standen auf dem schmalen Fußweg an der Hecke und schütteten sich aus vor Lachen über seinen Ingrimm. – «Du bist gerade so albern wie sie, wenn du auf sie hörst.» Mrs. Brangwen wurde nun auch böse, weil er tatsächlich wütend war.

«Vater, da kommen Leute», neckte Ursula. Er sah sich schnell um und holte steifen Schrittes vor Wut seine Frau ein. Und die beiden gingen hinterher, halbtot vor Lachen. Als die Leute vorbei waren, bullerte er los: «Ich kehre einfach um, wenn das so weitergeht. Verflucht, wenn ich mich hier auf offener Straße zum Hansnarren machen lasse.»

Er hatte sich tatsächlich nicht mehr in der Gewalt. Bei dem blinden Wutausbruch schlug den Mädchen das Lachen in schmerzliche Verachtung um. Die Worte «auf offener Straße» waren ihnen widerwärtig. Was ging sie die offene Straße an? Gudrun lenkte ein: «Wir haben aber doch gar nicht gelacht, um euch weh zu tun» – der sanfte Ton war den Eltern nicht recht geheuer –, «wir lachen ja, weil wir euch lieb haben.»

«Wir gehen einfach voran, wenn sie so empfindlich sind», sagte Ursula zornig. Und so kamen sie in Willey Water an. Der See war blau und licht, auf der einen Seite senkten sich die sonnigen Wiesen sanft bis ans Wasser, und gegenüber fielen die dichten schwarzen Wälder steil ab. Eben fuhr die kleine Barkasse mit viel Lärm in den See hinaus. Die Musik schmetterte, die Räder schlugen ins Wasser, an Bord drängten sich die Menschen. Beim Bootshaus sahen die Mädchen schon von fern ein winziges farbenfrohes Gewimmel. Und auf der Landstraße standen die kleinen Leute am Zaun und sahen neidisch dem Feste zu, wie arme Seelen, die nicht ins Paradies eingelassen werden.

«O je!» sagte Gudrun halblaut, mit einem Blick auf den bunten Schwarm der Gäste. «Ein hübsches Gedränge für den, der's mag! Stell dir vor, mein Kind, du wärst mitten drin.» – Gudruns Angst vor vielen Menschen benahm auch Ursula den Mut. «Verlockend sieht es ja nicht gerade aus», meinte sie. – «Und nun mal dir erst einmal aus, was für Leute das sind!» Gudrun sprach noch immer in ihrem gedämpften, nicht eben ermutigenden Ton. Doch ging sie entschlossen weiter.

«Man wird doch wohl für sich bleiben können», meinte Ursula ängstlich. – «Wenn das nicht geht, sind wir schön dran!» Die Art, wie Gudrun höhnte und sich grauste und ekelte, war für Ursula sehr schwer zu ertragen. «Wir brauchen ja nicht zu bleiben», sagte sie. – «In diesem reizenden Gewühl bleibe ich sicher keine fünf Minuten.» Sie kamen heran und sahen Polizisten an den Pforten stehen. «Auch noch Polizisten, damit man nicht ausreißt. Nette Wirtschaft!»

«Wir müssen uns wohl um Vater und Mutter kümmern.» Ursula machte sich Sorgen. – «Meinst du, Mutter hat nicht das Zeug dazu, dies bißchen Feierei zu bestehen?» Es klang recht verächtlich. – Aber Ursula wußte, daß ihr Vater verärgert war und sich durchaus nicht wohl in seiner Haut fühlte, und war deshalb keineswegs ruhig. Sie warteten draußen an der Pforte, bis die Eltern herankamen. Der große, hagere Mann in dem zerknautschten Anzug war nervös und aufgeregt wie ein kleiner Junge, weil der Augenblick herankam, wo er in Gesellschaft auftreten mußte. Er fühlte sich ganz und gar nicht salonfähig, sondern nur bis zur Verzweiflung gereizt.

Ursula ging neben ihnen. Sie gaben dem Polizisten ihre Karten und gingen hinein auf den Rasen, alle vier in einer Reihe: der große, dunkle

Mann mit der finster gerunzelten, niedrigen Knabenstirn, die behagliche Frau mit dem frischen Gesicht, die einen völlig sicher und zufriedenen Eindruck machte, obwohl ihr Haar sich an einer Seite löste; dann Gudrun, die mit runden, dunklen Augen vor sich hinstarrte und in den weichen, vollen Zügen so viel unfreundliche Gleichgültigkeit zur Schau trug, daß sie sogar im Vorwärtsschreiten sich ablehnend zurückzuziehen schien. Und dann Ursula mit dem sonderbar schimmernden, verwirrten Ausdruck im Gesicht, den sie immer hatte, wenn sie irgendwo ihrer selbst nicht recht froh werden konnte.

Birkin war der Retter. Er kam lächelnd auf sie zu in seiner gesellschaftlichen Manierlichkeit, an der doch immer etwas nicht ganz stimmte. Aber dann nahm er den Hut ab und sah sie mit ganz echtem Lächeln in den Augen an, so daß Brangwen erleichtert in die Worte ausbrach: «Guten Tag. Es geht Ihnen doch wieder ganz gut, nicht wahr?» – «Ja, danke, es geht mir besser. Guten Tag, Mrs. Brangwen. Ihre Töchter und ich, wir kennen uns schon sehr gut.»

Die Augen lächelten warm und von Herzen. Er hatte mit Frauen eine weiche, einschmeichelnde Art, besonders mit älteren Damen.

«Jawohl», sagte Mrs. Brangwen kühl und doch ein bißchen gehoben. «Sie haben schon viel von Ihnen gesprochen.» Er lachte. Gudrun wandte den Blick ab, sie kam sich albern dabei vor. Die Leute standen in Gruppen umher. Ein paar Damen saßen mit Teetassen in der Hand im Schatten des Walnußbaums, ein Kellner im Frack lief überall herum, junge Mädchen machten sich niedlich mit ihrem Sonnenschirm, junge Leute, die eben gerudert hatten, saßen mit gekreuzten Beinen im Gras und hatten die Hemdsärmel aufgerollt, wie es sich für Männer schickt. Die Hände lagen faul auf den weißen Flanellhosen, die bunten Krawatten flatterten, und dabei lachten sie und bemühten sich, die jungen Damen witzig zu unterhalten.

‹Was›, dachte Gudrun mit einziger Lieblosigkeit, ‹nicht einmal so viel Anstandsgefühl haben sie, sich den Rock anzuziehen? Unerhört, sich so gehenzulassen!› Sie konnte die üblichen jungen Leute mit dem zurückgeklebten Haar und der hemdsärmeligen Kameradschaftlichkeit nicht leiden.

Da kam Hermione Roddice in einem hübschen weißen Spitzenkleid. Ein riesiger seidener Schal mit großen, buntgestickten Blumen schleppte hinter ihr her, ein riesiger, ganz schlichter Hut wiegte sich auf ihrem Kopf. Höchst auffallend, erstaunlich, beinahe gespenstisch sah sie aus in dem gewaltigen elfenbeinfarbenen Schal mit den grellen Tupfen, der ihre hohe Gestalt einhüllte und mit den Fransen bis weit auf die Erde herabhing; dazu das schwere Haar, das ihr bis in die Augen fiel, und das lange, bleiche, seltsame Gesicht. «Kann einem dabei nicht gruselig werden?» hörte Gudrun ein paar junge Mädchen hinter ihr tuscheln. Sie hätte sie umbringen können.

«Ah, guten Tag!» flötete Hermione, kam freundlich herbei und maß die Eltern Brangwen langsam mit den Augen. Ein peinlicher Augenblick, für Gudrun geradezu erbitternd. Hermione war tatsächlich so gefeit durch ihre gesellschaftliche Überlegenheit, daß sie aus reiner Neugierde hingehen konnte und die Leute besichtigen, als wäre sie in einer Menschenausstellung. Gudrun machte es wohl auch so. Aber es war ihr tief zuwider, dabei das Objekt zu sein.

Hermione war eine Persönlichkeit auf dem Fest, und es war schon eine Auszeichnung, daß sie Brangwens selbst zu Laura Crich führte, die die Gäste empfing. «Mrs. Brangwen», flötete sie, und Laura, in steifem, gesticktem Leinenkleid, gab der alten Dame die Hand und sagte, sie freute sich, sie kennenzulernen. Dann kam Gerald. Er war in Weiß, mit schwarz und brauner Sportjacke, und sah sehr gut aus. Er wurde auch mit den Eltern Brangwen bekannt gemacht und sprach sofort mit Mrs. Brangwen, als wäre sie eine Lady, und mit Brangwen, als wäre er nicht seinesgleichen. Sein Benehmen ließ nie einem Zweifel Raum. Er mußte die linke Hand geben; die rechte hatte er verletzt und trug sie verbunden in der Jackentasche. Gudrun war nur dankbar, daß keiner ihn danach fragte.

Die Barkasse kam mit Hallo und Tschingtsching. Das ganze Orchester spielte, und die Passagiere riefen aufgeregt zum Ufer herüber. Gerald ging hinunter, um das Aussteigen zu überwachen. Birkin holte Tee für Mrs. Brangwen, Mr. Brangwen hatte sich einer Gruppe von Schulmännern angeschlossen, Hermione setzte sich zu der alten Dame, und die beiden Mädchen gingen an den Steg und sahen zu, wie die Barkasse anlegte. Sie heulte und tutete lustig, dann standen die Räder still. Die Taue wurden an Land geworfen, es gab einen kleinen Bums, und sie lag am Steg. Sofort drängten die Leute in großer Aufregung heran und wollten alle aussteigen.

«Einen Augenblick!» kommandierte Gerald. Man mußte warten, bis das Schiffchen festgemacht und die kleine Laufbrücke gelegt war. Dann strömten sie alle ans Ufer und lärmten und schrien, als kämen sie aus Amerika.

«Ach, es ist zu schön!» riefen die jungen Mädchen. «Einfach himmlisch!» Die Kellner kamen vom Schiff herunter und liefen mit Körben ins Bootshaus, der Barkassenführer schlenderte auf der kleinen Landungsbrücke auf und ab. Als alles in Ordnung war, kam Gerald zu Gudrun und Ursula zurück. «Wollen Sie nicht nächstes Mal mitfahren und an Bord Tee trinken?» – «Nein, danke», sagte Gudrun kühl. – «Sie mögen das Wasser nicht?» – «Das Wasser? Doch, sehr gern sogar.» – Er sah sie forschend an. «Dann mögen Sie also nicht Barkasse fahren?» – Sie ließ sich Zeit mit der Antwort und sagte dann langsam: «Nein, das kann ich nicht behaupten.» Dabei hatte sie hochrote Wangen, als ärgerte sie sich über etwas. *Un peu trop de monde*», erläuterte Ursula. – «*Eh? Trop de monde!*» Er lachte kurz auf. «Ja, ja, es sind schon allerlei Leute da.»

Gudrun wandte sich mit Verve zu ihm: «Sind Sie einmal mit einem Themsedampfer von Westminster Bridge nach Richmond gefahren?» – «Nein, das kann ich nicht behaupten.» – «Also das gehört zu dem Gemeinsten, was ich je erlebt habe.» Sie sprach hastig und aufgeregt mit hochroten Wangen. «Platz zum Sitzen gab es überhaupt nicht, nirgends, und gerade über mir sang ein Mann ‹Rocked in the Cradle of the Deep› und hörte den ganzen langen Weg nicht wieder auf. Ein Blinder, der Geld einsammelte, mit einem Leierkasten, Sie können sich also denken, wie schön es war! Von unten herauf roch es immerfort nach Essen und heißem Maschinenöl. Es dauerte Stunden und Stunden, und kilometerweit, ohne Übertreibung, liefen greuliche Jungens am Ufer neben dem Dampfer her, in diesem ekelhaften Themseschlamm. Bis zum Leib sanken sie ein, die Hosen hatten sie aufgekrempelt, und der unbeschreibliche Dreck ging ihnen bis an die Hüften. Die ganze Zeit sahen sie zu uns herüber und kreischten, genau wie Aasvögel kreischen: ‹Hierher, Sie! Hierher, Sie! Hierher, Sie!› Ein widerliches Geschmeiß, es war einfach nicht mehr anständig. Und an Bord die Familienväter, die lachten, wenn die Jungens mitten in den fürchterlichen Dreck traten, und ihnen ab und zu einen Ha'penny hinwarfen! Und wenn sie die gierigen Gesichter der Jungens gesehen hätten und wie sie in den Morast hineinsausten, wenn das Geldstück geflogen kam – tatsächlich, kein Geier und kein Schakal ist im Traum auch nur halb so scheußlich wie die. Nie wieder fahre ich mit einem Vergnügungsdampfer; im Leben nicht!»

Gerald sah sie die ganze Zeit an, während sie sprach, und seine Augen glitzerten in leiser Erregung. Nicht so sehr, was sie sagte: sie selbst stachelte ihn auf mit feinem, feinem Stich.

«Jeder zivilisierte Organismus hat natürlich sein Ungeziefer», sagte er. – «Wieso?» warf Ursula ein. «Ich habe doch kein Ungeziefer.» – «Das ist es ja gar nicht – nein, die Beschaffenheit des Ganzen – die Familienväter, die darüber lachen und sich einen Spaß daraus machen und ihnen Geld hinwerfen, und die Familienmütter, die die fetten kurzen Knie ausbreiten und essen und essen, immerzu –» erwiderte Gudrun. «Freilich», meinte Ursula, «das Ungeziefer sind gar nicht einmal so sehr die Jungens. Die Leute selbst sind es, der ganze Gesellschaftsorganismus, wie Sie es nennen.» – Gerald lachte. «Einerlei, Sie brauchen nicht mit der Barkasse zu fahren.» Gudrun schoß das Blut in die Wangen bei dem Dämpfer.

Eine Weile waren sie still. Wie ein Wachtposten hatte Gerald auf die Leute acht, die ins Boot wollten. So gut er aussah und so tadellos er sich benahm, seine militärische Art, überall aufzupassen, ging doch auf die Nerven.

«Wollen Sie nun hier Tee trinken oder drüben am Haus, wo das Zelt auf dem Rasen steht?» fragte er. – «Können wir nicht ein Ruderboot haben und ein bißchen wegfahren?» Ursula mußte immer mit der Tür

131

ins Haus fallen. – «Ein bißchen wegfahren?» Gerald lächelte. – «Sehen Sie», rief Gudrun dazwischen, die bei Ursulas ehrlicher Grobheit ganz rot geworden war, «wir kennen ja niemand und sind beinahe ganz fremd hier.» – «Oh, mit ein paar Bekanntschaften will ich Sie schon versorgen.»

Gudrun sah ihn an, ob er es böse gemeint hätte. Dann lächelte sie ihm zu: «Ach, Sie wissen doch, was wir meinen. Können wir nicht einmal dorthin fahren und sehen, wie es da ist?» Sie wies auf einen Hügel mit Bäumen dicht an dem Ufer, wo die Wiesen bis ans Wasser gingen. Der halbe See lag dazwischen. «Da sieht es ganz entzückend aus. Wir könnten da sogar baden. Ist es nicht schön beleuchtet jetzt? Wahrhaftig, beinahe so möchte man sich den Nil denken.»

Gerald mußte über ihre künstliche Begeisterung für den entfernten Ort lächeln. «Ist es auch sicher weit genug?» Aber sogleich fügte er hinzu: «Doch, dahin könnten Sie wohl fahren, wenn wir nur ein Boot hätten. Sie sind ja wohl alle unterwegs.» Er blickte über das Wasser hin und zählte die Ruderboote. – «Ach, das wäre schön!» sagte Ursula verloren vor sich hin.

«Und Tee wollen Sie gar nicht?» – «Wir trinken ganz rasch eine Tasse», schlug Gudrun vor, «und machen, daß wir wegkommen.» – Er sah lächelnd von einer zur andern und tat ein bißchen beleidigt, aber nur aus Spaß. «Können Sie denn einigermaßen mit einem Boot umgehen?» – «Ja», sagte Gudrun kalt. «Einigermaßen.» – «O ja», betonte Ursula, «wir rudern beide wie die Wasserspinnen.» – «So? Ich habe noch ein ganz leichtes Kanu, das ich nicht herausgelassen habe, aus Angst, es könnte jemand damit umkippen. Meinen Sie, Sie werden damit fertig?» – «Vollkommen», sagte Gudrun. – «Sie Engel!» rief Ursula. – «Aber bitte, passen Sie auf, daß nichts passiert, um meinetwillen. Ich habe die Verantwortung.» – «Sie können ganz ruhig sein», versicherte Gudrun. – «Obendrein können wir beide schwimmen», sagte Ursula. – «Schön, dann lasse ich Ihnen einen Teekorb einpacken, und Sie können Ihr Picknick ganz allein haben – das wollten Sie doch gern, nicht wahr?» – «Wie herrlich! Das wäre aber wirklich schrecklich nett von Ihnen!» sagte Gudrun warm und wurde wieder rot. Es regte sich ihm das Blut in den Adern bei der Art, wie sie ihn ansah und ihre Dankbarkeit auf den feinsten Wegen in seinen Körper überfließen ließ.

«Wo ist Birkin?» Seine Augen flimmerten. «Er könnte mir helfen, das Boot ins Wasser zu lassen.»

«Was ist mit Ihrer Hand? Sie haben sich doch nicht weh getan?» fragte Gudrun ein bißchen zurückhaltend, als fragte sie nicht gern nach so vertraulichen Dingen. Es war zum erstenmal von der Verletzung die Rede. Die eigentümliche Scheu, mit der sie um das Thema herumschlich, war für seine Nerven eine neue, ganz leise Liebkosung. Er zog die Hand aus der Tasche. Sie war verbunden. Er sah sie an und steckte sie wieder ein. Gudrun überlief es, als sie die gewickelte Pranke sah. «Oh, ich be-

132

helfe mich sehr gut mit einer Hand. Das Kanu ist federleicht. Da ist ja Rupert – Rupert!» Birkin ließ seine geselligen Pflichten im Stich und kam herbei.

«Was haben Sie damit gemacht?» Ursula konnte schon seit einer halben Stunde die Frage nicht mehr bei sich behalten. – «Mit meiner Hand? Ich bin damit in eine Maschine geraten.» – «O Gott! Das hat wohl sehr weh getan?» – «Ja, zuerst sehr. Nun wird es schon besser. Die Finger sind gequetscht.» – «Au!» schrie Ursula wie vor Schmerz. «Ich kann die Leute nicht leiden, die sich verletzen. Ich fühle es dann immer selbst», und schlenkerte mit der Hand.

«Was soll ich?» fragte Birkin. Die beiden Herren trugen das schlanke Boot hinunter und setzten es ins Wasser. «Sie kippen doch sicher nicht damit um?» fragte Gerald. – «Ganz gewiß nicht. Ich wäre doch nicht so gemein, es von Ihnen anzunehmen, wenn ich nur den geringsten Zweifel hätte. Aber ich habe in Arundel selbst ein Kanu gehabt und versichere Ihnen, daß ich damit umzugehen weiß.» So gab Gudrun ihr Wort wie ein Mann, und dann stiegen die beiden in das schwanke Fahrzeug ein und stießen sacht ab.

Die beiden Herren sahen ihnen nach. Gudrun paddelte. Sie fühlte die Männeraugen hinter sich, und das machte sie langsam und ungeschickt. Die Röte schlug ihr ins Gesicht wie eine Fahne. «Allerschönsten Dank», rief sie Gerald vom Wasser aus zu, als das Boot davonglitt. «Es geht herrlich – fast als säße man auf einem Blatt.»

Er lachte über den Einfall. Aus der Ferne klang ihre Stimme schrill und fremd. Er beobachtete sie, als sie davonpaddelte. Etwas Kindliches hatte sie, sie war vertrauensselig und unterwürfig wie ein Kind. Er verwandte kein Auge von ihr. Und Gudrun dünkte sich von Herzen glückselig, dem Mann, der dort am Ufer stand, die kindliche, hingegebene Frau zu sein, dem Mann, der in seinem weißen Anzug so gut und so kraftvoll aussah und obendrein von denen, die sie im Augenblick kannte, der angesehenste war. Den schwankenden, schwer zu fassenden, sprunghaften Birkin, der neben ihm stand, beachtete sie nicht. In ihrem geistigen Blickfeld hatte nur eine Gestalt auf einmal Platz.

Das Boot glitt mit leichtem Plätschern über das Wasser. Sie kamen an den Badenden vorbei, deren gestreifte Zelte zwischen den Weiden am Wiesenufer standen, und dann an den freien, baumlosen Grashängen, die im Licht des Spätnachmittags golden in den See abfielen. Drüben am waldigen Ufer stahlen sich andere Boote unter den Bäumen vorüber, sie hörten lachende Stimmen. Doch Gudrun paddelte weiter der Baumgruppe zu, die wunderbar ausgewogen im goldenen Glanz der Ferne ruhte.

Ein winziges Bächlein floß dort durch moorigen Grund in den See, zwischen Schilf und rosa Weiderich. Daneben lag eine kleine Sandbank. Dort landeten sie behutsam mit dem leichten Boot, zogen Schuhe und Strümpfe aus und wateten durch das seichte Wasser bis ins Gras. Die kleinen Wellenringe waren warm und durchsichtig. Die Mädchen zogen das Boot ans Ufer und sahen sich glückselig um. Sie waren ganz allein an der einsamen kleinen Bachmündung, und auf dem Hügel hinter ihnen standen die schönen Bäume.

«Wir baden erst ein bißchen», sagte Ursula, «und dann trinken wir Tee.» Sie sahen sich um. Kein Mensch konnte sie sehen oder so schnell herankommen, daß er sie überraschen konnte. In weniger als einer Minute hatte Ursula sich ausgezogen und war nackt ins Wasser getaucht. Nun schwamm sie hinaus. Gudrun war rasch bei ihr. Stumm und selig schwammen die beiden eine Weile um die kleine Mündung herum, dann kamen sie ans Land und liefen in den Hain, zwei Nymphen. «Es ist doch schön, frei zu sein», sagte Ursula und lief rasch zwischen den Baumstämmen umher, nackt mit wehenden Haaren. Es war ein Hain von riesigen alten Buchen, ein stahlgraues Gerüst von Stämmen und Ästen, zwischen denen sich leuchtend grüne Zweige waagrecht hin und wider streckten. Im Norden sahen sie die Ferne frei wie durch ein Fenster hereinschimmern.

Als sie sich trocken gelaufen und getanzt hatten, zogen sie sich wieder an und setzten sich zum duftenden Tee. Sie saßen an der Nordseite des Gehölzes, im gelben Sonnenlicht, das den Grasabhang beschien. Da hatten sie ihre kleine, einsame Welt für sich. Der Tee war heiß und würzig, und dazu gab es köstliche kleine Gurken- und Kaviarbrötchen und Weinbiskuits.

«Bist du glücklich, Runa?» sagte Ursula mit einem seligen Blick auf die Schwester. – «Vollkommen glücklich, Ursula.» Gudrun sah ernst in die sinkende Sonne. – «Ich auch.» – Wenn sie zusammen waren und taten, was ihnen Freude machte, verlangten die beiden nach nichts weiter und hatten ihre eigene Welt für sich. Und dies war ein solcher Augenblick, frei und selig und vollkommen, wie nur Kinder ihn kennen, wenn alles aussieht wie ein einziges wonnevolles Abenteuer.

Als sie mit dem Tee fertig waren, blieben sie still und froh im Gras sitzen. Dann fing Ursula, die eine schöne, volle Stimme hatte, leise an: «Ännchen von Tharau». Gudrun saß unter den Bäumen und hörte zu, und das Herz tat ihr weh. Ursula sah so friedlich aus und schien völlig in sich selbst zu ruhen, wie sie da im Gras traumverloren vor sich hinsummte – stark und unangefochten im Mittelpunkt ihrer eigenen Welt. Und Gudrun fühlte sich außen. Dies verzweifelte, angstvolle Gefühl, daß sie am Leben vorbeiging, Zuschauer war, wo Ursula mittat, ließ sie immer wieder der eigenen Leere innewerden und fortwährend danach verlangen, daß Ursula sie beachtete und in ununterbrochener Verbindung mit ihr bliebe.

«Magst du, wenn ich zu der Melodie ein bißchen Dalcroze tanze, Ulla?» sagte sie merkwürdig undeutlich, fast ohne die Lippen zu bewegen. – «Was sagst du?» Ursula sah freundlich überrascht aus ihrem Frieden auf. – «Willst du dazu singen, wenn ich ein bißchen Dalcroze tanze?» Es war Gudrun sehr unangenehm, es noch einmal sagen zu müssen. – Ursula besann sich einen Augenblick und sammelte die schweifenden Gedanken. «Wenn du was –?» – «Dalcroze tanze.» Gudrun litt Qualen vor Verlegenheit, obwohl es ihre Schwester war. – «Ach, Dalcroze! Ich konnte den Namen nicht verstehen. Ja, tu das doch – ich sehe dir schrecklich gern zu.» Ursula strahlte in ihrer Überraschung wie ein Kind. «Was soll ich singen?» – «Sing, was du willst, aus dem Takt kommt mir schon der Tanz.» – Aber Ursula wollte durchaus nichts einfallen. Schließlich begann sie in lachendem Neckton: «Mein Lieb – ist eine stolze Frau –» Gudrun fing langsam in der gymnastischen Manier an zu tanzen, ganz langsam, als lastete ihr eine unsichtbare Kette auf Händen und Füßen. Die Füße pochten auf den Boden und regten sich im Takt, Hände und Arme machten langsamere, gleichmäßige Bewegungen. Bald breitete sie die Arme aus, bald hob sie sie über den Kopf und schwang sie mit aufgehobenem Gesicht weich wieder auseinander, während die Füße immerfort wie gebannt nach dem Takt des Liedes trommelten und liefen. Die weiße, hingerissene Gestalt wehte in geheimnisvollem Überschwang heran, als trüge sie der Atem einer Beschwörung, und schauerte dann zusammen zu einem seltsamen kleinen Anlauf, um sich an anderer Stelle wieder auszubreiten. Ursula saß im Gras und sang mit weit offenem Mund und lachenden Augen, als wäre es ein großer Spaß. Doch wenn von der weißen Gestalt der Schwester, die ganz vom reinen, rasenden Rhythmus ergriffen war, den kein Geist mehr trübt – wenn von der schauernden, wogenden, fließenden Bewegung ein ganz unbewußter, kultischer Zauber sie umgarnen wollte, lohte in ihrem Blick ein gelbes Licht auf, ein mächtiger Wille, durch hypnotischen Zwang der Zauberin jeden ihrer Schritte einzugeben.

«Mein Lieb ist eine stolze Frau – ko-o-ohlschwarz ist sie – wie wär sie grau –!» scholl Ursulas lachendes Spottlied, und immer rascher und wilder wurde der Tanz. Gudrun stampfte, als wollte sie eine Fessel von sich stoßen, warf jäh die Hände in die Luft, stampfte wieder und stürmte mit erhobenem Antlitz, die schöne Kehle voll preisgegeben, halb geschlossenen Auges wie blind heran. Tief und tiefer sank die gelbe Sonne, am Himmel schwebte ein dünner, blasser Mond.

Ursula war ganz hingenommen von ihrem Gesang. Da blieb Gudrun plötzlich stehen und sagte voll mildem Spott: «Ursula!» – «Ja?» Sie wachte aus der Bezauberung auf. Gudrun stand da und zeigte freundlich lächelnd seitwärts. «Ho!» Ursula schrie vor Schreck und sprang in die Höhe. – «Die sind ganz brav», höhnte Gudrun mit klingender Stimme. Zur Linken stand ein kleiner Trupp wolliger Highland-Rinder leuchtend bunt im Abendschein. Die Hörner ragten in den Himmel hinauf, neugierig streckten sie die Mäuler vor, um zu sehen, was das alles heißen sollte. Die Augen glänzten hinter dem Zottelhaar, in den nackten Nasenlöchern lag tiefer Schatten.

«Tun sie auch nichts?» Ursula hatte Angst. Gudrun, die sich sonst vor Kühen fürchtete, schüttelte ein bißchen sonderbar den Kopf, halb zweifelnd, halb spottend, und lächelte ganz leise dazu. «Sie sehen doch entzückend aus, Ursula», rief sie in hohem, durchdringendem Ton. Es klang wie ein Möwenschrei. – «Entzückend!» Ursula zitterte. «Aber tun sie auch wirklich nichts?» – Wieder sah Gudrun mit einem Rätsellächeln die Schwester an und schüttelte den Kopf. «Sie werden schon nicht.» Es klang, als müßte sie es sich selbst erst einreden, und doch, als ob sie auf eine geheime Kraft in sich vertraute und sie auf die Probe stellen müßte. «Setz dich hin und sing weiter», rief sie hell und durchdringend.

«Ich bin bange», sagte Ursula kläglich und sah sich das gedrungene, kräftige Vieh an, das mit steifen Knien dastand und aus bösen, dunklen Augen durch die wirren Haarfransen glotzte. Doch ließ sie sich ins Gras nieder und saß da wie vorher. – «Die tun uns nichts», scholl es laut zurück. «Fang doch an, du mußt nur singen.» Offenbar hatte Gudrun ein sonderbares Begehren, vor den schönen, kräftigen Rindern zu tanzen. Ursula fing an, aber sie tremolierte und sang unrein: «Drunten in Tennessee –»

Man hörte ihr die helle Angst an. Doch Gudrun bewegte sich mit ausgebreiteten Armen und erhobenem Gesicht in eigentümlich zuckendem Tanz auf die Rinder zu. Wie bezaubert hob sie ihnen den Leib entgegen, die Füße trippelten ganz unsinnig, die Arme, die Handgelenke, die Finger streckten und hoben und senkten sich, reckten und streckten sich und sanken wieder herab. Sie hob die Brüste und schüttelte sie, warf den Kopf zurück und zeigte dem Vieh die bloße Kehle, wie außer sich vor Lust. Unmerklich kam sie den Rindern immer näher, die unheimliche weiße Gestalt. Vom eigenen Wahnsinn hingerissen, wallte sie in wundersamen Hin und Wider auf die Tiere zu, die erwartungsvoll dastanden und wie stutzig die Köpfe vor ihr duckten. Die kahlen Hörner ragten in den klaren Abend hinein, sie sahen gebannt auf die weiße Frau, die ihnen in den hypnotischen Windungen des Tanzes langsam nahte. Sie konnte sie fühlen, sie standen unmittelbar vor ihr. Es war, als spränge vom Pulsschlag der Tierbrust ein Funken in ihre Finger über. Bald mußte sie sie berühren, tatsächlich anfassen. Angst und Genuß durchschauerte sie, fürchterlich. Und dazu sang Ursula in einem fort wie behext ihr hohes, dünnes Liedchen, das, einer Beschwörung gleich, schneidend in den verlöschenden Abend drang.

Gudrun hörte die Rinder schwer atmen vor hilfloser, regungsloser Angst. Tapfere Tiere waren das, diese wilden schottischen Ochsen, wild und wollig! Plötzlich schnaubte der eine, senkte den Kopf und suchte das Weite.

«Hüh! H-ü-ü-üh!» scholl es auf einmal laut vom Rande des Wäldchens. Die Rinder stutzten und wandten sich zur Flucht den Hügel hinauf, von den langen Haaren umweht wie von Feuersglut. Gudrun hielt inne und stand stumm auf dem Gras, Ursula sprang auf.

136

Es waren Gerald und Birkin, die sie suchten, und Gerald hatte geschrien, um die Rinder zu verjagen.

«Was fällt Ihnen ein?» rief er jetzt laut, verwundert, unwillig. – «Was wollen Sie hier?» rief Gudrun schneidend zurück. – «Was fällt Ihnen denn ein?» Er wiederholte sich automatisch. – «Wir haben Dalcroze getanzt», lachte Ursula. Es klang ein bißchen unsicher. Gudrun sah den beiden von fern mit großen, zornigen, dunklen Augen entgegen und blieb eine Weile unschlüssig stehen. Dann ging sie weg, den Hügel hinauf hinter den Rindern her, die weiter oben wie gebannt beisammen standen.

«Wo wollen Sie hin?» rief Gerald ihr nach und folgte ihr den Abhang hinauf. Die Sonne war hinter den Hügel gesunken, und Schatten schmiegten sich über die Erde. Der Himmel war überflutet von schweifendem Licht.

«Ein kümmerliches Tanzlied!» sagte Birkin zu Ursula. Er stand vor ihr, ein hämisches Lachen flackerte ihm im Gesicht. Im nächsten Augenblick begann er selbst leise vor sich hin zu singen und einen kunstvollen, unheimlichen Tanz zu tanzen. Die Glieder und der ganze Leib fingen locker an zu schlenkern, bleich flackerte das Gesicht, der einzig ruhende Pol, während die Füße in wildem Hohn auf dem Boden trampelten und der Körper lose schlotternd wie ein Schatten zwischen Kopf und Sohlen hing.

«Wir sind ja wohl alle rasend geworden», lachte sie ängstlich. – «Schade, daß wir nicht noch rasender sind!» versetzte er und tanzte unaufhörlich seinen Schütteltanz. Dann beugte er sich auf einmal zu ihr hinüber und küßte ihr leise die Finger. Sein Gesicht kam ihr ganz nahe und grinste ihr bleich in die Augen. Sie wich beleidigt zurück.

«Gekränkt –?» fragte er ironisch und war plötzlich ganz still und zurückhaltend geworden. «Ich dachte, Sie möchten das leicht Phantastische.» – «So nicht.» Sie war verwirrt, beinahe verletzt. Doch etwas in ihr konnte von dem Eindruck des schlotternden, lockeren Körpers, den die Muskeln ganz der eigenen Schwere und dem eigenen Schwung überließen, und des blassen, hämischen Gesichts nicht loskommen. Aber sie zog sich unwillkürlich davon zurück und mißbilligte dies Wesen. Bei einem Mann, der für gewöhnlich so tiefernste Dinge redete, war es doch eigentlich eine Unanständigkeit.

«Warum nicht so?» Und sofort fiel er wieder in den unglaublich schnellen, schlaffen Wackeltanz zurück und blinzelte sie boshaft dabei an. Wie er so rasch auf einem Fleck tanzte, kam er ihr dabei doch ein bißchen näher, reckte sich mit unglaublich spöttischem Gefunkel in den Zügen zu ihr hinüber und hätte sie von neuem geküßt, wenn sie nicht zurückgefahren wäre.

«Nein, nein!» Sie hatte wirklich Angst. – «Also doch Cordelia», höhnte er. – Es gab ihr einen Stich, als wäre es eine Beleidigung. Sie wußte, er hatte es so gemeint, und wußte nicht, was das bedeuten sollte. «Und Sie, warum müssen Sie immer Ihr schrecklich volles Herz auf den Lippen tragen?» – «Damit ich es schneller ausspucken kann.» Er hatte selbst Freude an seiner Antwort.

Gerald Crich ging mit zusammengepreßtem, begierig glänzendem Gesicht raschen Schrittes den Hügel hinauf, Gudrun nach. Die Rinder standen oben an einem Abhang, steckten die Mäuler zusammen und beobachteten, was unten vorging: den Mann in Weiß, der die weiße Frauengestalt verfolgte, nd vor allem Gudrun selbst, die langsam auf sie zukam. Eben blieb sie stehen, warf einen Blick zurück zu Gerald und sah dann zu ihnen hinauf. Da hob sie mit einem Ruck die Arme in die Höhe und rannte in immer neuen unregelmäßigen Ansätzen stracks auf die langgehörnten Ochsen zu. Hin und wieder blieb sie einen Augenblick stehen und sah sie sich an, dann hob sie wieder die Hände und schauerte vorwärts, blitzschnell, bis das Vieh aufhörte zu scharren und schnaubend vor Angst mit erhobenen Köpfen davongaloppierte in den Abend hinein. Immer kleiner und kleiner wurden die Ochsen und standen immer noch nicht still. Gudrun starrte ihnen nach. Ihr Gesicht war eine trotzige Maske.

«Wollen Sie sie denn ganz verrückt machen?» Gerald hatte sie eingeholt. Sie beachtete ihn nicht und wandte nur das Gesicht ab. «Hören Sie, das kann gefährlich werden. Die werden unangenehm, wenn sie kehrtmachen.» – «Wohin kehrt? Noch weiter weg?» höhnte sie laut. – «Nein, auf Sie los.» – «Auf mich?»

Er gab darauf keine Antwort und sagte nur: «Jedenfalls haben sie neulich dem Bauern eine Kuh aufgespießt.» – «Das kann mir doch einerlei sein.» – «Mir war es aber nicht einerlei. Es sind meine Ochsen.» – «Wieso Ihre? Sie haben sie doch nicht aufgegessen. Ach, bitte, schenken Sie mir einen, jetzt gleich!» Sie hielt ihm die Hand hin. – «Sie wissen ja, wo sie sind.» Er wies über den Hügel. «Wenn Sie nachher einen geschickt haben wollen, können Sie ihn haben.»

Sie sah ihn mit unergründlichen Augen an. «Sie meinen wohl, mir wäre vor Ihnen und Ihren Ochsen bange?» – Seine Augen zogen sich gefährlich zusammen, über sein Gesicht spielte ein leises Herrenlächeln. «Wie sollte ich darauf kommen?» – Sie sah ihn immerfort mit weit offenen, dunklen, urwelthaften Augen an. Dann beugte sie sich vor, holte aus und schlug ihm leicht mit dem Handrücken ins Gesicht. «Darum.»

Sie spürte ein unbezähmbares Verlangen in der Seele, ihm etwas Böses zu tun. Die Angst und den Schreck ihres bewußten Ich unterdrückte sie. Sie wollte tun, was sie tat, und nicht feige sein.

Er fuhr vor dem leisen Schlag zurück und wurde leichenblaß. Eine gefährliche Flamme schlug ihm in die Augen, sie wurden ganz dunkel. Eine kleine Weile konnte er nicht sprechen, so war ihm das Blut in die Lunge geschossen. Sein Herz dehnte sich bis zum Bersten vor dem gewaltigen, nicht zu meisternden Schwall des Gefühls. Es schien ein Damm in ihm gebrochen, und die schwarzen Wogen überschwemmten sein Inneres. «Sie haben den ersten Schlag getan», sagte er schließlich. Er zwang sich die Worte aus der Lunge, und sie kamen so weich und leise heraus, daß sie meinte, sie hätte sie geträumt und sie wären gar nicht durch die äußere Luft an ihr Ohr gedrungen. – «Und ich werde auch den letzten tun», antwortete sie unwillkürlich. Sie schien ihrer Sache gewiß zu sein. Er schwieg und widersprach ihr nicht.

Nachlässig stand sie da und starrte von ihm weg in die Ferne. An der Grenze des Bewußtseins tauchte ihr wohl die Frage auf: ‹Wie kommst du dazu, dich so unmöglich und so lächerlich zu benehmen?› Aber sie war trotzig und schob die Bedenken weg, so weit es ging. Ganz gelang es ihr nicht, und sie wurde verlegen.

Gerald war sehr blaß. Er ließ sie nicht aus den Augen. In seinen Augen glänzten helle Lichter, er schien völlig versunken. Plötzlich wandte sie sich zu ihm. «Hören Sie, Sie sind schuld daran, daß ich so bin.» Es klang, als wollte sie ihm das einreden. – «Ich? Wieso?» – Aber sie wandte sich ab und ging hinunter nach dem See. Unten auf dem Wasser tauchten schon bunte Laternen auf und schwebten, warme, bleiche Flammengeister, im blassen Dämmerlicht. Die Erde war vom Dunkel wie mit Lack überzogen. Darüber wölbte sich der bleiche, grünliche Himmel, ein Ende des Sees war milchweiß. Fern vom Steg her spannen sich haarfeine bunte Strahlen durch das Zwielicht. Die Barkasse wurde erleuchtet. Ringsum krochen die Schatten aus den Bäumen hervor.

Gerald, weiß wie ein Geist in seinem leichten Anzug, folgte Gudrun den Grashang hinab. Sie wartete auf ihn. Als er herangekommen war, reckte sie sanft die Hand aus, rührte ihn an und sagte weich: «Seien Sie mir nicht böse.» Es lohte in ihm auf, er war seiner nicht mehr bewußt. Er stammelte nur: «Ich bin dir nicht böse. Ich hab dich lieb.» Er war von Sinnen und rang nach ein bißchen äußerer Fassung, um sich nicht ganz zu verlieren. – Sie lachte ihn aus mit feinem Silberlachen. Es klang unerträglich zärtlich. «So geht es auch», sagte sie.

Er konnte den furchtbar lastenden Nebel im Kopf, das grauenhafte Schwinden jeglicher Besinnung und Gewalt über sich selbst nicht länger ertragen und packte ihren Arm mit der einen gesunden Hand, als wäre die Hand von Eisen. «Nun ist doch alles gut?» Er hielt sie fest. – Sie sah in das Gesicht mit den reglosen Augen, das sie anstarrte, und das Blut lief ihr kalt durch die Adern. «Alles gut», hauchte sie wie aus einer Betäubung, in leisem, hexenhaftem Sington. Er ging neben ihr, ein Körper ohne Geist. Im Gehen kam er ein wenig zu sich. Es tat furchtbar weh. Als Junge hatte er seinen Bruder erschossen und war ein Ausgestoßener wie Kain.

Sie fanden Birkin und Ursula in lachendem Gespräch zusammen bei den Booten sitzen. Birkin hatte Ursula geneckt. «Merken Sie, daß es hier ein bißchen nach Sumpf riecht?» Er schnupperte. Er hatte eine sehr empfindliche Nase und konnte Düfte gleich erkennen. «Es riecht ganz gut», meinte sie. – «Nein, beängstigend.» – «Wieso beängstigend?» lachte sie.

«Es siedet und siedet, ein Strom der Finsternis, und erzeugt Wasserlilien und Schlangen, und die Irrlichter, und wälzt sich immer, immer weiter. Daran denken wir nie, daß er immer weiterströmt.» – «Wer?» – «Der andere Strom, der schwarze Strom. Wir sehen immer nur den silbernen Strom des Lebens, der alle Welt zum Licht erweckt und immer weiterfließt bis in den Himmel, in das ewige Meer des Lichts. Da wimmeln die Myriaden Engel. Aber der andere ist unsere eigentliche Wirklichkeit.»

«Welcher andere denn? Ich sehe keinen andern.» – «Und trotzdem ist er Ihre Wirklichkeit – der finstere Strom des Vergehens. Sehen Sie, genau so wie der lichte Strom strömt in uns das schwarze Verderben. Und aus ihm stammen unsere Blumen – unsere schaumgeborene Aphrodite, all die schillernden weißen Blüten sinnlicher Schönheit, all unsere heutige Wirklichkeit.» – «Meinen Sie denn wirklich, Aphrodite wäre der Tod?» – «Ja, mir scheint, sie ist das blühende Mysterium des Sterbens. Wenn der Strom aufbauender Schöpfung versiegt, dann haben wir an dem entgegengesetzten Vorgang teil, dann sind wir Kinder der zerstörenden Schöpfung. Aphrodite ist geboren in der ersten Zuckung des Weltzerfalls – dann kamen die Schlangen, die Schwäne, die Lotosblumen – Sumpfblüten – und Gudrun und Gerald –, sie alle sind Kinder der zerstörenden Schöpfung.»

«Und Sie und ich?» – «Wahrscheinlich auch. Zum Teil sicher. Ob wir es ganz sind, weiß ich noch nicht.» – «Sie meinen, wir wären Blüten der Verwesung – *fleurs du mal*? Ich fühle mich nicht danach», wehrte sie sich.

Er schwieg eine Weile. «Ich fühle mich nicht, als wären wir es durch und durch. Manche Leute sind reine Blüten dunkler Fäulnis, Wasserrosen. Aber es muß doch auch glühende, warme Rosen geben. Sie wissen ja, Heraklit sagt: ‹Trockener Glanz ist die beste Seele.› Ich verstehe so gut, was das heißt. Sie nicht auch?» – «Ich weiß nicht so recht. Aber wenn nun alle Menschen Blüten der Verwesung sind, solange sie nur Blüten sind – ist es doch ganz gleich.»

«Ganz gleich – und ganz etwas anderes. Der Zerfall geht weiter, genau wie die Zeugung. Er vollzieht sich nach und nach – und endet im Allnichts, im Weltuntergang, wenn Sie so wollen. Aber warum ist denn der Weltuntergang nicht genausogut wie der Anfang?» – «Das ist wohl kaum anzunehmen.» Ursula wurde ungeduldig. – «O doch, am Ende gewiß. Er bedeutet eine neue Schöpfungsperiode nach uns – für uns nicht mehr. Wenn er das Ende ist, so sind wir Kinder des Endes – *fleurs du mal*, meinetwegen. Wenn wir aber *fleurs du mal* sind, dann sind wir keine Rosen des Glücks, sehen Sie wohl.» – «Aber mir scheint es doch so. Mir scheint doch gerade, ich bin eine Rose des Glücks.» – «Eine künstliche?» fragte er ironisch. – «Nein – eine echte.» – Er hatte ihr weh getan.

«Wenn wir das Ende sind, so sind wir nicht der Anfang», sagte er. –
«Doch. Der Anfang kommt aus dem Ende.» – «Nach ihm, nicht aus
ihm. Nach uns, nicht aus uns.»

«Wissen Sie, eigentlich sind Sie doch ein rechter Teufel. Sie wollen
uns die Hoffnung in Stücke schlagen. Wir sollen Kinder des Todes sein,
Sie wollen es ja.» – «Nein. Nur, daß wir uns selber kennen.» – «Oho!»
rief sie zornig. «Bloß den Tod sollen wir kennen.»

«Sie haben ganz recht», kam Geralds weiche Stimme hinten aus dem
Dunkel. Birkin stand auf. Gerald und Gudrun kamen herbei. Es gab
eine Gesprächspause, sie steckten sich Zigaretten an. Birkin gab einem
nach dem andern Feuer. Das Zündholz flackerte im Halbdunkel auf, und
nun saßen sie alle friedlich am Wasser beisammen und rauchten. Inmitten der dunklen Landschaft war der See kaum noch zu erkennen, der
Tag erlosch. Man war wie im Nirgends. Alles ringsum war verschwommen, ungreifbar; geisterhafte Klänge von Banjos und ähnlichen Instrumenten schwirrten umher.

Als droben der goldene Streif zerfloß, schien der Mond heller und begann seine Herrschaft herabzulächeln. Die schwarzen Wälder gegenüber
zerschmolzen in das allgemeine Dunkel. Und in die weite Schattenwelt
drangen überall verstreute Lichter. Weiter unten am See reihten sich
feenhafte bleiche Farbenschnüre aus trüben Feuerperlen auf, grün und
rot und gelb. Auf einmal schwoll die Musik an, die hell erleuchtete Barkasse fuhr in das große Dunkel hinaus. Nun tummelte sie sich darin
mit ihren spukhaften Lichtkonturen, unter fortwährenden kleinen Mu-
sikschnaufern.

Alles zündete die Lichter an. Überall, bis zum fernen Ende des Sees,
wohin das Dunkel nicht reichte und wo unter dem letzten weißen Schein
am Himmel das Wasser milchig dalag, schwammen hier und da auf unsichtbaren Booten, dicht über dem bleichen Spiegel, die schwanken, lichten Lampions. Man hörte Ruderschlag. Ein Boot glitt aus dem bleichen
Schein in den tiefen Schatten unter den Bäumen, wo seine Laternen feu-
rig auflohten, schöne, glühende Kugeln. Und aus dem Wasser leuchtete
der düsterrote Schimmer wider und heftete sich an das Boot. Wohin man
sah, strichen die stummen, rötlich glimmenden Feuerwesen dicht über das
Wasser, verfolgt von hingehauchten, kaum sichtbaren Spiegelbildern.

Birkin hatte die Lampions aus dem größeren Boot geholt, und die vier
weißen, dämmerigen Gestalten standen um sie herum und wollten sie
anzünden. Ursula öffnete den ersten, und Birkin senkte das Licht aus
dem rosig glühenden Becher seiner Hand tief in die Papierlaterne hinein. Als sie angezündet war, traten alle zurück und sahen den großen
blauen Mond an Ursulas Hand hängen und ihr Gesicht seltsam beleuch-
ten. Die Kerze flackerte, und Birkin beugte sich über den Lichtbrunnen.
Sein Gesicht glomm auf wie eine Erscheinung, ganz unbewußt und doch
dämonisch. Ursula stand vom Dunkel verschleiert über ihm und war
kaum zu erkennen.

«Jetzt brennt's», tönte weich seine Stimme. Ursula hob den Lampion in die Höhe. Ein Zug Störche war darauf, der durch einen hellen türkisblauen Himmel über eine dunkle Erde flog. «Ist das schön!» sagte sie. – «Entzückend», stimmte Gudrun ein. Sie wollte auch einen in der Hand halten und in all seiner Pracht vor sich schweben lassen.

«Zünden Sie mir auch eine Laterne an», bat sie. Gerald stand neben ihr und war zu allem unfähig. Birkin zündete ihr eine an. Ihr schlug das Herz vor Ungeduld, ob es wohl schön würde. Primelgelb war sie, mit großen, steilen Blumen, die dunkel aus dunklen Blättern emporwuchsen und die Köpfe in den primelgelben Tag reckten, während Schmetterlinge sie in dem klaren, reinen Licht umschwärmten.

Über Gudruns Lippen brach ein leiser Aufschrei, als täte die Freude ihr weh. «Wie schön, o wie schön!» Die Schönheit ging ihr wirklich durchs Herz, sie war über sich selbst hinausgehoben. Gerald beugte sich nahe zu ihr in ihren Lichtkreis, als wollte er die Papierlaterne betrachten. Er kam ganz dicht heran, so daß er sie berührte, und sah mit ihr zusammen auf die gelblich schimmernde Kugel. Sie wandte ihr Gesicht dem seinen zu, das vom Laternenschein matt erhellt war, und sie standen vereint in einem Licht, dicht beieinander im engen Lichtkreis, und die ganze übrige Welt war draußen.

Birkin blickte weg und holte Ursulas zweite Laterne. Darauf war ein blaßrötlicher Meeresgrund mit schwarzen Taschenkrebsen und Seetang, der in welligen Strähnen durch ein klares Meer spülte, das oben in flammende Glut überging. «Sie haben den Himmel droben und die Gewässer unter der Erde», sagte Birkin. – «Alles außer der Erde selbst», lachte sie und sah seinen emsigen Händen zu, die sich um die Kerze zu schaffen machten.

«Ich vergehe vor Neugier, wie wohl mein zweiter aussieht», sagte Gudrun mit bebender Stimme. Es klang ein wenig scharf, als wollte sie die andern wegweisen. Birkin ging hin und zündete den Lampion an. Er war von schönstem Blau, mit einem roten Boden. Ein großer weißer Tintenfisch schwamm darin durch weiche weiße Ströme. Das Auge des Tintenfisches stierte mitten aus der Kerzenflamme kalt und unverwandt auf den Beschauer.

«Das ist ja fürchterlich», rief Gudrun ganz entsetzt. Gerald, der bei ihr stand, lachte leise. – «Ja, finden Sie es denn nicht zum Fürchten?» – Er lachte noch einmal: «Tauschen Sie doch mit Ursula und nehmen Sie die Taschenkrebse.»

Gudrun besann sich einen Augenblick. «Ursula», fing sie an, «könntest du dies entsetzliche Ding ertragen, wenn es dein wäre?» – «Die Farbe finde ich wundervoll», war die Antwort. – «Ich auch. Aber hieltest du es aus, ihn über deinem Boot schaukeln zu sehen? Man möchte ihn doch sofort zerknüllen.» – «O nein, ich nicht.» – «So wäre es dir einerlei, diesen anstatt der Taschenkrebse zu nehmen? Macht es dir wirklich nichts aus?»

Gudrun kam herbei, um die Lampions auszuwechseln. «Gar nichts», sagte Ursula und gab die Krebse für den Tintenfisch hin. Doch die Art, wie Gudrun und Gerald sich ein Vorrecht vor ihr anmaßten, wurmte sie ein bißchen. «Kommt», sagte Birkin, «wir wollen sie an die Boote stekken.»

Er und Ursula gingen zu dem großen Boot. «Du ruderst mich wohl wieder zurück, Rupert», kam Geralds Stimme aus dem bleichen Abendschatten. – «Willst du nicht mit Gudrun ins Kanu? Das wäre doch hübscher.» Einen Augenblick war alles still. Kaum erkennbar standen Birkin und Ursula mit den leise schwingenden Laternen am Wasser. Die ganze Welt war wie ein Märchen.

«Geht das auch?» sagte Gudrun. – «Mir wäre es schon recht. Aber Ihnen? Und wer soll paddeln? Ich sehe nicht ein, weshalb Sie mich fahren sollen.» – «Warum denn nicht? Ebensogut wie ich Ursula gerudert habe.» Er hörte aus ihrem Ton, daß sie ihn im Boot für sich haben wollte und ihre geheime Freude daran hatte, sich und ihn in ihrer Macht zu haben. So ergab er sich, wie man sich einer Naturgewalt unterwirft.

Sie gab ihm die Laternen und befestigte den Stock hinten am Kanu. Er folgte ihr, die Lampions stießen schwankend gegen seine weißen Flanellhosen und ließen rings das Dunkel nur noch schwärzer erscheinen. «Küß mich, ehe wir fahren», kam seine Stimme weich von oben aus dem Dunkel. Sie hielt inne und war im Augenblick wirklich überrascht: «Warum denn das?» – «Warum?» wiederholte er ironisch.

Eine Weile sah sie ihn regungslos an. Dann neigte sie sich zu ihm und küßte ihn mit schwellendem Kuß und verweilte lange auf seinen Lippen. Endlich nahm sie ihm die Lampions ab. Er aber verging an dem Feuer, das ihm in allen Gliedern brannte.

Dann hoben sie das Kanu ins Wasser, Gudrun setzte sich, und Gerald stieß ab. «Tut das der Hand auch nichts?» fragte sie besorgt. «Ich hätte es doch genausogut machen können.» – «Ich tu mir nicht weh.» Die leise, weiche Stimme streichelte sie mit unsäglicher Schönheit.

Sie sprach ihn an, wie er dicht vor ihr am Heck saß, ganz dicht. Er saß mit ausgestreckten Beinen, seine Füße berührten die ihren. Und sie paddelte leise und zögernd und sehnte sich nach einem vielsagenden Wort. Aber er schwieg still.

«So ist es doch schön», fragte sie weich und fürsorglich. Er lachte auf. – «Es ist noch Raum zwischen uns.» Es kam wieder so leise und unbewußt, als hätte etwas in ihm gesprochen. Und wie durch Zauber wurde ihr klar, wie das Boot sie wiegend voneinander getrennt hielt. Da verstand sie ihn, und die Sinne wollten ihr vor brennendem Genuß vergehen.

«Ich bin ja ganz nahe», sagte sie heiter und zärtlich. – «Und doch so weit, so weit.» – Wieder war sie stumm vor Seligkeit, ehe sie antworten konnte: «Wir können uns wohl nicht anders hinsetzen, solange wir auf dem Wasser sind.» Sie sprach mit rauher, erschütterter Stimme. Es liebkoste ihn heimlich und wundersam, er war ihr auf Gnade und Ungnade ausgeliefert.

Ein Dutzend Boote und noch mehr wiegten die rosenfarbenen Monde dicht über dem See, und das Wasser spiegelte ihr Licht wie Feuerschein. In der Ferne drohnte und schmetterte es vom Dampfer her. Die Räder ließen sacht das Wasser aufspritzen, und darüber spannten sich die bunten Lichterketten. Ab und zu hellte grelles Feuerwerk gespenstisch die Szene auf. Leuchtkugeln, Raketen und andere einfache Ergötzlichkeiten beleuchteten den Spiegel des Sees, und man sah die Boote darauf herumkriechen. Dann deckte das schöne Dunkel alles wieder zu. Die Lampions und die kleinen bunten Perlenschnüre glommen wie vorher, gedämpfter Ruderschlag drang ans Ohr, und dazwischen verwehte Musik.

Gudrun paddelte fast unmerklich. Dicht vor ihr sah Gerald Ursulas blau und rosa Papierlaternen im Takt von Birkins Ruderschlag leise Wange gegen Wange schwingen, im Kielwasser jagten sich huschende, immer wieder neu aufschillernde Lichter. Und von hinten kam der zarte Farbenschimmer der eigenen Lampions.

Gudrun zog das Ruder ein und blickte umher. Das Kanu hob sich mit jeder gelinden Bewegung des Wassers. Geralds weiße Knie waren ganz dicht bei ihr.

«Wie schön!» sagte sie weich, ehrfürchtig fast. Sie sah ihn an, wie er zurückgelehnt vor dem Laternenschimmer saß, und konnte sein Gesicht sehen. Wenn es auch ganz im Schatten lag, war es doch wie ein Stück Dämmerung. Und die Leidenschaft brannte ihr in der Brust. Er war so schön in seiner verschwiegenen, geheimnisvollen Männlichkeit, die als ein reiner Hauch von ihm ausströmte, wie starker Duft von weichen, festen Formen: eine wundervoll kräftige Gegenwart. Es ging ihr durchs Herz und kam über sie wie Rausch und Verzückung. Ihn anzusehen, war ihr lieb. Sie wollte ihn jetzt nicht anrühren, nicht weiter in das beglückende Wesen seines lebendigen Körpers eindringen. Unantastbar war er und doch so nahe. Ihre Hände lagen wie schlafend auf dem Ruder, nur sehen wollte sie ihn als durchsichtigen Schatten und seines Daseins unmittelbar inne sein.

«Ja», sagte er unbestimmt, «es ist wunderschön.» Er horchte auf die leisen Geräusche in der Nähe, auf die Tropfen, die vom Ruder fielen, auf das feine Pochen der gegeneinanderstoßenden Lampions. Dann und wann hörte er Gudruns weiten Rock rauschen, ein fremder Landton im Wasserreich. Sein Denken war fast untergegangen. Zum erstenmal in seinem Leben war er übergeflossen, verronnen in die Dinge um ihn her. Sonst hielt er sich immer scharf aufmerksam, straff und unnachgiebig angespannt. Jetzt aber hatte er losgelassen und schmolz unmerklich in eins mit dem Ganzen. Es war wie ein tiefer Schlaf. Der erste reine Schlaf seines Lebens. Sonst war er immer ganz Energie gewesen, ganz Wachsamkeit. Aber hier war Schlaf und Friede und völliges Verlöschen.

«Soll ich zum Steg rudern?» fragte Gudrun sehr leise. – «Irgendwohin. Nur treiben lassen.» – «Dann sagen Sie mir Bescheid, wenn etwas vor uns liegt, damit wir nicht anstoßen.» Sie sprach ganz still und tonlos, wie man im innigsten Vertrauen spricht. – «Das sehen wir schon an den Lichtern», sagte er.

So trieben sie stumm dahin. Keiner regte sich. Er wollte nur Stille, reine Stille. Aber sie war unruhig und hätte gern ein Wort von ihm gehabt. «Es vermißt Sie doch niemand?» fragte sie, um ihn zum Sprechen zu bringen. – «Mich vermissen? Nein! Wieso?» – «Ich dachte nur, ob nicht vielleicht jemand Sie suchte.» – «Weshalb sollten sie mich suchen?» Da fielen ihm seine guten Manieren wieder ein. «Vielleicht möchten Sie nach Hause.» Seine Stimme klang ganz anders. – «Nein, ich will nicht nach Hause», erwiderte sie. «Gewiß nicht.» – «Es schadet doch sicher nichts, daß Sie hier sind?» – «Auf keinen Fall.»

Und sie schwiegen wieder. Von der Barkasse dröhnte und heulte es, sie hörten jemand singen. Da erscholl ein gewaltiger Schrei, als stürzte die Nacht zusammen. Wildes Durcheinanderrufen gellte über das Wasser, und dann kam das gräßliche Getöse von gewaltsam zurückgedrehten Schaufelrädern.

Gerald fuhr auf, Gudrun sah ihm voll Angst ins Gesicht. «Da ist jemand im Wasser», sagte er zornig, verzweifelt, und sah scharf in das Dunkel hinein. «Können Sie hinrudern?» – «Wohin? Zur Barkasse?» Gudrun verlor die Nerven. – «Ja.» – «Sie sagen mir, wenn ich nicht geradeaus fahre», sagte sie verängstigt. – «Sie haben ungefähr die Richtung.» Das Kanu fuhr schnell davon. Das Geschrei und der Lärm auf dem Wasser hörten nicht auf und klangen grauenhaft durch die Nacht.

«Das mußte doch so kommen», sagte Gurdun mit schwerer, gehässiger Ironie. Aber er hörte kaum, und sie blickte über die Schulter, um zu sehen, wohin sie fuhren. Das dämmerige Wasser war mit lieblich schwingenden Lichtblasen übersät. Die Barkasse schien nicht mehr weit, sie wiegte in der Frühnacht ihre Lichter. Gudrun ruderte so schnell sie konnte. Jetzt, wo es Ernst wurde, hatte sie einen unsichern, ungeschickten Schlag, und es wurde ihr schwer, rasch zu paddeln. Sie warf einen Blick auf sein Gesicht. Er starrte in die Dunkelheit hinaus, ganz Spannung und Umsicht, ganz bei sich selbst, ganz Werkzeug. Ihr sank das Herz, es war wie der Tod. ‹Wie wird denn einer ertrinken›, sagte sie sich. ‹Unmöglich. So etwas Übertriebenes kommt doch nicht vor.› Aber ihr Herz war kalt, weil sein Gesicht so straff und unmenschlich war. Sie hatte das Gefühl, als gehörte er von Natur zu Grauen und Untergang und wäre nun wieder er selbst.

Dann erscholl eine Kinderstimme, der hohe, durchdringende Angstschrei eines kleinen Mädchens: «Di-di-di-di, o Gott, Di-di-di!» Das Blut floß Gudrun kalt durch die Adern.

«Also Diana», sagte Gerald zwischen den Zähnen. «Die Range mußte wieder Dummheiten machen.» Von neuem warf er einen Blick auf das Ruder, das Boot ging ihm nicht schnell genug. Gudrun kam kaum noch

145

mit dem Paddeln zurecht, so überspannte er ihre Nerven. Sie ruderte aus Leibeskräften weiter. Noch immer riefen und antworteten die Stimmen.

«Wo, wo denn? So ist recht – da. Welches? Nein – nei-i-n. Verflucht noch mal, hier, hier –» Boote schossen von allen Seiten heran, bunte Laternen wehten dicht über dem Wasser, die Reflexe schwankten hastig und gebrochen hinterdrein. Der Dampfer heulte wieder, warum, wußte man nicht. Gudruns Boot flog dahin, die Laternen schwangen hinter Gerald her.

Und dann kam wieder die hohe, schrille Kinderstimme. Jetzt lag ein ungeduldiges Schluchzen darin: «Di-ach Di-ach Di-di!»

Es tönte entsetzlich durch die dunkle Nachtluft. «Du gingest auch besser zu Bett, Winnie», murmelte Gerald vor sich hin. Er bückte sich, machte seine Schuhe auf und stieß sie mit dem Fuß weg. Den weichen Hut warf er auf den Boden.

«Sie können doch nicht ins Wasser mit Ihrer schlimmen Hand», stieß Gudrun leise hervor. Ihr grauste. – «Ach was! Das tut nicht weh.»

Er hatte mühsam die Jacke ausgezogen und ließ sie fallen. Ohne Hut, ganz weiß saß er da. Er fühlte nach seinem Gürtel. Sie näherten sich der Barkasse und sahen sie hoch über sich mit ihren zahllosen Lampen, die schöne Strahlen schossen. Unter dem dunklen Schiffskörper liefen häßliche rote und grüne und gelbe Lichtzungen mit den Wellen über das blanke schwarze Wasser.

«Ach, holt sie doch heraus! Di, süße Di! Bitte, bitte, holt sie heraus! Ach Vati, Vati!» jammerte das Kind wie wahnsinnig. Im Wasser schwamm jemand mit einem Rettungsring. Zwei Boote paddelten heran mit sinnlos schaukelnden Lampions und suchten das Wasser ab. «Ho hier – Rockley! – Ho hier!»

«Mr. Gerald!» kam die entsetzte Stimme des Barkassenführers. «Miss Diana ist über Bord.» – «Ist jemand hinterher?» – «Der junge Herr Doktor Brindell.» – «Wo?» – «Nichts zu sehen. Alles sucht, aber bisher vergeblich.» – Unheimliches Schweigen. «Wo ist es passiert?» – «Mir scheint – ungefähr bei dem Boot», war die unbestimmte Antwort, «dem da mit den roten und grünen Lichtern.» – «Rudern Sie dahin», sagte Gerald ruhig zu Gudrun.

«Hol sie heraus, Gerald, ach bitte, hol sie doch!» schrie das geängstigte Kind. Er achtete nicht darauf. «Lehnen Sie sich da hinaus», sagte er zu Gudrun und stand in dem leichten Boot auf. «Es kippt nicht.»

Im nächsten Augenblick hatte er sich senkrecht ins Wasser fallen lassen. Gudrun schaukelte heftig in ihrem Kanu, flüchtige Lichter wogten im aufgerührten Wasser. Sie merkte, daß ein karger Mond schien und daß Gerald weg war. Es war also möglich, weg zu sein. Ein furchtbares Schicksalsgefühl brachte sie um all ihr Denken und Empfinden. Sie wußte, er war aus der Welt weggegangen, nun war nur noch die Welt da, die leere Welt, in der er fehlte. Die Nacht war weit und leer. Hier und da schwankten Laternen, Leute sprachen halblaut auf der Barkasse und in den Booten. Sie hörte Winifred jammern: «Du mußt sie finden, Gerald, du mußt!» Eine andere Stimme versuchte das Kind zu beruhigen. Gudrun paddelte ziellos umher. Die entsetzlich schwere, kalte, grenzenlose Wasserfläche war ihr über alle Maßen furchtbar. Kam er denn niemals wieder? Sie hatte ein Gefühl, als müßte sie auch ins Wasser springen, um das Entsetzen kennenzulernen wie er.

Sie fuhr auf, jemand hatte gesagt: «Da ist er.» Sie sah das Wasser sich bewegen, wo er geschwommen kam wie eine Wasserratte. Unwillkürlich paddelte sie ihm entgegen. Aber er war dicht bei einem andern, größern Boot. Sie paddelte näher heran, sie mußte nahe bei ihm sein. Da war er – wie ein Seehund sah er aus. Wie ein Seehund sah er aus, als er die Bootsseite faßte. Das blonde Haar klebte um den runden Kopf, auf seinem Gesicht lag milder Glanz. Sie hörte ihn keuchen.

Dann kletterte er ins Boot. Und an der Schönheit seiner arbeitenden weißen Lenden, die wie Nebel über dem Bootsrand leuchteten, wäre sie am liebsten vergangen, gestorben. Die Schönheit der nebelhaft leuchtenden Lenden, als er mit rundem, weichem Rücken ins Boot kletterte – es war zuviel für sie, ihre Augen hatten zu Vollkommenes gesehen. Sie wußte, das war das Schicksal. Fürchterlich hoffnungslos war das Schicksal und die Schönheit, solche Schönheit.

Nicht ein Mensch war er für sie; er war eine Verkörperung, ein Gesicht des Lebens. Sie sah, wie er sich das Wasser aus dem Gesicht wischte und wie sein Blick auf die verbundene Hand fiel. Und sie wußte, daß alles ihr nichts half: sie würde nie über ihn wegkommen. Denn hier kam das Leben selbst zu ihr.

«Lampen aus, man sieht ja nichts», klang auf einmal seine Stimme, mechanisch, ganz aus der Menschenwelt. Sie konnte kaum glauben, daß es eine Menschenwelt gäbe. Sie beugte sich herum und blies die Laternen aus. Es ging schwer. Kein Licht war mehr zu sehen außer den Farbenpünktchen an den Seiten der Barkasse. Die blaugraue, junge Nacht lagerte gleichmäßig über allem. Droben stand der Mond, hier und dort huschten Bootsschatten.

Noch einmal spritzte das Wasser auf, und er war untergetaucht. Gudrun war elend zumute, die große, ebene Wasserfläche lag schwer und tötend da und ängstigte sie. Sie war ganz allein auf der glatten, toten Wasserebene. Und es war keine gute Einsamkeit, nein, kalt und schrecklich, ein ohnmächtiges Warten ganz allein. Sie fühlte, wie das Wirkliche tückisch auf sie lauerte, und sie mußte auf seiner Oberfläche ausharren, bis auch sie in ihm untergehen sollte.

Dann hörte sie an den lauter werdenden Stimmen, daß er wieder in ein Boot geklettert war. Sie sehnte sich nach einer Verbindung mit ihm. Heftig verlangte sie danach über die unsichtbare Wasserfläche hin. Aber um ihr Herz legte sich unerträgliche Einsamkeit, und nichts konnte durch ihren Ring hindurchdringen.

«Weg mit der Barkasse! Hier hat sie keinen Zweck. Leinen her zum

Suchen!» erscholl die herrische, maschinenhafte Stimme, der Klang aus der Alltagswelt. Die Barkasse fing langsam an zu arbeiten.

«Gerald! Gerald!» Es war wieder Winifreds wildes Weinen. Er gab keine Antwort. Langsam trieb die Barkasse herum, in pathetisch schwerer Kurve, und schlich dem Land zu in die Dunkelheit. Das Rauschen der Räder wurde leiser und leiser. Gudrun schwankte in ihrem leichten Boot und tauchte mechanisch das Ruder ein, um sich im Gleichgewicht zu halten.

«Gudrun?» Das war Ursulas Stimme. – «Ursula!» Die Boote legten sich nebeneinander. «Wo ist Gerald?» fragte Gudrun. – «Er ist wieder getaucht», war die betrübte Antwort. «Und ich weiß bestimmt, er darf es nicht mehr, wegen seiner schlimmen Hand, und dann überhaupt.» – «Diesmal bringe ich ihn nach Hause», sagte Birkin. Die Boote schaukelten noch einmal in den Wellen des Dampfers. Gudrun und Ursula spähten nach Gerald aus.

«Da ist er!» Ursula hatte die schärfsten Augen. Er war nicht lange unter Wasser gewesen. Birkin hielt auf ihn zu, Gudrun paddelte hinterher. Langsam schwamm er heran und faßte das Boot mit der verwundeten Hand. Es entglitt ihm, und er fiel zurück.

«Warum helfen Sie ihm denn nicht?» rief Ursula laut. Er kam wieder, und Birkin beugte sich über Bord, um ihm ins Boot zu helfen. Gudrun sah noch einmal, wie Gerald aus dem Wasser kam, aber diesmal geschah es langsam, schwerfällig, mit den blinden Kletterbewegungen eines Amphibiums. Wieder goß der Mond sein mattes Licht auf die nasse weiße Gestalt, auf den runden Rücken und die gewölbten Lenden. Aber diesmal sah der Mann aus wie ein Besiegter. Er kletterte mühsam hinein und fiel schwer ins Boot. Und dann atmete er heiser wie ein krankes Tier. Schlaff und regungslos saß er im Boot, sein Kopf sah stumpf und blind aus wie ein Robbenkopf. Die ganze Erscheinung hatte etwas Unmenschliches, Blödes. Gudrun schauderte und folgte mechanisch seinem Boot. Birkin ruderte stumm nach der Landungsbrücke.

«Wo willst du hin?» fragte Gerald plötzlich, als führe er aus dem Schlaf. – «Nach Hause.» – «Auf keinen Fall», herrschte Gerald ihn an. «Wir können nicht nach Hause, solange die im Wasser sind. Kehr um, ich will sie schon finden.» Die Mädchen erschraken. Seine Stimme klang schroff, gefährlich, halb wahnsinnig, und duldete keinen Widerspruch.

«Nein», sagte Birkin. «Das geht nicht.» Mit den Worten strömte ein geheimnisvoller Zwang auf Gerald über. Er schwieg, ein stummer Kampf zwischen zwei Willen. Fast sah es aus, als wollte er den andern Mann erwürgen. Aber gleichmäßig und unerschütterlich ruderte Birkin weiter, unmenschlich, unausweichlich.

«Warum willst du mich hindern?» Der Ton war voll Haß. Birkin gab keine Antwort. Er ruderte ans Land. Und Gerald saß stumm da wie ein dumpfes Tier, keuchend, mit klappernden Zähnen und leblosen Armen. Sein Kopf sah aus wie ein Robbenkopf.

Sie kamen am Steg an. Gerald war so naß, daß er aussah wie nackt, als er die paar Stufen hinanstieg. Da, in der Nacht, stand sein Vater.

«Vater!» – «Ja, mein Junge? Geh nach Haus und zieh dich um.» – «Sie sind nicht zu retten, Vater.» – «Es ist noch Hoffnung, mein Junge.» – «Ich fürchte, nicht. Man hat ja keine Ahnung, wo sie sind. Nicht zu finden. Und eine Strömung ist da, kalt wie die Hölle.»

«Wir lassen das Wasser ab. Geh nach Hause und ruh dich aus. Paß auf, daß für ihn gesorgt wird, Rupert», fügte er in förmlicherem Ton hinzu.

«Ja, Vater, es tut mir leid. Sehr leid. Ich fürchte, es ist meine Schuld. Nun ist nichts mehr zu machen. Mehr kann ich im Augenblick nicht tun. Ich hätte natürlich weitertauchen können, lange allerdings nicht – es hätte auch nicht viel Zweck –»

Barfuß ging er über die Planken des Stegs. Da trat er in etwas Scharfes. «Du hast natürlich keine Schuhe an», sagte Birkin. – «Hier sind sie», rief Gudrun von unten herauf. Sie machte ihr Boot fest. Gerald wartete, sie brachte ihm die Schuhe. Er zog sie an.

«Wenn man einmal stirbt», sagte er, «und es ist vorbei, dann ist es auch aus. Wozu ins Leben zurück? Da unter dem Wasser ist Platz für Tausende.» – «Für zwei ist genug», sagte sie vor sich hin. – Mühsam zog er den zweiten Schuh an. Er zitterte heftig, beim Sprechen schlugen ihm die Kiefer aufeinander.

«Ja, ja. Kann sein. Aber sonderbar ist es doch, wieviel Platz da unten ist. Eine ganze Welt. Und kalt wie die Hölle. Man ist hilflos, als wäre einem der Kopf abgeschnitten.» Er konnte kaum sprechen, so schlotterte er. «Wissen Sie, da ist etwas mit unserer Familie», fuhr er fort. «Wenn einmal ein Unglück passiert, ist es nie wiedergutzumachen. – Bei uns nicht. Das habe ich mein Leben lang gefunden – man bringt die Sachen nicht wieder zurecht, wenn sie einmal verfahren sind.»

Sie gingen über die Landstraße nach Hause. «Und wissen Sie, wenn Sie da unten sind, ist es so kalt, ja, und endlos – ganz und gar anders als oben, so endlos –, man fragt sich, wie es kommt, daß es so viel Lebendiges gibt – wieso wir eigentlich hier oben sind. Gehen Sie nach Hause? Ich sehe Sie doch wieder, nicht wahr? Gute Nacht, und Dank! Vielen Dank!»

Die beiden Mädchen warteten eine Zeitlang, ob noch Hoffnung wäre. Über ihnen schien klar der Mond mit beinahe frechem Glanz. Die kleinen dunklen Boote hockten auf dem Wasser beisammen, man hörte Reden und gedämpftes Rufen. Alles umsonst. Gudrun ging nach Hause, als Birkin wiederkam.

Er sollte die Schleuse öffnen, durch die das Wasser aus dem See abfloß. Der See hatte an einer Seite, nahe der Landstraße, einen Abfluß und diente als Reservoir, um im Notfall die entfernten Gruben zu versorgen. «Kommen Sie mit», sagte Birkin zu Ursula, «dann bringe ich Sie nach Hause, wenn ich fertig bin.»

Er ging in das Häuschen des Schleusenwärters und holte den Schlüssel. Sie bogen von der Landstraße ab in eine kleine Pforte ein und standen oben über dem Wasser. Ein großes Steinbecken war da und eine Steintreppe, die bis ins Wasser führte. Oben an der Treppe war die Winde für das Schleusentor.

Die Nacht war silbergrau und vollkommen schön bis auf die ruhelosen Stimmen, die überall laut waren. Das graue Mondlicht zog jetzt eine helle Bahn über den See, dunkle Boote fuhren plätschernd darüberhin. Aber Ursulas Kopf nahm nichts mehr wahr, alles war belanglos, wesenlos.

Birkin befestigte die eiserne Kurbel an der Schleusenwinde und drehte mit einem Ruck um. Die Zähne fingen langsam an sich zu heben. Er drehte und drehte wie ein Sklave, seine weiße Gestalt wurde deutlich erkennbar. Ursula blickte weg. Sie konnte den Anblick nicht ertragen, wie er schwer arbeitete, um die Flügel aufzuwinden, und sich beim Drehen mechanisch wie ein Sklave bückte und wieder aufrichtete.

Da fuhr sie zusammen. Aus der dunklen, laubverwachsenen Schlucht jenseits der Landstraße kam ein Plätschern, das rasch zu widrigem Brausen und zu dröhnendem Getöse anschwoll. Unaufhörlich stürzten die gewaltigen Wassermassen schwer herunter. Das eintönige Brausen verschlang die Stille der Nacht. Alles ging darin unter, hoffnungslos. Ursula war zumute, als müßte sie um ihr Leben kämpfen. Sie hielt sich die Ohren zu und sah hinauf zum sanften Mond.

«Können wir noch nicht weg?» rief sie Birkin zu, der das Wasser auf den Stufen beobachtete, ob es noch weiter ablief. Es schien ihn förmlich zu bannen. – Er sah zu ihr hinauf und nickte.

Die kleinen dunklen Boote waren näher herangekommen. An der Hecke bei der Landstraße drängten sich Neugierige, die sehen wollten, was zu sehen war. Birkin und Ursula gaben den Schlüssel im Wärterhäuschen ab und wandten dem See den Rücken. Sie hatte es sehr eilig, sie konnte das furchtbare Getöse des niederstürzenden Wassers nicht aushalten. «Was meinen Sie, sind sie tot?» schrie sie laut, um sich verständlich zu machen. – «Ja.» – «Ist es nicht furchtbar?» Er achtete nicht auf sie. Sie gingen den Hügel hinauf, immer weiter von dem Brausen weg.

«Geht es Ihnen sehr nahe?» fragte sie. – «Die Toten nicht, wenn sie einmal tot sind. Das Schlimmste ist nur, sie hängen sich an die Lebenden und lassen sie nicht los.» Eine Weile sann sie darüber nach.

«Ja», meinte sie dann. «Die Tatsache des Todes ist wohl im Grunde gar nicht so schlimm.» – «Nein. Es liegt doch nichts daran, ob Diana Crich lebt oder tot ist.» – «So, finden Sie das?» Sie war empört. – «Ja. Was hängt denn daran? Für sie ist es besser, sie ist tot – dann ist sie viel mehr. Im Tode ist sie jemand. Im Leben war sie ein unzufriedenes, leeres Ding.» – «Sie sind eigentlich furchtbar», sagte Ursula leise.

«Gar nicht! Mir wäre lieber, Diana Crich wäre tot. Ihr Leben war von Grund auf verkehrt. Was den jungen Menschen angeht – armer Kerl –, nun kommt er schnell davon, sonst hätte es lange gedauert. Der Tod ist das Rechte – was Besseres gibt es nicht.» – «Und doch wollen Sie nicht sterben», reizte sie ihn.

Er schwieg eine Weile. Dann sagte er mit einer ganz andern Stimme, so daß sie erschrak: «Ich wollte, ich hätte es hinter mir: das Sterben.» – «Ist das denn noch nicht überwunden?» fragte Ursula nervös.

Eine Weile gingen sie unter den Bäumen, und keiner sagte ein Wort. Dann fing er langsam an, als fürchtete er sich: «Es gibt Leben, das dem Tode gehört, und Leben, das nicht Tod ist. Dies Leben, das des Todes ist, mag man nicht mehr – das Leben, wie wir es führen. Ob es aber zu Ende ist, das weiß Gott. Ich will eine Liebe wie Schlaf, als würde man neugeboren, zart wie ein Kind, das eben zur Welt gekommen ist.»

Ursula hörte zu, halb aufmerksam, halb widerstrebend. Es war, als faßte sie nur auf, wohin seine Sätze zielten, und zöge dann zurück. Hören wollte sie, aber nicht hingezogen sein. Sie wehrte sich dagegen, da nachzugeben, wo er wollte, ihre eigene Art gleichsam ihm zu überlassen.

«Warum soll denn Liebe wie Schlaf sein?» fragte sie traurig. – «Ich weiß nicht. Sie muß so sein wie Tod – ich will, ich will sterben, aus diesem Leben weg –, und doch muß sie mehr sein als das Leben selbst. Nackt wie der Säugling aus dem Mutterschoß geht man hinüber. All die alten Sicherungen sind nicht mehr da, der alte Leib ist nicht mehr, und es weht eine neue Luft, die noch nie geatmet worden ist.»

Sie hörte zu und suchte hinter seine Worte zu kommen. Sie wußte so gut wie er, daß die Worte selbst keinen Sinn geben, sondern nur Gebärde sind, ein Mummenschanz wie alles andere auch. Doch war es, als fühlte sie seine Gebärde mit dem Blut, und sie wich zurück, wie auch ihr Sehnen sie zu ihm trieb. «Aber», sagte sie ernst, «Sie haben doch gesagt, Sie wollten etwas, das nicht Liebe ist – etwas über die Liebe hinaus?»

Er wandte sich verwirrt ab. Reden gab immer Verwirrung. Und doch mußte geredet sein. Wohin man sich auch wandte, wenn man vorwärts wollte, mußte man sich seinen Weg mit Gewalt bahnen. Und Erkennen und Sagen hieß die Kerkermauern durchbrechen, wie ein Kind um den Ausgang aus dem Mutterleib kämpft. Da gibt es keine neue Bewegung, die nicht den alten Körper durchbricht, mit Willen, aus Erkenntnis, im Streben nach draußen.

«Ich will keine Liebe», sagte er. «Ich will Sie gar nicht kennen. Ich will aus mir selbst hinaus, und Sie sollen sich selbst verlieren, damit wir andere Menschen werden. Man sollte nicht reden, wenn man müde und elend ist. Dann kommt es heraus wie bei Hamlet und klingt nach Lüge. Glauben Sie mir nur, wenn Sie ein bißchen gesunden Stolz und frohe Unbekümmertheit bei mir sehen. Ich mag mich nicht, wenn ich ernst bin.» – «Warum sollten Sie nicht ernst sein?» – Er dachte einen Augenblick nach und sagte dann verdrossen: «Ich weiß nicht.» Sie gingen weiter und haderten schweigend miteinander. Er war kaum noch recht da.

«Ist es nicht sonderbar», sagte sie plötzlich und legte in inniger Wallung die Hand auf seinen Arm, «wie wir immer so reden! Wir müssen uns doch wohl eigentlich liebhaben.» – «O ja, zu sehr.» – Sie lachte beinahe froh. «Und du möchtest es durchaus auf deine Weise haben», neckte sie. «Auf Treu und Glauben geht es nicht!»

Da wurde er ein anderer. Er lachte innig, drehte sich um und nahm sie mitten auf der Straße in die Arme. «Doch!» sagte er sanft. Er küßte ihr behutsam und leise Gesicht und Stirn so selig zart, daß sie tief betroffen war. In den Klang konnte sie nicht einstimmen. Sanft und blind waren seine Küsse, wundervoll still. Doch sie gab sich ihnen nicht hin. Es war, als wenn sie aus ihrer eigenen dunklen Seele heraufstiegen, wundersame Nachtfalter, die sich ganz weich und still auf ihre Wangen setzten. Ihr wurde bange. Sie wich zurück. «Kommt da nicht jemand?»

Sie blickten die nächtliche Landstraße hinunter und gingen weiter nach Beldover zu. Dann blieb sie plötzlich stehen. Sie wollte ihm zeigen, daß sie nicht zimperlich war, und drückte ihn fest an sich und bedeckte sein Gesicht mit den harten, wütenden Küssen der Leidenschaft. Der andern Stimmung zum Trotz schlug das alte Blut in ihm auf.

«Nicht so, nicht so», wimmerte es ihm im Herzen, als die wunschlose, verschlafen süße Innigkeit zurückebbte vor dem Schwall der Leidenschaft, der ihm bei ihren Umarmungen durch die Glieder und übers Gesicht strömte. Bald war er nur noch eine grelle Flamme des Begehrens. Doch der zarte Kern der Flamme war die Angst um etwas anderes, die nicht weichen wollte. Am Ende ging auch das verloren: nur noch haben wollte er sie, mit der höchsten Begierde, die unausweichlich scheint wie der Tod und kein Fragen aufkommen läßt.

Dann ging er nach Hause, weg von ihr, befriedigt und zerbrochen, erfüllt und vernichtet. Ohne Richtung streifte er durch die Nacht, von neuem ein Raub des alten Feuers. Aus weiter, weiter Ferne drang es wie leise Klage durch das Dunkel. Was lag daran? Worauf kam es überhaupt noch an als auf die allerhöchste Erfahrung, den Triumph der körperlichen Leidenschaft, die frisch aufgeflammt war, eine Verschwörung zu neuem Leben. «Ich war ja wohl auf dem besten Weg zum lebenden Leichnam, nichts mehr als ein Sack voll Worte», höhnte er triumphierend sein anderes Ich.

Die Männer suchten immer noch den See ab, als er zurückkam. Er stand am Ufer und hörte Geralds Stimme. Das Wasser donnerte noch immer durch die Nacht, der Mond schien hell, die Hügel am andern Ufer waren wie ein Traum. Der Wasserspiegel sank. In die Nachtluft drang der rohe Geruch der freigelegten Ufer.

Oben in den Shortlands waren die Fenster erleuchtet, als ob niemand zu Bett gegangen wäre. Auf der Landungsbrücke stand der alte Arzt, der

Vater des vermißten jungen Menschen, ganz still und wartete. Auch Birkin stand da und sah zu. Da kam Gerald heran in seinem Boot.

«Du noch da, Rupert? Wir können sie nicht finden. Der Grund fällt sehr schroff ab, weißt du. Der See liegt zwischen zwei steilen Abhängen mit kleinen Seitentälern, und Gott weiß, wo die Strömung einen hinreißt. Bei ebenem Grund ist das etwas anderes. Hier weiß man beim Suchen nie, wo man ist.» – «Mußt du denn wirklich mitarbeiten? Wäre es nicht viel besser, du gingst zu Bett?» – «Zu Bett! Herrgott, meinst du, ich könnte schlafen? Ehe ich von hier weggehe, müssen wir sie haben.» – «Aber die Arbeiter finden sie ebensogut ohne dich – warum willst du durchaus dabei sein?»

Gerald sah ihn an. Dann legte er Birkin liebevoll die Hand auf die Schulter und sagte: «Mach dir keine Gedanken um mich, Rupert. Wenn jemand an seine Gesundheit denken muß, bist du es. Ich nicht. Wie geht es dir denn?» – «Danke. Aber du, du verdirbst dich fürs ganze Leben – du wirfst dein Bestes weg.» Gerald war einen Augenblick still. Dann sagte er: «Warum denn nicht? Was soll ich sonst damit?»

«Nun komm hier weg, hörst du? Du zwingst dich zum Grauen und legst dir einen Mühlstein von scheußlichen Erinnerungen um den Hals. Komm mit.» – «Einen Mühlstein von scheußlichen Erinnerungen!» sagte Gerald noch einmal. Dann legte er wieder liebevoll die Hand auf Birkins Schulter. «Du, Rupert, du kannst immer alles so schön sagen. Ja, weiß Gott.»

Birkin wurde das Herz schwer. Er war es müde, alles so schön sagen zu können. «Komm, wir wollen weg. Komm mit zu mir hinüber», redete er ihm zu wie einem Betrunkenen. – «Ach nein», bettelte Gerald. Sein Arm lag um Birkins Schulter. «Dank dir tausendmal, Rupert – ich komme gern morgen, wenn es geht. Du verstehst mich doch. Ich muß bei der Geschichte hier aushalten. Aber morgen komm ich bestimmt. Ach, dann möchte ich mit dir reden. Was tät ich denn überhaupt lieber – lieber als das? Ich wüßte wirklich nicht. – Ja, so ist es. Du bist mir sehr viel, Rupert, mehr als du weißt.»

«Was bin ich mehr, als ich weiß?» fragte Birkin ärgerlich. Geralds Hand auf seiner Schulter war ihm peinlich. Auch wollte er kein solches Gespräch. Er wollte, daß der andere aus all dem niederziehenden Elend herauskam.

«Ich sage es dir ein andermal», sagte Gerald herzlich.

«Nun komm! Du mußt jetzt endlich mitkommen», sagte Birkin.

Dann folgte ein gespanntes, schweres Innehalten. Birkin wunderte sich, daß sein Herz so heftig schlug. Da faßten Geralds Finger fest und eindringlich in seine Schulter: «Nein, Rupert, die Geschichte muß ich bis zu Ende durchmachen. Dank dir – ich weiß, wie du es meinst. Du, weißt du, mit uns beiden ist jetzt alles gut.» – «Mit mir vielleicht, aber mit dir sicher nicht, so wie du dich hier im Dreck abquälst.» Und Birkin ging weg.

Die Leichen wurden erst gegen Morgen gefunden. Diana hatte die Arme fest um den Hals des jungen Mannes geschlungen, als hätte sie ihn erwürgt. «Sie hat ihn umgebracht», sagte Gerald.

Der Mond sank tiefer und tiefer und ging endlich unter. Der See war bis zu einem Viertel abgelaufen, grauenhaft rohe Lehmufer lagen entblößt da und rochen nach fauligem Wasser. Der Morgen dämmerte bleich hinter den östlichen Hügeln. Noch immer stürzten die Wassermassen durch die Schleuse.

Als die ersten Vögel sangen und die Hügel über dem wüsten See im Frühnebel leuchteten, stieg eine verlorene Prozession nach Shortlands hinauf. Arbeiter trugen die Leichen auf einer Bahre, Gerald ging daneben, und die beiden graubärtigen Väter folgten stumm. Drinnen war die ganze Familie noch auf und wartete. Jemand mußte zur Mutter ins Zimmer und es ihr sagen. Der Doktor bemühte sich heimlich um seinen Sohn, bis er nicht mehr konnte.

An dem Sonntagmorgen ging die Schauernachricht in der ganzen Gegend leise von Mund zu Mund. Den Bergleuten war zumute, als hätte das Unglück sie selbst betroffen. Ja, sie waren weit entsetzter und erschrockener, als wenn einer von ihnen umgekommen wäre. Eine solche Tragödie in Shortlands, das doch für den ganzen Bezirk eine Art höheres Zuhause war! Während des Festes hatte eins von den gnädigen Fräuleins sich in den Kopf gesetzt, oben auf dem Kajütendach der Barkasse zu tanzen. So eine junge Dame! Dabei war sie dann ertrunken, zusammen mit dem jungen Herrn Doktor! Überall liefen an dem Sonntagmorgen die Bergleute umher und besprachen das Unglück. Bei all den Sonntagsmittagessen saß etwas Fremdes mit zu Tisch, als wäre der Todesengel ganz nahe. Das Übernatürliche webte allenthalben in der Luft. Die Männer hatten aufgeregte, erschrockene Gesichter, die Frauen gingen mit feierlicher Miene einher. Einige hatten geweint. Zuerst fingen die Kinder an, die Aufregung zu genießen. Es herrschte eine Hochspannung, als ginge es nirgends mit rechten Dingen zu. Ob wohl auch die Erwachsenen ihre Freude daran hatten? Ob sie wohl alle den Stich im Herzen genossen?

Gudrun machte tolle Pläne. Sie wollte zu Gerald stürzen und ihn trösten. Die ganze Zeit dachte sie über das wahre Trostwort nach, das sie ihm sagen wollte und das ihn ganz beruhigen mußte. Die Geschichte hatte ihr Angst und Entsetzen eingejagt. Aber sie schob das beiseite und dachte nur daran, wie sie sich Gerald gegenüber benehmen, ihre Rolle spielen sollte. Das war der eigentliche Stich im Herzen: wie sollte sie ihre Rolle spielen?

Ursula liebte Birkin tief und heiß und war sonst zu nichts fähig. All das Geschwätz über den Unfall sagte ihr gar nichts, doch sah wenigstens ihr in sich gekehrtes Gesicht vor den andern bedrückt genug aus. Sie saß nur immer allein, sooft sie konnte, und sehnte sich nach ihm. Er sollte und mußte zu ihr kommen und sie besuchen – sofort. Sie wartete auf ihn. Den ganzen Tag blieb sie zu Hause und wartete, ob er nicht an die Tür klopfte. Jeden Augenblick sah sie zum Fenster hinaus, sie wußte kaum noch, daß sie es tat. Er mußte ja da unten stehen.

15

Sonntag abend

Der Tag verrann. Ursula war zumute, als wiche ihr das Lebensblut aus den Adern und ließe nur leere, schwere Verzweiflung zurück. Die Leidenschaft blutete sich wohl zu Tode. Nun war nichts. Untätig und zwecklos saß sie da in einem Zustand völligen Nichtseins, der schwerer zu ertragen war als der Tod.

‹Wenn nicht etwas geschieht›, sagte sie sich mit der klaren Einsicht des tiefsten Leidens, ‹dann sterbe ich. Meine Zeit ist abgelaufen.›

Zerschlagen und vernichtet saß sie da, in einer Finsternis wie an der Grenzmark des Todes. Sie verstand nun, wie sie ihr Leben lang diesem Abgrund näher und näher gekommen war, über den es kein Hinweg gibt, dem Unbekannten, in das es sich hineinwerfen hieß wie Sappho. Die Erkenntnis nächster Todesnähe benahm ihr die Sinne. Dunkel, ganz ohne Gedanken, war ihr bewußt, daß sie am Rande stand. Ihr ganzes Leben war sie die Bahn der Vollendung hinangeschritten und war fast am Ende. Sie wußte alles, was sie wissen mußte; alles, was ihr zu erfahren gesetzt war, hatte sie erfahren. Sie war vollendet, wenn auch zu einer bittern Reife, und es blieb ihr nichts übrig, als vom Baum abzufallen in den Tod. Seine Entwicklung mußte man vollziehen bis an das Ende und das Wagnis zum Abschluß bringen. Der nächste Schritt ging über den Rand hinaus in den Tod. Ja, so war es. In der Erkenntnis lag auch ein Friede.

Am Ende war es für den Vollendeten das glücklichste Los, in den Tod hinabzufallen, wie die bittere Frucht zu Boden fällt, wenn sie reif ist. Der Tod ist der große Vollzug, die vollziehende Erfahrung. Er ist die Entwicklung aus dem Leben hinaus. Das ist uns schon bewußt, solange wir leben. Was bedarf es weitern Grübelns? Über die Vollendung hinausblicken kann niemand. Der Tod ist eine große und endgültige Erfahrung. Das ist genug. Wozu fragen, was nach der Erfahrung kommt, wenn wir die Erfahrung selbst noch nicht kennen? Also gut: sterben! – da nach all den andern Erfahrungen nun die eine große kommt, der Tod, der nächste Wendepunkt, an dem wir stehen. Wenn wir zaudern und vor dem Ausgang scheuen, so fristen wir nur unser banges Dasein müßig und würdelos an der Pforte. Wie vor Sappho liegt sie vor uns, die Unendlichkeit. Dahin geht die Reise. Haben wir denn nicht den Mut dazu, müssen wir schreien: ‹Ich kann nicht›? Nein, wir wollen vorwärts in den Tod, was er auch bedeuten mag. Wenn ein Mensch den nächsten Schritt sieht, den er tun muß, wie sollte er den übernächsten fürchten? Wozu danach fragen? Des nächsten Schrittes sind wir gewiß. Er führt in den Tod.

‹Ich sterbe nun – ich sterbe sehr bald›, sagte sich Ursula klar wie in Trance, klar, ruhig und über menschliche Gewißheit hinaus gewiß. Aber hinter der Gewißheit verbarg sich im Zwielicht bitteres Weinen, hoffnungslos. Nicht darauf hören! Vorwärts, wohin der gewisse Geist uns vorangeht! Nicht vor dem Ausgang scheuen, keine Angst! Nicht vor dem Ausgang scheuen, nicht auf die niedern Stimmen hören! Wenn das tiefste Verlangen vorwärtstreibt in den unbekannten Tod, sollten wir die tiefste Wahrheit lassen um einer seichtern willen?

«Also das Ende», sagte sie. Das war ein Entschluß. Nicht Selbstmord – das Leben nehmen könnte sie sich niemals. Das war widerwärtig und gewaltsam. Nein, nur den nächsten Schritt kennen. Der nächste Schritt führte in die Weiten des Todes. Wirklich? – oder gab es – – –?

Ihre Gedanken zerflossen ins Unbewußte. Sie saß am Kamin, als ob sie schliefe. Und dann kam das Denken wieder. Die Weiten des Todes! Durfte sie sich ihnen überlassen? Ach ja – das war Schlaf. Sie hatte genug gehabt. Sie hatte lange ausgehalten und widerstanden. Nun war es Zeit, loszulassen und sich nicht mehr zu wehren.

In einer Art geistiger Trance gab sie nach, gab sie sich auf. Es wurde Nacht. Und in der Finsternis fühlte sie auf das entsetzlichste ihren Körper. Es packte sie die unsägliche Angst der Auflösung, die einzige Pein, die nicht ertragen werden kann, die drohende, grausige Übelkeit körperlicher Zersetzung.

«Hängt denn der Körper so innig mit dem Geist zusammen?» fragte sie sich. Und sie wußte mit der Klarheit äußerster Erkenntnis: der Körper ist nur eine von den Formen des Geistes. Wesenswandlung des Geistes ist zugleich Verwandlung des Körpers. Es sei denn, daß ich meinen Willen dagegensetze und mich aus der ewigen Bewegung des Lebens herauslöse; daß ich erstarre und, vom Sein abgeschnitten, unveränderlich im Eigenwillen bleibe. Aber lieber tot sein, als ein Leben weiterführen, das mechanisch immer wieder nur sich selbst herunterleiert. Sterben heißt mit dem Unsichtbaren vorwärtsgehen. Sterben ist auch eine Freude, die Freude, sich dem hinzugeben, das größer ist als alles, was wir kennen: dem reinen Unbekannten. Ja, das ist Freude. Dagegen mechanisch und abgesperrt in der Bewegung des eigenen Willens leben – eine Existenz, die sich vom Unbekannten losgemacht hat –, das ist Schmach und Schande. Im Tod ist keine Schande. Ein leeres, mechanisch gewordenes Leben dagegen ist Schande schlechthin. Das Leben kann in der Tat schmählich und ein Schimpf für die Seele sein. Aber der Tod ist niemals Schmach. Der Tod selbst ist wie die Unendlichkeit über unsern Schmutz erhaben.

Morgen war Montag. Montag, der Anfang einer neuen Schulwoche!

Wieder eine erniedrigende, unfruchtbare Schulwoche, nichts als Routine und mechanische Tätigkeit. War nicht das Wagnis des Todes unendlich verlockender, der Tod unendlich schöner und edler als so ein Leben? Ein Leben unfruchtbarer Routine, das weder nach innen noch nach außen Bedeutung hatte? Wie dürftig war das Leben – wir furchtbar erniedrigend für die Seele, heute leben zu müssen! Tausendfach reiner und würdiger war der Tod! Die Schande dürftiger Routine und mechanischer Richtigkeit, mit der man sich beladen hatte, durfte nicht noch schwerer werden. Vielleicht, daß man im Tode Frucht trug. Sie hatte genug. Wo war denn Leben zu finden? Die arbeitende Maschine trägt keine Blüten, kein Himmel leuchtet der Routine, die Bewegung um sich selbst kennt die Weite nicht. Und das ganze Leben war Bewegung um sich selbst, mechanisch, vom Wirklichen abgeschnitten. Vom Leben war nichts zu erwarten – es war dasselbe in allen Ländern und bei allen Völkern. Das einzige Fenster ins Freie war der Tod. In den großen, dunklen Himmel des Todes hineinzusehen, war Hochgefühl – wie man als Kind aus dem Klassenfenster gesehen und draußen die grenzenlose Freiheit geschaut hatte. Jetzt war man kein Kind mehr und wußte, daß die Seele eine Gefangene in dem leeren, schmutzigen Haus des Lebens war und daß es kein Entrinnen gab, außer in den Tod.

Aber das war die Freude, das selige Glück: die Menschen konnten tun, was sie wollten, und vermochten doch nicht, das Reich des Todes an sich zu reißen und klein zu machen! Das Meer verwandelten sie in eine Mordgasse, in einen schmutzigen Handelsweg, und wie von dem entweihten Boden der Städte gönnte keiner dem andern einen Zoll davon. Die Luft wollten sie auch haben. Schon teilten sie sie unter sich und wiesen sie bestimmten Eigentümern zu; sie machten frevelnde Einfälle in ihr Reich, um dort oben um sie Krieg zu führen. Alles war verteilt und mit Mauern umhegt, auf denen spitze Zacken starrten. Dazwischen aber mußte man wie ein Dieb durch das Labyrinth des Lebens kriechen.

Doch in dem großen, dunklen, unendlichen Reich des Todes wurde die Menschheit zum Spott. So mancherlei konnten sie auf Erden vollbringen, die vielbegabten kleinen Götter. Aber im Reich des Todes wurden sie verächtlich und schrumpften vor seinem Angesicht zu ihrer wahren, gemeinen Lächerlichkeit zusammen.

Der Tod war schön und groß und vollkommen; es tat so wohl, ihm ins Auge zu sehen. Da wusch man sich rein von allen Lügen, von all dem Schimpf und Schmutz, mit dem man besudelt war. Ein wundervolles Bad der Reinigung und fröhlicher Erquickung, aus dem man als ein Unbekannter hervorging, allen Zweifels an sich selbst und alles Gemeinen bar. Man war am Ende doch reich, wenn man auch nichts hatte als die Verheißung vom vollkommenen Tod. Es war doch ein großes Glück, auf dies eine getrost warten zu können: das Menschsein hörte im Tode auf.

Mochte das Leben sein, wie es wollte, den Tod konnte es einem nicht nehmen, den übermenschlichen. Nur nicht danach fragen, was er ist oder nicht ist. Wissen ist menschlich. Im Tode aber hört das Wissen auf, denn wir sind keine Menschen mehr. Und die Freude darüber entschädigt für alle Bitternis des Wissens und die Kümmerlichkeit der Menschennatur. Im Tode ist nichts Menschliches und kein Wissen mehr. Diese Verheißung ist unser Erbteil, wir warten darauf wie der Erbe auf seine Mündigkeit.

Ursula saß allein im Wohnzimmer am Kamin, still und ganz vergessen. Die Kinder spielten in der Küche, alle andern waren zur Kirche gegangen. Und sie hatte sich in die äußerste Finsternis ihrer Seele verloren.

Sie fuhr auf, es hatte an der Küchentür geklingelt. Die Kinder kamen in glückseliger Aufregung über den Flur gerannt. «Ursula, es ist jemand da.»

«Ich weiß schon. Nicht so albern sein!» Sie hatte sich auch erschrocken, fast war ihr angst. Sie wagte sich kaum an die Tür.

Birkin stand auf der Schwelle. Er hatte den Regenmantel bis über die Ohren aufgeklappt. Nun war er da, und sie war so weit weg. Sie sah im Dunkel hinter ihm, wie es regnete.

«Ach, Sie sind es.» – «Wie gut, daß Sie zu Hause sind», sagte er leise und kam herein. – «Die andern sind alle in der Kirche.» Er zog den Mantel aus und hängte ihn auf. Die Kinder spähten neugierig um die Ecke.

«Nun zieht euch aus, Billy und Dora», sagte Ursula. «Mutter kommt bald wieder und ist traurig, wenn ihr nicht im Bett seid.»

Die Kinder waren auf einmal engelsbrav und verschwanden ohne ein Wort. Birkin und Ursula gingen ins Wohnzimmer. Das Feuer war schon ganz heruntergebrannt. Er sah sie an und war verwundert über den zarten Schimmer ihrer Schönheit und den großen Schein, der in ihren Augen lag. Er betrachtete sie von fern, und sein Herz erstaunte. Sie war wie verklärt in lauter Licht.

«Was haben Sie den ganzen Tag gemacht?» fragte er. – «Nur so herumgesessen.» – Er sah sie an. Sie war auf einmal ganz anders, weit weg von ihm, und blieb stumm für sich in ihrer eigentümlichen Helle. Schweigend saßen sie im milden Lampenlicht. Er fühlte, er dürfte eigentlich nicht bleiben, er hätte nicht kommen sollen. Doch konnte er sich nicht entschließen aufzustehen. Er war *de trop*, sie war nicht in der Stimmung, ihn zu sehen. Sie mußte wohl allein sein.

Dann riefen die beiden Kinder scheu und leise von draußen: «Ursula! Ursula!» Sie hatten sich selbst in ihre Schüchternheit hineingesteigert.

Ursula stand auf und öffnete die Tür. Auf der Schwelle standen die beiden Kleinen in ihren langen Nachthemden und machten Engelsgesichter mit großen, großen Augen: sie waren doch beide sehr artig! Sie spielten die Rolle des folgsamen Kindes ganz ausgezeichnet.

«Bringst du uns zu Bett?» flüsterte Billy vernehmlich. – «Ihr seid aber wirklich lieb heute abend», sagte sie weich. «Kommt, wollt ihr Mr. Birkin nicht gute Nacht sagen?»

Die Kinder schlüpften auf bloßen Füßen ängstlich herein. Billy strahlte über das ganze Gesicht, aber in den runden blauen Augen lag die ganze Feierlichkeit des Bewußtseins, was für ein braves Kind er war. Dora blinzelte verstohlen durch ihr seidig blondes Haar und traute sich nicht heran, wie eine feine Dryade, die keine Seele hat.

«Wollt ihr mir nicht gute Nacht sagen?» fragte Birkin mit eigentümlich weicher, gelinder Stimme. Dora floh wie ein Blatt, das der Luftzug aufwirbelt. Doch Billy kam leise herangeschlichen; er hatte wohl Lust. Er streckte Birkin das spitze Mäulchen entgegen und wollte einen Kuß haben. Ursula sah zu, wie die vollen Manneslippen leise, ganz leise den kleinen Mund berührten. Dann streichelte Birkin dem kleinen Jungen das runde, gläubige Gesichtchen sacht und liebreich mit losen Fingern. Keiner sagte ein Wort. Billy sah aus wie ein kleiner Cherub, wie ein Chorknabe, und Birkin sah zu ihm hernieder, ein großer, ernster Engel.

«Willst du nicht auch einen Kuß haben?» unterbrach Ursula die Stille und wandte sich an das kleine Mädchen. Aber Dora huschte davon wie eine feine Dryade, die nicht angerührt sein will.

«Willst du denn Mr. Birkin nicht gute Nacht sagen? Siehst du, er wartet schon auf dich», sagte Ursula. Aber das kleine Ding machte nur eine scheue Bewegung von ihm weg. – «Ist das eine dumme kleine Dora!»

Birkin fühlte ein argwöhnisches Widerstreben in dem Kind und verstand es nicht. «Dann kommt!» sagte Ursula. «Wir wollen doch im Bett sein, ehe Mutter nach Hause kommt.»

«Mit wem sollen wir denn beten?» fragte Billy angelegentlich. – «Mit wem ihr gern wollt.» – «Kommst du nicht mit?» – «Ja, ich komme.» – «Ursula?» – «Ja, Billy?» – «Heißt es: mit wem ihr wollt?» – «Ganz recht!» – «Was ist das: wem?» – «Das ist der Dativ von wer.» Tiefsinniges Schweigen. – Dann kam es vertrauensvoll: «Ach so.»

Birkin saß am Kamin und lächelte. Als Ursula herunterkam, saß er regungslos da, die Ellbogen auf die Knie gestützt, weder jung noch alt, totenhaft, wie ein zusammengekauertes Götzenbild. Er sah sich nach ihr um. Sein blasses, ganz unwirkliches Gesicht glomm so weiß, als vermöchte es im Dunkeln zu leuchten.

«Ist Ihnen nicht wohl?» fragte sie und fühlte sich abgestoßen, sie wußte nicht wie. – «Daran habe ich noch gar nicht gedacht.» – «Wissen Sie das denn nicht von selbst, ohne erst darüber nachzudenken?»

Er warf aus seinen dunklen Augen einen raschen Blick auf sie und merkte ihre Hemmung. Er antwortete nicht.

«Müssen Sie immer erst darüber nachdenken, ob Sie sich wohl fühlen oder nicht?» drang sie in ihn. – «Nicht immer», sagte er kalt. – «Finden Sie das aber nicht sehr schlimm?» – «Schlimm?» – «Freilich. Ich finde es einfach verbrecherisch, so wenig Verbindung mit dem eigenen Körper zu haben, daß man nicht einmal weiß, wann man krank ist.»

Er sah sie aus dunklen Augen an. «Ja.» – «Warum bleiben Sie nicht im Bett, wenn Ihnen was fehlt? Sie sind ja blaß wie der Tod.» – «Unästhetisch blaß?» spottete er. – «Allerdings. Scheußlich!» – «Ach! Das ist Pech.»

«Und dabei regnet es, ein schreckliches Wetter! Es ist wirklich unverzeihlich, wie Sie mit sich umgehen; wenn Sie krank würden, geschähe es Ihnen ganz recht – wenn man so wenig auf seinen Körper achtet.»

«– so wenig auf seinen Körper achtet –» echote er gedankenlos. Da stockte sie, und sie sagten beide nichts mehr.

Die andern kamen aus der Kirche, und sie mußten erst den jungen Mädchen, dann der Mutter und Gudrun und dann dem Vater und dem Jungen guten Tag sagen.

«Guten Abend . . .» Mr. Brangwen war ein bißchen überrascht. «Sie wollten mich sprechen?» – «Nein», sagte Birkin, «das heißt, etwas Besonderes wollte ich nicht. Der Tag war so trübe, und ich dachte, Sie hätten nichts dagegen, wenn ich einen Augenblick heraufkäme.»

«Ja, es war wirklich ein schwerer Tag», sagte Mrs. Brangwen aus mitfühlendem Herzen. In dem Augenblick ertönten die Kinderstimmen: «Mutter! Mutter!» Sie hob den Kopf und antwortete freundlich nach oben hinauf: «Ich komme gleich, Doysie.» Dann wandte sie sich an Birkin: «In Shortlands gibt es wohl nichts Neues? Ach nein, wie sollte es auch. Die Armen!»

«Sie sind wohl heute dagewesen?» fragte der Vater. – «Gerald war bei mir zum Tee, und ich habe ihn zurückbegleitet. Im Hause kam mir alles übererregt und ungesund vor.» – «Die da oben haben gewiß nicht viele Hemmungen», meinte Gudrun. – «Oder zu viele», versetzte Birkin. – «Nun ja, selbstverständlich –» Gudrun wurde scharf – «eins oder das andere.»

«Sie meinen alle, sie müßten sich auf irgendeine Manier unnatürlich aufführen. Wenn Menschen Kummer haben, täten sie besser daran, ihr Gesicht zu verhüllen und in ihrem Kämmerlein zu bleiben, wie in alter Zeit.» – «Ganz gewiß!» flammte Gudrun auf. «Was kann man sich Schlimmeres denken als dies Trauern vor der Öffentlichkeit. Es gibt nichts Grauenhafteres, Falscheres. Wenn man nicht einmal den Kummer mit sich allein abmachen soll, was dann überhaupt?» – «Sie haben völlig recht. Ich habe mich geschämt, als ich da war und sah, wie alles mit falscher Grabesmiene umherging, um nur ja nicht natürlich und alltäglich zu sein.»

«Ja, wissen Sie –» Mrs. Brangwen war durch die absprechenden Bemerkungen verletzt – «es ist auch nicht leicht, so einen Kummer zu tragen.» Sie ging nach oben zu den Kindern.

Er blieb noch kurze Zeit und verabschiedete sich dann. Als er weg war, fühlte Ursula einen schneidenden Haß gegen ihn, als wäre ihr Kopf ein scharfer Kristall aus lauterem Haß geworden, als hätte ihr ganzes Wesen sich geschliffen und zugespitzt zu einem Pfeil des Hasses. Sie konnte sich nicht erklären, wie das kam. Es hatte sie einfach ergriffen. Der äußerste, spitzigste Haß, unvermischt und klar und über alles Denken hinaus. Sie konnte keinen Gedanken fassen und war völlig außer sich – wie besessen. Sie fühlte das auch. Ein paar Tage ging sie herum, besessen von der blitzenden Gewalt. Es übertraf alles, was sie bisher gekannt hatte. Es warf sie förmlich aus der Welt hinaus in ein Schreckensreich, wo von ihrem früheren Leben nichts mehr standhielt. Sie war verloren und verstört; ihr war das eigene Leben gestorben.

Es war völlig unbegreiflich und unsinnig. Sie wußte gar nicht, warum sie ihn haßte. Ihr Haß war ganz abstrakt. Sie begriff nur mit dumpfem Entsetzen, daß sie völlig aus sich selbst entrückt war. Er war der Feind, echt und diamanthart, der Inbegriff alles Feindlichen in der Welt.

Sie dachte an sein weißes, fein gemeißeltes Gesicht und an seine Augen, deren dunkler Blick nicht losließ, bis er Geltung gefunden hatte, und sie faßte sich an den Kopf und meinte, sie hätte den Verstand verloren. So ganz war ihr Wesen zu einer weißen Flamme des Hasses geworden.

Ihr Haß war nicht von dieser Welt. Sie haßte ihn nicht um dies oder jenes. Tun wollte sie ihm nichts, im Gegenteil, sie wollte durchaus gar nichts mit ihm zu tun haben. Ihre Beziehung zu ihm war höchster Art und über alle Worte hinaus, so lauter und diamantenhaft haßte sie ihn. Als wäre er der feindliche Strahl, der Blitz, der sie nicht nur zerstörte, sondern ihr Dasein ganz und gar verneinte und aufhob. Sie sah in ihm den Widersacher schlechthin, ein fremdes, diamantenhaftes Wesen, dessen Dasein ihr eigenes Nicht-Sein bedeutete. Als sie hörte, er wäre wieder krank, wurde ihr Haß nur noch um einiges schärfer, wenn das überhaupt möglich war. Es betäubte sie und machte ihr Wesen zunichte. Aber ein Entkommen gab es nicht. Der Verklärung in Haß, die über sie gekommen war, konnte sie nicht entrinnen.

16

Mann gegen Mann

Er lag krank und starr, mit allem bis aufs Blut entzweit. Er wußte, wie nahe am Zerbrechen das Gefäß war, das sein Leben hielt, aber er kannte auch seine Stärke und Dauerbarkeit. Und es war ihm gleich. Tausendmal besser die Probe auf den Tod machen, als ein Leben hinnehmen, das er nicht wollte. Das beste aber war aushalten, aushalten und nicht weich werden, bis das Leben seine Erfüllung hergab.

Er wußte, daß es Ursula zu ihm trieb, und wußte ebenso gut, daß sein

Leben an ihr hing. Doch lieber nicht mehr leben als die Liebe annehmen, die sie ihm bot. Die Liebe, wie sie früher war, erschien ihm wie eine furchtbare Hörigkeit, wie eine Art Dienstpflicht. Wie er dazu kam, wußte er nicht, aber der Gedanke an Liebe, Ehe und Kinder, an ein Leben, das in der grauenhaften Abgeschlossenheit häuslichen und ehelichen Genügens gemeinsam gelebt würde, stieß ihn ab. Er wollte etwas Klareres, Offeneres – Kühleres gleichsam. Die heiße, enge Vertraulichkeit zwischen Mann und Frau war ihm widerwärtig, die Art und Weise, wie Eheleute ihre Tür verriegelten und sich zu ausschließlicher Gemeinschaft miteinander einschlossen, auch für die Liebe, ekelte ihn an. Er sah eine ganze Gemeinde von argwöhnischen Paaren, die sich in Häusern und Wohnungen voneinander absonderten, immer zu zweit, und darüber hinaus kein Leben, keine unmittelbare, uneigennützige Beziehung duldeten: ein Kaleidoskop von Paaren, von lauter ängstlich für sich lebenden Ehewesen, ohne Zusammenhang mit den andern und ohne Bedeutung in sich selbst. Uneheliche Verbindungen haßte er zwar noch mehr als die Ehe. Eine Liaison war nur eine andere Form für dieselbe Sache, bloße Reaktion gegen die gesetzliche Form der Ehe. Reaktion aber war noch stumpfsinniger als Aktion.

Alles in allem haßte er das Geschlechtliche und seine Sklaverei. Es verkehrte Mann und Frau in Bruchstücke eines Paares, und er wollte ein Ganzes sein, und auch die Frau sollte ganz sein in sich selbst. Das Geschlechtliche sollte wieder herabgedrückt werden in den Rang der andern Bedürfnisse, wo es körperlicher Vorgang war und keine Erfüllung. Er glaubte wohl an das Sexuelle in der Ehe. Aber darüber hinaus wollte er die höhere Verbindung, in der Mann und Frau Person blieben, zwei Wesen für sich, eins die Gewähr für des andern Freiheit, zwei Pole der gleichen Kraft, die sich die Waage hielten, zwei Engel oder zwei Teufel.

Er verlangte so sehr nach Freiheit. Er wollte los von dem Zwang des Bedürfnisses nach Vereinigung und von der Qual ungestillten Begehrens. Begierde und Sehnsucht sollten finden, was sie suchten, ohne all die Qual. In einer wasserreichen Welt hat bloßer Durst nichts zu bedeuten, er wird beinahe unmerklich gestillt. Er wollte mit Ursula frei sein wie mit sich selbst, für sich, klar und kühl, und doch in einer Beziehung ausgewogenen Gegensatzes zu ihr stehen. Das sich ineinander Verlieren, das sich Umklammern und sich Vermischen der Liebe war ihm wahnsinnig zuwider geworden.

Aber die Frau hatte wohl immer die grauenhafte Sucht, an sich zu raffen und zu halten, die Gier, in der Liebe sich selbst geltend zu machen. Haben wollte sie, besitzen, überwachen, herrschen. Alles sollte von ihr abhängig sein, von dem Weibe, der Großen Mutter aller Dinge, der alles entsprossen war und am Ende wieder zurückgegeben werden mußte.

Die Gelassenheit, mit der die Magna Mater alle Dinge für sich in Anspruch nahm, weil sie sie alle geboren hatte, füllte ihn mit irrsinniger

Wut. Der Mann war ihr Eigentum, sie hatte ihm das Leben gegeben. Als Mater Dolorosa hatte sie ihn geboren, als Magna Mater forderte sie ihn wieder, Leib und Seele, Geschlecht und Wesen und alles. Er hatte ein Grauen vor der Großen Mutter, einen tiefen Abscheu.

Sie war wieder sehr groß geworden, die Magna Mater. Er kannte sie ja in Hermione. Hermione, die demütig Dienende, war bei allem Dienen doch nur Mater Dolorosa, die in lauernder Vermessenheit und Weibesherrschsucht ihr eigen zurückforderte, den Mann, den sie mit Schmerzen geboren hatte. Eben ihre leidende Demut war die Kette, mit der sie den Sohn band und in ewiger Haft hielt.

Und Ursula? Ursula war ebenso – oder das Gegenbild. Auch sie war die grauenhaft anmaßende Königin des Lebens, wie eine Bienenkönigin, von der der ganze Schwarm abhing. Er sah die gelbe Flamme in ihren Augen, er kannte den unglaublichen Hochmut, mit dem sie ihren Vorrang heischte. Sie selber wußte nichts davon. Sie war allzu bereit, sich vor dem Mann in den Staub zu bücken. Aber nur, wenn sie des Mannes so sicher war, daß sie ihn anbeten konnte, wie eine Mutter ihr Neugeborenes anbetet: mit der Anbetung unbestrittenen Besitzes.

Unerträglich, Eigentum der Frau zu sein! Immer mußte der Mann das abgebrochene Stück Weib darstellen, und das Geschlecht war die Bruchstelle, die noch nicht verharscht war. Ohne Frau galt der Mann nicht für voll und hatte keinen Platz in der Welt.

Und warum? Warum sollen wir uns denn, Männer so gut wie Frauen, als Scherben eines Ganzen betrachten? Das sind wir nicht. Viel eher sind wir auf dem Wege, uns aus dem Stande der Vermischung zu scheiden in reinlich klare Wesen. Das Geschlecht ist nur ein Rest aus jener Zeit, das noch Ungeschiedene. Und Leidenschaft ist fortschreitende Scheidung. Der Mann nimmt alle männlichen Elemente in sein Wesen auf, und alles Weibliche die Frau, bis beide klar und heil geworden sind, zwei Engel. Dann ist die geschlechtliche Beimischung ihrer Natur im höchsten Sinn überwunden, und es bleiben zwei Individuen, die miteinander ihre Bahn laufen wie zwei Sterne.

In alten Zeiten, ehe es ein Geschlecht gab, waren wir Mischwesen, jeder in sich Mischung. Aus der Mischung schied sich die Individualität, und die Folge war das große Auseinandertreten der Geschlechter. Das Weibliche trennte sich vom Männlichen. Aber die Trennung war noch nicht vollkommen. Und so geht unsere Weltepoche dahin. Jetzt steht der neue Tag bevor, da jeder von uns ein eigenes Wesen sein wird, das sich in seiner Besonderheit vollendet. Der Mann wird Mann sein und die Frau Frau, in reiner Gegenüberstellung. Dann ist es vorbei mit dem furchtbaren Untertauchen und Vermischen der Selbstentäußerung in der Liebe. Es bleiben nur die beiden Pole in unvermengter Zweiheit.

In jedem ist das Bestimmende das Individuelle, das Geschlecht ist untergeordnet, völlig polarisiert. Jeder lebt, ein Wesen für sich, nach eigenen Gesetzen. Der Mann hat seine volle Freiheit und die Frau die ihre.

Sie erkennen an, daß das Geschlecht zwischen ihnen vollkommen polarisiert ist, und lassen die von Grund aus andere Natur des andern gelten.

Das waren Birkins Betrachtungen während seiner Krankheit. Manchmal war es ihm ganz recht, so krank zu sein, daß er im Bett bleiben konnte. Dann genas er immer sehr schnell, und die Dinge wurden ihm dabei klar und gewiß.

Als er im Bett lag, kam Gerald und besuchte ihn. Die beiden Männer hatten ein tiefes Gefühl füreinander, das ihnen peinlich zu schaffen machte. Geralds Augen glitzerten ruhelos. In seinem ganzen Wesen lag etwas Angespanntes, Ungeduldiges, wie von hastiger Arbeit. Er war in Schwarz, wie es sich gehörte, und sah formvollendet, hübsch und *comme il faut* aus. Sein Haar wirkte fast weiß, gleißend hell, das Gesicht war sehr wach und sonnenverbrannt, der Körper strotzte von der Tatkraft nordischer Rasse.

Gerald liebte Birkin im Grunde, wenn er auch nie ganz an ihn glaubte. Birkin war ihm zu wesenlos: geistreich, schrullig, zum Erstaunen, aber nicht praktisch genug. Gerald fühlte, daß er selbst viel festere und gediegenere Begriffe von der Welt hatte. Birkin war ein reizender Kerl, ein glänzender Kopf, aber man konnte ihn nicht ernst nehmen. Er war unter Männern nie recht Mann.

«Warum mußt du wieder im Bett liegen?» fragte er freundlich und nahm die Hand des Kranken. Gerald war immer wie der große Bruder und bot dem andern den warmen Schutz und Schirm seiner körperlichen Kraft.

«Um meiner Sünden willen, nehme ich an.» Birkin hatte ein leises, ironisches Lächeln um den Mund. – «Um deiner Sünden willen? So wird es wohl sein. Wäre es nicht besser, du sündigtest weniger und wärest nicht so oft krank?» – «Das mußt du mir erst vormachen.» Birkin sah den Freund lustig an.

«Und was machst du?» fragte er. – «Ich?» Gerald sah an Birkins Ausdruck, daß die Frage ernst gemeint war, und seine Augen leuchteten warm. «Ich wüßte nicht, was mit mir Neues sein sollte. Ich sehe auch nicht, woher das kommen könnte. Es kann sich ja gar nichts ändern bei mir.»

«Ich denke, die Geschäfte gehen glänzend wie immer, und wenn die Seele etwas will, hörst du nicht zu.» – «Das stimmt. Wenigstens in puncto Geschäft. Mit der Seele weiß ich nicht so recht.» – «Kann ich mir denken.» – «Du erwartest es auch wohl nicht von mir», lachte Gerald. – «Nein. Und wie steht es mit deinen andern Geschichten – außer dem Geschäft?»

«Meinen andern Geschichten? Welchen? Ich wüßte nicht. Was meinst du damit?» – «Das weißt du ganz gut. Bist du traurig oder bist du vergnügt? Und was macht Gudrun Brangwen?» – «Gudrun?» Gerald sah ganz verwirrt aus. «Ja – ich weiß nicht. Ich kann dir nur erzählen, daß sie mich das letzte Mal, als wir uns sahen, ins Gesicht geschlagen hat.» –

«Ins Gesicht geschlagen? Warum denn das?» – «Das weiß ich auch nicht.» – «Ach nein! Wann denn?» – «Am Abend des Bootsfestes – als Diana ertrank. Gudrun jagte die Ochsen den Berg hinauf, da bin ich ihr nachgegangen – weißt du nicht mehr?» – «Doch, ich weiß. Aber wie ist sie dazu gekommen? Du wirst sie doch nicht ausdrücklich darum ersucht haben.»

«Ich? Nicht daß ich wüßte. Ich habe ihr bloß gesagt, es wäre gefährlich, die Highland-Ochsen wild zu machen – und das ist es auch. Da drehte sie sich so um und sagte: ‹Sie meinen wohl, mir wäre vor Ihnen und Ihren Ochsen bange?› Ich fragte ‹Wieso›, und statt aller Antwort bekam ich eins ins Gesicht.»

Birkin lachte auf, als machte ihm die Geschichte Spaß. Gerald sah ihn verwundert an und fing dann auch an zu lachen. «Damals habe ich aber nicht gelacht, sag ich dir. In meinem ganzen Leben bin ich noch nicht so verblüfft gewesen.» – «Warst du denn nicht wütend?» – «Und ob, das kannst du mir glauben. Um ein Haar hätte ich sie erwürgt.»

«Hm! Arme Gudrun, wie mag sie das nachher gereut haben – wenn die sich so eine Blöße gibt!» Es machte ihm einen Riesenspaß. – «So, glaubst du?» Gerald fing auch an, die Sache komisch zu finden, und sie lächelten beide ziemlich boshaft. – «Allerdings! Denk doch, wie verlegen sie ist.»

«Ja, nicht wahr? Sie ist doch verlegen. Aber dann erst recht: wie mag sie dazu gekommen sein? Ich habe ihr gewiß keinen Anlaß dazu gegeben.» – «Das wird wohl auf einmal so in sie gefahren sein.» – «Meinetwegen, aber wie willst du das erklären? Ich hatte ihr doch nichts getan.»

Birkin schüttelte den Kopf: «Eine plötzliche Amazonenwallung.» – «Da wäre mir eine Orinokowallung aber lieber gewesen.» Sie lachten alle beide über den faulen Witz. Gerald dachte daran, daß Gudrun gesagt hatte, sie würde auch den letzten Schlag tun. Doch hielt ihn eine Scheu ab, es Birkin zu erzählen.

«Bist du ihr nun böse deswegen?» – «Unsinn! Das werde ich mir doch nicht zu Herzen nehmen.» Er besann sich einen Augenblick und fügte dann lachend hinzu: «Nein. Ich will nur sehen, was daraus wird. Mir schien, es tat ihr hinterher leid.» – «So? Ihr habt euch seitdem nicht wiedergesehen, nicht wahr?»

Über Geralds Gesicht zog eine Wolke. «Nein. Wir sind seitdem ... du kannst dir ja denken, wie es war, nach dem Unglück.» – «Ja, ja. Legen sich die Wogen denn jetzt ein bißchen?» – «Ich weiß nicht. Es war natürlich ein schwerer Schlag. Aber Mutters Gemütsverfassung ist mir unheimlich. Ich glaube tatsächlich, es macht ihr gar keinen Eindruck. Und was das Sonderbare ist, sonst war sie immer nur für die Kinder da – für nichts anderes hatte sie Sinn, alles hat sich nur um die Kinder gedreht. Nun aber macht sie nicht mehr daraus, als wenn es eins von den Dienstmädchen wäre.»

«Ach! Und du? Hat es dich sehr getroffen?» – «Es hat mir schon einen Stoß gegeben. Aber fühlen tue ich es eigentlich kaum. Es geht mir nicht anders als vorher. Wir müssen ja alle sterben, und im Grunde liegt wohl gar nicht soviel daran, ob einer stirbt oder nicht. Weißt du, wirklich traurig kann ich nicht sein. Es läßt mich kalt. Ich weiß nicht recht weshalb.»

«Dir wäre es ziemlich gleich, wenn du jetzt sterben müßtest, was?» fragte Birkin. Gerald sah ihn an, und seine Augen waren blau wie ein Dolch aus blauem Stahl. Die Frage war ihm unbequem, doch traf sie ihn nicht eigentlich. Tatsächlich war ihm der Gedanke an den Tod durchaus nicht gleichgültig, sondern höchst fürchterlich.

«Oh, ich habe keine besondere Lust zu sterben. Wie sollte ich auch. Aber ich mache mir nie Gedanken darüber. Als ob die Frage mich nichts anginge. Es interessiert mich gar nicht. Du weißt doch, wie ich es meine.»

«*Timor mortis conturbat me*», zitierte Birkin und setzte hinzu: «Nein, der Tod ist wohl in der Tat gar nicht mehr so wichtig. Der Gedanke berührt einen doch merkwürdig wenig. Er kommt heran wie andere Dinge auch.»

Gerald beobachtete den Freund genau, und die Augen der beiden begegneten sich in stummem Einverständnis. Dann zogen Geralds Augen sich zusammen. Er sah dem Freund kühl und ganz unbedenklich ins Gesicht, unpersönlich, als wäre er nur ein Punkt im Raum. Sein Blick war merkwürdig scharf und doch so, als sähe er gar nicht.

«Wenn es auf den Tod nicht mehr ankommt», sagte er mit eigentümlich abstrakter, kühler, klarer Stimme – «was ist denn dann noch wichtig?» Es klang, als hätte der Freund ihn ertappt. – «Ja, was?» echote Birkin. Dann schwiegen sie skeptisch.

«Nach dem innern Tod kommt noch ein langer Weg, ehe es aus ist», fing Birkin wieder an. – «Ja», sagte Gerald, «aber was für einer?» Es war, als wollte er Birkin Erkenntnisse von Dingen abpressen, die er selbst viel besser wußte.

«Den ganzen Abhang des Verfalls hinunter – des mystischen Weltverfalls. Wir müssen durch viele Stadien des Niedergangs hindurch, Jahrhunderte lang, und leben noch lange nach dem Tode in fortschreitender Entartung weiter.»

Gerald hörte mit einem ganz feinen Lächeln zu, als wüßte er all das im Grunde viel besser: als hätte er die Erkenntnis unmittelbar und persönlich, die der andere nur durch Beobachtung und Schlußfolgerung erworben hatte. Birkin traf ja den Nagel nie ganz auf den Kopf – wenn er der Sache auch nahe genug kam. Aber Gerald hatte nicht die Absicht, etwas von seinem Eigentum herzugeben. Wenn Birkin bis an die Geheimnisse vordringen konnte, so mochte er es tun. Helfen würde er ihm nie. Er wollte bis ans Ende unerkannt bleiben.

«Wenn jemand es tief empfindet», änderte er unvermittelt das Gespräch, «so ist es natürlich mein Vater. Ihm gibt es den letzten Schlag;

166

für ihn bricht damit die Welt zusammen. Seine ganze Sorge ist jetzt Winnie – Winnie muß geschützt werden. Er sagt, sie müßte weg, in Pension, aber sie will nichts davon wissen, und er läßt sie auch nicht von sich. Er hat natürlich recht, sie ist auf sonderbaren Wegen. Wir verstehen uns alle merkwürdig schlecht aufs Leben. Wir können wohl etwas fertigbringen – aber mit dem Leben kommen wir ganz und gar nicht zurecht. Komisch – da fehlt es bei uns.»

«Nein, in Pension geschickt werden darf sie nicht.» Birkin war ein neuer Gedanke gekommen. – «Darf sie nicht? Warum nicht?» – «Sie ist ein ganz eigenes kleines Geschöpf – ein eigenartiges Kind, mehr noch als du es warst. Und nach meiner Meinung soll man eigenartige Kinder nie aus dem Hause geben. In die Pension gehören nur Durchschnittskinder, finde ich.»

«Mir scheint eher das Gegenteil richtig. Ich glaube, sie würde viel mehr ein Kind wie andere Kinder werden, wenn man sie wegschickte und mit ihren Altersgenossen zusammenbrächte.» – «Sie ordnet sich ja doch nicht ein. Du hast es auch nicht getan. Und sie würde sich auch nicht einmal den Anschein geben. Sie ist ein stolzes, einsames Kind und geht von Natur ihre eigenen Wege. Wenn sie zum Individuum geboren ist, warum willst du ein Herdentier aus ihr machen?» – «Aus ihr machen will ich gar nichts. Aber mir scheint, die Pension würde ihr guttun.» – «Hat sie dir denn gutgetan?»

Geralds Augen wurden böse. Das Internat war für ihn eine Qual gewesen. Doch hatte er nie danach gefragt, ob man durch die Quälerei hindurch müßte oder nicht. Er schien an eine Erziehung durch Unterdrückung und Schinderei zu glauben. «Damals habe ich die Schule gehaßt, aber ich sehe jetzt ein, daß sie nötig gewesen ist. Sie hat mich doch ein bißchen mehr in Reih und Glied gestellt; wenn man immer nur für sich läuft, kommt man nicht durch.»

«Und mir ist gerade aufgegangen, daß man nicht durchkommt, wenn man nicht ganz und gar seinen eigenen Weg geht. Wenn du nur den einen Trieb in dir fühlst, die Linie zu durchbrechen, hat es keinen Sinn, dich abzumühen, um im Glied zu bleiben. Winnie ist eine besondere Natur, und besonderen Naturen muß man eine besondere Welt geben.»

«Sehr schön, aber wo gibt es die?» – «Die muß man schaffen. Anstatt sich selbst zurechtzuhauen, damit man in die Welt hineinpaßt, muß man die Welt zurechthauen. In der Tat schaffen zwei Ausnahmemenschen schon eine ganz neue Welt. Wir beide haben doch unsere Welt für uns. Eine Welt wie die deiner Schwäger kannst du ja gar nicht brauchen. Dein Wert ist deine besondere Art. Du willst normal und bürgerlich sein? Das ist nicht wahr. Frei und ungewöhnlich möchtest du sein, in einer ungewöhnlichen, freien Welt.»

Gerald sah Birkin an mit verschlagenem, wissendem Blick. Offen zugegeben hätte er nie, wie es in ihm aussah. In einer gewissen Richtung wußte er mehr als Birkin – viel mehr. Und das war der Grund, weshalb er ihn so innig liebte. Birkin schien ihm so jung, unschuldig, kindlich: fabelhaft klug, aber unheilbar harmlos.

«Und doch bist du abgeschmackt genug, mich vor allem als eine Abnormität anzusehen», warf Birkin ihm hin. – «Eine Abnormität!» Gerald wußte gar nicht, was er sagen sollte. Und plötzlich erschloß sich sein Gesicht und wurde hell und offen, wie aus der verbergenden Knospe die Blume aufblüht. «Nein – für eine Abnormität habe ich dich noch nie gehalten.» Er betrachtete den Freund mit seltsamen Blicken, die Birkin nicht verstehen konnte. «Ich habe», fuhr Gerald fort, «bei dir immer ein unsicheres Gefühl – vielleicht bist du unsicher in dir selbst. Ich bin deiner jedenfalls nie sicher. Du kannst mir entschlüpfen und dich mit einer Leichtigkeit verwandeln, als ob du keine Seele hättest.»

Er sah den andern durchdringend an. Birkin war entsetzt. Er hatte gemeint, so viel Seele wie er hätte sonst niemand auf der Welt. Entgeistert starrte er dem Freund ins Gesicht. Und Gerald, der ihn beobachtete, sah seine unglaublich lieben, schönen Augen. Eine ganz junge, unmittelbare Gutheit lag darin, die ihn unendlich anzog und zugleich bitter betrübte, weil er ihr nicht trauen konnte. Er wußte, Birkin konnte auch ohne ihn auskommen – er konnte sich lösen, ohne zu leiden. Das blieb Gerald immer gegenwärtig und füllte ihn mit bitterm Zweifel: wie jungenhaft, tierhaft natürlich es dem andern war, fahrenzulassen. Manchmal, ach nur zu oft, klangen Birkins tiefe, gewichtige Worte wie Heuchelei und Lüge.

Völlig andere Dinge gingen Birkin durch den Kopf. Er sah sich plötzlich einem neuen Problem gegenüber – dem Problem der Liebe und unverbrüchlichen Verbindung zweier Männer. Natürlich war es eine Notwendigkeit – sein Leben lang war es ihm innerlich notwendig gewesen –, einen Mann rein und ganz zu lieben. Er hatte ja Gerald die ganze Zeit schon geliebt und es sich nur nie eingestehen wollen.

Er lag im Bett und sann und wunderte sich, während der Freund nachdenklich an seiner Seite saß. Ein jeder war in seine eigenen Gedanken versunken.

«Du weißt doch, wie die alten deutschen Ritter ‹Blutsbrüderschaft› zu schwören pflegten», sagte er zu Gerald, und in seinen Augen war eine ganz neue, glückselige Lebendigkeit aufgewacht.

«Sie schnitten sich ja wohl in den Arm, nicht wahr, und rieben sich gegenseitig ihr Blut in die Wunde?» – «Ja – und schworen sich Treue und Blutsgemeinschaft fürs ganze Leben. Das müssen wir auch tun. Ohne Wunden, das geht heute nicht mehr. Aber du und ich, wir müßten einander schwören, daß wir uns liebhaben wollen, unbedingt und ohne Schranken, bis auf den Grund, und nie voneinander lassen.»

Er sah Gerald aus klaren, entdeckungsfrohen Augen an. Gerald blickte zu ihm hernieder, so tief und wehrlos angezogen, daß er sich argwöhnisch gegen den Bann auflehnte.

«Du, wir schwören einander, nicht wahr, später einmal!» beharrte Birkin. «Daß wir fest zueinander stehen wollen – und einander treu bleiben – von ganzer Seele – was auch kommen mag – daß wir uns einander geben wollen, als wäre jeder ein Teil des andern – so geben, daß wir uns nie wieder zurücknehmen können.» Birkin mühte sich heiß um die rechten Worte. Aber Gerald hörte kaum zu. Es glänzte und leuchtete in seinen Zügen, er hatte seine Freude dran. Aber er ließ sich nichts merken. Er hielt sich zurück.

«Wollen wir uns das eines Tages schwören?» Birkin streckte Gerald die Hand entgegen. – Gerald berührte die feine lebendige Hand kaum, als könnte er nicht, als hätte er Angst. «Wir lassen es lieber, bis ich es besser verstehe.» Es klang wie eine Entschuldigung. – Birkin sah ihn an, und eine feine Enttäuschung, vielleicht mit einem Gran Verachtung gemischt, schnitt ihm ins Herz. «Gut. Du mußt mir später einmal sagen, wie du darüber denkst. Du verstehst mich doch? Nicht liederliche Gefühlsschwelgerei. Eine unpersönliche Verbindung, die einem seine Freiheit läßt.»

Dann verstummten beide. Birkin verwandte kein Auge von Gerald. Ihm war, als sähe er diesmal in ihm nicht wie sonst die physische Person, die er so gern hatte, sondern den Menschen als Ganzes, mit seinem Schicksal, unter dem Verhängnis, über das er nicht hinauskonnte. Dies eigentümlich Schicksalhafte in Gerald, die Art, wie er an eine einzige Form des Lebens, der Erkenntnis, der Tätigkeit gebunden war, diese merkwürdige Halbheit, die er selbst für etwas Ganzes hielt, griff Birkin jedesmal an, wenn sie einander leidenschaftlich nahe gewesen waren, und ließ etwas wie Verachtung, Überdruß in ihm zurück. Er war es so müde, zu sehen, wie Gerald geflissentlich an seiner persönlichen Begrenztheit festhielt. Gerald konnte nie über sich hinaus fliegen in echter, unbekümmerter Fröhlichkeit. Er stockte in seinem eigenen Wesen; es war fast wie eine Monomanie.

Sie schwiegen eine ganze Zeitlang. Dann sagte Birkin in leichterm Ton, um des Drucks ledig zu werden: «Kannst du nicht eine gute Erzieherin für Winifred bekommen?... Jemand über dem Durchschnitt?» – «Hermione Roddice meinte, wir sollten Gudrun fragen, ob sie ihr nicht Zeichen- und Modellierstunden geben wolle. Du weißt, Winnie ist erstaunlich geschickt mit solchem Knetzeug. Hermione behauptet, sie wäre eine kleine Künstlerin.» Gerald sprach in seinem gewöhnlichen, angeregten Plauderton, als wenn sich nichts ereignet hätte, während bei Birkin alles voll nachklang.

«Ach! Das habe ich nicht gewußt. Nun also, wenn Gudrun das täte, wäre es ja ausgezeichnet, dann könntet ihr es gar nicht besser treffen – wenn in Winifred tatsächlich eine Künstlerin steckt. Denn Gudrun ist wirklich eine. Und ein wahrer Künstler ist für den andern immer das Erlösende.» – «Ich dachte, sie kämen gewöhnlich so schlecht miteinander aus.» – «Kann sein. Aber nur ein Künstler kann dem andern die

Welt schaffen, die ihm zum Leben taugt. Wenn du Winifred das einrichten könntest, wäre alles in Ordnung.»

«Aber du meinst, sie kommt nicht?» – «Ich weiß nicht. Gudrun hat eine ziemliche Meinung von sich. Sie wird sich niemals billig weggeben. Oder wenn sie es tut, nimmt sie sich bald wieder zurück. Ob sie sich also zu Privatstunden herabläßt, noch dazu hier in Beldover, weiß ich nicht. Aber das Richtige wäre es bestimmt. Winifred ist eine eigene Natur. Wenn du ihr die Mittel an die Hand geben könntest, daß sie an sich selbst genug zu haben lernt, so wäre es das denkbar Beste für sie. Mit dem gewöhnlichen Leben wird sie doch nie fertig. Dir selbst fällt es schon schwer genug, und sie hat noch etliche Häute weniger als du. Es ist gar nicht auszudenken, was aus ihrem Leben wird, wenn sie nicht einen Weg findet, sich auszudrücken – irgend etwas, das sie ausfüllt. Du siehst ja, was dabei herauskommt, wenn man die Dinge einfach dem Schicksal überläßt. Und wie wenig man sich aufs Heiraten verlassen kann, hast du auch vor dir – sieh dir doch deine Mutter an.»

«Glaubst du, Mutter ist nicht normal?» – «Das nicht. Mir scheint, sie brauchte nur etwas mehr oder etwas anderes als den Alltag. Und weil sie es nicht bekommen hat, ist sie vielleicht ein wenig sonderbar geworden.» – «Nachdem sie eine Brut sonderbarer Kinder in die Welt gesetzt hat», war die düstere Antwort. – «Nicht sonderbarer als wir andern auch. Die normalsten Leute haben das ärgste unterirdische Ich, sieh sie dir doch an, einen nach dem andern.»

«Manchmal kommt es mir vor wie ein Fluch, das Leben», sagte Gerald plötzlich in ohnmächtigem Grimm. – «Warum auch nicht? Mag das Leben manchmal wie ein Fluch sein... zu andern Zeiten ist es alles andere. Im Grunde hast du doch großen Spaß daran.» – «Weniger als du meinst.» In Geralds Augen spiegelte sich plötzlich eine merkwürdige Armut.

Dann verstummten sie, und jeder hing den eigenen Gedanken nach.

«Ich weiß gar nicht, wieso es einen Unterschied machen soll, ob sie in der Schule unterrichtet oder Win Stunden gibt», fing Gerald wieder an. – «Öffentlicher oder privater Angestellter sein ist etwas ganz Verschiedenes. Heutzutage ist der einzige Edelmann, König und Aristokrat die Öffentlichkeit. Der Öffentlichkeit dienst du gern – aber Hauslehrer sein...» – «Ich wäre weder vom einen noch vom andern sehr begeistert.» – «Das glaub ich! Und Gudrun wird wohl ebenso denken.»

Gerald überlegte einen Augenblick. «Jedenfalls wird Vater dafür sorgen, daß sie sich nicht als Hauslehrerin zu fühlen braucht. Er wird vor lauter Dankbarkeit gar nicht wissen, was er alles anstellen soll.» – «Das gehört sich auch so, und so müßt ihr es alle machen. Meinst du denn, ein Mädchen wie Gudrun Brangwen ließe sich für Geld in Dienst nehmen? Wenn jemand deinesgleichen ist, so ist sie es – und wahrscheinlich mehr als du.»

«So, meinst du?» – «Allerdings. Und wenn du nicht so viel Verstand

170

hast, um das zu begreifen, wird sie dich hoffentlich laufenlassen.» –
«Immerhin, wenn sie meinesgleichen ist, wäre mir lieber, sie wäre keine
Lehrerin. Für gewöhnlich sind Lehrerinnen doch nicht meinesgleichen.»
– «Nein, leider Gottes! Aber ist man denn Lehrer, bloß weil man Unter-
richt gibt, oder Pastor, bloß weil man predigt?»

Gerald lachte. Auf dem Punkt fühlte er sich immer unsicher. Gesellschaftliche Überlegenheit wollte er nicht, und persönliche Überlegenheit
mochte er nicht in Anspruch nehmen, weil er sich nie entschließen konnte, seinen Maßstab am Wesen selbst anzulegen. So begnügte er sich damit, die Anerkennung seines gesellschaftlichen Ansehens überall schweigend vorauszusetzen. Birkin wollte ihn dahin bringen, daß er den wesentlichen Unterschied zwischen den Menschen anerkannte, aber das
wollte er nicht. Es ging ihm gegen die gesellschaftliche Ehre und gegen
seine Grundsätze. Er stand auf und wollte gehen.

«Nun habe ich die ganze Zeit nichts getan», lächelte er. – «Ich hätte
dich schon eher mahnen sollen», neckte Birkin und lachte. – «Ich wußte,
du würdest etwas Ähnliches antworten.» Gerald war nicht sehr behaglich zumute. – «So?» – «Ja, Rupert. Alle dürfen wir nicht so sein wie
du – wir säßen sonst bald fest. Wenn ich erst im Himmel bin, kümmere
ich mich um kein Geschäft mehr.» – «Und jetzt sitzen wir ja auch gar
nicht ein bißchen fest!» – «Nicht so sehr, wie du findest. Wir haben doch
jedenfalls zu essen und zu trinken...» – «Und sind fröhlich miteinander und guter Dinge!» fügte Birkin hinzu.

Gerald trat ans Bett und sah auf Birkin hernieder. Er lag da mit bloßer Kehle und zerwühltem Haar, das ihm schön über die warme Stirn
bis in die Augen fiel. Die Augen aber ruhten unbeirrt und still in dem
Spöttergesicht. Gerald stand bei ihm, strotzend vor Tatkraft, und konnte
sich nicht wegfinden. Er konnte sich nicht losreißen.

«So», sagte Birkin, «nun auf Wiedersehen!» zog die Hand unter der
Decke hervor und gab sie ihm lächelnd, mit schimmerndem Blick.

«Auf Wiedersehen!» Gerald hielt die warme Hand des Freundes ganz
fest. «Ich komme bald wieder. Du fehlst mir in der Mühle.» – «In ein
paar Tagen bin ich wieder unten», sagte Birkin.

Die Augen der beiden Männer begegneten sich noch einmal. Geralds
Habichtaugen schwammen in dem warmen Licht uneingestandener Liebe, Birkin erwiderte den Blick wie aus tiefem Dunkel heraus, unerforscht
und unerkannt, und doch mit einer eigenen Wärme, die Geralds Geist
überflutete wie ein befruchtender Schlaf.

«Auf Wiedersehen! Kann ich noch etwas für dich tun?» – «Danke,
nichts.» Birkin sah die schwarze Gestalt aus der Tür gehen. Nun war der
lichte Kopf verschwunden. Dann drehte er sich um und schlief ein.

Der Industriemagnat

In Beldover waren die Dinge sowohl für Ursula wie für Gudrun zum Stillstand gekommen. Ursula hatte das Gefühl, als wäre Birkin aus ihrem Herzen weggezogen. Er bedeutete ihr nichts mehr, er war kaum noch etwas in ihrer Welt. Sie hatte ihre Freunde, ihre Beschäftigungen, ihr eigenes Leben, und wandte sich eifrig allem Frühern wieder zu, das mit ihm nichts zu tun hatte.

Und Gudrun, die keine Minute verbracht, ohne Gerald Crich in allen Adern zu spüren, und gleichsam auch körperlich ununterbrochen Verbindung mit ihm gehabt hatte, konnte nun bei dem Gedanken an ihn kaum noch ein Gefühl aufbringen. Sie trug sich mit Reiseplänen und wollte woanders ein neues Leben versuchen. Die ganze Zeit hielt etwas in ihrem Innern sie davon zurück, mit Gerald festere Beziehungen zu knüpfen. Sie hatte das Gefühl, es wäre klüger und besser, ihr Verhältnis zu ihm nicht über eine flüchtige Bekanntschaft hinauswachsen zu lassen.

Sie hatte die Idee, nach Petersburg zu gehen. Dort hatte sie eine Freundin, die wie sie Bildhauerin war und mit einem reichen Russen zusammen lebte, der aus Liebhaberei Goldschmiedearbeiten machte. Das triebhafte, etwas wurzellose Leben, wie es die Russen führten, sagte ihr zu. Nach Paris wollte sie nicht. Paris war dürr und im Grunde langweilig. Sie schwankte zwischen Rom, München, Wien oder Petersburg und Moskau. In Petersburg und in München hatte sie Freunde, an die sie sich wegen eines Unterkommens wandte.

Sie hatte etwas Geld. Eine Zeitlang hatte sie zu Hause gewohnt, um zu sparen, und nun einige von ihren Arbeiten verkauft und auf mehreren Ausstellungen gute Kritiken bekommen. Sie wußte wohl, wenn sie jetzt nach London ginge, würde sie Mode werden. Doch kannte sie London, und es verlangte sie nach Neuem. Sie hatte siebzig Pfund, von denen kein Mensch etwas wußte, und konnte abreisen, sobald sie von ihren Bekannten Nachricht bekam. Trotz ihrer äußern Geruhsamkeit war sie eben eine tief ruhelose Natur.

Eines Tages traten die beiden in Willey Green in ein Häuschen ein, um Honig zu kaufen. Mrs. Kirk, eine stämmige, blasse, spitznasige Frau, hinter deren durchtriebenem, süßlich katzenhaftem Wesen sich wohl eine Drachenseele verbarg, führte die Mädchen hinein in ihre allzu lauschige, allzu schmucke Küche. Überall herrschte eine Behaglichkeit und Sauberkeit, die an Katzenwirtschaft erinnerte.

«Nun, Miss Brangwen», sagte sie in ihrer winsligen Schmeichelstimme, «wie gefällt es Ihnen wieder zu Hause?» Gudrun fand sie sofort höchst unangenehm. «Nicht besonders», antwortete sie kurz.

«Nein? Natürlich, das kann man sich ja denken. So wie London ist es nicht. Sie sind lieber in feinen, großen Städten, wo es hoch hergeht. Unsereins muß sich mit Willey Green und Beldover zufriedengeben. Aber ... weil doch alles davon redet, was halten Sie denn von unserer höheren Schule?» – «Was ich davon halte?» Gudrun sah sich langsam nach ihr um. «Sie meinen, ob ich sie gut finde?» – «Ja. Wie denken Sie darüber?» – «Ich finde, es ist eine sehr gute Schule.»

Gudrun war eiskalt und abweisend. Sie wußte, daß die Schule den kleinen Leuten ein Dorn im Auge war. – «Wahrhaftig? Man hat schon so viel darüber gehört, die einen sagen so und die andern so. Da weiß man doch gern, was die denken, die wirklich dazugehören. Aber die Meinungen sind verschieden, nicht wahr? Mr. Crich oben in Highclose ist ja ganz und gar dafür. Der arme Mann, ich fürchte, er macht es nicht mehr lange. Er ist gar nicht gut zu Wege.»

«Geht es ihm schlechter?» fragte Ursula. – «O ja – seit Miss Diana tot ist. Bloß ein Schatten ist er noch. Armer Mensch, der hat Kummer genug in seinem Leben gehabt.» – «Ach nein», sagte Gudrun mit leisem Spott. – «Doch, das hat er. Kummer und Sorge genug. Und ist doch ein so lieber, freundlicher Herr, wie man ihn sich nicht besser wünschen kann. Davon haben die Kinder nicht viel abbekommen!» – «Die sind wohl mehr nach der Mutter geschlagen?» meinte Ursula. – «In manchem wohl.» Mrs. Kirk dämpfte die Stimme. «War das eine stolze, hochnasige Dame, als sie hierherkam – weiß der Himmel! Gar nicht ansehen durfte man sie, und ein Wort kostete einem bald das Leben.» Die Frau machte ein verkniffenes Gesicht.

«Haben Sie sie als junge Frau gekannt?» – «O ja. Ich habe drei von den Kindern gewartet, wie sie klein waren. Die waren aber schlimm, sag ich Ihnen, richtige kleine Teufel – dieser Gerald war ein Satan, so was gibt es nicht zum zweitenmal, schon mit sechs Monaten.» Die Frau sprach mit einem merkwürdig boshaften, gerissenen Unterton.

«Wahrhaftig?» sagte Gudrun. – «So ein kleiner Eigensinn und Dickkopf – mit sechs Monaten war er seiner Kinderfrau über. Stieß und schrie und strampelte wie ein Satan. Der hat manches Mal was hinten drauf gekriegt von mir, als ich ihn noch auf dem Arm hatte. Ja, und es wäre was Besseres aus ihm geworden, wenn er noch mehr gekriegt hätte. Aber sie duldete es ja nicht, daß man sie bestrafte – nei-i-n, davon wollte sie nichts hören. Ich weiß noch, was sie deswegen für Krach mit Mr. Crich gehabt hat. Du meine Güte! Wenn er so in Wut war, daß er es nicht mehr aushielt, dann hat er die Tür vom Arbeitszimmer zugeschlossen und die Racker verhauen. Und sie rannte die ganze Zeit wie ein Tiger draußen auf und ab, wie ein Tiger sag ich Ihnen, ihr Gesicht war ganz mörderlich. Ein Gesicht hatte sie – sie konnte einen umbringen mit ihren Blicken. Und wenn die Tür aufgemacht wurde, dann ging sie mit aufgehobener Hand hinein. – ‹Was hast du meinen Kindern getan, du feiger Hund.› Rein von Sinnen war sie. Ich glaube, er hatte Angst vor ihr. Die Kinder mußten ihn halb verrückt machen, ehe er einen Finger rührte. War das ein Leben für uns Leute! Und wir waren weiß Gott dankbar, wenn eins von ihnen mal etwas abkriegte. Sie machten uns das Leben da zur Hölle.»

«Wahrhaftig?» sagte Gudrun.

«Auf alle Weise. Wenn man sie nicht ihr Geschirr auf dem Tisch zertöppern ließ oder die jungen Katzen mit einer Schnur um den Hals hinter sich her zerren, wenn man ihnen nicht alles gab, was sie haben wollten, alles und jedes – dann wurde ein Hallo gemacht, und die Mutter kam herein und fragte: ‹Was hat er? Was haben Sie ihm getan? Was ist denn, mein Engelchen?› Und dann legte sie los, als wollte sie einen mit Füßen treten. Mich hat sie aber nicht mit Füßen getreten. Ich war die einzige, die mit ihren kleinen Teufeln fertig wurde – denn selbst wollte sie sich auch nicht damit abplacken. Nein, übergroße Mühe hat sie sich nicht mit ihnen gemacht. Man mußte ihnen bloß ihren Willen lassen und nichts sagen. Und Master Gerald war der allerschönste. Ich ging, als er anderthalb Jahre alt war, da hab ich es nicht mehr ausgehalten. Aber er hat was hinten drauf gekriegt, das hat er, wenn ich ihn auf dem Arm hatte und er nicht mehr zu halten war, und es tut mir auch keine Minute leid –»

Gudrun ging empört weg. Die Redensart ‹er hat was hinten drauf gekriegt› machte sie rasen vor Wut. Sie konnte die Worte nicht ertragen, am liebsten hätte sie das Weibsbild gepackt und erwürgt. Und doch blieben sie für immer in ihr hängen; sie wußte, sie würde sie nie wieder loswerden. Eines Tages müßte sie es ihm sagen und sehen, wie er es aufnahm. Sie haßte sich wegen solcher Gedanken.

In Shortlands ging das Ringen eines Lebens zu Ende. Der Vater war krank und lag im Sterben. Er hatte schwere innere Schmerzen, die alle Lebenswachheit aufzehrten und ihm nur noch einen Rest von Bewußtsein übrigließen. Tief und tiefer senkte sich das Schweigen auf ihn herab, immer weniger nahm er wahr, was um ihn her vorging. Die Schmerzen verbrauchten seine ganze Lebenskraft. Er wußte, sie waren da und kamen wieder, sie lauerten auf ihn in den dunklen Schluchten seines Ich. Und er hatte weder die Kraft noch den Willen, ihnen nachzuspüren und zu wissen, woher sie kamen. Sie blieben im Dunkel. Von Zeit zu Zeit zerrissen sie ihn und waren dann wieder still. Wenn es ihn packte, krümmte er sich in stummer Unterwerfung, und wenn er Ruhe hatte, wollte er nichts davon wissen. Es schlummerte im Dunkeln und sollte unerkannt bleiben. So gab er es nie zu, außer in dem geheimen Winkel seines Ich, wo all die nie offenbarten Ängste und Geheimnisse aufgehäuft lagen. Im übrigen machte es keinen Unterschied, ob er Schmerzen hatte oder nicht. Sie regten ihn sogar an, sie peitschten ihn auf.

Aber allmählich verzehrten sie sein Leben. Nach und nach sogen sie ihm die Kraft aus den Sehnen und tranken sein Blut, verstopften ihm die Quelle des Lebens, zogen ihn hinunter in die Finsternis. Und in dieser Lebensdämmerung konnte er nur noch wenige Dinge sehen. Das Geschäft, seine Arbeit war ganz versunken. Seine öffentlichen Interessen waren weg, als wären sie niemals dagewesen. Selbst die Familie war ihm fremd geworden. Ganz an der Oberfläche entsann er sich, wer seine Kinder waren, aber als eine historische Tatsache, nicht als etwas Lebendiges. Nur mit Anstrengung begriff er ihre Beziehung zu ihm. Auch seine Frau hatte kaum noch eine wirkliche Existenz. Sie glich der Finsternis in ihm, seinen Schmerzen. Eine sonderbare Assoziation ließ das Dunkel, das die Schmerzen barg, und das Dunkel, das seine Frau verhüllte, in eins verschwimmen. All seine Gedanken und Begriffe flossen ineinander, seine Frau und die zehrenden Schmerzen waren zu derselben dunklen, feindlichen Macht geworden, der er nie ins Auge sah. Niemals gewann er es über sich, das Grauen aus seiner Grube hervorzuziehen. Er wußte nur, da war ein dunkler Ort, und in der Nacht wohnte etwas, das von Zeit zu Zeit herauskam und ihn entzweiriß. Doch wagte er sich nicht hinunter, um den Unhold ans Licht zu zerren. Lieber tun, als wäre er nicht da. In dem Zwielicht seines Geistes nahm das Grauen die Gestalt seiner Frau an, der Zerstörerin, und gleichzeitig die der Schmerzen, des zerstörten Lebens. Die Finsternis war beides zugleich und dabei doch eins.

Er bekam seine Frau sehr selten zu sehen. Sie blieb in ihrem Zimmer. Nur gelegentlich kam sie zum Vorschein und fragte ihn mit vorgestrecktem Kopf und leiser, unheimlicher Stimme, wie es ihm ginge. Und er antwortete, wie er es seit länger als dreißig Jahren gewohnt war: «Ich kann eigentlich nicht klagen, mein Herz.» Doch in der Tiefe, wohin die schützende Gewohnheit nicht reichte, hatte er Angst vor ihr, Todesangst.

Sein Leben lang hatte er an seinen Überzeugungen so festgehalten, daß er nie zusammengebrochen war. Und er sollte auch sterben, ohne zusammenzubrechen, ohne zu erkennen, was sein Gefühl für sie in Wirklichkeit war. Sein ganzes Leben lang hatte er gesagt: «Arme Christiana, so eine leidenschaftliche Natur!» und hatte die Stellung mit ungebrochenem Willen gehalten. Alles, was sich in ihm gegen seine Frau wehrte, hatte er durch Mitleid verdrängt. Mitleid war sein Schirm und Schild und seine immer blanke Waffe gewesen. Und soweit sein Bewußtsein noch wachte, tat Christiana ihm auch jetzt noch leid, weil sie so heftigen und ungestümen Wesens war.

Aber wie sein Leben fadenscheinig zu werden begann, so auch sein Mitleid, und Furcht stand auf und wurde Grauen. Doch ehe der Harnisch wirklich brach, sollte der Tod kommen. Er sollte sterben wie ein Insekt, sterben, wenn sein Panzer barst. Das mußte seine letzte Rettung sein. Andere würden weiterleben und den Tod bei lebendigem Leibe kennenlernen, das allmähliche Versinken im hoffnungslosen Chaos. Er nicht. Er mußte den Tod um seinen Sieg bringen.

Er war seinen Überzeugungen treu geblieben und hatte sich in Barmherzigkeit und Nächstenliebe durch nichts irremachen lassen. Vielleicht hatte er sogar den Nächsten mehr geliebt als sich selbst und war damit einen Schritt über das Gebot hinausgegangen. Eine Flamme hatte in seinem Herzen gebrannt und ihn in allem aufrechterhalten: die Sorge um das Wohl seiner Leute. Er war ein großer Arbeitgeber und Zechenbesitzer. Und nie war seinem Herzen das Gefühl verlorengegangen, daß er in Christus eins mit seinen Arbeitern war. Ja, er war sogar der Geringere, denn durch Armut und Arbeit waren sie Gott näher als er. Ohne daß er es sich zugegeben hätte, lebte doch immer in ihm der Glaube, daß die Arbeiter, die Bergleute, das Heil in Händen hielten. Um Gott näherzukommen, mußte er den Bergleuten näherkommen; sein Leben mußte in dem ihren seinen Schwerpunkt haben. Unbewußt sah er in ihnen die Offenbarung, das Ebenbild Gottes. Er verehrte in ihnen das Höchste, was es für ihn gab: die große, fühlende, dumpfe Gottheit des Menschlichen.

Und all die Zeit hatte seine Frau ihm gegenübergestanden wie einer von den großen Höllengeistern. Seltsam, raubvogelgleich, von der bannenden, unirdischen Schönheit eines Habichts, hatte sie den Wall seiner Nächstenliebe zu stürmen versucht und war dann stumm zusammengesunken wie ein Habicht im Käfig. Durch die Gewalt der Verhältnisse, weil alle Welt sich verschwor, ihren Käfig festzumachen, war ihr Mann stärker gewesen als sie und hatte sie gefangengehalten. Und weil sie seine Gefangene war, so war seine Leidenschaft mächtig geblieben wie der Tod. Er hatte sie immer sehr geliebt. Im Käfig blieb ihr nichts verwehrt, da konnte sie alles haben, was sie wollte.

Es hatte sie fast verrückt gemacht. Ihrer wilden, hochtrabenden Natur war die sanfte, fast bettelnde Güte, die ihr Mann jedem Menschen entgegenbrachte, eine Demütigung, die sie nicht ertrug. Er machte sich keine Illusionen über die Armen. Er wußte, sie jammerten vor ihm und nutzten ihn in der übelsten Art und Weise aus. Zum Glück waren die meisten zu stolz, um zu betteln, und trugen den Kopf viel zu hoch, um an seine Tür zu klopfen. Aber in Beldover gab es wie überall weinerliche, schmarotzende, verrottete Geschöpfe, die nach Almosen kriechen und vom lebendigen Volkskörper ihr Leben fristen wie Läuse. Christiana Crich flammte vor Wut, wenn wieder einmal zwei blasse, katzbuckelnde Weiber in widerwärtigen Trauerkleidern trübe die Einfahrt heraufgeschlichen kamen. Sie hätte am liebsten die Hunde auf sie gehetzt, «He, Rip! He, Ring! Ranger! Auf sie, Kerls, raus mit ihnen!» Aber Crowther, der alte Diener, und alle andern Dienstboten hielten zu Mr. Crich. Doch wenn ihr Mann nicht da war, fuhr sie auf das schleichende Bettelvolk los wie ein Wolf: «Was wollt ihr Pack? Hier gibt's nichts. Im Garten hat niemand was zu suchen. Simpson, werfen Sie sie hinaus, und daß mir keiner mehr durchs Tor kommt!»

Die Dienstboten mußten gehorchen. Sie stand dabei und sah mit Adlerblick zu, wenn der Stallknecht tolpatschig und verlegen das Jammergesindel die Einfahrt hinunterjagte wie zerzauste Hühner.

Aber sie brachten bald beim Pförtner heraus, wann Mr. Crich verreist war, und richteten ihre Besuche danach ein. Unzählige Male klopfte Crowther in den ersten Jahren leise an die Tür: «Da ist jemand, der den Herrn sprechen will.»

«Wie heißt er?» – «Grocock.» – «Was wollen die Leute?» Es klang halb ungeduldig, halb erfreut. Er mochte gern bei seiner Barmherzigkeit gefaßt werden. – «Es ist von wegen einem Kind.» – «Führen Sie sie in die Bibliothek und sagen Sie, sie sollten ein andermal nach elf Uhr früh nicht mehr kommen.»

«Warum stehst du vom Essen auf?... Schick sie weg», sagte seine Frau schroff. – «Nein, das geht nicht. Ich will nur hören, was sie wollen. Das ist schnell erledigt.» – «Und wie viele sind heute sonst schon hier gewesen? Warum stellst du ihnen nicht gleich das ganze Haus zur Verfügung? Dann wäre ich mit den Kindern bald auf der Straße.» – «Mein Kind, du weißt, es macht mir nichts aus, sie anzuhören. Und wenn sie wirklich in Not sind... dann ist es doch meine Pflicht, ihnen herauszuhelfen.» – «Jawohl, es ist deine Pflicht, die Ratten der ganzen Welt herzubitten, daß sie an deinen Knochen nagen.» – «Komm, Christiana, nicht so! Herzlos darfst du nicht sein.»

Dann rauschte sie auf einmal aus dem Zimmer und ging in die Bibliothek. Da saßen die kümmerlichen Wohltätigkeitsanwärter wie beim Doktor im Wartezimmer. «Mr. Crich ist nicht zu sprechen. Zu dieser Zeit nicht. Bilden Sie sich denn ein, er gehört Ihnen, daß Sie kommen können, wann es Ihnen paßt? Gehen Sie nur, hier gibt's nichts.»

Die armen Leute standen verlegen auf. Aber Mr. Crich kam schwarzbärtig, bleich und beschwörend hinter ihr her. «Nein, ich mag auch nicht, wenn Sie so spät kommen. Morgens will ich gern jeden von euch hören, aber später kann ich euch wirklich nicht mehr brauchen. Was ist denn los, Gittens. Was macht die Frau?» – «Ach Gott, sie ist man kümmerlich, Herr Crich, beinah nichts mehr von übrig, ganz...»

Manchmal kam es Mrs. Crich so vor, als wäre ihr Mann ein lauernder Aasvogel, der aus dem Jammer der Leute seine Nahrung söge. Er schien ihr nie zufrieden, bis nicht irgendeine graue Elendsgeschichte in ihn ergossen wurde, die er dann mit bekümmerter, mitfühlender Genugtuung schlürfte. Er hätte gar kein *raison d'être*, wenn es nicht Trübsal und Jammer in der Welt gäbe, wie ein Beerdigungsunternehmer keinen Lebenszweck hätte, wenn niemand begraben würde.

Mrs. Crich wich in sich selbst zurück aus dieser Welt, in der das kriechende Volk Herr war. Ein fester Reifen von Unheil legte sich ihr ums Herz; starr und ingrimmig schloß sie sich zu. Sie wehrte sich nicht mehr, aber ihr stummer Widerstand war furchtbar echt, wie der eines eingesperrten Habichts. Die Jahre vergingen. Sie verlor nach und nach jeden Begriff von der Welt und war wie entrückt in eine gleißende Fremde. Kaum wußte sie noch von sich und ihrer Umgebung. Sie ging durchs Haus und über Land, starrte scharfen Blicks vor sich hin und sah nichts. Nur selten sagte sie ein Wort, sie hatte keine Verbindung mehr mit den

Menschen. Ja, sie dachte nicht einmal mehr. Sie zehrte sich auf in angespannter Feindschaft, ein negativer Magnetpol.

Und sie brachte viele Kinder zur Welt. Denn im Laufe der Jahre hatte sie aufgehört, ihrem Mann jemals in Wort oder Tat entgegen zu sein. Sie beachtete ihn kaum. Sie unterwarf sich. Mochte er nehmen, was er wollte, sie ließ alles mit sich geschehen, wie ein gefangener Habicht, der sich unwirsch in all und jedes fügt. Die Beziehung zwischen ihr und ihrem Mann war ohne Bewußtsein und ohne Ausdruck, aber tief und furchtbar. Sie sogen einander bis aufs letzte aus. Er wurde groß in der Welt und dabei inwendig ausgehöhlt. Das Leben sickerte ihm weg wie in innerer Blutung. Und sie schwand dahin wie der Habicht im Käfig; aber das Herz in ihrer Brust blieb wild wie je, wenn auch der Geist zerstört wurde.

So trieb es ihn bis zuletzt zu ihr. Immer wieder mußte er sie in den Armen halten, bis alle seine Kraft verfallen war. Das furchtbare, versengende, weiße Licht in ihren Augen erregte ihn nur und machte ihn wach. Bis er verblutet war, und dann graute ihm vor ihr mehr als vor allem andern. Doch sagte er sich immer, wie glücklich er gewesen wäre, und wie er sie rein und ausschließlich geliebt hätte, seit sie sich kannten. Er sah in ihr die Keusche, Reine. Die weiße Flamme ihrer Sexualität, die keiner je hatte brennen sehen außer ihm, wurde in seinem Herzen zur schneeweißen Blüte. Sie war die wunderbare weiße Blüte im Schnee, nach der er maßlos verlangt hatte. Und nun lag er auf dem Totenbett, und alles, was er über ihre Beziehung gedacht und in sie hineingesehen hatte, war noch unversehrt. Es konnte nicht eher entschwinden, als der Atem ihm schwand. Bis dahin blieb es für ihn Wahrheit. Der Tod erst sollte die Lüge in ihrer ganzen Größe erweisen. Bis zum Tode war sie seine schneeweiße Blüte. Er hatte sie sich untertan gemacht und sah in ihrer Unterwerfung unendliche Keuschheit, eine Jungfräulichkeit, die er niemals zerbrechen konnte und die ihn wie durch Zauber beherrschte.

Die äußere Welt hatte sie fahrenlassen, aber drinnen war sie ungebrochen und ganz. Sie tat nichts, als regungslos und sinnlos in ihrem Zimmer zu sitzen wie ein schwermütiger Habicht mit struppigen Federn. Die Kinder, die sie so leidenschaftlich für sich gefordert hatte, als sie jung waren, bedeuteten ihr kaum noch etwas. All das hatte sie verloren. Sie war mit sich selbst ganz allein. Nur Gerald, der Glitzernde, hatte einige Realität für sie. Doch in den letzten Jahren, seitdem er an der Spitze des Geschäfts stand, war auch er vergessen. Der Vater hingegen wandte sich jetzt unter dem Auge des Todes an Gerald um Erbarmen. Die beiden hatten immer im Gegensatz zueinander gestanden. Gerald hatte den Vater gefürchtet und zugleich auf ihn herabgesehen und ihn als Knabe und als junger Mensch gemieden, soviel er konnte. Und der Vater hatte oft eine wirkliche Abneigung gegen den ältesten Sohn empfunden, die er nie hatte wahrhaben wollen, weil er sie nicht aufkommen lassen durfte. Er hatte Gerald so viel wie möglich übersehen und in Ruhe gelassen.

Doch seit Gerald wieder zu Hause war und eine verantwortliche Stellung in der Firma innehatte, seit er sich als ein so ausgezeichneter Leiter erwies, hatte der Vater, der äußern Angelegenheiten überdrüssig und müde, all diese Dinge dem Sohn anvertraut. Er hatte ihm alles blind überlassen und sich in eine Abhängigkeit von seinem jungen Feind gestellt, die beinah rührend war. Das hatte in Geralds Herzen sofort ein bohrendes Mitleid geweckt und eine Ergebenheit, auf die allerdings immer ein Schatten von Geringschätzung und uneingestandener Feindschaft fiel. Denn in Gerald war ein Widerstand gegen das Prinzip der Nächstenliebe. Und doch war er innerlich von ihr beherrscht und konnte sie in seiner Seele nicht zum Schweigen bringen. So unterlag er zum Teil dem, was sein Vater vertrat, und war doch in Reaktion dagegen. Jetzt aber war er hilflos. Mitleid und schmerzliche Zärtlichkeit für den Vater überwältigten ihn, der tiefern, dunklern Feindschaft zum Trotz.

In Geralds Mitleid fand der Vater Zuflucht. Aber lieben konnte er nur Winifred. Sie war sein jüngstes Kind, das einzige, das er jemals von Herzen lieb gehabt hatte. Und sie liebte er nun mit der hohen, beschirmenden Liebe des Sterbenden, die sich größer weiß als alle Liebe der Lebendigen. Er hatte nur den einen Gedanken, sie ohne Ende zu beschützen und ganz in lauter Wärme und Liebe zu bergen. Soviel an ihm lag, sollte ihr jeder Schmerz und Kummer und jede Kränkung erspart bleiben. Sein Leben lang war er rechtschaffen gewesen, unerschütterlich liebevoll und gut. Und die Liebe zu dem Kind Winifred war sein letztes, leidenschaftliches Rechttun. Einiges machte ihm immer noch zu schaffen. Die Welt war von ihm zurückgewichen und seine Kraft zerronnen. Es gab keine Armen, Unrechtleidenden, Demütigen mehr zu beschützen und zu beschenken. Das alles war ihm abhanden gekommen. Auch Söhne und Töchter waren nicht mehr da, seine Ruhe zu stören und ihn mit einer Verantwortung zu belasten, die über seine Kräfte ging. Sie waren verblaßt und nicht mehr wirklich. All das war seinen Händen entglitten und hatte ihn aus seiner Pflicht entlassen.

Aber es blieb das versteckte Grauen vor seiner Frau, wenn sie seltsam und stumpf in ihrem Zimmer saß oder mit vorgeneigtem Kopf und behutsamen Diebsschritten herauskam. Er schob es von sich. Frei machen konnte auch die Rechtlichkeit eines ganzen Lebens ihn nicht völlig von der innern Angst. Aber er hielt sie einigermaßen in Schach. Offen hervorbrechen konnte sie nie. Vorher mußte ja der Tod kommen.

Und dann Winifred! Wenn er doch ihretwegen ruhig sein könnte und nicht so viele Gedanken zu machen brauchte. Seitdem Diana ertrunken, seit sein Zustand ernster geworden war, wurde ihm die Sorge um Winifred fast zur Qual. Sogar im Sterben schien das Herz es nicht aushalten zu können ohne die Angst der Liebe und das Verantwortungsgefühl für den Nächsten.

Sie war ein sonderbar empfindsames, leicht zu entzündendes Kind, mit dem dunklen Haar und dem ruhigen Wesen des Vaters, aber ohne Stetigkeit: ein Augenblicksgeschöpf, ein Rohr im Wind, als läge ihr im tiefsten Grunde an ihren eigenen Gefühlen nichts. Oft plauderte und spielte sie wie das fröhlichste und kindlichste Kind von der Welt und konnte auch warm und schön liebhaben – weniges nur, ihren Vater, und vor allem ihre Tiere. Als aber ihr geliebtes Kätzchen Leo vom Auto überfahren worden war, legte sie nur den Kopf auf die Seite, machte ein Gesicht, als wäre sie ihm fast ein bißchen böse darum und sagte: «So?» Und dann dachte sie nicht mehr daran. Nur das Mädchen, das ihr mit der schlechten Nachricht den Zwang angetan hatte, traurig zu sein, mochte sie nicht mehr leiden. Sie wollte nichts wissen, das war ihr offenbar die Hauptsache. Ihre Mutter mied sie, und auch die meisten von ihren Geschwistern. Aber ihren Papa betete sie an, weil er immer nur wollte, daß sie glücklich wäre, und wieder jung und sorglos wurde, wenn sie bei ihm war. Gerald mochte sie gern wegen seines gehaltenen Wesens, wie alle Leute, die ihr das Leben zum Spiel machten. Sie hatte eine geradezu unheimliche kritische Begabung, sie war der reinste Anarchist und dabei der reinste Aristokrat. Ihresgleichen ließ sie unter allen Umständen gelten und setzte sich mit vergnügtem Gesicht über alle Geringern hinweg, ob es nun ihre Geschwister oder reiche Gäste des Hauses oder die gewöhnlichen Leute und die Dienstboten waren. Sie war ein Wesen für sich, das in niemand wurzelte, von allem Vernünftigen und Zusammenhängenden wie abgeschnitten. Sie lebte nur im Augenblick.

Der Vater hatte das Gefühl, als hinge sein Schicksal einzig davon ab, daß er Winifred ihr Glück sicherte – eine sonderbare, allerletzte Illusion. Sie, die niemals leiden konnte, weil sie nie eine innig lebendige Beziehung einging, die das Liebste im Leben verlieren und gleich darauf sein konnte wie vorher, als wäre alle Erinnerung mit Absicht ausgemerzt; deren Wille so eigentümlich ungebunden war – anarchistisch, ja nihilistisch –, die wie der seelenlose Vogel über den eigenen Willen wegflog und nie über den Augenblick hinaus hängenblieb aus Pflicht oder aus Liebe; die leichten, freien Herzen mit jeder Bewegung jedes ernste Band zerriß, Nihilistin reinsten Wassers, weil nichts sie aus dem Gleichgewicht bringen konnte – gerade sie mußte der Gegenstand letzter, leidenschaftlicher Vatersorge werden.

Als Mr. Crich hörte, daß Gudrun Brangwen vielleicht kommen könnte, um mit Winifred zu zeichnen und zu modellieren, sah er einen Weg, auf dem seinem Kind zu helfen war. Er glaubte an Winifreds Talent. Gudrun hatte er gesehen und wußte, daß sie etwas Besonderes war. Ihr konnte er Winifred anvertrauen, sie war der Mensch, der ihr Richtung und fruchtbare Kraft abgeben konnte, und so brauchte er sie dem Leben nicht mehr ziel- und widerstandslos zu überlassen. Wenn er nur, ehe er stürbe, sein Kind auf einen Baum pfropfen könnte, der Frucht trug, so hätte er seine Pflicht getan. Hier war das möglich. Ohne Zögern wandte er sich an Gudrun.

Je weiter der Vater aus dem Leben wegtrieb, desto stärker wurde in Gerald ein Gefühl der Schutzlosigkeit. Schließlich hatte doch in der Welt des Lebens der Vater seinen Schild bisher über ihn gehalten. Solange sein Vater lebte, war Gerald der Welt auf keine Weise verpflichtet. Aber nun starb er, und Gerald fand sich ungerüstet den Stürmen preisgegeben wie der Obermaat, der durch Meuterei an Stelle des Kapitäns gesetzt ist und nur das furchtbare Chaos vor sich sieht. Die feste Ordnung und die lebendige Idee vererbten sich nicht auf ihn. Die Idee, die zentrale Kraft, die die Menschheit zusammenhielt, schien ihm zugleich mit seinem Vater zu sterben, und die einzelnen Teile drohten in schrecklicher Auflösung auseinanderzufallen. Gerald fühlte sich wie auf einem Schiff, das ihm unter den Füßen auseinanderbarst. Er hatte die Verantwortung für ein Fahrzeug, das in den Spanten nicht mehr zusammenhielt.

Solange er auf der Welt war, hatte er an dem Rahmen des Lebens gerüttelt, um ihn zu zerbrechen. Das wußte er wohl. Und nun, da er erben sollte, was er zerstört hatte, überkam ihn die Angst des Kindes, das etwas entzweigebrochen hatte. In den letzten Monaten war er unter dem Eindruck von seines Vaters Hinsterben, von Birkins Gesprächen und von Gudruns eindringlichem Wesen völlig um die gleichsam mechanische Sicherheit gekommen, auf die er immer gepocht hatte. Manchmal wand er sich innerlich vor Haß gegen Birkin und Gudrun und die ganze Gesellschaft. Es zog ihn zurück zum ganz dumpfen Konservativismus, zu den dümmsten Anbetern des Hergebrachten. Er wollte wieder im strengsten Sinne Tory werden. Aber das Verlangen hielt nicht lange genug an, um zur Tat zu führen.

Als Kind und als Junge hätte er am liebsten ein Leben geführt wie die Wilden. Sein Ideal war das Zeitalter Homers, als der Mann noch der Anführer einer Heldenschar war oder seine Jahre abenteuernd hinbrachte wie Odysseus. Ohne sich ein Gewissen daraus zu machen, haßte er seine eigenen Lebensbedingungen so sehr, daß er Beldover und das Kohlenrevier gar nicht wirklich beachtete. Er kehrte dem rußigen Zechenreich zur Rechten von Shortlands den Rücken und kannte nur das Land und die Wälder jenseits des Willey-Sees. Allerdings tönte das Hämmern und Rasseln von den Gruben her unaufhörlich nach Shortlands herauf. Aber Gerald war seit seiner frühesten Kindheit taub dafür gewesen. Er hatte das Meer der Arbeit, das in kohlschwarzen Wogen um Garten und Haus brandete, nicht sehen und nicht hören wollen. Die Welt war nur eine Wildnis zum Jagen und Schwimmen und Reiten. Gegen alle Autorität setzte er sich zur Wehr. Das Leben war wilde Freiheit.

Dann war er ins Internat gekommen. Es waren tötende Jahre für ihn gewesen. Nach Oxford wollte er nicht; er zog eine deutsche Universität vor. Eine Zeitlang war er in Bonn, in Berlin und in Frankfurt. Da war seine Wißbegier erwacht. Sehen und wissen wollte er, aber auf merkwürdig unbeteiligte Art, gleichsam zu seinem Vergnügen. Dann mußte er den Krieg ausprobieren, und dann in den Urwald, der ihn so mächtig anzog.

Das Ergebnis war, daß die Menschen ihm überall ziemlich gleich vorkamen. Für ein neugieriges, kaltes Gemüt, wie das seine, waren die Wilden langweiliger, weniger aufregend als die Europäer. So befaßte er sich mit allerlei soziologischen und fortschrittlichen Ideen. Doch blieb das alles oberflächlich, es war nicht mehr als ein Spielzeug für seinen Verstand. Interessant war es vor allem als Reaktion gegen die bestehende Ordnung, als Negation.

Schließlich fand er dann ein wirkliches Abenteuer, die Kohlenzeche. Sein Vater forderte ihn auf, ihm im Geschäft zur Seite zu stehen. Gerald hatte ohne rechten Anteil an der Sache Bergfach studiert. Aber nun ergriff er plötzlich mit Hochgefühl Besitz von der Welt.

Bisher war von der Großindustrie ein fotografisches Abbild in seinem Bewußtsein gewesen. Auf einmal wurde sie Wirklichkeit und er ein Teil von ihr. Unten im Tal liefen die Gleise der Kohlenbahn und verbanden Grube mit Grube. Darauf fuhren die Züge, kurze Züge von schwerbeladenen Loren, lange Züge von leeren Wagen, und auf jedem Wagen stand in großen weißen Buchstaben: «C. B. & Co.»

Seit seinen ersten Kinderjahren hatte er die weißen Buchstaben gesehen und doch nie gesehen. Man war so daran gewöhnt, kein Mensch achtete mehr darauf. Nun ging ihm erst auf, daß an der Wagenwand sein eigener Name angeschrieben war. Und das hieß Macht.

Viele Wagen mit seinem Namen fuhren durch das ganze Land. Er sah sie, wenn er mit dem Schnellzug in London einfuhr, und sah sie in Dover wieder. So weit reichte sein Arm. Er sah sich Beldover, Selby, Whatmore, Lethley Bank an, die großen Kohlendörfer, die ganz von seinen Gruben abhingen. Häßlich und schmutzig waren sie, in seinen Kinderjahren hatte der Anblick ihm in der Seele weh getan. Nun aber sah er sie mit Stolz. Vier neue, gleichsam kaum trocken gewohnte Städte und viele scheußliche Industrieflecken drängten sich unter seiner Botmäßigkeit. Er sah am Spätnachmittag die Bergleute aus den Gruben kommen und die Chausseen entlangströmen, Tausende von rußigen, leicht verzerrten menschlichen Gestalten mit roten Lippen, die alle im Joch seines Willens gingen. Freitag abends fuhr er langsam im Auto über den kleinen Markthügel in Beldover durch das dichte Gewühl der Menschen, die ihre Einkäufe machten und ihren Wochenverdienst ausgaben. Sie alle waren seine Untergebenen, häßlich und roh, aber seine Werkzeuge. Er war der Gott dieser Maschine. Ganz von selbst machten sie langsam seinem Auto Platz.

Ihn kümmerte es nicht, ob sie gern oder murrend Platz machten; ihm war es gleich, was sie von ihm hielten. Vor seinem Blick war auf einmal alles hart geworden: er hatte den Menschen als bloßes Werkzeug erfaßt. All das humane Gerede von Leiden und Gefühl war lächerlich. Auf

Leiden und Fühlen des einzelnen kam es gar nicht an, das war von Natur gegeben, wie das Wetter. Maßgebend war, ob das Individuum zum Werkzeug taugte. Vom Menschen galt dasselbe wie von einem Messer: es kam nur darauf an, ob das Instrument gut schnitt.

Jedes Ding in der Welt hat seine bestimmte Funktion, und ist gut oder schlecht, je nachdem, wie es sie leistet. War der Bergmann als Bergmann tüchtig, dann war nichts an ihm auszusetzen. War der Geschäftsführer als Geschäftsführer brauchbar, dann wurde nicht mehr von ihm verlangt. Und Gerald selbst, der für den ganzen Betrieb die Verantwortung trug, war er ein guter Direktor? Wenn ja, hatte er den Zweck seines Lebens erfüllt. Der Rest war bloßes Beiwerk.

Da lagen seine Gruben. Sie waren fast erschöpft, der Abbau lohnte nicht mehr. Es war davon die Rede, daß zwei Schächte geschlossen werden sollten. In diesem Augenblick trat Gerald in die Firma ein.

Er sah sich um. Da lagen die Zechen. Sie waren alt und zu nichts mehr gut – alte Löwen. Noch ein Blick. Bah! Nichts als das Machwerk unklaren Geistes, Fehlgeburten unreifer Köpfe. Weg mit solchen Unzulänglichkeiten! Er schlug sie sich aus dem Sinn und dachte nur noch an die Kohlen in der Erde. Wieviel waren da?

Kohle war genug vorhanden. Die alten Betriebe erfaßten sie nur nicht. Dann mußte ihnen eben der Hals gebrochen werden. Die Kohle lag da, wenn auch in dünnen Flözen, tote Materie, wie sie seit dem Beginn der Zeiten dagelegen hatte, und harrte des menschlichen Willens. Der menschliche Wille war das Bestimmende. Der Mensch war der höchste Gott der Erde. Der Geist gehorchte dem Willen. Also war der menschliche Wille das einzig Absolute.

Und es war sein Wille, sich die Materie zu seinen Zwecken zu unterwerfen. Der Sinn lag in der Unterwerfung selbst: Kampf um des Kampfes willen. Die Früchte des Sieges waren nur die notwendige Folge und in sich unwesentlich. Nicht um des Geldes willen übernahm Gerald die Betriebe. Im Grunde fragte er nichts nach Geld. Er gab weder etwas um Repräsentation noch um Luxus, und auch auf gesellschaftliche Stellung legte er keinen entscheidenden Wert. Nichts wollte er, als seinen Willen einsetzen und durchsetzen im Kampf mit den Bedingungen der Natur. Der Verdienst war nur die Form des Sieges; der Sieg selbst war die vollbrachte Tat. Er bebte vor Kampflust. Tag für Tag war er in den Gruben, überwachte, machte Proben, befragte Sachverständige, und allmählich hatte er die ganze Betriebsanlage im Kopf wie der General den Feldzugsplan.

Dann mußte alles neu hergerichtet werden. Die Gruben wurden nach einem veralteten System betrieben. Zuerst war die Idee gewesen, der Erde so viel Geld abzugewinnen, daß die Eigentümer einen behäbigen Reichtum sammeln, die Arbeiter ausreichend verdienen und menschlich leben konnten und der allgemeine Wohlstand der Gegend sich hob. Geralds Vater, der das Bergwerk in der zweiten Generation übernahm, hatte genug Vermögen und dachte nur an die Leute. Für ihn waren die Gruben vor allem große Felder, die Brot und Auskommen für all die Hunderte von Menschen hervorbringen mußten, die in ihrem Bereich lebten. Er und die Miteigentümer der Gruben hatten dafür gelebt und gearbeitet, daß die Leute jederzeit Gewinn aus dem Betrieb zogen. Und die Arbeiter hatten das auch auf ihre Art getan. Es gab wenig Arme und Bedürftige. Überall herrschte Wohlstand, weil die Gruben ertragreich und leicht auszubeuten waren. Damals wurden die Bergleute reicher, als sie erwartet hatten, und waren zufrieden und stolz. Es ging ihnen gut, und sie freuten sich darüber. Sie dachten daran, wie ihre Väter gehungert und sich geschunden hatten, und waren sich der bessern Zeiten bewußt. Sie waren den neuen Besitzern dankbar, den Pionieren, die die Schächte geöffnet und den goldenen Strom hatten hervorbrechen lassen.

Aber der Mensch ist nie zufrieden, und die Bergleute vergaßen ihre Dankbarkeit und fingen an zu murren. Das allgemeine Genügen nahm ab, je mehr sie wissen lernten. Sie wollten mehr haben. Weshalb sollte der Herr so ganz unverhältnismäßig reich sein?

Als Gerald ein Junge war, kam es zur Krise. Der Arbeitgeberverband schloß die Gruben, weil die Arbeiter sich mit einer Lohnkürzung nicht abfinden wollten. Damit wurden auch Thomas Crich die neuen Bedingungen aufgezwungen. Er gehörte zum Verband, und so war es Ehrensache, die Schächte zu schließen. Er, der Vater, der Patriarch, sah sich gezwungen, seinen Leuten, seinen Kindern, die Mittel zum Leben zu verweigern. Er, der Reiche, der seines Reichtums wegen kaum Hoffnung auf den Himmel hatte, mußte sich gegen die Armen wenden, die Christus näher waren, die Demütigen und Verachteten, die besser waren als er, männlich und groß in ihrer Mühsal, und mußte zu ihnen sagen: «Ihr sollt nicht arbeiten und auch nicht essen.»

Diese Anerkennung des Kriegszustands war es, was ihm eigentlich das Herz brach. Seine Betriebe sollten auf Liebe gegründet sein. Wenn es nach ihm ginge, so sollte auch für die Gruben Liebe die leitende Kraft sein. Und nun wurde unter dem Mantel der Liebe kalten Herzens das Schwert gezogen, das Schwert der wirtschaftlichen Notwendigkeit.

Das brach ihm das Herz. Er brauchte die Illusion, nun war sie zerstört. Nicht gegen ihn persönlich gingen die Leute, sondern gegen die Herren. Es war Krieg, und er mochte wollen oder nicht, vor seinem Gewissen stand er auf der falschen Seite. Aufgeregte Arbeitermassen kamen täglich zusammen, hingerissen von einer neuen religiösen Idee. Durch alle Köpfe stürmte der Gedanke: «Alle Menschen auf Erden sind gleich.» Sie wollten ihn zur Wirklichkeit machen. War denn das nicht auch Christi Lehre? Und was ist ein Gedanke anders als der Keim der Tat! «Im Geist sind alle Menschen gleich, alle sind Gottes Kinder. Woher denn diese offensichtliche Herabsetzung?» Ein religiöses Credo sollte bis in seine materiellen Konsequenzen hineingetrieben werden. Thomas Crich wußte jedenfalls keine Antwort auf die Frage. Er konnte nichts tun, als seinen Grundsätzen von Wahrhaftigkeit gemäß zugeben, daß die Herabsetzung ein Unrecht sei. Aber sein Vermögen, den Grund dafür, daß die andern geringer waren als er, konnte er nicht aufgeben. Und so kämpften die Arbeiter für ihr Recht. Die letzten Wellen der letzten religiösen Schwärmerei auf Erden, der Idee der menschlichen Gleichheit, trieben sie an.

Arbeitermassen, fiebernd vor Erregung, marschierten durch die Straßen. Die Gesichter leuchteten wie zum heiligen Krieg, doch lag ein Dunst von Begehrlichkeit über dem reinen Feuer. Wenn der Kampf für die Gleichheit des Besitzes anfängt, ist der Wille zur Gleichheit nicht mehr von Begehrlichkeit zu scheiden. Der Gott war die Maschine. Ein jeder forderte Gleichheit aller innerhalb der göttlichen Maschine der Produktion. Einer war wie der andere ein Teil dieser Gottheit. Thomas Crich wußte, das war falsch, aber er war sich nicht darüber klar, warum. Wenn die Maschine Gott ist und Produktion oder Arbeit Gottesdienst, dann ist der mechanischste Geiste der lauterste und höchste, der Stellvertreter Gottes auf Erden. Und die andern sind zweiten und dritten Ranges und so fort, jeder nach seiner Würdigkeit.

Es kam zu Krawallen, in der Whatmore-Zeche stand die Schachtmündung in Flammen. Es war die Zeche, die am weitesten ins Land hinaus lag. Dicht am Wald. Das Militär wurde eingesetzt. An dem Unglückstag konnte man aus den Fenstern von Shortlands ganz in der Nähe den Feuerschein am Himmel sehen, und die kleine Kohlenbahn mit den Arbeiterwagen, die sonst die Bergleute nach dem entfernten Whatmore brachte, kam voll bewaffneter Rotröcke das Tal herauf. Man hörte in der Ferne schießen, und dann kam die Nachricht, daß die Massen zersprengt wären. Ein Arbeiter war tot, das Feuer war gelöscht.

Der kleine Gerald war in wilder Aufregung und Seligkeit. Er brannte darauf, mit den Soldaten zu ziehen und auf die Leute zu schießen. Aber er wurde nicht aus der Pforte gelassen. Posten mit Gewehren standen davor. Gerald stand glückselig bei ihnen, wenn Trupps höhnender Arbeiter vorbeizogen und riefen: «Du Kommißknüppel, zeig mal, ob du auch knallen kannst.» Auf den Mauern und auf den Planken war allerhand unflätiges Kreidegeschmier zu lesen. Die Dienstboten liefen weg.

Und dabei wollte dem mitleidigen Thomas Crich das Herz brechen, und er gab Tausende für Wohltätigkeit. Überall waren Arbeiterspeisungen im Gange, eine wahre Prasserei. Jeder bekam so viel Brot, wie er wollte, ein Brot kostete nur anderthalb Pence. Jeden Tag gab es irgendwo umsonst Tee. Die Kinder hatten in ihrem ganzen Leben noch nicht soviel Gutes gegessen. Freitag nachmittags wurden große Körbe voll Wecken und Kuchen und Kannen voll Milch in den Schulen verteilt, und die Schulkinder bekamen, soviel sie wollten. Sie verdarben sich alle den Magen an Milch und Kuchen.

Und dann einigte man sich, und die Männer gingen wieder an die Arbeit. Aber es wurde nie wieder wie früher. Ganz neue Verhältnisse wa-

185

ren eingetreten; es herrschte eine neue Idee. Sogar in der Arbeitsmaschine sollte Gleichheit gelten. Kein Teil sollte dem andern untergeordnet, alle sollten gleich sein. Das Verlangen nach dem Chaos war da. Mystische Gleichheit ist eine Sache der Abstraktion, nicht des Habens und Tuns, des tatsächlichen Ablaufs der Arbeit. Da muß ein Mensch, ein Teil notwendig dem andern untergeordnet sein. Das ist Bedingung zum Leben. Aber die Begierde nach dem Chaos war wach geworden, und die Idee mechanischer Gleichheit war die zerstörende Waffe, die dem Willen des Menschen, dem Willen zum Chaos, Geltung geben sollte.

Zur Zeit des Streiks war Gerald noch klein, aber er sehnte sich danach, ein Mann zu sein und gegen die Arbeiter zu kämpfen. Der Vater hingegen geriet zwischen zwei Halbwahrheiten und zerbrach. Er wollte ein reiner Christ sein, allen Menschen verbunden und gleich. Er wollte sogar alles, was er hatte, den Armen geben. Aber er war zugleich ein großer Industrieller und wußte wohl, daß er sein Vermögen und seine Autorität behalten mußte. Das war für ihn eine ebenso göttliche Notwendigkeit wie das Bedürfnis, alle seine Habe zu verschenken – ja noch göttlicher, denn nach dieser Notwendigkeit handelte er. Doch beherrschte ihn die andere Idee, eben weil er nicht nach ihr handelte, und er verging vor Bekümmernis, daß er sie verraten mußte. Ein Vater wollte er sein an Liebe und Güte und Opferwilligkeit. Und dabei schrien ihn die Arbeiter an wegen seiner Hunderttausend im Jahr. Die ließen sich nichts vormachen.

Als Gerald heranwuchs, das Weltkind, wurde es anders. Ihm war Gleichheit nichts. Die ganze christliche Gesinnung, Liebe und Selbstaufopferung, hatte sich überlebt. Er wußte, Stellung und Autorität war das, worauf es in der Welt ankam, und es hatte keinen Zweck, das zu beschönigen. Sie waren das Recht in der Welt, aus dem einfachen Grunde, weil sie im Lebensbetrieb notwendig waren. Eins und alles waren sie nicht. Man gehörte gleichsam einer Maschine an. Er selbst hatte seine Stellung zufällig in einem Mittelpunkt als leitender Teil, die Arbeitermassen waren die mehr oder weniger abhängigen Teile. Das war reiner Zufall. Ebensogut mochte man sich darüber aufregen, daß eine Nabe hundert Räder dreht – oder daß das Weltall sich um die Sonne bewegt. Es wäre doch ein Unsinn, wenn man behaupten wollte, der Mond und die Erde, Saturn, Jupiter und Venus hätten jeder das gleiche Recht wie die Sonne, Mittelpunkt der Welt zu sein. So etwas kann nur sagen, wer das Chaos begehrt.

Gerald gab sich nicht viel Mühe, durch Denken zu einem Schluß zu kommen. Mit einem Satz war er beim Ergebnis angelangt. Das ganze Problem demokratischer Gleichheit ließ er als Unsinn fallen. Wichtig war nur die große soziale Produktionsmaschine. Wenn sie tadellos arbeitet und von allem genug produziert, wenn jeder seinen vernünftigen Anteil an den erzeugten Gütern bekommt, einen größern oder kleinern je nach Leistung und Bedeutung, dann mag, nachdem alle Vorkehrungen getroffen sind, der Teufel hineinplatzen und jeder tun, was ihm Spaß macht, solange nur keiner dem andern ins Gehege kommt.

So machte Gerald sich an die Arbeit, seinen Betrieb im großen Stil zu erneuern. Auf seinen Reisen und durch die Bücher, die er hier und da gelesen hatte, war er zu der Überzeugung gekommen, das eigentliche Geheimnis des Lebens sei Harmonie. Er blieb durchaus im unklaren darüber, was Harmonie eigentlich war. Das Wort gefiel ihm, es kam ihm vor wie seines eigenen Denkens letzter Schluß. Der nächste Schritt war, seine Philosophie in die Praxis zu übertragen und die Welt, wie er sie vorfand, zur Ordnung zu zwingen: das mystische Wort Harmonie in das praktische Wort Organisation zu übersetzen.

Sogleich sah er die Firma vor sich und faßte, was zu tun war. Gegen die Materie hieß es Krieg führen, gegen die Erde und die Kohle in ihrem Schoß. Das war seine einzige Idee: die tote Materie in der Erde angreifen und sie unter seinen Willen zwingen. Und für den Kampf mit der Materie braucht man die vollkommene Organisation vollkommener Werkzeuge, einen Mechanismus, der so fein und harmonisch arbeitet wie der einzelne Menschengeist und der in eiserner Wiederholung der einmal gegebenen Bewegung einen Zweck mit übermenschlicher Unfehlbarkeit erfüllt. Dies unmenschliche Prinzip des Systems, das Gerald aufbauen wollte, hob seinen Geist fast wie Religion. Er, der Mensch, konnte ein vollkommenes, unwandelbares, gotthaftes Mittel zwischen sich und die Materie stellen, die er sich untertan machen wollte. Die beiden Gegner waren sein Wille und die widerstrebende Materie, die Erde. Und zwischen beiden konnte er den reinen Ausdruck seines Willens aufrichten, die Verkörperung seiner Macht: eine gewaltige und vollkommene Maschine, das System der geordneten Arbeit – rein mechanisches Repetieren ad infinitum, und daher ewig und ohne Ende. Seine Ewigkeit und Unendlichkeit fand er in dem maschinellen Prinzip der Einordnung in eine sich ins Unendliche wiederholende, komplizierte Bewegung – ein Rad, das sich dreht. Aber die Drehung ist produktiv, wie die Drehung des Alls fruchtbar genannt werden kann: produktives Repetieren in die Unendlichkeit, Gott gewordene Bewegung. Gerald war der Gott der Maschine – Deus ex machina! Der volle, produktive Menschenwille war die Gottheit.

Das war nun sein Lebenswerk: über die Erde ein großartiges und vollkommenes System zu spannen, in dem der Wille des Menschen widerstandslos und zeitlos abrollte, Gott in eigener Bewegung. Mit den Gruben mußte er anfangen. Gegeben war als erstes die widerstrebende Materie in der Erde; dann die Werkzeuge, mit denen sie unterworfen werden sollte, menschliche und metallene; und schließlich sein eigener Wille, sein Geist. Es bedurfte einer erstaunlichen Anpassung von unzähligen menschlichen, tierischen, metallenen, bewegten und bewegenden Instrumenten an den Zweck. Unzählige kleinste Ganze mußten auf das wunderbarste zu einem großen vollkommenen Ganzen zusammengefügt werden. Dann war hier das Ideal erreicht, der Wille des Höchsten erfüllt, der Wille der Menschheit zur Tat geworden. Stand nicht die Menschheit in mystischem Gegensatz zur toten Materie, war nicht ihre Geschichte eben die Geschichte des Sieges über den leblosen Stoff?

Es ging über die Köpfe der Arbeiter weg. Während sie sich noch um die göttliche Gleichheit der Menschen abquälten, war Gerald ihnen vorangeschritten und hatte sich ihre Sache dem Wesen nach zu eigen gemacht: als einzelner Mensch ging er daran, den Willen der Menschheit im Ganzen zu erfüllen. Er trat auch in einem höhern Sinn für die Bergleute ein, wenn er begriff, daß der Wille des Menschen nur durch die Aufrichtung der unmenschlichen, übermenschlichen Maschine ganz zu erfüllen war. Er vertrat ihre Forderungen dem Kern nach, sie selbst hielten nicht Schritt und blieben in den Zänkereien um materielle Gleichheit stecken. Das Bedürfnis hatte sich schon zu dem neuen und größern Bedürfnis nach dem vollkommenen Mechanismus gewandelt, der zwischen Mensch und Materie treten sollte, dem Verlangen, die Gottheit zu mechanisieren.

Sobald Gerald in die Firma eintrat, liefen die Zuckungen des Todes durch das alte System. Sein Leben lang hatte ihn ein wütender Dämon der Zerstörung gepeinigt, von dem er manchmal bis zum Wahnsinn besessen war. Etwas von dieser Raserei ging nun wie ein Bazillus in die Firma über, und es kam zu grausamen Ausbrüchen. Furchtbar und unmenschlich prüfte er jede Einzelheit. Nichts Privates wurde geschont, alte Anhänglichkeiten und Gemütsüberbleibsel wurden über den Haufen geworfen. Die alten grauen Betriebsleiter und Buchhalter, die zittrigen alten Pensionäre räumte er weg wie schlechtes Gerümpel. Ihm kam die ganze Firma wie ein Spittel voll invalider Angestellter vor. Er hatte nicht unter weichen Anwandlungen zu leiden. Er setzte Pensionen aus, soweit es nötig war, sah sich nach tüchtigem Ersatz um und stellte ihn, sobald er ihn gefunden hatte, statt der alten Beamten ein.

«Letherington hat mir einen jammervollen Brief geschrieben», sagte sein Vater dann wohl mit bittender Stimme. «Meinst du nicht, wir könnten den armen Kerl noch ein bißchen behalten? Ich hatte mir immer eingebildet, er machte seine Sache sehr ordentlich.» – «Ich habe schon jemand anders für ihn eingestellt, Vater. Er ist viel glücklicher, wenn er nicht mehr mitzumachen braucht, glaube mir. Seine Pension ist doch reichlich groß genug, nicht wahr?» – «An der Pension liegt dem armen Mann ja gar nichts. Er empfindet es so sehr, daß er zu alt sein soll. Er meint, er hätte es noch zwanzig Jahre länger schaffen können.» – «Nicht die Arbeit, wie ich sie haben will. Davon versteht er nichts.»

Der Vater seufzte und wollte nichts mehr davon hören. Er glaubte wohl, daß die Schächte neu eingerichtet werden müßten, wenn sie weiterarbeiten sollten. Und auf die Dauer wäre es in der Tat für alle das Schlimmste, was geschehen könnte, wenn die Gruben stillgelegt werden müßten. So hatte er auf die Bitten seiner alten treuen Angestellten nichts Tröstliches mehr zu antworten und konnte nur immer wiederholen: «Gerald sagt.»

Der Vater trat immer mehr in den Schatten. Das ganze Gefüge des realen Lebens war für ihn zerbrochen. Nach seinen Überzeugungen hatte er recht getan; seine Überzeugungen waren die Sätze der Religion gewesen. Und doch schienen sie nun überlebt und galten nichts mehr in der Welt. Das konnte er nicht verstehen. So zog er sich mit dem, was ihm Wahrheit war, nach innen in das Schweigen zurück. Die schönen Kerzen des Glaubens, die nicht mehr taugten, um der Welt Licht zu geben, brannten ihm hell genug im innern Gemach seiner Seele und füllten seine stille Klause mit ihrem sanften Schein.

Gerald stürzte sich in die Neuorganisation der Firma und fing beim Büro an. Es mußte hart gespart werden, damit er seine großen Verbesserungen einführen konnte.

«Was sind das für Kohlenlieferungen an Witwen?» fragte er. – «Wir haben doch immer allen unsern Arbeiterwitwen vierteljährlich eine Ladung Kohlen gegeben.» – «Künftig müssen sie den Selbstkostenpreis zahlen. Die Leute scheinen die Firma für eine Wohltätigkeitsanstalt zu halten.»

Gegen Witwen, diese Kerngestalten sentimentaler Menschenliebe, hatte er einen Widerwillen, wenn er nur an sie dachte. Warum wurden sie nicht wie die indischen Sati mit ihrem Mann auf dem Scheiterhaufen verbrannt? Jedenfalls sollten sie bezahlen, was ihre Kohlen der Firma kosteten.

Auf tausenderlei Art beschnitt er die Ausgaben und fing es so fein an, daß die Leute kaum etwas merkten. Die Bergleute mußten eine ziemlich hohe Summe zum Fuhrlohn für ihre Kohlen beitragen. Sie mußten ihre Werkzeuge selbst anschaffen und schleifen lassen, ihre Lampen selbst unterhalten und außerdem noch manche Kleinigkeit tragen, eine wöchentliche Belastung von etwa einem Shilling auf den Kopf. Die Arbeiter wurden im einzelnen nicht ganz klug daraus, obwohl sie in dem Punkt sehr empfindlich waren. Der Firma sparte es wöchentlich Tausende.

Allmählich bekam Gerald alles in die Hand. Da begann er mit der großen Reform. In jeder Abteilung wurden sachverständige Ingenieure eingestellt. Ein riesiges Elektrizitätswerk für Beleuchtung, für Förderzwecke in den Stollen und für Kraftstrom wurde angelegt, der Strom in alle Gruben geleitet. Neue Maschinen kamen aus Amerika, die die Arbeiter nie gesehen hatten, große eiserne Männer, wie die Bohrmaschinen genannt wurden, und noch andere ganz ungewohnte Vorrichtungen. Die Arbeit in den Schächten wurde völlig neu organisiert. Die Arbeiter hatten gar keine Selbständigkeit mehr, das Schachtmeistersystem wurde abgeschafft. Alles wurde auf das feinste und genaueste wissenschaftlich betrieben, studierte Fachleute hatten überall die Aufsicht, die Bergleute waren nur noch mechanische Werkzeuge. Sie mußten schwer arbeiten, viel mehr als früher, und die Arbeit war tötend mechanisch, fürchterlich.

Doch ließen sie sich alles gefallen. Die Freude verschwand aus ihrem Leben, sie sahen keine Hoffnung mehr, als ihr Dasein immer mehr mechanisiert wurde. Trotzdem fügten sie sich in die neuen Bedingungen. Ja, sie fanden schließlich eine neue Art von Befriedigung darin. Zuerst haßten sie Gerald Crich und schworen, ihm etwas anzutun, ihn totzuschlagen. Aber mit der Zeit nahmen sie alles mit einer gewissen Genugtuung hin als ihr Schicksal. Gerald war ihr Hohepriester, der Vertreter ihres eigentlichen Glaubens. Sein Vater war schon vergessen. Dies war eine neue Welt, eine neue Ordnung der Dinge, streng, furchtbar, unmenschlich, aber befriedigend, gerade weil sie zerstörte. Die Arbeiter waren es zufrieden, Teile der großen Maschine zu sein, die sie vernichtete. Das war es, was sie wollten. Es war das Höchste, was Menschen hervorgebracht hatten, das Wunderbarste und Übermenschlichste. Sie fühlten sich groß, weil sie in dies großartige Gefüge hineingehörten, das weit über Gefühl und Vernunft hinausging und Gott gleich war. Die Herzen starben in ihrer Brust, aber ihre Seelen waren zufrieden. Sie wollten es so. Sonst hätte Gerald es nie erreicht. Er ging ihnen voran und gab ihnen, was sie haben wollten: sie durften ein Teil des gewaltigen, vollkommenen Systems sein, das das Leben rein mathematischen Regeln unterwarf. Das war auch eine Art der Freiheit, die Freiheit, nach der sie im Grunde verlangten. Es war der erste Schritt zur Zersetzung, die erste Stufe des Chaos. An Stelle des organischen Prinzips trat das mechanische. Der Zweck des Organischen, seine Einheit, wurde vernichtet, alle einzelnen Organismen wurden dem großen Zweck des Mechanismus dienstbar gemacht. Organische Auflösung schlechthin, und rein mechanische Organisation: das ist das Chaos in seiner ersten, subtilen Phase.

Gerald war zufrieden. Er wußte wohl, daß die Arbeiter sagten, sie haßten ihn. Er hatte lange aufgehört, sie zu hassen. Wenn sie abends an ihm vorüberströmten und müde mit den schweren Stiefeln über das Pflaster schlurften, mit leicht verkrümmten Schultern, dann sahen sie an ihm vorbei und hatten keinen Gruß für ihn. Sie zogen vorüber, ein schwarzgrauer Strom stumpfer Ergebung. Ihm bedeuteten sie nichts, außer als Werkzeuge, er ihnen nichts, außer als Haupthebel der großen Maschine. Sie waren Bergarbeiter, weiter nichts, er Direktor und nur Direktor. Er bewunderte ihre Tüchtigkeit. Aber als Menschen, als Personen waren sie rein zufällig, winzige, unzusammenhängende, unbedeutende Phänomene. Und die Leute sagten stillschweigend ja dazu, weil Gerald in sich selbst keinen Einwand dagegen hatte.

Es war ihm gelungen. Er hatte der Industrie ihre nie dagewesene, furchtbarste, reinste Form gegeben. Der Ertrag an Kohle war größer als je, das wunderbar feine System lief fast ohne Reibung. Er hatte einen Stab wirklich intelligenter Ingenieure, Elektrotechniker und Bergfach-

Wer Geld verdienen will ...

... muß Geld ausgeben. Dieser Satz ist mehr als zweitausend Jahre alt (er kommt von Plautus oder vielleicht aus einer noch älteren, griechischen Quelle). Er ist einer der wenigen Sätze der Ökonomie, die in allen wirtschaftlichen Ordnungen und Unordnungen aktuell geblieben sind: bei den alten Römern wie bei den Hansekaufleuten, im Merkantilismus wie im Liberalismus.

In diesem Satz steckt eine frühe Deutung der Lohn-Preis-Spirale und gleich ein ganzes Dutzend Prinzipien der modernen Unternehmensführung (was auch Gerald Crich entdeckte), und er trifft auf alle Arten des Geldverdienens zu. Wer will, kann aus diesem lapidaren Universalsatz noch mehr und Tieferschürfendes herauslesen.

Wen wundert's, daß dieser Wundersatz sogar für jene Leute gilt, die Geld verdienen, ohne Geld auf Nimmerwiedersehen auszugeben: die Sparer. Auch sie müssen erst kaufen, Pfandbriefe etwa oder Obligationen, um später Zinsgeld zu verdienen.

Pfandbrief und Kommunalobligation

Meistgekaufte deutsche Wertpapiere - hoher Zinsertrag - schon ab 100 DM bei allen Banken und Sparkassen

Verbriefte Sicherheit

leute, die ihn nicht viel kosteten. Ein Mann mit höchster Ausbildung kostete kaum mehr als ein Arbeiter. Seine Betriebsleiter, lauter ausgesuchte Leute, kamen ihn nicht teurer als die alten, stümpernden Trottel aus seines Vaters Zeit, die nur heraufgekommene Arbeiter gewesen waren. Sein Betriebsdirektor bekam zwölfhundert Pfund im Jahr und sparte der Firma mindestens fünftausend. Das Ganze griff jetzt so vollkommen ineinander, daß Gerald eigentlich entbehrlich geworden war.

So vollkommen, daß ihn manchmal eine sonderbare Angst beschlich und er nicht wußte, was er nun machen sollte. Ein paar Jahre hatte er in einem Arbeitsrausch hingelebt. Was er tat, war für ihn das Höchste, was es gab, er kam sich fast wie ein Gott vor. Er war ganz höchste Tätigkeit.

Aber nun hatte er sein Werk vollendet. Und es war ihm in letzter Zeit ein paarmal passiert, daß er abends, wenn er allein war und nichts zu tun hatte, erschreckt auffuhr und nicht mehr wußte, was er eigentlich war. Dann ging er vor den Spiegel, sah sich lange Gesicht und Augen an und suchte etwas darin. Er hatte Angst, tödliche, trockene Angst, und wußte nicht wovor. Er sah in sein Gesicht. Es war dasselbe wie immer, hübsch und gesund, aber rätselhaft, als wäre es nicht aus Fleisch und Blut, sondern eine Maske. Er wagte es nicht anzufassen, aus Angst, es könnte eine wächserne Maske sein. Die Augen waren blau und scharf und saßen fest in den Höhlen wie nur je. Doch wußte er nicht recht, ob es nicht unechte blaue Blasen wären, die im Augenblick zerplatzen könnten. Er konnte etwas Dunkles darin sehen, sie sahen beinah aus wie Blasen über einer Finsternis. Er hatte Angst, er könnte eines Tages zusammenbrechen und nichts mehr sein als ein sinnloses Lallen in leerer Finsternis.

Aber noch stand sein Wille fest, noch konnte er vom Spiegel weggehen und lesen und über andere Dinge nachdenken. Er las gern über primitive Kulturen, Anthropologisches, auch spekulative Philosophie. Sein Geist war sehr emsig. Doch glich er einer Seifenblase, die im Finstern schwebt. Jeden Augenblick konnte sie zerplatzen und ihn im Chaos zurücklassen. Sterben würde er dann nicht. Das wußte er. Er würde weiterleben, aber der Sinn wäre ihm verlorengegangen, die göttliche Vernunft wäre weg. Das machte ihm wohl Angst, aber auf eine eigentümlich gleichgültige, trockene, unfruchtbare Art, die sein Gemüt gar nicht in Bewegung setzte. Es war, als verdorrten ihm allmählich die Wurzeln des Gefühls. Er blieb ruhig, überlegen und gesund, völlig freien Geistes, während er doch mit leisem, kaum merklichem, aber tödlich trockenem Grauen spürte, daß die mystische Vernunft in ihm brach, daß sie der Überspannung nicht standhielt.

Es spannte ihn aufs äußerste an. Er wußte, er war nicht im Gleichgewicht. Bald mußte er irgendwo hingehen, wo er Erleichterung fand. Nur Birkin konnte die Angst wirklich wegscheuchen und ihm die Gabe, den Augenblick flink zu bewältigen, vor dem Erlahmen retten, dank der sonderbar beweglichen, ewig wechselnden Art, die ihm eigen war und in der der Inbegriff allen Glaubens zu liegen schien. Aber aus Birkins Schutz mußte er immer wieder in die äußere, wirkliche Welt der Arbeit und des Lebens zurück, wie man aus dem Gottesdienst in den Alltag zurück muß. Die Welt blieb, wie sie war, und Worte waren Schaum. Er durfte nicht davon ablassen, mit der Welt der Arbeit und dem materiellen Leben zu rechnen. Doch wurde es ihm immer schwerer und lastete sonderbar auf ihm, als wäre er innen hohl und stünde von außen unter starkem Druck.

Die angenehmste Befreiung hatte er immer bei Frauen gefunden. Nach einem Abenteuer mit einem verzweifelten Frauenzimmer nahm er die Sache leicht und machte sich keine überflüssigen Gedanken. Schlimm war nur, daß es so schwer war, ein Interesse an den Frauen zu behalten. Es machte ihm keinen Spaß mehr. Eine Pussum war schon in ihrer Art zu brauchen, aber sie war etwas Besonderes, und auch an ihr lag unglaublich wenig. Nein, Frauen in dem Sinn halfen ihm nichts mehr. Er fühlte, ehe er sich körperlich erholen konnte, bedurfte sein Geist einer heißen Belebung.

18

Das Kaninchen

Es war für Gudrun eine heikle Sache, nach Shortlands zu gehen. Sie wußte wohl, daß sie damit Geralds Werbungen annahm. Wenn sie auch zögerte, weil ihr das widerstrebte, so zweifelte sie doch nicht daran, daß sie schließlich gehen würde. Sie machte Ausflüchte vor sich selbst. Sie erinnerte sich voll Qual an den Schlag und den Kuß und sagte sich doch: ‹Was ist am Ende viel daran? Was bedeutet ein Kuß, was selbst ein Schlag? Ein Augenblick, dann ist es verflogen. Ich kann ja eine Zeitlang nach Shortlands gehen, ehe ich reise, nur um einmal zu sehen, wie es da oben ist.› Sie hatte einen unersättlichen Drang, alles zu sehen und kennenzulernen.

Auch wollte sie gern wissen, was eigentlich an Winifred war. Seitdem sie die Kleine damals in der Nacht auf dem Schiff hatte rufen hören, fühlte sie sich ihr auf eine rätselhafte Weise verbunden.

Gudrun sprach in der Bibliothek mit Mr. Crich. Dann ließ er die Kleine kommen. Sie erschien in Begleitung von Mademoiselle.

«Winnie, hier ist Miss Brangwen. Sie will so freundlich sein, mit dir zusammen zu zeichnen und deine Tiere zu modellieren», sagte der Vater.

Das Kind sah Gudrun einen Augenblick mit Interesse an, ehe es herankam und ihr mit abgewandtem Gesicht die Hand gab. Unter Winifreds kindlicher Scheu verbarg sich ein völliges *sang froid*, eine gewisse unbekümmerte Herzlosigkeit.

«Guten Tag», sagte das Kind, ohne aufzublicken. «Guten Tag», sagte Gudrun.

Dann trat Winifred beiseite, und Gudrun wurde Mademoiselle vorgestellt. «Sie haben sich einen schönen Tag für Ihren Spaziergang ausgesucht», sagte Mademoiselle lebhaft. «Wunderschön», erwiderte Gudrun.

Winifred beobachtete sie. Gudrun machte ihr Spaß, doch war sie noch nicht recht sicher, was für ein neuer Mensch da vor ihr auftauchte. Sie sah so viele neue Menschen, und wenige nur gewannen wirklich Fleisch und Blut. Mademoiselle zählte gar nicht mit. Das Kind nahm sie einfach hin, ohne sich aus seinem Gleichmut bringen zu lassen. Ihr bißchen Autorität ließ es sich mit leiser Geringschätzung gefallen und fügte sich mit der Gleichgültigkeit, auf die Kinder sich etwas einbilden.

«Du, Winifred», sagte der Vater, «freust du dich nicht, daß Miss Brangwen kommt? Sie kann aus Holz und aus Ton Vögel und Tiere machen, und die Leute schreiben darüber in der Zeitung und heben sie in den Himmel.»

Winifred lächelte ein klein wenig. «Woher weißt du das, Vati?» – «Woher ich das weiß? Von Hermione und Rupert Birkin.» – «Kennen Sie die?» wandte sie sich an Gudrun. Es lag eine Spur Herausforderung darin. – «Ja.»

Winifred hatte sich etwas falsche Vorstellungen gemacht und gemeint, Gudrun als eine Art Dienstboten hinnehmen zu sollen. Nun sah sie, daß sie eine Dame war und daß man mit ihr umgehen konnte wie mit den andern Bekannten des Hauses auch. Eigentlich war sie ganz froh darüber. Sie hatte schon so viele halb Untergebene, die sie in aller Freundlichkeit gewähren ließ.

Gudrun war völlig ruhig. Auch sie nahm so etwas nicht sehr ernst. Eine neue Anknüpfung war vor allem ein Schauspiel für sie. Winifred war jedenfalls ein scheues, zur Ironie neigendes Kind und würde sich niemals anschließen. Gudrun mochte sie wohl leiden, das Kind reizte sie. Die ersten Stunden verliefen wenig erfreulich. Beiden fehlte die rechte Leichtigkeit im Umgang, und sie waren befangen und ungeschickt.

Bald hingegen fanden sie sich in einer Art Spaßwelt. Winifred beachtete die Menschen nur, wenn sie wie sie selbst waren, mutwillig und ein bißchen spöttischer Natur. Eine andere Welt als die des Spiels ließ sie nicht gelten, und wirklich ernst nahm sie nur ihre Lieblingstiere, an die sie wie zum Spott ihre Liebe und Kameradschaft verschwendete. Mit der übrigen Gesellschaft fand sie sich gleichgültig und ein bißchen gelangweilt ab.

Über alles liebte sie ihren Pekinghund Lulu. «Komm, wir wollen Lulu zeichnen», sagte Gudrun, «und sehen, ob wir seine allerliebste Luluschaft nicht treffen. Hast du Lust?»

«Schnucki!» Winifred stürzte sich auf den Hund, der tiefsinnig am Kamin saß, und küßte seine gebuckelte Stirn. «Süßer Schnuck, möchtest du abgezeichnet werden? Soll Mammi ein Bild von ihm machen?» Sie kicherte selig und sagte dann zu Gudrun: «Ach ja, bitte!»

Sie holten Bleistifte und Papier und wollten anfangen. «Du Wonnevieh –» Winifred liebkoste den Hund – «ganz still muß er sitzen, wenn seine Mammi sein schönes Bild zeichnet.» Der Hund blickte mit seinen großen hervortretenden Augen voll bekümmerter Resignation zu ihr auf. Sie küßte ihn inbrünstig. «Wie es wohl wird? Sicher abscheulich.» Und beim Zeichnen kicherte sie immerzu in sich hinein und rief von Zeit zu Zeit: «Ach Schatz, wie bist du süß!»

Dann fiel sie wieder über den Hund her und umarmte ihn reuig, als träte sie seinen feinsten Empfindungen zu nahe. Er saß gottergeben da, die schlechte Laune von Jahrhunderten lag schwer auf seinem schwarzen Samtgesicht. Sie zeichnete langsam mit boshaft angespanntem Blick, den Kopf auf die Seite gelegt, mäuschenstill, als wirkte sie an einem Zauber. Endlich war sie fertig. Noch einmal blickte sie auf den Hund und dann auf ihre Zeichnung und rief, innig bekümmert mit seiner Hundeseele und zugleich mit jubelnder Bosheit: «Mein süßer Hund, hätten wir's doch lieber gelassen!»

Sie hielt dem Hund das Blatt unter die Nase. Er wandte tief beleidigt das Gesicht zur Seite, und sie küßte ungestüm die samtenen Höcker seiner Stirn.

«Das ist ja Luli, mein kleiner Luli! Sieh doch dein Bild! Du, das hat Mutti gemacht.» Kichernd sah sie sich das Blatt an, küßte den Hund noch einmal, stand auf und kam ernsthaft mit ihrem Machwerk zu Gudrun.

Ein grotesk hingeworfener grotesker kleiner Hund, so voll boshafter Komik, daß über Gudruns Gesicht unbewußt ein Lächeln zog. Winifred wußte sich vor Vergnügen nicht zu lassen: «Das ist er gar nicht! Er ist ja viel schöner. Er ist doch so wonnig – mmm, Lulu, mein süßer Schatz.» Er sah sie aus vorwurfsvollen, schwermütigen Augen an, sie wurde seinem uralt greisenhaften Wesen zu stürmisch.

«Es ist doch gar nicht ein bißchen ähnlich!» sagte sie zu Gudrun. – «Doch, sehr.» Das Kind liebte sein Werk zärtlich. Sie trug es überall mit sich herum und zeigte es stumm und verlegen jedem, der ihr in den Weg kam.

«Sieh mal!» Damit steckte sie ihrem Vater das Blatt in die Hand. – «Das ist ja Lulu!» sagte er. Er sah sich überrascht die Zeichnung an und hörte das kaum noch menschliche Gekicher des Kindes neben sich.

Gerald war verreist, als Gudrun zuerst nach Shortlands kam. Doch hielt er gleich den ersten Morgen nach seiner Rückkehr Umschau nach ihr. Es war ein lauer, sonniger Morgen, er schlenderte durch den Garten und sah sich die Blumen an, die inzwischen aufgeblüht waren. Er war gepflegt und tadellos wie immer, frisch rasiert, das blonde Haar, auf das sorgfältigste seitlich gescheitelt, glänzte in der Sonne, der blonde Schnurrbart war kurz geschnitten, und die Augen hatten ihr vergnügtes, freundliches Glitzern, das so irreführend war. Auf dem gut ernährten Körper trug er einen gut sitzenden schwarzen Anzug. Doch als er so in der Morgensonne vor den Blumenbeeten stand, lag auf ihm etwas wie ein Schatten von einsamer Angst und Bedürftigkeit.

Gudrun kam rasch auf ihn zu, er hatte sie nicht kommen sehen. Sie war in Blau und trug gelbe wollene Strümpfe, wie die Schüler der Bluecoat School in London. Überrascht blickte er auf. Ihre Strümpfe störten ihn immer, die blaßgelben Strümpfe, und die schweren, schweren schwarzen Schuhe! Winifred, die mit Mademoiselle und den Hunden im Garten gespielt hatte, kam herbeigeflitzt. Das Kind hatte ein schwarz und weiß gestreiftes Kleid an. Das Haar trug sie ziemlich kurz, es hing ihr rund geschnitten bis auf den Hals.

«Jetzt wollen wir Bismarck zeichnen, nicht wahr?» sagte sie und hakte Gudrun ein. – «Gut, also Bismarck. Möchtest du gern?» – «O ja, und wie! Ganz schrecklich gern. Prachtvoll sieht er heute morgen aus, wild, sag ich Ihnen! Er ist beinah so groß wie ein Löwe.» Sie kicherte voll Hohn über die eigene Hyperbel. «Ein richtiger König!»

«*Bon jour, mademoiselle*», sagte die kleine französische Gouvernante und kam mit einer leichten Verbeugung heran, von der Art, wie Gudrun sie nicht leiden konnte und als Unverschämtheit empfand. «*Winifred veut tant faire le portrait de Bismarck!... Oh, mais toute la matinée: ‹We will do Bismarck this morning!›... Bismarck, Bismarck, toujours Bismarck! C'est un lapin, n'est-ce pas, mademoiselle?*»

«*Oui, c'est un grand lapin blanc et noir. Vous ne l'avez pas vu?*» sagte Gudrun in gutem, aber schwerflüssigem Französisch. – «*Non, mademoiselle, Winifred n'a jamais voulu me le faire voir. Tant de fois je lui ai demandé: ‹Qu-est-ce donc que ce Bismarck, Winifred?› Mais elle n'a pas voulu me le dire. Son Bismarck, c'était un mystère.*»

«*Oui, c'est un mystère. vraiment un mystère!* Miss Brangwen, sagen Sie doch, Bismarck wäre ein Geheimnis!» rief Winifred. – «*Bismarck is a mystery... Bismarck, c'est un mystère... ‹Der Bismarck, er ist ein Wunder›*», sagte Gudrun in drei Sprachen, wie einen lustigen Zauberspruch.

«Ja, er ist ein Wunder», wiederholte Winifred auf deutsch, mit einer drolligen Ernsthaftigkeit, unter der es boshaft kicherte.

«‹Ist er auch ein Wunder?›» fragte Mademoiselle, auch auf deutsch, ein bißchen unverschämt. – «‹Doch!›» sagte Winifred kurz und obenhin. – «‹Doch ist er nicht ein König.› ‹Biesmarc, he was not a king, Winifred, as you have said.› He was only... il n'était que chancelier.» – «*Qu'est-ce qu'un chancelier?*» sagte Winifred gleichgültig, ein bißchen verächtlich. – «Ein *chancelier* ist ein Kanzler, und ein Kanzler ist, glaube ich, eine Art Richter», sagte Gerald, kam näher und gab Gudrun die Hand. «Ihr habt ja ein richtiges Bismarcklied gemacht!» Mademoiselle wartete, verbeugte sich und grüßte bescheiden.

«Also Bismarck haben Sie nicht zu sehen bekommen, Mademoiselle?» fragte er. – «*Non, monsieur.*» – «Das ist aber niederträchtig. Was haben Sie mit ihm vor, Miss Brangwen? Er soll doch in die Küche und gebraten werden.»

«Nein, nein», rief Winifred. – «Wir wollen ihn heute vornehmen», sagte Gudrun. – «Ausnehmen, zerlegen und anrichten?» Er stellte sich weiter dumm. – «Nein, nein, nein», sagte Winifred mit Nachdruck und kicherte dazu.

Gudrun merkte seine Necklust, blickte auf und lächelte ihm ins Gesicht. Es tat seinen Nerven wohl, und sie sahen einander verständnisvoll an.

«Wie gefällt es Ihnen in Shortlands?» fragte er. – «Oh, sehr gut», sagte sie obenhin. – «Das freut mich. Haben Sie diese Blumen schon gesehen?»

Er ging voran den Weg hinunter. Sie folgte begierig. Winifred kam auch, die Gouvernante blieb zurück. Bei einem Beet geäderter Salpiglossis blieben sie stehen.

«Wie wunderbar!» sagte sie und versank ganz kurz in ihren Anblick. Ihre ehrfürchtige Andacht vor den Blumen streichelte ihm wundersam die Nerven. Sie bückte sich und strich unendlich fein und zart mit den Fingerspitzen über die Blütentrompeten. Er sah ihr mit innigem Behagen zu. Dann richtete sie sich wieder auf, und ihre Augen blickten in die seinen, noch heiß von den schönen Blüten.

«Was sind das für Blumen?» fragte sie. – «Eine Art Petunie, sollte ich denken. Genau weiß ich es nicht.» – «Mir sind sie ganz unbekannt.» Sie standen in unechter Vertraulichkeit erregend nahe beieinander. Er war verliebt.

Gudrun merkte, wie Mademoiselle sie aus einiger Entfernung beobachtete und ihre Rechnung dabei machte. Sie hatte geradezu etwas Käferhaftes. Da ging sie mit Winifred weg und sagte, sie wollten zu Bismarck.

Gerald sah sie gehen und verwandte keinen Blick von Gudruns weichem, ruhevollem Körper in seiner seidigen Kaschmirhülle. Wie seidig und üppig, wie weich mußte dieser Leib sein. Sie dünkte ihn über alle Maßen schön, die Allerschönste, die Allerbegehrenswerte. Nur zu ihr kommen wollte er und dann nichts mehr. Er war nur noch das eine: der Mann, der zu ihr kommen und ihr gegeben werden sollte.

Gleichzeitig hatte er ein ganz feines, spitziges Empfinden für Mademoiselles säuberliche, porzellanene Untadeligkeit. Wie ein eleganter Käfer mit feinen Gelenken sah sie aus auf ihren hohen Stelzhacken, in dem vorzüglich sitzenden glatten schwarzen Kleid, mit dem hochfrisierten schwarzen Haar. Ihre lückenlose Formvollendung war ihm sehr abstoßend und widerwärtig.

Und doch bewunderte er sie; es war nichts an ihr auszusetzen. Es war ihm verdrießlich, daß Gudrun sich in so auffallenden Farben anzog und wie ein Papagei aussah, wenn die Familie in Trauer war. Sie war in der Tat wie ein Papagei. Er beobachtete, wie ihr beim Gehen der Fuß am

Boden zu haften schien. Und dazu waren die Fußgelenke hellgelb und das Kleid tiefblau. Es gefiel ihm aber doch. Er fühlte die Herausforderung in ihrem Anzug – sie nahm es mit der ganzen Welt auf. Er strahlte wie bei einem Trompetenstoß.

Gudrun und Winifred gingen durch das Haus nach hinten, wo die Ställe und die Nebengebäude lagen. Alles war leer und still. Mr. Crich war auf einer kurzen Spazierfahrt, der Stallknecht hatte gerade Geralds Pferd bewegt. Die beiden Mädchen gingen nach dem Kaninchenstall in der Ecke und sahen sich den großen schwarz-weißen Bock an.

«Er ist doch wundervoll! Sehen Sie, sehen Sie nur, wie er horcht! Sieht er nicht zu dumm aus?» lachte die Kleine geschwind. «Wollen wir ihn nicht zeichnen, wenn er horcht? Ach bitte, bitte, dann ist er so echt. Gelt, Bismarck, lieber Kerl?»

«Können wir ihn nicht herausnehmen?» fragte Gudrun. – «Er hat sehr viel Kraft. Wirklich, ganz furchtbar viel Kraft.» Sie legte den Kopf auf die Seite und sah Gudrun an, als traute sie ihr nicht allzuviel zu. – «Wir versuchen es einmal. Was meinst du?» – «Wenn Sie wollen. Aber er ist ein ganz entsetzlicher Keiler!»

Sie nahmen den Schlüssel und wollten aufschließen. Das Kaninchen fuhr auf und rannte verängstigt im Stall umher.

«Er kratzt manchmal ganz scheußlich.» Winifred war sehr aufgeregt. «Sehen Sie doch, ist er nicht großartig?» Der Bock raste wie toll rund herum. «Bismarck!» schrie das Kind in immer größerer Erregung. «Du bist ja scheußlich! Ganz abscheulich bist du!» Winifred sah in all ihrer Aufregung doch ein bißchen ängstlich zu Gudrun empor, deren Mund kampfbereit lächelte. Die Kleine wimmerte förmlich vor Erregung. «Jetzt ist er still!» Das Kaninchen hatte sich in eine entfernte Ecke des Stalls gesetzt. «Wollen wir ihn jetzt holen?» flüsterte sie ganz heimlich und kam dicht heran. «Sollen wir ihn holen?...» kicherte sie mutwillig in sich hinein.

Sie schlossen die Stalltür auf. Gudrun fuhr mit dem Arm hinein und griff den großen, kräftigen Bock, der noch in der Ecke kauerte, bei den langen Ohren. Er setzte die vier Füße platt auf den Boden und stemmte sich dagegen. Die Pfoten schleiften am Boden entlang, als sie ihn nach vorn zerrte, und im nächsten Augenblick hing er an den Ohren in der Luft und tobte und stieß und flog hin und her wie eine immer von neuem zurückschnellende Feder. Gudrun hielt den schwarz-weißen Sturmwind mit ausgestrecktem Arm von sich ab und wandte das Gesicht. Aber das Kaninchen war fabelhaft stark, sie brauchte ihre ganze Kraft, um nicht loszulassen. Fast verlor sie die Herrschaft.

«Bismarck, Bismarck, du benimmst dich fürchterlich», sagte Winifred in ängstlichem Ton. «Ach, setzen Sie ihn doch wieder hinein, er ist ein Ekel!»

Einen Augenblick war Gudrun halb betäubt von dem Ungewitter, das da plötzlich in ihrer Hand ausgebrochen war. Dann stieg ihr das

197

Blut zu Kopf, und schwere Wut überschattete sie wie eine Wolke. Sie stand erschüttert wie ein Haus im Sturm, völlig überwältigt, das Herz stockte ihr vor Ingrimm bei diesem tierisch blöden Ringkampf. Das Tier hatte ihr mit seinen Krallen arg die Handgelenke zerkratzt. Dumpfe Grausamkeit quoll in ihr auf.

Gerald kam gerade um die Ecke, als sie versuchte, das zappelnde Kaninchen unter ihren Arm zu klemmen. Mit feinstem Verständnis sah er ihre böse, wilde Grausamkeit.

«Das hätten Sie einem von den Leuten überlassen sollen», sagte er und kam ihr eilig zu Hilfe. «Oh, er ist zu schrecklich!» rief Winifred ganz außer sich.

Er streckte die sehnige Hand aus, packte das Kaninchen bei den Ohren und nahm es Gudrun ab. «Er hat eine ganz fürchterliche Kraft!» rief sie in hohem, sonderbar erbittertem Ton, ähnlich dem Schrei einer Möwe.

Das Kaninchen rollte sich in der Luft zur Kugel auf, schlug aus und hing dann wie ein Flitzbogen in Geralds Hand. Es war wirklich, als hätte es den Teufel im Leib. Gudrun sah, wie Geralds Körper sich straffte und wie seine Augen jählings blind wurden. «Ich kenne das Gesindel», sagte er.

Das lange Teufelstier keilte wieder, reckte sich waagerecht, als ob es flöge, und sah dabei fast einem Drachen ähnlich. Dann ballte es sich wieder zusammen. Eine unglaubliche Gewalt hatte es in sich, wie ein Pulverfaß. Geralds Körper bebte in dem Sturm, dann flammte die helle Wut auf. Blitzschnell warf er sich zurück und fuhr mit der freien Hand wie ein Habicht in den Nacken des Tiers. Und gleichzeitig tönte das unsagbar gräßliche Kreischen des Kaninchens in seiner Todesangst. Es wand und krümmte sich und zerriß ihm im höchsten Krampf Handgelenke und Ärmel, der Bauch leuchtete ganz weiß, so wirbelten die Pfoten darüber hin. Und dann hatte der Mann es herumgeschleudert und hielt es fest unter dem Arm. Es duckte sich und kroch in sich hinein. Auf Geralds Gesicht glitzerte ein Lächeln.

«Man sollte gar nicht denken, daß ein Kaninchen soviel Kraft hat», sagte er und sah Gudrun an. Ihre Augen waren schwarz wie die Nacht in dem blassen Gesicht, unheimlich fast. Der Schrei des Kaninchens hatte nach dem wilden Kampf den Schleier ihres Selbstbewußtseins zerrissen. Er sah sie an, und der weiße, sprühende Glanz in seinen Zügen wurde immer heller.

«Ich kann ihn eigentlich gar nicht leiden», jammerte Winifred. «Ich hab ihn längst nicht so lieb wie Lusi. Abscheulich ist er!» Auf Gudruns Gesicht erschien ein gewundenes Lächeln, als sie wieder zu sich kam. Sie wußte, sie war durchschaut.

«Hört es sich nicht entsetzlich an, wenn sie kreischen?» In ihrer Stimme schwang wieder der hohe Möwenton. – «Widerwärtig», sagte er.

«Er darf doch nicht so ungezogen sein, wenn er herausgenommen werden soll», sagte Winifred und rührte das Kaninchen vorsichtig an, das wie tot unter Geralds Arm hockte. «Er ist doch nicht tot, nicht wahr, Gerald?» – «Nein, aber verdient hätte er es.» – «Freilich hätte er es verdient!» Die Kleine war auf einmal ganz lustig und faßte das Tier schon mutiger an. «Sein Herz klopft furchtbar schnell. Zu komisch!»

«Wo soll er hin?» fragte Gerald. – «Auf den kleinen Rasenhof.»

Gudrun sah Gerald mit seltsam verdüsterten Augen an, gleichsam müde von zu abgründigem Wissen; flehend wie ein Tier, das in seiner Gewalt ist und ihn doch zuletzt überwindet. Er wußte nicht, was er ihr sagen sollte. Er spürte das unheimliche gegenseitige Erkennen und fühlte, daß er etwas sagen müßte, um es zu verdecken. In seinen Nerven wohnte die Kraft des Blitzes, und das Mädchen war der weiche Stoff, der die gräßlich gleißende Flamme aufnehmen sollte. Er war verzagt, immer wieder überlief ihn die Angst.

«Hat er Ihnen weh getan?» fragte er. – «Nein.» – «Ein wahnsinniges Vieh!» Er wandte den Kopf weg.

Sie kamen auf den kleinen Hof. Er war von alten Backsteinmauern umschlossen, in deren Spalten Mauerblumen wuchsen. Ein Teppich aus weichem, feinem altem Rasen deckte den Grund, der Himmel schien blau herein. Gerald warf das Kaninchen aufs Gras. Da hockte es nun und regte sich nicht. Gudrun beobachtete es mit leisem Grauen. «Warum rührt es sich nicht?» – «Es schämt sich», sagte er. – Sie blickte zu ihm auf, ihr weißes Gesicht verzog sich zu einem leisen, schlimmen Lächeln. «Zu albern! Zu widerwärtig albern!» Der verbissene Ton ließ sein Hirn erschauern. Ein rascher Blick in seine Augen sagte ihm noch einmal voll teuflischem Hohn, daß sie ihn durchschaute. Ein Bündnis war zwischen ihnen, allen beiden ein Greuel. Sie waren in scheußlichen Geheimnissen miteinander verstrickt.

«Wie viele Schrammen haben Sie?» fragte er und zeigte seinen festen, weißen, blutig zerkratzten Unterarm. – «Das ist ja niederträchtig!» Sie wurde blutrot, es kamen ihr wüste Gedanken. «Dagegen ist meins gar nichts.» Sie hob den Arm und zeigte einen tiefen roten Riß in dem seidig weißen Fleisch.

«So ein Teufel!» sagte er. Dabei war ihm, als verriete der lange rote Riß auf dem seidenweichen Arm ihm ihr Geheimstes. Es zog ihn nicht, sie zu berühren, er hätte sich dazu zwingen müssen. Aber die lange rote Hautwunde lief ihm quer übers Hirn und riß die Oberfläche seines bewußten Ichs mittendurch, und der rote Dunst der untern, schmutzigen Tiefe, der ewig unbewußte und undenkbare, qualmte herauf.

«Es tut Ihnen doch nicht so sehr weh?» fragte er besorgt. – «Aber gar nicht!»

Auf einmal wurde das Kaninchen lebendig, das still und weich wie eine Blume auf dem Rasen gehockt hatte, und rannte wie aus der Pistole geschossen rund um den Rasen, ein Meteor in weichem Fell, immer von neuem in scharf gezogenem, straffem Kreis, der die drei Menschenhirne zu bannen schien. Entgeistert standen die drei da mit unsicherem Lächeln, als würde das Kaninchen von unbekanntem Zauber gejagt. Wie ein Wirbelwind raste es auf dem Gras unter den alten roten Mauern immer rund um den Hof herum.

Und dann kuschelte es sich urplötzlich nieder, hopste im Gras und setzte sich nachdenklich hin. Die Nase zuckte wie eine weiße Flocke im Wind. Ein paar Minuten saß es still, ein weiches Bündel mit einem offenen schwarzen Auge, das sie vielleicht ansah, vielleicht auch nicht. Dann hoppelte es behaglich ein Stückchen weiter und begann im Gras zu knabbern mit der gemeinen Bewegung, die Kaninchen haben, wenn sie schnell fressen.

«Es ist verrückt», sagte Gudrun. «Ganz bestimmt, das Tier ist verrückt.» – Er lachte. «Die Frage ist, was heißt verrückt? Nach Kaninchenbegriffen wird es wohl ganz vernünftig sein.» – «Meinen Sie?» – «Ja. So ist man, wenn man ein Kaninchen ist.»

Ein verdächtiges, unflätiges Lächeln dämmerte schwach in seinem Gesicht. Sie blickte zu ihm auf und sah, er wußte Bescheid wie sie. Der Gedanke war ihr jetzt tief zuwider.

«Gott sei Dank, daß wir keine Kaninchen sind», sagte sie mit hoher, schriller Stimme. – Das Lächeln auf seinem Gesicht nahm leise zu. «Keine Kaninchen?» Er sah sie fest an.

Da erschlaffte ihr Gesicht zu einem unanständigen Lächeln. Sie hatte verstanden. «Oh, Gerald», sagte sie langsam, mit starker Stimme, beinah wie ein Mann. «... all das, und noch viel mehr.» Die Augen blickten ihn mit schamloser Lässigkeit an.

Noch einmal war ihm zumute, als hätte sie ihn ins Gesicht geschlagen – nein, als hätte sie ihm quer über die Brust geritzt, stumpf, unheilbar. Er wandte sich ab.

«Friß, friß, mein Süßes!» Winifred redete dem Kaninchen zärtlich zu, kroch heran und wollte es streicheln. Es hoppelte von ihr weg. «Soll Mutter ihm denn nicht sein Fellchen streicheln? Es ist doch so geheimnisvoll...»

19

Mondlicht

Nach seiner Krankheit ging Birkin eine Zeitlang nach Südfrankreich. Er schrieb nicht, keiner hörte etwas von ihm. Ursula war allein. Sie hatte das Gefühl, daß alles versank, und sah keine Hoffnung mehr in der Welt. Man war ein winziger Fels in den Wogen des Nichts, die immer höher stiegen. Wirklich war nur sie – ein Fels in spülender Flut. Alles andere war nichts. Sie war hart und gleichgültig, ganz mit sich selbst allein.

Jetzt hieß es nur noch mit Verachtung und Gleichgültigkeit standhalten. Die ganze Welt erlosch im grauen Einerlei des Nichts, nirgends erblickte sie etwas, das ihr vertraut war oder ihr naheging. Sie haßte und verachtete den ganzen Mummenschanz. Von ganzem Herzen und ganzer Seele haßte und verachtete sie die Menschen, die erwachsenen Menschen. Nur noch Kinder und Tiere hatte sie lieb. Kinder liebte sie leidenschaftlich, aber ohne Wärme. Sie hatte das Bedürfnis, sie zu hegen und zu schützen, sie ins Leben zu führen. Doch solche Liebe, aus Mitleid und Verzweiflung geboren, bedrückte sie nur und tat ihr weh. Vor allem hatte sie die Tiere gern, weil sie allein und ungesellig waren wie sie selbst. Sie liebte die Pferde und die Kühe auf der Weide, die jedes für sich dastanden in magischer Selbstherrlichkeit und nicht an irgendein sinnloses soziales Prinzip vertan waren. Das Tier konnte nicht seelenvoll und nicht tragisch sein, und beides war ihr aus tiefster Seele zuwider.

Sie konnte sehr freundlich und zuvorkommend, ja dienstfertig gegen die Leute sein, mit denen sie zusammenkam. Doch in ihr Inneres fand niemand Einlaß. Jeder spürte unbewußt ihre spöttische Geringschätzung für das Menschliche in ihm und in sich selbst. Sie hatte einen tiefen Widerwillen gegen den Menschen. Alles, was ‹menschlich› hieß, war in ihren Augen kläglich und anstößig.

Dieser verborgene Zwang, zu verachten und lächerlich zu finden, zog ihr fast ohne Unterlaß das Herz zusammen. Sie glaubte zwar, sie liebte und wäre ganz von Liebe erfüllt. Aber die merkwürdige Helle, die sie umschimmerte, der wunderbare Glanz innerer Lebendigkeit, war nichts als Ablehnung der Welt im höchsten Sinn.

Allein, zuzeiten gab sie ein wenig im Zügel nach und wurde weich. Dann wollte sie nur Liebe. Der andere Gemütszustand, dies unerschütterliche Ablehnen, war auch eine Anstrengung der Seele, auch Leiden; und ein furchtbares Begehren nach Liebe kam wieder über sie.

Eines Abends ging sie aus, ganz benommen von der ewigen Seelenqual. Wer zum Ende reif ist, muß sterben. Diese Erkenntnis war in ihr Überzeugung geworden, und die Überzeugung machte sie frei. Wenn das Schicksal alle, deren Stunde gekommen war, wegnahm zu Tod und Vernichtung, was brauchte sie dann selber noch zu sorgen und zu verwerfen? Sie war frei und konnte anderswo eine neue Verbindung suchen.

Sie machte sich auf den Weg zur Mühle nach Willey Green und kam an den Willey-See, der jetzt wieder ganz voll Wasser war. Dann bog sie ab in den Wald. Es war schon dunkel. Aber sie vergaß, bange zu sein, in deren Herzen so viel Angst schlummerte. Unter den Bäumen, fern von allen Menschen, lag ein verwunschener Friede. Man brauchte nur in die reine Einsamkeit zu gehen, wo man den Menschen nicht mehr schmeckte. Da fühlte man sich wohl. Der Gedanke an die Menschen war ihr grauenhaft.

Sie fuhr zurück. Zu ihrer Rechten zwischen den Baumstämmen war etwas, ein großes Etwas, das sie ansah und mit ihr ging. Sie erschrak heftig. Es war nur der Mond, der hinter den durchsichtigen Bäumen aufgegangen war. Er sah unheimlich aus mit seinem weißen Totenlächeln, sie konnte ihm nicht aus dem Weg gehen. Weder bei Tag noch bei Nacht konnte man dem Unglücksgesicht entrinnen, das triumphierend auf einen herablächelte wie jetzt der Mond. Eilig ging sie weiter und duckte sich vor dem weißen Gestirn. Nur einen Blick wollte sie auf den Mühlenteich werfen und dann nach Hause gehen.

Wegen der Hunde vermied sie den Hof und machte den Umweg über den Hügel, um von oben an den Teich zu gelangen. Der Mond schien auf den kahlen Abhang wie aus einer andern Welt; es tat ihr weh, sich nicht vor ihm verbergen zu können. Über den Boden huschten helle Kaninchen. Die Nacht war kristallklar und ganz still. In der Ferne blökte ein Schaf.

So kletterte sie bis an das steile, erlenbewachsene Ufer hinunter, wo verschlungene Baumwurzeln über dem Wasser hingen, und war froh, vor dem Mond in den Schatten zu fliehen. Da stand sie über dem ausgewaschenen Ufer, hielt sich an einem rauhen Stamm fest und sah hinab auf das Wasser, das im schillernden Mondlicht wunderbar still dalag. Doch sah sie es nicht gern. Sie wußte selbst nicht warum. Es sagte ihr **nichts**. Sie horchte auf das scharfe Tropfen des Wassers in der Schleuse und sehnte sich nach einem andern Ton aus dem Schoß der Nacht, nach einer andern Nacht als solcher harten Mondherrlichkeit. Sie fühlte, wie ihre Seele jammerte und weinte.

Da sah sie einen Schatten über dem Wasser sich bewegen. Es war wohl Birkin. So war er also unvermutet zurückgekommen. Sie nahm es gleichgültig hin. Nichts kümmerte sie mehr. Sie setzte sich zwischen die Wurzeln der Erle, die undeutlich wie ein Schleier über ihr hing, und lauschte dem Tröpfeln in der Schleuse. Es klang, als fiele der Tau hörbar auf die nächtliche Erde. Die Inseln waren dunkel, man ahnte sie kaum, auch das Schilf war schwarz, nur hin und wieder leuchtete ein Rohr matt im Mondesglanz. Verstohlen sprang ein Fisch und ließ das Wasser aufblitzen. Dies Glitzern in der kalten Nacht war ihr zuwider, weil es immer wieder das reine Dunkel durchbrach. Sie sehnte sich nach tiefer Nacht, ohne Licht und Geräusch und Bewegung. Birkin kam langsam näher, schmal und dunkel, das Mondlicht fiel auf sein Haar. Nun stand er ganz in der Nähe und war doch in ihr nicht vorhanden. Er wußte nicht, daß sie da war. Wenn er nun etwas täte, was niemand sehen sollte! Er glaubte ja, er wäre ganz allein. Was lag denn daran? Was lag daran, ob unser kleines Tun beobachtet wurde oder nicht? Es kam ja gar nicht darauf an, was er tat. Wie kann es Geheimnisse geben? Wir sind doch alle die gleichen Geschöpfe, und alle wissen alles.

Unwillkürlich berührte er im Vorübergehen ein paar welke Blumen, und dabei redete er unzusammenhängende Worte. «Du kannst nicht weg. Wohin denn weg? Du kannst dich nur auf dich selbst zurückziehen.» Er warf eine welke Blume ins Wasser. «Ein Wechselgesang ... die andern lügen, du singst die Antwortstrophe. Wenn es keine Lügen gäbe, brauchte keine Wahrheit da zu sein. Dann hätte man nicht nötig, für etwas einzustehen.»

Er stand still und blickte über den Teich und warf die welken Blumen ins Wasser. «Kybele... wehe ihr! Verfluchte Göttin! Beneiden wir sie gar? Was sonst...?»

Ursula kam die Lust an, laut und irrsinnig zu lachen, als sie ihn so ganz allein reden hörte. Er stand da und starrte ins Wasser. Dann bückte er sich, hob einen Stein auf und schleuderte ihn in den Teich. Ursula merkte, wie vor ihren Augen der helle Mond dort unten verzerrt aufwallte und wogte, als schössen Feuerarme aus ihm hervor wie bei einem Tintenfisch. Es sah aus, als ob sich ein leuchtender Polyp wild vor ihr bewegte.

Birkins Schatten am Ufer sah eine kleine Weile zu, dann bückte er sich und suchte auf dem Boden. Wieder ein Aufklatschen, ein glitzerndes Aufleuchten, und der Mond im Wasser war zersplittert und flog in unheimlich blitzenden Schuppen auseinander. Wie weiße Vögel schwärmten die Feuerscherben in tosendem Gewimmel über den Teich und kämpften mit den dunklen Wellen, die in ihre Reihen einbrachen. Die vordersten Lichtwellen schienen zu weiterer Flucht an Land stürmisch Einlaß zu begehren, und die Wellen der Finsternis strömten schwer herein und drangen unter ihren Gegnern hindurch der Mitte zu. Dort aber, im Herzen der Schlacht, zitterte immer noch gleißend lebendig ein heiler Mond, die weiße Feuerscheibe wand und sträubte sich und war noch immer nicht gebrochen. Es sah aus, als zöge sie sich mit blinder Wucht unter Qualen wieder zusammen. Schon wurde er wieder stärker, wieder herrlich, der unverwundbare Mond. Die Strahlen kehrten, feine Lichtnadeln, im Fluge zu ihm zurück. Er aber schaukelte auf dem Wasser in neuer Herrscherkraft.

Birkin stand da und sah regungslos zu, bis der Teich wieder still war und der Mond beinah klar. Dann hatte er vom ersten Akt genug und suchte neue Steine. Sie fühlte die unsichtbare Halsstarrigkeit. Im nächsten Augenblick sausten die Splitter des zersprengten Mondes ihr blendend an den Augen vorbei. Und sofort kam der zweite Schuß. Der Mond spritzte weiß in die Luft, glänzende Speere schossen nach allen Seiten, Finsternis flog über die Mitte. Kein Mond war mehr zu sehen, nur ein Schlachtfeld, ein Getümmel von zerstückelten Lichtern und Schatten. Schwere, dunkle Schatten stürzten sich immer wieder auf die Stelle, wo das Herz des Mondes gestrahlt hatte, und löschten dort alles Licht aus. Die weißen Scherben wogten auf und nieder und wußten nicht wohin, hier schimmerte eine auf dem Wasser und da eine wie die Blätter einer Rose, die der Wind verweht hat.

Und doch flackerten sie wieder nach der Mitte; blind, eifersüchtig fanden sie den Weg. Noch einmal wurde alles still, Birkin und Ursula sahen zu. Am Ufer rauschte das Wasser. Er sah, wie der Mond sich tükkisch sammelte, wie das Herz der Rose sich blind und kraftvoll schloß und all die heimwärtsdrängenden zerstreuten Teile wiedergewann.

Und er war noch nicht zufrieden. Wie im Wahnsinn trieb es ihn weiter. Er nahm große Steine und warf einen nach dem andern in das weißbrennende Zentrum des Mondes, bis der aufgewühlte Teich nur noch ein hohles Tosen war. Der Mond war verschwunden, nur ein paar zerstobene glitzernde Trümmer irrten ohne Ziel und Sinn in der Finsternis, ein trübes Durcheinander, ein schwarz-weißes Kaleidoskop, das aufs Geratewohl herumgeworfen wird. Die hohle Nacht bebte und hallte, von der Schleuse her kam hartes, regelmäßiges Klatschen. Hin und wieder tauchten Lichtschuppen auf und flimmerten bang zwischen lauter Finsternis, weit weg, an sonderbaren Stellen, mitten im fließenden Schatten der Weide, die sich von der Insel herab ins Wasser neigte. Birkin hörte zu und war zufrieden.

Ursula war ganz verstört und konnte nichts mehr denken. Sie hatte ein Gefühl, als wäre sie zu Boden gestürzt, ausgegossen wie Wasser; sie regte sich nicht und saß erschöpft im Dunkeln. Und doch fühlte sie auch jetzt noch, ohne es zu sehen, wie in der Finsternis die zurückebbenden Lichtschüppchen scheu herbeidrängten und einen verstohlenen Reigen tanzten, sich umschlangen, einander beständig näher kamen. Schon bildeten sie von neuem ein Herz, um noch einmal zu entstehen. Allmählich hafteten sie aneinander, wogten empor, schwankten, tanzten, schreckten zurück und arbeiteten sich beharrlich heim. Sie schienen zu fliehen, wenn sie nahten, und funkelten trotzdem hartnäckig dem Ziel entgegen. Auf geheimnisvolle Weise wurde der Schwarm größer und heller, und Strahl auf Strahl vermählte sich dem Ganzen, bis wieder eine zerfetzte Rose, ein verzerrter, zerschlissener Mond auf dem Wasser schaukelte, willens, den Krampf zu überwinden und sich aus wüster Entstellung zu neuem stillem Frieden zu fassen.

Birkin blieb unschlüssig am Wasser stehen. Ursula hatte Angst, er könnte den Mond von neuem steinigen. Sie stand auf und ging zu ihm hinunter.

«Nun werfen Sie doch nicht mehr mit Steinen nach dem Mond!» sagte sie. – «Seit wann sind Sie schon da?» – «Die ganze Zeit. Nicht mehr mit Steinen werfen, bitte!» – «Ich wollte sehen, ob ich ihn nicht wegjagen könnte», sagte er.

«Ja? Es war grausig. Warum hassen Sie den Mond? Er hat Ihnen doch nichts getan.» – «Hassen?» fragte er. Sie schwiegen eine kleine Weile.

«Wann sind Sie wiedergekommen?» fing sie an. – «Heute.» – «Warum haben Sie niemals geschrieben?» – «Ich wußte nicht was.» – «Gab es denn gar nichts zu schreiben?» – «Ich weiß nicht», sagte er. «Warum gibt es jetzt keine Narzissen hier?» – «Jetzt nicht.»

Wieder kam eine stumme Pause. Ursula sah nach dem Mond. Er hatte sich gesammelt und bebte leise.

«War es auch gut für Sie, allein zu sein?» fragte sie dann. – «Vielleicht. Ich weiß nicht so recht. Ich bin über manches hinweggekommen. Und Sie? Haben Sie etwas Besonderes getan?»

«Nein. Ich habe mir England angesehen und gefunden, daß ich mit England fertig bin.» – «Wieso mit England?» Er war überrascht. – «Ich weiß nicht. Es kam so.» – «Das liegt nicht in der Nation», sagte er. «Frankreich ist viel schlimmer.» – «Ich weiß wohl. Ich hatte das Gefühl, ich wäre mit allem fertig.»

Sie gingen ein paar Schritte und setzten sich im Dunkeln auf die Baumwurzeln. Er schwieg, und dabei kamen ihm ihre schönen Augen in den Sinn. Sie waren zuweilen voll Licht wie der Frühling, voll wunderbarer Verheißung. Und er sagte langsam, mit Mühe: «In dir ist goldenes Licht. Ich wollte, du könntest es mir geben.» Es klang, als hätte er es schon eine Weile bedacht.

Sie war betroffen, ihm war, als führe sie zurück. Doch war sie auch froh. «Was denn für ein Licht?» fragte sie. Aber eine Scheu hielt ihm die Worte zurück. So ging der Augenblick diesmal vorüber. Und nach und nach wurde ihr das Herz schwer.

«Mein Leben ist leer», sagte sie. – «Ja», antwortete er kurz. Das wollte er nicht hören. – «Ich glaube, mich kann nie jemand wirklich liebhaben.» Er gab keine Antwort. «Du meinst doch wohl», sagte sie langsam, «mich verlangt nur nach körperlichen Dingen. Das ist nicht wahr. Du sollst für meinen Geist sorgen.»

«Ich weiß wohl. Ich weiß, du willst das Körperliche nicht allein. Aber ich will ... du sollst ihn mir geben, deinen Geist, das goldene Licht, das in dir ist ... von dem du nichts weiß ... gib ihn mir!» Einen Augenblick schwieg sie und sagte dann: «Wie soll ich denn, du liebst mich ja nicht! Du willst ja nur etwas für dich. Mir willst du nicht dienen, und ich, ich soll dir dienen. Das ist so ungerecht.»

Es war eine große Anstrengung für ihn, weiterzusprechen und sie zu drängen, daß sie ihren Geist ihm hingäbe. Denn das wollte er von ihr.

«Das ist doch etwas ganz anderes. Ein ganz anderer Dienst. Ich diene dir ja auch ... anders, nicht so, daß du es an dir siehst. Wir wollen doch zusammen sein, ohne uns mit unserm Ich zu quälen ... einfach zusammen sein, weil wir zusammengehören, weil es von Natur so ist ... nicht etwas, das wir aus eigener Kraft festhalten müssen.» – «Nein», sagte sie sinnend. «Du siehst nur dich selbst. Du wirst nie wirklich warm, schenkst mir nie einen Funken Feuer. Im Grunde willst du nur dich und deine eigene Sache. Und ich soll einfach für dich da sein und dir dienen.»

Das machte ihn noch zurückhaltender. «Also gut. Worte tun nichts zur Sache, niemals. Es ist etwas zwischen uns, oder nicht.» – «Du liebst mich ja nicht einmal!» – «Doch», sagte er unwillig. «Aber ich will ...» Im Geist sah er wieder das liebliche goldene Frühlingslicht aus ihren Augen leuchten wie durch ein Zauberfenster. Dort, in der Welt stolzen Gleichmuts, sollte sie bei ihm sein, so wollte er es. Aber was nützte es, wenn er ihr sagte, sie sollte bei ihm sein in stolzem Gleichmut! Reden hatte überhaupt keinen Sinn. Es mußte geschehen, tiefer als alle Worte. Er stiftete nur Schaden, wenn er versuchte, sie zu überzeugen. Sie war ein Vogel aus dem Paradies und ließ sich nicht fangen. Sie mußte aus freien Stücken ins Herz fliegen.

«Immer denke ich, nun werde ich geliebt ... und dann läßt es mich wieder allein. Du liebst mich nicht, du willst mir ja nicht dienen. Du willst nur dich selbst.» Bei dem immer neuen: ‹Du willst mir nicht dienen› überlief es ihn bis zur Wut. Alles Paradiesgefühl war verflogen.

«Nein, ich will dir nicht dienen, denn da ist ja nichts, dem ich dienen könnte. Gar nichts. Du selbst bist es ja nicht, nur das Weib in dir. Und um dein weibliches Ego gebe ich keinen Deut ... eine Strohpuppe ist mir das.»

«Oho!» lachte sie. «Das ist also deine ganze Meinung von mir? ... Und dann mögen Sie mir sagen, daß Sie mich lieben!» Sie stand zornig auf und wollte heimgehen.

«Die paradiesische Einfalt wollen Sie!» Sie hatte sich noch einmal nach ihm umgewandt, er saß immer noch kaum sichtbar im Dunkeln. «Ich weiß, was das heißt, besten Dank! Ihre Sache soll ich sein, nie eine andere, eigene Meinung haben ... bloß Ding sein. Nein, danke schön! Wenn Sie das wollen ... es gibt Frauen genug, die es Ihnen geben, Frauen genug, die sich auf die Erde werfen, damit Sie über sie wegschreiten ... gehen Sie doch zu denen, wenn Sie das wollen ... gehen Sie nur!»

«Nein», sagte er in offenem Zorn. «Deinen Eigenwillen sollst du aufgeben, deine Sucht nach Selbstbehauptung, die Angst hat, sie könnte zu kurz kommen, wenn du liebst. Das will ich von dir. Du sollst dir so tief vertrauen, daß du dich hingeben kannst.»

«Hingeben!» kam das höhnische Echo zurück. «Ich kann mich hingeben, mir fällt das nicht schwer. Aber Sie können es nicht. Sie kleben an sich selbst, als wäre das Ihr einziger Reichtum. Sie ... ja, Sie sind der Sonntagsschullehrer ... Oh, Sie Moralprediger.»

Das Körnchen Wahrheit, das darin steckte, machte ihn eigensinnig und rücksichtslos. «Ich meine nicht sich hingeben in dionysischer Ekstase. Daß du das kannst, weiß ich. Ich hasse Ekstasen, dionysische und alle andern. Das ist nicht besser, als wenn ein Eichhörnchen in seinem Käfig herumrast. Du sollst nicht an dich selbst denken! Einfach da sein und nichts Bestimmtes wollen ... fröhlich sein, sicher und gleichmütig.»

«Wer hier wohl etwas will? Wer kann nie davon lassen? Ich nicht!» Die Stimme klang müde, bitter im Spott. Er schwieg.

«Ich weiß», sagte er dann. «Solange einer vom andern etwas will, kommen wir nicht zurecht. Wir sind beisammen, und der Einklang ist nicht da.»

Sie saßen ganz still am Ufer unter dem Schatten der Bäume. Rings um sie her war die weiße Nacht, sie saßen im Dunkeln und wußten kaum noch von sich. Allmählich kam Ruhe und Friede über sie beide. Tastend legte sie ihre Hand auf seine. Die Hände faßten einander weich und stumm und schlossen Frieden.

«Hast du mich wirklich lieb?» fragte sie. Er lachte: «Das ist wohl dein Kriegsruf!» – «Wieso?» Sie fand das lustig und war sehr verwundert. – «Davon läßt du nicht ab, das ist dein Schlachtruf... ‹Hie Brangwen, hie Brangwen› war früher das Feldgeschrei. Deins heißt: ‹Hast du mich lieb? Gib dich, Schurke, oder stirb.›»

«Ach nein, nicht so, bitte! Nicht so. Ich muß doch wissen, ob du mich liebhast, du!» – «Schön, so wisse es nun und hör auf.» – «Hast du mich denn auch lieb?» – «Ja. Ich hab dich lieb. Bis auf den Grund, das weiß ich. Bis auf den Grund, wozu also Worte machen.»

Eine Weile sagte sie nichts, selig und doch noch zweifelnd. «Ganz gewiß?» fragte sie und schmiegte sich glücklich an ihn. – «Ganz gewiß... so, nun hör auf... nimm es hin und hör auf.» Sie saß eng an ihn gelehnt. «Womit aufhören?» fragte sie leise. – «Mit Quälen.»

Sie drängte sich dichter an ihn, er nahm sie fest in den Arm und küßte sie weich und sacht. Nur sie im Arm halten und leise küssen, das war Friede und himmlische Freiheit. Nichts denken, nichts wollen und verlangen, nur still mit ihr zusammen sein, ganz still, in einem Frieden, der nicht Schlaf war, sondern Genügen und Seligkeit. Seliges Genügen, ohne einen Wunsch und ein Verlangen, das war der Himmel auf Erden: beisammen sein in glücklicher Ruhe.

Lange Zeit blieb sie in seinem Arm, und er küßte sie sanft, ihr Haar, ihr Gesicht, ihre Ohren, sanft und gelinde wie fallender Tau. Aber der warme Hauch an ihrem Ohr störte sie auf und fachte die alten verzehrenden Flammen wieder an. Sie drängte sich an ihn, und er fühlte sein Blut steigen wie Quecksilber. «Wir wollen still sein, du!» – «Ja, ja.» Es klang gehorsam. Sie schmiegte sich an ihn.

Doch nach einer Weile ließ sie von ihm ab und sah ihm ins Gesicht. «Ich muß nun nach Hause.» – «Mußt du wirklich – wie traurig!» antwortete er. – Sie beugte sich zu ihm und bot ihm ihren Mund. «Ist das so traurig?» Sie lächelte. – «Ja. Ich wollte, es könnte immer so bleiben.» – «Immer?» sagte sie leise, als er sie küßte. Und dann ein Wimmern aus enger Kehle: «Küß mich! Küß mich!» und sie drückte sich fest an ihn. Er küßte sie wieder und wieder. Aber auch er hatte seinen Willen. Er wollte jetzt nur Innigkeit und nichts anderes, keine Leidenschaft. So entzog sie sich ihm bald, setzte den Hut auf und ging nach Hause.

Am nächsten Tag aber kam die Sehnsucht über ihn. Am Ende hatte er unrecht. Vielleicht war es nicht recht, mit einem festen Vorsatz zu ihr zu kommen. War es denn nur ein Vorsatz, oder bedeutete er ein tiefes Verlangen? Und wenn es so war, warum redete er dann immer von sinnlicher Erfüllung? Das paßte nicht recht dazu.

Plötzlich sah er klar, was vor ihm lag. Es war ganz einfach, verhängnisvoll einfach. Auf der einen Seite wußte er, daß er nicht noch eine weitere sinnliche Erfahrung brauchte, sondern etwas Tieferes, Geheimeres, als das gewöhnliche Leben geben konnte. Er dachte an die afrikanischen Fetische, die er so oft bei Halliday gesehen hatte. Vor allem entsann er sich einer Plastik von zwei Fuß Höhe, einer hohen, schlanken, eleganten westafrikanischen Frauenfigur aus dunklem Holz, glatt und anmutig. Das Haar war in die Höhe gekämmt und krönte das Ganze wie eine melonenförmige Kuppel. Er sah sie deutlich vor sich; sie war eine von den Vertrauten seiner Seele. Der Körper war lang und schmächtig, das Gesicht eng zusammengedrückt wie ein Käfergesicht. Um den Hals trug sie mehrere schwere runde Geschmeide übereinander, es sah aus wie eine Säule aus Wurfscheiben. Er erinnerte sich ihrer erstaunlich kultivierten Eleganz, des winzigen Käfergesichts, des überraschend langen zierlichen Körpers auf kurzen häßlichen Beinen, mit dem schlank ansetzenden und dann merkwürdig ausladenden, unerwartet schweren Hinterteil. Sie wußte, was er nicht wußte. Sie hatte Jahrtausende rein sinnlicher, ganz ungeistiger Erkenntnis hinter sich. Jahrtausende, denn ihre Rasse war im mystischen Sinne tot: die Verbindung zwischen den Sinnen und dem bewußten Geist war abgebrochen und die Erfahrung nur noch ganz einseitig, mystisch sinnlich. Vor Jahrtausenden mußte sich das, was in ihm bevorstand, in diesen Negern ereignet haben: die Gutheit und Heiligkeit, der Drang, zu schaffen und glücklich und fruchtbar zu sein, mußte erloschen und nur der eine Trieb nach einer einzigen Art der Erkenntnis übrig geblieben sein: nach dumpf wachsender sinnlicher Erkenntnis, einer Erkenntnis, die in den Sinnen gefangen ist, die in ihnen aufhört; nach mystischer Erkenntnis im Zerfall und in der Auflösung, wie die Käfer sie haben, die nur in der Welt der Fäulnis und der kalten Zersetzung leben. Darum erinnerte ihr Gesicht an ein Käfergesicht; darum beteten die Ägypter den Skarabäus an, den Mistkäfer: die Erkenntnis in der Auflösung und der Verderbnis hatte darin ihr Symbol.

Wenn das Sterben anbricht, sind wir noch lange nicht am Ende: nach dem Augenblick, da die Seele im höchsten Leiden den organischen Zusammenhang zerbricht und abfällt wie ein Blatt, bleibt uns noch ein langer Weg. Wir fallen ab vom Leben und von der Hoffnung, wir entgleiten dem heilen Sein, dem Schaffen und der Freiheit und gehen wie diese Fetischgläubigen unter in dem langen, langen Verlauf sinnlichen Erkennens im Mysterium der Auflösung.

Er begriff jetzt, wie lange das währen mußte – Jahrtausende nach dem Tod des schöpferischen Geistes. Er begriff, daß da große Mysterien zu entsiegeln waren, sinnliche, ungeistig dumpfe, furchtbare Mysterien, weit jenseits des Phalluskults. Wie weit über diese Erkenntnis war die westafrikanische Kultur, die den entgegengesetzten Weg unserer Kultur gegangen war, hinausgeschritten? Sehr, sehr weit. Birkin rief sich noch einmal die Frauenfigur ins Gedächtnis zurück: den übermäßig langen Körper, das sonderbar, unerwartet schwere Hinterteil, den langen, eingezwängten Hals, das Käfergesicht mit den winzig kleinen Zügen. Das war feinste sinnliche Realität, weit über jede phallische Erkenntnis hinaus.

Er konnte diesen Weg, den furchtbaren Weg der afrikanischen Kultur, zu Ende gehen. Für die weiße Rasse mußte er etwas anders verlaufen. Sie hatte den arktischen Norden im Rücken, die weiße Leere von Eis und Schnee; ihr stand die mystische Erkenntnis des Gerinnens und Sterbens im Eise bevor. Die Westafrikaner dagegen, Untertanen der brennenden Todesleere der Sahara, hatten sich im Fäulnismysterium der zerstörenden Sonne vollendet.

Blieb denn weiter nichts übrig, als gelöst zu werden vom frohen, schöpferischen Sein? Ist die Zeit erfüllt, ist unser schaffender Lebenstag zu Ende? Bleibt uns nichts als die fremde, grauenhafte Zukunft der Erkenntnis in der Auflösung, das Schicksal der Schwarzen, nur für uns blonden, blauäugigen Nordbewohner in etwas anderm Verlauf?

Birkin dachte an Gerald. Er war einer von den seltsamen weißen Dämonen des Nordens, die sich im Mysterium des Erfrierens vollenden. War es sein Schicksal, im Tode völligen Erkaltens dahinzugehen in die eine Erkenntnis eisiger Vernichtung? War er ein Vorbote, ein Zeichen für die nahe Auflösung der Welt in lauter leeres Weiß, in lauter Schnee?

Ihn graute. Er hatte sich müde gedacht. Auf einmal ließ die sonderbare Anspannung des Geistes nach. Er konnte diesen Rätseln nicht weiter nachspüren. Es gab den andern Weg, den Weg der Freiheit, das paradiesische Eingehen in reines, individuelles Wesen. Da läßt die Einzelseele die Liebe und den Wunsch nach Vereinigung hinter sich und ist stärker als alle Schmerzen des Gefühls, im schönen Stand freien, stolzen, ter Häuser, sondern wie einen Burghof, von den geraden Arbeiterstraeigenen Seins, das sich andern zu dauerndem Bund verpflichten und mit dem andern zusammen Joch und Band der Liebe tragen kann und doch nie die stolze Einsamkeit der Individualität fahrenläßt, selbst da, wo es liebt und sich hingibt.

Das war der andere Weg, der Weg, der ihm blieb. Ihm mußte er eilends folgen. Er dachte an Ursula, wie zart und leicht verletzlich sie war, von überfeiner Haut – als hätte sie eine Haut zu wenig. Sie war in der Tat wunderbar edel und empfindlich. Wie hatte er das je vergessen können? Er mußte gleich zu ihr. Er mußte sie fragen, ob sie ihn heiraten wollte. Sie mußten gleich heiraten und sich fest und entscheidend binden. Sofort mußte er gehen und sie bitten, in diesem Augenblick. Es war keine Zeit zu verlieren.

Rasch ging er nach Beldover und wußte kaum, wie er hinkam. Er sah die Stadt am Abhang des Hügels liegen, nicht wie ein Gewirr verstreußen wie von einer Mauer fest umgrenzt. Er glaubte im Geist die Zinnen von Jerusalem zu sehen. Die ganze Welt war fremd und überirdisch.

Rosalind machte ihm die Tür auf. Sie erschrak ein bißchen, wie junge Mädchen tun, und sagte: «Bitte schön, ich will Vater Bescheid sagen.»

Mit den Worten verschwand sie und ließ Birkin im Flur allein. Er sah sich ein paar Reproduktionen Picassoscher Bilder an, die Gudrun kürzlich mitgebracht hatte, und bewunderte gerade sein zauberisch sinnliches Erfassen der Erde, als Will Brangwen erschien und sich die Hemdsärmel herabstreifte.

«Ach so», sagte er, «ich hole eben meinen Rock.» Dann verschwand auch er. Doch kam er bald wieder und öffnete die Tür ins Wohnzimmer. «Verzeihen Sie, ich hatte eine Kleinigkeit im Schauer zu tun. Kommen Sie doch herein.»

Birkin trat ins Zimmer und setzte sich. Er sah das joviale rote Gesicht des Mannes, seine niedrige Stirn, die auffallend glänzenden Augen und die recht sinnlichen Lippen, die breit unter dem gestutzten Schnurrbart hervorquollen. Merkwürdig! Das war ein Mensch? Wie sinnlos war Brangwens Vorstellung von sich selber neben seinem wirklichen Wesen. Birkin sah nichts weiter als ein sonderbares, unverständliches, ziemlich beispielloses Gemisch von Leidenschaften und Begierden, von Unterdrücktem und Überkommenem und von allerlei mechanischen Vorstellungen, ohne Verschmelzung und Zusammenhang hineingeworfen in diesen schlanken Fünfziger mit dem jovialen Gesicht, der noch ebenso unbestimmt und unerschaffen war wie mit zwanzig Jahren. Wie konnte er Ursulas Vater sein, da er selbst noch nicht geboren war? Nein, der war kein Vater. Ein Reis körperlichen Lebens war wohl von ihm ausgegangen, aber der Geist war nicht von ihm. Der Geist stammte von keinem Vorfahren, sondern ging aus dem Unbekannten hervor. Wer nicht ein Kind des großen Rätsels ist, der ist nicht wirklich geboren.

«So schlecht wie in den letzten Tagen ist das Wetter heute nicht», sagte Brangwen, nachdem er einen Augenblick gewartet hatte. Die beiden hatten gar keine Verbindung miteinander.

«Nein», war die Antwort. «Es ist auch vorgestern Vollmond gewesen.» – «Ach! Sie glauben also, der Mond hat etwas mit dem Wetter zu tun?» – «Nein, wohl nicht. Ich verstehe im Grunde nicht viel davon.» – «Sie wissen doch, was die Leute sagen: Wenn du denkst, der Mond macht's Wetter, der macht kein Wetter, es scheint nur so.» – «So heißt es?» sagte Birkin. «Das habe ich nicht gewußt.»

Pause. Dann sagte Birkin: «Ich störe Sie sicher. Eigentlich wollte ich Ursula sprechen. Ist sie zu Hause?» – «Ich glaube nicht. Mir scheint, sie wollte in die Bibliothek. Ich will eben mal nachsehen.»

Birkin hörte, wie er im Eßzimmer nach ihr fragte. Dann kam er wieder. «Nein. Aber sie ist bald wieder da. Sie wollten sie sprechen?» – Birkin sah mit eigentümlich ruhigen, klaren Augen zu dem Mann hinüber. «Ich wollte sie nämlich fragen, ob wir uns heiraten könnten.»

In die goldbraunen Augen des Älteren trat ein kleines Licht. «Ach ... nei-in!» Er sah Birkin an und senkte die Augen vor seinem ruhigen Blick. «Sie hat Sie erwartet?» – «Nein.» – «Nein? Ich wußte gar nicht, daß so etwas im Gange war ...» Brangwen lächelte verlegen.

Birkin sah ihn an und dachte: ‹Ich möchte wissen, was dabei ‚im

210

Gange' sein sollte!› Laut sagte er: «Es kommt auch wohl ein bißchen plötzlich.» Dann mußte er an seine Beziehungen zu Ursula denken und setzte noch hinzu ... «Aber ich weiß nicht ...»

«Sehr plötzlich, nicht wahr? Hm!» Brangwen ärgerte sich. Er hatte sich die Sache anders gedacht. – «In einer Hinsicht», erwiderte Birkin, «... in anderer nicht.» Nach einer kurzen Pause meinte Brangwen: «Sie macht ja doch, was sie will.» – «O ja!» kam die ruhige Antwort. Brangwens kräftige Stimme bebte leise, er sagte: «Sie soll es aber auch nicht überstürzen. Es hat keinen Zweck, sich nachträglich zu besinnen, wenn es zu spät ist.» – «Oh, zu spät braucht es doch niemals zu sein ... da seien Sie ganz ruhig.» – «Wie meinen Sie das?» – «Wenn einen die Ehe reut, macht man eben Schluß», sagte Birkin. – «So denken Sie darüber?» – «Ja.» – «Nun ja, Ihre Ansicht mag das sein.»

Birkin dachte im stillen: ‹Vielleicht. Aber deine Ansicht, William Brangwen, bedarf wohl noch einiger Erläuterung.›

«Ich nehme an», sagte Brangwen, «Sie wissen, was für Leute wir sind, was sie für eine Erziehung gehabt hat.» – ‹Sie?› dachte Birkin, und mancher Verweis aus Kindertagen fiel ihm wieder ein, ‹sie› sagt er› Laut sagte er dann: «Ich weiß nicht, was für eine Erziehung sie gehabt hat.»

Es klang so, als ob er Brangwen ärgern wollte. «Ich meine doch, sie hat alles gelernt, was ein Mädchen lernen muß», war die Antwort. «Soweit es möglich war und unsere Verhältnisse es erlaubten.» – «Aber gewiß!» – Es trat eine bedenkliche Pause ein, der Alte wurde böse. Birkins bloße Anwesenheit hatte etwas Aufreizendes. «Und dabei hat sie auch zu bleiben!» sagte er mit schallender Stimme. – «Warum?»

Das Wort platzte in Brangwens Hirn wie eine Bombe. «Warum! Weil ich nicht an diese neumodischen Manieren und Ideen glaube ... immer rein und wieder raus wie der Frosch im Salbentopf. Das ist im Leben nichts für mich.»

Birkin beobachtete ihn ruhig mit stillem Blick. Der scharfe Gegensatz zwischen den beiden Naturen war erregend. «Ja, sind denn meine Manieren und Ideen so neumodisch?»

«Ich weiß es nicht.» Brangwen nahm sich zusammen. «Ich spreche auch gar nicht von Ihnen persönlich. Ich wollte nur sagen, meine Kinder sind in der Religion erzogen, in der ich auch erzogen bin, und ich möchte es nicht erleben, daß sie anders denken und handeln als nach ihren Vorschriften!»

Gefährliches Verstummen. «Und darüber hinaus ...?» fragte Birkin. – Der Alte überlegte, er war in keiner angenehmen Lage. «Wie? Was sagten Sie? Ich meinte nur, meine Tochter ...» Aber er meinte doch lieber nichts, es hatte ja alles keinen Zweck. Er wußte wohl, daß er etwas aus dem Gleis geraten war.

«Selbstverständlich will ich niemand verletzen und jedem seine Freiheit lassen», sagte Birkin. «Ursula wird nichts tun, was sie nicht will.»

211

Dann schwiegen sie vollständig; es war unmöglich, zu einem Verständnis zu kommen. Birkin war der Sache überdrüssig. Der Vater war ein Geschöpf ohne innern Zusammenhang, ein leeres Gelaß, in dem allerlei altes Gerede widerhallte. Sein Blick lag still auf dem Gesicht des Alten. Brangwen blickte auf und sah Birkins Augen auf sich ruhen. In seinen Zügen jagten sich Zorn und Demütigung und das Gefühl eigener Ohnmacht in unklarem Durcheinander.

«Ansichten sind eine Sache für sich», sagte er. «Aber mir wäre lieber, meine Töchter wären morgen tot, als daß sie gleich dem ersten Mann folgten, dem es einfällt, ihnen zu pfeifen.» – Ein eigentümlich schmerzlicher Schein ging in Birkins Augen auf. «Ich weiß nur so viel», sagte er, «daß ich wohl eher der Frau folgen werde als sie mir.»

Neues Schweigen. Der Vater wußte nicht recht, was er dazu sagen sollte. «Ich weiß wohl», fing er an, «sie macht, was sie will... das ist immer so gewesen. Ich habe mein Bestes für die Kinder getan, aber darauf kommt es ja nicht an. Sie haben ihren eigenen Willen, und soweit es nach ihnen geht, richten sie sich auch nach keinem andern. Dabei sollten sie doch auf ihre Mutter Rücksicht nehmen, und auch auf mich...» Brangwen hing seinen Gedanken nach. «Aber das kann ich Ihnen sagen, lieber will ich sie begraben, als daß sie die unsolide Wirtschaft mitmachen, die heute allenthalben eingerissen ist. Lieber begraben...»

«Ja, sehen Sie», sagte Birkin langsam und müde, weil ihm die neue Wendung des Gesprächs höchst langweilig war, «weder Sie noch ich werden das können. Sie lassen sich ja nicht begraben.»

Brangwen sah ihm auf einmal voll ohnmächtiger Wut ins Gesicht. «Hören Sie mal, Mr. Birkin, ich weiß gar nicht, warum Sie gekommen sind und was Sie eigentlich wollen. Meine Töchter gehören mir... ich will schon nach ihnen sehen, solange ich noch kann.»

Plötzlich zogen Birkins Brauen sich zusammen, und scharfer Spott kam in seine Augen. Aber er ließ sich nicht das geringste merken. Keiner sagte etwas.

«Ich habe gar nichts dagegen, daß Sie Ursula heiraten», fing Brangwen schließlich an. «Ich habe ja nichts damit zu tun. Sie tut doch, was sie will, ich werde nicht gefragt.»

Birkin wandte sich ab, blickte aus dem Fenster und ließ den Gedanken ihren Lauf. Das hatte ja doch alles keinen Sinn. Wozu das Gespräch in Gang halten? Er bliebe jetzt einfach sitzen, bis Ursula nach Hause käme, dann spräche er mit ihr und ginge nachher weg. Der Vater sollte ihm nicht dreinreden. Das führte zu nichts. Er hätte es gar nicht erst dazu kommen lassen sollen.

Die beiden Männer saßen in tiefem Schweigen, Birkin wußte kaum noch, warum er eigentlich da war. Er wollte um sie anhalten – schön, er würde also weiterwarten und sie dann fragen. Was sie antworten würde, ob ja oder nein, darüber dachte er gar nicht nach. Er wollte sa-

212

gen, was er sich vorgenommen hatte. Weiter wußte er nichts. Er nahm es hin, daß dies Haus ihm nicht das geringste bedeuten könnte. Jetzt kam doch alles, wie es kommen sollte. Er sah nur das eine und sonst nichts. Von allem andern war er für den Augenblick entbunden und mußte dem Schicksal und seinem Glück überlassen, es zu gutem Ausgang zu führen.

Endlich hörten sie die Pforte gehen und sahen sie die Stufen heraufkommen mit einem Paket Bücher unter dem Arm. Ihr Gesicht war hell und trug wie immer den etwas abwesenden Zug, als wäre sie nicht ganz da, nicht recht im wirklichen Leben gegenwärtig – den Ausdruck, der ihren Vater so reizte. Sie hatte die Gabe, in einem eigenen Licht zu leben, wohin keine Wirklichkeit drang, und darin zu strahlen wie im Sonnenschein. Den Alten konnte es zur Raserei bringen.

Sie hörten, wie sie ins Eßzimmer ging und die Bücher auf den Tisch fallen ließ. «Hast du mir nicht die Nummer von *Girl's Own* mitgebracht?» rief Rosalind. – «Doch, mitgebracht habe ich eine. Aber ich wußte nicht mehr, welche du haben wolltest.» – «Das sieht dir ähnlich! Diesmal hast du Glück gehabt, es ist die richtige.» Dann dämpfte sie die Stimme. «Wo?» sagte Ursula. Die Antwort war wieder nicht zu verstehen.

Brangwen öffnete die Tür und rief mit seiner starken, metallenen Stimme: «Ursula!» Sie kam gleich herein, sie hatte noch den Hut auf.

«Oh, guten Tag!» sagte sie, als sie Birkin sah, ganz erschrocken, als wüßte sie nicht, daß er da wäre. Er wunderte sich darüber, er hatte gehört, daß Rosalind es ihr gesagt hatte. Sie hatte ganz ihre eigene strahlende, ein bißchen atemlose Art, als machte die wirkliche Welt sie irre, weil sie nicht wirklich darin war, sondern ihre volle, helle Welt für sich hatte.

«Habe ich euch im Gespräch gestört?» fragte sie. – «Nein, nur im tiefen Schweigen», antwortete Birkin. «Ach», sagte sie unbestimmt, gedankenverloren. Die Gegenwart der beiden war ihr nicht recht lebendig, sie war gehemmt und konnte die andern nicht in sich aufnehmen: eine feine Kränkung, die ihren Vater jedesmal erbitterte.

«Mr. Birkin wollte dich sprechen und nicht mich», sagte er. – «Ach... so?» Es klang unbestimmt, als ginge es sie eigentlich nichts an. Dann nahm sie sich zusammen und wandte sich sehr strahlend, aber noch ganz unbeteiligt zu ihm: «Etwas Besonderes?» – «Ich hoffe doch», sagte er lächelnd. «... Um dich anhalten will er, nach allem, was ich höre», sagte der Vater barsch. – «Ach!» – «Ach!» sprach der Alte ihr nach. «Mehr hast du darauf nicht zu antworten?»

Sie zuckte zusammen wie unter einem Schlag. «Sind Sie wirklich gekommen, um mir einen Antrag zu machen?» fragte sie Birkin, als ob es ein Scherz wäre. «Ja... ich glaube, ich wollte einen Antrag machen.» Die letzten Worte wollten ihm nicht recht über die Lippen. – «Im Ernst?» Sie leuchtete unbestimmt wie vorher. Er hätte sagen können, was er

wollte, sie sah gleichmäßig froh aus. «Ja», antwortete er. «Ich wollte...
ich wollte gern wissen, ob Sie meine Frau werden wollen.»

Sie sah ihn an. In seinen Augen flackerten vielerlei Lichter, die etwas
von ihr wollten und doch nicht wollten. Sie scheute ein bißchen zurück, als fühlte sie sich seinem Blick ausgesetzt und litte darunter. Sie
strahlte nicht mehr, ihre Seele bewölkte sich. Er hatte sie aus ihrer lichten Welt vertrieben. Sie wandte sich ab, ihr war bange vor jeder Nähe.
In solchen Augenblicken lehnte sich ihre Natur dagegen auf.

«Ja?» sagte sie unbestimmt, mit zweifelnder, unbeteiligter Stimme.
Sein Herz zog sich jäh zusammen in heißer Bitterkeit. Es bedeutete ihr
ja alles nichts. Er hatte sich wieder einmal geirrt. Sie war zufrieden in
ihrer eigenen Welt. Er und seine Hoffnungen waren ihr fremd, waren
nur Eingriffe in ihr Reich. Ihren Vater machte es wahnsinnig. Das mußte
er sich nun sein Leben lang von ihr gefallen lassen!

«Also, was hast du zu sagen?» donnerte er. Sie fuhr zurück. Dann
blickte sie halb erschreckt zu ihm nieder: «Ich habe doch kein Wort
gesagt, nicht wahr?», als fürchtete sie, sie könnte sich verpflichtet
haben. «Nein!» war die wütende Antwort. «Du brauchst nicht so ein
blödsinniges Gesicht zu machen, du hast doch nicht den Verstand verloren!»

Sie wich in stummer Feindseligkeit zurück. «Den Verstand verloren,
was soll das heißen?» sagte sie in bösem Trotz.

«Hast du nicht gehört, was er dich gefragt hat?» schrie der Alte zornig. – «Natürlich.» – «Nun also, willst du wohl antworten?»

«Warum denn?» Die Antwort war so ungezogen, daß sich ihm die
Faust ballte. Aber er sagte nichts.

«Nein», sagte Birkin, um die Situation zu retten, «ich brauche nicht
gleich eine Antwort. Sie sagen es mir, wann Sie wollen.» – Ihre Augen
blitzten in mächtiger Helle. «Warum soll ich überhaupt etwas sagen?
Sie haben angefangen, ich habe mit alldem nichts zu tun. Weshalb
schreit ihr mich so an?»

«Schreien!» tobte der Alte. «Dich anschreien! Ein Jammer, daß man
dir nicht ein bißchen Verstand und Benehmen anschreien kann. Ich dich
anschreien? Ich will dir helfen, du eigensinniges Mädchen, du!»

Sie stand mitten im Zimmer und sagte nichts. Ihr Gesicht flimmerte
gefährlich, sie triumphierte in ihrem Trotz. Birkin blickte zu ihr auf.
Auch er war aufgebracht. «Es schreit Sie niemand an», sagte er unheimlich leise. – «O doch. Ihr wollt mich beide zwingen.» – «Das ist wieder
mal eine von Ihren Illusionen», spottete er. – «Illusionen!» lachte der
Vater. «Eine eingebildete Gans ist sie, weiter nichts!»

Birkin stand auf. «Wir wollen jetzt nicht weiter davon reden», und
ging ohne Gruß aus dem Haus.

«Du Dummkopf! O du Dummkopf!» schrie der Alte in höchster Bitterkeit. Sie ließ ihn stehen und ging nach oben. Auf der Treppe sang sie
leise vor sich hin. Aber das Herz klopfte ihr zum Zerspringen, wie nach

214

einem schweren Kampf. Aus dem Fenster sah sie Birkin die Straße hinaufgehen, so lustig raschen Schrittes vor lauter Wut, daß ihr Gemüt sich verwunderte. Er machte sich lächerlich, aber sie hatte Angst vor ihm. Sie hatte das Gefühl, einer Gefahr entronnen zu sein.

Ihr Vater saß unten in ohnmächtigem Groll über die Demütigung. Er war jedesmal wie von allen bösen Geistern besessen, wenn er auf so unbegreifliche Art mit Ursula aneinandergeraten war. Er haßte sie, als wäre dieser bitterste Haß das einzig Echte in ihm, er hatte die Hölle im Herzen. Dann ging er weg, um sich zu entfliehen. Sonst müßte er verzweifeln – sich aufgeben und der Verzweiflung ihren Lauf lassen. Und dann wäre alles aus.

Ursulas Gesicht schloß sich zu, sie befestigte sich in sich selbst gegen alle andern. So wurde sie lückenlos und hart wie ein Edelstein. Sie war hell und unverwundbar, vollkommen frei und glücklich und ganz unabhängig, weil sie sich selbst besaß. Ihr Vater mußte lernen, über ihre frohe Weltvergessenheit hinwegzusehen, um nicht wahnsinnig zu werden. Bei allem, was geschehen konnte, blieb sie heiter, weil sie allen Dingen ganz feind war.

Tagaus, tagein hatte sie jetzt dies helle, unbefangene Wesen, das wie ganz reine Unmittelbarkeit wirkte. Sie konnte alles um sich her völlig vergessen und eben darum den freiesten Anteil an allem nehmen. Für einen Mann war es bitter, sie um sich zu haben, und der Alte verfluchte seine Vaterschaft. Er mußte lernen, die Tochter zu übersehen, zu vergessen.

Solange sie in dem Zustand blieb, widerstand sie allem mit unerschütterlicher Sicherheit. Sie war hell, strahlend, angenehm und stand allen Dingen gleich rein und unbeteiligt gegenüber, und doch traute ihr niemand, keiner hatte sie gern. Ihre eigentümlich klare, ablehnende Stimme verriet sie. Nur Gudrun war eines Sinnes mit ihr. In solchen Zeiten waren die beiden Schwestern am innigsten miteinander eins; es war, als hätten sie für die Welt ein gemeinsames Organ. Sie fühlten, daß ein starkes, leuchtendes Verstehen sie aneinander band, vor dem alles andere in den Schatten trat. Und solange die beiden, nur miteinander eng vertraut, so hell und blind durch die Welt gingen, schien der Vater den Hauch des Todes zu atmen und war wie gebrochen im Kern seines Wesens. Er war maßlos reizbar und unruhig, als ob seine Töchter ihm nach und nach die Seele aufrieben. Ihnen gegenüber war er völlig unklar und hilflos. Er konnte nicht anders, er mußte die Luft seines eigenen Todes atmen, und verfluchte die beiden von ganzem Herzen mit dem einzigen Wunsch, sie möchten nicht da sein, wo er wäre.

Sie ließen sich nicht irre machen und schwebten über den Dingen, hell und leicht und schön, wie Frauen tun. Sie hatten einander viel zu sagen, und kein Geheimnis war so tief, daß sie es voreinander verborgen hätten. Nichts hielten sie zurück, sie sprachen alle Dinge aus bis in die Tiefen, wo keins mehr böse war. So wappnete eine die andere mit ihrem

Wissen, und sie sogen aus dem Apfel der Erkenntnis die feinsten Düfte. Ihre Erfahrungen ergänzten einander auf das wunderbarste.

Ursula betrachtete die Männer, von denen sie geliebt worden war, wie ihre Söhne. Sie hatte Mitleid mit ihrem Begehren und bewunderte ihren Mut. Sie staunte über sie wie eine Mutter über ihr Kind und hatte Freude daran, in jedem etwas noch nicht Dagewesenes zu sehen. Für Gudrun waren sie die Gegner. Sie fürchtete und verachtete sie und hatte doch fast übergroße Achtung vor dem, was sie leisteten.

«Gewiß», sagte sie leichthin, «in Birkin steckt ungemein viel Leben, ein unerhört starker Quell. Es ist erstaunlich, wie er sich an die Dinge verschenken kann. Aber es gibt so vieles, was er einfach gar nicht weiß. Entweder merkt er nicht, daß es da ist, oder er sieht darüber hinweg als über etwas Belangloses – Dinge, die für den andern unbedingt zum Leben gehören. Er ist geistig nicht behende genug, wenn du so willst – auf gewisse Dinge zu sehr versessen und deshalb für alles andere blind.»

«Ja», stimmte Ursula bei, «er hat zuviel vom Prediger. Er ist doch der reine Pastor.» – «Ganz richtig! Er kann nicht zuhören, wenn die andern etwas sagen ... er kann überhaupt nicht hören. Seine eigene Stimme ist zu laut.» – «Ja, er überschreit einen einfach.»

«Er überschreit einen», wiederholte Gudrun, «mit bloßer Stimmgewalt. Damit erreicht er natürlich nichts, man überzeugt niemand mit Gewalt. Deshalb kann man nicht mit ihm reden ... und mit ihm zu leben muß ganz unmöglich sein.» – «Du glaubst nicht, daß man mit ihm leben könnte?» – «Mir scheint, das wäre zu aufreibend, zu erschöpfend. Man würde jedesmal niedergeschrien, und es bliebe einem nichts übrig, als sich kopfüber in seine Art hineinzustürzen. Er würde einen vollkommen beherrschen wollen, er kann ja gar nicht zugeben, daß man auch andern Sinnes sein kann als er. Und dazu kommt sein Mangel an Selbstkritik, der eigentliche Grund seiner seelischen Unbeholfenheit. Ich glaube, es wäre nicht zum Aushalten.»

«Nein?» war die unbestimmte Antwort. Ursula teilte Gudruns Ansicht nur halb. «Das Schlimmste ist, nach vierzehn Tagen könnte man es wohl eigentlich mit keinem Mann mehr aushalten.» – «Es ist doch schrecklich», sagte Gudrun. «Aber Birkin ... er ist zu eigenwillig. Er könnte es nicht ertragen, wenn du seine Seele dein eigen nennst. Wahrhaftig!» – «Er verlangt eben, daß alle andern seine Seele haben.» – «Du hast ganz recht. Und was kann man sich Tödlicheres vorstellen?» Das alles war so richtig, daß es Ursula bis auf den Grund der Seele mit einem häßlichen Ekel erfüllte. Der Mißton klirrte in ihr fort. Es waren dürre, elende Tage.

Dann wandte sie sich von der Schwester ab. Gudrun war immer gleich fertig mit allem Lebendigen; dadurch entstellte sie die Dinge und ließ ihnen keinen Raum zum Werden. Wenn sie auch wohl recht hatte mit dem, was sie von Birkin sagte, so waren doch andere Seiten an ihm ebenso wesentlich. Aber Gudrun mußte ihn ausstreichen und zwei Striche darunterziehen, als wäre es eine abgeschlossene Rechnung: addiert, bezahlt, eingetragen, fertig. Das war das Unwahre. Gudruns Art, Menschen und Dinge in einem Satz abzutun und zu erledigen, war so verlogen; Ursula begann sich von der Schwester frei zu machen.

Eines Tages gingen sie durch den Knick. Da saß oben auf dem höchsten Zweig eines Strauches ein Rotkehlchen und schmetterte sein Lied. Sie blieben stehen und sahen dem Vogel zu. In Gudruns Gesicht blitzte es spöttisch. «Kommt der sich aber wichtig vor!»

«Ja, nicht wahr?» Auch Ursula mußte lachen. «Ein kleiner Lloyd George der Lüfte.» – «Großartig! Lloyd George der Lüfte. Das sind sie doch alle!» Gudrun war begeistert. Und Ursula sah tagelang in den nimmermüden, zudringlichen Vögeln kleine dicke Politiker, die einander auf der Tribüne überschreien, um sich nur ja Gehör zu verschaffen.

Aber von derselben Seite kam auch die Wendung. Ein paar Goldammern flitzten vor ihr über den Weg und sahen so unheimlich fremd aus wie feurige Pfeilspitzen, die als Zauberboten durch die Luft schossen. Da sagte sie sich: ‹Im Grunde ist es unerhört dreist, einen Vogel mit Lloyd George zu vergleichen. Was wissen wir von den Vögeln? Unbekannte Kräfte sind sie uns. Sie menschlich zu betrachten, ist Überhebung, sie sind aus einer andern Welt. Anthropomorphismus ist doch zu beschränkt! Es ist eigentlich eine Frechheit von Gudrun, sich selbst zum Maß aller Dinge zu machen und alles ins Menschliche herunterzuziehen. Rupert hat ganz recht: Menschen, die das All nach ihrem Bilde malen, sind unerträglich langweilig. Das All ist nicht menschlich, Gott sei Dank.› Wer im Vogel einen kleinen Lloyd George sah, hatte keine Ehrfurcht und zerstörte alles wahre Leben, er tat den Rotkehlchen unrecht und war nicht wahrhaftig. Dabei hatte sie es selbst getan. Aber es war unter Gudruns Einfluß geschehen, und damit sprach sie sich frei.

So zog sie sich von Gudrun und ihrer Geistesart zurück und wandte sich innerlich wieder zu Birkin. Seit dem Fiasko mit dem Heiratsantrag hatte sie ihn nicht gesehen. Sie wollte es auch nicht, sie wollte nicht von neuem vor die Frage gestellt werden. Was Birkin im Sinn gehabt hatte, als er sie bat, ihn zu heiraten, wußte sie wohl: unbestimmt, ohne es ausdrücken zu können. Sie wußte, welcher Art die Liebe und Hingabe war, die er von ihr wollte, und war keineswegs sicher, ob das die Liebe war, die sie brauchte. Eine solche Trennung in der Bindung hatte durchaus nichts Überzeugendes für sie. Sie verlangte nach einer Nähe über alle Worte hinaus, sie wollte ihn ganz und gar zu eigen haben, in unsäglich inniger Gemeinschaft. Trinken wollte sie ihn – den Trank des Lebens. Sie schwor sich mit großen Worten zu, sie wollte seine Fußsohlen zwischen ihren Brüsten wärmen, wie es in dem üblen Meredithschen Gedicht heißt. Aber nur, wenn der Geliebte sie schrankenlos wiederliebte und sich ihr völlig hingab. Und sie war fein genug, zu wissen, daß er sich ihr nie ganz bis auf den Grund hingeben könnte. Er glaubte nicht an ein Aufgeben des Ich, er sagte es ganz offen. Das war seine Losung, und sie war bereit, mit ihm darum zu kämpfen. Denn sie glaubte an grenzenlose Hingabe in der Liebe, ihr war Liebe unendlich mehr als Individualität. Er sagte, das Individuum sei größer als Liebe und alle menschlichen Beziehungen. In seinen Augen nahm die helle, selbstherrliche Seele die Liebe hin als eine ihrer Daseinsbedingungen, als eine Bedingung ihres Gleichgewichts. Ursula dagegen glaubte, daß die Liebe alles war. Der Mensch mußte sich übergeben und sich bis zur Hefe von ihr austrinken lassen. Wenn nur Birkin nichts weiter sein wollte als ihr Mann, ohne Rückhalt, dann mußte sie ihm dafür die demütige Sklavin sein – sie mochte wollen oder nicht.

20

Die Gladiatoren

Nach dem mißglückten Heiratsantrag war Birkin blind und toll vor Erregung aus Beldover weggegangen. Er fühlte, wie er sich lächerlich gemacht hatte, und daß die ganze Szene eine Posse erster Güte gewesen war. Aber das war es nicht, was ihn aufregte. Zornig und voller Hohn empfand er es, daß Ursula immer noch bei dem alten Vorwurf blieb: «Warum wollen Sie mich überschreien?» und aus ihrer klaren, trotzigen Abgeschlossenheit nicht herauszubringen war.

Er ging geradewegs nach Shortlands. Dort fand er Gerald in der Bibliothek mit dem Rücken gegen den Kamin, so unbeweglich wie nur Menschen stehen können, die innerlich vollkommen leer, ganz ausgeschöpft und dabei ohne Ruhe sind. Alles, was er zu arbeiten hatte, war getan – und nun lag nichts mehr vor ihm. Er konnte Auto fahren, er konnte zur Stadt gehen. Aber er wollte nicht ausfahren, er wollte nicht zur Stadt und wollte auch nicht Thirlbys besuchen. Er stand still wie eine Maschine ohne Dampf, in qualvoller Untätigkeit.

Das war sehr bitter für Gerald, der Langeweile nie gekannt und sich ohne Besinnung aus einer Tätigkeit in die andere gestürzt hatte. Nun schien allmählich alles in ihm zu stocken. Was sich ihm bot, packte er nicht mehr an. Etwas war in ihm gestorben, es versagte die Antwort, wenn es zur Tätigkeit aufgerufen wurde. Er überlegte, was er tun könnte, um sich aus diesem hohlen Elend zu retten und die Mühsal der Lebensleere leichter tragbar zu machen. Es blieben nur drei Dinge übrig, bei denen er wach und lebendig wurde: Trinken oder Haschischrauchen, sich von Birkin beschwichtigen lassen, oder Frauen. Im Augenblick war keiner da, mit dem er trinken konnte, und auch keine Frau. Und Birkin, wußte er, war ausgegangen. So blieb ihm nichts übrig, als den Druck seiner Hohlheit auszuhalten.

Als er Birkin sah, hellte sich sein Gesicht zu strahlendem Lächeln auf. «Herrgott, Rupert, gerade hatte ich mir überlegt, es käme in der ganzen Welt doch nur auf eins an: daß jemand einem das Alleinsein leicht macht... der richtige Jemand.»

Das Lächeln in seinen Augen, mit dem er den Freund ansah, war sehr erstaunlich, der echte Glanz der Erlösung. Sein Gesicht war blaß, ja verstört.

«Die richtige Frau meinst du wohl», sagte Birkin boshaft. – «Natürlich, auch das. Und wenn das gerade nicht bei der Hand ist, ein unterhaltender Mann.» Dabei lachte er. Birkin setzte sich an den Kamin:

«Was hast du vorgehabt?» – «Ich? Nichts. Es geht mir im Augenblick nicht besonders, alles ist auf der Kippe, ich kann nicht arbeiten und auch nicht spielen. Vielleicht eine Alterserscheinung. Ich glaube beinah.»

«Du meinst, es wird dir langweilig?» – «Langweilig? Ich weiß nicht. Ich weiß nicht mehr, was ich anfangen soll. Ich habe das Gefühl, entweder ist in mir der Teufel los, oder er ist tot.»

Birkin blickte auf und sah ihm in die Augen. «Schlag doch einmal was in Stücke.» – Gerald lächelte. «Vielleicht. Wenn nur etwas das Zerschlagen wert wäre.» – «Ganz recht!» sagte Birkin mit seiner leisen Stimme. Dann kam eine lange Pause, in der jeder die Gegenwart des andern fühlte.

«Abwarten», sagte Birkin. – «Ach Gott, abwarten! Was denn?» – «Ein alter Hanswurst sagt, es gäbe drei Mittel gegen Langeweile: schlafen, trinken und reisen.» – «Lauter taube Nüsse. Wenn du schläfst, träumst du, wenn du trinkst, fluchst du, und wenn du reist, mußt du den Gepäckträger anschnauzen. Nein, die beiden Mittel sind Arbeit und Liebe. Wenn man nicht bei der Arbeit ist, muß man verliebt sein.»

«Dann sei es doch», sagte Birkin. – «Gib mir ein Objekt. Die Möglichkeiten der Liebe sind bald erschöpft.» – «So? Und dann?» – «Dann stirbt man», sagte Gerald. – «Das müßtest du auch eigentlich.» – «Das sehe ich nicht ein.» Gerald zog die Hände aus den Taschen und nahm eine Zigarette. Er war angespannt, nervös. Er beugte sich über eine Lampe und zog, bis er Feuer hatte. Wie fast jeden Abend war er im Frack, obwohl er ganz allein war.

«Auch zu deinen beiden Arzneien gibt es noch eine dritte», sagte Birkin. «Arbeit, Liebe und Kampf. Den Kampf vergißt du.» – «Kann sein. Hast du mal in deinem Leben geboxt?» – «Nein, ich glaube nicht.» – «Hm...» Gerald hob den Kopf und blies den Rauch langsam in die Luft. – «Wieso?» – «Nichts. Ich meinte nur, ob wir nicht einen Gang versuchen könnten. Du hast wohl recht, ich muß vielleicht etwas zu zerschlagen haben. Das hat was für sich.» – «Und da meinst du, du könntest bei mir anfangen!» – «Bei dir? Nun ja... Vielleicht! Natürlich ganz freundschaftlich.» – «Selbstverständlich!» kam es bissig zurück.

Gerald stand gegen den Kamin gelehnt und sah auf Birkin hernieder.

In seinen Augen flackerte es wie Entsetzen, sie erinnerten Birkin an die wilden, blutunterlaufenen Augen eines Hengstes, der in heller Angst rückwärts blickt.

«Ich weiß genau, wenn ich nicht aufpasse, mache ich noch Unfug.» – «Warum machst du denn keinen?» sagte Birkin kalt.

Gerald wurde ungeduldig. Er sah Birkin starr an, als erwartete er etwas von ihm.

«Ich habe mal ein bißchen japanisch gerungen», sagte Birkin. «In Heidelberg wohnte ich mit einem Japsen in demselben Haus, der hat mir einiges beigebracht. Besonders geschickt habe ich mich nie dabei angestellt.»

«Du kannst das? Ich habe es noch nicht einmal gesehen. Du meinst doch Jiu-Jitsu?» – «Ja. Aber für mich ist das nichts... ich habe kein Interesse für so was.» – «Nein? Ich doch. Wie macht man das?» – «Ich will dir gern zeigen, was ich davon weiß.» – «Ja?» Einen Augenblick spannten sich Geralds Züge zu einem sonderbaren Lächeln. «Ach, tu das doch, das wäre schön von dir.»

«Gut, wir können es ja auch einmal mit Jiu-Jitsu versuchen. Aber im steifen Oberhemd ist nicht viel zu machen.» – «Dann ziehen wir uns aus und machen es richtig, wie es sein muß. Einen Augenblick...» Er klingelte und wartete, bis der Diener kam.

«Ein paar belegte Brötchen, bitte, und einen Siphon. Und dann kommen Sie heute abend nicht mehr herein... und auch sonst niemand.» Der Diener ging, und Gerald wandte sich angeregt zu Birkin.

«Du hast also mit einem Japaner gerungen? Habt ihr euch dabei ausgezogen?» – «Manchmal.» – «Wie war er denn, als Ringer meine ich?» – «Ich glaube gut. Ich verstehe nichts davon. Sehr gewandt, aalglatt, voll Elektrizität. Sie haben eine ganz erstaunliche, ich möchte sagen flüssige Kraft, die Kerls... das greift nicht zu wie ein Mensch... eher wie ein Polyp...»

Gerald nickte. «Ich kann es mir denken, so sehen sie aus. Eigentlich sind sie mir eklig.» – «Eklig und doch auch anziehend. Wenn sie kalt sind und so grau aussehen, sind sie sehr abstoßend. Wenn sie aber warm werden und aufwachen, haben sie einen gewissen Reiz... sie sind so eigentümlich mit Elektrizität geladen... wie Aale.»

«So?... Ja... kann sein.» Der Diener kam und setzte das Teebrett auf den Tisch. «Kommen Sie jetzt nicht mehr herein», sagte Gerald. Die Tür schloß sich.

«Also», sagte er, «wollen wir uns nun ausziehen und anfangen? Erst einen Schluck trinken?» – «Lieber nicht.» – «Ich auch nicht.»

Gerald schloß die Tür ab und räumte die Möbel beiseite. Das Zimmer war groß, sie hatten reichlich Platz, auf dem Boden lag ein dicker Teppich. Dann zog er sich rasch aus und wartete auf Birkin, der weiß und mager auf ihn zukam. Birkin mutete wie eine Erscheinung an, kaum wie ein greifbarer und sichtbarer Körper: Gerald war sich seiner Gegenwart völlig bewußt, aber er sah ihn nicht eigentlich. Er selbst aber war vollkommen konkret und faßbar, ganz Materie.

«Komm», sagte Birkin, «ich will dir zeigen, was ich gelernt habe und was ich davon noch weiß. Siehst du, erst so...» Er packte den nackten Körper mit den Händen und hatte Gerald im Nu über das Knie gelegt, den Kopf nach unten. Dann ließ er los, und Gerald sprang wieder auf die Füße, mit glitzernden Augen. «Famos», sagte er. «Gleich noch mal.»

So rangen die beiden. Sie waren grundverschieden, Birkin lang, schmal, feinknochig, Gerald schwerer und plastischer. Er hatte starke, runde Knochen und runde Glieder, jede Linie war schön und reich gewölbt. Gediegen und vollgewichtig stand er auf der Erde, während Birkin seinen Schwerpunkt in sich selbst zu tragen schien. Dabei hatte er eine schwere, fest umklammernde Art von Kraft, ein bißchen mechanisch, aber jäh und unbezwinglich, während Birkin bis zur Ungreifbarkeit körperlos wirkte. Unsichtbar stieß er auf den Gegner, es war, als berührte er ihn nur leicht, unmerklich wie ein Kleid. Doch dann bohrte er sich plötzlich mit einem feinen, scharfen Griff in ihn ein, der ihm bis ins Mark drang.

Sie ließen voneinander ab, redeten über die Methoden, übten Griffe und Wurfarten. Sie gewöhnten sich aneinander, lernten, wie der Körper des Gegners arbeitete, und bekamen für ihn ein gewisses physisches Verständnis. Und dann rangen sie von neuem. Die beiden weißen Körper drangen immer tiefer ineinander, als wollten sie in eins zusammenstürzen. Birkin hatte eine ganz feine, überaus kräftige Energie, die den andern mit heimlicher Gewalt umfaßt hielt und wie ein Bann auf ihm lastete. Dann ließ sie nach, und Gerald konnte sich wieder rühren in blendend weißen, hochgehenden Bewegungen.

Die beiden Ringer verflochten sich immer enger. Beide hatten helle Haut, aber die Geralds wurde rot unter Birkins Griffen, während die Birkins weiß und straff blieb. Es war, als dränge er in Geralds schwereren, weicheren Körper ein, um ihn sich mit List zu unterwerfen. Jeder Bewegung des andern kam er in blitzartiger, magischer Einsicht zuvor, verhinderte sie oder verkehrte sie in der Wirkung, und trieb mit Geralds Rumpf und Gliedern sein Spiel wie ein scharfer Wind. Er fühlte sich förmlich mit seiner körperlichen Witterung in Gerald hinein, als schliche sich seine verfeinerte Kraft in das vollere Fleisch des Freundes und spannte durch alle Muskeln ein feines Netz um den innersten Kern seines körperlichen Wesens.

So rangen sie atemlos, leidenschaftlich, verbissen, schließlich ganz dumpf, zwei selbständige weiße Gestalten, die sich immer tiefer ineinander verflochten. Die Glieder umschlangen einander und leuchteten seltsam im gedämpften Licht des Zimmers, wie Polypenarme: ein Knoten weißen Fleisches, der sich ohne einen Laut immer fester schürzte, inmitten hoher Wände mit alten braunen Büchern. Hin und wieder ein schwerer Atemzug wie Stöhnen, ein rasches dumpfes Poltern auf dem dicken Teppich und der eigentümliche Laut von Fleisch, das sich der Umklammerung entreißt. Oft war in dem weißen Knoten ungestüm lebendigen Lebens, der da stumm auf und ab wogte, kein Kopf zu sehen, nur hastig arbeitende, eng verschlungene Glieder, mächtige weiße Rükken, zwei Körper in eins zusammengeballt. Dann tauchte Geralds Kopf auf mit wirren, glänzenden Haaren, und bald darauf stieg der dunkelbraune, schattenhafte Kopf Birkins einen Augenblick aus dem Kampf hervor, mit schrecklich aufgerissenen, blinden Augen.

Endlich lag Gerald regungslos auf dem Boden mit schwer keuchender Brust, und Birkin kniete halb bewußtlos auf ihm. Birkin war viel erschöpfter. Er atmete in flachen, kurzen Zügen, die Luft wollte ihm ausbleiben. Es schwankte vor seinen Augen, schwarze Finsternis brach über ihn herein. Er wußte nicht mehr, was geschehen war, und sank bewußtlos nach vorn auf Geralds Brust. Gerald merkte es nicht. Dann dämmerte Birkins Bewußtsein ein wenig, und er spürte, wie die Erde sonderbar schaukelte und ins Gleiten kam. Alles floß hinunter ins Dunkel, und er selber glitt und glitt ohne Ende.

Er erwachte wieder und hörte draußen ein gewaltiges Klopfen. Was war geschehen, was bedeuteten die mächtigen Hammerschläge, die durchs Haus hallten? Er wußte es nicht. Und dann merkte er, daß es sein eigenes Herz war. Das war ja nicht möglich, der Lärm kam von draußen. Nein, es war doch in ihm, es war sein Herz, und dies überschwere Klopfen tat weh und strengte sehr an. Ob Gerald es wohl hörte? Birkin wußte nicht, ob er stand oder lag oder fiel.

Als er begriff, daß er der Länge nach auf Geralds nacktem Körper lag, war er überrascht und wußte nicht, was er davon halten sollte. Er setzte sich auf, stützte sich mit der Hand und wartete, ob nicht das Herz ruhiger würde und nicht mehr so weh täte. Es schmerzte sehr und machte ihn unklar im Kopf.

Gerald war noch weniger bei Bewußtsein als Birkin. Sie warteten in einem Zustand von Verschwommenheit und Nichtsein unzählige Minuten lang.

«Ich konnte...» keuchte Gerald, «doch nicht roh... gegen dich sein... ich mußte mich doch... zurückhalten...»

Birkin spürte den Ton der Worte, als stünde sein eigener Geist hinter ihm, draußen, und hörte ihnen zu. Der Körper war vor Erschöpfung wie im Rausch, der Geist vernahm sie ganz von fern. Der Mund konnte keine Antwort geben. Birkin wußte nur, daß sein Herz ruhiger wurde. Er war völlig geteilt in den Geist, der draußen stand und wußte, und den Körper, der nichts war als ein wilder, bewußtloser Blutschwall.

«Mit Gewalt... hätte ich dich wohl... werfen können...» keuchte Gerald. «Nun bist du mir... über gewesen.» – «Doch», sagte Birkin, straffte seine Kehle und stieß die Worte hervor, «du bist viel stärker als ich... du schlägst mich... leicht.»

Dann ließ er sich wieder los und gab den Widerstand gegen das furchtbare Herzklopfen auf.

«Du hast ja», fing Gerald wieder an, «unglaublich viel Kraft. Beinah übernatürlich.» – «Im Augenblick», sagte Birkin.

Er hörte die Worte noch immer, als vernähme sie sein körperloser Geist, der in einiger Entfernung hinter ihm stand. Doch er kam schon wieder näher. Das Blut schlug weniger ungestüm in der Brust und ließ zu, daß er zurückkehrte. Birkin merkte, daß er mit ganzem Gewicht auf dem weichen Körper des andern lag, und erschrak, weil er glaubte, er hätte sich aufgesetzt. Er raffte sich zusammen und setzte sich hin. Aber noch drehte sich alles, er konnte nicht fest sitzen. Er streckte die Hand aus, um sich zu stützen, und stieß an Geralds Hand, die schlaff auf dem Boden lag. Da schloß sie sich warm um die seine, und die beiden lagen erschöpft und atemlos da, die Hände fest ineinander. Birkin hatte Geralds Hand in raschem Gegendruck warm und kräftig gefaßt; Gerald hatte nur schnell einmal zufassen können.

Doch kam das normale Bewußtsein allmählich zurück. Birkin konnte schon fast wieder richtig atmen. Geralds Hand löste sich langsam aus der seinen, da stand er vorsichtig auf, noch halb betäubt, ging an den Tisch und goß Whisky und Soda ein. Gerald kam auch und wollte trinken.

«Ein richtiger Ringkampf, was?» sagte Birkin und sah Gerald mit dunklen Augen an. – «Herrgott, ja!» Gerald sah den zarten Körper des Freundes und setzte hinzu: «Es ist dir doch nicht zuviel geworden?»

«Nein. Man sollte öfter ringen und sich ausarbeiten und körperlich straff werden. Davon wird man gesund.» – «Meinst du?» – «Ja. Du nicht?» – «Doch», sagte Gerald.

Zwischen ihren Worten waren lange Pausen. Der Kampf hatte für sie einen tiefen Sinn – der noch nicht vollendet war.

«Wir sind geistig und seelisch miteinander vertraut, darum müssen wir auch bis zu einem gewissen Grad körperlich vertraut sein ... dann ist es mehr etwas Ganzes.» – «Sicher», meinte Gerald. Dann lachte er fröhlich: «Mir ist schon unglaublich wohl dabei», und reckte mit Anmut seine beiden Arme.

«Ja», sagte Birkin. «Ich sehe nicht ein, wieso man sich deswegen zu rechtfertigen hätte.» – «Nein.»

Die beiden fingen an, sich anzuziehen. «Und außerdem bist du schön», sagte Birkin, «und das ist auch eine Freude. Man sollte sich doch an allem freuen, was da ist.» – «Du findest, ich bin schön ... wie meinst du das, körperlich schön?» fragte Gerald mit glitzernden Augen. – «Ja. Du hast eine nordische Art von Schönheit, wie das Licht, das sich im Schnee bricht ... und eine prachtvoll plastische Gestalt. Wir sollen doch an allem Freude haben.»

Gerald lachte aus vollem Halse. «So kann man es wohl auch ansehen. Ich kann nur sagen, ich fühle mich wohler. Es hat mir ganz sicher gutgetan. Ist das die ‹Bruderschaft›, die du haben wolltest?» – «Vielleicht.

Meinst du, das bindet?» – «Ich weiß nicht», lachte Gerald. – «Jedenfalls fühlt man sich jetzt freier und offener... und das können wir brauchen.» – «Ganz gewiß.»

Sie setzten sich mit den Kristallflaschen und Gläsern und den Brötchen an den Kamin. «Ich esse immer etwas, ehe ich zu Bett gehe», sagte Gerald. «Ich schlafe dann besser.» – «Ich könnte dann nicht so gut schlafen», sagte Birkin. – «Nein? Siehst du, wir sind verschieden. Ich will mir eben einen Schlafrock anziehen.» Birkin blieb allein und blickte ins Feuer. Sein Geist kehrte zu Ursula zurück, es war, als käme sie wieder zu ihm in sein Bewußtsein. Gerald kam herunter in einem Schlafrock aus schwerer Seide mit breiten schwarzen und grünen Streifen. Es war ein auffallendes, prächtiges Stück.

«Bist du aber elegant», sagte Birkin und sah sich das weite Gewand an. – «Ein Kaftan aus Buchara. Ich mag ihn gern.» – «Ich auch.»

Birkin schwieg und dachte darüber nach, wie sorgsam Gerald in seinem Anzug war und wieviel er daran wandte. Er trug seidene Strümpfe und fein ziselierte Hemdknöpfe, seidene Wäsche und seidene Hosenträger. Merkwürdig! Auch darin waren sie verschieden. Birkin war gleichgültig und phantasielos in der Hinsicht.

«Du natürlich», sagte Gerald mitten aus seinen Gedanken heraus; «mit dir ist es sonderbar. Du bist merkwürdig stark. Man erwartet es nicht und ist ganz erstaunt.»

Birkin lachte. Er sah das hübsche Gesicht des andern, der mit seinem blonden Haar in dem üppigen Schlafrock sehr anziehend aussah, und sann halb träumend über ihre Verschiedenheit nach. Es war doch ein unglaublicher Unterschied zwischen ihnen, fast wie zwischen Mann und Frau, nur nach einer andern Richtung. Aber in Wirklichkeit gewann Ursula, gewann die Frau jetzt wieder die Oberhand in Birkins Wesen. Gerald verblaßte und entschwand ihm.

«Denke dir», sagte er auf einmal, «ich habe heute abend Ursula Brangwen einen Heiratsantrag gemacht.» Er sah, wie Geralds Gesicht sich in eitel leeres Staunen auflöste. – «Tatsächlich?» – «Ja. In aller Form... zuerst beim alten Herrn, wie es sich gehört... obwohl das nur Zufall war – oder Pech.»

Gerald starrte ihn nur immer an und konnte es nicht fassen. «Du willst doch nicht behaupten, daß du im Ernst ihren Vater um Erlaubnis gebeten hast, sie zu heiraten?» – «Doch, ganz im Ernst.» – «Ja, hattest du denn vorher mit ihr gesprochen?» – «Kein Wort. Mir kam auf einmal der Gedanke, daß ich sie fragen wollte... da war zufällig der Alte da und sie nicht... und da habe ich ihn zuerst gefragt.» – «Ob du sie haben könntest!» schloß Gerald. – «J-a, so war es wohl.» – «Und mit ihr hast du gar nicht gesprochen?» – «Doch. Sie kam nachher. Da durfte sie auch etwas dazu sagen.» – «Ach, wirklich! Und was hat sie gesagt? Bist du verlobt?» – «Nein... sie sagte nur, wenn sie so angeschrien würde, könnte sie nicht antworten.» – «Was hat sie gesagt?» – «Wenn sie so angeschrien würde, könnte sie nicht antworten.» – «Wenn sie so angeschrien würde... Wieso, was soll das heißen?»

Birkin zuckte die Achseln. «Weiß ich nicht. Sie wollte wohl lieber in Ruhe gelassen sein in dem Augenblick.» – «Ja, ist denn das Tatsache? Und was hast du dann gemacht?» – «Ich bin weggegangen und hierhergekommen.» – «Direkt hierher?» – «Ja.»

Gerald war starr vor Staunen. Es machte ihm ungeheuren Spaß. Er hatte es noch immer nicht begriffen. «Ist denn alles wirklich so passiert, wie du sagst?» – «Wort für Wort.» – «Wahrhaftig?»

Er lehnte sich in den Stuhl zurück und war beglückt über die schöne Geschichte. «Aber das ist ja ausgezeichnet. Und dann bist du hierhergekommen, um mit deinem guten Engel zu ringen, was?» – «Meinst du?» – «Den Eindruck hat man jedenfalls. Es wird schon so sein.» Jetzt kam Birkin nicht mehr mit.

«Und was soll nun geschehen?» fragte Gerald. «Du läßt das Angebot noch offen, wenn man so sagen darf?» – «Ich denke. Ich habe mir zwar geschworen, sie sollten alle zum Teufel gehen, doch werde ich sie wohl noch einmal fragen, nach einiger Zeit.»

Gerald ließ ihn nicht aus den Augen. «So hast du sie gern?» – «Ich glaube, ich habe sie lieb.» Birkins Gesicht wurde sehr still und fest.

Einen Augenblick leuchtete Gerald auf vor Vergnügen, als geschähe das alles nur, um ihm Spaß zu machen. Dann legte er sein Gesicht in schicklich ernste Falten und nickte langsam mit dem Kopf. «Du weißt ja», sagte er, «ich habe immer an Liebe geglaubt... an wahre Liebe. Aber wo findet man so was heutzutage?» – «Ich weiß nicht», sagte Birkin. – «Sehr selten jedenfalls.» Dann nach einer Pause: «Ich selber habe es nie gefühlt... nicht, was ich Liebe nennen könnte. Ich bin hinter den Weibern hergelaufen... und habe auch so allerhand erreicht. Aber Liebe war es nie. Ich glaube, ich habe nie eine Frau so lieb gehabt wie dich... nicht richtig lieb. Verstehst du, was ich meine?»

«Ja. Du hast ganz sicher nie eine Frau geliebt.» – «Du hast auch das Gefühl, ja? Und glaubst du, daß ich je so weit komme? Du weißt, was ich meine!» Er legte die Hand auf die Brust und ballte sie zur Faust, als wollte er da etwas herausziehen. «Ich meine, ich... ich... ich kann es nicht sagen, aber ich weiß, was es ist.»

«Also was denn?» – «Du siehst ja, ich kann mich nicht ausdrücken. Etwas Bleibendes jedenfalls, das sich nicht ändert...» Seine Augen schimmerten verlegen. «Du, glaubst du, daß ich jemals so etwas für eine Frau empfinden kann?» fragte er gespannt.

Birkin sah ihn an und schüttelte den Kopf. «Ich weiß nicht. Das kann ich nicht sagen.»

Gerald war auf dem Quivive gewesen, als sollte er seinen Schicksalsspruch hören. Er setzte sich in den Stuhl zurück. «Nein», sagte er, «ich auch nicht, nein... ich auch nicht.» – «Wir sind verschieden, du und ich», sagte Birkin. «Ich kann nicht vorhersagen, wie dein Leben verlaufen wird.» – «Nein. Ich ebensowenig. Aber das sage ich dir... mir kommen Zweifel!»

«Daran, daß du je eine Frau lieben wirst?» – «Meinetwegen ja... was man in Wahrheit Liebe nennt...» – «Daran zweifelst du?» – «Nun ja... ich fange an.»

Lange Pause.

«Es gibt alles mögliche im Leben», sagte Birkin. «Mehr als nur den einen Weg.» – «Doch, das glaube ich auch. Das glaube ich. Und das sage ich dir... mir ist gleich, wie es mit mir wird... mir ist's gleich... solange ich nicht...» er hielt inne, und ein erschrockener, öder Ausdruck zog über sein Gesicht und sagte, was er meinte... «solange ich nur fühle, daß ich gelebt habe... wie, ist mir einerlei... aber das Gefühl muß ich haben...»

«Fülle», sagte Birkin. – «Nun ja, vielleicht ist es das, Fülle. Ich habe nicht dieselben Worte wie du.» – «Aber es ist dasselbe.»

21

An der Schwelle

Gudrun war in London bei einer Freundin und veranstaltete eine kleine Ausstellung ihrer Sachen. Dabei sah sie sich überall um, sie bereitete sich zur Flucht von Beldover vor. Was auch kommen mochte, sie wollte bald wegfahren. Da bekam sie einen Brief von Winifred Crich, mit allerlei Zeichnungen ausgeschmückt.

«Vater ist auch in London gewesen und hat sich untersuchen lassen. Es hat ihn sehr angegriffen. Die Ärzte haben gesagt, er müßte viel Ruhe haben, und so liegt er meistens zu Bett. Er hat mir einen entzückenden Papagei aus Meißner Porzellan mitgebracht, und einen Mann mit einem Pflug, und zwei Mäuse, die an einem Halm hinaufklettern. Die Mäuse sind Kopenhagener Porzellan. Sie sind das Beste von allem, nur sind Mäuse nicht so blank. Sonst sind sie sehr gut, mit dünnen, langen Schwänzen. Es glänzte alles beinah wie Glas. Das ist natürlich die Glasur, aber trotzdem mag ich es nicht leiden. Gerald sagt, der Mann mit dem Pflug wäre das Beste. Er hat zerrissene Hosen an und pflügt mit einem Ochsen. Es wird wohl ein deutscher Bauer sein. Er ist ganz in Grau und Weiß, das Hemd weiß und die Hosen grau, und sehr blank und sauber. Mr. Birkin mag das Mädchen mit dem Lamm unter dem blühenden Weißdorn am liebsten, die im Wohnzimmer steht, mit den Narzissen auf dem Rock. Aber ich finde es dumm, weil das Lamm kein richtiges Lamm ist, und sie ist auch dumm.

Liebe Miss Brangwen, kommen Sie nicht bald wieder? Sie werden hier sehr vermißt. Ich lege eine Zeichnung bei, Vater, wie er im Bett sitzt.

Er sagt: er hoffte, daß Sie uns nicht verlassen. Ach, liebste Miss Brangwen, das tun Sie doch bestimmt nicht! Kommen Sie bald wieder und zeichnen die Frettchen, Sie glauben nicht, wie süß und wie rassig die sind. Wir könnten sie auch in Stechpalmenholz schnitzen, wie sie spielen, vor einem Hintergrund von grünen Blättern. Ach, bitte, bitte, sie sind zu wonnig.

Vater sagt, wir dürften ein Atelier haben. Gerald meint, er könnte uns mit Leichtigkeit ein wunderschönes über den Ställen einrichten, man brauchte nur Fenster in das schräge Dach zu machen, das wäre ganz einfach. Da könnten Sie dann den ganzen Tag arbeiten, und wir könnten im Atelier wohnen wie richtige Künstler, wie der Mann auf dem Bild in der Halle mit der Bratpfanne und mit all den Zeichnungen an den Wänden. Ach, ich möchte frei sein und ein freies Künstlerleben führen! Sogar Gerald hat zu Vater gesagt, nur der Künstler wäre frei, weil er in einer eigenen schöpferischen Welt lebt...»

Gudrun sah aus dem Brief, wohin die Pläne der Familie gingen. Gerald wollte sie an den Haushalt in Shortlands knüpfen und nahm Winifred zum Vorwand. Der Vater dachte nur an das Kind und sah in Gudrun den Fels des Heils, und sie bewunderte ihn wegen seines Scharfsinns. Übrigens war es wirklich ein höchst eigenartiges Kind. Gudrun war das alles ganz recht, sie hatte nichts dagegen, ihre Tage in Shortlands zu verbringen, wenn sie ein Atelier bekäme. Die Schule hatte sie schon gründlich satt; sie wollte frei sein. Wenn sie ein Atelier hätte, könnte sie weiterarbeiten und in aller Gemütsruhe den Gang der Ereignisse abwarten. Und Winifred interessierte sie, sie hatte wirklich Lust, das Kind näher kennenzulernen.

So war der Tag, an dem Gudrun nach Shortlands zurückkam, ein richtiges kleines Fest für Winifred.

«Willst du nicht einen Strauß pflücken und ihn Miss Brangwen geben, wenn sie ankommt?» sagte Gerald lächelnd zur kleinen Schwester. – «Ach nein», war die Antwort, «das ist albern.» – «Ganz und gar nicht! Das tut man doch immer, und es wäre eine so hübsche Aufmerksamkeit.» – «Nein, es ist doch albern», behauptete Winifred mit all der übertriebenen *mauvaise honte* ihres Alters. Dabei lockte es sie sehr, sie hätte es gar zu gern getan. Sie trieb sich bei den Gewächshäusern herum und sah sehnsüchtig nach den Blumen, die so fest an ihren Stengeln saßen. Und je mehr sie hineinschaute, desto mehr sehnte sie sich nach einem Strauß von gerade diesen Blumen, desto mehr reizte sie die Vorstellung, wie sie ihn Gudrun überreichen würde, aber desto schüchterner und befangener wurde sie auch, so sehr, daß sie schließlich ganz außer sich war. Es war wie ein geheimer Stachel in ihr, und sie fand nicht den Mut, ihm nachzugeben. So schlich sie sich wieder nach den Treibhäusern und sah ihre lieben Rosen in den Töpfen blühen, sah die reinen Alpenveilchen und die Rankgewächse mit den geheimnisvollen weißen Blütenbüscheln. Sie waren doch zu schön! Wäre das eine Wonne, wenn sie so einen himmlischen Strauß haben könnte und ihn morgen Gudrun schenken! Ihr brennender Wunsch und ihre völlige Unentschlossenheit machten sie ganz krank.

Endlich glitt sie leise zum Vater. «Vati...» – «Ja, mein Schatz?» Aber sie brachte kein Wort heraus, ihr kamen beinah die Tränen vor lauter wirrer Scheu. Der Vater sah sie an, und das Herz glühte ihm in Zärtlichkeit und bohrender Angst der Liebe.

«Was willst du denn, mein Liebling?» – «Du, Vati...!» Ihre Augen lächelten verschwiegen... «Es ist doch nicht albern, wenn ich Miss Brangwen zur Ankunft ein paar Blumen schenke?»

Der Kranke sah den hellen, frühreifen Blick seines Kindes, und sein liebevolles Herz brannte. «Nein, Liebling, das ist gar nicht albern. Das tut man, wenn eine Königin kommt.»

Winifred war ihrer Sache nicht sehr viel sicherer geworden. Sie hatte einen leisen Verdacht, als wären Königinnen selbst schon etwas Albernes. Aber ihr bißchen Romantik wollte sie doch gar zu gern haben.

«Soll ich denn?» – «Miss Brangwen Blumen schenken? Gewiß, mein Vögelchen. Sag Wilson, ich hätte gesagt, du dürftest alles haben, was du wolltest.»

Das Kind lächelte vor sich hin, ein verschmitztes, unbewußtes kleines Lächeln. Sie genoß im voraus, wie sie es machen wollte. «Ich hole sie aber erst morgen.» – «Gut, morgen, mein Vögelchen. Nun gib mir einen Kuß...»

Winifred gab dem Kranken einen Kuß und schlüpfte stumm aus dem Zimmer. Wieder strich sie um die Gewächshäuser und sagte dem Gärtner in ihrer einfachen, entschiedenen Art mit heller Stimme Bescheid, welche Blumen sie haben wollte.

«Wozu soll es denn sein?» fragte Wilson. – «Ich möchte sie haben.» Es paßte ihr nicht, wenn Untergebene Fragen stellten. – «Jawohl, das habe ich gehört. Aber wozu sollen sie sein, zur Dekoration oder zum Verschicken, oder wozu sonst?» – «Ich will einen Strauß überreichen.» – «Einen Strauß überreichen? Wer kommt denn?... Die Herzogin von Portland?» – «Nein.» – «Ach so, die nicht? Das wird aber ein schönes Kunterbunt, wenn ich all die verschiedenen Blumen zusammenbinden soll.» – «Ich will auch ein schönes Kunterbunt haben.» – «So? Dann ist es ja gut.»

Am nächsten Tag wartete Winifred in silbergrauem Samtkleidchen im Schulzimmer, mit einem prächtigen Strauß in der Hand. In heißer Ungeduld sah sie die Einfahrt hinunter, ob Gudrun noch nicht käme. Es war ein regnerischer Morgen. Der fremdartige Duft der Treibhausblüten stieg ihr in die Nase, der Strauß brannte ihr wie ein kleines Feuer in der Hand und im Herzen. Ihr kleiner Roman berauschte sie.

Endlich sah sie Gudrun kommen und rannte nach unten, um dem Vater und Gerald Bescheid zu sagen. Die beiden lachten über ihren Ernst und ihre Aufregung und gingen mit ihr in die Halle. Der Diener kam eilig an die Tür, jetzt nahm er Gudrun Schirm und Regenmantel ab. Man wartete mit dem Willkommen, bis der Besuch in die Halle trat.

Gudrun hatte rote Wangen vom Regen, das Haar flog ihr in losen Löckchen um das Gesicht. Sie war wie eine Blume, die im Regen aufgeblüht, deren Blütenherz eben frisch erschlossen ist und den aufgesparten Sonnenschein ausströmt. Gerald zuckte heimlich zusammen, als er sie sah, so neu und fremd und schön. Sie trug ein weiches blaues Kleid und dunkelrote Strümpfe.

Winifred trat in drollig steifer Feierlichkeit auf sie zu. «Wir freuen uns so, daß Sie wieder da sind. Die Blumen sind für Sie.» Sie übergab ihren Strauß.

«Für mich!» rief Gudrun. Einen Augenblick stutzte sie, ihr stieg das Blut ins Gesicht. Sie war wie von Freude geblendet. Dann hob sie die Augen auf und gab erst dem Vater und darauf Gerald einen wundersamen leuchtenden Blick. Und wieder fuhr Gerald innerlich zusammen, als wäre er dem heißen, ganz entschleierten Blick nicht gewachsen. Es lag etwas unerträglich Enthülltes darin. Er wandte das Gesicht ab und fühlte, daß er nicht die Kraft haben würde, sich ihr zu entziehen. Er knirschte in seinen Fesseln.

Gudrun tauchte ihr Gesicht in die Blumen. «Wie wunderbar schön!» murmelte sie, und mit plötzlich herausbrechender, seltsamer Leidenschaft bückte sie sich zu Winifred und küßte sie.

Mr. Crich kam heran und gab ihr die Hand. «Ich hatte schon Angst, Sie wollten uns weglaufen», sagte er scherzend. – Gudrun blickte mit einem blitzenden Spitzbubengesicht zu ihm auf, wie sie es noch nicht an ihr gesehen hatten. «Wirklich? Nein, in London wollte ich nicht bleiben.»

Ihre Stimme schien sagen zu wollen, daß sie gern wieder nach Shortlands käme, so warm und anschmiegsam war ihr Ton. «Das ist hübsch von Ihnen», lächelte der Alte. «Sie sehen ja, wie sehr Sie uns willkommen sind!» Gudrun sah ihm nur ins Gesicht mit warmen, schüchternen dunkelblauen Augen. Ganz unbewußt ließ sie sich von ihrer eigenen Macht hinreißen.

«Und Sie sehen aus, als kämen Sie im vollen Triumph heim», fuhr Mr. Crich fort und hielt ihre Hand in der seinen. – «Nein», sagte sie und glühte dabei, «ich habe keinen Triumph erlebt, bis ich hierher gekommen bin.» – «O bitte sehr, Sie dürfen uns nicht solche Märchen erzählen. Wir haben doch über Sie in der Zeitung gelesen, nicht wahr, Gerald?»

«Sie sind ganz gut davongekommen», sagte Gerald und gab ihr die Hand. «Haben Sie etwas verkauft?» – «Nein, nicht viel.» – «Das ist auch ebensogut.»

Was er meinte, wußte sie nicht. Sie war ganz ausgelassen und selig über den Empfang und die kleine Huldigung.

«Winifred», sagte der Vater, «hast du nicht ein Paar Schuhe für Miss Brangwen? Sie sollten sich lieber gleich umziehen...» Gudrun ging hinaus mit ihrem Strauß in der Hand.

«Ein ungewöhnliches Mädchen», sagte der Vater zu Gerald, als sie weg war. – «Ja», war die einsilbige Antwort. Ihm schien die Bemerkung nicht angenehm zu sein.

Mr. Crich hatte es gern, wenn Gudrun manchmal eine halbe Stunde bei ihm saß. Meist war er aschgrau und elend, und alles Leben war weggezehrt. Aber wenn er sich einmal aufraffen konnte, gab er sich gern den Anschein, als wäre er ganz wie früher, gesund und voll Leben – nicht draußen in der Welt, aber voll starker Lebendigkeit in seinem Innern. Diesen Glauben unterstützte Gudrun auf das glücklichste. Sie regte ihn an, und dann hatte er kurze, köstliche Stunden, wo er sich stark und frei fühlte und ein höheres Leben in sich spürte als je zuvor.

Sie kam zu ihm, wenn er in der Bibliothek gebettet lag. Sein Gesicht war gelb wie Wachs, die Augen so dunkel, als wären sie blind. Der schwarze Bart, durch den sich jetzt graue Streifen zogen, schien aus einer Leiche herauszuwachsen. Und doch war seine Stimmung heiter und straff. Gudrun ging ganz darauf ein. Für ihr Gefühl war nichts Außergewöhnliches an ihm, nur sein unheimliches Aussehen prägte sich ihrer Seele unbewußt ein. Sie fühlte, daß trotz seiner Heiterkeit die Augen nicht anders als leer und düster blicken konnten. Es waren die Augen eines Toten.

«Ah, da ist ja Miss Brangwen», sagte er, wenn der Diener sie hereinführte, und wurde auf einmal ganz lebendig. «Thomas, setzen Sie Miss Brangwen einen Stuhl hierher... so ist's richtig.» Mit Freuden sah er in ihr weiches, frisches Gesicht, es gab ihm die Illusion des Lebens. «Nun wollen wir ein Glas Sherry trinken und ein Stück Kuchen dazu essen. Thomas...»

«Nein, danke», sagte Gudrun. Doch sobald sie es ausgesprochen hatte, drückte es sie schwer, es war, als versänke der Kranke bei ihrer Ablehnung in den Abgrund des Todes. Sie mußte vor ihm fröhlich sein und durfte ihm nicht widersprechen. Im Augenblick hatte sie wieder ihr schelmisches Lächeln.

«Sherry mag ich nicht so sehr gern. Aber wenn ich sonst eine Kleinigkeit haben dürfte...» – Der Kranke griff sofort nach dem Strohhalm. «Nein, nicht Sherry! Etwas anderes! Was denn? Thomas, was ist sonst da?» – «Portwein... Curaçao...» – «Curaçao wäre herrlich...» sagte Gudrun und sah ihn kindlich vertrauensvoll an. – «Ja? Schön, Thomas, Curaçao... und ein Stückchen Kuchen oder Zwieback?» – «Bitte einen Zwieback.» Gudrun wollte eigentlich nichts, aber sie war klug. – «Gut.»

Er wartete, bis sie ihr Gläschen und ihren Zwieback hatte. Dann war er zufrieden. «Sie haben davon gehört», sagte er ein bißchen aufgeregt, «daß über den Ställen ein Atelier für Winifred eingerichtet werden

soll?» – «Nein!» Gudrun tat, als ob sie gar nichts wüßte. – «Ach so!
... Ich dachte, Winnie hätte Ihnen davon geschrieben!»

«Ach... ja... natürlich. Ich glaubte, das hätte sie sich nur selber so
ausgedacht...» Gudrun lächelte fein und nachsichtig. Der Kranke lächelte auch und war stolz. – «O nein! Das ist wirklich so geplant. Im Stall
ist ein großer Boden mit offenem Dachstuhl. Wir hatten daran gedacht,
ein Atelier daraus zu machen.»

«Das wäre ja reizend!» Gudrun wurde ganz warm. Der Gedanke an
die Dachsparren regte sie auf. – «So, meinen Sie? Gut, das kann gemacht werden.» – «Das wäre ja wundervoll für Winifred! Sie muß auch
ein Atelier haben, wenn sie wirklich ernsthaft arbeiten soll. Die Werk-
statt gehört dazu, sonst bleibt man immer Dilettant.»

«Das ist wohl so. Mir wäre natürlich sehr lieb, wenn Sie es mit Winifred zusammen benutzen wollten.» – «Danke Ihnen tausendmal.» Gudrun wußte das alles schon, aber sie mußte doch bescheiden sein und
sehr dankbar, ganz überwältigt von seiner Güte. – «Am angenehmsten
wäre mir ja, wenn Sie Ihre Pflichten der Schule gegenüber aufgeben und
einfach im Atelier arbeiten könnten... so viel und so lange es Ihnen
gerade paßt...»

Er sah Gudrun mit seinen dunklen, leeren Augen an. Sie erwiderte
den Blick, als wäre sie unendlich dankbar. Der Sterbende redete so natürlich und alltäglich, die Worte klangen aus seinem erstorbenen Mund
wie ein Echo.

«Und was Ihre Einkünfte angeht... es ist Ihnen doch nicht unangenehm, von mir dasselbe anzunehmen wie von der Schulverwaltung,
nicht wahr? Ich möchte nicht, daß Sie sich bei mir schlechter ständen.» –
«Oh», sagte Gudrun, «wenn ich nur in dem Atelier arbeiten darf, verdiene ich schon genug, das wird völlig ausreichen.» – «Nun, das wird
sich alles finden.» Er war glücklich, Wohltäter sein zu können. «Sie haben
doch nichts dagegen, hierzubleiben?» – «Wenn ich hier ein Atelier zum
Arbeiten habe, könnte ich mir nichts Schöneres denken.» – «Wirklich?»

Er war herzlich froh. Aber schon wurde er müde. Sie sah, wie das
graue, grauenvolle Dämmern der Schmerzen und des Verfallens über
ihn kam und wie die Leere in den düstern Augen sich mit Qual zu fül-
len begann. Dies langsame Sterben war noch nicht vorüber. Sie stand
leise auf. «Sie wollen am Ende schlafen? Ich muß nach Winifred sehen.»
Sie ging aus dem Zimmer und sagte der Pflegerin Bescheid.

Tag für Tag lösten sich neue Fäden in dem lebendigen Gewebe, und
der Zerfall näherte sich immer mehr dem letzten Knoten, der die Menschennatur zusammenhält. Aber noch war er nicht gelockert, der Wille
des Sterbenden gab nicht nach. Und wenn er schon zu neun Zehnteln tot
war, das letzte Zehntel sollte unverändert standhalten, bis es zerbrochen würde. Mit seinem Willen hielt er sein Wesen zusammengefaßt.
Aber der Umkreis seiner Macht wurde kleiner und kleiner, bis er zuletzt
nur noch ein Punkt sein mußte und dann ausgelöscht würde.

Um am Leben festzuhalten, mußte er an den Menschen festhalten, und er griff nach jedem Strohhalm. Winifred, der Diener, die Krankenschwester und Gudrun bedeuteten ihm jetzt als letzte Zuflucht alles. Wenn Gerald beim Vater war, machte der Widerwille ihn erstarren. Den andern Kindern ging es ähnlich, mit Ausnahme von Winifred. Wenn sie den Vater ansahen, sahen sie nur den Tod. Es war, als stiege aus dem Tiefsten ihrer Natur ein Ekel herauf und übermannte sie. Sie konnten das vertraute Gesicht nicht sehen und die liebe Stimme nicht hören, der Abscheu vor dem sichtbaren und hörbaren Sterben war zu stark. Gerald konnte in des Vaters Gegenwart nicht atmen, er mußte das Zimmer gleich wieder verlassen. Und ebenso konnte der Vater die Gegenwart des Sohnes nicht aushalten. Die Seele des Sterbenden sträubte sich dagegen mit ihrer letzten Empfindlichkeit.

Das Atelier war fertig, Gudrun und Winifred zogen ein. Das Einrichten und Anordnen genossen sie über die Maßen, nun brauchten sie kaum noch im Hause zu sein. Sie aßen im Atelier und waren da in Sicherheit. Denn im Hause wurde es grauenhaft. Zwei weiße Krankenschwestern huschten umher, Botinnen des Todes. Der Vater durfte nicht mehr außer Bett sein, Schwestern, Brüder und deren Kinder kamen und gingen, immer *sotto voce*.

Winifred besuchte den Vater regelmäßig. Jeden Morgen nach dem Frühstück, wenn er für den Tag zurechtgemacht war, ging sie in sein Zimmer und blieb eine halbe Stunde bei ihm.

«Geht's besser, Vati?» fragte sie jedesmal. Und jedesmal antwortete er: «Ja, ich glaube ein bißchen besser, Herzchen.» Liebevoll und wie zum Schutz hielt sie seine Hand in ihren beiden Händen. Das tat ihm innig wohl.

Zur Mittagszeit lief sie wieder an sein Bett und erzählte ihm, was sich inzwischen zugetragen hatte, und abends, wenn die Vorhänge geschlossen waren und es gemütlich in seinem Zimmer wurde, saß sie lange bei ihm. Gudrun war dann weggegangen, und Winifred war allein zu Hause. Dann war sie am liebsten beim Vater. Sie plauderten und schwatzten behaglich, er immer, als wäre er gesund und nichts verändert. Und Winifred hatte die feine Scheu des Kindes vor allem Schmerzlichen und benahm sich, als wenn nichts Besonderes geschähe. Instinktiv schloß sie die Augen und war glücklich. Doch in der Tiefe ihres Herzens wußte sie alles genauso gut wie die Erwachsenen: vielleicht besser.

Der Vater befand sich bei dieser kleinen Komödie ganz wohl, solange das Kind bei ihm war. Doch wenn sie ging, fiel er in den Jammer der Auflösung zurück. Er hatte noch immer solche glücklichen Augenblicke. Allmählich aber versagten die Kräfte, er konnte immer weniger Anteil nehmen, und die Schwester mußte Winifred hinausschicken, damit ihre Gegenwart ihn nicht allzusehr angriffe.

Er gab niemals zu, daß das Ende nahe war. Er wußte es wohl, doch gestand er es nicht einmal sich selbst. Die Tatsache war ihm verhaßt und sein Wille nicht zu beugen. Er wollte sich nicht vom Tod überwinden lassen; für ihn gab es keinen Tod. Doch verlangte es ihn zuweilen gewaltig, aufzuschreien, zu jammern und zu klagen. Er hätte Gerald gern mit Gewalt aus seiner Gelassenheit aufgeschreckt. Gerald fühlte das und zog sich zurück, um dergleichen zu vermeiden. Das Unsaubere des Sterbens stieß ihn zu sehr ab. Man sollte rasch sterben wie die Römer und im Tode wie im Leben Herr des Geschicks sein. Der Tod des Vaters hielt ihn fürchterlich umschlungen, wie die Schlange den Laokoon; die große Schlange hatte den Vater gepackt und zerrte den Sohn mit in die grausige Todesumarmung. Er gab nie einen Fußbreit nach und wurde auf geheimnisvolle Weise dem Vater eine feste Burg.

Als der Sterbende das letzte Mal nach Gudrun verlangte, sah er schon ganz grau aus. Doch mußte er jemand sehen und nach einer Verbindung mit der lebendigen Welt haschen, damit er in den lichten Augenblicken seinen Zustand nicht anzuerkennen brauchte. Glücklicherweise war er die meiste Zeit kaum bei Besinnung. Viele Stunden verbrachte er damit, undeutlich an früher zu denken und die Vergangenheit gleichsam im Zwielicht noch einmal zu leben. Doch kamen bis zum Ende Augenblicke, wo er begriff, was ihm jetzt widerfuhr, und daß der Tod über ihm war. Dann rief er um Hilfe, einerlei wen, wenn nur jemand kam. Denn diesen Tod zu erkennen, den er langsam starb, war Tod über den Tod hinaus. Den ertrüge er nicht. Das durfte nie geschehen.

Gudrun war entsetzt über sein Aussehen und die verdüsterten, beinah schon gebrochenen Augen, die noch fest und unbezwungen blickten.

«Nun», sagte er mit schwacher Stimme, «wie vertragen Sie sich mit Winifred?» – «Oh, ausgezeichnet.»

Es gab fortwährend Lücken im Gespräch, als wären die aufgerufenen Gedanken nur treibende Strohhalme auf dem schwarzen Meer des Sterbens.

«Das Atelier bewährt sich?» – «Prachtvoll. Es könnte nicht schöner und zweckmäßiger sein.» – Sie wartete darauf, was er nun wohl sagen würde.

«Und Sie glauben, Winifred hat das Zeug zur Bildhauerin?» Merkwürdig hohl klangen seine Worte, wie ohne Sinn. – «Ganz sicher. Sie wird noch einmal schöne Dinge schaffen.» – «Wirklich? Dann wird also ihr Leben nicht völlig wertlos sein, meinen Sie?»

Gudrun war einigermaßen überrascht. «Aber ganz gewiß nicht!» sagte sie sanft. – «Das ist gut.»

Wieder wartete Gudrun, was nun kommen sollte. – «Sie haben sicher Freude am Leben, es lebt sich doch so schön, nicht wahr?» fragte er mit einem kläglich matten Lächeln, das Gudrun kaum ertrug. – «Ja», lächelte sie – sie hätte irgend etwas gelogen – «ich habe es wohl sehr gut.» – «Das ist recht. Eine glückliche Natur ist viel wert.»

Gudrun lächelte wieder, obwohl der Widerwille ihr die Seele ersticken wollte. Mußte man denn so sterben – wurde so das Leben mit Ge-

233

walt aus einem herausgezogen, und man lächelte dazu und machte bis ans Ende Konversation? Gab es keine andere Möglichkeit? Mußte der Sieg über den Tod mit all seinem Grauen ausgekostet werden, der Sieg eines ungebrochenen Willens, der standhielt, bis er nicht mehr da war? Ja, es gab keinen andern Weg. Sie bewunderte aufs höchste, wie der Sterbende sich die Herrschaft über sich selbst bewahrte, aber gegen den Tod hatte sie einen Haß. Sie war froh, daß der Alltag noch da war und sie nicht alles zu sehen brauchte, was dahinter lag.

«Sie fühlen sich ganz wohl hier? . . . Können wir nichts weiter für Sie tun? . . . Sie haben über nichts zu klagen?» – «Nur darüber, daß Sie zu gut gegen mich sind.»

«Oh, das liegt nur an Ihnen», sagte er und war ein klein bißchen stolz auf seine Antwort. Wie stark und lebendig er noch war! Aber dann fiel er ab, und die Todesnot kroch wieder heran.

Gudrun ging zu Winifred. Mademoiselle war nicht mehr da, und so war sie sehr viel in Shortlands. Ein Hauslehrer hatte Winifreds weitere Erziehung in die Hand genommen. Aber er wohnte nicht im Hause, er gehörte zur höheren Schule.

Eines Tages sollte Gudrun mit Winifred, Gerald und Birkin im Auto zur Stadt fahren. Winifred und Gudrun waren fertig und warteten vor der Tür. Die Kleine war sehr still, doch war es Gudrun nicht aufgefallen. Plötzlich fragte sie wie beiläufig:

«Glauben Sie, daß Vater sterben muß, Miss Brangwen?» – Gudrun war betroffen. «Ich weiß nicht.» – «Ganz bestimmt nicht?» – «Sicher weiß das niemand. Möglich ist es, gewiß.» Das Kind sann eine Weile nach und sagte: «Glauben Sie es denn?»

Sie sprach beinah in einem Ton, als ob es eine geographische oder naturwissenschaftliche Frage wäre, und drängte auf Antwort. Es lag ihr anscheinend daran, einen Erwachsenen zu dem Eingeständnis zu zwingen. Das Kind hatte etwas Teuflisches, wie es Gudrun leise triumphierend beobachtete.

«Ob ich glaube, daß er sterben muß?» wiederholte Gudrun. «Ja, ich glaube es.» Winifreds große Augen hingen an ihr, das Kind rührte sich nicht. «Er ist sehr krank», sagte Gudrun. Ein feines zweifelndes Lächeln erschien auf Winifreds Gesicht. «Ich glaube es nicht», versicherte sie wie spottend und lief weg, die Einfahrt hinunter. Gudrun sah sie da allein stehen, und ihr stockte das Herz. Winifred spielte in einem kleinen Rinnsal, als wäre nichts Besonderes gesagt worden. «Ich habe einen richtigen Damm gemacht», rief sie ihr durch die neblige Luft zu.

Gerald kam von hinten, aus der Halle heraus, an die Tür. «Um so besser, wenn sie es nicht glauben will», sagte er. – Gudrun sah ihn an. Ihre Augen begegneten sich in hämischem Verständnis. «Um so besser!»

Er sah sie noch einmal an mit flackernden Augen. «Das beste ist, man tanzt, wenn Rom brennt, da es doch einmal brennen muß. Was meinen Sie?»

Es kam ihr doch überraschend. Aber sie nahm sich zusammen. «Lieber tanzen als jammern, das ist sicher.» – «Das finde ich auch.»

Sie spürten beide das unterirdische Begehren, sich gehenzulassen, alles von sich zu werfen und hineinzugleiten in die schrankenlose, ganz brutale Ungebundenheit. Unheimlich finstere Leidenschaft wogte in Gudrun auf, unverhüllt. Sie fühlte, wie stark sie war. Ihre Hände schienen ihr stark genug, die Welt auseinander zu reißen. Sie erinnerte sich der Ausschweifungen römischer Zügellosigkeit, und ihr Herz wurde heiß. Sie wußte, das brauchte sie auch – oder etwas, was dem gleichkam. Könnte sie nur ein einziges Mal loslassen, was unbekannt und unterdrückt in ihr schlummerte – ja, das wäre eine wunderbare, orgiastische Befriedigung. Und sie wollte es. Sie bebte leise, denn der Mann stand dicht hinter ihr, in dem sie die gleiche schwarze Zuchtlosigkeit spürte. Sie wollten ihn beide zusammen, den uneingestandenen Wahnsinn. Einen Augenblick machte die klar erkannte Tatsache sie nachdenklich, an der nun nichts mehr zu vertuschen war. Dann raffte sie sich zusammen und sagte:

«Wir könnten doch bis ans Tor gehen und dort mit Winifred ins Auto steigen.» – «Das können wir», antwortete er und ging mit ihr.

Sie trafen Winifred beim Pförtnerhaus, wo sie einen Wurf reinrassiger weißer Hunde bewunderte. Sie blickte zu Gerald und Gudrun auf mit einem häßlichen Zug in den Augen, als wollte sie an ihnen vorbeisehen.

«Seht mal!» rief sie. «Drei neue! Marshall sagt, das eine wäre ganz echt. Ist es nicht süß? Aber doch nicht so hübsch wie die Mutter.» Und sie liebkoste die schöne weiße Bullterrierhündin, die ängstlich neben ihr stand.

«Du liebe Lady Crich», sagte sie zu ihr, «du bist schön wie ein Engel. Sie ist gut und schön genug, um in den Himmel zu kommen ... finden Sie nicht auch, Gudrun? Die Hunde kommen doch in den Himmel, nicht wahr ... und zuallererst meine geliebte Lady Crich! Hören Sie mal, Mrs. Marshall!»

«Ja, Miss Winifred?» Die Frau erschien in der Tür. – «Ach, bitte, bitte, nennen Sie dies Kleine Lady Winifred, wenn es recht schön wird. Sagen Sie es Marshall, tun Sie es doch!» – «Ich will es ihm sagen ... aber ich fürchte, das ist ein Er, Miss Winifred.» – «Ach nein, bitte nicht!» Sie hörten ein Auto kommen. «Da ist Rupert!» rief die Kleine und lief ihm entgegen.

Birkin fuhr seinen Wagen und hielt vor dem Tor. «Da sind wir!» sagte Winifred. «Ich will vorn sitzen, Rupert, neben dir. Ich darf doch?» – «Wenn du nur still sitzt und nicht herausfällst!» – «Nein, das tu ich schon nicht. Ich möchte so schrecklich gern bei dir sitzen. Da hat man so herrlich warme Füße, vom Motor.»

Birkin half ihr herauf und hatte seinen Spaß daran, daß Gerald nun hinten im Wagen neben Gudrun sitzen mußte.

«Was Neues, Rupert?» rief Gerald, als sie durch die Knicks sausten. – «Neues?» rief Birkin zurück. – «Ja?» Gerald sah Gudrun an, die neben ihm saß, und sagte mit zwinkernden Augen: «Ich möchte gern wissen, ob ich ihm gratulieren kann, aber es ist ja nichts Ordentliches aus ihm herauszubringen.»

Gudrun wurde dunkelrot. «Wozu gratulieren?» – «Es war doch die Rede von einer Verlobung ... wenigstens hat er mir so etwas gesagt.» – Ihr schoß das Blut in die Wangen. «Sie meinen mit Ursula?» fragte sie dreist. – «Ja. Das stimmt doch, nicht wahr?» – «Ich weiß nichts von einer Verlobung», sagte Gudrun kalt.

«Was? Noch nicht weiter, Rupert?» – «Mit der Verlobung? Nein.» – «Was heißt das?» rief Gudrun. – Birkin sah sich rasch um. Auch seinen Augen war anzusehen, daß er sich ärgerte. «Wieso? Was meinen Sie dazu, Gudrun?»

«Oh –» sie wollte auch ihren Stein in den Teich werfen, die andern hatten ja damit angefangen – «ich glaube nicht, daß sie solche Absichten hat. Wie sollte sie! Sie will doch nicht in den Käfig!» Gudruns Stimme klang hell wie ein Gong. Der starke Schall erinnerte Birkin an die Stimme ihres Vaters.

«Und ich», Birkins Gesicht war lustig und doch entschlossen, «ich will etwas Festes und laufe der Liebe nicht nach; gewiß nicht der freien Liebe!»

Die beiden mußten lachen. Wozu dies öffentliche Bekenntnis? Gerald schien sich einen Augenblick vor lauter Vergnügen nicht recht fassen zu können. «Liebe ist dir nicht gut genug, was?» – «Nein!» kam es zurück. – «Oho, das ist überfein!» Der Wagen sauste durch den Schmutz.

«Was ist denn nun eigentlich daran?» wandte sich Gerald an Gudrun. Die Art von Vertraulichkeit, die er sich damit anmaßte, reizte sie wie eine Beleidigung. Sie hatte den Eindruck, als kränkte er sie vorsätzlich und nähme sich einen Übergriff in die private Sphäre ihrer Familie heraus.

«Was daran ist?» sagte sie mit ihrer lauten, abweisenden Stimme. «Danach fragen Sie mich doch nicht! ... Ich verstehe nichts von höchster Vermählung, so viel ist sicher; nicht einmal von der zweithöchsten.»

«Nur von der ganz gewöhnlichen, unerlaubten Sorte?» antwortete Gerald. «Ganz meinerseits, ich bin auch nicht besser. Für die Ehe und ihre verschiedenen Höhenlagen bin ich nicht sachverständig. Das wird wohl ein Sparren von Rupert sein.» – «Das ist es ja. Das ist ja sein Leiden! Er will gar nicht die Frau selbst, bloß seine Ideen! Und wenn es dazu kommt, ist es ihm nicht genug.»

«Das glaub ich wohl! Das beste ist, einfach los auf das Weibliche in der Frau, wie der Bulle aufs Tor.» Dann fing er an zu flimmern. «Sie meinen doch auch, Liebe ist das einzig Wahre?»

«Solange sie hält, gewiß... Nur nicht ewige Dauer verlangen», übertönte Gudruns schneidende Stimme den Lärm des Autos. – «Mit oder ohne Ehe, höchste oder zweithöchste oder soso lala... Liebe muß man nehmen, wie man sie findet.» – «Wie's einem beliebt oder wie's einem nicht beliebt», echote sie. «Die Ehe ist ein gesellschaftliches Abkommen und hat mit der Liebe nichts zu tun. So sehe ich es an.»

Er flackerte sie immerfort aus seinen Augen an, sie hatte ein Gefühl, als küßte er sie nach freiem, höhnischem Belieben. Das Blut brannte ihr in den Wangen, aber ihr Herz blieb fest und unbeirrt.

«Sie meinen, Rupert ist ein bißchen verrückt?» fragte Gerald. – Ihre Augen flammten Verständnis. «Was die Frau angeht, sicher. Es soll ja vorkommen, daß zwei Menschen ihr Lebtag ineinander verliebt sind... kann sein. Aber auch dann, was soll die Ehe? Schön und gut, laß sie sich lieben. Tun sie's nicht – wozu all die Mühe!»

«Das meine ich auch. Und Rupert?» – «Das begreife ich nicht... er auch nicht und auch sonst niemand. Er meint wohl, man kommt durchs Heiraten in einen dritten Himmel oder so was Ähnliches... ziemlich nebelhafte Aussicht.»

«Allerdings. Wer verlangt nach einem dritten Himmel! Tatsächlich will Rupert durchaus seiner Sache sicher sein... sich selbst an den Mast binden.» – «Darin irrt er sich aber auch», sagte Gudrun. «Ich bin überzeugt, eine Geliebte ist viel eher treu als eine Frau... eben weil sie ihr eigener Herr ist. Nein, er behauptet, Mann und Frau kämen weiter miteinander, als man sonst auf dieser Erde miteinander kommt... wohin, bleibt aber dunkel. Kennenlernen können sie sich ja, ihren ganzen Himmel und ihre ganze Hölle – und die besonders –, so gründlich, daß sie über Himmel und Hölle hinauskommen ins... da hört die Geschichte auf... ins Nirgends.»

«Ins Paradies, sagt er.» – Gudrun zuckte die Achseln: «*Je m'en fiche*... so ein Paradies?» – «Wenn's noch das mohammedanische wäre...» Birkin saß unbeweglich am Lenkrad und ahnte nicht, was die beiden redeten. Gudrun saß dicht hinter ihm und hatte ihren Spaß daran, ihn lächerlich zu machen.

«Er behauptet», fügte sie mit spöttischer Grimasse hinzu, «man fände in der Ehe ein ewiges Gleichgewicht, wenn man sich verbindet und doch nicht verbindet, nicht ineinander schmelzen will.» – «Kann mich nicht reizen», sagte Gerald. – «Das ist es ja eben.» – «Ich glaube an Liebe, an wirkliches Selbstvergessen, wenn man das fertigbringt.» – «Ich auch.» – «Und Rupert auch... wenn er noch so große Töne redet.»

«Nein!» sagte Gudrun. «Er gibt sich nicht hin. Man ist seiner nie sicher. Das ist der Haken, denke ich mir.» – «Und dabei will er heiraten! Heiraten... *et puis?*» – «*Le paradis*», spöttelte Gudrun.

Birkin spürte beim Fahren ein Kribbeln im Rückgrat, als wollte jemand ihm den Kopf abschlagen. Er zuckte gleichgültig die Achseln. Es fing an zu regnen. Eine Unterbrechung. Er hielt, stieg aus und machte das Verdeck hoch.

22

Frau gegen Frau

Sie kamen in die Stadt und setzten Gerald am Bahnhof ab. Gudrun und Winifred sollten zu Birkin zum Tee kommen, Ursula wurde auch erwartet. Aber als erste tauchte dort am Nachmittag Hermione auf. Birkin war nicht zu Hause. Sie ging ins Wohnzimmer, sah sich seine Bücher und Zeitungen an und spielte ein bißchen Klavier. Dann kam Ursula. Sie war unangenehm überrascht, Hermione anzutreffen, sie hatte lange nichts von ihr gehört.

«Oh, Sie sind hier! Das hatte ich ja gar nicht erwartet!» – «Das glaube ich wohl. Ich bin verreist gewesen, in Aix...» – «Ach! Zur Erholung?» – «Ja.»

Die beiden sahen einander an. Ursula ärgerte sich über Hermiones langes, feierlich zu Boden gerichtetes Gesicht. Es lag etwas von der stumpfen, dumpfen Selbstachtung des Pferdes darin. «Sie hat doch ein Pferdegesicht», meinte sie bei sich, «sie läuft in Scheuklappen.» Hermione kam ihr vor wie eine Münze ohne Bildseite. Sie starrte nur immerfort auf die enge Welt des greifbar Bewußten, die für sie die ganze Welt war. Im Dunkeln hatte sie kein Dasein, wie der Mond kehrte sie nur eine Seite dem Leben zu. Ihr Ich war ganz Kopf, sie wußte nicht, was es hieß, frei und unmittelbar sich zu regen wie der Fisch im Wasser, das Wiesel im Gras. Sie mußte immer wissen.

Ursula war dieser einseitigen Natur nicht gewachsen. Sie fühlte nur Hermiones kühle Selbstgewißheit, vor der sie zu nichts zusammenschrumpfte. Hermione grübelte und grübelte, bis sie von dem qualvollen Ringen nach Bewußtheit körperlich erschöpft, ausgebrannt war. Und dann trug sie vor andern Frauen ihre starren, schwer erworbenen Erkenntnisse und ihre bittern Überzeugungen wie Juwelen, die ihr vor aller Welt eine unbestrittene Stellung in einer höhern Schicht des Lebens sicherten. Sie neigte dazu, sich zu Frauen wie Ursula, die sie für nichts als weiblich, für reine Triebwesen hielt, aus ihrer höhern Geistigkeit herabzulassen. Arme Hermione! Diese peinigende Überlegenheit war ja ihr einziges Eigentum, ihre einzige Rechtfertigung vor sich selbst. Da mußte sie Vertrauen haben, überall sonst fühlte sie sich wahrhaftig mangelhaft und unwert genug. In der Welt des Denkens, im Geist war sie eine der Auserwählten. Sie wollte sich ein System aufbauen, aber in der Tiefe ihrer Natur lauerte ein verheerender Zynismus. Sie glaubte nicht an ihre eigenen Systeme – sie waren nicht echt; nicht an das innere Leben – es war eine Finte, nichts Wirkliches; nicht an die Welt des Geistes – die Menschen hatten sie nur erfunden, um sich damit großzutun. Ihre letzte Zuflucht war der Glaube an Mammon, Fleisch und Teufel – die waren wenigstens echt. Sie war Priesterin ohne Überzeugung, in überlebten Glaubenssätzen aufgezogen und dazu verurteilt, Mysterien herzubeten, die ihr nicht göttlich waren. Doch ein Entrinnen gab es nicht. Sie war ein Blatt an einem absterbenden Baum. Was blieb ihr übrig, als immer weiter für die verwelkten Wahrheiten zu kämpfen, für den alten, zerschlissenen Glauben zu sterben und eine heilige, reine Priesterin entweihter Mysterien zu sein? Die großen Wahrheiten hatten einst gegolten, und sie war ein Blatt an dem alten, hohen Baum der Erkenntnis, der nun verdorrte. Sie mußte also treu zu der Wahrheit von gestern stehen, wenn auch im Grund ihrer Seele Zynismus und Spott am Werke waren.

«Ich freue mich so, Sie zu sehen!» sagte sie zu Ursula in ihrem langsamen Tonfall, der immer nach einem Zaubersegen klang. «Sie haben sich mit Rupert gut angefreundet?» – «O ja», sagte Ursula, «ohne ihn scheint es kaum noch zu gehen.»

Hermione machte eine Pause, ehe sie antwortete. Sie sah deutlich, wie Ursula sich vor ihr rühmte. Es war doch recht gewöhnlich.

«So?» kam es dann gedehnt, mit ungetrübtem Gleichmut. «Und glauben Sie, daß er Sie heiraten wird?»

Die Frage war so ruhig und milde gestellt, so einfach und unverblümt, daß Ursula doch überrascht war. Es gefiel ihr eigentlich, als Bosheit. Hermione hatte eine prachtvoll unverkleidete Ironie. «Er möchte schrecklich gern», antwortete sie, «aber ich bin nicht so sicher, ob ich will.»

Hermione maß sie mit langsamem, ruhigem Blick und bemerkte die neue Großtuerei. Wie sie Ursula um dies unbewußte Zutrauen zu sich selbst, ja um ihre Gewöhnlichkeit beneidete!

«Warum denn nicht?» fragte sie in ihrem zwanglosen Singeton. Ihr war völlig wohl, vielleicht sogar glücklich zumute bei dieser Unterhaltung. «Sie lieben ihn wohl im Grunde nicht?»

Ursula wurde ein bißchen rot bei solcher sanftmütigen Unverschämtheit. Doch konnte sie nicht ernstlich beleidigt sein. Es klang nur nach ruhiger, vernünftiger Ehrlichkeit, eigentlich hatte es sogar etwas Großartiges, so vernünftig sein zu können.

«Er sagt, er will etwas anderes als Liebe», antwortete sie. – «Was denn?» Hermione blieb bei ihrem bedächtigen Gleichmaß. – «Er will, ich soll ihn heiraten.»

Hermione schwieg eine Weile und beobachtete Ursula mit langsamem, nachdenklichem Blick. «So, will er das?» sagte sie schließlich ganz ausdruckslos. Dann wurde sie lebhafter: «Und was wollen Sie denn nicht? Sie wollen keine Heirat?»

«Nein... eigentlich nicht. Ich bin nicht bereit zu einer Unterwerfung, wie er sie verlangt. Er will, ich soll mich aufgeben, und ich glaube eben nicht, daß ich es könnte.»

Wieder dauerte es eine ganze Weile, ehe Hermione antwortete. «Nicht, wenn Sie es nicht wollen.» Dann waren sie wieder still. Hermione überkam ein eigenes Sehnen. Ach, hätte er doch von ihr verlangt, daß sie ihm diente und seine Sklavin wäre! Sie erschauerte.

«Sehen Sie, ich kann nicht...» – «Aber worin genaugenommen besteht...»

Sie hatten gleichzeitig angefangen und hielten nun beide inne. Hermione maßte sich den Vorrang an und begann noch einmal. Es klang müde. «Wem sollen Sie sich denn unterwerfen?» – «Er sagt, ich soll ihn über alle Gefühlswallungen hinaus ohne Einschränkung hinnehmen... ich weiß wirklich nicht, was er damit meint. Dann sagt er, er will die Vereinigung nur körperlich, nur in dem dämonischen Teil seines Ich – nicht als Mensch. Sehen Sie, heute sagt er so und morgen so... er widerspricht sich fortwährend...»

«Und denkt immer an sich selbst, und wie unbefriedigt er ist», sagte Hermione langsam. – «Ja», fiel Ursula ein, «als beträfe das alles nur ihn allein. Das macht es so unmöglich.» Sie lenkte sofort ein. «Er will immer, ich soll Gott weiß was alles von ihm hinnehmen. Ihn als – als etwas Absolutes hinnehmen... Aber mir scheint, geben will er gar nichts. Er will keine echte, warme Nähe... davon will er nichts wissen, die verwirft er. Ich darf nicht denken, wenn man es recht besieht, und auch nicht fühlen... er haßt Gefühle.»

Dann kam eine lange Pause, die für Hermione sehr bitter war. Wenn er das alles doch von ihr verlangt hätte! Sie trieb er immer nur ins Denken, ins Wissen hinein, unerbittlich – und hatte dann einen Abscheu vor ihr.

«Ich selbst soll mich auslöschen», fing Ursula wieder an, «und gar kein eigenes Wesen mehr haben...»

«Warum heiratet er dann keine Odaliske», sagte Hermione in ihrem milden Singsang, «wenn er so etwas will?» Ihr langes Gesicht bekam einen hämisch belustigten Ausdruck.

«Ja», sagte Ursula unbestimmt. Das Ärgerliche war ja, daß er gar keine Odaliske, keine Sklavin haben wollte. Hermione wäre seine Sklavin gewesen – sie hatte ein grauenhaftes Begehren, sich vor einem Mann in den Staub zu werfen, vor einem Mann allerdings, der sie verehrte und als das Höchste gelten ließ. Er wollte keine Odaliske, sondern eine Frau, die ihm etwas nehmen, die sich so weit aufgeben könnte, daß sie ihm das tiefste Körperliche seines Wesens, das Unerträgliche, abnähme.

Wenn sie das täte, würde er sie anerkennen? Könnte er sie in allem anerkennen, oder würde er sie einfach als sein Werkzeug zu seiner persönlichen Befriedigung gebrauchen und ihr Ich nicht gelten lassen? Das hatten die andern Männer getan. Sie hatten in ihr sich selbst gewollt und ihr kein eigenes Ich zugestanden. Was sie war, hatten sie geflissent-

240

lich übersehen. Genauso wie Hermione, die die Frau in sich verriet. Hermione war wie ein Mann, sie glaubte nur an die Sache des Mannes und wurde an der Frau in sich zum Verräter. Und Birkin? Würde er sie anerkennen oder verleugnen?

«Nein», sagte Hermione, als sie beide aus ihrem Sinnen erwachten. «Es wäre nicht richtig... ich glaube, es wäre nicht richtig...» – «Ihn zu heiraten?» fragte Ursula.

«Ja», kam es langsam... «Ich glaube, Sie brauchen einen andern Mann... soldatisch, mit starkem Willen...» Hermione streckte die Hand aus und ballte sie mit überschwenglicher Wucht. «Einen Mann wie die alten Heroen müßten Sie haben... Sie müßten ihm nachblikken können, wenn er in die Schlacht zieht, um seine Kraft zu sehen und seinen Kriegsruf zu hören... Sie brauchen einen körperlich starken Mann mit männlicher Willenskraft, nicht den Mann des feinen Empfindens...» Dann brach die Stimme, als hätte die Pythia ihr Orakel gesprochen und die Frau führe nun fort, müde vom Überschwang: «Und sehen Sie, das ist Rupert nicht. Das ist er nicht. Er ist körperlich zart und hat keine feste Gesundheit, er braucht sehr, sehr viel Pflege. Und dann ist er so veränderlich in seinem Wesen, seiner selbst nicht sicher... man muß unendliche Geduld und das feinste Verständnis haben, wenn man ihm helfen will. Ich glaube nicht, daß Sie viel Geduld haben! Sie müßten bereit sein, zu leiden... furchtbar zu leiden. Ich kann Ihnen nicht sagen, wieviel man leiden muß, um glücklich zu machen. Zuzeiten lebt er ein ganz intensives geistiges Leben... über die Maßen wunderbar. Und dann kommt die Reaktion. Ich habe Unaussprechliches mit ihm durchgemacht. Wir sind so lange zusammen gewesen, ich kenne ihn nun wirklich, ich weiß, was an ihm ist. Und ich fühle es, ich muß es aussprechen: es wäre ein wahres Unglück für Sie, wenn Sie ihn heirateten... für Sie noch mehr als für ihn.» Hermione verlor sich in bitterem Sinnen. «Er ist so unsicher, so unstet... er wird müde, und dann kommt die Reaktion. Ich kann Ihnen gar nicht sagen, wie das ist, was für Todesqualen man dabei aussteht. Was er heute bejaht und liebt – morgen wütet er dagegen, um es zu zerstören. Nie bleibt er, wie er ist, immer kommt die grauenvolle, die furchtbare Reaktion. Ewig dies rasche Hin und Her vom Guten ins Böse, vom Bösen ins Gute. Und nichts wirkt so verwüstend, nichts...»

«Ach ja», sagte Ursula demütig, «Sie müssen viel gelitten haben!»

Hermiones Züge leuchteten in unirdischem Glanz. Sie ballte die Faust, als wäre sie vom Gott begeistert. «Man muß gewillt sein, für ihn zu leiden... täglich, stündlich... wenn man ihm helfen will, wenn er überhaupt irgendeiner Sache auf Erden treu bleiben soll...»

«Ich will aber nicht täglich und stündlich leiden», sagte Ursula, «nein, dann müßte ich mich ja schämen. Ich finde es erniedrigend, wenn man nicht glücklich ist.»

Hermione hielt inne und sah sie lange an. «So, meinen Sie?» sagte sie endlich. Aus Ursulas Worten glaubte sie zu erkennen, wie fern sie ihr stand. Für Hermione war Leiden das einzig Echte und Große, was auch daraus kommen mochte. Doch glaubte sie auch an ein Glück.

«Ja», sagte sie. «Man sollte glücklich sein...» Aber ihr war es Willenssache.

«Ach ja –» sie sprach jetzt ganz rückhaltlos – «ich habe nur das eine Gefühl, es wäre ein Unglück, ein Unglück... jedenfalls, wenn Sie übereilt heirateten. Können Sie nicht zusammen sein ohne Ehe? Wegfahren und irgendwo so zusammen leben? Ich weiß, eine Heirat wäre verhängnisvoll für Sie beide. Für Sie wohl noch mehr als für ihn... ich denke auch an seine Gesundheit...»

«Mir liegt ja gar nichts an einer Heirat», sagte Ursula, «... mir bedeutet es nichts. Er will es durchaus.»

«Das ist so eine Augenblicksidee von ihm», sagte Hermione, müde aburteilend wie gewöhnlich, mit der Unfehlbarkeit ‹si jeunesse savait›.

Schweigen. Dann ging Ursula bebend zum Angriff über. «Sie meinen, ich bin nur eine rein sinnliche Natur, nicht wahr?»

«Aber nein, ganz gewiß nicht! Ich halte Sie nur für jung und lebensvoll, nicht den Jahren, auch nicht einmal der Erfahrung nach – ich möchte eher sagen für jung von Geblüt. In dem Sinn ist Rupert alt, sein Blut ist alt... Sie kommen mir so jung vor, Sie sind aus frischem, noch unerfahrenem Geschlecht.» – «Glauben Sie? Aber auf der andern Seite scheint er mir doch so schrecklich jung.» – «Ja, vielleicht... kindlich in mancher Beziehung. Und trotzdem...»

Sie verstummten beide. Ursula war tief erbost, fast wollte die Hoffnung sie verlassen. ‹Das ist nicht wahr›, hielt sie innerlich der Gegnerin vor. ‹Das ist nicht wahr. Du brauchst den brutalen Kraftmenschen zum Mann, ich nicht. Du brauchst den Mann, der kein Gefühl hat, ich nicht. Du weißt gar nichts von Rupert, trotz all der Jahre, die du mit ihm zusammengewesen bist. Du liebst ihn nicht mit der Liebe einer Frau, sondern mit einer gedachten Liebe, und deshalb treibt es ihn weg von dir. Du weißt ja gar nichts, du kennst nur tote Dinge. Ein Küchenmädchen wüßte etwas von ihm, du nicht. Was weißt du denn anders, als was dir dein Verstand ausgerechnet hat, Dinge, die nie ein Wirkliches bedeuten können? Du bist so unwahr und unredlich, wie solltest du erkennen? Was soll all dein Gerede von Liebe, du Gespenst einer Frau! Wie kannst du wissen, wenn du nicht glaubst? Du glaubst ja nicht an dich selbst, nicht an die Frau in dir, was soll dir dann deine eingebildete, schale Klugheit...!›

Die beiden saßen noch immer in feindseligem Schweigen da. Hermione war gekränkt, weil all ihre gute Absicht und ihr Entgegenkommen Ursula in ihrem subalternen Widerstand nicht zu erschüttern vermochte. Ursula konnte also nicht begreifen und würde es auch nie. Sie kam nie über das landläufige Weib, das eifersüchtige, unvernünftige, hinaus, das bei aller Macht des Gefühls, bei allem Reiz und bei nicht geringer Weibesklugheit doch ohne Geist war. Hermione war sich längst darüber klar, daß es keinen Zweck hatte, sich an die Vernunft zu wenden, wo kein Geist war... dann blieb nichts übrig, als die Blinden zu übersehen. Und Rupert – er war eben der überaus weiblichen, gesunden, selbstsüchtigen Frau unterlegen, in Reaktion gegen das, was gewesen war – ihm war nicht zu helfen. Es war alles nur ein dummes, wildes Auf und Ab, das ihn schließlich, wenn die Spannung allzu stark würde, zerreißen und vernichten mußte. Da war keine Rettung. Sinnlichkeit und geistige Wahrheit würden so lange gewaltsam, ziellos einander ablösen, bis er zwischen den beiden Gegensätzen entzweiriß und ohne Spur aus dem Leben verschwand. Es hatte alles keinen Zweck. Auch er hatte auf den höchsten Stufen des Lebens keine Einheit, keinen Geist: er war nicht Mann genug, das Schicksal einer Frau zu sein.

Sie saßen noch immer da, als Birkin hereinkam und sie beisammen fand. Er spürte sofort die Feindschaft, die in der Luft lag, den unüberbrückbaren Gegensatz zwischen den beiden Naturen, und biß sich auf die Lippen. Doch spielte er den Unbefangenen.

«Hallo, Hermione, bist du wieder da? Wie geht es dir?» – «Danke, besser. Und dir... du siehst nicht gut aus...» – «So?... Ich glaube, Gudrun und Winnie Crich kommen zum Tee. Sie wollten es wenigstens. Dann sind wir ja eine ganze Gesellschaft. Mit welchem Zug sind Sie gekommen, Ursula?»

Sein Versuch, beide auf einmal freundlich zu stimmen, wirkte recht unangenehm. Sie beobachteten ihn, Hermione mit tiefem Groll und tiefem Mitleid, Ursula sehr ärgerlich. Er war aufgeregt, anscheinend guter Laune, und redete gesellschaftliche Alltäglichkeiten. Ursula war empört über die Art, wie er Konversation machte; er verstand es ebenso gut wie ein beliebiger Dandy. Sie erstarrte, sie konnte nicht darauf eingehen, es kam ihr alles unwahr und entwürdigend vor. Gudrun kam immer noch nicht.

«Ich werde wohl den Winter über nach Florenz gehen», sagte Hermione schließlich. – «So, willst du das? Es ist doch so kalt da.» – «Ja, aber ich wohne bei Palestra. Da ist es ganz behaglich.» – «Wie kommst du auf Florenz?»

«Ich weiß nicht», sagte Hermione langsam. Dann starrte sie ihn an mit ihrem matten, schweren Blick. «Barnes eröffnet seine Schule für Ästhetik, und Olandese zeigt einen Vortragszyklus über nationale italienische Politik an...» – «Alles Blödsinn!» sagte er. – «Nein, das glaube ich nicht.» – «Also welchen von beiden bewunderst du?»

«Beide. Barnes ist ein Pionier. Und dann interessiert mich Italien, wie es zum nationalen Bewußtsein erwacht.»

«Mir wäre lieber, es erwachte zu etwas anderm», sagte Birkin. «Dies nationale Bewußtsein ist ja doch nur eine Art Handels- und Industrie-Selbstbewußtsein. Ich kann Italien und seine nationalen Dithyramben nicht ausstehen. Und Barnes halte ich für einen Dilettanten.»

Hermione hüllte sich eine Weile in feindseliges Schweigen. Doch sie hatte Birkin für ihre Welt zurückgewonnen. Ihr Einfluß war unglaublich fein. In einer Minute hatte sie seine leicht erregbare Aufmerksamkeit ganz zu sich herübergezogen. Er war ihre Kreatur.

«Nein», sagte sie, «das ist falsch.» Dann spannten sich ihre Züge, sie hob das Gesicht wie eine Pythia in der Ekstase und fuhr überschwenglich fort: *«Il Sandro mi scrive che ha accolto il più grande entusiasmo, tutti i giovanni, e fanciulle e ragazzi, sono tutti...»* Sie sprach auf italienisch weiter, als könnte sie an die Italiener nur auf italienisch denken.

Er hörte ihren Hymnus widerwillig an. Dann sagte er: «Und trotzdem mag ich's nicht. Gemeint ist doch nur ihre Industrie. All die Begeisterung ist ganz oberflächliche Eifersucht. Mir ist das höchst zuwider.»

«Du irrst dich... ja, du irrst dich...» sagte Hermione. «Mir scheint, sie kommt echt und schön aus übervollem Herzen, die Leidenschaft – ja, es ist Leidenschaft – des modernen Italieners für Italien... *l'Italia...»*

«Kennen Sie Italien gut?» fragte Ursula Hermione. Hermione haßte es, unterbrochen zu werden. Doch antwortete sie sanft: «Ja, recht gut. Ich habe als kleines Mädchen ein paar Jahre mit meiner Mutter da gelebt. Meine Mutter ist in Florenz gestorben.» – «Ach!»

Es entstand eine Pause, die Ursula und Birkin sehr peinlich war. Hermione hingegen schien in Gedanken versunken und völlig ruhig. Birkin war blaß, seine Augen glühten wie im Fieber, er war vollkommen überreizt. Ursula litt sehr unter der Spannung der ganzen Atmosphäre. Ihr Kopf war wie eingeschmiedet.

Birkin klingelte nach Tee. Sie konnten nicht länger auf Gudrun warten. Als die Tür geöffnet wurde, kam der Kater herein.

«Micio! Micio!» rief Hermione in ihrem gezierten, langsamen Singsang. Der Katerjüngling wandte sich und sah sie an, dann stolzierte er bedächtig auf sie zu.

«Vieni... vieni quà», sagte Hermione eigentümlich zärtlich und bemutternd, als wäre sie bei jeder Gelegenheit die Ältere, die über alle zu gebieten hat. *«Vieni dire Buon' Giorno alla zia. Mi ricordi, mi ricordi bene... non è vero, piccolo? È vero che mi ricordi? È vero?»*

Sie strich ihm langsam über den Kopf, langsam, mit ironischem Gleichmut.

«Versteht er Italienisch?» sagte Ursula, die selbst kein Wort verstand. – «Ja», sagte Hermione nach längerer Zeit. «Seine Mutter war Italienerin. In meinem Papierkorb in Florenz ist sie geboren, am Morgen von Ruperts Geburtstag. Sie war sein Geburtstagsgeschenk.»

Dann kam der Tee. Birkin schenkte ein. Merkwürdig, wie die Vertraulichkeit zwischen ihm und Hermione nicht zu erschüttern war. Ursula fühlte sich außen. Schon die Teetassen und das alte Silber waren ein Band zwischen den beiden. All das gehörte in eine alte Welt vergangener Dinge, in der sie beide gelebt hatten und in der Ursula eine Fremde

244

war. Fast wie ein Parvenü kam sie sich vor in diesem Milieu alter Kultur. Ihre Gewohnheiten und Maßstäbe waren andere als die der beiden, die fest gegründet waren und die Weihe und die Grazie des Alters hatten. Hermione und Birkin waren Menschen der gleichen Tradition, der gleichen welken, absterbenden Kultur. Ursula hatte beständig das Gefühl, sie wäre ein Eindringling.

Hermione goß etwas Rahm in eine Untertasse. Die selbstverständliche Art, wie sie in Birkins Zimmer ihre Rechte ausübte, ging Ursula qualvoll auf die Nerven und machte sie ganz verzagt. Es war, als müßte es so sein. Hermione nahm den Kater auf den Schoß und setzte ihm den Rahm vor. Er legte die beiden Vorderpfoten auf die Tischkante und beugte den anmutigen jungen Kopf über die Schale.

«Siccuro che capisce italiano», flötete Hermione, «non l'avrà dimenticato, la lingua della Mamma.»

Mit einer gemessenen Bewegung der langen weißen Finger hielt sie dem Kater den Kopf zurück und ließ ihn nicht trinken. Er sollte ihre Macht fühlen. Immer die gleiche Freude an der Macht, besonders über ein männliches Geschöpf! Er blinzelte nachsichtig mit männlich gelangweiltem Gesichtsausdruck und putzte sich den Bart. Hermione lachte mit einem kurzen, beinah grunzenden Ton, wie das ihre Art war. «Ecco, il bravo ragazzo, come è superbo, questo!»

Wie ein seltsames lebendes Bild sah sie aus, wie sie so ruhig mit der Katze dasaß. In der Ruhe war sie sehr eindrucksvoll. Sie war gesellschaftlich in gewissem Sinne eine Künstlerin.

Der Kater hatte keine Lust mehr, sie anzusehen, entzog sich mit aller Gemütsruhe ihren Fingern und steckte die Nase wieder in den Rahm. Er hielt sich mit den Pfoten fest und schleckte mit drolligem Geschnalz die Milch.

«Es taugt gar nichts, wenn er lernt, bei Tisch mitzuessen», sagte Birkin. «O nein», stimmte Hermione freundlich bei. Dann sah sie den Kater an und begann wieder im alten spöttelnden, wunderlichen Singsang. «Ti imparano fare brutte cose, brutte cose...»

Sie hob langsam mit dem Zeigefinger Minos weißes Kinn. Der Kater blickte mit erhabener Duldsamkeit umher, ohne jemand eines Blicks zu würdigen, schüttelte sie ab und fing an, sich zu putzen. Hermione lachte. Sie hatte Freude an dem Tier.

«Bel giovanotto...» sagte sie. Der Kater langte wieder nach vorn und legte die feine weiße Pfote auf den Rand der Untertasse. Hermione nahm sie zart und bedächtig herunter. Die behutsame, feine Sorglichkeit der Bewegung erinnerte Ursula an Gudrun.

«No! Non è permesso di mettere il zampino nel tondinetto. Non piace il babbo. Un signor gatto così selvatico...!»

Sie ließ den Finger auf der Katerpfote ruhen, die sie weich auf den Tisch gelegt hatte. Ihre Stimme hatte wieder den launischen, wunderlich herrischen Ton.

Ursula kam sich ganz und gar überflüssig vor. Sie wollte jetzt weggehen, es hatte ja alles keinen Sinn. Hermione war hier für immer zu Hause, und sie selbst war vergessen, ehe sie überhaupt da war.

«Ich muß gehen», sagte sie auf einmal. – Birkin sah sie beinah ängstlich an, so sehr fürchtete er sich vor ihrem Unwillen. «Warum denn so eilig?» – «Doch, ich will gehen.» Und ehe noch jemand ein Wort sagen konnte, gab sie Hermione die Hand: «Auf Wiedersehen.»

«Auf Wiedersehen...» flötete Hermione und hielt die Hand fest. «Müssen Sie wirklich schon gehen?» – «Ich glaube, ja», sagte Ursula mit entschlossenem Gesicht und wich Hermiones Blicken aus. – «Sie glauben, ja...»

Doch Ursula hatte sich losgemacht. Sie wandte sich zu Birkin mit raschem, beinah höhnischem «Auf Wiedersehen» und öffnete die Tür, ehe er Zeit gehabt hatte, es für sie zu tun.

Als sie draußen war, lief sie außer sich vor Erregung die Straße hinunter. Merkwürdig! Wenn sie Hermione nur sah, stieg diese sinnlose Wut und Heftigkeit in ihr auf. Ursula wußte wohl, sie gab sich vor Hermione eine Blöße, sie machte einen unerzogenen, unfeinen, überhitzten Eindruck. Es war ihr gleichgültig. Sie lief die Straße hinunter, so rasch sie konnte, damit sie nicht etwa noch umkehrte und den beiden, die sie da oben zurückgelassen hatte, ins Gesicht lachte. Sie fühlte sich von ihnen beschimpft.

23

Ein Ausflug

Am nächsten Tag suchte Birkin Ursula auf. Es traf sich, daß in der Schule nur morgens Unterricht war. So kam er gegen Mittag und fragte, ob sie am Nachmittag mit ihm ausfahren wollte. Sie war bereit. Doch war ihr Gesicht verschlossen und abweisend, und das Herz wurde ihm schwer.

Es war ein schöner, dunstiger Herbstnachmittag. Er lenkte das Auto, sie saß neben ihm. Aber immer noch blieb ihr Gesicht hart. Wenn sie sich so zurückhielt und er zu ihr sprechen mußte wie gegen eine Mauer, zog sich ihm das Innerste zusammen.

Sein Leben kam ihm so eng vor, daß ihm fast alles gleichgültig war. Es gab Augenblicke, wo er nichts mehr danach fragte, ob Ursula oder Hermione oder sonst jemand auf der Welt wäre oder nicht. Wozu sich abquälen und nach Zusammenhang und Fülle im Leben trachten? Warum sich nicht treiben lassen durch eine Reihe von Zufällen – wie im Schelmenroman? Vergeblich zerbrach man sich den Kopf über die menschlichen Beziehungen und nahm die Menschen ernst – die Männer, die Frauen. Wozu dann überhaupt eine ernste Verbindung schließen, warum nicht in den Tag hineinleben und die Dinge so leicht nehmen, wie sie sind?

Und doch: er war dazu verflucht, es sich weiter sauer werden zu lassen und mit Ernst zu leben.

«Sieh», sagte er, «was ich hier habe.» Das Auto fuhr zwischen herbstlichen Bäumen eine breite weiße Landstraße hinunter.

Er gab ihr ein kleines Paket. Sie machte es auf: «Oh, wie schön», und betrachtete sein Geschenk. «Die sind ja ganz entzückend! Aber warum geben Sie das mir?» Der Ton war beleidigend.

In seinem Gesicht zuckte es müde und gereizt, er hob leise die Schultern. «Ich wollte es», sagte er kühl. – «Warum eigentlich?» – «Bin ich dazu da, um nach Gründen zu suchen?»

Dann schwiegen sie, und sie sah sich die Ringe genau an, die in dem Papier eingewickelt gewesen waren. «Ganz wunderschön sind sie, besonders dieser eine ist prachtvoll...»

Es war ein runder Opal von rötlichem Feuer, der in einem Kranz von kleinen Rubinen gefaßt war.

«Hast du den am liebsten?» – «Ich glaube, ja.» – «Ich mag den Saphir sehr gern», sagte er. – «Diesen hier?» Es war ein schöner Stein, als Rose geschliffen, umgeben von kleinen Diamanten. – «Ja, er ist auch sehr schön.» Sie hielt ihn ins Licht. «Vielleicht doch der allerschönste...» – «Der Blaue...» – «Ja, ganz herrlich...»

Da riß er das Auto zur Seite, um einem Bauernwagen auszuweichen, es sauste über die Wegböschung und neigte sich. Er fuhr achtlos und sehr schnell. Ursula wurde ängstlich. Es war immer der gleiche Zug von Rücksichtslosigkeit in seinem Wesen, der ihr schrecklich war. Sie hatte auf einmal das Gefühl, er könnte sie umbringen, sie würden noch irgendeinen gräßlichen Unfall haben. Einen Augenblick war sie ganz starr vor Angst.

«Mir scheint, Sie fahren sehr leichtsinnig?» sagte sie. – «Nein, das ist nicht leichtsinnig.» Nach einer Weile fragte er: «Magst du den gelben Ring denn gar nicht leiden?» Es war ein viereckiger Topas in Stahl oder ähnlichem Metall gefaßt, sehr feine Arbeit. – «Doch, ich mag ihn gern. Wozu haben Sie die Ringe nur gekauft?»

«Ich wollte sie gern haben. Ich habe sie unter der Hand bekommen.» – «Wollen Sie sie selber tragen?» – «Nein. Ringe sehen bei mir nicht gut aus.» – «Wozu denn aber?» – «Ich habe sie gekauft, um sie dir zu schenken.» – «So, und warum? Hermione müssen Sie sie schenken. Sie selbst gehören ja doch ihr.»

Er antwortete nicht. Sie behielt die Ringe in der Hand. Gern hätte sie einmal an den Finger gesteckt; aber sie konnte sich nicht überwinden. Dann hatte sie auch Angst, ihre Hände wären zu groß, und der Gedanke, sie könnten am Ende nur auf den kleinen Finger passen, war ihr allzu peinlich. Schweigend fuhren sie über die einsamen Landwege. Autofahren regte sie sehr an, sie vergaß sogar, daß er neben ihr saß.

«Wo sind wir?» fragte sie auf einmal. – «Nicht weit von Worksop.» – «Und wohin geht es?» – «Irgendwohin.» Das war eine Antwort nach ihrem Geschmack.

Sie öffnete die Hand und bewunderte die Ringe von neuem. Sie hatte so große Freude daran, wie die drei Reifen mit dem Edelsteinschluß verschlungen in ihrer Hand lagen. Einmal mußte sie sie aufprobieren. Sie tat es ganz heimlich, er durfte es nicht sehen, nicht wissen, daß ihre Finger nicht schlank genug waren. Er sah es aber doch, er sah immer, was er nicht sehen sollte. Das war auch eine von seinen häßlichen Schulmeistereigenschaften.

Nur der feine Golddrahtreif mit dem Opal paßte auf ihren Ringfinger. Doch war sie abergläubisch. Es gab schon Dinge genug, die nichts Gutes bedeuteten, den Ring wollte sie nicht als sein Pfand annehmen. «Sehen Sie...» sie hielt ihm scheu die halbgeschlossene Hand hin... «die andern passen nicht.»

Er sah den rotglitzernden, sanft leuchtenden Stein auf ihrer übermäßig zarten Haut. «Nun gut.» – «Aber Opale bringen doch Unglück, nicht wahr?» sagte sie leise. – «O nein. Unglückbringende Dinge mag ich besonders gern. Glück ist so gewöhnlich. Wer möchte denn haben, was das Glück ihm bringt?» – «Warum denn nicht?» lachte sie.

Sie brannte darauf, zu sehen, wie die andern Ringe ihre Hand kleideten, und steckte sie an den kleinen Finger. «Die kann man größer machen lassen», sagte er. – «Ja?» Es klang ein bißchen zweifelhaft. Sie seufzte. Wenn sie die Ringe annahm, so bedeutete das ein Pfand. Das Schicksal war wohl doch stärker als sie. Noch einmal sah sie sie an. Sie waren doch bezaubernd – nicht als Schmuck, als Luxus, sondern als winzige Stückchen Schönheit.

«Schön, daß Sie sie gekauft haben», sagte sie und legte die Hand halb wider Willen sacht auf seinen Arm.

Er lächelte ein wenig. Er wollte so gern, sie möchte wieder zu ihm kommen. Doch im Grunde seines Herzens war er unwillig, und auch gleichgültig. Er wußte, daß sie ihn leidenschaftlich liebte, doch ließ ihn das in der Tiefe ganz ruhig. Es gab Tiefen der Leidenschaft, wo man unpersönlich und gleichmütig wurde, unbewegt. Ursula war noch auf der Höhe des Bewegten, Persönlichen – immer noch so schrecklich persönlich. Er hatte von ihr Besitz genommen, wie keiner je von ihm Besitz genommen hatte: an den Wurzeln ihrer dunklen Schande, dämonenhaft – er hatte über den Brunnen mystischen Verderbens gelacht, der einer der Quellen ihres Wesens war, gelacht und die Achseln gezuckt, und alles, alles hingenommen. Und sie? Wann würde sie je so weit über sich hinausfliegen, ihn hinzunehmen samt dem Tod, den er in sich trug?

Sie war jetzt ganz glücklich. Das Auto fuhr immer weiter, der Nachmittag war lau und dunstig. Sie sprach mit lebhaftem Anteil, über Menschen und ihre Charaktere – über Gudrun, Gerald. Er antwortete unbestimmt. Personen, Menschen interessierten ihn nicht mehr recht – sie wären alle verschieden, und doch alle so fest begrenzt heute, sagte er. Es blieben eigentlich nur zwei große Ideen, zwei bewegende Ströme, die verschiedene Reaktionen erzeugten. Aktion und Reaktion wären bei jedem Menschen anders, doch folgten sie wenigen großen Gesetzen, und einen wesentlichen Unterschied gäbe es nicht. Sobald man die Gesetze, die großen Prinzipien kennte, wären die Menschen im mystischen Sinne nicht mehr interessant. Wesentlich wären sie alle gleich, die Unterschiede wären nur Variationen eines einzigen Themas. Keiner käme über die gesetzten Grenzen hinaus.

Ursula war anderer Meinung. Menschen waren noch Abenteuer für sie – vielleicht nicht ganz so sehr, wie sie sich einzureden versuchte. Im Augenblick hatte ihr Interesse wohl eher etwas Mechanisches. Vielleicht zerpflückte sie nur, zerstörte die einzelnen Menschenseelen, indem sie sie analysierte. Tief in ihr lag es, sich um die Leute und ihre Idiosynkrasien gar nicht zu kümmern, nicht einmal so viel, um sie zu zerstören. Einen Augenblick schien sie an die Pforte dieses stillen innersten Bereichs zu rühren; sie verstummte und wandte sich ganz Birkin zu.

«Wäre es nicht schön, im Dunkeln heimzufahren?» sagte sie. «Wir brauchten erst spät Tee zu trinken – nicht wahr? – und äßen etwas Warmes dazu? Das wäre doch hübsch?» – «Ich habe versprochen, zu Tisch in Shortlands zu sein», sagte er. – «Aber ... das wäre doch einerlei – Sie könnten ja morgen da essen ...»

«Hermione ist da.» Es war ihm offenbar peinlich. «Sie fährt übermorgen weg. Ich glaube, ich muß mich von ihr verabschieden, ich sehe sie nicht wieder.»

Ursula rückte von ihm ab und verstummte schroff. Er runzelte die Stirn, seine Augen funkelten unmutig.

«Du hast doch nichts dagegen?» fragte er gereizt. – «Nein. Mir ist es gleich. Was sollte ich dagegen haben?» Es klang höhnisch und beleidigend. – «Das frage ich mich auch. Was solltest du dagegen haben! Und doch sieht es beinah so aus ...» Er hatte die Brauen scharf gefaltet und war sehr aufgebracht.

«Das ist nicht der Fall. Ich versichere Ihnen, ich habe nicht das geringste dagegen. Gehen Sie dahin, wohin Sie gehören – weiter verlange ich von Ihnen nichts.»

«Unsinn! Was heißt das: wohin Sie gehören! Zwischen Hermione und mir ist es aus. Sie bedeutet dir ja anscheinend viel mehr als mir. Du lehnst sie ab in reiner Reaktion ... du kannst nur ihr Gegenpol und zugleich ihre Feindin sein ...»

«Ach, Gegenpol! Ich kenne Ihre Schliche und lasse mich in Ihren Wortklaubereien nicht fangen. Sie gehören zu Hermione und ihrer toten Pracht. Gut, meinetwegen, ich mache Ihnen keinen Vorwurf daraus. Aber mit mir haben Sie dann nichts mehr zu tun.»

Er war so überreizt, daß er plötzlich den Motor stoppte, und da saßen sie, mitten auf dem Landweg, und mußten es miteinander ausma-

249

chen. Es war der Entscheidungskampf; für ihre lächerliche Lage hatten sie kein Auge.

«Wenn du nicht so dumm wärst, wenn du nur nicht so dumm wärst», rief er in bitterer Verzweiflung, «dann könntest du einsehen, daß man sich anständig benehmen kann, auch wenn man etwas verkehrt gemacht hat. Es war verkehrt, daß ich all die Jahre mit Hermione zusammen gewesen bin, tödlich war es. Und trotzdem kann man ein bißchen menschlich und anständig sein. Aber nein, wenn nur Hermiones Name fällt, rissest du mir am liebsten gleich die Seele aus dem Leib vor Eifersucht.»

«Ich eifersüchtig! Ich – ich und Eifersucht! Da irren Sie sich aber. Nicht die Spur eifersüchtig bin ich auf Hermione, sie bedeutet mir auch nicht so viel! Nein, aber du bist ein Lügner! Du mußt immer wieder zurück wie der Hund zum Erbrochenen. Ich hasse, was Hermione in der Welt vertritt, ja, denn das ist Lüge, Trug, Tod. Und gerade das willst du, du kannst gar nicht anders, kannst dich nicht anders machen, als du bist. Du gehörst zu der alten, toten Art... geh nur dahin zurück. Aber komm nicht zu mir, ich habe nichts damit zu schaffen.»

In der Erregung dieses wilden Ausbruchs stieg sie aus, ging an die Hecke und pflückte gedankenlos ein paar fleischrote Pfaffenkäppchen. Einige hatten die roten Klappen schon geöffnet und zeigten die orangefarbenen Samenkörner.

«Du bist doch zu dumm!» rief er bitter, mit Verachtung.

«Ja, das bin ich. Gott sei Dank! Zu dumm, um deine Klugheit zu schlucken. Geh zu deinen Weibern, geh nur... die sind von deiner Sorte... du hast ja immer eine ganze Menge an der Koppel gehabt, und das geht auch so weiter. Geh zu deinen geistigen Bräuten... aber komm dann nicht gleichzeitig zu mir, weil ich keinen Geist habe. Nein, danke schön! Du bist nicht befriedigt, wie? Deine Seelenfreundinnen können dir nicht geben, was du brauchst, sie sind dir nicht gewöhnlich, nicht fleischlich genug! So kommst du zu mir, und hältst sie dir inzwischen warm. Mich willst du heiraten für den täglichen Gebrauch. Aber daneben versorgst du dich reichlich mit Bräuten mit Geist. Ich kenne dein unsauberes Spielchen.» Es fuhr über sie hin wie eine Flamme, sie stampfte mit dem Fuß. Er wich zurück, aus Furcht, sie könnte ihn schlagen. «Ja, ich bin nicht geistig genug, ich bin nicht so geistig wie diese Hermione...!» Ihre Brauen zogen sich zusammen, die Augen lohten wie die eines Tigers. «Geh doch zu ihr, ich sage es dir ja immer wieder, geh, geh! Was, die soll geistig sein... so eine schmutzige Materialistin? Was liegt der an ihrer Geistigkeit, was ist überhaupt deren Geistigkeit?» Es war, als schlüge die Wut aus ihr heraus und sengte ihm das Gesicht. Er zuckte zurück. «Schmutz, sage ich dir, Schmutz und nichts weiter! Und den willst du haben, danach schreist du. Geistig! Ist das etwa geistig, die Art, wie sie sich aufspielt und sich Gott weiß was einbildet? Ein Fischweib ist sie in ihrem schäbigen Materialismus. Das ist ja alles so gemein! Und was bringt sie denn fertig mit ihrer sozialen Leidenschaft, wie ihr das nennt. Wo ist ihre soziale Leidenschaft? ... Zeig sie mir doch! Sie will einfach Macht, ganz kleinliche Macht, die Illusion, daß sie eine bedeutende Frau ist, das ist alles. Ungläubig ist sie aus tiefster Seele, schmutzig, gemein, vom Teufel. So ist sie, und alles übrige ist falscher Schein. Aber den liebst du. Unechte Geistigkeit, das ist deine Nahrung. Und weshalb? Wegen des Schmutzes, der sich darunter versteckt. Meinst du, ich kenne eure verdorbene Sexualität nicht? O ja, die kenne ich! Das ist die Fäulnis, die du brauchst, du Lügner. So nimm sie dir doch, hörst du nicht? Was bist du für ein Lügner ...!»

Sie wandte sich weg, riß krampfhaft rote Pfaffenhütchen von der Hekke ab und steckte die Zweige mit bebenden Fingern an ihrer Jacke fest.

Er beobachtete sie stumm. Sein Herz brannte in wunderbarer Zärtlichkeit beim Anblick ihrer bebenden, überaus zarten Finger, und zugleich war er hart und voll Zorn gegen sie.

«Erniedrigend, wie wir uns hier zum besten geben», sagte er kühl. – «Jawohl, erniedrigend, aber weit mehr für mich als für Sie!» – «Weil du dich selbst zu erniedrigen beliebst.» Wieder blitzte es in ihrem Gesicht, in den Augen schossen die gelben Lichter zusammen.

«Nein, du!» tobte sie. «Du Wahrheitsanbeter! Du Keuschheitsmacher! Sie stinkt ja, deine Wahrheit und deine Keuschheit, nach dem Unrat, von dem du dich nährst, du Gossenhund, du Aasgeier! Verdorben bist du bis ins Herz, und das sollst du wissen. Deine Reinheit, Wahrheit, Güte ... wir danken dafür, wir haben genug davon. Ein angefaultes totes Ding bist du, schmutzig und pervers. Du und Liebe! Du hast gut reden, daß du keine Liebe willst. Nein, dich selbst willst du, und Schmutz und Tod, jawohl! O wie pervers, wie leichenhungrig du bist! Und dann ...»

«Da kommt ein Radler», sagte er, gepeinigt von ihren lauten Anklagen. – Sie blickte die Straße hinab. «Das ist mir gleich.»

Aber sie war still. Der Radler, der den Wortwechsel gehört hatte, sah im Vorüberfahren neugierig auf den Mann und die Frau und das Auto. «... 'n Abend», sagte er vergnügt. «Guten Abend», antwortete Birkin kalt. Sie schwiegen und sahen ihm nach, wie er in der Ferne verschwand.

Birkins Gesicht klärte sich auf. Er wußte, in der Hauptsache hatte sie recht. Er war ja pervers, geistig auf der einen Seite, und dabei seltsam niedrig auf der andern. Aber war sie denn besser? Oder sonst jemand auf der Welt?

«Das kann alles wahr sein, Lügen, Stinken ... alles», sagte er. «Aber Hermiones geistige Freundschaft ist nicht gemeiner als deine Freundschaft, die in Eifersucht überfließt. Den Anstand kann man wahren, auch dem Feind gegenüber: um seiner selbst willen. Hermione ist mein Feind ... bis zum letzten Atemzug. Und darum muß ich sie mit einer Verbeugung abtun.»

«Du und deine Feinde und deine Verbeugungen! Die schönen Reden glaubt dir keiner als du selbst. Ich eifersüchtig! Ich! Was ich sage», aus ihrer Stimme schlug die helle Flamme, «das sage ich, weil es wahr ist, verstehst du, weil du du bist, ein verdorbener, falscher Lügner, ein übertünchtes Grab. Darum sag ich es. Du sollst es einmal hören!»

«Und dir dankbar sein», sagte er und zog eine spöttische Grimasse. – «Jawohl», rief sie, «wenn du noch einen Funken von Anständigkeit in dir hast, kannst du mir dankbar sein!» – «Da ich hingegen keinen Funken von Anständigkeit in mir habe...» gab er zurück. – «Nein, nicht einen Funken! Und darum kannst du deines Wegs gehen, und ich gehe meinen. Es hat alles gar keinen Sinn. Geh weg, ich gehe keinen Schritt weiter mit dir... geh, geh...»

«Du weißt ja nicht einmal, wo du bist.» – «Oh, deshalb seien Sie nur ganz ruhig, ich finde mich schon zurecht. Ich habe zehn Shilling bei mir, und damit komme ich von überallher wieder nach Hause, wohin Sie mich gebracht haben.» Sie zögerte. Die Ringe steckten ihr noch an den Fingern, zwei auf dem kleinen und einer auf dem Ringfinger. Sie stand noch immer unschlüssig da.

«Schön», sagte er. «Gegen Dummheit...» – «Da haben Sie recht», antwortete sie.

Immer noch zauderte sie. Dann kam ein häßlicher, böser Ausdruck in ihre Züge, sie nahm die Ringe von den Fingern und warf sie ihm ins Gesicht. Der eine traf, die andern flogen gegen seinen Mantel und dann in den Schmutz.

«Und Ihre Ringe nehmen Sie zurück und kaufen sich anderswo ein Frauenzimmer damit! Zu haben sind genug, die Ihren geistigen Schmutz von Herzen gern mit Ihnen teilen... oder sich an Ihrer üblen Sinnlichkeit weiden und Ihren Geist Hermione überlassen.»

Dann ging sie weg, planlos die Straße hinauf. Unbewegt stand er da und sah ihren trotzigen, keineswegs anmutigen Schritten nach. Im Vorübergehen riß und zerrte sie ingrimmig an den Zweigen am Weg. Sie wurde kleiner und kleiner und schien ihm zu entschwinden. Es dunkelte ihm vor den Augen. Nur ein matter, mechanischer Rest Bewußtsein schwebte noch um ihn.

Er war müde und fühlte sich schwach, und doch auch befreit. Er gab nach. Er ging ein paar Schritte und setzte sich auf die Wegböschung. Gewiß hatte Ursula recht. Was sie sagte, war wirklich wahr. Er wußte, daß seine Geistigkeit begleitet war von Verderbnis, von einer Art Freude daran, sich selbst zu zerstören. Die Selbstzerstörung hatte einen gewissen Reiz für ihn – vor allem, wenn sie ins Geistige gewandt war. Aber dann erkannte er sie – und tat sie ab. Und war nicht Ursulas unmittelbare, physische Gefühlszudringlichkeit ebenso gefährlich wie Hermiones geistige Buhlerei? Immer dies grauenhafte Verschmelzen zweier Wesen, das jede Frau wollte und die meisten Männer: es war auf alle

Weise widerwärtig, ob nun die Geister sich vereinten oder die zueinander drängenden Körper. Hermione betrachtete sich als die vollkommene Idee, und alle Männer mußten zu ihr kommen; Ursula war der vollkommene Schoß, das Bad der Geburt, und alle Männer gehörten ihr. Beide waren gleich fürchterlich. Konnten sie nicht Individuen bleiben, in ihren eigenen Grenzen? Mußte denn dies schauderhafte Allumfassen sein, diese furchtbare Tyrannei? Warum konnten sie dem andern Wesen nicht seine Freiheit lassen, sondern mußten danach trachten, es aufzusaugen, mit ihm zu verschmelzen, in ihm unterzugehen? Dem Augenblick möchte man sich völlig hingeben, nicht dem andern Menschen.

Er konnte es nicht mehr ertragen, die Ringe im grauen Straßenschmutz liegen zu sehen. Er hob sie auf und putzte sie halb im Traum mit den Händen blank: kleine Zeichen, daß es echte Schönheit und warmes, lebendiges Glück auf Erden gäbe. Seine Hände waren schmutzig und sandig geworden.

Ihn schläferte. Die Bewußtheit, die ihn so furchtbar gepreßt hatte, zerbrach und verschwand, und Leben floß ihm dunkel durch Leib und Glieder. Aber im Herzen war plötzlich eine Unruhe wach. Sie sollte wiederkommen. Er atmete gleichmäßig und leicht wie ein neugeborenes Kind, unschuldig, aller Verantwortung entrückt.

Sie kam wieder. Im Schatten der hohen Hecke sah er sie kommen, stockend, zögernd. Er blickte nicht noch einmal auf, er rührte sich nicht. Ihm war zumut, als ob er schliefe, so gelöst und so voll Frieden.

Sie kam und stand vor ihm mit gesenktem Kopf: «Sieh, was ich für dich gepflückt habe», und hielt ihm still purpurrotes Heidekraut hin. Er sah all die roten Glöckchen und den feinen Stiel, der einem winzigen Baum glich; er sah auch ihre Hände mit der allzu feinen, allzu empfindlichen Haut.

«Wie hübsch!» Lächelnd blickte er zu ihr empor und nahm die Blüte. Alles war wieder einfach geworden, alle Schwierigkeit in Nichts zerstoben. Es verlangte ihn schmerzlich, zu weinen, aber sein Herz war zu müde.

Da durchströmte es ihn mit heißer Zärtlichkeit. Er stand auf und sah ihr ins Gesicht. Es war ganz erneut und unendlich zart, voll seliger Verwunderung und Furcht. Er schloß sie in seine Arme, und sie barg ihr Gesicht an seiner Schulter.

Da war Friede, schlichter Friede, als er sie in den Armen hielt, mitten auf der Landstraße. Endlich Friede! Die alte, böse Welt mit ihrer Überspannung war dahin, seine Seele war stark und frei.

Sie sah zu ihm auf. Das wunderbare gelbe Licht in ihren Augen war sanft und hingegeben, sie hatten Frieden miteinander. Er küßte sie innig, immer, immer wieder. Da blitzte ein Lachen in ihren Augen auf. «Hab ich es zu arg getrieben?» Er lächelte auch und nahm ihre weiche, willige Hand.

«Einerlei», sagte sie, «nun ist alles gut.» Er küßte sie immer und imer wieder, sanft und innig. «Nicht wahr?» – «Gewiß», sagte er. «Warte nur! Ich nehme mir mein Teil schon wieder.»

Sie lachte auf mit einem wilden Ton und schlang stürmisch die Arme um seinen Hals. «Mein bist du, Lieb, oder bist du's nicht?» Sie drückte ihn fest an sich. – «Ja», sagte er leise.

Seine Stimme war so weich und ernst, daß sie still wurde, als hätte ihr Schicksal sie nun ergriffen. Zwar willigte sie ein – aber es vollzog sich ganz von selbst, auch ohne das. Er hörte nicht auf, sie zu küssen, mit so ruhiger, glücklicher Innigkeit, daß ihr das Herz stillstehen wollte.

«O du!» sagte sie, hob den Kopf und sah ihn bang und selig an. War denn das wirklich? Seine Augen waren sanft und schön, gelöst und still, und lächelten ihr heiter zu, lächelten mit ihr. Sie barg ihr Gesicht an seiner Schulter, sie versteckte sich vor ihm, weil er sie sah, wie sie war. Sie wußte, er liebte sie, und fürchtete sich; es war ihr ein fremdes Element, ein neuer Himmel. Lieber hätte sie ihn leidenschaftlich gesehen, denn mit der Leidenschaft war sie vertraut. Dies war so still und zart, wie die Weite, die beängstigender ist als alle Gewalt.

Rasch hob sie den Kopf. «Hast du mich lieb?» – «Ja», antwortete er und achtete nicht auf die ungestüme Bewegung. Er sah nur die Stille in ihr. Sie wußte, er sagte die Wahrheit. – Dann machte sie sich los. «Das sollst du auch!» Sie wandte sich um und sah hinunter auf die Landstraße. «Hast du die Ringe gefunden?» – «Ja.» – «Wo hast du sie?» – «In der Tasche.»

Sie steckte ihre Hand in seine Tasche und holte sie heraus. Es ließ ihr keine Ruhe mehr. «Wollen wir weiter?» – «Ja», sagte er. Da stiegen sie wieder ins Auto und ließen das denkwürdige Schlachtfeld hinter sich.

In hoher, schöner Bewegung fuhren sie lächelnd durch den herbstlichen Spätnachmittag. Ihm war wohl, das Leben strömte aus frischer Quelle, er war neu geboren, wie aus engem Schoß.

«Bist du glücklich?» fragte sie in ihrer eigenen, strahlenden Art. – «Ja.» – «Ich auch!» rief sie in plötzlichem Entzücken und preßte ihn wild an sich, während er lenkte.

«Fahr nicht mehr so weit, du sollst nicht immerfort etwas zu tun haben.» – «Nein. Ein bißchen noch, dann sind wir frei.» – «Frei, Liebster, frei!» rief sie selig und küßte ihn.

Er lenkte. Nun, da die Enge seiner Bewußtheit gebrochen war, wurde er auf seltsam neue Weise wach, als wäre sein Wesen erst jetzt voll bewußt. Der ganze Körper schien die Dinge wahrzunehmen, einfach und licht. Er kam sich vor wie aufgestanden vom Schlaf, wie eben geboren, ein Vogel, der aus dem Ei schlüpft in die neue Welt.

Sie fuhren in der Dämmerung einen langen Abhang hinunter, und plötzlich erkannte Ursula zur Rechten unten im engen Tal den Umriß des Doms von Southwell. «Ach, hier sind wir?» Sie freute sich.

Die starre, düstere Kirche hüllte sich in das Dunkel der anbrechenden

Nacht, als sie in die engen Gassen der Stadt einfuhren. Die goldenen Lichter in den Schaufenstern glänzten wie die Tafeln der Offenbarung.

«Vater war mit Mutter hier», sagte sie, «als sie einander eben kennengelernt hatten. Er liebt den Dom sehr. Du auch?» – «Doch, er ist schön, wie Quarzkristalle ragt er aus der dunklen Schlucht empor. Wir können im *Sarazenen* essen.»

Als sie ausstiegen, hörten sie die Glocken einen Choral spielen. Die Uhr hatte eben sechs geschlagen.

> Lob sei dir, Herr, in dunkler Nacht
> Für alles, was der Tag gebracht...

Es war Ursula, als fiele die Melodie Tropfen um Tropfen vom unsichtbaren Himmel herab auf die dämmerige Stadt, wie ein Hall aus fernen, verblaßten Jahrhunderten. Alles, alles war so weit weg. Sie stand in dem alten Hof des Wirtshauses, es roch nach Stroh und Pferden und Benzin. Am Himmel flimmerten die ersten Sterne. Wo war sie? Dies war keine wirkliche Welt, sondern die Traumwelt der Kinderzeit – eine einzige große Erinnerung. Die Welt hatte aufgehört, wirklich zu sein, und sie selbst war so fremd, so überirdisch wirklich.

Sie saßen zusammen in dem kleinen Gastzimmer am Kamin. «Ist es denn wahr?» fragte sie verwundert. – «Was?» – «Alles – ist all dies wahr?» – «Das Beste ist wahr», sagte er und zog ihr ein Gesicht. – «Glaubst du?» lachte sie. Sie konnte nicht recht glauben.

Sie sah ihn an. Er war noch immer so fern. Ihre Seele sah ihn mit neuen Augen, als ein fremdes Wesen aus einer andern Welt. Sie war wie verzaubert, alles hatte sich verwandelt. Ihr fiel die geheimnisvolle Stelle aus der Genesis wieder ein, von den Kindern Gottes, die nach den Töchtern der Menschen sehen, wie sie schön sind. Und er war eins von jenen Wesen aus der andern Welt, das auf sie herniederblickte und sah, wie sie schön war.

Er stand am Kamin und blickte auf sie herab, in ihr Gesicht, das sich wie eine Blume zu ihm emporwandte, eine frische lichte Blume, schimmernd im ersten Tau der Frühe. Er lächelte leise, als ob es in der Welt keine andere Sprache gäbe als die stumme Seligkeit der Blumen. Lächelnd freute sich eins am andern, ohne zu denken, an der ungewußten, reinen Gegenwart. Doch kniff er die Augen in leisem Spott.

Seltsam wurde sie zu ihm gezogen, wie durch Zauber. Sie kniete auf dem Teppich vor ihm nieder und legte die Arme um seine Lenden und das Gesicht an seine Schenkel, und war überwältigt von dem Gefühl unermeßlichen Reichtums.

«Wir lieben uns», sagte sie selig. – «Mehr als das», antwortete er und sah auf sie herab mit gelöstem, schimmerndem Gesicht.

Unbewußt folgte sie mit den zarten Fingerspitzen einem geheimnisvollen Strom des Lebens an der Rückseite seiner Schenkel. Sie hatte etwas entdeckt, wunderbarer als das eigene Leben: das Geheimnis, wie in ihm das Leben sich regte. Dort, die Weichen hinab bis zur gerade abfallenden Linie der Schenkel, wurde er ihr auf einmal seltsam wirklich. Sie glaubte sein Wesen mit ihren Händen zu greifen und erkannte ihn als einen der Söhne Gottes aus der Schöpfungsgeschichte – nicht Mann, sondern anders, mehr als Mann.

Das war endlich die Erlösung. Sie war geliebt worden und hatte die Leidenschaft kennengelernt. Hier war weder Liebe noch Leidenschaft. Hier kam eine Tochter der Menschen zurück zu einem von den Söhnen Gottes, den wunderbaren, nicht menschlichen, die im Anfang waren.

Nun war ihr Gesicht, als sie zu ihm aufblickte, ein blendender Glanz von befreitem goldenen Licht. Mit den Händen hielt sie seine Schenkel voll umschlossen. Er sah zu ihr hernieder, und die lebendige Stirn schimmerte über seinen Augen wie ein Diadem. Wie eine Wunderblume war sie vor seinen Knien frisch aufgeblüht, eine Paradiesblüte, schöner als das Weib, eine Blüte des Lichts. Und doch beengte ihn etwas, er war nicht frei. Dies Kauern am Boden, dies Strahlen war ihm nicht lieb – nicht ganz recht.

Für sie war alles vollendet. Sie hatte einen der Söhne Gottes gefunden, die im Anfang waren, und er eine der ersten, strahlenden Töchter der Menschen.

Sie folgte mit den Händen der Linie seiner Lenden und Schenkel, und ein lebendiges Feuer floß dunkel in sie hinüber, der Strom der Leidenschaft, den sie in ihm auslöste und in sich hinabzog. Nun hatte sie zwischen ihm und sich selbst den Stromkreis hergestellt, die Kräfte verbunden und zu voller sprühender Gewalt aus den geheimsten Polen des Körpers befreit. Elektrisches Feuer stürzte von ihm in sie hinüber und lohte in ihnen beiden, Friede, Erfüllung.

«Mein Geliebter!» Sie hob das Gesicht zu ihm empor, mit wonnevoll geöffneten Augen und atmendem Mund.

«Geliebte!» antwortete er, neigte sich zu ihr und küßte sie, küßte sie unaufhörlich.

Sie umfaßte, während er sich bückte, die volle, sich wölbende Form seiner Lenden, und ihr war, als rührte sie an das Mysterium der Finsternis, das in ihm Leib geworden war. Ihr wollten die Sinne vergehen, und auch ihm schwindelte, wie er sich über sie beugte: völliges Verlöschen und zugleich ein Geborenwerden, das über die Kraft ging. Eine überwältigende Fülle unmittelbarster Freude brach über sie herein, aus der tiefsten Quelle lebendiger Kraft, unterhalb der Lenden, der geheimsten, unergründlichsten Lebensquelle des menschlichen Körpers.

Still ließ sie die Ströme dunklen Lebens ihren Geist überfluten und über den Rücken und die Knie bis zu den Füßen hinabfließen, unbekannte Gewässer, die alles wegspülten und sie als ein völlig neues Wesen emportauchen ließen, frei und heiter und ganz sie selbst. Sie stand auf, still und froh, und lächelte ihm zu. Schimmernd stand er vor ihr, so furchtbar wirklich, daß ihr das Herz aufhören wollte zu schlagen. Da stand er in seinem unbekannten, vollkommenen Körper, der seine Wunderquellen hatte wie die Leiber der Kinder Gottes im Anfang: fremde Quellen, geheimnisvoller und mächtiger als alles, was sie je geträumt und erlebt hatte, erquickender, mystisch-physisch bis auf den Grund erfüllend. Sie hatte gemeint, es gäbe keinen lebendigern Quell als den phallischen. Und nun hatte sie an den Fels des männlichen Körpers geschlagen, und es strömte von den Weichen und Schenkeln, Trägerin noch tiefer Geheimnisse, die Flut unsagbaren Dunkels, unsagbaren Reichtums.

Sie waren froh, sie konnten völlig vergessen. Lachend gingen sie zum Abendbrot, das inzwischen aufgetragen war. Es gab richtige Wildpastete, einen mächtigen, breitangeschnittenen Schinken, Eier, Kresse und rote Bete, dann Mispeln und Apfeltorte und Tee dazu.

«Köstlich!» sagte sie vergnügt. «Wie elegant das alles aussieht!... Soll ich Tee einschenken?...»

Meist war sie nervös und unsicher bei solchen gesellschaftlichen Pflichten. Aber heute konnte sie sich vergessen und fühlte sich vollkommen behaglich, ohne alle Peinlichkeit. Der Teetopf goß ausgezeichnet aus seiner vornehmen, schlanken Schnauze. Ihre Augen lächelten warm, als sie ihm seine Tasse reichte. Sie hatte endlich gelernt, ruhig und frei zu sein.

«Alles ist unser», sagte sie. – «Alles.» – Sie stieß einen drolligen kleinen Triumphschrei aus. «Ich bin so froh!» Es lag unsägliche Befreiung darin. – «Ich auch. Aber ich denke eben, wir sollten uns doch so rasch wie möglich von unsern Verpflichtungen frei machen.»

«Verpflichtungen?» – «Wir müssen sofort um unsere Entlassung einkommen.» – In ihrem Gesicht dämmerte es. «Natürlich, daran hatte ich gar nicht mehr gedacht.» – «Wir müssen weg, anders ist es nicht zu machen... schnell weg.»

Zweifelnd sah sie über den Tisch zu ihm hinüber. «Aber wohin?» – «Ich weiß nicht. Wir reisen ein bißchen.»

Noch ein verdutzter Blick. «Ich wäre aber sehr glücklich in der Mühle.» – «Das ist dann beinah ebenso wie früher. Nein, laß uns reisen.»

Seine Stimme konnte so weich und sorglos klingen, daß ihr ganz froh dabei ums Herz wurde. Und doch träumte sie vom stillen Tal, vom einsamen Garten und von Frieden. Daneben hatte sie auch ein Verlangen nach Glanz – aristokratischem, verschwenderischem Glanz. Reisen schmeckte so sehr nach Ruhelosigkeit und Mißvergnügen.

«Wohin soll es denn gehen?» fragte sie. – «Ich weiß nicht. Ich habe das Gefühl, ich möchte dich irgendwo treffen, und dann fahren wir weg – nur so ins Weite.» – «Wo kann man denn überhaupt hin?» fragte sie ängstlich. «Es gibt doch nichts anderes als nur die Welt, und in ihr ist kein Ort so sehr weit weg.»

«Trotzdem möchte ich mit dir wandern – wohin? Nirgendwohin. Nirgends heißt der Ort. Weg von den Stätten der Welt ins eigene Nirgends.»

Sie überlegte noch immer. «Siehst du, Liebling, wir sind nun einmal Menschen, ich fürchte, es bleibt uns nichts übrig, als die Welt zu nehmen, wie sie ist – es gibt ja keine andere.»

«Doch, die gibt es. Irgendwo kann man frei sein – nicht viel anziehen, gar nichts anziehen... und mit wenigen Menschen umgehen, die genug erlebt haben, um nicht zu fragen: man selbst sein, ohne viel Kopfzerbrechen. Das kann man. Und es gibt auch ein paar Menschen...»

«Wo denn?» seufzte sie. – «Irgendwo – nirgendwo. Laß uns weggehen. Das ist das einzig Richtige... weg.» – «Ja...» Der Gedanke an Reisen beglückte sie. Freilich, ihr war dabei nur ums Reisen zu tun.

«Und frei sein», sagte er. «Frei sein an einem freien Ort, mit wenigen andern Menschen!» – «Ja.» Es klang etwas zaghaft. Die ‹andern Menschen› bedrückten sie. – «Es hängt eigentlich gar nicht am Ort. Es ist ja nur die Beziehung zwischen uns beiden und zu andern... die vollkommene Beziehung, in der wir miteinander frei sind.»

«Ja, mein Herz, so ist es. Du und ich. Du und ich, hab ich recht?» Sie streckte ihm die Arme entgegen. Er ging zu ihr hinüber und bückte sich, um sie zu küssen. Ihre Arme umschlangen ihn, die Hände breiteten sich auf seinen Schultern aus und strichen langsam darüber hin und her in gleichmäßigen Bewegungen, über den Rücken und langsam hinunter über Weichen und Lenden, mit geheimnisvollem Druck. Das Gefühl des erschreckenden Reichtums, der nie versiegen konnte, überschattete ihren Geist, und sie wollte vergehen an ihrem wundervollen, mystisch sichern Eigentum. Sie hatte ihn so vollkommen zu eigen, daß sie es nicht ertrug. Sie erlosch. Still saß sie auf dem Stuhl, weltverloren, und hielt ihn fest mit ihren Händen umschlossen.

Er küßte sie sanft. «Wir bleiben nun beisammen», sagte er still. Sie antwortete nicht und preßte nur ihre Hände fester auf die dunklen Quellen.

Als sie wieder aufwachten, beschlossen sie, noch im gleichen Augenblick die Briefe zu schreiben, mit denen sie von der Welt der Arbeit Abschied nahmen. Sie wollte es gern. Er klingelte und bestellte Briefpapier ohne Aufdruck. Der Kellner deckte ab.

«Also», sagte er, «du fängst an. Erst deine Adresse und das Datum... dann ‹Schulbehörde, Rathaus... Sehr geehrter Herr...› Du, ich weiß gar nicht, wie es eigentlich ist. Man wird doch wohl schon eher als nach einem Monat Schluß machen können... Einerlei: ‹Ich beehre mich, meine Stellung als Klassenlehrerin an der höheren Schule in Willey Green zu kündigen. Ich wäre sehr dankbar, wenn die Behörde mich sobald wie möglich entlassen und nicht den Ablauf der einmonatigen Kündigungsfrist abwarten wollte.› Das genügt. Hast du? Laß mal sehen. ‹Ursula Brangwen.› So! Nun ich. Ich muß ihnen eigentlich drei Monate

Zeit lassen, aber ich kann Gesundheitsrücksichten geltend machen. Das läßt sich einrichten.»

Er setzte sich hin und schrieb sein formelles Entlassungsgesuch. «Sollen wir sie nun beide zusammen hier in den Kasten stecken?» sagte er, als die Umschläge gesiegelt und adressiert waren. «Ich höre Jackie schon, wenn er die Zwillingsbriefe bekommt: ‹Ein merkwürdiges Zusammentreffen!› Wollen wir ihm das Vergnügen machen?»

«Mich stört es nicht», sagte sie. – «Nein...?» Er überlegte. – «Es schadet doch nichts!» – «Doch. Ihre Phantasie soll sich nicht mit uns abgeben, das geht nicht. Ich stecke deinen Brief hier ein und meinen nachher.»

Er sah sie an in seiner sonderbaren, kaum menschlichen Selbstherrlichkeit. «Ja, du hast recht», sagte sie.

Sie hob ihr Gesicht zu ihm empor, offen und strahlend. Ihm war, als könnte er ungehemmt hinabsteigen in die Quelle ihres Lichts. Fast wurde er ein wenig verwirrt.

«Wollen wir gehen?» sagte er. – «Wie du willst.»

Die kleine Stadt lag bald hinter ihnen, und sie fuhren über holperige Landwege. Ursula schmiegte sich an ihn in seine ruhige Wärme und sah in die bleiche Welt, die vor ihnen herjagte, die sichtbare Nacht. Zuweilen flog ein breiter, alter Landweg mit Grasflächen zu beiden Seiten wie ein Elfenteppich im grünlichen Licht an ihnen vorbei, dann ragten Bäume ins Dunkel hinein, dann kamen Brombeersträucher, hin und wieder huschten die Mauern eines Geflügelhofs, die Konturen einer Scheune vorüber.

«Wolltest du nicht in Shortlands essen?» fragte Ursula auf einmal. Er fuhr auf. «Du lieber Gott! Shortlands! Nur das nicht. Nie wieder! Außerdem kämen wir zu spät.» – «Wohin fahren wir denn – zur Mühle?»

«Wenn du willst. Eigentlich habe ich gar keine Lust, in der schönen stillen Nacht irgendwo anzukommen. Schade, daß wir nicht darin bleiben können, im guten Dunkel der Nacht! Das ist besser als alles andere.»

Sie saß da, voll Erwartung. Der Wagen stieß und schwankte. Sie wußte, nun blieb sie bei ihm. Die Nacht umfing sie beide, sie waren ein Teil von ihr, und darüber hinaus gab es nichts. Sie war des berauschenden Geheimnisses seiner dunklen Lenden mystisch inne, und in dem Wissen lag etwas von der Schönheit des Schicksals, des unvermeidlichen, das man will und ganz hinnimmt.

Er saß am Lenkrad, unbeweglich, pharaonenhaft. Er hatte ein Gefühl, als säße er da in uralter Gewalt, wie die mächtigen Holzstatuen aus dem alten Ägypten, wirklich und voll verschwiegener Kraft wie sie, ein schweifendes, unergründliches Lächeln auf den Lippen. Er wußte um den magischen Kraftstrom in seinem Rücken, in Lenden und Beinen, und regte sich nicht, nur sein Mund lächelte fein und unbewußt. Er wußte,

259

was es hieß, wach zu sein und Gewalt zu haben in dem andern Sinn, dem tiefsten, dem physischen. Aus ihm kam ihm magische Herrschaft, unbegreiflich, eine geheimnisvolle Macht, gleich der Elektrizität.

Es wurde ihnen schwer, ein Wort zu sagen, so schön war es, in höchster, lebendiger Stille dazusitzen, voll unausdenkbarem Wissen und unausdenkbarer Kraft, uralt und zeitlos wie die allmächtigen, unbeweglichen Ägypter, die ewig dasitzen in stummer Lebendigkeit.

«Wir brauchen nicht nach Hause», sagte er. «Wir können die Sitze herunterklappen zu einem Lager und darüber das Verdeck aufschlagen.» Sie war froh erschrocken und drängte sich dicht an ihn.

«Was sagen die zu Hause?» fiel ihr ein. – «Wir telegrafieren.»

Dann wurde kein Wort mehr gesprochen. Sie fuhren still weiter. In einer Art zweitem Bewußtsein lenkte er den Wagen ans Ziel. Er hatte den freien Geist, der seiner Zwecke Herr ist. Bei ihm waren Arme, Brust und Kopf rund und lebendig wie bei den Griechen, er hatte nicht die unerweckten geraden Arme der Ägypter und den unentsiegelten, schlafenden Kopf. An der Oberfläche der pharaonenhaften Konzentration im Unbewußten spielte der funkelnde Geist.

Sie kamen an ein Dorf, das sich an der Landstraße hinzog. Langsam kroch der Wagen an den Häusern entlang, bis Birkin ein Postbüro erblickte. Da hielt er an.

«Ich will deinem Vater telegrafieren», sagte er. «Ich schreibe einfach, ‹Bleiben die Nacht in der Stadt›. Ist dir das recht?» – «Ja», antwortete sie. Es war ihr zuwider, einen Gedanken zu fassen.

Sie sah ihm nach, wie er in die Post ging, die zugleich auch Laden war. Seltsam! Sogar jetzt, als er in den erleuchteten Raum eintrat, blieb er dunkel und magisch. Die Form seines Wesens war das lebendig Stille, verschwiegen, mächtig, unaufspürbar. Das war er! In einem merkwürdigen Aufschwung ihres Gemüts sah sie sein Wesen, das nie zu enthüllende, nie zu fassende, furchtbar in seiner Macht, mystisch und wirklich, und es befreite ihr eigenes Wesen zu seiner Vollkommenheit. Auch sie war Geheimnis, in Stille vollendet.

Er kam wieder heraus und warf ein paar Pakete in den Wagen. «Da ist Brot und Käse, Trauben und Äpfel und Schokolade.» In seiner Stimme lachte etwas von der makellosen Ruhe und Kraft, die in ihm wirklich war. Sie mußte ihn berühren. Sprechen, sehen war nichts. Der Mann, den sie da sah und begriff, war nur eine Verkleidung seiner selbst. Stille und Dunkelheit mußten vollkommen auf sie herniedersinken, dann würde sie ihn mystisch erkennen, in nie enträtselter Berührung. Gelöst, ohne Gedanken mußte sie sich ihm verbinden und die echte Erkenntnis gewinnen, die der Tod des Wissens ist: Gewißheit im Nichtwissen.

Dann fuhren sie weiter durch die Nacht. Wohin es ging, fragte sie nicht, es war ihr gleichgültig. Sie saß da in einem Reichtum, einer Gewalt, die ohne Gedanken und Bewegung war, völliger Unempfindlichkeit gleich. Sie war ihm nahe und ruhte in reiner Stille, wie ein Stern, in unausdenkbarem Gleichgewicht. Nur ein rätselhaftes Vorgefühl flakkerte zuweilen in ihr auf und hielt sie noch in Bewegung. Sie sollte ihn berühren, mit ihren feinen, lebendigen Fingerspitzen sein Lebendiges berühren, die wohltuende, unbegreiflich echte Wirklichkeit seiner dunklen Lenden.

Auch er wartete in magischer Ruhe, daß sie ihn erkennen sollte wie er sie. Er kannte sie mit der Fülle dunkler Erkenntnis. Nun sollte sie ihn kennen, und dann war auch er frei, frei in Nacht wie die Ägypter, stetig in vollkommenem Gleichgewicht, in mystischem Schwingen körperlichen Seins. Sie sollten einander das Gleichgewicht der Sterne geben, das allein Freiheit ist.

Sie sah, daß sie zwischen Bäumen fuhren – großen, alten Bäumen in totem Farnkraut. Die bleichen, knorrigen Stämme sahen in der heranschwebenden Ferne gespenstisch aus wie alte Priester, die Farne standen geheimnisvoll zu ihren Füßen. Es war schwarze Nacht; die Wolken hingen tief. Das Auto fuhr langsam weiter.

«Wo sind wir?» flüsterte sie. – «In Sherwood Forest.» Offenbar kannte er den Ort. Er fuhr behutsam und paßte genau auf. Da kamen sie an einen Waldweg. Vorsichtig bogen sie ein und fuhren zwischen den Eichen die grüne Schneise hinunter, bis sie sich zu einer grasbewachsenen Lichtung erweiterte. Ein schmales Wässerchen rieselte dort an einem Hügel entlang. Das Auto hielt.

«Hier wollen wir bleiben», sagte er, «und die Lichter ausmachen.»

Sogleich schaltete er die Lampen aus. Es wurde völlig Nacht. Die Schatten der Bäume waren wie Wesen eines andern, nächtlichen Seins. Er warf eine Decke über das Farnkraut, und sie setzten sich, still und ohne Gedanken. Hin und wieder kamen sachte Geräusche aus dem Wald, nichts, was sie störte, was sie stören konnte. Die Welt lag in einem Bann, ein neues Geheimnis war angebrochen. Rasch zogen sie sich aus, und er nahm sie an sich und fand sie, fand das reine, funkelnde Wesen ihres nächtlich verborgenen Leibes. Still, nicht mehr menschlich, strichen seine Finger über ihre unenthüllte Nacktheit, Stille über Stille, Nacht über Nacht. Der Nachtmann umfing das Nachtweib, dem Auge unsichtbar, dem Geist unfaßlich, bekannt nur dem Gefühl als leibhafte Offenbarung des lebendigen Andern.

Sie hatte, was sie von ihm begehrte: sie berührte ihn, ihr wurde in der Berührung die höchste, unaussprechliche Erkenntnis zuteil, dunkel, verschwiegen, reiche Stille, königliches Geschenk und königliches Schenken, vollkommenes Empfangen und Hingeben, lebendiges, sinnliches Wesen, das nie erkannt und nie in Geist verwandelt werden kann, weil es in ihn nicht eingeht, der lebendige Leib des Geheimnisses, die mystische Form der Wirklichkeit. Ihr Verlangen wurde gestillt wie das seine. Denn sie war ihm, was er ihr war: das mystische Andere in seiner ewigen Schönheit und Wirklichkeit.

Sie schliefen die kühle Nacht unter dem Verdeck, ohne ein einziges Mal zu erwachen. Als er aufwachte, war es heller Tag. Da sahen sie einander an und lachten und blickten dann beiseite, erfüllt von Dunkel und Geheimnis. Sie küßten einander und erinnerten sich an die Herrlichkeit der Nacht. Dies Erbe unermeßlicher Wirklichkeit war so wunderbar, daß sie sich fürchteten, ihr Erinnern zu zeigen. Sie verbargen voreinander, was sie wußten und erfahren hatten.

24

Tod und Liebe

Thomas Crich starb langsam, grauenhaft langsam. Niemand wollte glauben, daß ein Lebensfaden so dünn ausgezogen werden konnte, ehe er riß. Der Kranke war unsäglich schwach und wurde mit Morphium und Arzneien hingehalten, die er langsam nippte. Er war nur halb bei Bewußtsein – eine ganz schmale Furt war noch gangbar zwischen der Finsternis des Todes und dem Tageslicht. Doch sein Wille war unversehrt. Nur mußte er jetzt völlige Ruhe haben.

Außer den Krankenschwestern war jeder Mensch, der an sein Bett kam, eine große Anstrengung für ihn. Morgen für Morgen kam Gerald ins Zimmer und hoffte, den Vater nicht mehr lebend anzutreffen. Doch er fand immer wieder dasselbe durchsichtige Anlitz, dasselbe grausig schwarze Haar auf der wächsernen Stirn und die furchtbaren, urwelthaften Augen, die aussahen, als trügen sie nur noch einen winzigen Punkt bewußten Blicks auf zerfallenem, ungestaltem Dunkel.

Jedesmal, wenn die dunklen Chaosaugen sich zu Gerald wandten, schlug ihm der Aufruhr wie ein Blitz durchs Herz und hallte dröhnend durch sein ganzes Wesen wider, und er meinte, der Geist sollte ihm zerbrechen.

Jeden Morgen stand der Sohn aufrecht, straff und lebendig vor dem Vater, in seiner glitzernden Blondheit, die den Kranken, wenn sie ihm so drohend nahe kam, fiebern ließ vor jammervoller Empfindlichkeit. Er konnte es nicht ertragen, wenn Geralds blaue Augen mit ihrem ungedämpften Blick auf ihn herniedersahen. Es dauerte nur einen Augenblick. Sie wußten beide, daß die Trennung unmittelbar bevorstand, und sahen einander an. Dann ging Gerald wieder hinaus.

Lange Zeit bewahrte Gerald sein *sang froid* und blieb völlig gefaßt. Doch zuletzt unterwühlte ihn die Angst vor einem schrecklichen innern Zusammenbruch. Er mußte hier bleiben und bis zum Ende dabei sein. Ein unnatürlicher Wille hielt ihn fest und zwang ihn, zuzusehen, wie der Vater vom Gestade des Lebens hinabgezogen wurde. Doch der glutheiße Strahl des Grauens versengte ihm Tag für Tag das Innerste. Es kam ihn beständig die Lust an, sich zu ducken, als ritzte ihn das Damoklesschwert schon im Genick.

Es gab kein Entrinnen – er war an den Vater gekettet und mußte bei ihm aushalten bis ans Ende. Und der Wille des Sterbenden wich nicht. Er mußte ja brechen, wenn der Tod ihn brach – wenn er nicht etwa gar den Tod des Körpers überdauerte. Ebensowenig gab Geralds Wille nach. Fest und unverletzlich stand er da und ließ sich nicht in das Sterben hineinzerren.

Es war eine Feuerprobe. Konnte er dabeistehen und zusehen, wie der Vater langsam dahinschwand und starb, ohne vor der Allgewalt des Todes auch nur einmal weich zu werden? Wie ein Indianer am Marterpfahl wollte er das langsame Sterben miterleben, ohne mit der Wimper zu zucken. Ja, er wollte darin triumphieren. Im Grunde wollte, erzwang er dieses Sterben. Es war, als verhängte er selbst den Tod, auch dann, wenn er sich am meisten davor grauste. Der Tod sollte sein Triumph sein.

Unter dem Druck entglitt seinen Händen auch der äußere Alltag. Was ihm viel bedeutet hatte, sagte ihm nichts mehr. Arbeit, Vergnügen – alles blieb liegen. Den Zechenbetrieb führte er mechanisch weiter, in rein äußerlicher Geschäftigkeit. Die eigentliche Arbeit geschah in der Seele: das gräßliche Ringen um den Tod. Sein Wille sollte siegen. Was auch kommen mochte, er wollte sich nicht beugen und keinen Herrn über sich erkennen. Der Tod war nicht sein Herr.

Der Kampf nahm kein Ende. Alles, was er gewesen und was er heute noch war, wurde allmählich zunichte, und das Leben umgab ihn wie eine hohle Schale. Es toste und brauste um ihn her wie die See, und äußerlich stimmte er in den Lärm mit ein. Doch das Innere der hohlen Lebensschale war Finsternis und grauenvolle Leere des Todes. Er mußte sich nach Hilfe umsehen, um nicht innerlich zusammenzustürzen in die dunkle Kluft in seinem Innern. Sein äußerliches Leben und Wesen, die äußere Tätigkeit seines Geistes hielt sein Wille ungebrochen und unverändert aufrecht. Aber der Druck wurde zu stark, er mußte irgend etwas finden, was ihm das Gleichgewicht hielt. Etwas mußte ihm hinein in die Todeshöhle seiner Seele, um sie auszufüllen und dem äußern Druck innern Gegendruck zu leisten. Von Tag zu Tag fühlte er sich mehr als eine Seifenblase voll Finsternis, auf der sein unruhiges Bewußtsein schillerte, und die von der äußern Welt, dem äußern Leben stürmisch und beklemmend umbraust wurde.

In der Not trieb es ihn zu Gudrun. Alles warf er jetzt hinter sich und wollte nur die Verbindung mit ihr. Er folgte ihr ins Atelier, er blieb dort und redete mit ihr. Planlos stand er bei ihr herum und hob ihr das Gerät auf, Tonklumpen, kleine Figuren, die sie weggeworfen hatte – wunderliche, groteske Sächelchen, die er ansah, ohne sie aufzufassen. Sie fühlte, wie er ihr folgte und sich ihr wie das Verhängnis an die Fersen heftete. Zwar hielt sie sich zurück, doch wußte sie genau, er kam immer ein bißchen näher.

«Hören Sie», sagte er eines Abends in merkwürdig zerstreutem, unsicherem Ton, «wollen Sie nicht heute zum Essen hierbleiben? Es wäre mir sehr lieb.»

Sie war ein bißchen betroffen. Er sprach mit ihr, als ob er einen Mann um etwas bäte. «Ich werde zu Hause erwartet», sagte sie.

«Ach, sie werden doch wohl nichts dagegen haben. Ich wäre so froh, wenn Sie hierblieben.» Sie gab keine Antwort, und er nahm ihr Schweigen als Einwilligung. «Ich sage Thomas Bescheid, nicht wahr?» – «Aber gleich nach Tisch muß ich gehen», sagte sie.

Es war ein dunkler, kalter Abend. Im Wohnzimmer war nicht geheizt, sie saßen in der Bibliothek. Er war sehr schweigsam, meist in Gedanken, und auch Winifred sagte nicht viel. Aber wenn er sich zusammennahm, lächelte er und war liebenswürdig mit ihr wie gewöhnlich. Dann kamen wieder lange Pausen. Er merkte es offenbar gar nicht.

Er zog sie sehr an. Es schien ihn etwas stark zu beschäftigen, und dies immer wiederkehrende, sonderbar leere Schweigen, das sie nicht zu deuten wußte, rührte sie. Sie wurde nachdenklich und empfand etwas wie Ehrfurcht vor ihm.

Er war sehr gut gegen sie. Bei Tisch bekam sie immer das Beste, er setzte ihr eine Flasche etwas süßeren, köstlich goldenen Wein vor, weil er wußte, sie tränke ihn lieber als den Burgunder. Sie hatte das Gefühl, daß sie geachtet, vielleicht sogar gebraucht würde.

Als sie in der Bibliothek beim Kaffee saßen, klopfte es leise, sehr leise an die Tür. Er erschrak und rief «Herein». Der hohe, bebende Ton seiner Stimme ängstigte Gudrun. Eine Krankenschwester in Weiß trat ein und blieb zaudernd an der Tür, wie ein Schatten. Sie sah sehr gut aus, aber doch sonderbar, so verlegen und zaghaft.

«Herr Doktor möchte Sie sprechen, Mr. Crich», sagte sie mit ihrer leisen, vorsichtigen Stimme. – «Der Doktor?» fuhr er auf. «Wo?» – «Er ist im Eßzimmer.» – «Sagen Sie ihm bitte, ich käme gleich.» Er trank seinen Kaffee aus und folgte der Schwester, die wie ein Schatten zerronnen war.

«Welche Schwester ist das?» fragte Gudrun. «Miss Inglis … die hab ich am liebsten», antwortete Winifred.

Nach einer Weile kam Gerald wieder, völlig in Gedanken, mit gespanntem, abwesendem Ausdruck, wie ein leicht Benebelter. Er erwähnte mit keinem Wort, was der Doktor gesagt hatte, und stellte sich an den Kamin, die Hände auf dem Rücken, mit ganz maskenlosem, entrücktem Gesicht. Er dachte nicht eigentlich – sein Inneres stand still, in reiner Erwartung, und die Gedanken wehten ihm ohne Ordnung durch den Sinn.

«Ich muß nun hinauf zu Mama», sagte Winifred, «und Papa besuchen, ehe er einschläft.» Sie sagte den beiden gute Nacht. Auch Gudrun stand auf, um sich zu verabschieden.

«Sie wollen doch noch nicht gehen?» Gerald warf einen raschen Blick auf die Uhr. «Es ist noch so früh. Ich bringe Sie nach Hause. Setzen Sie sich doch und laufen Sie nicht gleich weg!»

Gudrun setzte sich, als hätte sein Wille Gewalt über sie, auch wenn er so zerstreut war wie jetzt. Sie war magnetisiert. Er war ihr seltsam fremd. Was dachte und fühlte er, wie er so stumm und entrückt dastand? Er hielt sie fest und ließ sie nicht wieder los, das spürte sie. Sie sah ihn an in demütigem Gehorsam.

«Hat der Doktor etwas Neues gefunden?» fragte sie endlich leise, mit zartem, scheuem Mitgefühl. Es ging ihm durchs Herz. Er hob die Brauen, nachlässig, gleichgültig.

«Nein ... nichts Neues», antwortete er wie auf eine ganz unerhebliche Frage. «Er sagt, der Puls wäre tatsächlich sehr schwach und unregelmäßig ... aber das will ja unter Umständen nicht viel heißen.»

Er sah zu ihr hernieder. Sie hatte die Augen sanft und dunkel zu ihm aufgeschlagen, mit einem betroffenen Ausdruck, der ihn erregte. «Nein?» flüsterte sie schließlich. «Ich verstehe von allem nichts.»

«Um so besser. Übrigens, wollen Sie nicht eine Zigarette? ... Rauchen Sie doch ein bißchen!» Rasch holte er das Kästchen und gab ihr Feuer. Dann stand er wieder vor ihr am Kamin.

«Nein», sagte er, «wir haben sonst auch nie viel Krankheit im Hause gehabt ... bis jetzt.» Eine Weile verlor er sich in Sinnen. Dann sah er wieder zu ihr herab, mit einem eigentümlich offenherzigen Blick, vor dem sie sich fürchtete: «Wissen Sie, mit solchen Sachen rechnet man gar nicht, bis es da ist. Und dann merkt man auf einmal, daß es immer dagewesen ist ... es war immer da ... verstehen Sie, was ich meine? ... Die Möglichkeit solcher unheilbaren Krankheit, solchen langsamen Sterbens.»

Er machte eine unruhige Bewegung mit den Füßen auf der Marmorplatte vor dem Kamin, steckte die Zigarette in den Mund und blickte hinauf nach der Decke. «Ich weiß», sagte Gudrun leise, «es ist furchtbar.»

Er rauchte und merkte gar nicht, daß er es tat. Dann nahm er die Zigarette aus dem Mund, entblößte die Zähne, wandte sich seitwärts und spuckte ein Stückchen Tabak aus, wie jemand, der allein ist oder in Gedanken versunken.

«Wie es eigentlich auf einen wirkt, weiß ich gar nicht», sagte er und blickte wieder zu ihr hernieder, in ihre dunklen, verständnisbangen Augen. Er sah, wie nahe es ihr ging, und wandte sich ab. «Ich bin durchaus nicht wie sonst. Es ist nichts übrig geblieben ... verstehen Sie wohl, was ich sagen will? Man greift ins Leere – und ist dabei selber leer. Ich weiß nicht, was ich machen soll.»

«Nein», sagte sie leise. Ihr schauderte, ein schweres Gefühl, halb wie Genuß, halb wie Schmerz. «Was kann man dabei tun?»

Er wandte sich ab und streifte die Asche in den großen Marmorkamin, der offen, ohne Gitter, im Zimmer stand.

«Ich weiß es nicht. Aber mir scheint, man muß durchaus eine Lösung finden... nicht weil man gern möchte, nein, es geht einfach nicht anders. Sonst ist alles aus. Die ganze Welt ist im Begriff einzustürzen, und man selbst mit ihr; man hält es nur noch mit seinen Händen auf. Das kann natürlich nicht so weitergehen. Man kann nicht immer und ewig das Dach über dem Kopf mit den Händen festhalten. Einmal muß man loslassen, das weiß ich ganz genau. Verstehen Sie, wie ich es meine? Darum muß etwas geschehen, oder alles fällt zusammen... soweit man selber betroffen ist.»

Sein Fuß glitt auf dem Marmor aus, ein Stückchen Koks knirschte unter dem Absatz. Er blickte hin. Gudrun sah, wie die Voluten des schön gemeißelten alten Marmorkamins sich um ihn wölbten. Sie fühlte sich, als hätte das Schicksal sie nun endlich gepackt und in grauenhafter Schlinge gefangen.

«Was soll nur geschehen?» flüsterte sie demütig. «Sie müssen es mir sagen, wenn ich Ihnen helfen kann... aber wie sollte ich? Ich sehe nicht, wie das möglich sein könnte.»

Er sah sie unmutig an. «Helfen sollen Sie gar nicht», sagte er ein bißchen gereizt, «es ist ja nichts zu machen. Sehen Sie, ich brauche nur ein bißchen Mitgefühl: jemand, mit dem ich reden kann. Das macht es mir leichter. Es gibt aber keinen, mit dem man reden kann. Merkwürdig! Niemanden. Rupert Birkin, ja. Aber Mitgefühl hat er eigentlich nicht, er will einem immer Vorschriften machen. Und das hat keinen Zweck.»

Sie wußte nicht ein und aus und blickte auf die Hände.

Da hörte sie leise die Tür gehen. Gerald fuhr auf, es war ihm nicht lieb. Und Gudrun erschrak eigentlich nur, weil er zusammengefahren war. Er ging der Kommenden rasch entgegen mit einer liebenswürdigen Höflichkeit, der die Absicht anzumerken war.

«Ach, Mutter! Schön, daß du herunterkommst. Wie geht es dir?» Die alte Dame kam in einem losen, bauschigen roten Schlafrock stumm herein, ein bißchen schwerfällig, wie gewöhnlich. Gerald schob ihr einen Stuhl heran und sagte: «Du kennst doch Miss Brangwen?»

Sie warf einen gleichgültigen Blick auf Gudrun. «Ja.» Dann wandte sie die schönen, vergißmeinnichtblauen Augen dem Sohn zu und setzte sich langsam in den Stuhl, den er ihr hingesetzt hatte.

«Ich wollte mich nach Vater erkundigen», sagte sie in ihrer raschen, kaum hörbaren Art. «Ich wußte nicht, daß du Besuch hast.»

«Nein? Hat Winifred es dir nicht erzählt? Miss Brangwen ist zum Essen dageblieben, damit wir es ein bißchen lustiger hätten...»

Mrs. Crich wandte sich langsam zu Gudrun und sah sie an, mit Augen, die nichts sahen. «Für die junge Dame wird es nicht gerade ein Vergnügen gewesen sein.» Dann wandte sie sich wieder zu Gerald. «Winifred sagt, der Doktor hätte dich Vaters wegen sprechen wollen. Was hat er gesagt?»

«Nichts Besonderes. Der Puls wäre sehr schwach... und setzte oft aus... er wüßte nicht, ob er die Nacht überleben würde.»

Mrs. Crich war völlig unbeweglich, als hätte sie nichts gehört. Der schwere Körper war im Stuhl zusammengesunken, das blonde Haar hing ihr unordentlich über die Ohren. Doch hatte sie eine klare, feine Haut, und ihre Hände, die gedankenlos gefaltet im Schoß lagen, waren von großer Schönheit und voll mächtiger Energie. Eine gewaltige, verfallende Willenskraft schien in dem stillen, unbeholfenen Körper aufgestaut.

Sie sah zu ihrem Sohn hinauf, der kräftig, militärisch, neben ihr stand. Ihre Augen waren vom schönsten Blau, blauer als Vergißmeinnicht. Sie schien ein gewisses Zutrauen zu Gerald zu haben und doch auch ihre mütterlichen Bedenken.

«Und wie geht es dir?» sagte sie sonderbar leise, als sollte es niemand hören außer ihm. «Du verlierst mir doch nicht die Nerven? Sieh nur zu, daß du nicht hysterisch dabei wirst.» Bei dem eigentümlichen Angriff, der in den letzten Worten lag, erschrak Gudrun.

«Das glaube ich nicht, Mutter», sagte er, mit etwas kühler Munterkeit. «Irgend jemand muß doch bis zu Ende dabei bleiben.»

«So? Meinst du?» antwortete sie hastig. «Und warum mußt du es gerade sein? Was hast du davon, wenn du dabei bist! Das geht von selbst zu Ende, du bist dabei nicht nötig.»

«Nein, nützen kann ich auch wohl nichts. Siehst du, es geht einem eben nahe.» – «Und du magst gern, wenn dir etwas nahegeht – wie? Du hast deine Freude dran, möchtest dich gern gehoben fühlen. Du brauchst ja gar nicht zu Hause zu bleiben. Warum fährst du nicht weg?»

Die Worte, offenbar die reife Frucht vieler dunkler Stunden, kamen Gerald überraschend. «Es hat doch wohl keinen Sinn, Mutter, jetzt in letzter Minute wegzugehen», sagte er kühl.

«Nimm dich in acht, sorg du lieber für dich... dazu bist du da. Du mutest dir zuviel zu. Denk an dich selbst, oder es kann dir passieren, daß du auf einmal nicht mehr weiter weißt. Du bist hysterisch, bist es immer gewesen.»

«Mir geht es sehr gut, Mutter. Meinetwegen brauchst du dir gewiß keine Gedanken zu machen.» – «Laß die Toten ihre Toten begraben... und leg dich nicht auch noch zu ihnen ins Grab... das sage ich dir. Ich kenne dich!»

Er gab darauf keine Antwort, er wußte nicht mehr, was er sagen sollte. Schweigend, in sich zusammengefaßt, saß die alte Dame da, die schönen weißen Hände, die keinen Ring trugen, lagen auf den Knäufen des Lehnstuhls.

«Du kannst es nicht», sagte sie beinah herb. «Du hast nicht die Nerven dazu. In Wirklichkeit bist du schwach wie eine Katze... bist es immer gewesen. Bleibt die junge Dame hier?»

«Nein», sagte Gerald. «Sie geht bald nach Hause.» – «Dann fährt sie besser mit dem Dogcart. Hat sie einen weiten Weg?» – «Nur bis Bel-dover.» – «Aha!» Die alte Dame sah Gudrun nicht ein einziges Mal an, doch war sie sich offenbar ihrer Gegenwart bewußt.

«Du packst dir gern zuviel auf, Gerald», sagte sie und stand mit ei-niger Mühe auf.

«Willst du wieder gehen, Mutter?» fragte er höflich. – «Ja, ich will jetzt nach oben.» Sie drehte sich zu Gudrun um und sagte ihr gute Nacht. Dann ging sie ganz langsam an die Tür, als wäre ihr das Gehen ungewohnt. An der Tür hob sie stumm das Gesicht zu ihm auf. Er gab ihr einen Kuß.

«Du brauchst nicht weiter mitzukommen», sagte sie mit ihrer kaum hörbaren Stimme. «Ich gehe allein.»

Er sagte ihr gute Nacht und sah sie zur Treppe gehen und langsam hinaufsteigen. Dann schloß er die Tür und kam zu Gudrun zurück. Sie stand auch auf und wollte gehen.

«Ein sonderbares Geschöpf, meine Mutter.» – «Ja», antwortete Gud-run. – «Sie hat ihre eigenen Gedanken.» – «Ja.» Dann schwiegen sie beide.

«Wollen Sie nun weg?» fragte er. «Eine Sekunde, ich lasse eben an-spannen...» – «Nein, ich möchte lieber zu Fuß gehen.» Er hatte ihr ver-sprochen, den langen, einsamen Weg mit ihr zu gehen, und sie bestand darauf. – «Sie könnten doch ebensogut fahren.» – «Ich möchte aber doch lieber gehen», sagte sie eindringlich. – «Ja? Dann gehe ich mit. Sie finden Ihre Sachen allein? Ich ziehe mir eben Stiefel an.»

Er setzte seine Mütze auf und zog den Mantel über den Frack. Dann gingen sie in die Nacht hinaus. «Wir wollen eine Zigarette rauchen», sagte er und blieb in einem geschützten Winkel im Eingang stehen. «Sie auch!»

So gingen sie im leichten Tabaksdunst durch die Nachtluft, die dunkle Einfahrt hinunter, die zwischen beschnittenen Hecken den Wiesenab-hang hinabführte.

Er wollte den Arm um sie legen. Wenn er sie im Gehen an sich drük-ken könnte, dann fände er Gleichgewicht. Jetzt fühlte er sich wie eine Waage, deren eine Schale tiefer und tiefer in bodenlose Leere sinkt. Ir-gendein Gleichgewicht mußte er wiedergewinnen, und hier war die Hoffnung, völlige Genesung.

Er achtete nicht auf sie und dachte nur an sich. Ganz weich legte er den Arm um sie und zog sie an sich. Ihr stockte das Herz. Sein Arm war so stark, sie bebte in der Umklammerung. Ihr war ein wenig, als sollte sie sterben, als er sie im Gehen an sich drückte in der stürmischen Nacht. Schritt für Schritt wiegte er sie im Gleichgewicht mit sich selbst. Auf einmal war er frei und gesund, stark, heroisch.

Er hob die Hand zum Mund und warf die Zigarette weg, sie ver-glomm, ein heller Punkt, in der unsichtbaren Hecke. Dann fühlte er sich ganz frei im engen Gleichschritt. «So geht's besser», triumphierte er.

Das Jauchzen in seiner Stimme war ihr wie ein süßer, schwerer Trank. So viel war sie ihm? Selig schlürfte sie das Gift. «Wird es nun leichter?» fragte sie leise. – «Viel leichter!» Die Stimme jauchzte wieder. «Es war auch wohl die höchste Zeit.»

Sie drängte sich an ihn. Er fühlte sie so warm und weich, sie war der volle, schöne Gehalt seines Daseins. Ihre Wärme und ihre Bewegung drangen beim Gehen wunderbar in ihn ein.

«Ich bin ja so glücklich, daß ich helfen kann», sagte sie. – «Ja! Das kann sonst keiner.» – ‹Das ist wahr›, dachte sie, und es überlief sie seltsam schicksalhaft.

Er hob sie immer dichter zu sich heran, bis er sie beim Gehen fast trug. Eine starke Stütze war er, gegen die kein Sträuben half. So trieben sie in selig verschmolzener Bewegung ihrer beiden Körper den dunklen Abhang hinunter durch den Wind. In der Ferne glänzten die kleinen gelben Lichter von Beldover, ein dicht besätes, helles Beet drüben auf dem andern dunklen Hügel. Aber die beiden gingen im Dunkeln für sich allein, außerhalb der Welt.

«Was bin ich Ihnen denn eigentlich!» Es klang beinah verweisend. «Sehen Sie, ich weiß ja gar nichts davon. Ich verstehe Sie nicht!»

«Was?» Seine Stimme klang schmerzlich stolz. «Das weiß ich auch nicht ... alles!» Er erschrak über die eigenen Worte. Er hatte wahr gesprochen und mit dem Bekenntnis alle Sicherungen abgeworfen. Sie war ihm alles – sie war alles.

«Das kann ich doch nicht glauben», kam es leise zurück, mit erschrockener, zitternder Stimme. Sie erschauerte in Zweifel und Wonne. Dies eine hatte sie ja hören wollen, und nun, da sie es hörte, in dem eigentümlich harten Ton der Wahrheit, konnte sie es nicht glauben. Sie glaubte nicht und glaubte doch, mit verhängnisvollem Triumph.

«Warum nicht?» fragte er. «Warum willst du mir nicht glauben? Es ist so.» Er blieb mit ihr stehen, mitten im Wind. «Siehst du, jetzt ist mir an nichts anderm im Himmel und auf der Erde gelegen als an diesem einen Fleck, wo wir stehen. Nicht an mir selbst, nur an dir allein. Hundertmal will ich meine Seele verkaufen ... nur wenn ich dich hier nicht hätte, das ertrüge ich nicht. Ich könnte nicht allein sein, mein Hirn würde bersten. Ja, so ist es.» Er zog sie mit einer entschiedenen Bewegung an sich.

«Nein», flüsterte sie. Sie hatte Angst. Und dies hatte sie doch gewollt. Wie konnte sie jetzt den Mut verlieren?

So setzten sie den seltsamen Weg fort. Sie waren einander so fremd – und doch fürchterlich, unausdenkbar nahe. Es war wie ein Wahnsinn, und war doch das, was sie wollte.

Sie waren den Hügel hinabgestiegen und kamen an die Unterführung unter der Grubenbahn. Gudrun wußte, die Mauern waren aus viereckigen Steinen, die auf der einen Seite vom herabrieselnden Wasser bemoost und auf der andern trocken waren. Manches Mal hatte sie darunter gestanden und den Zug oben über die Schwellen donnern hören. Sie wußte, unter der dunklen, einsamen Brücke standen abends bei Regenwetter die jungen Bergleute mit der Liebsten. So wollte sie auch mit dem Liebsten da stehen und sich unsichtbar im Dunkeln küssen lassen. Sie ging immer langsamer.

Dann standen sie unter der Brücke still, und er hob sie an seine Brust. Sein mächtiger Körper bebte, als er sie umschloß. Atemlos, betäubt, vernichtet lag sie in seinen Armen, und er zermalmte sie an seiner Brust. Es war furchtbar und über alle Maßen schön. Unter der Brücke drückte sonst der Bergmann die Liebste an sich, und heute nahm der Herr der Bergleute sie hier in seine Arme. Wieviel mächtiger und schrecklicher war seine Umarmung, wieviel stärker, höher seine Liebe als die Liebe seiner Leute, die doch von gleicher Art war. Sie fühlte ihre Sinne schwinden und vergehen unter dem unheimlichen Druck seiner Arme und seines Körpers – sie meinte zu sterben. Dann wurde die bebende Umschnürung lockerer, es wogte hin und her. Er ließ nach und zog sie mit sich, bis er mit dem Rücken gegen die Mauer stand.

Sie war beinah bewußtlos. So stand der Bergmann mit dem Rücken gegen die Mauer und hielt die Liebste im Arm und küßte sie, so wie sie jetzt geküßt wurde. Waren seine Küsse auch so schön und gewaltig wie die harten Küsse seines Herrn? Schon den scharfen, kurzgeschnittenen Schnurrbart – den hatte der Bergmann nicht.

Und die Mädchen ließen wie sie den Kopf weich über die Schulter hängen und sahen hinaus nach den vielen gelben Lichtern auf dem fernen, unsichtbaren Hügel, nach den unbestimmten Umrissen der Bäume, oder zur andern Seite, auf die Gebäude des Holzhofs, der zur Zeche gehörte.

Seine Arme hielten sie umschlossen, als nähme er sie ganz in sich auf, ihre Wärme und Weichheit, die wundervolle Last ihres Körpers – als tränke er gierig ihr physisches Sein. Er hob sie empor und goß sie in sich ein wie Wein in einen Becher.

«Das ist besser als alles», sagte er mit seltsam eindringlicher Stimme. Da wurde sie weich, als schmölze sie, und rieselte ihm warm in die Adern wie ein unendlich kostbares, betäubendes Gift. Sie hatte die Arme um seinen Hals gelegt, er küßte sie und hielt sie schwebend über der Erde, und sie strömte in ihn hinein, in den harten Becher, der den Wein ihres Lebens aufnahm. Da lag sie nun an seiner Brust gestrandet und schmolz und schmolz unter seinen Küssen. Sie sickerte ihm in alle Glieder, als wäre er weiches Eisen und würde geladen mit dem Strom ihres Lebens. Bis ihr die Sinne schwanden und das Bewußtsein allmählich auslosch. Ihr ganzes Ich war verronnen und vergangen, still lag sie da und drang in ihn ein und schlief in ihm wie im reinen, weichen Stein der Blitz schläft. So war sie nun ganz in ihm, und er wurde heil.

Als sie die Augen wieder öffnete und in der Ferne die Lichter sah, kam es ihr seltsam vor, daß die Welt noch da war, daß sie unter der

Brücke stand und ihr Kopf an Geralds Brust ruhte. Gerald – wer war das? Das auserlesene Abenteuer, das lockende Unbekannte.

Sie blickte empor und sah in der Dunkelheit sein schönes männliches Gesicht. Ein mattes weißes Licht schien davon auszuströmen, eine weiße Aura, als wäre er ein Gast aus der unsichtbaren Welt. Sie reckte sich empor wie Eva nach dem Apfel und küßte ihn, obwohl ihre Leidenschaft allerhöchste Angst war vor dem Geheimnis seines Wesens, und strich ihm übers Gesicht mit den unendlich zarten, staunenden, verlangenden Fingern. Sie wanderten über die Höhen und Tiefen seines Gesichts, über all seine Züge. Wie schön er war, wie fremd – und wie gefährlich! Ihre Seele schauderte in voller Erkenntnis. Das war der glänzende, verbotene Apfel, dies Männergesicht. Sie küßte ihn und strich mit den Fingern über Augen, Nase, Brauen, Ohren und Hals, um ihn tastend zu begreifen. Er war fest und wohlgebildet, von wunderbar beglückendem Ebenmaß, fremd und doch unsäglich klar. Er blieb im Unsagbaren verborgen, der Feind, und glänzte doch in unheimlich weißem Licht. Sie wollte ihn berühren und immer wieder berühren, bis sie ihn ganz in ihren Händen hielte und ihn gezwungen hätte, sich zu erkennen zu geben. Nur diese kostbare Erkenntnis, dann wäre sie zufrieden für alle Zeit. Die könnte keiner ihr wieder nehmen. Denn seiner selbst war sie nie sicher in der Welt des Alltags.

«Du bist schön», flüsterte sie aus tiefer Kehle.

Er hielt verwundert still. Dann fühlte sie ihn erbeben und schmiegte sich unwillkürlich dichter an ihn. Er war hilflos, ihre Finger hatten ihn in der Gewalt. Das bodenlose, grenzenlose Begehren, das sie in ihm erweckten, war tiefer als der unvermeidliche Tod.

Aber sie wußte nun, und wußte genug. Ihr war die Seele vernichtet, der flüssige Blitz, der unsichtbar in ihm wohnte, hatte sie wonnevoll getroffen. Sie wußte, und ihr Wissen war wie Tod. Sie mußte erst wieder zu sich kommen. Was gab es noch alles in ihm zu erkennen! Unendlich viel, tagelange Ernte für ihre großen und doch überaus feinen und fühlenden Hände auf dem Feld seines lebendigen, radioaktiven Körpers. Ach, ihre Hände brannten nach Erkenntnis. Nur für den Augenblick konnte ihre Seele nicht mehr fassen. Ließ sie es jetzt nicht genug sein, so zerstörte sie sich selbst, so füllte sie das feine Gefäß zu rasch, und es zersprang. Es kamen ja noch viele Tage, da ihre Hände wie Vögel sich nähren konnten auf den Feldern seiner geheimnisvoll plastischen Gestalt – für heute war es genug.

Auch er war froh, zurückgestoßen, aufgehalten zu werden. Begehren ist besser als besitzen, und er fürchtete die Erfüllung ebensosehr, wie er danach verlangte.

Sie gingen weiter zur Stadt, bis dahin, wo im Tal einzelne Lampen in großen Zwischenräumen an der dunklen Landstraße standen. Da kamen sie ans Tor der Anfahrt.

«Nun kehr um», sagte sie. – «Wäre dir das lieber?» Er war erleichtert, er wollte nicht mit ihr durch die Straßen gehen, wenn ihm die Seele in hellen Flammen stand wie jetzt.

«Ja, viel lieber ... Gute Nacht.» Sie reichte ihm die Hand. Er nahm sie und berührte die gefährlichen Finger mit den Lippen. «Gute Nacht», sagte er. «Morgen.» Sie trennten sich. Er ging nach Hause und war voll von der Kraft und der Gewalt lebendigen Begehrens.

Aber am nächsten Tag kam sie nicht. Sie schickte Bescheid, sie wäre erkältet und müßte zu Hause bleiben. Das war Qual. Doch brachte er so etwas wie Geduld auf und hielt seine Seele fest. Er schickte ein paar Zeilen zur Antwort und schrieb, wie leid es ihm täte, sie nicht zu sehen.

Den Tag darauf blieb er zu Hause – es kam ihm so unnütz vor, ins Büro zu gehen. Der Vater konnte die Woche nicht überleben. Er wollte zu Hause bleiben und abwarten.

Gerald saß im Zimmer seines Vaters am Fenster. Draußen dehnte sich das schwarze Land in winterlicher Auflösung. Der Vater lag aschgrau im Bett, eine Schwester ging leise ab und zu. Sie sah elegant und hübsch, ja schön aus in ihrer weißen Tracht. Es duftete nach Eau de Cologne. Die Schwester ging aus dem Zimmer, und Gerald blieb mit dem Tod allein. Er sah hinaus in das schwarze, winterliche Land.

«Ist heute in Denley mehr Wasser?» kam die schwache, murrende Stimme vom Bett her, mit entschiedenem Ton. Der Sterbende erkundigte sich nach einem Rohrschaden zwischen dem Willey-See und einer der Gruben. «Etwas mehr ... wir werden den See ablassen müssen», sagte Gerald.

«So?» Die schwache Stimme versickerte. Der Kranke lag mit geschlossenen Augen, grau, so tot wie selbst der Tod nicht ist. Gerald blickte weg. Er fühlte, er war innerlich am Verdorren, es durfte nicht mehr lange so weitergehen.

Auf einmal hörte er ein sonderbares Geräusch. Er drehte sich um und sah den Vater mit wahnsinnig aufgerissenen rollenden Augen in wilder Anspannung übermenschlichen Ringens. Gerald sprang auf und stand erstarrt vor dem Entsetzlichen.

«Ua-a-ah-h-h» – ein gräßliches Würgen und Röcheln, die irren Augen rollten in grauenhafter Angst, hilflos Hilfe suchend, und streiften blind über Gerald hin. Dann kam Erbrechen, schwärzliches Blut, und besudelte das Gesicht des Sterbenden. Der ausgereckte Körper wurde schlaff, der Kopf fiel vom Kissen hinunter auf die Seite.

Gerald stand entgeistert da, das Grausen hallte ihm in der Seele. Er wollte weggehen und konnte nicht, er konnte kein Glied rühren. In seinem Hirn klopfte es wie Herzschlag.

Die weißgekleidete Krankenschwester kam leise herein. Sie warf einen Blick auf Gerald, dann auf das Bett.

«Ach!» brach es ihr leise wimmernd über die Lippen, sie ging eilig zu dem Toten. «A – ach!» Noch ein sachter Laut schmerzlicher Bewegung, wie sie sich über das Bett neigte, dann faßte sie sich und holte

Schwamm und Tuch. Sorglich trocknete sie sein Gesicht und sagte ganz leise jammernd vor sich hin: «Armer Mr. Crich! – Armer Mr. Crich! – Ach, der Arme!»

«Ist er tot?» klirrte Geralds scharfe Stimme durch die Stille. «Ach ja, es ist vorbei», antwortete sie mit einem leisen Seufzer und sah ihn an. Sie war jung und schön und zitterte leise. Ein seltsam breites Lächeln zog über Geralds Gesicht und deckte das Grauen fast zu. Er ging aus dem Zimmer.

Er wollte zu seiner Mutter und es ihr sagen. Auf der Treppe traf er seinen Bruder Basil. «Er ist tot, Basil.» Kaum hatte er seine Stimme so weit in der Gewalt, daß ihm nicht ein unbewußter, furchtbarer Triumphlaut entschlüpfte.

«Was!» Basil wurde bleich. Gerald nickte und ging in das Zimmer seiner Mutter.

In ihrem weiten roten Schlafrock saß sie da und nähte langsam Stich für Stich. Sie blickte mit ihren kühnen blauen Augen zu ihm auf.

«Vater ist tot», sagte er. – «Tot? Wer sagt das?» – «Mutter, das weißt du, wenn du ihn siehst.»

Sie legte die Arbeit hin und stand langsam auf. «Willst du zu ihm?» fragte er. – «Ja.»

Am Bett standen schon die weinenden Kinder. «Ach, Mutter!» jammerten die Töchter völlig außer sich.

Die Mutter kam heran. Der Tote lag da und ruhte aus, friedlich wie ein Jüngling in reinem Schlaf. Er war noch warm. Eine Weile sah sie ihn schweigend an, düster, schwer.

«Ja», sagte sie endlich voll Bitterkeit, als spräche sie zu den unsichtbaren Zeugen der Luft. «Du bist tot!» Ein paar Minuten sah sie stumm auf ihn hinab. «Schön», sagte sie dann, «schön, als hätte das Leben dich nicht berührt... nie angerührt. Gott gebe, daß ich dann anders aussehe! Ich hoffe, ihr seht mir meine Jahre an, wenn ich gestorben bin. Wie schön – wie schön», klagte sie leise. «Seht ihr, so sah er aus, als er noch nicht zwanzig war und ihm der erste Bart wuchs. Eine schöne, schöne Seele...» Dann riß etwas in ihrer Stimme, und sie schrie auf: «Daß niemand von euch so aussieht, wenn er stirbt! Das darf nicht sein, nicht noch einmal!» Es klang wie aus dem Unerforschlichen, ein seltsam wilder Befehl. Unbewußt drängten sich die Kinder näher aneinander bei dem furchtbar herrischen Ton ihrer Stimme. Ihre Wangen waren hochrot, sie war grausig schön. «Scheltet mich, scheltet mich, wenn ihr wollt, daß er wie ein achtzehnjähriger Knabe mit keimendem Bart daliegt. Scheltet mich, wenn ihr wollt. Was wißt denn ihr!» Sie hielt inne in mühevollem Schweigen. Dann kam es leise, mit Anstrengung: «Wenn ich denken müßte, die Kinder, die ich geboren habe, sollten im Tode so aussehen, ich hätte sie erwürgt, als sie eben zur Welt gekommen waren, ja...»

«Nein, Mutter», kam Geralds Stimme von hinten, ein seltsamer

273

Trompetenton, «wir sind anders. Wir werfen dir nichts vor.» Sie wandte sich um und sah ihm voll in die Augen. Dann hob sie die Hände ein wenig wie zu einer Gebärde wilder Verzweiflung. «Betet», sagte sie laut. «Betet zu Gott! Bei euren Eltern habt ihr keine Hilfe.»

«Ach Mutter!» jammerten die Töchter. Doch sie hatte sich umgedreht und war hinausgegangen. Da gingen die Kinder eilig auseinander.

Als Gudrun hörte, daß Mr. Crich gestorben wäre, traf es sie wie ein Vorwurf. Sie war zu Hause geblieben, damit Gerald nicht denken sollte, sie wäre eine allzu leichte Beute. Und nun war das Unglück hereingebrochen, während sie die Spröde spielte.

Am Tag darauf ging sie wie gewöhnlich zu Winifred. Die Kleine freute sich, als sie kam und sie zusammen ins Atelier flüchten konnten. Sie hatte geweint, und dann war das Grauen über sie gekommen, und sie hatte sich abseits gehalten, um weiteren tragischen Szenen aus dem Weg zu gehen. Sie arbeitete mit Gudrun in dem einsamen Atelier wie alle Tage und kam sich nach all dem planlosen Elend zu Hause maßlos glücklich vor in ihrer freien Welt. Gudrun blieb bis zum Abend. Sie aß allein mit Winifred im Atelier, und keiner störte die beiden.

Nach dem Essen kam Gerald. In dem hohen, dämmerigen Atelier schwebte ein feiner Kaffeeduft. Gudrun und Winifred hatten ganz hinten am Kamin einen kleinen Tisch mit einer weißen Lampe, deren Lichtkreis nur klein war. Die beiden Mädchen saßen da in ihrer winzigen Welt für sich, inmitten lieblichen Schattens; aber im Dunkeln ahnte man die Balken und Dachsparren, unten im Dunkeln die Arbeitstische und Geräte.

«Ihr habt es gemütlich», sagte Gerald und kam zu ihnen herein. Ein niedriger Backsteinkamin, in dem ein helles Feuer brannte, ein alter, blauer, türkischer Teppich, der kleine Eichentisch mit der Lampe, auf weiß und blauer Decke zierliches Geschirr mit Dessert; und davor stand Gudrun und machte Kaffee in einer alten Messingmaschine, und Winifred kochte Milch in einem winzigen Töpfchen.

«Haben Sie schon Kaffee getrunken?» fragte Gudrun. – «Ja, ich trinke mit Ihnen noch einmal.» – «Dann bekommst du aber ein Glas... wir haben nur zwei Tassen», sagte Winifred.

«Das ist mir einerlei.» Er nahm einen Stuhl und kam in den Zauberkreis der Mädchen. Wie waren sie glücklich, wie gemütlich war es bei ihnen unter dem hohen Schattendach, wie im Märchen! Die Außenwelt – er hatte den ganzen Tag mit Beerdigungsvorbereitungen zu tun gehabt – war völlig ausgelöscht. Im Augenblick atmete er Märchendüfte.

Sie hatten sehr geschmackvolles Geschirr, zwei allerliebste, drollige kleine Tassen, rot mit massiver Vergoldung, ein schwarzes Kännchen mit roten Tupfen und dazu die wunderliche Kaffeemaschine, unter der unaufhörlich die Spiritusflamme wehte, fast unsichtbar. Das Ganze war von etwas düsterer Üppigkeit, und Gerald war sofort bezaubert und sich selbst entronnen.

Sie setzten sich, und Gudrun schenkte mit Andacht den Kaffee ein. «Nehmen Sie Milch?» fragte sie mit ruhiger Stimme, doch zitterte ihr der kleine schwarze Krug mit den dicken roten Tupfen ein wenig in der Hand. Sie war immer völlig beherrscht und dabei doch so bitter nervös.

«Nein, danke», sagte er. Da setzte sie ihm mit ganz eigener Demut die kleine Tasse hin und nahm selbst das plumpe Glas. Es machte den Eindruck, als wollte sie ihm dienen.

«Warum geben Sie mir nicht das Glas ... bei Ihnen sieht es so unbeholfen aus», sagte er. Er hätte es viel lieber genommen und in ihrer Hand die zierliche Tasse gesehen. Aber sie schwieg und hatte ihre Freude an dem Mißverhältnis, an ihrer Selbsterniedrigung.

«Ihr seid hier ja ganz *en ménage*», sagte er. – «Ja. Eigentlich sind wir für Besuch nicht zu Hause», meinte Winifred.

«Nein? Bin ich unwillkommen?» Hier kam er sich einmal in seinem tadellosen Anzug nicht recht am Platz vor, er gehörte nicht in diese Welt.

Gudrun war sehr still. Es trieb sie nicht, mit ihm zu reden. Bei dem jetzigen Stand der Dinge war es klüger, zu schweigen – oder leichthin zu plaudern. Den Ernst ließ man am besten beiseite. So schwatzten sie vergnügt, bis sie hörten, wie der Kutscher unten das Pferd herausführte und beim Anspannen «Zurück, zurück!» rief. Da zog Gudrun sich an und gab Gerald die Hand, ohne ihn ein einziges Mal anzusehen. Dann fuhr sie weg.

Die Beerdigung war scheußlich. Nachher beim Tee sagten die Töchter immer wieder: «Er ist uns ein guter Vater gewesen ... der beste Vater, den man sich denken kann – einen so guten Mann wie Vater findet man nicht leicht zum zweitenmal.»

Gerald sagte zu allem ja. Es gehörte sich so, und bei einem solchen Anlaß glaubte er an die Konvention. Er nahm sie dann als selbstverständlich hin. Aber Winifred fand alles schrecklich. Sie versteckte sich im Atelier, weinte sich aus und sehnte sich nach Gudrun.

Zum Glück gingen alle bald weg. Die Familie Crich blieb nie lange beisammen. Abends beim Essen war Gerald ganz allein. Sogar Winifred war nicht da. Ihre Schwester Laura hatte sie für ein paar Tage nach London mitgenommen.

Als Gerald nun wirklich allein war, konnte er es nicht ertragen. Ein Tag verging, und noch einer. Die ganze Zeit war er wie jemand, der an Ketten am Rand eines Abgrunds hängt. So sehr er sich mühte, es gelang ihm nicht, sich hinaufzuschwingen und auf der festen Erde Fuß zu fassen. Woran er auch dachte, er sah nur Abgrund – Freunde, Bekannte, Arbeit, Vergnügen, alles zeigte ihm nur immer wieder die bodenlose Leere, in der sein Herz zugrunde gehen mußte. Es gab kein Entrinnen, nichts, woran er sich klammern konnte. In den unsichtbaren Ketten physischen Lebens wand er sich am Rande des Nichts.

Zuerst hielt er still und meinte, die Herzensangst müßte vorübergehen und er fände sich bald in der Welt der Lebendigen wieder, nach der harten Buße. Aber es ging nicht vorüber, der Nervenzusammenbruch nahte.

Als der Abend des dritten Tages herankam, wurde ihm die Angst im Herzen überlaut. Eine weitere Nacht in den Ketten des Körpers über der unergründlichen Tiefe schweben, das war mehr, als er ertragen konnte. Ihm wurde eiskalt, er erschrak vor dem Gedanken bis in die tiefste Seele. Er glaubte nicht mehr an seine eigene Kraft. In die unendliche Leere fallen und dann wieder emportauchen, das konnte er nicht. Wenn er fiel, so war es für immer aus. Er mußte fliehen, Hilfe suchen. Seinem Ich allein vertraute er nicht mehr.

Nach Tisch, als er ganz allein blieb mit dem Gefühl seines Nichts, ergriff er die Flucht. Er zog sich Stiefel und Mantel an und ging in die Nacht hinaus.

Es war dunkel und neblig. Mühsam tastete er seinen Weg durch den Wald nach der Mühle. Birkin war nicht da. Auch gut – er war beinah froh darüber. Er stieg den Hügel hinan und stolperte blindlings auf dem einsamen Abhang umher. In der dichten Finsternis hatte er den Weg verloren. Ärgerlich! Wohin ging er eigentlich? Einerlei. Er schlug sich durch, bis er endlich auf einen Weg kam, der bald wieder durch Wald führte. Ganz benommen folgte er dem unebenen Waldpfad, ohne zu denken, ohne zu fühlen, gelangte wieder ins Freie, tappte ab und zu nach einem Zauntritt, verlor noch einmal den Weg und ging an den Knicks entlang, die die Felder abgrenzten, bis er einen Ausgang fand.

Schließlich kam er auf die Landstraße. Das blinde, mühselige Umherstolpern im Dunkeln hatte ihn abgelenkt. Aber nun mußte er irgendeine Richtung nehmen. Dabei wußte er nicht einmal, wo er war. Also wohin jetzt? Einfach weitergehen, weggehen half nichts. Er mußte sich entschließen.

Auf der Straße, deren Zug sich in der pechschwarzen Nacht ein wenig abhob, stand er still und wußte nicht, wo er war. Ein eigentümliches Gefühl. Ihm klopfte das Herz in all dem unbekannten Dunkel. Eine Weile blieb er stehen.

Dann hörte er Schritte und sah ein kleines Licht hin und her schwanken. Er ging darauf zu. Es war ein Bergmann.

«Können Sie mir sagen, wohin der Weg geht?» – «Dieser Weg hier? Jawohl, auf Whatmore zu.» – «Whatmore! Stimmt. Danke schön! Ich dachte, ich wäre hier nicht richtig. Guten Abend.» – «'n Abend», kam es breit zurück.

Gerald konnte sich ungefähr denken, wo er war. Jedenfalls würde er in Whatmore Bescheid wissen. Er war froh, auf der Landstraße zu sein, und ging weiter, in nachtwandlerischer Entschlossenheit.

War hier das Dorf Whatmore –? Ja, der *Gasthof zum König* – und dort die Pforten des Gutsparks. Er kam ins Laufen, als es den steilen

Hügel hinabging. Dann schlängelte sich der Weg durch die Schlucht, und er kam an der Schule vorbei zur Kirche von Willey Green. Der Kirchhof! Er blieb stehen.

Im nächsten Augenblick war er über die Mauer geklettert und ging zwischen den Gräbern umher. Sogar in der Dunkelheit konnte er den bleichen Haufen welker weißer Blumen erkennen. Hier war das Grab. Er bückte sich. Die Blumen waren kalt und klebrig, ein roher Geruch von vergehenden Chrysanthemen und Tuberosen schlug ihm entgegen. Darunter fühlte er schaudernd die Erde, sie war gräßlich kalt und feucht. Er trat zurück und wandte sich ab.

Dies war also der eine Mittelpunkt, hier in der schwarzen Nacht, am unsichtbaren frischen Grab. Was sollte er hier? Ihm war, als legte sich ihm etwas von dem kalten, unsaubern Lehm aufs Herz. Genug davon!

Wohin also? – Nach Hause? – Niemals! Das war sinnlos. Schlimmer als sinnlos. Das ging nicht an. Es gab einen andern Ort. Wo?

Ein gefährlicher Vorsatz stieg ihm im Herzen auf wie eine fixe Idee. Gudrun – sie lag geborgen in ihrem Hause. Doch er konnte zu ihr – und er wollte. Heute nacht wollte er nicht wieder nach Hause, ohne bei ihr gewesen zu sein, und wenn es ihn das Leben kostete. Alles, was er war, setzte er auf den einen Wurf.

Er ging geradewegs durch die Felder nach Beldover. Es war so dunkel, kein Mensch konnte ihn sehen. Seine Füße waren naß und kalt und schwer von dem Lehm, der daran klebte. Aber beharrlich wie ein anhaltender Wind schritt er vorwärts, als ginge er dem Schicksal entgegen. Große Lücken klafften in seinem Bewußtsein. Er wußte, er war in dem kleinen Dorf Winthorpe, hatte aber keine Ahnung, wie er dahin gekommen war. Und unvermittelt wie im Traum ging er dann plötzlich auf der langen Hauptstraße von Beldover zwischen den Straßenlaternen.

Er hörte Stimmen, eine Tür wurde laut zugeschlagen und verriegelt, Männer sprachen miteinander im Dunkeln. Der *Lord Nelson* wurde gerade geschlossen, und die Gäste gingen nach Hause. Er wollte doch lieber einen von ihnen nach ihrer Wohnung fragen – die Seitenstraßen kannte er gar nicht.

«Können Sie mir vielleicht sagen, wo Somerset Drive ist?» fragte er einen der Torkelnden. – «Wo was ist?» antwortete eine betrunkene Stimme. – «Somersit Drive.» – «Somerset Drive! – Ja, da hab ich mal was von gehört, aber wo das ist, kann ich nun wahrhaftig nicht sagen. Zu wem wollen Sie denn da?» – «Zu Mr. Brangwen – William Brangwen.» – «William Brangwen –?» – «Dem Lehrer an der höheren Schule in Willey Green – seine Tochter ist da auch.» – «A-ch ja-a-a, Brangwen! Nun weiß ich. Natürlich, William Brangwen! Gewiß, der hat ja auch noch zwei Mädels, die Lehrerinnen sind, außer ihm selbst. Jawohl, der – der ist das! Ich weiß ja auch ganz genau, wo der wohnt, was wollen wir wetten? Gott – wie heißt es da noch?»

«Somerset Drive», wiederholte Gerald geduldig. Er kannte seine Ar-

277

beiter einigermaßen. – «Somerset Drive, ja natürlich!» Der Arbeiter griff mit dem Arm in die Luft, als hätte er etwas gefangen. «Somerset Drive – hab ich's nicht gesagt? Ich konnte bloß absolut nicht auf die Lokalität von der Straße kommen. Ja, da weiß ich Bescheid, aber sicher weiß ich da Bescheid.»

Er drehte sich unsicher auf den Füßen um und zeigte die dunkle, nächtlich einsame Straße hinauf. «Da gehen Sie rauf ... und denn die erste ... ja, die erste links ... hier an dieser Seite ... hinter Withams seinem Krämerladen.» – «Ich weiß schon», sagte Gerald.

«Jawohl! Erst ein Ende runter bei dem Schiffer vorbei – und denn geht Somerset Drive, so nennen sie es jawohl, rechts ab ... rechts ab, und da sind man drei Häuser drin, mehr nicht, glaub ich ... und ich mein doch bestimmt, das letzte ist es ... das letzte von die drei ... verstehen Sie ...»

«Besten Dank», sagte Gerald. «Guten Abend.» Er ging weg und ließ den Betrunkenen wie angewurzelt stehen.

Gerald ging an dunklen Läden und Häusern vorbei, in denen es meistens schon ganz still war, und bog in die kleine Straße ein, die in einem dunklen Feld endete. Als er seinem Ziel näher kam, ging er langsamer und überlegte, wie er hineinkommen sollte. Wenn nun das Haus nachts verschlossen wäre?

Es war offen. Er sah ein großes erleuchtetes Fenster und hörte jemand reden. Eine Pforte schlug zu. Mit feinem Gehör erkannte er Birkins Stimme, seine scharfen Augen gewahrten Birkin und neben ihm Ursula im hellen Kleid, auf der Stufe, die in den Garten führte. Dann kamen sie Arm in Arm auf die Straße herunter.

Gerald ging hinüber ins Dunkel, und die beiden schlenderten glücklich schwatzend an ihm vorbei, Birkin sprach leise, Ursula laut und deutlich. Gerald ging rasch auf das Haus zu.

Vor dem großen, erleuchteten Fenster des Eßzimmers wurden die Vorhänge zugezogen. Er blickte den Gartenweg hinauf, der seitlich zum Hause führte. Die Haustür stand offen, und das weiche, farbige Licht der Flurlampe fiel hinaus auf den Kies. Schnell und leise ging er hinein und sah in den Flur. Bilder hingen an den Wänden, ein Hirschgeweih, auf der einen Seite ging die Treppe hinauf, und gleich daneben stand die Tür zum Eßzimmer halb offen.

Gerald nahm sein Herz in die Hand und trat in den Flur. Rasch ging er über den buntgekachelten Fußboden an die Tür und warf einen Blick in das große, hübsche Zimmer. In einem Stuhl am Feuer saß Vater Brangwen und schlief. Der Kopf war gegen den großen Eichenkamin zurückgefallen, so daß Gerald das rote Gesicht mit offenen Nasenlöchern und etwas herabgesunkenem Unterkiefer in der Verkürzung sah. Der kleinste Laut konnte den Alten wecken.

Gerald stand einen Augenblick unschlüssig. Dann blickte er hinter sich in den Gang. Da war alles dunkel. Noch ein kurzes Besinnen, und er ging schnell hinauf. Seine Sinne waren unnatürlich scharf, ihm war, als würfe er seinen Willen wie ein Netz über das halb schlafende Haus.

Er kam in den ersten Stock, blieb stehen und atmete kaum. Entsprechend der Tür unten war hier auch eine Tür. Es war offenbar das Zimmer der Mutter. Er hörte sie, wie sie im Kerzenlicht herumwirtschaftete, sie wartete wohl auf ihren Mann. Er blickte den dunklen Flur hinunter.

Dann ging er leise weiter, mit unendlich behutsamen Schritten, und tastete die Wand mit den äußersten Fingerspitzen ab. Da war eine Tür. Er blieb stehen und horchte. Zwei Menschen atmeten drinnen. Also nicht sie. Er schlich weiter. Da, noch eine Tür, nur angelehnt. Das Zimmer war dunkel. Leer. Dann kam das Badezimmer, er roch die Seife und den Wasserdampf. Zuletzt noch ein Schlafzimmer – jemand atmete leise. Das war sie.

Mit fast hellseherischer Vorsicht drückte er die Klinke auf und öffnete die Tür ein wenig. Sie knarrte. Er öffnete ein bißchen weiter – noch ein bißchen. Sein Herz schlug nicht, es war, als schüfe er um sich einen Ring von Stille und Vergessen.

Da war er im Zimmer. Noch immer atmete der Schläfer sanft. Es war sehr dunkel. Zoll um Zoll tastete er seinen Weg vorwärts, mit Füßen und Händen. Er faßte das Bett an, er hörte den Schläfer atmen, kam näher und beugte sich dicht über das Bett, als wollten seine Augen alles darin entdecken. Und ganz nahe an seinem Gesicht, vor seinen bangen Augen, sah er den runden, dunklen Kopf eines Knaben.

Er faßte sich, drehte um und sah durch die offene Tür einen schwachen Lichtschein. Rasch ging er hinaus, zog die Tür an, ohne sie einzuklinken, und kehrte geschwind zur Treppe zurück. Da besann er sich. Noch war es Zeit zu entfliehen.

Doch daran war nicht zu denken. Er wollte seinen Willen haben. Wie ein Schatten glitt er an der Tür des Schlafzimmers der beiden Alten vorbei und stieg die zweite Treppe hinauf. Die Stufen knarrten zum Verzweifeln. Und das Unglück, wenn die Mutter unten die Tür öffnete und ihn sähe! Gut, dann sollte es so sein. Aber noch hatte er die Gewalt.

Er war noch nicht ganz oben, als unten jemand rasch gelaufen kam. Die Haustür wurde geschlossen und verriegelt, er hörte Ursulas Stimme, dann einen schlaftrunkenen Ausruf des Vaters. Eilig stieg er hinauf in den oberen Stock.

Auch hier stand eine Tür offen, ein Zimmer war leer. Hastig fühlte er sich mit den Fingerspitzen vorwärts wie ein Blinder, voll Furcht, Ursula könnte heraufkommen. Er fand noch eine Tür und horchte mit übernatürlich feinen, wachen Ohren. Es bewegte sich jemand im Bett. Das konnte sie sein.

Leise, wie jemand, der nur einen einzigen Sinn hat – den Tastsinn –, drückte er auf die Klinke. Sie schnappte auf. Er hielt sie fest. Die Bettdecken raschelten. Sein Herz klopfte nicht. Dann zog er die Klinke wieder nach oben und schob ganz sacht die Tür auf. Sie klemmte sich ein bißchen und machte ein Geräusch.

«Ursula?» kam Gudruns erschrockene Stimme. Er öffnete rasch die Tür und lehnte sie hinter sich wieder an.

«Bist du es, Ursula?» klang es ängstlich aus dem Dunkel. Er hörte, wie sie sich im Bett aufsetzte. Im nächsten Augenblick mußte sie schreien.

«Nein, ich», sagte er und tastete sich zu ihr hin. «Ich bin es, Gerald.» Sie saß ganz still im Bett in ihrer Bestürzung. So erstaunt, so überrascht war sie, daß sie nicht einmal Angst hatte.

«Gerald!» echote sie in leerem Staunen. Er hatte den Weg ans Bett gefunden, und seine ausgestreckte Hand berührte unwissentlich ihre warme Brust. Sie fuhr zurück. «Ich mache Licht», sagte sie und sprang aus dem Bett.

Er stand da und rührte sich nicht. Er hörte, wie sie nach der Streichholzschachtel griff, hörte, wie ihre Finger sich bewegten. Dann sah er sie bei der Flamme des Streichholzes, mit dem sie die Kerze anzündete. Das Licht erhellte das Zimmer und sank dann in Halbdunkel zusammen, die Flamme wurde am Docht ganz klein, ehe sie voll aufleuchtete.

Sie sah ihn an. Er stand an der andern Seite des Bettes, die Mütze tief in der Stirn, den schwarzen Mantel bis unters Kinn zugeknöpft. Sein Gesicht war seltsam hell. Ihm war nicht zu entrinnen – so wenig wie man einem Gott entrinnen kann. Als sie ihn gesehen hatte, wußte sie alles. Was geschah, war Schicksal, und sie mußte es hinnehmen. Doch ohne weiteres gab sie sich nicht.

«Wie bist du heraufgekommen?» fragte sie. – «Die Treppe herauf ... die Tür war offen.» – Sie sah ihn an. – «Die Tür hier habe ich auch nicht zugemacht», sagte er. Da ging sie rasch an die Tür, schloß leise ab und kam wieder.

Sie war sehr schön mit ihren erschrockenen Augen und heißen Wangen. Im Rücken hing der ziemlich kurze, dicke Zopf, das lange, feine weiße Nachthemd fiel ihr bis auf die Füße.

Sie sah seine schmutzigen Stiefel – und sogar an den Hosen klebte der Lehm –, und ihr kam der Gedanke, ob er wohl den ganzen Weg herauf Spuren hinterlassen hätte. Er machte eine höchst sonderbare Figur da in ihrem Schlafzimmer neben dem zerwühlten Bett.

«Warum bist du gekommen?» fragte sie fast barsch. – «Ich mußte.» Das sah sie ihm an. Sein Gesicht war Schicksal.

«Du bist ja so schmutzig», sagte sie mit einigem Mißfallen, aber doch freundlich. Er sah auf seine Füße: «Ich bin im Dunkeln herumgelaufen.» Ihm kam es fast wie Übermut. Dann schwiegen sie. Er stand auf der einen Seite des Bettes, sie auf der andern. Nicht einmal die Mütze nahm er ab.

«Und was willst du von mir?» warf sie ihm hin. Er blickte beiseite und antwortete nicht. Wäre nicht sein eigentümlich klares Gesicht so über-

aus schön, so geheimnisvoll anziehend gewesen, sie hätte ihn wegge-
schickt. Doch diese Züge waren allzu wunderbar, ein unerforschtes Land.
Sie hielten sie gebannt mit dem Zauber des Schönen, schmerzlich, wie
Heimweh.

«Was willst du von mir?» wiederholte sie in einem fremden Ton. Er
nahm die Mütze ab mit einer Bewegung, als erwachte er aus einem
Traum, und kam zu ihr herüber. Doch konnte er sie nicht anrühren, weil
sie barfuß im Nachthemd vor ihm stand und er naß und schmutzig war.
Sie sah ihn mit großen, weitgeöffneten Augen fragend an.

«Ich bin gekommen... weil ich muß», sagte er. «Warum fragst du?»
– Voll Zweifel und Staunen sah sie ihm ins Gesicht. «Ich muß fragen.»
– Er schüttelte leise den Kopf. «Darauf gibt es keine Antwort», sagte er
eigentümlich hohl.

Er hatte eine kindliche Geradheit, etwas von der Einfalt eines Gottes.
Wie eine Erscheinung mutete er sie an – der junge Hermes.

«Warum bist du hierhergekommen?» fragte sie hartnäckig. –
«Weil... es muß so sein. Wenn du nicht auf der Welt wärst, so wäre
ich auch nicht auf der Welt.»

Sie stand da und staunte ihn mit großen, betroffenen Augen an. Seine
Augen sahen unverwandt in die ihren, er war wie gebannt in einem
wahnwitzigen, übernatürlichen Beharren. Sie seufzte. Nun war sie verloren. Sie hatte keine Wahl.

«Willst du nicht die Stiefel ausziehen?» fragte sie. «Sie müssen doch
naß sein.» Er ließ die Mütze auf einen Stuhl fallen, machte den Mantel
auf und hob das Kinn, um die Knöpfe am Hals zu öffnen. Sein leuchtendes, kurzes Haar war wirr. Es war so herrlich blond, wie Weizen. Da
nahm er den Mantel ab.

Schnell zog er die Jacke aus, machte die schwarze Krawatte auf und
öffnete die Perlenknöpfe im Hemd. Sie sah zu und hoffte, daß niemand
das gestärkte Leinen knattern hörte. Ihr klang es wie Pistolenschüsse.

Er war gekommen, um wieder er selbst zu werden. Sie duldete, daß er
sie in den Armen hielt und sie fest an sich drückte, und er fand unendliche Linderung bei ihr. In sie ergoß er all die Finsternis, all den fressenden Tod, der in ihm aufgestaut war, und wurde wieder heil. Es war ein
Wunder, das Wunder seines immer neu wiederkehrenden Lebens, und
er erkannte es, verloren im überschwenglichen Staunen der Erlösung.
Sie war ihm untertan und nahm ihn in sich auf, wie ein Gefäß den bittern Trank des Todes aufnimmt. Jetzt konnte sie ihm nicht mehr widerstehen. Die furchtbar schwere Wildheit des Todes wallte in sie hinüber,
und sie ließ es zu mit ekstatischer Ergebung, unter gewaltsam stechenden
Zuckungen des Gefühls.

Er kam näher und näher und tauchte in ihre sanfte, einhüllende Wärme, und wunderbar schöpferische Glut drang ihm in alle Adern und gab
ihm das Leben wieder. Er fühlte, wie er sich löste und in dem Bad ihrer
lebendigen Kraft versank. Das Herz in ihrer Brust war ihm die allsie-

gende Sonne, er stürzte sich immer tiefer in ihre glühende Schöpferkraft. All seine Adern, die zerfleischten, zerrissenen, heilten sacht, als das Leben wieder in sie einströmte, unsichtbar wie die Allmacht der Sonne. Sein Blut, das ihm in den Tod verronnen schien, flutete zurück, sicher und herrlich.

Er fühlte seine Glieder schwellen und biegsam werden von neuem Leben, sein Körper hatte nie gekannte Kraft. Er war wieder Mann, stark und ganz. Und zugleich ein Kind, beschwichtigt, genesen, und so dankbar.

Und das lebendige Bad war sie, er betete sie an als die Mutter und die Fülle alles Lebens. Er, Kind und Mann zugleich, nahm von ihrem Reichtum und genas. Sein Körperliches war fast tot gewesen. Aber die wunderbar gelinde Macht ihrer Brust rann über sein krankes, verdorrtes Hirn wie ein heilender Quell, wie der kühle, tröstliche Strom des Lebens selber, und tränkte ihn, als wäre er wieder im Mutterschoß.

Sein Hirn war verletzt und versengt, all sein Gewebe wie zerrissen. Er hatte nicht gewußt, wie wund er war, wie die Zellen seines Hirns gelitten hatten unter der fressenden Flut des Todes. Nun, da die heilende Quelle ihres Wesens in ihn überfloß, wußte er, daß er zerstört gewesen war wie eine Pflanze, deren Gewebe der Frost von inwendig geborsten hat.

Er begrub seinen schmalen, harten Kopf zwischen ihren Brüsten und preßte sie sich gegen die Wangen. Und sie drückte mit zitternden Händen seinen Kopf an sich, während er hingeströmt dalag, und sie so völlig bewußt. Die schöne Schöpferwärme rieselte durch seine Adern wie ein fruchtbarer Schlaf im Mutterschoß. Wenn sie ihn nur spendete, den lebendigen Strom, dann würde er genesen und heil werden. Er hatte Angst, sie könnte sich ihm entziehen, ehe es vollendet wäre. Gierig hielt er an ihr fest, wie das Kind an der Brust, sie konnte ihn nicht fortstoßen. Und seine welke, versehrte Haut dehnte sich und wurde weich, das Verdorrte, Starre, Versengte wurde geschmeidig und atmete neues Leben. Er war unendlich dankbar, wie ein Mensch gegen Gott, wie ein Neugeborenes an der Mutterbrust. Es war ein Rausch seliger Dankbarkeit, als sich der tiefe, unsägliche Schlaf völliger Erschöpfung und Genesung über ihn senkte und er fühlte, daß er wieder er selbst wurde.

Aber Gudrun lag wach, vernichtet in Bewußtheit. Sie regte sich nicht, ihre Augen starrten unbeweglich in die Nacht, während er, in Schlaf entrückt, sie noch in seinen Armen hielt.

Ihr war, als hörte sie Wellen an einer verborgenen Küste branden, lange, träge, trübe Wellen, die sich brachen in dem Maß, das ihnen gesetzt war, eintönig wie die Ewigkeit. Dies endlose Rauschen der langsamen, verdrossenen Wellen des Schicksals hielt all ihr Leben gefangen, als sie so mit dunklen, weit offenen Augen dalag und in die Finsternis starrte. Sie sah so weit, bis in die Ewigkeit – und sah doch nichts. Ihr Wesen steckte in vollkommener Bewußtheit – und was wußte sie?

282

Die höchste Not, in der sie wie gelähmt dalag und in die Ewigkeit sah, aller Dinge bewußt, ging vorüber und ließ sie unruhig zurück. Sehr lange hatte sie regungslos dagelegen. Sie bewegte sich und fühlte sich wieder. Sie wollte ihn gern ansehen, ihn sehen.

Aber sie wagte nicht, Licht zu machen. Dann mußte er aufwachen, und sie wollte den tiefen Schlaf nicht unterbrechen, den sie ihm gegeben hatte.

Behutsam machte sie sich aus seinen Armen frei und setzte sich ein bißchen auf, um ihn anzusehen. Es kam ihr vor, als dämmerte es ganz schwach. Sie konnte seine Züge erkennen, wie er im tiefsten Schlummer da lag, im Dunkeln glaubte sie ihn ganz deutlich zu sehen. Und doch war er weit weg. Sie hätte aufschreien können vor Qual, er war so fern und vollkommen, ganz in einer andern Welt. Wie ein Kieselstein sah sie ihn tief unten im klaren, dunklen Wasser liegen. Sie war hier zurückgeblieben in aller Angst der Bewußtheit, während er tief hinabgesunken war in das andere, ferne Element unbewußten, lebendigen Helldunkels. Er war schön, weit weg, ohne Mangel. Sie konnten niemals beieinander sein. Ach die grausige, unmenschliche Ferne, die sie immer von dem andern Menschen trennen mußte!

Sie konnte nichts tun als still liegen und aushalten. Es überkam sie eine überwältigende Zärtlichkeit, die den dunklen Stachel eifersüchtigen Hasses in sich barg: er war so vollkommen und so frei in seiner fremden Welt, während sie, gepeinigt von gewaltsamer Wachheit, verbannt war in die äußere Nacht.

In angespannter, greller Bewußtheit lag sie da, in einem erschöpfenden Überbewußtsein. Die Kirchenuhr schlug die Stunden, rasch hintereinander, meinte sie. Sie hörte es übermäßig deutlich. Und er schlief, als sei die Zeit ein Augenblick, unveränderlich und unbewegt.

Sie war erschöpft und müde und konnte doch dem unnatürlich geschäftigen Wachsein nicht entfliehen. Alles sah sie vor sich, ihre Kindheit, ihre Mädchenzeit, die vergessenen kleinen Geschehnisse, die unbegriffenen Einflüsse, alles, was sie damals nicht verstanden hatte von den Dingen, die ihre und ihrer Familie, ihren Freunden, ihren Liebhabern, ihren Bekannten, allen Menschen überhaupt begegnet waren. Ihr war, als zöge sie ein glitzerndes Seil der Erkenntnis aus dem Meer des Dunkels. Sie zog und zog es herauf aus der bodenlosen Tiefe der Vergangenheit, es war noch immer nicht zu Ende. Es hatte gar kein Ende. Fort und fort mußte sie das schillernde Seil aus den unendlichen Schlünden des Unbewußten hervorzerren, bis sie müde war, wund, erschöpft, nah am Zusammenbrechen. Und immer war sie noch nicht fertig.

Wenn sie ihn nur wecken könnte! Unruhig bewegte sie sich hin und her. Wann konnte sie ihn wecken und wegschicken? Wann durfte sie ihn stören? Und wieder fiel sie in die mechanisch arbeitende Bewußtheit zurück, die kein Ende nehmen wollte.

Doch der Augenblick kam näher, da sie ihn wecken konnte. Es war wie eine Erlösung. Draußen im Dunkeln hatte die Uhr vier geschlagen. Gott sei Dank, bald wurde es Tag. Um fünf mußte er weg, dann war sie erlöst. Dann konnte sie sich frei machen und Ruhe finden. Jetzt rieb sie sich an seinen tiefen, ruhigen Atemzügen, wie ein heißgeschliffenes Messer auf dem Schleifstein. Es hatte etwas Ungeheuerliches, wie er da neben ihr lag.

Die letzte Stunde war die längste. Schließlich ging auch sie vorüber. Ihr Herz jauchzte, sie war erlöst – ja, da schlug die Kirchenuhr, laut, langsam –, nun endlich, nach der Ewigkeit dieser Nacht! Sie wartete, bis jeder einzelne Schlag verhallt war. «Drei – vier – fünf!» Eine Last fiel von ihr ab.

Sie erhob sich, beugte sich zärtlich über ihn und küßte ihn. Er tat ihr so leid. Nach einer kleinen Weile küßte sie ihn noch einmal. Er regte sich nicht, er schlief so himmlisch fest. Es wäre doch jammerschade, ihn zu wecken. Sollte sie ihn noch ein bißchen liegen lassen? Aber er mußte weg – es half nichts.

Mit überquellender Zärtlichkeit nahm sie sein Gesicht in beide Hände und küßte ihn auf die Augen. Sie öffneten sich, und er sah sie regungslos an. Ihr stand das Herz still. Um ihr Gesicht vor den furchtbaren Augen zu verbergen, die sie aus dem Dunkel anstarrten, beugte sie sich zum Kuß hernieder und flüsterte: «Lieb, du mußt gehen.»

Ihr war elend vor Angst. Er legte die Arme um sie. Sie verzagte. «Liebster, du mußt weg, es ist Zeit.» – «Wie spät ist es?» fragte er.

Merkwürdig, die Männerstimme. Sie schauderte. Es bedrückte sie mehr, als sie ertragen konnte. «Fünf Uhr vorbei», sagte sie.

Doch er umfing sie von neuem. Ihr schrie das Herz vor Qual. Sie machte sich entschlossen los: «Wirklich, du mußt jetzt gehen!» – «Gleich», sagte er.

Sie lag still und schmiegte sich an ihn, aber sie gab sich nicht. «Gleich», wiederholte er und schloß sie fester in die Arme. – «Nein», sagte sie. «Mir wird angst, wenn du noch hierbleibst.»

Eine eigene Kälte in ihrem Ton bestimmte ihn, sie loszulassen. Rasch zündete sie die Kerze an. Nun war es also vorbei!

Er stand auf, warm von Leben und Begehren. Doch schämte er sich ein bißchen, als er sich im Kerzenlicht vor ihr anziehen mußte. Er fühlte sich herabgesetzt, weil er ihren Blick aushalten mußte, während sie ihm doch eigentlich entgegen war. Es war alles sehr schwer zu begreifen. Er zog sich rasch an, Kragen und Krawatte ließ er weg. Doch fühlte er sich wieder ganz er selbst und war geheilt. Sie fand es beschämend, einen Mann sich anziehen zu sehen: das lächerliche Hemd, die lächerlichen Hosen und Hosenträger. Aber – wieder rettete sie ein Gedanke: ‹Wie ein Bergmann, der aufsteht und an die Arbeit geht. Und ich bin die Bergmannsfrau.› Doch war ihr elend zumute, übel fast. Sie ekelte sich vor ihm.

Er steckte Kragen und Krawatte in die Tasche seines Überziehers.

Dann setzte er sich und zog die Stiefel an. Sie waren durchnäßt, auch seine Strümpfe und Hosenkanten. Er selbst aber war warm und lebendig.

«Du solltest die Stiefel vielleicht lieber erst unten anziehen», sagte sie. Sofort, ohne ein Wort, zog er sie wieder aus und stand vor ihr, mit den Stiefeln in der Hand. Sie war in ihre Morgenschuhe geschlüpft und hatte einen leichten Überwurf um die Schultern genommen. Nun war sie fertig und sah ihn an, wie er dastand und wartete, den Mantel bis ans Kinn zugeknöpft, die Mütze bis über die Augen gezogen, die Stiefel in der Hand. Und sein ganzer Zauber war im Augenblick wieder in ihr lebendig, leidenschaftlich, wie Haß. Es war noch nicht vorbei. Sein Gesicht war so warm, die Augen so offen, voll junger, schöner Frische. Sie fühlte sich unglaublich alt. Mit schwerem Schritt trat sie zu ihm, damit er sie küßte. Er gab ihr einen flüchtigen Kuß. Wäre sie doch seiner warmen, ausdruckslosen Schönheit nicht so schicksalhaft verfallen, ausgeliefert, untertan! Es war ihr eine Last, sie lehnte sich dagegen auf und konnte sie doch nicht abwerfen. Wenn sie die geraden männlichen Brauen ansah, die ziemlich kleine, wohlgebildete Nase und die blauen, unbekümmerten Augen, dann wußte sie, ihre Leidenschaft war noch nicht gestillt. Sie wurde wohl nie ganz gestillt. Aber jetzt war sie müde und krank und wünschte, er wäre erst weg.

Sie gingen rasch hinunter, es kam ihnen vor, als machten sie unglaublichen Lärm. Er folgte ihr, sie ging voran in ihrem lebhaft grünen Überwurf und leuchtete mit der Kerze. Sie hatte große Angst, ihre Eltern und Geschwister könnten aufwachen. Ihm war es fast gleichgültig. Jetzt fragte er nicht mehr danach, ob es jemand wüßte. Und sie haßte ihn darum. Man mußte doch vorsichtig sein und sich sichern.

Sie ging voran in die Küche. Dort war es sauber und ordentlich, wie die Aufwärterin es am Abend zurückgelassen hatte. Er sah nach der Küchenuhr – zwanzig Minuten nach fünf. Dann setzte er sich auf einen Stuhl und zog die Stiefel an. Sie wartete und folgte jeder Bewegung mit den Augen. Wenn es doch vorüber wäre! Es ging ihr entsetzlich auf die Nerven.

Er stand auf – sie schloß die Hintertür auf und blickte hinaus. Kalte, rohe Nachtluft, noch kein Frühlicht, am dämmerigen Himmel glänzte ein halber Mond. Sie war froh, daß sie nicht mit ihm zu gehen brauchte.

«Leb wohl also», flüsterte er. – «Ich komme mit an die Pforte», sagte sie. Wieder ging sie eilig vor ihm her, die Stufen hinunter. An der Pforte blieb sie oben im Garten, und er stand auf der Straße.

«Leb wohl», flüsterte sie. Er küßte sie pflichtschuldigst und ging weg. Bei seinen festen Schritten, die so laut auf dem Pflaster hallten, litt sie Qualen. Wie unempfindlich war dieser feste Schritt!

Sie schloß die Pforte und kroch flink und geräuschlos wieder ins Bett. Als sie hinter verschlossener Tür sicher in ihrem Zimmer war, atmete sie auf, und ein schwerer Stein fiel ihr vom Herzen. Sie kuschelte sich ins

Bett, an den Platz, wo er gelegen hatte. Erregt, erschöpft, und doch zufrieden, fiel sie bald in tiefen, schweren Schlaf.

Gerald ging rasch durch die rauhe Morgendämmerung. Er begegnete keinem Menschen. Sein Geist war klar und ohne Gedanken, wie ein stiller Teich, und der Körper lebendig, kräftig, warm. Rasch ging er den Weg zurück nach Shortlands in dankbarem Selbstgenügen.

25

Heiraten oder nicht heiraten

Die Familie Brangwen war im Begriff, von Beldover wegzuziehen. Der Alte mußte jetzt in der benachbarten, größeren Stadt wohnen.

Birkin hatte die Papiere für die Heirat in Ordnung gebracht, aber Ursula zögerte immer noch. Sie wollte keinen bestimmten Tag festsetzen – sie war noch nicht entschlossen. Ihre Kündigungsfrist in der Schule war schon bis zur dritten Woche abgelaufen. Weihnachten rückte heran.

Gerald wartete auf Ursulas und Birkins Hochzeit. Er sah darin etwas Entscheidendes für sich selbst.

«Wollen wir die Formalitäten nicht gleich doppelt abmachen?» sagte er eines Tages zu Birkin. – «Und wer soll das andere Paar sein?» – «Gudrun und ich.» In Geralds Augen funkelte es verwegen.

Birkin sah ihn groß an, ein bißchen überrascht. «Ernst oder Spaß?» – «Nein, im Ernst. Soll ich? Sollen wir beiden uns auch hineinstürzen?»

«Sicher sollt ihr das. Ich wußte gar nicht, daß ihr schon soweit seid.» – «Wie weit?» Gerald sah ihn lachend an. «O doch, wir sind fix und fertig!» – «So bleibt also nur noch übrig, die Sache auf eine breite soziale Basis zu stellen und einen hohen moralischen Zweck zu erfüllen.» – «Ja, so ähnlich, Länge, Breite ... und Höhe!» Gerald lächelte.

«Nun also, dann wäre es doch wohl sehr anerkennenswert», meinte Birkin. – Gerald sah ihn fest an. «Bist du denn gar nicht begeistert? Ich dachte, du wärst solch ein Eheapostel.» – Birkin zuckte die Achseln. «Ebensogut könnte man Nasenapostel sein. Es gibt alle möglichen Nasen, Stupsnasen und wer weiß was alles ...» – Gerald lachte. «Und alle möglichen Ehen, auch Stupsehen und Gott weiß was!» – «Nun eben.» – «Und du meinst, wenn ich heirate, gibt es eine Stupsehe?» neckte Gerald und legte den Kopf ein bißchen schief. – Birkin lachte kurz. «Wie soll ich wissen, wie das ausfällt! Führ mich nicht aufs Glatteis mit meinen Vergleichen ...»

Gerald überlegte einen Augenblick. «Aber ich möchte gern genau wissen, wie du darüber denkst.» – «Ob du heiraten sollst? ... Übers Heiraten im allgemeinen? Was soll ich darüber denken? Gar nichts. Die

286

bürgerliche Ehe interessiert mich nicht im geringsten. Die reine Formfrage.»

Noch immer sah Gerald ihn unverwandt an. «Doch wohl mehr als das», sagte er ernst. «Mag dir die Ehemoral noch so langweilig geworden sein: wenn du selbst tatsächlich heiraten sollst, so ist das doch eine bedenkliche Sache, ein Entschluß fürs Leben...» – «Du meinst, wenn man mit einem Mädchen zum Standesamt geht, ist es nie recht wiedergutzumachen?» – «Wenn du auch mit ihr wieder zurückkommst, nein. Dann kann man nachher wenig daran ändern.» – «Da hast du recht.» – «Einerlei, wie man über die bürgerliche Ehe denkt, für einen selbst ist es doch nie wiedergutzumachen, wenn man sich einmal verheiratet hat...» – «In gewisser Beziehung sicher nicht.»

«Die Frage ist also, soll man es tun.» – Birkin beobachtete den Freund genau, er machte ihm Spaß. «Du bist ja wie Lord Bacon, Gerald, wendest es hin und her wie ein Jurist... oder wie Hamlet: Sein oder Nichtsein! Wenn ich du wäre, ich heiratete nicht. Aber frag Gudrun, nicht mich. Mich willst du doch nicht heiraten?»

Gerald achtete nicht auf seine letzten Worte. «Man muß es kühl überlegen, es ist etwas Entscheidendes. Man kommt schließlich auf einen Punkt, wo man nach der einen oder andern Seite einen Schritt tun muß. Die Ehe ist die eine Seite...»

«Und die andere?» fragte Birkin rasch. – Gerald sah ihn an mit einem heißen, eigentümlich wissenden Blick, den Birkin nicht verstand. «Ich weiß nicht. Wenn ich das wüßte...» Er trat unruhig von einem Fuß auf den andern und führte den Satz nicht zu Ende.

«Du meinst, wenn du wüßtest, was einem sonst bevorsteht? Und da du es nicht weißt, behilfst du dich mit dem *pis-aller* der Ehe.» – Gerald sah Birkin wieder an, mit demselben heißen, gepreßten Ausdruck in den Augen. «Man hat wirklich das Gefühl, die Ehe ist ein *pis-aller*», gab er zu.

«Dann heirate lieber nicht! Ich sage dir ja, Ehe im alten Sinn ist mir widerlich. *Égoïsme à deux* drückt es noch gar nicht aus. Eine Art heimliche Hetzjagd in Paaren: die ganze Welt in Paare aufgeteilt, jedes Paar im eigenen kleinen Haus, besorgt um die eigenen kleinen Interessen, schmorend im eigenen Privatleben... das Abstoßendste, was man sich denken kann.»

«Das meine ich auch, es hat etwas Spießiges. Aber wie gesagt, was gibt es sonst?» – «Diesem Trieb nach dem eignen Heim darf man nicht nachgeben. Es ist gar kein natürlicher Trieb, nur feige Gewohnheit. Man sollte nie eine Häuslichkeit haben.»

«Ich bin ganz und gar deiner Meinung, aber es gibt ja nichts anderes.» – «Man muß eben etwas anderes finden. Ich glaube an eine dauerhafte Verbindung von Mann und Frau; überall herumpirschen reibt einen nur auf. Doch ist solche Beziehung zwischen Mann und Frau nicht alles ... sicher nicht.»

«Das stimmt», sagte Gerald. – «Es ist doch so: die Verbindung von Mann und Frau wird zur höchsten und einzigen menschlichen Beziehung erhoben, und daher kommt all die Enge und all das Gewöhnliche und Unvollkommene.» – «Da hast du sicher recht.» – «Man muß das Ideal der ehelichen Liebe von seinem Piedestal herunternehmen. Wir brauchen mehr. Ich glaube an eine vollkommene Beziehung zwischen zwei Männern, als Ergänzung... neben der Ehe.»

«Ich kann nie begreifen, wie das dasselbe sein soll», sagte Gerald. – «Dasselbe nicht... aber ebenso wichtig, ebenso fruchtbar, ebenso heilig, wenn du willst.» – «Ich weiß, du glaubst an dergleichen. Siehst du, und ich, ich kann es nicht fühlen.» Er legte die Hand auf Birkins Arm, liebreich, wie beschwörend, und hatte dabei ein fast triumphierendes Lächeln.

Er war bereit, in sein Verhängnis zu gehen; heiraten hieß für ihn sein Urteil empfangen. Und er wollte sich zur Ehe verdammen, wollte wie ein Sträfling auf das Leben im Sonnenschein verzichten und in den Stollen unter der Erde fürchterliche Fronarbeit tun. Er nahm das hin. Die Heirat war das Siegel unter dem Urteil, das ihn für alle Zeit hinabstieß in die Unterwelt, eine arme Seele, die in der Verdammnis ewig leben muß: das wollte er. Eine reine Verbindung mit einer andern Seele eingehen wollte und konnte er nicht. Durch die Heirat band er sich nicht an Gudrun, sondern an die bestehende Welt. Und es war sein Wille, die bestehende Ordnung der Dinge, an die er nicht lebendig glaubte, anzunehmen und sich dann fürs ganze Leben in die Unterwelt zurückzuziehen.

Der andre Weg war die Möglichkeit, die Rupert ihm bot: den Bund echter Liebe und reinen Vertrauens mit dem andern Mann zu schließen und, wenn das geschehen war, auch mit der Frau. Wenn er sich dem Mann angelobte, so konnte er auch fähig werden zu einer dauerhaften Verbindung mit der Frau: nicht nur in bürgerlicher, sondern in absoluter, in mystischer Ehe.

Allein, er konnte nicht annehmen, was sich ihm darbot. Er war wie stumpf. Entweder fehlte es ihm an lebendigem Wollen, oder seine Natur war verkümmert. Vielleicht konnte er nur nicht wollen. Denn Ruperts Antrag stimmte ihn merkwürdig hoch. Aber es freute ihn noch mehr, ihn abzulehnen, sich nicht hinzugeben.

26

Ein Stuhl

Jeden Montag nachmittag war Trödelmarkt auf dem alten Marktplatz in der Stadt, und eines Nachmittags verirrten sich auch Ursula und Birkin dorthin. Sie hatten von Einrichtung gesprochen und wollten sehen, ob sie in den Haufen von Plunder, die auf dem Pflaster lagen, nicht etwas fänden, was ihnen gefiele.

Der alte Marktplatz war nicht sehr groß, kahl und mit Granitplatten gepflastert. Meist waren ein paar Obstbuden dort an einer Mauer aufgeschlagen. Es war ein ärmliches Viertel. Dürftige Häuser standen auf der einen Seite, daneben eine Strumpffabrik, eine lange öde Mauer mit unzähligen hohen Fenstern. Auf der andern Seite war eine gepflasterte Fahrstraße mit kleinen Läden, und den krönenden Abschluß bildete die Badeanstalt, ein neues Gebäude aus rotem Backstein mit einem Uhrturm. Die Leute, die herumgingen, waren schmutzig und kümmerlich, es roch schlecht, man hatte ein Gefühl, als führte von da manche Straße in Schlupfwinkel der Gemeinheit. Hin und wieder rollte ein großer gelb und schokoladenbrauner Straßenbahnwagen bei der Strumpffabrik quietschend über eine unbequeme Schleife.

Ursula schauderte ein wenig, als sie mit all den gewöhnlichen Leuten zwischen den Haufen von alten Betten und altem Eisen, zwischen schäbigem, farblosem Geschirr und Bündeln unmöglicher Kleidungsstücke stand. Auch Birkin suchte sich mit einigem Widerwillen einen Weg durch all den Trödel. Er sah sich die Sachen an und Ursula die Leute.

Voll Spannung beobachtete sie eine junge Frau, die ein Kind erwartete, wie sie eine Matratze von allen Seiten untersuchte und einen etwas verängstigt und bedrückt aussehenden jungen Menschen aufforderte, sie auch zu befühlen. Die Frau war ganz bei der Sache, mit eifriger, heimlich tuender Geschäftigkeit, der Jüngling höchst unlustig und träge. Er mußte sie wohl heiraten, weil sie ein Kind erwartete.

Als sie die Matratze geprüft hatten, fragte die junge Frau den Alten, der auf einem Stuhl zwischen seinen Sachen saß, nach dem Preis und nannte die Summe dann ihrem Begleiter. Er schämte sich, blieb zwar stehen, wandte aber verlegen den Kopf weg und murmelte etwas vor sich hin. Noch einmal untersuchte die Frau emsig und begierig die Matratze, machte leise ihre Rechnung und handelte mit dem schmierigen Alten. Der junge Mensch stand die ganze Zeit beschämt und verzagt dabei.

«Sieh hier», sagte Birkin, «ein hübscher Stuhl.» – «O ja, wie reizend!» Ursula war begeistert.

Es war ein Lehnstuhl aus einfachem Holz, anscheinend Birke, aber von so zarter Anmut in der Form, daß einem die Tränen kommen konnten, wenn man ihn da auf dem schmutzigen Pflaster stehen sah. Er war quadratisch, überaus zierlich, ganz rein in den Linien; die Lehne wurde von vier kurzen Leisten gebildet, die Ursula an die Saiten einer Harfe erinnerten.

«Er ist früher vergoldet gewesen», sagte Birkin, «und hatte einen Sitz aus Rohr. Irgend jemand hat später die Holzplatte eingesetzt. Siehst du, hier ist noch eine Spur von der roten Untermalung. Sonst ist er ganz dunkel, nur nicht da, wo er abgegriffen ist und das rohe, blanke Holz zum

Vorschein kommt. Die feine Einheit in den Linien ist doch reizend. Sieh nur, wie sie gegeneinanderlaufen, sich schneiden und sich die Waage halten. Der hölzerne Sitz stört natürlich... die völlige Leichtigkeit und der Zusammenschluß durch das gespannte Rohr sind dahin. Doch mag ich ihn wohl leiden...»

«Ich auch», sagte Ursula, «entzückend ist er.»

«Was kostet er?» fragte Birkin den Mann. – «Zehn Shilling.» – «Wollen Sie ihn mir schicken...?» Sie kauften ihn.

«Wie schön und rein!» sagte Birkin. «Es geht mir wirklich nahe.» Sie gingen an den Haufen von Gerümpel entlang. «Geliebtes Vaterland... es hat etwas zu sagen gehabt, sogar mit diesem Stuhl.» – «Und heute nicht mehr?» fragte Ursula. Sie ärgerte sich immer, wenn er in den Ton verfiel.

«Nein, heute nicht mehr. Wenn ich solchen Stuhl sehe in seiner klaren Schönheit und denke an England, an das England der Jane Austen... selbst damals hatte es noch lebendige Gedanken und reine Freude daran, sie auszudrücken. Und heute bleibt uns nichts, als in Plunderhaufen nach Resten alter Form zu stöbern. Wir sind nicht mehr produktiv, wir bringen nur noch gemeine, dürftige, mechanische Arbeit zustande.»

«Das ist nicht wahr», sagte Ursula. «Warum mußt du immer das Vergangene loben auf Kosten unsrer eignen Zeit? Was war denn viel an dem England der Jane Austen! Materialistisch genug war es doch wohl...»

«Es konnte sich seinen Materialismus auch leisten, weil es die Kraft zu etwas anderem hatte... die wir nicht mehr aufbringen. Wir sind Materialisten, weil wir zu nichts Besserem das Zeug haben. So sehr wir uns abmühen, etwas anderes als Materialismus bringen wir nicht zuwege: Mechanismus, die Seele des Materialismus.»

Ursula schwieg zornig. Sie achtete nicht auf das, was er sagte; da war etwas anderes, was sie empörte. «Ich hasse eure alte Zeit, ich habe sie satt. Sogar den alten Stuhl sollte ich hassen, obwohl er wirklich schön ist. Ich habe eben andre Begriffe von Schönheit. Wäre er nur zerbrochen, als die Zeit vorbei war, die ihn geschaffen hatte, und nicht übriggeblieben, um uns das geliebte Alte zu predigen! Es wird mir zum Überdruß.»

«Nicht so sehr wie mir die verfluchte Gegenwart.» – «Doch, genau ebenso. Ich hasse die Gegenwart... aber ich will nicht, daß die Vergangenheit an ihre Stelle tritt... ich will den alten Stuhl nicht haben.»

Einen Augenblick war er recht ärgerlich. Dann sah er über dem Turm der Badeanstalt den Himmel leuchten, und es war, als vergäße er darüber alles andre. Er lachte. «Gut, dann nehmen wir ihn nicht. Ich habe auch genug von alldem. Wir können nicht immer weiter von den Gebeinen vergangener Schönheit leben.» – «Nein, das geht nicht. Ich will nichts Altes haben.»

«Eigentlich wollen wir ja überhaupt nichts haben», antwortete er. «Der Gedanke an ein eignes Haus und eigne Möbel ist mir schrecklich.»

Einen Augenblick war sie betroffen. Dann sagte sie: «Mir auch. Aber man muß doch einen Ort haben, wo man wohnt.»

«Nicht an einem Ort... allerorten. Einfach irgendwo sein, ohne bestimmten Wohnort. Eine feste Wohnung will ich nicht haben: sobald ein Zimmer eingerichtet ist, möchte man am liebsten davonlaufen. Meine Wohnung in der Mühle ist jetzt ganz fertig, und nun wünsche ich sie dahin, wo der Pfeffer wächst. Eine feste Häuslichkeit, in der aus jedem Möbel eins von den zehn Geboten wird, ist eine entsetzliche Tyrannei.»

Sie gingen weg, sie hängte sich fest in seinen Arm. «Was sollen wir denn machen? Wir müssen doch irgendein Dach über dem Kopf haben. Und ich möchte es auch schön haben um mich her, ich habe sogar das Bedürfnis nach einer gewissen natürlichen *grandeur*, nach Glanz.»

«Das erreichst du aber nie mit Häusern und Einrichtungen – nicht einmal mit Kleidern. Häuser, Möbel, Kleider, all das sind Begriffe einer alten, schlechten Welt, einer schlechten menschlichen Gesellschaft. Wenn du einen Renaissancepalast hättest und wunderbare alte Möbel, so ließest du nur die Vergangenheit über dich hinaus noch weiter dauern... grauenhaft. Und wenn du dir ein modernes Haus vollendet schön bei Poiret einrichten läßt, dann besteht eben etwas anderes, über dich hinaus. All das ist schrecklich, Eigentum, das dich tyrannisiert und dein Ich verwässert. Wie Rodin, wie Michelangelo mußt du sein und einen rohen Felsblock hinterlassen, dein unvollendetes Bild. Deine Umgebung muß Skizze sein, werdend wie du selbst, damit du nie darin gefangen, nie vom Äußern beherrscht wirst.»

Sinnend blieb sie auf der Straße stehen. «Also wir sollen niemals eine fertige Häuslichkeit haben... nie ein Heim?» – «Nicht in dieser Welt, so Gott will.» – «Es gibt aber doch nur diese Welt.»

Er machte eine gleichgültige Handbewegung. «So wollen wir einstweilen jedes Eigentum vermeiden.» – «Du hast aber gerade eben einen Stuhl gekauft!» – «Ich kann dem Mann ja sagen, daß wir ihn nicht haben wollen.»

Wieder überlegte sie. Dann zuckte es wunderlich über ihr Gesicht. «Nein, wir brauchen ihn nicht. Ich mag die alten Sachen nicht mehr sehen.» – «Neue ebensowenig», sagte er.

Sie kehrten um. Da stand wieder das junge Paar, die Frau, die ein Kind erwartete, und der junge Mensch mit dem schmalen Gesicht, und sahen sich Möbel an. Sie war blond, untersetzt, derb gebaut, er mittelgroß, von angenehmer Gestalt. Das dunkle Haar sah ihm aus der Mütze hervor und fiel seitlich über die Stirn. Er stand sonderbar abseits, wie eine gerichtete Seele.

«Wir wollen ihn den Leuten schenken», flüsterte Ursula. «Sieh doch, sie kaufen sich eine Einrichtung zusammen.» – «Ich will sie nicht auch noch darin unterstützen», sagte Birkin unwirsch. Er nahm gleich Partei für den ängstlichen jungen Menschen gegen die tatkräftige Schwangere. – «Doch, doch, für sie ist es das Richtige... das einzig Mögliche.» –

«Meinetwegen», sagte Birkin, «du kannst ihnen den Stuhl ja anbieten. Ich sehe zu.»

Ursula ging ein bißchen verlegen auf die jungen Leute zu, die eben über den Ankauf eines eisernen Waschständers berieten – das heißt, der Jüngling warf verstohlen wie ein Zuchthäusler einen staunenden Blick auf das scheußliche Möbel, und die Frau redete auf ihn ein.

«Wir haben einen Stuhl gekauft», sagte Ursula, «und können ihn nicht brauchen. Wollen Sie ihn haben? Wir würden uns freuen.»

Die beiden sahen sich nach ihr um, sie wollten nicht glauben, daß sie sie anredete. «Können Sie etwas damit anfangen?» fragte Ursula noch einmal. «Er ist sehr, sehr hübsch, wirklich... aber...» Sie hatte ein merkwürdig strahlendes Lächeln.

Die jungen Leute starrten sie nur an und warfen einander fragende Blicke zu. Der Mann hatte eine eigentümliche Art, sich wegzudrücken, als könnte er sich unsichtbar machen wie eine Ratte.

«Wir wollten Ihnen den Stuhl schenken», setzte Ursula zur Erklärung hinzu. Sie war jetzt völlig verwirrt und fürchtete sich. Der junge Mann gefiel ihr. Ein stilles, dumpfes Wesen, kaum Mann zu nennen, so wie es die Stadt hervorbringt, eigentümlich rassig und fein in gewissem Sinn, verstohlen, lebendig, durchtrieben. Lange, feine Wimpern beschatteten die blanken, geistlosen schwarzen Augen, in denen nichts als ein erschreckendes, knechtisch heimliches Wissen lag. Die dunklen Brauen waren wie alle seine Züge sehr fein gezeichnet. Als Liebender mußte er furchtbar sein und zugleich wundervoll in seiner Unterwerfung. In den vertragenen Hosen mochten herrlich geschmeidige, lebendige Beine stekken. Er hatte etwas von dem leisen, seidigen Wesen einer schwarzäugigen Ratte.

Ursula hatte mit feinem Prickeln seinen Reiz empfunden. Die stämmige junge Frau starrte sie unhöflich an, und sie vergaß ihn wieder. «Wollen Sie den Stuhl nicht haben?» fragte Ursula.

Der junge Mann taxierte sie mit einem wenig schmeichelhaften, beinah unverschämten Seitenblick. Die Frau stellte sich in Positur, mit feindseliger Miene; sie hatte etwas von der brutalen Gesundheit einer Schlachterfrau. Ihr war nicht klar, worauf Ursula hinauswollte, und so war sie auf ihrer Hut. Birkin kam heran und lächelte schadenfroh über Ursula, die vor Angst kein Wort hervorbringen konnte.

«Was gibt's?» fragte er schmunzelnd. Die Lider bedeckten seine Augen ein wenig mehr als sonst, er hatte auch etwas von dem vielsagenden, versteckten Spott der beiden Proletarier. Der Mann legte den Kopf ein wenig auf die Seite, zeigte auf Ursula und sagte in einem liebenswürdigen, spöttisch warmen Ton: «Was will die wohl?» Seine Lippen verzogen sich zu einem kuriosen Lächeln.

Birkin warf ihm unter den schlaffen Lidern einen ironischen Blick zu. «Ihnen den Stuhl schenken... den da... mit dem Zettel dran», und zeigte auf den Stuhl.

Der junge Mensch sah ihn sich an. Zwischen den beiden Männern war die merkwürdige Feindseligkeit zweier Geächteter, die voneinander Bescheid wissen.

«Wie kommen wir da bloß zu?» sagte er mit einer ungezwungenen Vertraulichkeit, die Ursula beleidigte.

«Wir dachten, Sie könnten ihn brauchen ... der Stuhl ist hübsch. Wir haben ihn gekauft und wollen ihn nun nicht haben. Keine Angst, Sie brauchen ihn nicht zu nehmen!» sagte Birkin mit schiefem Lächeln.

Der junge Mensch sah halb feindlich, halb verständnisinnig zu ihm auf.

«Warum wollen Sie ihn denn nicht mitnehmen, wenn Sie ihn gerade eben gekauft haben?» fragte die Frau kühl. «Er ist natürlich nicht gut genug, wenn man ordentlich nachsieht; Sie fürchten wohl, da könnte was mit sein, was?» Sie sah Ursula mit einiger Bewunderung und doch mißgünstig an.

«Daran habe ich noch nicht gedacht», sagte Birkin. «Sie haben recht, das Holz ist auch viel zu dünn.» – «Ja, sehen Sie», sagte Ursula mit leuchtend fröhlichem Gesicht, «wir wollen heiraten und hatten erst gedacht, wir wollten uns die Einrichtung kaufen. Und nun haben wir eben beschlossen, es nicht zu tun. Wir wollen erst noch verreisen.»

Das stämmige, ein bißchen verlotterte Proletariermädchen sah sich Ursulas feines Gesicht mit sachverständigen Blicken an. Sie maßen einander. Der Jüngling stand beiseite mit ausdruckslosem, zeitlosem Gesicht, die schmale Linie seines schwarzen Schnurrbarts über dem ziemlich breiten, geschlossenen Mund hatte etwas eigentümlich Lockendes. Er nahm keinen Anteil und stand merkwürdig spukhaft da, ein dunkler Versucher, der Geist der Gosse.

«Das kann ihnen wohl passen», wandte sich das Mädchen an ihren Begleiter. Er sah sie nicht an, sondern lächelte nur mit dem Mund und dem untern Teil der Wangen und warf mit sonderbar zustimmender Bewegung den Kopf zur Seite. Seine Augen blieben unbewegt, wie mit dunkler Glasur überzogen.

«Teurer Spaß, wenn man mit 'm Mal wieder anders will», sagte er mit unglaublich breitem Akzent. «Diesmal kostet's nur zehn Shilling», lachte Birkin. Der Mann blickte auf mit verzerrtem, unsicherem Lächeln: «Da kommen Sie billig weg! Sich scheiden lassen kost mehr.»

«Vorläufig sind wir noch gar nicht verheiratet», sagte Birkin. – «Wir auch nicht», sagte die junge Frau laut. «Aber Sonnabend!»

Wieder sah sie den Jüngling mit energischem Beschützerblick an, von oben herab und doch gutmütig. Er grinste gequält und wandte den Kopf. Sie verfügte über ihn, Gott, was fragte er danach! Er hatte seine eigene, verstohlene Selbstherrlichkeit.

«Viel Glück», sagte Birkin. – «Das wünsch ich auch», antwortete die junge Frau. Dann, vorsichtig: «Wann sind Sie denn dran?»

Birkin drehte sich nach Ursula um. «Das hat die Dame zu bestimmen.

Wenn sie soweit ist, gehen wir zum Standesamt.» Ursula lachte in tiefer Verwirrung.

«Immer mit der Ruhe», grinste der junge Kerl vielsagend. – «Laufen Sie sich man nicht die Hacken ab dahin», sagte die junge Frau. «Das ist gerade so, als wenn man tot ist. Verheiratet ist man noch lange genug.»

Der junge Mensch drehte sich um, als gälte das ihm. «Je länger, desto lieber, wollen wir hoffen», sagte Birkin. – «So ist recht», sagte der Jüngling voll Bewunderung. «Freuen Sie sich man ruhig, solange es dauert... einen toten Hund muß man nicht treten.» – «Bloß wenn er sich tot stellt», sagte die junge Frau und sah ihren Jüngling zärtlich bemutternd an. «Na ja, das ist denn wohl anders», sagte er spöttisch.

«Und was wird aus dem Stuhl?» fragte Birkin. – «Das stimmt nun ja wohl», sagte die Frau. Sie gingen zum Händler, der hübsche, verkommene junge Kerl hielt sich ein bißchen beiseite. «Das ist recht», sagte Birkin. «Wollen Sie ihn gleich mitnehmen oder soll die Adresse geändert werden?» – «Ach, den kann Fred ganz gut tragen. Er soll auch was tun für die Wohnung.» – «Man immer feste», sagte Fred mit grimmigem Vergnügen und nahm den Stuhl. Er hatte anmutige, aber sonderbar niederträchtige, schleichende Bewegungen.

«'n ganz richtiger Großvaterstuhl», sagte er. «Da gehört aber ein Kissen drauf.» Er stellte ihn auf das Pflaster. «Ist er denn nicht hübsch?» lachte Ursula. – «Ja, fein», antwortete die junge Frau. «Setzen Sie sich erst mal drauf, dann nehmen Sie ihn gleich wieder mit», meinte der Jüngling. Ursula setzte sich hinein, mitten auf dem Marktplatz. «Schrecklich gemütlich. Aber ein bißchen hart. Versuchen Sie mal.» Sie forderte den jungen Menschen auf, sich hinzusetzen. Doch er wandte sich unbeholfen weg und sah sie mit einem raschen, eigentümlich sprechenden Blick aus seinen glänzenden Augen an, wie eine flinke Ratte. «Verwöhnen Sie ihn mir man nicht», sagte die junge Frau. «Der ist solche Armlehnen nicht gewohnt.» Der Jüngling wandte sich ab und sagte grinsend: «Der braucht bloß Beinlehnen.»

Die vier gingen auseinander. Die junge Frau bedankte sich. «Danke auch für den Stuhl... er kann ja so lange halten, bis er draufgeht.» – «Den nimm man bloß zum Hinstellen», sagte der junge Mensch. «Guten Tag, guten Tag», sagten Ursula und Birkin. «Viel Glück auch.» Der Jüngling blinzelte, und als Birkin sich nach ihm umsah, wich er seinem Blick aus.

Die beiden Paare trennten sich und gingen nach verschiedenen Richtungen. Ursula hängte sich fest an Birkins Arm. Nach einer Weile blickte sie sich um und sah den Jüngling neben der behaglichen, stämmigen jungen Frau gehen. Die Hosen hingen ihm über die Hacken, in seinem Gang war etwas eigentümlich Schleichendes, als wollte er sich mit jedem Schritt beiseite drücken. Er war noch hilfloser in seiner Verlegenheit als sonst, weil er den zerbrechlichen alten Lehnstuhl zu tragen hatte. Die Lehne hielt er unter dem Arm, die vier feinen, eckigen, nach unten sich verjüngenden Beine hingen gefährlich dicht über den Pflastersteinen. Und doch war der junge Kerl in seiner Art unbezwinglich, unberührbar, wie eine flinke Ratte. Eine wunderliche, unterirdische Schönheit hatte er und war trotzdem abstoßend.

«Sonderbare Leute!» sagte Ursula. – «Kinder der Menschen», antwortete er. «Sie erinnern mich an das Wort Christi: ‹Die Sanftmütigen werden das Erdreich besitzen.›» – «Das sind doch nicht die Sanftmütigen?» – «Doch, das sind sie, wieso, weiß ich nicht.»

Sie warteten auf die elektrische Straßenbahn und setzten sich oben hin; Ursula blickte auf die Stadt hinunter. Eben senkte sich die Dämmerung in die menschenwimmelnden Häuserschluchten.

«Und die sollen das Erdreich besitzen?» fragte sie. – «Ja... eben diese.» – «Was sollen wir dann anfangen...? Wir sind doch anders als sie. Oder gehören wir etwa auch zu den Sanftmütigen?» – «Nein. Wir müssen mit den Ritzen vorliebnehmen, die sie uns übriglassen.» – «Schauderhaft! Ich will aber nicht in Ritzen wohnen.» – «Sei nur ruhig. Das sind Kinder der Menschen, die die Märkte und die Gassen am liebsten haben. Da bleiben Ritzen im Überfluß.» – «Die ganze Welt», meinte sie. – «O nein... aber doch ein bißchen Platz.»

Die Bahn fuhr langsam den Hügel hinauf, die häßlichen, winterlich grauen Häusermassen waren wie ein höllischer Traum, so kalt und eckig. Sie saßen und schauten. In der Ferne ging zornrot die Sonne unter. Alles war so kalt, so klein, ein winziges Menschengewühl – der Untergang der Welt.

«Auch dann frage ich nichts nach dem allen», sagte Ursula und sah hinab auf all die Häßlichkeit. «Es geht mich nichts an.» – «Mich auch nicht.» Er faßte ihre Hand. «Man braucht nicht hinzusehen, man geht einfach seinen Weg. Meine Welt ist weit und voll Sonne...» – «Ja, Liebster, das ist sie doch ganz gewiß!» Sie drängte sich dicht an ihn, die andern Fahrgäste blickten sich nach ihnen um.

«Und wir wollen über das Antlitz der Erde wandern und jene Welt nur so zu unsern Füßen liegen sehen wie jetzt.» Lange Zeit sagten sie kein Wort. Sie saß und dachte nach, ihr Gesicht leuchtete wie Gold. «Ich will nicht das Erdreich besitzen», sagte sie. «Nichts will ich besitzen.» – Er schloß seine Hand um die ihre. «Ich auch nicht. Ich will ein Enterbter sein.» – Sie preßte seine Finger. «Wir fragen nach nichts.» Er schwieg und lachte. «Und heiraten und sind mit ihnen fertig», fuhr sie fort.

Wieder lachte er. «Heiraten ist doch eine Art, alles loszuwerden», sagte sie. – «Und auch die ganze Welt hinzunehmen», fügte er hinzu. – «Die andre Welt, und die ganz!» Sie war glücklich. – «Vielleicht bleiben Gerald... und Gudrun...» – «Ja, siehst du, wenn sie dann da sind, sind sie da. Es hat keinen Sinn, daß wir uns Gedanken darum machen. Wirklich ändern können wir sie doch nicht, was meinst du?» – «Das können wir nicht. Man hat kein Recht, es zu versuchen... auch mit den besten Absichten von der Welt nicht.» – «Versuchst du auch

nicht, sie zu bestimmen?» – «Vielleicht doch», sagte er. «Warum verlange ich eigentlich, daß er frei sein soll, wenn er nicht dazu auf die Welt
gekommen ist?»

Sie schwieg eine Weile. «Glücklich machen können wir ihn jedenfalls
nicht», meinte sie. «Das muß er aus sich selber werden.» – «Ich weiß
wohl. Aber wir brauchen doch Menschen, nicht wahr?» – «Wozu eigentlich?» – «Ich weiß nicht recht. Man sehnt sich noch nach irgendeiner
Freundschaft.» – «Warum? Was willst du von den andern?»

Das traf ihn an einer wunden Stelle. Er furchte die Stirn. «Ist etwa
mit uns beiden die Welt zu Ende?» fragte er scharf. «Ja... was willst
du denn mehr? Wenn irgend jemand nach uns fragt, soll er willkommen
sein. Du brauchst aber doch niemand nachzulaufen.»

Sein Gesicht war gespannt und unzufrieden. «Weißt du, ich denke
mir immer, wir sind erst ganz glücklich mit ein paar Leuten zusammen,
wenigen nur... ein bißchen Freiheit mit andern Menschen.» – Sie sann
darüber nach. «Ja, das braucht man wohl. Aber das muß von selbst
kommen. Wollen kann man es nicht oder gar etwas dazu tun. Du denkst,
glaube ich, immer, du kannst die Blumen zum Aufblühen zwingen. Die
Menschen müssen uns liebhaben, weil sie uns liebhaben... zwingen
kannst du sie nicht.» – «Ich weiß. Aber soll man denn gar nichts dazu
tun? Einfach leben, als wäre man ganz allein auf der Welt?»

«Du hast doch mich. Wozu hast du dann die andern nötig? Warum
mußt du die Menschen zwingen, mit dir eines Sinnes zu sein, und kannst
nicht allein für dich sein, wie du doch immer sagst? Du willst Gerald mit
Gewalt an dich ziehen... ebenso gewaltsam, wie du Hermione nach dir
zu bilden versucht hast. Du mußt lernen, allein zu sein!... Ist es nicht
eigentlich schrecklich von dir? Du hast mich und willst andre Leute
zwingen, dich ebenso liebzuhaben! Du willst sie zur Liebe prügeln, und
dann brauchst du ihre Liebe nicht!»

Er machte ein ganz bestürztes Gesicht. «Wirklich nicht? Das ist die
Frage, auf die ich keine Antwort finde. Ich weiß, ich brauche die vollkommene Beziehung zu dir, und wir haben sie nun fast... das ist wirklich wahr. Aber darüber hinaus? Brauche ich eine ganz echte, höchste
Beziehung zu Gerald? Eine allerhöchste Beziehung, die fast über das
menschliche Maß hinausgeht... zwischen meinem tiefsten Wesen und
seinem... oder brauche ich sie nicht?»

Sie sah ihn lange an mit seltsam leuchtenden Augen. Aber sie gab
keine Antwort.

Auf und davon

An dem Abend kam Ursula mit sehr hellen Augen nach Hause, selig fern – zum allgemeinen Ärger der andern. Der Vater kam zum Abendbrot, müde vom späten Unterricht und von dem weiten Weg nach Hause. Gudrun las, die Mutter saß ruhig dabei.

Plötzlich sagte Ursula, an alle zugleich gewendet, mit heller Stimme: «Rupert und ich heiraten morgen.» Der Vater wandte sich steif nach ihr um: «Was wollt ihr?» – «Morgen!» echote Gudrun. – «Nicht möglich!» rief die Mutter.

Aber Ursula hatte nur ihr schönes Lächeln und antwortete nicht. «Morgen heiraten!» sagte der Vater scharf. «Was soll das heißen!» – «Warum denn nicht?» Die drei Worte aus Ursulas Mund brachten ihn jedesmal zur Raserei. «Alles ist in Ordnung... wir gehen zum Standesamt...»

Nach Ursulas fröhlichen, etwas träumerisch hervorgebrachten Worten war einen Augenblick alles still im Zimmer.

«Wahrhaftig, Ursula?» sagte Gudrun. – «Darf man fragen, wozu all diese Heimlichkeit nötig war?» fragte die Mutter ziemlich großartig. – «Heimlichkeit? Aber ihr habt doch alles gewußt.»

«Wer hat was gewußt?» donnerte jetzt der Alte. «Was heißt das: ihr habt alles gewußt?» Er hatte wieder einen Anfall seines kindischen Jähzorns, und sofort sperrte sie sich. «Natürlich habt ihr es gewußt», sagte sie kalt. «Ihr wußtet, daß wir heiraten wollten.»

Bedenkliche Pause. «Wir wußten, daß ihr heiraten wolltet? Da hört doch alles auf! Wer weiß denn überhaupt etwas von dir, du geriebene Person du!»

«Vater!» rief Gudrun laut und wurde dunkelrot. Dann fuhr sie kühl, aber freundlich fort, wie um Ursula zu erinnern, daß sie nicht zu weit gehen sollte: «Kommt der Entschluß nicht schrecklich plötzlich, Ursula?»

«Nein, eigentlich nicht.» Urlsa hatte immer noch ihre aufreizende Fröhlichkeit. «Rupert wollte es seit Wochen, er hatte schon alle Papiere in Ordnung gebracht. Nur ich... ich war mit mir selbst noch nicht einig. Nun bin ich soweit. Ist dabei irgendein Anlaß, sich aufzuregen?»

«Gewiß nicht», sagte Gudrun kalt und tadelnd. «Du kannst natürlich völlig machen, was du willst.» – «‹Mit dir selbst nicht einig›... auf dich kommt es wohl mal wieder ganz allein an, was? ‹Ich war mit mir selbst noch nicht einig›», der Alte sprach ihr beleidigend ihre Worte nach. «Du, ja, du bist auch so ungeheuer wichtig!»

Sie warf den Kopf zurück, die Augen sprühten in gefährlich gelbem Feuer. «Ich muß ja allein fertig werden.» Er hatte ihr sehr weh getan. «Ich weiß, daß sonst keiner nach mir fragt. Du hast mich immer nur unterdrücken wollen... um mein Glück hast du dich nie gekümmert.»

Er beugte sich vor und sah sie an, sein Gesicht glomm wie Funken. – «Ursula, was sagst du da? Willst du still sein?» rief die Mutter. Mit flammenden Augen wandte Ursula sich nach ihr um. «Nein, ich will nicht still sein! Ich will nicht den Mund halten und mich anschreien lassen. Was liegt daran, an welchem Tag ich heirate, das geht doch keinen etwas an als mich.»

Der Alte stand da, gestrafft und angespannt wie eine Katze, die zum Sprung ansetzt. «So, glaubst du?» schrie er und kam auf sie zu. Sie wich zurück. «Natürlich!» Sie wich ihm aus, aber einschüchtern ließ sie sich nicht. – «Also mich geht es nichts an, was du tust und was aus dir wird?» Es klang sonderbar, wie ein Schrei. Die Mutter und Gudrun blieben wie gelähmt an ihren Plätzen. «Nein!» stammelte Ursula. «Du willst mich ja nur...» Der Vater stand ganz nahe bei ihr. Sie wußte, es war gefährlich, und hielt inne. Vorgebeugt stand er da, jeder Muskel zuckte. «Was?» – «Anschreien», sagte sie leise, aber als sie nur die Lippen bewegte, hatte er ihr eine Ohrfeige gegeben, und sie fuhr zurück gegen die Tür.

«Vater!» schrie Gudrun auf. «Was tust du!» Er stand da und rührte sich nicht. Ursula kam zu sich, ihre Hand lag auf der Türklinke. Langsam richtete sie sich auf. Er schien unsicher zu werden.

«Ja, ja!» erklärte sie mit hellen Tränen in den Augen und trotzig emporgeworfenem Kopf. «Was ist deine Liebe von jeher gewesen...? Überschrien hast du mich, ich sollte nichts... ja so...»

`Er kam wieder auf sie zu mit unheimlich angespanntem Schritt und geballter Faust, sein Gesicht war das eines Mörders. Aber blitzschnell war sie aus der Tür geschlüpft, und sie hörten, wie sie die Treppe hinauflief.

Einen Augenblick blieb er stehen und starrte auf die Tür. Dann wandte er sich, wie ein geschlagenes Tier, und zog sich auf seinen Platz am Kamin zurück.

Gudrun war schneeweiß. In die bedrohliche Stille klang kalt und zornig die Stimme der Mutter: «Du solltest sie wirklich nicht so sehr beachten.» Dann war wieder alles still, und jeder hing für sich seiner Erregung und seinen Gedanken nach.

Plötzlich öffnete sich die Tür, und Ursula erschien in Hut und Pelz, mit einem kleinen Handkoffer in der Hand. «Lebt wohl!» sagte sie in ihrem aufreizenden, beinah spöttisch fröhlichen Ton. «Ich gehe.»

Dann fiel die Tür ins Schloß, sie hörten die Haustür gehen, hörten den raschen Schritt auf dem Gartenweg, die Pforte schlug zu, und die leichten Tritte verhallten. Im Hause war es still wie der Tod.

Ursula ging geradewegs zum Bahnhof, achtlos, auf beschwingten Füßen. Es fuhr kein Zug, sie mußte weiter bis zur nächsten Station, von wo sie direkte Verbindung hatte. In der Dunkelheit fing sie an zu weinen und schluchzte bitterlich, schluchzte herzbrechend wie ein Kind, den ganzen Weg, auf der Straße und in der Eisenbahn. Die Zeit verging, sie wußte nicht wie, sie fragte auch nicht danach. Sie wußte nicht, wo sie war und was mit ihr geschah. Nur weinen konnte sie in ihrem tiefen, hoffnungslosen Kummer, wie ein Kind, das sich nicht trösten läßt.

Doch hatte ihre Stimme denselben ablehnend hellen Klang wie immer, als sie mit Birkins Wirtin an der Tür sprach. «Guten Abend. Ist Mr. Birkin da? Kann ich ihn sprechen?» – «Ja, er ist da. In seinem Zimmer.»

Ursula schlüpfte an der Frau vorbei. Die Tür öffnete sich, er hatte ihre Stimme gehört. «Hallo!» sagte er überrascht, als sie mit verweintem Gesicht vor ihm stand, ihr Köfferchen in der Linken. Sie weinte ohne viel Tränen, wie Kinder tun.

«Ich sehe wohl arg aus?» fragte sie und schauderte ein bißchen. – «Nein... wieso? Komm herein.» Er nahm ihr den Koffer ab, und sie gingen in sein Zimmer. Im Augenblick fingen ihre Lippen wieder an zu zucken, wie bei einem Kind, dem sein Kummer wieder einfällt, und die Tränen stürzten ihr in die Augen.

«Was ist?» fragte er und nahm sie in die Arme. Heftig schluchzte sie an seiner Schulter, er hielt sie ganz still und wartete.

«Sag, was ist?» fragte er noch einmal, als sie ruhiger wurde. Aber sie drückte ihr Gesicht nur immer wieder an ihn, wie ein Kind, das nicht sagen kann, was ihm fehlt.

«Nun, was ist denn!» – Auf einmal machte sie sich los, trocknete die Augen, faßte sich und setzte sich auf einen Stuhl. «Vater hat mich geschlagen.» In sich zusammengesunken saß sie da wie ein zerzaustes Vögelchen. Ihre Augen waren sehr hell. – «Weshalb?» fragte er.

Sie blickte weg und wollte nicht antworten. Die feine Nase und die bebenden Lippen waren ganz gerötet, ein rührender Anblick.

«Warum?» fragte er noch einmal mit seiner sonderbar weichen, eindringlichen Stimme. – Sie blickte ihm wieder ins Gesicht, trotzig fast. «Weil ich gesagt habe, wir wollten morgen heiraten, und da hat er mich angeschrien.» – «Warum hat er dich denn da angeschrien?»

Die Mundwinkel senkten sich, als ihr die Szene wieder einfiel, es kamen neue Tränen. «Weil ich gesagt habe, es läge ihm gar nichts daran... und das ist auch wahr, er fühlt sich nur in seiner Herrschsucht gekränkt...» Beim Sprechen war ihr Mund ganz verzogen vom Weinen, und er mußte beinah lächeln, es kam ihm so kindlich vor. Doch war es gar nicht kindlich, sondern ein hoffnungsloser Bruch, eine tiefe Wunde.

«Ganz richtig ist das wohl nicht», sagte er. «Und wenn es das auch wäre, du hättest es nicht sagen sollen.» – «Es ist aber doch wahr», schluchzte sie, «und ich lasse mir nicht vormachen, daß es aus Liebe geschieht, ich lasse mich nicht dadurch einschüchtern... er hat mich nicht lieb, wie sollte er... das kann er ja gar nicht!»

Er saß still da. Sie rührte ihn über alle Maßen. «Dann mußt du ihm auch keine Vorwürfe machen, wenn er nicht kann», sagte er ruhig. – «Ich habe ihn aber liebgehabt, ich habe ihn immer liebgehabt, und er hat mich immer wieder so behandelt, er hat...» – «Dann war es also Liebhaben aus Widerspruch. Einerlei... es kommt schon zurecht. Da ist kein Grund zu verzweifeln.» – «Doch», schluchzte sie, «doch!» – «Warum denn?» – «Ich will ihn nie wiedersehen...» – «Fürs erste noch nicht. Nicht weinen! Einmal mußtet ihr auseinanderkommen, das war nicht zu ändern. Komm, nicht weinen!»

Er trat zu ihr und küßte ihr feines, zartes Haar und strich ihr sacht über die nassen Wangen. «Ruhig, nun sei ruhig!» Er zog sie fest und still an sich.

Endlich hatte sie sich ausgeweint und blickte mit großen, ängstlichen Augen zu ihm auf. «Du?» – «Ja?» – «Willst du mich auch haben?» – «Dich haben?» Seine ruhigen Augen, die dunkler waren als sonst, machten sie wirr und hemmten sie. – «Möchtest du lieber, ich wäre nicht da?» Auf einmal wurde ihr angst, sie hätte am Ende nicht recht getan, zu ihm zu kommen – «Nein», sagte er. «Ich wollte, es wäre nicht so gewaltsam und häßlich abgelaufen... aber das mußte vielleicht so sein.»

Sie sah ihn an und sagte nichts. Er war so sonderbar gedämpft. «Wo soll ich denn bleiben?» fragte sie beschämt. – Er dachte einen Augenblick nach. «Hier bei mir. Wir sind heute so gut verheiratet wie morgen.» – «Aber...» – «Ich sage Mrs. Varley Bescheid. Laß nur.»

Er saß da und sah sie an, sie fühlte seine dunklen Augen unverwandt auf sich ruhen. Es ängstigte sie ein bißchen. Unruhig strich sie sich das Haar aus der Stirn. «Bin ich nun sehr häßlich?» Sie schnupfte sich aus. – Ein winziges Lächeln spielte ihm um die Augen. «Nein, zum Glück nicht.»

Er ging zu ihr und nahm sie in die Arme wie sein Eigentum. Sie war zum Ansehen allzu schön und innig, er ertrug sie nur, wenn er sie an seiner Brust verbarg. Die Tränen hatten sie ganz rein gewaschen, und sie war frisch und duftig wie eine Blume, die eben erblüht ist, so zart und ohne Fehl in ihrem innern Licht, daß er ihr Leuchten vor seinen Augen zudecken mußte. Sie hatte noch die Reinheit der Schöpfung, etwas Durchsichtiges, Einfältiges, wie lichte Blumen in der ersten Heiligkeit des Erblühens, so neu, so wunderklar und ungetrübt. Und er war alt, beschwert von dunklen Erinnerungen. Ihre Seele war frisch, noch ungeprägt, und schimmerte im Glanz des Unsichtbaren. Und seine Seele war trübe, nur ein einziges Samenkorn der Hoffnung lag in ihr, wie ein Senfkorn. Und dies eine lebendige Körnchen gehörte zu der reinen Jugend ihres Wesens.

«Ich hab dich lieb», sagte er leise und küßte sie und erbebte froh wie ein Mensch, der wiedergeboren ist in der lebendigen Hoffnung, die weit hinausgeht über die Schranken des Todes.

Sie konnte nicht wissen, wieviel sie ihm war, wieviel er mit den paar Worten sagte. Fast wie ein Kind wollte sie Beweise, Rechenschaft und immer wieder Rechenschaft, ihr war alles noch so unsicher und schwankend.

Sie konnte ja nie die leidenschaftliche Dankbarkeit verstehen, mit der er sie in seine Seele aufnahm, die unsägliche Freude, sich lebendig zu wissen und wert, sein Leben mit ihr zu verbinden, er, der so nahe daran gewesen war, mit den übrigen seines Geschlechts die Bahn mechanischen Sterbens hinabzugleiten. Er ehrte sie wie das Alter die Jugend, sie war sein Ruhm, weil er in dem winzigen Keim des Glaubens, der in ihm lag, jung war wie sie und zu ihr gehörte. Die Vermählung mit ihr war für ihn Auferstehung und Leben.

All das konnte sie nicht wissen. Sie wollte gern verwöhnt und angebetet sein. Unendliche Fernen des Schweigens lagen zwischen ihnen. Wie konnte er ihr von dem Geist ihrer Schönheit sagen, die nicht zu messen war und nicht zu bezeichnen nach Farbe und Gestalt, sondern einem wundersamen goldenen Licht vergleichbar! Wie konnte er selbst wissen, worin für ihn ihre Schönheit lag. Er sagte: «Deine Nase ist schön, dein Kinn ist so lieb», und es klang beinah unwahr, sie war enttäuscht, verletzt. Sogar wenn er ihr leise im echten Ton der Wahrheit sagte: «Ich liebe dich, ich hab dich lieb», war es nicht die rechte Wahrheit. Die war noch mehr als Liebe: die Freude, über sich selbst und das alte Dasein hinausgeflogen zu sein. Wie konnte er ‹ich› sagen, wenn er ganz neu war und sich selber unbekannt, nicht mehr er selbst? Dies ‹Ich›, des Alters alte Formel, war nun ein toter Buchstabe.

In dem neuen, höchsten Glück, da das Wissen aufgehoben war in Frieden, gab es kein Ich mehr und kein Du. Da war nur das Neue, Unbegriffene: das Wunder, nicht als Ich mehr da zu sein, sondern in der Vollendung des eignen und des andern Ich zu dem neuen Wesen, der neuen paradiesischen Einheit, die der Zweiheit nun wieder abgewonnen war. Ich kann nicht sagen ‹ich liebe dich›, wenn ich nicht mehr bin und du nicht mehr bist: wir sind beide hinaufgehoben in eine neue Einheit, in der alles schweigt, weil da nicht mehr Antwort zu geben und alles vollkommener Einklang geworden ist. Das Wort geht hin und her zwischen den getrennten Teilen; in dem vollkommenen Einen gibt es nur Schweigen und Glück.

Am Tag darauf wurden sie vor dem Standesamt getraut, und sie tat, wie er ihr sagte, sie schrieb ihrem Vater und ihrer Mutter. Die Mutter antwortete, der Vater nicht.

Ihre Tätigkeit an der Schule gab sie auf. Sie wohnte mit Birkin bald in seiner Wohnung, bald in der Mühle, und sah niemand außer Gerald und Gudrun. Sie war noch ganz fremd, ganz Staunen, doch war sie erlöst, als bräche der Tag an.

Eines Nachmittags saß Gerald im gemütlichen Studierzimmer in der Mühle bei ihr und plauderte. Rupert war noch nicht nach Hause gekommen.

«Sind Sie glücklich?» fragte er und lächelte dazu. – «Sehr glücklich!» sagte sie strahlend, mit einem leisen Beben in der Stimme. – «Das sieht man.» – «Wirklich?» Sie wunderte sich. – Er sah sie an mit einem offe-

301

nen Lächeln. «O ja, deutlich!» – Das freute sie. Einen Augenblick dachte sie nach. «Können Sie auch sehen, daß Rupert glücklich ist?» – Er schloß die Augen halb und blickte beiseite. «O ja!» – «Sicher?» – «Ja.»

Er war sehr still, als ob er darüber nicht sprechen könnte, fast traurig schien er ihr. Sie hatte ein feines Verständnis und fragte ihn, wonach er gern gefragt werden wollte: «Warum wollen Sie nicht auch glücklich sein? Sie könnten es ebensogut.» – Einen Augenblick schwieg er. «Mit Gudrun?» fragte er dann. – «Ja!» Ihre Augen glühten. Doch lag etwas wie Anstrengung, wie ein Unterstreichen in dem Blick, wie von Wünschen, die der Wahrheit entgegen waren.

«Meinen Sie, Gudrun will mich haben, und wir würden glücklich zusammen?» – «Aber gewiß!» Sie machte ganz runde Augen vor Freude. Doch war ihr nicht recht wohl dabei, sie wußte, wie gern sie es selber wollte. «Ich bin so froh!» setzte sie hinzu.

Er lächelte: «Worüber?» – «Um ihretwillen. Ich glaube sicher, Sie wären... Sie sind der rechte Mann für sie.» – «Glauben Sie das wirklich, und meinen Sie, sie findet das auch?»

«O ja!» sagte sie hastig. Dann überlegte sie und fuhr sehr verlegen fort: «Freilich, Gudrun ist ja nicht so ganz einfach. Man kennt sie nicht in fünf Minuten, nicht wahr? Darin ist sie anders als ich.» Sie lachte ihm zu mit ihrem offenen, sonderbar bestürzten Gesicht.

«Sie meinen, sie ist Ihnen nicht so sehr ähnlich?» fragte Gerald. – Sie runzelte die Stirn. «In vielen Dingen doch. Aber wenn etwas Neues kommt, weiß ich nie, wie sie es aufnimmt.»

«Nein?» Gerald schwieg eine Weile. Dann fühlte er behutsam vor. «Ich wollte sie auf alle Fälle bitten, Weihnachten mit mir wegzugehen», sagte er sehr leise. – «Mit Ihnen wegzugehen? Für eine Zeitlang, meinen Sie?» – «So lange sie mag.» Er machte eine beschwörende Bewegung. Eine Weile sagte keiner etwas. «Es wäre natürlich sehr gut möglich», fing Ursula schließlich wieder an, «daß sie auf einmal heiraten will. Sie können ja abwarten, wie es kommt.» – «Ja», lächelte er, «das kann ich. Aber wenn sie nun nicht will... glauben Sie, sie würde wohl ein paar Tage mit mir verreisen... vierzehn Tage sagen wir einmal?» – «Doch, ja. Ich würde sie fragen.» – «Wir könnten doch eigentlich alle zusammen fahren, finden Sie nicht?» – «Alle zusammen?» Ursulas Gesicht wurde wieder hell. «Das wäre eigentlich ein Spaß, ja?» – «Sicher.» – «Und dabei könnten Sie ja sehen...» – «Was?» – «Ob es geht. Mir scheint, es ist das beste, man macht die Flitterwochen vor der Ehe ab... was meinen Sie?» Ihr Bonmot machte ihr Freude. Er lachte. «In manchen Fällen ja», sagte er. «Mir wäre lieb, es wäre auch bei mir so.» – «Wirklich?» Dann setzte sie ein bißchen zweifelhaft hinzu: «Vielleicht haben Sie recht. Jeder muß es halten, wie er mag.»

Bald darauf kam Birkin, und Ursula erzählte ihm von der Unterhaltung. «Ja, Gudrun!» sagte er. «Die ist zur Geliebten geboren wie Gerald zum Liebhaber... *amant en titre*. Wenn das Wort wahr ist, daß es Frauen gibt, die man heiratet, und Frauen, die man nur liebt, dann taugt Gudrun nur zur Geliebten.»

«Und alle Männer entweder Liebhaber oder Ehemänner sind...» sagte Ursula. «Warum eigentlich nicht beides zugleich?» – «Das eine schließt das andre aus», lachte er. – «Dann will ich einen Liebhaber haben!» – «Nein, das willst du nicht.» – «Ich will es aber doch», jammerte sie. Er küßte sie und lachte.

Zwei Tage später sollte Ursula ihre Sachen aus ihrem Elternhaus in Beldover holen. Die Familie war schon ausgezogen, Gudrun hatte eine Wohnung in Willey Green.

Seit ihrer Heirat hatte Ursula die Eltern nicht wiedergesehen. Sie weinte über das Zerwürfnis, doch hatte es wohl keinen Sinn, die Beziehungen neu anzuknüpfen. Und jedenfalls durfte sie nicht zu ihnen ins Haus kommen. So hatte man ihre Sachen dagelassen, und sie wollte nachmittags mit Gudrun hinübergehen und sie holen.

Es war ein kalter Winternachmittag, der Himmel war rot, als sie vor dem Hause ankamen. Schon von außen sah es zum Erschrecken aus. Die Fenster waren dunkel und leer, es fröstelte die beiden, als sie in den nackten, kahlen Eingang traten.

«Allein hätte ich mich kaum hierher gewagt», sagte Ursula. «Ich habe wirklich Angst.» – «Ursula!» sagte Gudrun. «Ist es nicht grauenhaft! Kannst du glauben, daß wir hier gewohnt und es nie gespürt haben? Wie ich es hier einen einzigen Tag ausgehalten habe, ohne vor Angst zu sterben, verstehe ich nicht!»

Sie blickten in das große Eßzimmer. Es war ein schöner Raum, aber eine Zelle wäre jetzt anheimelnder gewesen. Die großen Erkerfenster waren kahl, und ebenso der Fußboden, um dessen hell gedielte Mitte ein mit der Zeit dunkel gebohnter Rand lief. Auf der verblichenen Tapete waren dunkle Flecken, wo die Möbel gestanden und die Bilder gehangen hatten. Diese nackten, kümmerlichen Wände, die aussahen, als stünden sie gar nicht mehr fest, und der bleiche, schadhafte Fußboden mit seinen unnatürlich dunklen Rändern lähmten das Gemüt. Es war auch nichts da, was die Sinne ansprach, man war eingeschlossen wie im Nichts, die Wände sahen ganz eingetrocknet und papieren aus. Wo waren sie, auf der Erde oder in einer Pappschachtel? Im Kamin lag verkohltes, teils noch nicht einmal angebranntes Papier.

«Stell dir vor, daß wir hier unsre Tage verbracht haben!» sagte Ursula. – «Fürchterlich! Wie mögen wir selber sein, wenn wir von diesem Gehäuse der Inhalt gewesen sind!» – «Gemein! Aber wirklich!» Und Ursula entdeckte unter dem Rost halbverbrannte Umschläge von der *Vogue* – angesengte Abbildungen von Frauen in allen möglichen schönen Toiletten.

Sie gingen ins Wohnzimmer. Wieder ein Stück eingesperrte Luft, leeres Nichts, das Gefühl eines unerträglichen papiernen Gefängnisses. Die

Küche machte mit dem roten Klinkerfußboden und dem Herd mehr den Eindruck des Festen. Doch war es auch dort kalt und scheußlich.

Die beiden stiegen mit hallendem Schritt die kahle Treppe hinauf und gingen über den kahlen Flur. Jeder Laut tönte in Nerven und Gemüt wider. An der Wand von Ursulas Schlafzimmer waren ihre Sachen aufgestapelt – ein Koffer, ein Handarbeitskorb, ein paar Bücher, Mäntel, die nicht verpackt waren, eine Hutschachtel stand trostlos mitten in der leeren Dämmerung.

«Ein herzerfrischender Anblick, wie?» Ursula sah sich ihre verwahrlosten Habseligkeiten an. – «Allerdings!» sagte Gudrun.

Die beiden gingen daran, alles hinunter an die Haustür zu tragen. Immer wieder machten sie mit lauten Schritten den Weg. Das ganze Haus hallte leer und geschwätzig wider, von fern aus den unsichtbaren, leeren Räumen kam der Klang schamlos zurück. Sie rafften das letzte eilig zusammen und flohen ins Freie.

Aber draußen war es kalt. Sie mußten auf Birkin warten, der sie im Auto abholen sollte. Bald gingen sie wieder hinein, in den ersten Stock nach vorn in das Schlafzimmer ihrer Eltern, und sahen aus dem Fenster auf die Straße und weit über Land bis an den Horizont, wo hinter schwarzen Wolkenschranken die rote Sonne lichtlos unterging.

Sie setzten sich auf die Bank am Fenster, warteten und blickten in das leere Zimmer, das fast zum Fürchten bedeutungslos vor ihnen lag. «Nein», sagte Ursula, «dies Zimmer kann doch niemals heilig gewesen sein, nicht wahr?» – Gudrun warf langsam einen Blick darüberhin. «Unmöglich!» – «Wenn ich so an Vaters und Mutters Leben denke, an ihre Liebe, ihre Ehe und an uns Kinder alle und unsre Erziehung... Runa, so ein Leben! Wünschst du dir das?» – «Nein, Ursula!» – «Alles kommt mir darin so nichtig vor – man sieht keinen Sinn. Wenn sie nun einander nicht begegnet wären und hätten nicht geheiratet und zusammen gelebt... das hätte doch gar nichts ausgemacht, meinst du nicht auch?» – «Man kann natürlich nie wissen...» sagte Gudrun. – «Nein. Aber wenn ich dächte, mein Leben sollte ebenso werden... Runa», sie packte Gudrun am Arm, «ich liefe davon!»

Gudrun schwieg eine Weile. «Eigentlich ist so ein Durchschnittsleben doch einfach nicht möglich für unsereins. Bei dir, Ursula, ist es etwas andres. Mit Birkin kann es gar nicht erst dazu kommen. Er ist eben ein besonderer Fall. Aber einen Mann wie die andern, die ihr Leben an einem bestimmten Ort führen müssen, kann man doch überhaupt nicht heiraten. Es mag tausend Frauen geben, die das wollen und sich auch gar nichts anderes vorstellen können... sicherlich. Mich könnte der bloße Gedanke rasend machen. Vor allen Dingen frei sein! Auf alles könnte man verzichten, aber nicht auf seine Freiheit. Man kann nicht zu Pinchbeck Nr. 7 werden, oder zu Somerset Drive... oder Shortlands! Das könnte kein Mann wiedergutmachen – keiner. Heiraten muß man nur einen Freibeuter, einen Waffenbruder, einen ‹Glücksritter›, oder überhaupt nicht. Einen Mann mit einer gesellschaftlichen Stellung – ausgeschlossen!»

«Was für ein schönes Wort... ‹Glücksritter›!» sagte Ursula. «Viel hübscher als *soldier of fortune*.» – «Nicht wahr? Mit einem Glücksritter wollte ich die Welt aus den Angeln heben. Aber zu Hause... ein Haushalt! Ursula, denk doch, was das bedeutet!»

«Ich weiß. An unsrer einen Häuslichkeit habe ich genug gehabt.» – «Übergenug.» – «Ein graues Häuschen am grünen Hag», zitierte Ursula spöttisch. – «Das klingt schon so grau», sagte Gudrun bissig.

Sie hörten das Auto kommen, es war Birkin. Ursula wunderte sich, wie hell es auf einmal in ihr wurde und wie die grauen Häuschen am grünen Hag sie plötzlich gar nichts mehr angingen.

Sie hörten seine Schritte unten im Flur. «Hallo!» Seine Stimme hallte frisch durchs Haus. Ursula lächelte vor sich hin. Ihm war das leere Haus auch unbehaglich.

«Hallo! Hier sind wir», rief sie hinunter. Sie hörten ihn rasch die Treppe heraufkommen. «Ist das gespenstisch hier!» sagte er. – «Ach, in so unpersönlichen Häusern gibt es keine Geister», meinte Gudrun. – «Das mag stimmen. Und da sitzt ihr nun beide und weint über das Vergangene?» – «Jawohl!» sagte Gudrun ingrimmig. – Ursula lachte: «Nicht weil es vergangen, sondern weil es überhaupt gewesen ist.» – «Ach so!» Er war erleichtert.

Er setzte sich einen Augenblick. Es war etwas funkelnd Lebendiges in seiner Gegenwart, fand Ursula. Davor verschwand sogar das Sinnlose, Nichtssagende des leeren Hauses.

«Gudrun meint, sie ertrüge es nicht, zu heiraten und in ein Haus eingesperrt zu werden», sagte Ursula mit Bedeutung – sie wußten alle, daß Gerald gemeint war. – Er schwieg einen Augenblick. «Nun», sagte er dann, «wenn du vorher weißt, daß du es nicht aushältst, dann kann dir ja nichts passieren.» – «Gewiß nicht!»

«Warum ist es auch das Lebensziel aller Frauen, einen Mann zu haben und ein graues Häuschen am grünen Hag? Muß denn das im Leben das einzig Erstrebenswerte sein?» sagte Ursula. – «*Il faut avoir le respect de ses bêtises!*» meinte Birkin. – «Aber du brauchst doch keinen Respekt vor der *bêtise* zu haben, ehe du sie begangen hast!» – «Also dann *des bêtises du papa!*» – «*Et de la maman*», fügte Gudrun spottend hinzu. «*Et des voisins*», schloß Ursula.

Sie lachten alle und standen auf. Es wurde dunkel. Sie brachten die Sachen in den Wagen, Gudrun verschloß das leere Haus, Birkin schaltete die Autolampen ein. Es ging so fröhlich dabei zu, als ob sie auf die Reise gehen wollten.

«Du bist wohl so gut und hältst einen Augenblick bei Coulson. Ich muß den Schlüssel da abgeben.» – «Schön», sagte Birkin, und sie fuhren ab.

In der Hauptstraße hielten sie. Die Läden wurden gerade erleuchtet,

305

verspätete Arbeiter gingen auf dem Fußweg an ihnen vorüber, grau und schmutzig von der Arbeit in den Stollen, Schatten, nur halb sichtbar in der blauen Dämmerung. Doch klappten ihre harten Tritte unaufhörlich über das Pflaster.

Gudrun war glücklich, als sie aus dem Laden kam und ins Auto steigen und mit Ursula und Birkin geschwind den Hügel hinunterfahren konnte in die tiefe Dämmerung im Tal. Das war Abenteuer! Wie sie Ursula plötzlich beneidete! Für die war das Leben so lebendig, eine offene Tür – sorglos, als läge nichts an der Welt, nichts an Gegenwart, Vergangenheit und Zukunft. Ja, wenn sie eben so sein könnte, das wäre noch der Mühe wert!

Immer, wenn sie nicht gerade in Erregung war, fühlte sie einen innern Mangel. Sie war unsicher. Bei Geralds starker, ungestümer Liebe hatte sie endlich das Gefühl gehabt, voll und bis auf den Grund zu leben. Doch wenn sie sich mit Ursula verglich, wurde ihre Seele schon wieder neidisch, unzufrieden. Sie war nicht zufrieden – sie sollte es wohl niemals sein.

Wo fehlte es denn jetzt? Diesmal war es die Ehe – die wundervolle Sicherheit der Ehe. Die wollte sie ja doch, was sie auch reden mochte. Das war alles nicht wahr. Die alte Idee der Ehe war auch jetzt noch das Rechte – Ehe und Haus. Und doch verzog sie den Mund ein klein wenig bei den Worten. Sie dachte an Gerald und Shortlands – Ehe und Haus! Ach, nicht mehr daran denken! Sie hatte ihn sehr gern – aber! Vielleicht lag es ihr nicht, zu heiraten. Sie war eine von den Ausgestoßenen des Lebens, von den Heimatlosen, die nirgends Wurzel fassen. Nein, nein – unmöglich! Plötzlich stellte sie sich ein Bild vor: ein rosa tapeziertes Zimmer, Kaminfeuer, sie selbst in prachtvoller Toilette, und ein schöner Mann im Frack, der sie umarmte und küßte. ‹Daheim› müßte darunterstehen. Höchst geeignet für die Royal Academy.

«Trink doch mit uns Tee – bitte!» sagte Ursula, als sie an das Häuschen in Willey Green kamen. – «Danke tausendmal... aber ich muß nach Hause.» Gudrun wäre von Herzen gern mit Ursula und Birkin weitergefahren, das Zusammensein mit den beiden kam ihr jetzt vor wie das Leben selber. Doch hielt eine wunderliche Laune sie zurück.

«Komm doch mit! Ja, komm, es wäre so hübsch», bettelte Ursula. – «Es tut mir schrecklich leid, ich täte es ja so gern! Aber ich kann wahrhaftig nicht.» In fliegender Eile stieg sie aus. – «Kannst du denn wirklich nicht?» fragte Ursula enttäuscht. – «Nein, wirklich nicht!» kam es mit einigem Pathos traurig aus dem Dunkel zurück.

«Dir fehlt doch nichts?» rief Birkin. – «Nicht das geringste! Gute Nacht!» – «Gute Nacht!» – «Komm, wann du Lust hast, wir freuen uns immer», sagte Birkin. – «Tausend Dank!» Gudruns Stimme hatte den harten Ton einsamen Kummers; es ging ihr sehr nahe. Sie drehte sich nach ihrer Gartenpforte um, und die beiden fuhren weiter. Doch blieb sie stehen und sah dem Wagen nach, wie er undeutlich im Dunkeln davonfuhr. Und als sie den Gartenweg hinaufging, der in das fremde Haus führte, wo sie nun wohnte, war ihr Herz voll rätselhafter Bitterkeit.

In der Diele stand eine große, alte Uhr, in deren Zifferblatt ein rundes, schielendes, sehr rotbackiges Gesicht eingelassen war. Immer wenn die Uhr tickte, wippten die Augen auf die lächerlichste Art von einer Seite zur andern, und jedesmal machte ihr das glatte, alberne rote Gesicht höchst aufdringlich Äugelchen. Sie stand minutenlang davor und blickte hinauf, bis ein toller Ekel sie überkam und sie bitter über sich selbst lachte. Und noch immer wippte es hin und her und äugelte von rechts, von links, von rechts, von links. Wie war sie doch unglücklich, mitten im Treiben des Glücks. Sie warf einen Blick nach dem Tisch. Stachelbeermarmelade und immer derselbe Kuchen, den die Wirtin gebacken hatte, mit zuviel Backpulver darin! Immerhin, Stachelbeermarmelade war nicht zu verachten, die gab es selten.

Während des ganzen Abends wollte sie nach der Mühle, doch versagte sie es sich kühl. Dafür ging sie am nächsten Nachmittag hinüber. Sie war froh, Ursula allein zu finden. Es war schön bei ihr, innig vertraut und von der Welt abgeschlossen, die beiden plauderten ohne Ende und waren selig dabei. «Bist du nicht ganz furchtbar glücklich hier?» fragte Gudrun die Schwester und sah dabei im Spiegel ihre eignen hellen Augen. Sie war jedesmal fast bis zum Ressentiment neidisch auf die eigentümlich reiche Fülle, in der Ursula und Birkin lebten, und die sie auch auf ihre Umgebung übertrugen.

«Wirklich wunderschön ist dein Zimmer», sagte sie begeistert. «Die enggeflochtene Matte hat doch eine entzückende Farbe, wie kühles Licht!» Sie konnte sich im Augenblick nichts Schöneres denken.

«Ursula», fragte sie schließlich wie beiläufig, «hast du schon etwas davon gehört? Gerald Crich meint, wir sollten alle zusammen Weihnachten ein bißchen reisen.» – «Ja, er hat mit Rupert darüber gesprochen.» – Gudrun wurde dunkelrot und schwieg einen Augenblick, als wüßte sie gar nicht, was sie dazu sagen sollte. «Findest du das denn nicht unerhört kalt von ihm?» kam es schließlich. – Ursula lachte. «Nein, mir gefällt es.»

Gudrun schwieg. Wenn es sie auch kränkte, daß Gerald gewagt hatte, Rupert so etwas vorzuschlagen, so war der Gedanke selbst doch sehr verlockend. «Ich finde, Gerald hat eine so anziehende Schlichtheit», sagte Ursula. «Beinah kühn kommt er mir oft darin vor. Er ist doch ein sehr, sehr lieber Kerl.»

Gudrun antwortete eine ganze Weile nicht. Sie mußte erst darüber wegkommen, daß Gerald in so beleidigender Weise über sie verfügt hatte. «Was hat Rupert dazu gesagt... weißt du das?» fragte sie. – «Ja, es wäre eine entzückende Idee.»

Wieder sah Gudrun stumm zu Boden. «Findest du das denn nicht?» fragte Ursula vorsichtig. Sie wußte nie ganz genau, wieweit Gudrun sich sichern wollte. Gudrun blickte widerwillig auf und wandte das Gesicht ab. «Es mag vielleicht eine entzückende Idee sein, wie du das nennst. Aber es ist doch unerhört, daß er sich herausnimmt, so etwas... mit Rupert zu besprechen, der doch schließlich – du verstehst, was ich meine, Ursula, es ist ja gerade so, als wenn zwei Männer sich zu einem Ausflug mit einer kleinen *type* verabreden, die sie irgendwo aufgelesen haben. Ich finde es einfach unverantwortlich!» Sie gebrauchte das französische Wort ‹type›.

Ihre Augen blitzten, das weiche Gesicht war rot vor Ärger. Ursula sah ein wenig erschrocken zu, vor allem, weil sie fand, daß Gudrun sich gar nicht sehr fein benahm, sondern wirklich wie eine kleine *type*. Doch hatte sie nicht den Mut, das richtig zu Ende zu denken.

«Aber nein», stammelte sie dann, «doch nicht so... ganz und gar nicht! Ich finde, die Freundschaft zwischen Rupert und Gerald ist eigentlich wunderschön. Sie sind eben ganz schlicht – sie sagen einander alles wie Brüder.»

Gudruns Wangen röteten sich immer tiefer. Sie ertrug nicht, daß Gerald sie kompromittierte – nicht einmal vor Birkin. «Ja, findest du denn, daß Brüder über so etwas miteinander reden dürfen?» – «Gewiß. Da wird nie etwas gesagt, was nicht genau so gemeint ist. Das imponiert mir ja doch bei Gerald am allermeisten, daß er einfach und gerade sein kann. Ich weiß, dazu gehört schon etwas. Die meisten Männer müssen hinten herum reden, weil sie feige sind.»

Aber Gudrun schwieg immer noch unmutig. Sie wollte, daß alles, was sie betraf, völlig geheim bliebe. «Willst du nicht mit?» fragte Ursula. «Komm doch, wir könnten alle so glücklich miteinander sein! Gerald gefällt mir immer besser... man kann ihn viel mehr liebhaben, als ich gedacht hatte. Er ist ein freier Mensch, Gudrun!»

Gudruns Mund war noch immer fest geschlossen und hatte einen bösen, häßlichen Zug. Schließlich sagte sie: «Weißt du, wohin es gehen soll?» – «Ja, nach Tirol, wo er früher oft war, als er in Deutschland studiert hat... ein reizender Ort, die Studenten gehen zum Wintersport dahin – ganz klein, einfach und schön!» – ‹Sie wissen alles›, ging es Gudrun ärgerlich durch den Sinn. «Ich weiß schon», sagte sie laut, «etwa vierzig Kilometer von Innsbruck, nicht wahr?» – «Ich weiß nicht genau, wo... aber wäre es nicht herrlich da oben im reinen Schnee?» – «O ja, herrlich!» höhnte Gudrun. – Ursula wurde böse. «Gerald wird schon so mit Rupert gesprochen haben, daß kein Gedanke an einen Ausflug mit einer *type* aufgekommen ist.» – «Ich weiß aber doch, daß er sich sehr häufig mit der Sorte abgibt.» – «So? Woher weißt du das?» – «Ich weiß von einem Modell in Chelsea», antwortete Gudrun kalt.

Jetzt war Ursula ganz still. «Nun», lachte sie schließlich etwas zweifelhaft, «hoffentlich amüsiert er sich gut mit ihr...» was Gudrun mit verstimmtem Gesicht hinnahm.

Gudrun im ‹Pompadour›

Weihnachten stand vor der Tür, und alle vier bereiteten sich zur Flucht. Birkin und Ursula packten ihre Sachen, damit sie sie gleich abschicken könnten, wenn sie sich endlich für ein Reiseziel entschlossen hätten. Gudrun war sehr aufgeregt, sie reiste für ihr Leben gern.

Sie und Gerald waren zuerst fertig und fuhren ab. Sie wollten über London und Paris nach Innsbruck und dort Ursula und Birkin treffen. In London blieben sie eine Nacht. Sie gingen ins Varieté und hinterher ins Café *Pompadour*.

Gudrun konnte das Café nicht leiden, doch kam sie, wie die meisten Künstler, die sie kannte, immer gelegentlich wieder dahin. Die ganze Atmosphäre von kleinem Laster, kleiner Eifersucht und minderem Künstlertum war ihr zuwider, aber wenn sie einmal in London war, konnte sie nicht daran vorbeigehen. Es war wie ein Muß. Immer wieder trieb es sie, in diesen engen, trägfließenden Strudel der Auflösung und Zersetzung einen Blick zu tun.

Sie saß mit Gerald am Tisch vor einem Glas süßlichem Likör und starrte mit düsteren, verdrossenen Blicken auf die verschiedenen Gruppen um sie her. Sie grüßte keinen. Junge Leute nickten ihr häufig zu mit einer gewissen höhnischen Vertraulichkeit, doch schnitt sie alle. Es machte ihr Vergnügen, dazusitzen und mit heißen Wangen und schwarzen, verdrossenen Augen die Leute wie aus der Ferne zu betrachten, eine Menagerie affenhaft entarteter menschlicher Geschöpfe. Gott, war das eine verdorbene Sippschaft! Schwer und dunkel floß ihr das Blut durch die Adern, so empörte sie das alles. Doch mußte sie dasitzen und zusehen, zusehen. Ein paar Leute kamen und redeten sie an. Von allen Seiten wandten sich ihr halb verstohlene, halb höhnische Blicke zu, Männer sahen über die Schultern nach ihr, Mädchen blinzelten unter den Hüten hervor.

Die alten Bekannten waren auch da, Carlyon saß in seiner Ecke mit seinen Schülern und seiner Freundin, Halliday, Libidnikov, die Pussum – keiner fehlte. Gudrun beobachtete Gerald und sah, wie seine Augen flüchtig an Halliday und seinen Begleitern hängenblieben, die nur darauf gewartet zu haben schienen und ihm zunickten. Er nickte wieder. Drüben kicherten und tuschelten sie. Gerald blickte hinüber und zwinkerte fortwährend mit den Augen. Sie redeten alle auf die Pussum ein.

Schließlich stand sie auf. Ein ganz sonderbares Kleid aus schwarzer Seide hatte sie an, über und über mit Farbspritzern besät, ein eigentümlich buntscheckiger Eindruck. Sie war magerer geworden, die Augen waren vielleicht noch heißer, noch chaotischer. Sonst hatte sie sich nicht verändert. Gerald sah ihr mit unablässigem Augenzwinkern entgegen. Sie kam herüber und streckte ihm die schmächtige braune Hand hin.

«Wie geht's?» sagte sie. Er gab ihr die Hand, doch blieb er sitzen und ließ sie neben sich am Tisch stehen. Sie nickte Gudrun finster zu. Persönlich kannten sie einander nicht, wohl aber vom Ansehen und vom Hörensagen.

«Danke, gut», sagte Gerald. «Und Ihnen?» – «Oh, mir geht es gut. Was macht Rupert?» – «Rupert? Dem geht es auch gut.» – «Nein, das meine ich nicht. Ich meine, ist er verheiratet?» Sie stieß beim Sprechen leicht mit der Zunge an, wie damals. – «Ach so ... ja, er ist verheiratet.»

Die Pussum hatte einen heißen Glanz in den Augen. «Ach! Hat er es also wirklich fertiggebracht? Wann denn?» – «Ungefähr vor vierzehn Tagen.» – «Tatsächlich? Er hat ja nie ein Wort geschrieben.» – «Nein.» – «Nein! Unerhört, was?»

In den letzten Worten lag viel Herausforderung. Die Pussum gab in ihrem Ton zu verstehen, daß sie merkte, wie Gudrun zuhörte.

«Er war wohl nicht in der Stimmung», sagte Gerald. – «Ja, warum denn nicht?» Darauf bekam sie keine Antwort. In der schönen, zierlichen Gestalt des kurzhaarigen Mädchens lag etwas boshaft Hartnäckiges, wie sie da neben Gerald stand.

«Bleiben Sie lange in London?» fragte sie. – «Nur bis morgen früh.» – «So, nur die eine Nacht. Wollen Sie nicht einmal zu uns herüberkommen und Julius guten Tag sagen?» – «Heute nicht.» – «O bitte sehr. Ich werd's ausrichten.» Dann ließ ihr der Teufel keine Ruhe mehr. «Sie sehen ja blendend aus!» – «Ja ... es geht mir auch gut.» Gerald ließ sich nicht aus der Ruhe bringen, seine Augen blitzten boshaft lustig. – «Amüsieren Sie sich?» Das war auf Gudrun gemünzt. Sie sprach gleichmütig, tonlos, kühl und ungezwungen. – «Ja», antwortete er ebenso. – «Zu schade, daß Sie nicht mit heraufkommen in die Wohnung. Sehr treu sind Sie gerade nicht zu Ihren Freunden!» – «Nicht sehr», sagte er.

Sie sagte gute Nacht, nickte beiden zu und ging langsam wieder zu ihren Leuten. Gudrun sah ihren steifen Gang, sie stieß eigentümlich mit den Lenden. Sie hörte deutlich ihre ebenmäßige, tonlose Stimme.

«Er will nicht ... er ist schon versorgt», klang es herüber. Das Lachen, Tuscheln und Kichern am Tisch nahm zu.

«Ist das eine Freundin von dir?» fragte Gudrun und sah Gerald ruhig an. – «Ich habe mit Birkin in Hallidays Wohnung übernachtet.» Er begegnete ihrem langsamen, ruhigen Blick. Da wußte sie, daß die Pussum eine von seinen Geliebten war – und er wußte, daß sie es wußte.

Sie sah sich um und rief nach dem Kellner, sie wollte durchaus einen geeisten Cocktail. Gerald hatte seinen Spaß daran – er war neugierig, was sie wohl vorhätte.

Hallidays Gesellschaft war betrunken und wurde ausfallend. Sie redeten laut über Birkin und machten ihn nach allen Regeln der Kunst lächerlich, vor allem wegen seiner Heirat.

«Laßt mich bloß mit Birkin zufrieden», kreischte Halliday. «Mir wird ganz elend, wenn ich an ihn denke. Der ist auch nicht besser als der Herr Jesus. ‹Herr, was muß ich tun, daß ich selig werde!›» Er kicherte weinselig vor sich hin.

«Erinnert ihr euch noch seiner Briefe?» kam die flinke Stimme des Russen. «Begehren ist heilig ...» – «Gott ja!» schrie Halliday. «Ausgezeichnet, ich habe ja einen bei mir. Ich glaube bestimmt.» Er nahm verschiedene Papiere aus seiner Brieftasche. «Ich meinte aber doch bestimmt, ich – hück! o je! – hätte einen.»

Gerald und Gudrun hörten gespannt zu.

«O ja – hück! – famos. Pussum, bring mich nicht ins Lachen, dann kommt immer der Schluckauf. Hück ...!» Sie wollten sich totlachen.

«Was schreibt er denn da?» Die Pussum beugte sich vor, und das dunkle weiche Haar fiel ihr ins Gesicht. Ihr schmaler, länglicher, dunkler Kopf hatte etwas merkwürdig Schamloses, vor allem wenn die Ohren zu sehen waren.

«Einen Augenblick ... ach ja, wartet mal eben. N-e-i-n, haben sollt ihr nicht, ich lese ihn vor, ich picke euch schon die Rosinen heraus ... hück! O je, o je! Meint ihr, ich soll mal einen Schluck Wasser trinken? Ob das nützt? hück! Ich kann nicht mehr!»

«Ist das nicht der Brief mit der Verbindung von Licht und Finsternis ... und dem Strom des Verderbens?» fragte Maxim rasch und deutlich. – «Ja, ich glaube beinah», meinte die Pussum.

«Ist das der? Das hatte ich ganz ... hück! ... vergessen.»

Halliday schlug den Brief auf. «Hück! Ach ja! Also glänzend, das ist einer von den allerschönsten. ‹Für jede Rasse kommt eine Zeit ...›» er las in singendem Ton, langsam und deutlich wie ein Pastor, wenn er den Text liest – «‹wenn die Begierde nach Zerstörung stärker wird als jedes andere Verlangen. Im einzelnen Menschen wirkt sich das im tiefsten Grunde aus als Sehnsucht, sein Ich zu vernichten ...› Hück ...!» Er hielt inne und blickte auf.

«Hoffentlich kommt er nun auch damit zurecht, mit der Vernichtung seines Ich», sagte der Russe geschwind. Halliday kicherte und ließ ein bißchen unsicher den Kopf hintenüberfallen.

«An dem ist nicht mehr viel zu vernichten», sagte die Pussum. «Der ist schon so dünn, der kleine Rest lohnt gar nicht erst.»

«Gottvoll, Kinder, was? So was vorzulesen ist doch ein Genuß! Ich glaube, das hat mir den Schluckauf schon kuriert!» brüllte Halliday. «Laßt mich bloß weiterlesen! ‹Es ist der Wunsch, sich zu seinem Ursprung zurückzuwandeln, den Strom des Verderbens hinabzuleiten zurück zu den allerersten einfachsten Bedingungen des Seins ...!› Hört mal, das ist doch himmlisch. Beinah Bibelersatz ...»

«Ach ja ... Strom des Verderbens», sagte der Russe, «auf die Wendung besinne ich mich.»

«Er hat ja immerzu von Verderben geredet», stimmte die Pussum bei, «schließlich muß er doch selbst ganz verdorben dabei werden, wenn er gar nichts anderes im Kopf hat.» – «Ganz recht», meinte der Russe.

Ach, laßt mich weiterlesen! Jetzt kommt etwas... da bleibt kein Auge trocken! Hört euch das bloß an. ‹Und bei dem großen Rückwärtstreiben, der Rückwandlung der erschaffenen lebendigen Form, gewinnen wir Erkenntnis, und über die Erkenntnis hinaus die schillernde Ekstase spitzigsten Gefühls.› Also dies finde ich unsinnig schön. Herrschaften, was sagt ihr dazu – das ist doch beinah wie Christus. ‹Julius, und wenn du die Wonnen des Sinkens mit der Pussum erleben willst, mußt du nicht aufhören, bis es vollendet ist. Aber gewiß verbirgt sich auch in dir der lebendige Wunsch nach aufbauender Schöpfung, nach Beziehungen höchsten Glaubens, wenn du durch all die Selbstverderbnis mit ihren Sumpfblüten hindurchgegangen bist bis ans Ende...› Ich möchte wohl wissen, was das für Sumpfblüten sind. Pussum, du bist eine Sumpfblüte!»

«Danke schön... du etwa nicht?» – «Ja sicher, nach diesem Brief bin ich auch eine! Wir sind alle Sumpfblüten... *Fleurs*... hück! *du mal!* Birkin, Sänger der Hölle... Birkin, Sänger des Pompadour... großartig... hück!»

«Weiter... weiter!» drängte Maxim. «Was kommt nun? Es ist doch sehr interessant.» – «Eigentlich ist es eine mächtige Unverschämtheit, so was zu schreiben», meinte die Pussum. – «Ja... ganz gewiß», stimmte der Russe bei. «Natürlich hat er Größenwahn, eine Art religiösen Wahnsinn. Er meint, er wäre der Heiland der Welt... lies weiter!»

«Wahrlich», intonierte Halliday. «‹Gutes und Barmherzigkeit sind mir gefolgt mein Leben lang›...» Er brach ab und grinste. Dann fing er wieder an wie ein Pastor: «‹Sicher wird dies Begehren in uns ein Ende finden... dies Begehren nach unaufhörlichem Zerfall... die Leidenschaft, zu zerbrechen... alles... uns selbst Stück für Stück aufzulösen ...nur um der Zerstörung willen die vertrauliche Nähe des andern zu suchen... das Geschlechtliche als das große Mittel zur Zersetzung zu brauchen, um das männliche und das weibliche Element herunterzureißen aus ihrer höchst komplizierten Einheit... die alten Gedanken aufzulösen und mit dem Gefühl zurückzugehen bis auf die Wilden... immer sich zu verlieren in einer äußersten Finsternis erregten Gefühls, ohne Grenzen, ohne Geist, zu lodern nur in zerstörenden Flammen und immer weiter zu wüten in der Hoffnung, ganz zu verbrennen...›»

«Jetzt möchte ich aber gehen», sagte Gudrun und winkte dem Kellner. Ihre Augen lohten, die Wangen waren heiß. Birkins Brief, psalmodierend vorgelesen, laut und deutlich Wort für Wort, wirkte so unglaublich, daß ihr das Blut zu Kopf stieg, als würde sie wahnsinnig.

Sie stand auf, während Gerald bezahlte, und ging an Hallidays Tisch. Alle sahen sie an. «Entschuldigen Sie», sagte sie. «Ist der Brief echt, den Sie da vorlesen?» – «O ja», antwortete Halliday. «Durch und durch echt.» – «Darf ich einmal sehen?» Mit blödem Lächeln gab er ihr den Brief, wie hypnotisiert. «Danke schön.»

Und sie wandte sich um und ging mit dem Brief dem Ausgang zu, gemessen, wie das ihre Art war, quer durch den schillernden Raum zwischen all den Tischen hindurch. Es dauerte eine Weile, bis jemand begriff, was vorging.

Von Hallidays Tisch kam undeutliches Geschrei, dann grölte ihr jemand nach, und alles, was hinten im Café saß, stimmte ein. Sie war sehr elegant, in schwärzlichem Grün mit Silber, ihr Hut war leuchtend grün wie schillernde Insektenflügel, mit weichem dunkelgrünen Rand und feiner, herabfallender silberner Kante. Der Mantel war von seidigem Dunkelgrün mit hohem Kragen und breiten Manschetten aus grauem Pelz, der Saum ihres Kleides sah silbrig und dunkelgrün daraus hervor. Strümpfe und Schuhe waren silbergrau. Sie ging langsam zur Tür mit den gleichmütigen Bewegungen der Dame. Der Portier hielt ihr mit einer Verbeugung die Tür auf und lief auf ihren Wink bis an den Fahrdamm, um einem Auto zu pfeifen. Fast in demselben Augenblick kamen die beiden Laternen im Bogen auf sie zu, wie zwei Augen.

Gerald war ihr durch all das Geschrei erstaunt gefolgt, er hatte nicht erfaßt, was sie eigentlich verbrochen hatte. Da hörte er die Pussum sagen: «Lauf ihr nach und hol ihn wieder. So was ist mir noch nicht vorgekommen! Lauf, kannst du nicht hören? Sag es Gerald Crich... da geht er... er soll ihn gefälligst hergeben.»

Gudrun stand vor der Tür des Autos, die der Portier vor ihr offenhielt. «Ins Hotel?» fragte sie, als Gerald rasch herbeikam. – «Wohin du willst.» – «Schön!» Dann sagte sie dem Chauffeur: «*Wagstaff*, Barton Street.»

Der Chauffeur nickte und klappte das Taxameterschild herunter. Gudrun stieg ein, besonnen, kühl in den Bewegungen wie eine elegante Frau, die im Herzen alles verachtet. Dabei war sie halb erstarrt von überreiztem Gefühl. Gerald folgte ihr.

«Du vergißt den Portier», sagte sie kalt und winkte leicht mit dem Hutrand. Gerald gab ihm einen Shilling. Der Mann grüßte. Dann fuhren sie ab.

«Was hatte eigentlich der Lärm zu bedeuten?» fragte Gerald verwundert und erregt. – «Ich habe Birkins Brief mitgenommen», sagte sie, und er sah das zerknitterte Blatt in ihrer Hand. Seine Augen glitzerten vor Vergnügen. «Ausgezeichnet! Sind das Esel!» – «Ich hätte sie erwürgen können», tobte sie. «Die Hunde! Wie kann Rupert so dumm sein, ihnen solche Briefe zu schreiben? Wie kann er sich solchem Gesindel preisgeben? Das ist doch einfach unerträglich.»

Gerald war erstaunt, daß sie sich so aufregte.

Sie konnte es in London nicht mehr aushalten. Mit dem Morgenzug mußten sie weg von Charing Cross. Als sie über die Brücke fuhren und aus dem Abteilfenster den Fluß zwischen den mächtigen Eisenträgern blinken sahen, sagte sie:

«Ich kann diese gemeine Stadt nicht mehr sehen, nie im Leben komme ich wieder hierher.»

313

29

Auf Reisen

Die letzten Wochen vor der Abreise verbrachte Ursula in einem merkwürdig schwebenden, unwirklichen Zustand. Sie war nicht sie selbst – sie war im Augenblick überhaupt nichts, nur etwas, das werden sollte, bald, sehr bald.

Sie suchte die Eltern auf. Der Besuch verlief eigentlich recht steif und traurig, man erkannte mehr, wie fern man einander stand, als daß man einander wiedergefunden hätte. Keiner gab sich, wie er war, man ging umeinander herum, hilflos vor dem Schicksal, das einen auseinandertrieb.

Erst auf dem Schiff, das sie von Dover nach Ostende brachte, kam sie wieder ganz zu sich selbst. Wie im Traum war sie mit Birkin nach London gefahren, London war unbestimmt an ihr vorübergerauscht, halb unbewußt war sie dann in Dover angekommen. Die ganze Zeit war vergangen wie ein Schlummer.

Nun stand sie am Heck, in stockfinsterer, windiger Nacht. Als sie den Seegang spürte und die trüben, kleinen Lichter an der englischen Küste sah, die herüberblinkten wie aus einem Traumland und kleiner und kleiner wurden im tiefen, lebendigen Dunkel, da fühlte sie, wie ihre Seele sich zu regen und aus der Betäubung zu erwachen begann.

«Wollen wir nicht nach vorn gehen?» sagte Birkin. Es zog ihn immer so weit nach vorn wie möglich. So wandten sie sich ab von den schwachen Funken, die aus dem Traumland herüberschimmerten, aus der weiten Ferne, die England hieß – und blickten in die unendliche Tiefe der Nacht, die vor ihnen lag.

Sie gingen an die vorderste Spitze des leise stampfenden Schiffes. In der Finsternis fand Birkin ein ziemlich geschütztes Eckchen neben einem aufgerollten Tau, ganz vorn, unmittelbar vor der großen schwarzen Weite. Da saßen sie dicht beisammen in eine Reisedecke gehüllt. Sie schmiegten sich immer enger aneinander, ineinander fast, und waren schließlich wie eins. Es war sehr kalt, und dichte, undurchdringliche Finsternis.

Einer von der Schiffsmannschaft ging vorüber, ein Stück Nacht in der Nacht, eigentlich nicht sichtbar. Da kam er heran, und sein Gesicht wurde um einen Schatten heller als die Umgebung. Er spürte ihre Nähe und stand still, ungewiß, ob da jemand sei, dann beugte er sich über sie. Als seine Augen ganz nahe waren, unterschied er im Dunkeln ihre kaum helleren Gesichter und verschwand wie ein Schemen. Sie sahen ihm nach ohne einen Laut.

Es war ihnen, als sänken sie hinein in die tiefe Nacht. Sie sahen weder Himmel noch Erde und hatten das Gefühl, wie ein lebendiges Samenkorn in seiner Hülle sanft und träumend in den dunklen, unergründlichen Raum hinabzufallen.

Sie hatten vergessen, wo sie waren, alles Gegenwärtige und Vergangene war versunken, nur das Herz wachte und fühlte allein das stille Gleiten durch die tiefe, tiefe Nacht. Der Bug schnitt mit leisem Geräusch ins Wasser, und das Schiff fuhr dumpf und blind in die Dunkelheit hinein, immer weiter.

Ursulas Seele war übervoll von dem Unbekannten, das ihrer wartete. Mitten im schwarzen Dunkel lag selig auf ihrem Herzen der Schimmer des zukünftigen Paradieses, golden wie der Honig der Nacht, süß wie die Sonne des Tags, ein Licht, das der Welt nicht leuchtete und nur die unbekannte Zukunft hell erglänzen ließ. So wohnte sie in all der Finsternis schon lieblich geborgen in dem schönen, fremden Land, wohin sie reiste, und führte da ein glückliches Leben, das ihr niemand rauben konnte. In ihrer Seligkeit hob sie plötzlich das Gesicht zu ihm empor, und er berührte es mit den Lippen. Es war kalt und frisch und rein wie das Meer, er meinte eine Blume zu küssen, die nicht fern von der Brandung blühte.

Doch kannte er nicht wie sie das überschwengliche Vorgefühl zukünftiger Freuden. Ihn ergriff die wunderbare Überfahrt. Es war ihm zumut, als fiele er in die unendliche Nacht wie ein Meteor in den Weltenraum, von einer Welt in die andere. Was drüben lag, war für ihn noch nicht vorhanden. Er ging ganz auf in dem Rausch der Fahrt.

Mit beiden Armen hielt er Ursula umschlungen, sein Gesicht lag an ihrem feinen Haar, und er atmete seinen Duft mit dem Duft des Meeres und der tiefen Nacht. Seine Seele hatte Frieden und ließ sich ruhig fallen in das Unbekannte. Zum erstenmal war höchster Friede in sein Herz eingezogen, auf dieser Fahrt, die ihn forttrug aus dem Leben.

Auf Deck wurde es lebendig. Da kamen sie wieder zu sich und standen auf, ganz steif von der Nachtkälte. Doch der paradiesische Glanz in ihrem Herzen, der unaussprechliche Friede in dem seinen waren eins und alles.

Sie standen auf und blickten nach vorn. Im Dunkeln tauchten bleiche Lichter auf, da war wieder die Welt. Nicht mehr die Seligkeit ihres Herzens, nicht mehr der Friede des seinen, sondern die flache, unwirkliche Welt der Tatsachen. Und doch nicht ganz die alte: der Friede und die Seligkeit der Herzen hielten ihr stand.

Unheimlich und über die Maßen trübselig war das Landen mitten in der Nacht, wie die Ankunft der Schatten am trostlosen Ufer des Styx. Vor ihnen breitete sich die Stadt, halberleuchtet und doch nicht zu erkennen in dem frostigen Dunkel. Ihre Schritte klangen hohl auf den Brettern, Öde ringsumher. Ursula sah im Finstern die großen, bleichen, rätselhaften Buchstaben: «Ostende». Alles hastete in blindem Eifer wie ein Mückenschwarm durch die dunkelgraue Luft, Gepäckträger riefen durcheinander in schlechtem Englisch und zogen mit schweren Koffern ab, gespenstich in ihren farblosen Blusen. Mit Hunderten von Spukgestalten stand Ursula unter einem Zinkdach an einer langen Schranke, und so weit sie in der kalten Dunkelheit sehen konnte, zog sich eine niedrige Reihe von offenen Koffern vor den geisterhaften Reisenden hin. Auf der andern Seite der Schranke standen blasse Beamte mit spitzen Käppis und Schnurrbärten, durchwühlten die Wäsche und kritzelten ihr Kreidezeichen auf das Gepäck.

Sie waren fertig. Birkin schloß die Handkoffer, und gefolgt vom Gepäckträger gingen sie durch eine große Tür und wieder in die Nacht hinaus – aha, ein Bahnsteig. Noch immer riefen aufgeregte, kaum menschliche Stimmen hin und her durch die graue Luft, Gespenster huschten in den dunklen Gängen im Zug.

«Köln–Berlin» las Ursula zur Linken auf den Schildern an den hohen Eisenbahnwagen. – «Hier sind wir», sagte Birkin. Da sah sie auf ihrer Seite: «Elsaß-Lothringen-Luxemburg, Metz-Basel». «Hier, Basel!» – Der Gepäckträger kam. *À Bâle – deuxième classe? – Voilà!*» Er kletterte in den Wagen, sie folgten. Hier und da war schon ein Abteil besetzt, manche waren noch dunkel und leer. Das Gepäck war verstaut, der Gepäckträger bezahlt.

«*Nous avons encore...?*» fragte Birkin den Gepäckträger und sah nach der Uhr. – «*Encore une demiheure.*» Dann verschwand der Blusenmann, ein häßlicher, unverschämter Kerl.

«Komm», sagte Birkin. «Es ist kalt, wir wollen essen.» Auf dem Bahnsteig war ein Büfett. Sie tranken heißen, wässerigen Kaffee und aßen lange Brötchen, mit Schinken belegt und zusammengeklappt, so dick, daß Ursula sich beim Abbeißen fast die Kiefer ausrenkte. Dabei gingen sie an den hohen Wagen auf und ab. Alles war so fremdartig, so unglaublich trostlos wie die Unterwelt: grau in grau, schmutziggrau – ödes, wüstes, trübes Nirgends.

Endlich fuhren sie in die Nacht hinein. Im Dunkeln unterschied Ursula die flachen Felder, das nasse, düstere Flachland des Kontinents. Kurz darauf hielten sie wieder – Brügge. Dann ging es weiter, an schlafenden Bauernhöfen, mageren Pappeln und öden Landstraßen vorbei. Beklommen saß sie da und hielt Birkins Hand. Er war blaß, unbeweglich, selbst wie ein Gespenst. Von Zeit zu Zeit blickte er aus dem Fenster und schloß dann wieder die Augen; wenn er sie öffnete, waren sie so dunkel wie draußen die Nacht.

Ein paar Lichter blitzten im Finstern auf – der Bahnhof von Gent. Wieder liefen draußen auf dem Bahnsteig Gespenster am Zug entlang, dann kam das Läuten, und weiter ging es durch die Dunkelheit. Ursula sah aus einem Bauernhaus neben der Bahnstrecke einen Mann mit einer Laterne herauskommen und nach den dunklen Wirtschaftsgebäuden gehen. Sie dachte an die Marsch, an das alte, trauliche Leben auf dem Hof in Cossethay. Herrgott, wie weit war sie über ihre Kindheit hinaus, und wie weit mußte sie noch wandern! Während eines Lebens reist man durch Äonen. Für ihr Gedächtnis war die Luft so groß zwischen ihrer Kindheit im Marschdorf in der lieblichen Gegend von Cossethay – sie dachte an die Magd Tilly, die ihr immer ihr Butterbrot mit braunen Zuckersprenkeln gab, in dem alten Wohnzimmer mit der Großvateruhr, über deren Ziffern zwei Rosen in einem Korb gemalt waren – und jetzt, wo sie ins Unbekannte reiste mit Birkin, dem ganz fremden Mann, daß ihr das Kind, das auf dem Kirchhof von Cossethay gespielt hatte, wie ein fremdes vorkam, eine kleine, historische Persönlichkeit, nicht wirklich sie selbst.

Brüssel – eine halbe Stunde Zeit zum Frühstücken. Sie stiegen aus. Auf der großen Bahnhofsuhr war es sechs. In dem öden Wartesaal tranken sie Kaffee und aßen Brötchen mit Honig, und wieder war alles trübselig und schmutzig und der Raum so beklemmend groß. Doch wusch sie sich Hände und Gesicht mit warmem Wasser und kämmte sich das Haar – und das tat gut.

Bald waren sie wieder im Zug und fuhren weiter. Grau begann der Morgen zu dämmern. Es waren noch ein paar Leute im Abteil, dicke, blühend aussehende belgische Geschäftsleute mit braunen Vollbärten. Sie unterhielten sich unaufhörlich in einem häßlichen Französisch, aber Ursula war zu müde, sie konnte nicht zuhören.

Es war, als führe der Zug nach und nach aus der Dunkelheit in ein mattes Licht hinein, dann Stoß um Stoß weiter in den hellen Tag. Wie müde das machte! Bleiche Bäume tauchten auf, wie Schatten. Dann ein weißes Haus, sie sah es deutlich. Wie hatte es doch ausgesehen? Und wieder ein Dorf – immerfort huschten Häuser vorbei.

Das war noch immer die alte Welt, winterschwer und trübe. Da gab es Weide und Acker und kahle Bäume und Gebüsch und verlassene Bauernhöfe mit unbestelltem Land. Von einer neuen Erde war noch nichts zu sehen.

Sie sah Birkin an. Sein Gesicht war bleich und still und zeitlos, allzu zeitlos. Unter der Reisedecke schmiegte sie ihre Hand flehend in die seine. Seine Finger erwiderten den Druck, er sah ihr in die Augen; die seinen waren dunkel wie die Nacht, wie eine andere Welt, ein Jenseits. Ach, fände sie doch auch diese Welt in ihm, wäre nur die Welt wie er! Wenn er doch eine Welt erschüfe, die ihrer beider Welt sein könnte!

Die Belgier stiegen aus, der Zug fuhr weiter, durch Luxemburg, Elsaß-Lothringen, Metz. Doch war sie blind für alles, sie konnte nichts mehr sehen. Ihre Seele blickte nicht mit aus.

Endlich kamen sie nach Basel und gingen ins Hotel. Sie war halb betäubt und konnte sich nicht erholen. Am nächsten Morgen gingen sie ein bißchen aus, bis der Zug abfuhr. Sie sah die Straße, den Fluß, sie stand auf der Brücke. Es ging alles spurlos an ihr vorüber. Auf ein paar Schaufenster besann sie sich – das eine voller Bilder, das andre mit orangefarbenem Samt und Hermelin. Was sagte ihr das? – Gar nichts.

Sie hatte keine Ruhe, ehe sie nicht wieder im Zug saßen. Da war sie wie erlöst. Solange sie fuhren, war sie zufrieden. Sie kamen nach Zürich und dann bald in die tief verschneiten Berge. Endlich kam es heran: dies war nun die andre Welt.

Das winterliche Innsbruck war wunderschön im Abendlicht. Sie fuhren im offenen Schlitten über den Schnee, im Zug war es so heiß gewesen, man hatte kaum atmen können. Das Hotel mit dem goldig erleuchteten Eingang sah sehr behaglich aus.

Sie lachten vor Freude, als sie in der Halle waren. Es waren offenbar viele Gäste da, viel Leben.

«Können Sie mir sagen, ob Mr. und Mrs. Crich aus Paris hier angekommen sind – Engländer?» fragte Birkin auf deutsch. Der Portier dachte einen Augenblick nach und wollte gerade antworten, als Ursula plötzlich Gudrun sah, die in ihrem dunklen glänzenden Mantel mit grauem Pelz langsam die Treppe herunterkam.

«Gudrun! Gudrun!» rief sie durchs Treppenhaus und winkte ihr hinauf. «Huhu!» – Gudrun blickte über das Geländer und vergaß gleich alle Befangenheit. Ihre Augen leuchteten. «Nein – Ursula!» Sie lief die Treppe hinab, Ursula hinauf. Auf dem Treppenabsatz trafen sie zusammen und fielen einander um den Hals und lachten und waren sehr stürmisch.

«Ja, aber!» Gudrun war gekränkt. «Wir dachten, ihr kämt erst morgen! Ich wollte euch doch von der Bahn abholen!» – «Nein, wir sind schon heute da!» jubelte Ursula. «Aber entzückend ist es hier!» – «Himmlisch!» sagte Gudrun. «Gerald macht eben eine Besorgung. Ursula, bist du nicht entsetzlich müde?»

«Nein, gar nicht so sehr. Aber ich bin wohl gräßlich schmutzig!» – «Nein, du siehst noch ganz ordentlich aus. Die Pelzmütze finde ich begeisternd!» Ursula trug einen weiten, weichen Mantel mit einem Kragen aus langhaarigem hellbraunen Pelz und ebensolche Mütze dazu.

«Ja, und du, wie siehst du denn aus!» – Gudrun machte ein ausdrucksloses Gesicht, als wäre ihr das höchst gleichgültig. «Gefällt es dir?» – «Elegant!» sagte Ursula, vielleicht mit einem Anflug von Spott.

«Geht nach oben – oder kommt herunter», sagte Birkin. Die Schwestern standen Arm in Arm auf halbem Weg in den ersten Stock, versperrten den Durchgang und gaben der gesamten Halle ein Schauspiel, vom Portier bis zu dem rundlichen Juden in Schwarz.

Da gingen die beiden langsam hinauf, Birkin und der Kellner folgten. «Erster Stock?» fragte Gudrun über die Schulter. – «Nein, zweiter, gnädige Frau – bitte schön, der Lift!» Der Kellner lief nach dem Fahrstuhl und hielt den beiden Damen die Tür auf. Aber sie achteten nicht darauf und gingen plaudernd weiter bis in den zweiten Stock. Etwas bekümmert folgte der Kellner.

Sonderbar, wie selig die beiden waren, als sie einander wiedersahen, fast als träfen sie in der Verbannung zusammen und verbündeten sich gegen die ganze Welt. Birkin wußte nicht recht, was er davon halten sollte.

Als sie gebadet und sich umgezogen hatten, kam Gerald nach Hause. Er glitzerte wie die Sonne auf dem Eis. «Geh du mit Gerald, rauch ein bißchen», sagte Ursula zu Birkin. «Gudrun und ich wollen schwatzen.»

Dann saßen die beiden Schwestern in Gudruns Zimmer und sprachen über ihre Kleider und ihre Erlebnisse. Gudrun erzählte Ursula das Abenteuer mit Birkins Brief im Café. Ursula war erschrocken und empört. «Wo ist der Brief?» – «Ich habe ihn aufbewahrt», sagte Gudrun. – «Du gibst ihn mir doch, nicht wahr?» – Gudrun überlegte einen Augenblick und sagte dann: «Willst du ihn wirklich haben, Ursula?» – «Ich möchte ihn lesen.» – «Dann natürlich.» Auch jetzt wollte Gudrun nicht sagen, daß sie ihn als Erinnerung oder als Symbol gern behalten hätte. Aber Ursula wußte es, und es gefiel ihr nicht. Sie redeten nicht mehr davon.

«Was habt ihr in Paris gemacht?» fragte Ursula. – «Ach», Gudrun war nicht sehr mitteilsam, – «so das übliche. Einmal hatten wir einen entzückenden Abend bei Fanny Bath im Atelier.» – «Ja? Du und Gerald? Und wer war sonst da? Erzähle!» – «Da ist nicht viel Besonderes zu erzählen. Fanny ist wahnsinnig verliebt in diesen Maler, Billy Macfarlane, weißt du. Er war da – und so hatte sie an nichts gespart, und es ging hoch her, wirklich ganz ungewöhnlich. Natürlich waren sie alle furchtbar betrunken – aber interessant dabei, nicht wie diese schmutzige Londoner Sippe. Es waren eben alles Leute, die etwas zu sagen hatten, das ist der Unterschied. Ein Rumäne war dabei, ein feiner Kerl! Er war vollständig betrunken, kletterte oben auf die hohe Atelierleiter und hielt eine fabelhafte Rede – es war unglaublich schön. Auf französisch fing er an – *La vie c'est une affaire d'âmes impériales* –, er hatte ein prachtvolles Organ und sah glänzend aus – aber bald wurde es Rumänisch, und kein Mensch verstand ein Wort. Und Donald Gilchrist war ganz aus dem Häuschen. Er schmiß sein Glas auf den Boden und erklärte, bei Gott, er wäre froh, daß er geboren wäre, und bei Gott, es wäre doch ein Wunder, zu leben. Du kannst dir ja denken, Ursula, wie es war.» Gudrun lachte, es klang nicht froh.

«Und wie benahm Gerald sich in solcher Gesellschaft?» – «Gerald! Oh, der blühte wie ein Löwenzahn im Sonnenschein. Wenn er einmal losgelassen ist, dann ist er für sich allein eine ganze Orgie. Ich wüßte nicht zu sagen, wen er nicht im Arm gehalten hätte. Wahrhaftig, Ursula, Frauen hat er eingeheimst wie Garben. Nicht eine hat ihm widerstanden, es war einfach unglaublich. Begreifst du das?»

Ursula überlegte, ein Funke tanzte in ihren Augen. «Ja, das verstehe ich schon. Er geht immer aufs Ganze.» – «Allerdings! Aber ich versichere dir, Ursula, jede Frau da im Atelier wäre ihm zugefallen. Der Hahn auf dem Hof ist nichts dagegen! Sogar Fanny Bath, die doch Billy Macfarlane wirklich liebt! So etwas habe ich nie gesehen. Und weißt du, nachher hatte ich immer das Gefühl, ich wäre ein ganzer Harem, und

319

ebensowenig ich selbst, wie ich Königin Victoria bin. Es war einfach toll! Aber das kann ich dir sagen, an dem Abend hatte ich einen Sultan ...»

Gudruns Augen blitzten, die Wangen glühten, sie sah so fremd aus, exotisch, voll Hohn. Ursula war sofort unter ihrem Zauber; aber ihr war nicht recht wohl dabei.

Sie mußten sich zu Tisch anziehen. Gudrun erschien in einer etwas verwegenen Toilette aus leuchtend grüner Seide mit Goldtüll und grünsamtenem Mieder und trug ein eigenartiges, schwarzseidenes Band um die Stirn. Gerald sah ganz besonders gut aus, so blutvoll und glitzernd, wie er zuweilen sein konnte. Birkin musterte sie mit raschem, halb lachendem, halb düsterem Blick, Ursula hatte ganz den Kopf verloren. Ein blendender Zauber schien um ihren Tisch ergossen, als säßen sie in hellerem Licht als die übrige Tischgesellschaft.

«Findet ihr es nun nicht herrlich hier?» sagte Gudrun. «Der Schnee ist doch prachtvoll. Habt ihr nicht bemerkt, wie er alles ringsum belebt? Wunderbar! Man fühlt sich wirklich ‹übermenschlich› – über seine Natur hinausgehoben.» – «Das tut man auch», fiel Ursula ein. «Das kommt aber doch wohl zum Teil daher, daß man nicht mehr in England sitzt.» – «Ganz sicher, so fühlt man sich in England nie, einfach weil dort nie der Dämpfer abfällt. In England ist es ganz unmöglich, sich frei zu geben, davon bin ich überzeugt.» Dann aß sie weiter. Sie bebte und wogte von Leben.

«Da hast du recht», sagte Gerald, «ganz so wie hier ist es in England nie. Man will da auch wohl gar nicht so sein – es wäre sonst fast, als käme man mit der Kerze einem Pulverfaß zu nahe. Man denkt voll Angst, was passieren könnte, wenn die andern Leute sich auch gehenließen.» – «Herrgott!» sagte Gudrun. «Wäre denn das nicht herrlich, wenn ganz England wirklich einmal in die Luft ginge wie ein Feuerwerk?» – «Das könnte es gar nicht», behauptete Ursula. «Sie sind alle viel zu dumpf, das Pulver ist feucht!» – «So sicher ist mir das nicht», meinte Gerald. – «Mir auch nicht», stimmte Birkin zu. «Wenn die Engländer wirklich losgehen, *en masse*, dann wird es Zeit, daß man sich die Ohren zuhält und macht, daß man wegkommt.» – «Das tun sie nie», sagte Ursula. – «Wir werden ja sehen.»

«Ist es nicht unglaublich, daß man so dankbar dafür sein kann, nicht mehr im eignen Land zu sein?» sagte Gudrun. «Ich kenne mich selbst nicht wieder, so anders bin ich in dem Augenblick, wo ich den Fuß auf eine fremde Küste setze. Dann sage ich mir immer: ‹Nun tritt ein neuer Mensch ins Leben›.» – «Sprich nicht zu hart von *poor old England*», sagte Gerald. «Wenn wir es auch verwünschen, in Wirklichkeit haben wir es ja doch lieb.» Ursula hörte aus den Worten einen tiefen Zynismus heraus.

«Kann sein», meinte Birkin. «Aber eine verdammt unbequeme Liebe ist das: wie die Liebe zu einem alten Vater, der schwer an allen möglichen unheilbaren Krankheiten leidet.» – Gudrun sah ihn mit weit offenen dunklen Augen an. «Du meinst, es ist hoffnungslos?» fragte sie in ihrer sachlichen Art. – Aber Birkin wich aus. Auf eine solche Frage wollte er nicht antworten. «Ob Hoffnung ist, daß auch England einmal Wirklichkeit wird? Das wissen die Götter. Jetzt ist es ein großes Nichts und türmt sich immer höher in die Welt des Scheins. Es könnte etwas sein, wenn es nur keine Engländer gäbe.»

«Du glaubst, die Engländer müssen verschwinden?» beharrte Gudrun. Sonderbar, wie sie auf seiner Antwort bestand – als wenn sie nach ihrem persönlichen Schicksal fragte. Ihre großen dunklen Augen hingen an Birkins Lippen, wie um sie zu beschwören, daß sie die Zukunft verkündigten.

Er war blaß. Dann antwortete er mit Widerstreben: «Ja – was sollte ihnen sonst bevorstehen? Ihre besondere englische Art wird wohl jedenfalls verschwinden müssen.» Gudrun sah ihn an wie in Hypnose, mit weit geöffneten, starren Augen. «Was meinst du damit – verschwinden...?» – «Du meinst wohl eine innere Erneuerung?» warf Gerald ein.

«Ich meine gar nichts. Wie sollte ich auch? Ich bin ein Engländer und habe den Preis dafür gezahlt. Ich kann nicht über England reden – nur für mich selber.» – «Du, Rupert», sagte Gudrun langsam, «du hast England ganz maßlos lieb!» – «Und ich verlasse es.» – «Nicht für immer! Du kommst ja wieder.» Gerald nickte weise. – «Man sagt, die Ratten verlassen das sinkende Schiff», sagte Birkin in greller Bitterkeit. «So verlasse ich England.» – «Oh, du wirst schon wiederkommen.» Gudrun lächelte hämisch. – «*Tant pis pour moi*», war die Antwort. – «Er ist doch schrecklich böse mit Mutter England», lachte Gerald vergnügt. – «Ja, ja, ein Patriot!» Es klang wie Hohn aus Gudruns Mund. Birkin gab ihnen keine Antwort mehr.

Gudrun beobachtete ihn noch einen Augenblick, dann wandte sie sich ab. Die Beschwörung war zu Ende, und sie war wieder völlig zynisch geworden. Sie sah Gerald an, er war für sie etwas Wunderbares, wie ein Stück Radium. Sie hatte das Gefühl, mit diesem verhängnisvoll lebendigen Stück Metall könnte sie sich selbst vernichten und alles erfahren. Der Gedanke machte sie lächeln. Was sollte sie mit sich anfangen, wenn sie sich zerstört hätte? Wenn der Geist, wenn das Wesen zerstört werden kann, dann ist ja die Materie unzerstörbar.

Er saß strahlend da, versunken, ja einen Augenblick verwirrt. Sie streckte den schönen Arm mit seiner duftigen grünen Hülle aus und berührte sein Kinn mit den feinen Künstlerfingern. «Nun, wie sehen sie aus?» Sie lächelte eigen, wissend. – «Wer?» Er hatte auf einmal große, erstaunte Augen. – «Die Gedanken.» – Gerald machte ein Gesicht wie jemand, der aus dem Schlaf fährt. «Ich glaube, ich habe an gar nichts gedacht.» – «So?» Ein dumpfes Lachen klang in ihrer Stimme mit. Birkin war zumute, als hätte sie Gerald mit der Berührung getötet.

«Ach was, wir wollen auf Britannia trinken – es lebe Britannia!» Ihre Stimme klang wie wilde Verzweiflung. – Gerald lachte und füllte die Gläser. «Rupert meint wahrscheinlich, die Engländer müssen als Nation untergehen, damit sie als Individuen leben können und...» – «Übernational...» warf Gudrun mit spöttischer Grimasse ein und hob ihr Glas.

Am Tag darauf fuhren sie hinunter nach der kleinen Bahnstation Hohenhausen am Ende der winzigen Bergbahn. Überall lag Schnee. Das Tal war eine wundervolle weiße Wiege aus lockerem Neuschnee, und zu beiden Seiten ging es in schönem Schwung hinauf bis an die schwarzen Felszacken und silberweißen Schneefelder, die in den mattblauen Himmel ragten.

Sie stiegen aus auf den glattgefegten Bahnsteig und sahen ringsum und über sich nichts als Schnee. Gudrun schauderte, als sollte ihr das Herz erfrieren. «Gott sei Dank, Jerry», wandte sie sich zu Gerald mit plötzlicher Vertraulichkeit. «Nun hast du's erreicht!» – «Was?» Sie machte eine matte Handbewegung und zeigte die Welt ringsum. «Sieh es dir doch an!» Es war, als hätte sie Angst, weiterzusprechen. Er lachte.

Sie waren im Herzen des Gebirges. Auf beiden Seiten fielen von hoch oben die weißen Schneewände steil ab ins Tal, und sie kamen sich ganz klein vor, als wären sie eingeschlossen von greifbar gewordenem Himmel, so fremd und licht, so stumm und unveränderlich war alles um sie her.

«Man fühlt sich so winzig und so allein», sagte Ursula und legte die Hand auf Birkins Arm. – «Es ist dir doch nicht leid, daß du mitgekommen bist?» wandte sich Gerald an Gudrun. Sie sah ihn zweifelhaft an. Dann traten sie hinaus zwischen zwei hohe Schneemauern.

Hah!» Gerald sog selig die Luft ein. «Ist das herrlich! Da ist unser Schlitten. Wir gehen erst ein bißchen – den Weg hinauf.»

Gudrun, immer noch zurückhaltend, ließ ihren schweren Mantel auf den Schlitten fallen, er legte seinen dazu, und sie machten sich auf den Weg. Plötzlich warf sie den Kopf zurück, zog sich die Mütze über die Ohren und lief die beschneite Straße hinauf. Ihr blaues Kleid flatterte im Wind, die dicken roten Strümpfe leuchteten auf dem Schnee. Gerald sah ihr nach, es war, als liefe sie ihrem Schicksal in die Arme und ließe ihn zurück. Er ließ ihr einen Vorsprung und lief dann hinterdrein.

Überall tiefer, schweigender Schnee. Eine mächtige weiße Last lag auf den breiten Dächern der Tiroler Häuser, die bis an die Fenster eingeschneit waren. Bäuerinnen in weiten Röcken, Umschlagtüchern und schweren Stiefeln sahen sich nach dem schönen, entschlossenen Mädchen um, das so eigensinnig vor dem Mann weglief, der sie zwar einholte, aber darum doch nicht Sieger war.

Sie gingen vorbei an dem Gasthaus mit den bunten Fensterladen und Galerien, an ein paar Häuschen, die halb begraben im Schnee lagen, und an der verschneiten, stillen Sägemühle. Daneben führte eine überdachte Brücke über den unsichtbaren Bach, sie gingen hinüber und liefen weit in die unberührte Schneefläche hinein. Die Stille und das reine

Weiß hatten etwas überspannt Aufheiterndes. Doch war das Schweigen beängstigend. Es schied die Seele von allem Lebendigen und wehte wie Frostluft ums Herz.

«Wunderbar ist es doch, trotz allem», sagte Gudrun und sah ihm sonderbar vielsagend in die Augen. Sein Herz jauchzte. – «Siehst du!»

Eine wilde, elektrische Gewalt floß ihm durch alle Glieder, die Muskeln strotzten, die Hände wurden hart vor lauter Kraft. Rasch gingen sie über die verschneite Straße, an der von zu Zeit zu Zeit Stangen als Wegbezeichnung steckten. Die beiden waren einander fern wie die entgegengesetzten Pole einer ungestümen Kraft. Doch fühlten sie sich stark genug, um über die Zäune des Lebens ins Verbotene hinein und wieder zurück zu springen.

Auch Birkin und Ursula fuhren durch den Schnee. Birkin hatte das Gepäck verladen lassen, dann waren die Schlitten zusammen abgefahren. Ursula war sehr vergnügt, doch griff sie von Zeit zu Zeit plötzlich nach Birkins Arm, um seiner Gegenwart ganz sicher zu sein. «Ich habe nicht gewußt, daß es so etwas gibt», sagte sie. «Hier ist doch eine andere Welt.»

Sie fuhren in die weißen Schneefluren hinein. Da hörten sie hinter sich den Gepäckschlitten klingeln, und bald hatte er sie eingeholt. Nach einem weiteren Kilometer trafen sie Gudrun und Gerald an einem steilen Absturz, neben einem halbverschneiten, rotbemalten Heiligenbild.

Dann kamen sie an eine Klamm. Zwischen schwarzen Felswänden lag das verschneite Bachbett, und von oben leuchtete der stille blaue Himmel hinein. Mit lautem Gepolter ging es auf einer gedeckten Brücke noch einmal über die Schneerinne und dann ganz allmählich hinauf. Die Pferde gingen munter vorwärts, der Kutscher schritt daneben, knallte mit der langen Peitsche und rief sein fremdartiges, rohes Hüh-hüh! Dann öffneten sich die Felswände, sie kamen wieder in ein breiteres Tal und fuhren zwischen Schneehängen immer weiter hinauf durch das kalte Licht und die kalten Schatten des Nachmittags, stumm im Angesicht der Berge und der blendenden Schneeflächen, die auf einer Seite steil anstiegen und auf der andern schroff abfielen.

Endlich gelangten sie auf eine kleine, hohe Schneefläche, die von den höchsten Schneespitzen umschlossen war wie von den Herzblättern einer aufgeblühten Rose. Mitten in dem einsamen Hochtal stand wie verlassen ein Haus mit braunen Holzwänden und schwerem weißen Dach, ein Traum in der Schneewüste. Es glich einem Felsblock, der von den höchsten Schroffen herabgestürzt war und nun in Form eines Hauses halb im Schnee begraben lag. Es war kaum auszudenken, wie man hier leben könnte und nicht erdrückt würde von der furchtbaren weißen Wüste, der Stille und der reinen, klingenden Kälte.

Doch fuhren die Schlitten elegant an der Haustür vor, Leute kamen lustig und erregt herbei, der Fußboden im Gasthaus dröhnte, der Flur war naß vom Schnee, und drinnen war es wirklich warm und behaglich.

323

Die Ankömmlinge stapften hinter dem Zimmermädchen her die kahle Holztreppe hinauf. Gudrun und Gerald nahmen das beste Schlafzimmer. Im nächsten Augenblick fanden sie sich allein in der engen, kahlen, festverschlossenen Kammer, die ganz und gar mit gebohntem Holz getäfelt war: Fußboden, Wände, Decke, Tür, alles dasselbe goldgetönte Fichtenholz. Gegenüber der Tür war ein Fenster, ganz tief unten, wegen des überhängenden Dachs. Unter der schrägen Wandfläche stand ein Tisch mit Waschgeschirr, gegenüber ein andrer Tisch mit einem Spiegel und zu beiden Seiten der Tür zwei hochgetürmte Betten mit riesigen, blaugewürfelten Federbetten darauf.

Das war alles – kein Schrank, nichts von den Bequemlichkeiten des Daseins. Hier in dieser Zelle aus goldfarbenem Holz waren sie nun zusammen eingesperrt mit zwei blaugewürfelten Betten. Sie sahen einander an und lachten; eine so unverhüllte Nähe in der Einsamkeit machte ihnen bange.

Es klopfte, ein Mann brachte das Gepäck. Es war ein Bergführer mit platten Backenknochen, blassem Gesicht und derbem blonden Schnurrbart. Gudrun sah ihm zu, wie er stillschweigend die Reisetaschen hinsetzte und dann mit schwerem Schritt hinausging.

«Es ist doch nicht allzu primitiv?» fragte Gerald. Das Zimmer war nicht sehr warm, es fröstelte sie ein bißchen. – «Fabelhaft», sagte sie doppelsinnig. «Sieh doch die Farbe von dem Holz... herrlich, als steckten wir in einer Nuß.»

Er stand da und sah sie an, biß auf seinen kurzgeschnittenen Schnurrbart, lehnte sich ein bißchen zurück und betrachtete sie mit den scharfen, kühnen Augen, unablässig von der Leidenschaft beherrscht, die wie ein Verhängnis auf ihm lag.

Sie ging ans Fenster und kauerte neugierig davor auf dem Boden. «Nun sieh dir dies an...!» entfuhr es ihr. Es klang beinah schmerzlich.

Vorn lag ein Tal, eingeschlossen vom Himmel und von den gewaltigen Abhängen des Hochgebirges – Schnee und schwarzer Fels. Im Hintergrund erhoben sich die weißen Wände eines Kessels, und darüber zwei Spitzen, die im Abendlicht schimmerten: es war wie der Nabel der Erde. Gerade vor ihr dehnte sich die stille Schneewiege zwischen den mächtigen Wänden, die am Fuß wie ausgefranst aussahen, weil dort ihre ewige Härte unterbrochen war von Tannen, die sich unter dem Schnee wellten wie Haar. Die weiße Wiege stieß an die undurchdringlichen, ewigen Mauern von Fels und Schnee, die Bergspitzen droben hatten nur den Himmel über sich. Hier war der Mittelpunkt, der Nabel der Welt, hier war die Erde eins mit dem Himmel, rein, unnahbar, gefühllos.

Gudrun war wundersam entrückt. Sie kauerte vor dem Fenster und hielt ihr Gesicht fest in beiden Händen, als sähe sie eine Vision. Endlich hatte sie ihre Stätte erreicht. Nun konnte sie ausruhen vom Abenteuer und wie ein Kristall in den Schneenabel sinken und verlöschen.

Gerald beugte sich über sie und sah über ihre Schulter hinweg aus dem Fenster. Schon spürte er, daß er allein war. Sie war nicht mehr da, ganz fern; ein eisiger Nebel legte sich ihm ums Herz. Er sah das Tal, die weiße Sackgasse, und den großen Kessel von Schnee und Bergzacken am Horizont. Hier gab es keinen Ausweg. Die fürchterlich kalte Stille, der weiße Spuk der Dämmerung hüllten ihn ein, und sie kauerte, ein Schatten, vor dem Fenster wie vor einem Heiligenbild.

«Gefällt es dir?» fragte er in fremdem, unbeteiligtem Ton. Sie hätte ihn doch fühlen lassen können, daß sie seine Nähe empfand. Aber sie wandte nur ihr weiches, stummes Gesicht ein wenig ab und vermied seinen Blick. Da wußte er, sie hatte Tränen in den Augen. Tränen einer fremden Religion, vor der er nichts war.

Plötzlich legte er ihr die Hand unters Kinn und hob das Gesicht zu sich empor. Die dunkelblauen, tränennassen Augen öffneten sich weit, als erschräke sie in tiefster Seele. Durch ihre Tränen sahen sie ihn entsetzt an, mit leisem Abscheu. Seine hellblauen Augen blickten scharf aus zusammengezogenen Pupillen, unnatürlich scharf. Ihr Mund öffnete sich ein wenig, sie atmete schwer.

Da kam die Leidenschaft über ihn, Schlag auf Schlag, stark, makellos, unbezwinglich wie das Tönen einer ehernen Glocke. Seine Knie wurden hart wie Erz, er beugte sich über ihr weiches Gesicht und sah Lippen und Augen geöffnet, als hätte er ihr Gewalt angetan. Ihr Kinn war seidenweich in seiner Hand. Er fühlte sich stark wie der Winter, seine Hände waren lebendiges Metall, keiner konnte ihnen widerstehen, keiner sie wegschieben. Das Herz schlug ihm wie eine Glocke.

Er nahm sie in die Arme. Weich und schlaff ließ sie sich aufheben, regungslos. Ihre Tränen waren noch nicht versiegt, die Augen immer noch weit geöffnet, als wäre sie hilflos, halb bewußtlos in seinem Bann. Er war übermenschlich stark und ohne Fehl, wie mit höherer Kraft gerüstet.

Er drückte sie an sich. Eine weiche, schlaffe, regungslose Last, lag sie so süß und schwer über seinem bis zum Bersten geladenen, erzenen Körper, daß es ihn vernichtet hätte, würde sein Begehren nicht gestillt. Krampfhaft strebte sie von ihm weg. Sein Herz schlug auf wie eine Flamme von Eis, er umfaßte sie mit Armen von Stahl. Lieber sie umbringen, als zurückgestoßen werden.

Seiner herrischen Körperkraft war sie nicht gewachsen, sie erschlaffte und lag weich und hingegeben in seinem Arm. Ihr Atem ging rasch wie im Fieber. Und für ihn war sie so süß, eine solche Wonne der Befreiung, daß er eher eine Ewigkeit von Qualen auf sich genommen, als auf einen Augenblick dieses höchsten, brennendsten Glücks verzichtet hätte.

«Herrgott», sagte er, mit verzogenen, fremden, verklärten Zügen, «was nun noch?» Sie lag ganz unbeweglich da mit stillem Kindergesicht und sah ihn aus dunklen Augen an, vernichtet, völlig hingeschwunden. «Ich kann nicht ohne dich leben», sagte er und sah sie an.

Sie hörte nicht. Sie lag da und blickte zu ihm auf wie zu etwas, das sie nie begreifen würde: wie ein Kind zu dem Erwachsenen aufsieht, ohne eine Hoffnung, ihn zu verstehen, und nur gehorcht.

Er küßte sie und küßte ihr die Augen zu, so daß sie ihn nicht mehr sehen konnte. Es verlangte ihn nach etwas, nach einem Zeichen des Verstehens, der Billigung. Sie aber lag nur stumm und fern da, wie ein Kind, das überwältigt ist und nicht weiß, wie ihm geschieht. Er küßte sie noch einmal und ließ dann von ihr ab.

«Wollen wir nun hinuntergehen zu Kaffee und Kuchen?» fragte er. Schieferblau sah die Dämmerung zum Fenster herein. Sie schloß die Augen, bezwang das hoffnungslose Staunen und öffnete sie wieder dem Alltag.

«Ja», sagte sie kurz und gab sich einen Ruck. Noch einmal ging sie ans Fenster. Der blaue Abend hatte sich in die Schneewiege gesenkt und verhüllte die großen bleichen Wände. Doch hoch oben schimmerten die Spitzen noch rosenrot, zart und fern wie himmlische Blüten, die aus dunkler Knospe brechen.

Gudrun sah all ihre Lieblichkeit und wußte, die großen Blütenstempel von rosigem, schneegespeistem Licht waren unsterblich schön vor dem blauen, dämmernden Firmament. Sie sah und wußte, aber sie war kein Teil davon. Ihre Seele blieb von der Schönheit ausgeschlossen, geschieden.

Mit einem letzten schuldbewußten Blick wandte sie sich ab und begann sich die Haare zu ordnen. Er öffnete die Koffer und wartete. Sie fühlte seine Augen auf sich ruhen und wurde nervös und hastig.

Dann gingen sie hinunter. In ihren Gesichtern lag ein Zug aus einer andern Welt, ihre Augen glühten. Birkin und Ursula saßen an einem langen Tisch in der Ecke und warteten auf sie.

‹Wie gut, wie einfach die beiden aussehen›, dachte Gudrun neidisch. Sie hatten eine Unmittelbarkeit, ein kindliches Genügen, das ihr immer fernbleiben mußte. Was für Kinder sie doch waren!

«Herrlichen Kranzkuchen gibt es!» sagte Ursula begeistert. – «Also –» Gudrun wandte sich an den Kellner: «Bitte Kaffee mit Kranzkuchen.»

Dann setzte sie sich zu Gerald auf die Bank. Birkin sah die beiden an mit schmerzlicher Zärtlichkeit. «Es ist aber wirklich schön hier, Gerald», sagte er. «Prachtvoll und wunderbar und wunderschön und unbeschreiblich – und wie die schönen deutschen Epitheta alle heißen.» – Gerald lächelte ein wenig: «Mir gefällt es.»

Die weißgescheuerten Tische standen an drei Seiten der Gaststube. Birkin und Ursula saßen mit dem Rücken gegen die Wand aus gebohntem Holz und Gerald und Gudrun neben ihnen in der Ecke am Ofen. Es war ein ziemlich großer Raum mit einem ganz kleinen Büfett, wie in einem Wirtshaus auf dem Land, schlicht und kahl; Decke, Wände und Fußboden waren aus gebohntem Holz. Die einzige Einrichtung waren die Tische und Bänke, der große grüne Ofen und das Büfett, das zwischen den Türen an der vierten Seite des Zimmers stand. Vor den Doppelfenstern hingen keine Vorhänge. Der Abend war eben angebrochen. Der Kaffee kam – er war heiß und sehr gut – und ein ganzer Kuchenreif. «Ein ganzer Kranzkuchen!» sagte Ursula empört. «So viel haben wir nicht! Ihr müßt mir ein Stück abgeben.»

Es waren noch andre Leute da, zehn hatte Birkin gezählt: zwei Künstler, drei Studenten, ein Ehepaar und ein Professor mit zwei Töchtern – alles Deutsche. Die vier Engländer waren zuletzt angekommen und hatten den Vorteil des Beobachtens. Die Deutschen blickten zur Tür herein, riefen dem Kellner etwas zu und gingen wieder weg. Es war noch nicht Essenszeit, und so kamen sie nicht in die Gaststube, sondern zogen sich andre Stiefel an und fanden sich im ‹Reunionsaal› wieder zusammen.

Die englischen Gäste hörten ab und zu das Geschwirr einer Zither, jemand hämmerte auf einem Klavier, dazwischen wurde gelacht, gejuchzt und gesungen, leises Stimmengewirr klang herüber. Das ganze Gebäude war aus Holz und trug den Schall wie eine Trommel. Doch wurden die einzelnen Geräusche nicht verstärkt, sondern abgeschwächt, die Zither klang dünn, als spielte irgendwo jemand auf einer Puppenzither, und das Klavier hatte einen Ton wie ein Spinett.

Als sie Kaffee getrunken hatten, kam der Wirt, ein breitschultriger Tiroler mit platten Backen, blasser, pockennarbiger Haut und üppigem Schnurrbart. «Wollen sich die Herrschaften gütigst in den Reunionsaal bemühen, um mit den andern Herrschaften bekannt zu werden?» fragte er zuvorkommend und zeigte die starken Zähne. Seine blauen Augen liefen flink von einem zu andern – er wußte nicht recht, woran er mit diesen Engländern war. Er fühlte sich höchst unbehaglich in seiner Haut, weil er nicht Englisch sprach und sich auch nicht traute, sein Französisch an ihnen zu versuchen.

«Wollen wir also in den Reunionsaal und mit den andern bekannt werden?» lachte Gerald. Man besann sich einen Augenblick. «Ich glaube, wir tun es – lieber das Eis brechen», meinte Birkin.

Die Damen standen auf, es war ihnen ein bißchen peinlich. Der käferhafte, schwarze, breitschultrige Wirt ging auf eine etwas beschämende Art voran, in der Richtung, woher der Lärm kam. Er öffnete die Tür und führte die vier Fremden in das Gesellschaftszimmer.

Sofort war alles still und befangen. Die vier hatten das Gefühl, als wendeten sich ihnen viele helle Gesichter entgegen. Da verbeugte sich der Wirt vor einem untersetzten, energisch aussehenden Herrn mit großem Schnurrbart und sagte leise: «Herr Professor, darf ich vorstellen...» Der Herr Professor erfaßte die Lage rasch. Mit einem Lächeln verbeugte er sich tief vor den Engländern und begann gleich Freundschaft zu schließen. «Nehmen die Herrschaften teil an unserer Unterhaltung?» sagte er mit herzhafter Liebenswürdigkeit – seine Stimme hob sich auffallend am Ende der Frage.

Die vier Engländer standen mit gezwungenem Lächeln erwartungsvoll mitten im Zimmer und wußten nicht recht, was sie anfangen sollten. Gerald führte das Wort und sagte, sie wären gern bereit. Gudrun
und Ursula lachten erregt und fühlten alle Männeraugen auf sich gerichtet. Sie warfen den Kopf zurück, sahen über die andern weg und
kamen sich sehr königlich vor.

Der Professor nannte die Namen der Anwesenden *sans cérémonie*,
und man verbeugte sich erst einmal nach der falschen und dann nach
der richtigen Seite. Alle Gäste waren da, nur das Ehepaar fehlte. Die
beiden Töchter des Professors, große, hünenhafte Mädchen mit heller
Haut in schlichten dunkelblauen Blusen und Lodenröcken, mit langen
kräftigen Hälsen, hellblauen Augen und Stirnbändern im sorgfältig
geglätteten Haar verneigten sich errötend und traten beiseite. Die drei
Studenten machten eine ganz tiefe Verbeugung, in der bescheidenen
Hoffnung, durch ihre große Wohlerzogenheit Eindruck zu machen.
Dann war noch ein magerer, dunkeläugiger Mensch mit ausdrucksvollen
Augen da, eine wunderliche Kreatur, halb Kind, halb Kobold, behende,
ohne Beziehung zu den andern. Er verbeugte sich flüchtig. Sein Reise-
gefährte, ein großer blonder, elegant angezogener junger Mann, wurde
rot bis unter die Augen und grüßte untertänig.

Das war überstanden.

«Herr Loerke hat uns eben eine kölnische Geschichte erzählt», sagte
der Professor. – «Hoffentlich ist er uns nicht böse, daß wir ihn unterbrochen haben», antwortete Gerald. «Wir möchten sehr gern auch etwas
davon hören.»

Dann verbeugte man sich wieder und forderte die vier auf, Platz zu
nehmen. Gudrun und Ursula, Gerald und Birkin saßen auf breiten Sofas an der Wand. Das Zimmer war aus gebohntem Holz, ohne weiteren
Schmuck, wie die andern Räume auch. Es stand ein Klavier darin, Sofas
und Stühle und ein paar Tische mit Büchern und Zeitschriften. In seiner
Nüchternheit, die ein mächtiger blauer Ofen angenehm unterbrach, war
es sehr hübsch und gemütlich.

Herr Loerke war der kleine Herr mit der Knabengestalt, dem runden,
nervösen Kopf und den lebendigen, ausdrucksvollen Mäuseaugen. Er
musterte die Fremden mit einem raschen Blick und hielt sich abseits.

«Nun erzählen Sie weiter», sagte der Professor liebenswürdig, eine
Spur von oben herab. Loerke, der zusammengesunken auf dem Klavier-
sessel saß, blinzelte und schwieg. – «Es würde uns eine große Freude
sein», sagte Ursula. Seit ein paar Minuten bereitete sie sich schon auf
den deutschen Satz vor.

Da wandte sich der kleine, spröde Mann plötzlich an seine bisherigen
Zuhörer und fing genau so wieder an, wie er aufgehört hatte: mit einer
spöttischen Stimme, die er ausgezeichnet in der Gewalt hatte, kopierte er
in breitestem Kölnisch einen Streit zwischen einem alten Weib und
einem Straßenbahnschaffner.

Sein Körper war schmächtig und unentwickelt wie der eines Knaben, doch hatte er eine männliche, hämische Stimme, und seine Bewegungen hatten die Geschmeidigkeit lebendiger Kraft und spöttischen, durchdringenden Verstandes. Gudrun verstand kein Wort von seiner Geschichte, doch sah sie wie gebannt zu. Er mußte Künstler sein, ein andrer brächte nie soviel feine Einfühlung und Natürlichkeit auf. Die Deutschen krümmten sich vor Lachen bei seinen drolligen Dialektreden. Mitten in ihren Lachkrämpfen warfen sie gelegentlich einen ehrfürchtigen Blick nach den vier auserlesenen Fremden. Gudrun und Ursula mußten mitlachen, das Zimmer hallte wider von all· dem Gelächter. Die blauen Augen der Professorstöchter schwammen in Lachtränen, ihre hellen Wangen waren dunkelrot vor Entzücken. Der Alte dröhnte mit erschütternden Lachsalven dazwischen, die Studenten hatten in ihrer Begeisterung die Köpfe auf den Knien liegen. Ursula wußte gar nicht, was sie dazu sagen sollte, und stimmte sprudelnd mit ein, ohne es zu wollen. Sie sah Gudrun an, Gudrun blickte zurück, und die beiden platzten vor Lachen, hingerissen von der allgemeinen Stimmung. Loerke warf ihnen aus den ausdrucksvollen Augen einen raschen Blick zu. Birkin kicherte vor sich hin, Gerald Crich saß aufrecht da mit lustig glitzernden Augen. Da schmetterte es von neuem in tosenden Fanfaren, die jungen Mädchen konnten nicht mehr und wanden sich nur noch stumm. Die Halsadern des Professors schwollen an, sein Gesicht war blaurot, er gab keinen Ton mehr von sich und wollte vor Lachen ersticken. Die Studenten riefen unartikulierte Worte dazwischen, die in hilflosen Ausbrüchen untergingen. Da brach das flinke Geplapper des Vortragenden plötzlich ab, die abziehende Fröhlichkeit jauchzte noch ein paarmal flüchtig auf, Ursula und Gudrun trockneten sich die Augen, und der Professor rief laut: «Ausgezeichnet, das war famos...»

«Famos», kam ein mattes Echo aus dem Mund der erschöpften Töchter.

«Und wir haben nichts davon verstanden!» sagte Ursula. – «Ach, Sie Armen!» Der Professor hatte tiefes Mitleid. – «Sie haben es nicht verstanden?» fragten die Studenten, denen endlich die Zunge gelöst war. «Ja, das ist wirklich schade, gnädige Frau, sehr schade! Wissen Sie...»

Man hatte sich gefunden, die Fremden waren gleichsam als neue Zutaten in den Teig gerührt. Nirgends war mehr ein toter Punkt im Zimmer. Gerald war in seinem Element. Er sprach ausgelassen und angeregt, sein Gesicht glitzerte sonderbar lustig. Vielleicht konnte sogar Birkin noch auftauen. Einstweilen war er befangen und gehemmt, doch er gab sich alle Mühe.

Man hatte Ursula überredet, *Annie Lowrie* zu singen, wie der Professor es nannte. Mit einemmal war es ganz still, ehrfürchtig still. Das war ihr im Leben noch nicht begegnet. Gudrun begleitete auf dem Klavier, sie spielte auswendig.

Ursula hatte eine schöne, klingende Stimme, doch hatte sie meistens kein Zutrauen und verdarb damit alles. Aber an dem Abend fühlte sie sich gehoben und aller Fesseln ledig. Birkin stand ja da hinten. Sie strahlte förmlich seine Gegenwart wider, die Deutschen gaben ihr ein schönes, sicheres Gefühl ihrer selbst, sie war befreit zu stolzer Zuversicht. Ihr war zumute wie dem Vogel in der Luft, als ihre Stimme sich aufschwang, und sie genoß sich selbst über alle Maßen im Flug des Liedes. Wie ein Vogel, der hoch oben vor dem Wind schwebt und hin und wieder mit wippendem Flügel auf der Luft spielt, so spielte sie mit Empfindsamkeiten, getragen von der Andacht ihrer Zuhörer. Sie war sehr glücklich und sang das Lied aus eignem Gefühl, stolz, ihre Seele zu öffnen, zu wirken und all die Menschen und sich selbst zu bewegen. Es war ihr ein Genuß, ihr Bestes zu geben, und den Deutschen machte sie grenzenlose Freude.

Als sie schloß, waren sie alle schwärmerisch ergriffen. Sie lobten ihren Gesang leise und ehrfürchtig, es war ihnen gar nicht möglich, viel zu sagen. «Ach, wie schön, wie rührend! Die schottischen Lieder haben ja soviel Stimmung! Aber die gnädige Frau hat eine wunderbare Stimme; die gnädige Frau ist wirklich eine Künstlerin, ganz gewiß!»

Sie war ganz erschlossen und glänzte wie eine Blume in der Morgensonne. Sie spürte, wie Birkins Blick an ihr haftete, als wäre er eifersüchtig, und das Gefühl hob ihr die Brust und rann ihr golden durch alle Adern. Glücklich war sie wie die Sonne, die durch Wolken bricht. Die andern machten alle so bewundernde, fröhliche Gesichter, wenn sie sie ansahen, es war zu schön!

Nach dem Essen wollte sie noch einen Augenblick ins Freie und sich die Welt ansehen. Man versuchte sie davon abzubringen – es war so eisig kalt. «Nur einmal sehen», meinte sie.

Da zogen sie sich alle vier warm an und standen vor der Tür in einer unbestimmten, ungreifbaren Landschaft von dämmrigem Schnee, und vor den Sternen zogen die schweifenden Geister der Luft seltsame Schatten. Und kalt war es, eine zermalmende, unnatürlich furchtbare Kälte. Ursula wollte nicht glauben, daß es Luft wäre, was ihr in die Nase drang. Die beizende Kälte fühlte sich an wie etwas Bewußtes, Böses, das ihr ans Leben wollte.

Es war aber doch wundervoll wie ein Rausch, der stumme, bleiche Märchenschnee und das stumme Unsichtbare, das zwischen ihr und dem Sichtbaren webte, den blitzenden Sternen. Sie sah den Orion über dem Horizont heraufsteigen, so schön, daß man laut hätte weinen können.

Ringsherum dehnte sich die Wiege von Schnee, und unter den Füßen lag fester Schnee, der ihr lähmend kalt durch die Sohlen schlug. Es war ganz dunkel und still, ihr war, als hörte sie die Sterne. Sie hatte die deutliche Vorstellung, sie könnte ganz in der Nähe die himmlische Musik der wandelnden Sterne hören und flöge wie ein Vogel mit in ihrem Reigen.

330

Fest schmiegte sie sich an Birkin. Auf einmal fiel ihr ein, daß sie nicht wußte, was er dächte, wo er mit seinen Gedanken weilte. «Liebster!» sagte sie, blieb stehen und sah ihm ins Gesicht. Er war blaß, die Augen waren dunkel, ein schwacher Funken Sternenlicht lag darin. Er sah das liebe Gesicht zu sich emporgewandt, ganz nah, und küßte sie sacht. «Was denn?» – «Hast du mich lieb?» – «Zu lieb», sagte er still. – Sie drängte sich an ihn. «Nicht zu lieb!» – «Viel zu lieb.» Es klang fast traurig. – «Und das macht dich traurig, daß ich dir alles bin?» fragte sie leise. Er drückte sie an sich und küßte sie und sagte kaum hörbar: «Nein, aber ich bin ein Bettler . . . ich bin so arm.»

Sie schwieg und sah in die Sterne. Dann küßte sie ihn. «Kein Bettler sein!» bat sie innig. «Es ist doch keine Schande, daß du mich liebst.» – «Arm sein ist doch eine Schande, meinst du nicht auch?» – «Warum? Wie sollte das eine Schande sein?» fragte sie. Er blieb nur stehen in der entsetzlich kalten Luft, die unsichtbar um die Bergspitzen wehte, und schloß sie in die Arme. «Ohne dich könnte ich die kalte Ewigkeit hier nicht aushalten. Das innerste Leben müßte mir erfrieren.» – Sie gab ihm einen raschen Kuß. «Ist es dir schrecklich?» fragte sie ganz erstaunt und verwirrt. – «Wenn ich nicht bei dir sein könnte, wenn du nicht hier wärst, ja, dann wäre es mir schrecklich, und ich ertrüge es nicht.» – «Aber die Leute sind doch so nett.» – «Ich meine die Ruhe, die kalte, gefrorene Ewigkeit.» Sie war verwundert. Dann kehrte ihre Seele zu ihm zurück, und unwillkürlich schmiegte sie sich an ihn. «Ja, es ist gut, daß wir warm beisammen sind», sagte sie.

Sie gingen wieder nach Hause. Die goldenen Lichter des Gasthauses glühten in die stumme Schneenacht hinaus, ganz klein, wie ein Büschel gelber Beeren, ein Strauß winziger goldroter Sonnenfunken in der eisigen Finsternis. Hinter ihnen stand wie ein Gespenst der hohe Schatten eines Felshorns und löschte die Sterne aus.

Gleich waren sie zu Hause. Da kam ein Mann aus dem dunklen Gasthaus mit einer goldig leuchtenden Laterne in der Hand, eine kleine dunkle Gestalt auf dem dämmerigen Schnee. Nur die dunklen Füße gingen in einem schneeglitzernden Lichtkreis. Er öffnete die Tür zum Stall. Ein Geruch von Kühen, heiß, tierisch, fast wie Rindfleisch, strömte heraus in die erstickende Kälte. Sie sahen zwei Kühe in ihrem dunklen Stand, dann wurde die Tür wieder geschlossen, und das Licht drang auch nicht durch die kleinste Ritze mehr ins Freie. Ursula mußte wieder an ihr Elternhaus denken, an die Marsch, an die Kinderzeit, an die Reise nach Brüssel und – sonderbar! – an Anton Skrebenski.

Gott, war es denn zu ertragen, daß all das Versunkene je gewesen war? Sie sah in die hohe, stumme Welt des Schnees und der Sterne und der allmächtigen Kälte. Dann kam, wie in der Zauberlaterne, eine andere Welt: die Marsch, Cossethay, Ilkeston, in alltäglichem, unechtem Licht. Eine schattenhafte, unechte Ursula war darin, es war ein Schattenspiel unechten Lebens, unwirklich, eingerahmt wie die Platte in der Zauberlaterne. Wäre doch ein Glasbild nach dem andern zerbrochen und das Gewesene für immer dahin wie zerbrochenes Glas! Sie wollte keine Vergangenheit. Wäre sie doch mit Birkin die himmlischen Abhänge herunter an diesen Ort gekommen, anstatt aus dem Dunkel der Kindheit, der Erziehung langsam und innerlich beschmutzt in das Heute zu treten! Erinnerung war ein häßlicher Spaß, den das Schicksal mit ihr trieb. Was war das für ein Gesetz, das sie zwang, sich zu erinnern? Warum gab es kein reines Bad des Vergessens, eine Wiedergeburt ohne Erinnerungen, ohne einen Schandfleck der Vergangenheit? Sie war bei Birkin, eben zur Welt gekommen hier im hohen Schnee, im Angesicht der Sterne. Was hatte sie mit Eltern und Vorfahren gemein? Sie fühlte sich ganz neu, ohne einen Vater und eine Mutter, ohne Beziehungen von früher; sie war sie selbst, wie Silber rein, eins nur mit Birkin. Dies Einssein aber schlug tiefere Töne an und klang bis ins Herz der Welt, ins Herz der Wirklichkeit, in dem sie bisher noch nie gelebt hatte.

Sogar Gudrun war ein Wesen für sich, völlig von ihr geschieden. Mit der neuen Ursula, die in ihrer neuen, echten Welt lebte, hatte sie nichts zu tun. – Das alte Schattenspiel der Vergangenheit – weg damit! Sie stieg jetzt frei empor auf den Stufen ihrer neuen Wesenheit.

Gudrun und Gerald waren noch nicht zurück. Sie waren vom Hause geradeaus ins Tal gegangen, nicht wie Ursula und Birkin den kleinen Abhang hinauf nach rechts. Gudrun trieb ein sonderbares Verlangen weiter, immer weiter, bis sie an das Ende des verschneiten Tals käme. Dann wollte sie die ewig starre weiße Wand hinaufsteigen und darüber weg in die Welt der Gipfel, die wie kantige Blütenblätter hervorsprangen aus dem eisigen, geheimnisvollen Herzen der Welt. Sie hatte das Gefühl, dort hinter der stummen, furchtbaren Wand von Schnee und Fels, dort im Mittelpunkt der mystischen Welt, im innersten Ring der Gipfel, im verborgenen Nabel des Alls läge ihre Vollendung. Könnte sie nur dahin gelangen und allein eindringen in das geschlossene Herz des ewigen Schnees und der ragenden ewigen Gipfel, dann wäre sie eins mit allem, dann wäre sie selbst das unendliche Schweigen, die schlafende, zeitlose, eisige Mitte der Welt.

Sie gingen wieder nach Hause und traten in den Reunionsaal. Sie wollte sehen, was es da gäbe. Die Männer dort regten sie an und machten sie neugierig. Sie gaben ihr einen Geschmack vom Leben, wie sie ihn noch nicht kannte; alle lagen auf den Knien vor ihr und waren doch so lebendig.

Man war sehr ausgelassen und tanzte den Schuhplattler, den Tiroler Tanz, bei dem man in die Hände klatscht und seine Tänzerin zum Schluß durch die Luft schwenkt. Die Deutschen kannten den Tanz von Jugend auf – die meisten von ihnen waren aus München. Auch Gerald tanzte ihn einigermaßen. Hinten in der Ecke waren drei Zitherspieler an der Arbeit. Es war das munterste Durcheinander. Der Professor versuchte sich mit Ursula, stampfte und klatschte und wirbelte sie mit Feuereifer in die Höhe. Sogar Birkin stand seinen Mann mit einer von den frischen, kräftigen Töchtern des gelehrten Herrn – vor allem, wenn es ans Schwenken ging –, und das Mädchen genoß es unendlich. Alles tanzte, die Wogen gingen sehr hoch.

Gerald sah glückselig zu. Die feste Holzdiele dröhnte von den stampfenden Hacken der Männer, die Luft bebte vom Händeklatschen und vom Geschwirr der Zithern, um die Hängelampen schimmerte es golden vom aufgewirbelten Staub.

Plötzlich hörte der Tanz auf, Loerke und die Studenten liefen hinaus und holten etwas zu trinken. Alles redete und lärmte durcheinander, Seideldeckel klappten, von allen Seiten scholl es «Prosit, prosit!» Loerke war wie ein Gnom überall zugleich, redete den Damen zum Trinken zu, machte insgeheim etwas gewagte Witze mit den Herren und trieb seine Späße mit dem Kellner, der ganz kopfscheu wurde.

Er wollte sehr gern mit Gudrun tanzen. Vom ersten Augenblick an trieb es ihn, mit ihr anzuknüpfen. Sie fühlte das und wartete, daß er kommen sollte. Aber eine Art Trotz hielt ihn fern, und sie dachte, sie gefiele ihm nicht.

«Wollen Sie nicht schuhplatteln, gnädige Frau?» fragte der große blonde Jüngling, Loerkes Freund. Für Gudruns Geschmack war er zu weich und zu bescheiden. Doch wollte sie gern tanzen, und der blonde Jüngling, Leitner mit Namen, hatte trotz allem etwas Anziehendes in seiner verlegenen, ein wenig kriechenden Art und Weise, hinter der sich wohl eine gewisse Angst verbarg. So war sie bereit.

Die Zithern fingen wieder an zu spielen, der Tanz begann. Gerald führte lachend an, mit einer der Professorstöchter. Ursula tanzte mit einem Studenten, Birkin mit dem andern jungen Mädchen, der Professor mit Frau Kramer, und die übrigen Männer tanzten untereinander mit nicht minderem Schwung, als wenn sie ein Mädchen herumdrehten.

Seitdem Gudrun mit dem hübsch gewachsenen sanften Jüngling getanzt hatte, war Loerke noch verdrießlicher und unfreundlicher als vorher und behandelte sie ganz und gar wie Luft. Das reizte sie, und sie entschädigte sich damit, daß sie mit dem Professor tanzte. Er war von der ungeschlachten Kraft eines Stiers in den besten Jahren. Bei kühler Überlegung fand sie ihn unausstehlich, doch genoß sie es, mit ihm im Tanz zu rasen und mit derbem, gewaltigem Schwung durch die Luft geschleudert zu werden. Der Professor hatte auch seine Freude daran und äugte zu ihr herüber mit sonderbaren großen blauen Augen, in denen ein galvanisches Feuer sprühte. Er war ihr widerlich in seiner angejahrten, halb väterlichen Sinnlichkeit, doch machte ihr seine handfeste Kraft Eindruck.

Es wogte und wallte im Saal von sinnlicher Aufregung. Loerke wollte Gudrun anreden und konnte nicht, es war, als hielte eine Dornenhecke ihn zurück. Gegen seinen jungen Nebenbuhler Leitner, den er auf die Reise mitgenommen hatte, weil er ein armer Schlucker war, spürte er einen hämischen, unbarmherzigen Haß. Er machte den jungen Menschen mit scharfen Witzen lächerlich, die Leitner das Blut ins Gesicht trieben, weil er sich nicht wehren konnte.

Gerald, der den Tanz jetzt völlig beherrschte, tanzte wieder mit der jüngeren Tochter des Professors, und ihr Mädchenherz klopfte zum Zerspringen, so stolz und schön erschien er ihr. Er hatte sie in seiner Gewalt wie ein zitterndes Vögelchen, das bange, wirre, blutübergossene junge Ding, und mußte lächeln, wie sie in seinen Händen heftig zusammenzuckte, als er sie in die Luft schwingen wollte. Schließlich war sie so überwältigt von demütiger Liebe, daß sie kaum noch ein vernünftiges Wort herausbrachte.

Birkin tanzte mit Ursula. Unheimlich kleine Funken spielten in seinen Augen, als hätte er sich verwandelt in etwas Arges, Flackerndes, spottend Lockendes, ganz Unmögliches. Ursula erschrak und war gebannt. Vor ihren Augen sah sie klar wie in einer Vision den hämischen, liederlichen Spott in seinem Gesicht; lauernd, tierisch, unbekümmert kam er ihr nahe. Die Fremdheit seiner Hände, die sie flink und listig gerade an der Stelle packten, wo unter ihren Brüsten das Leben klopfte, und sie dann, bedeutsam plötzlich, durch die Luft trugen, ohne eine Anstrengung, wie Schwarzkünstler, die ihren Spott mit ihr trieben, ließ sie vor Angst vergehen. Einen Augenblick lehnte sie sich auf, es war schrecklich, sie wollte den Bann brechen. Aber ehe sie nur zum Entschluß kam, hatte sie schon nachgegeben, aus Angst. Er wußte die ganze Zeit, was er tat, das sah sie seinen lächelnden, aufmerksamen Augen an. So mochte er es tun, auf seine Verantwortung, sie überließ es ihm.

Als sie im Dunkeln allein waren, fühlte sie ihn in unheimlicher Schamlosigkeit auf sie lauern. Es ängstigte sie und stieß sie ab. Warum war er nur so? «Was soll das?» fragte sie schaudernd.

Doch sein Gesicht glitzerte sie nur an, fremd, furchtbar. Und sie war in seinem Bann. Es trieb sie, ihn heftig von sich zu stoßen und sich aus dem Zauberkreis höhnischer Tierheit loszureißen. Doch war sie zu fest gefangen, sie wollte sich fügen und wissen, was er mit ihr wollte.

Er war so anziehend und so abstoßend zugleich. Vor der hämischen Zauberkraft, die ihm im Gesicht flackerte und aus seinen zusammengezogenen Pupillen sah, hätte sie sich am liebsten versteckt und ihn ungesehen aus einem Winkel beobachtet. «Warum bist du so?» fragte sie wieder und fuhr feindlich auf.

Die funkelnden Lichter in seinen Augen schossen zusammen, als er ihr ins Gesicht sah. Dann sanken leise verächtlich die Lider und hoben sich wieder zu schamlosem Locken. Da gab sie nach, mochte er mit ihr tun, was ihm beliebte. Seine Schamlosigkeit war abschreckend anziehend. Er war vor sich selbst verantwortlich, und sie wollte erfahren, was ihrer wartete.

Sie konnten tun, was sie wollten – das wurde ihr klar, als sie sich zum Schlafen legte. Wie sollte etwas ausgeschlossen sein, was erfreute?

Was erniedrigte denn? Und wen ging es etwas an? Erniedrigen konnten nur Dinge, die einer andern Wirklichkeit angehörten. Er war zügellos, ganz ohne Hemmung. War es nicht eigentlich schrecklich, daß der Mann, der so seelenvoll und geistig sein konnte, jetzt so – sie stockte bei den Gedanken und Bildern, die ihr durch den Sinn zogen; dann endete sie – tierisch war? So tierisch, sie beide! – So entwürdigt! Sie zuckte zusammen. Und doch, warum nicht? Sie freute sich auch. Warum nicht Tier sein und alles erfahren? Ja, sie war tierisch. Wie gut es tat, von Herzen unanständig zu sein; es sollte nichts Unanständiges geben, das sie nicht erfahren hätte. Sie schämte sich nicht, sie war noch ganz sie selbst. Warum auch nicht? Wenn sie alles wußte, war sie frei, und keine heimliche Schamlosigkeit war ihr verboten.

Gudrun hatte Gerald im Reunionsaal beobachtet und dachte plötzlich: ‹Er müßte alle Frauen haben, die er haben könnte – das ist seine Natur. Unsinn, ihn monogam zu nennen – er gehört von Natur allen. Das ist sein Wesen.›

Der Gedanke kam ihr unwillkürlich und erschreckte sie, ihr war, als sähe sie an der Wand ein neues Menetekel. Doch war es die reine Wahrheit. Sie hatte das Gefühl, als hätte eine Stimme es ihr gesagt, so deutlich, daß sie einen Augenblick an eine Inspiration dachte.

‹Es ist wirklich wahr›, sagte sie sich noch einmal. Sie wußte wohl, eigentlich hatte sie nie etwas anderes geglaubt – unausgesprochen vor sich selbst. Und so mußte es bleiben, ganz geheim. Sie allein wußte es, es ging keinen andern etwas an, sie gab es sich kaum selber zu.

Und in ihrer Tiefe keimte der Entschluß, gegen ihn zu kämpfen. Einer mußte Sieger bleiben. Wer sollte es sein? Ihre Seele stählte sich mit neuer Kraft. Innerlich lachte sie fast über ihre eigne Kühnheit, und zugleich kam ihr ein beizendes, halb verächtliches, halb zärtliches Mitleid: sie kannte ja kein Erbarmen.

Alle gingen früh zu Bett. Der Professor und Loerke wollten noch in einem kleineren Gastzimmer zusammen rauchen. Beide sahen Gudrun oben im Flur am Treppengeländer vorbeigehen. «Ein schönes Frauenzimmer», sagte der Professor. «Ja», bestätigte Loerke kurz.

Gerald ging mit seinen eigentümlich langen Wolfsschritten durch das Schlafzimmer ans Fenster, bückte sich und sah hinaus, richtete sich dann wieder auf und wandte sich zu Gudrun. Seine Augen glänzten in verlorenem Lächeln. Er kam ihr so groß vor, sie sah über sich seine weißblonden Brauen glitzern, die an der Nasenwurzel zusammenliefen.

«Nun, wie gefällt es dir?» fragte er. Er sah aus, als lachte er inwendig, ganz unbewußt. Sie maß ihn mit den Blicken. Er war ihr wie ein Naturwesen, nicht wie ein Mensch: eine gierige Kreatur.

«Ausgezeichnet», antwortete sie. – «Wen hast du denn am liebsten da unten?» Hoch und glänzend stand er vor ihr, sein glitzerndes Haar war emporgesträubt.

«Wen ich am liebsten habe?» wiederholte sie. Sie wollte antworten, aber es wurde ihr schwer, ihre Gedanken zu sammeln. «Ich weiß nicht recht, ich kenne sie erst zu flüchtig, noch kann ich es nicht sagen. Und du?»

«Oh, mir sind sie ganz gleichgültig – ich habe keinen weder gern noch ungern. Ich wollte es aber von dir wissen.»

«Und warum?» Sie wurde ein bißchen blaß. – Das verlorene, unbewußte Lächeln in seinen Augen nahm zu. «Ich wollte es nur wissen.»

Sie wandte sich ab und brach den Bann. Er gewann eine sonderbare Macht über sie. «Ich kann es dir wirklich noch nicht sagen», sagte sie.

Sie ging an den Spiegel und zog sich die Haarnadeln aus dem Knoten. Jeden Abend stand sie ein paar Minuten dort und bürstete ihr feines dunkles Haar. Das gehörte zu dem unumstößlichen Ritual ihres Lebens.

Er folgte ihr und blieb hinter ihr stehen. Sie hatte den Kopf vornübergebeugt und war geschäftig, die Nadeln herauszuziehen, dann schüttelte sie sich das warme Haar locker und blickte auf. Da sah sie ihn im Spiegel. Er stand hinter ihr und beobachtete sie, unwissentlich, ohne sie recht zu sehen, und sah sie doch an mit feinen Pupillen, die zu lächeln schienen, aber nicht wirklich lächelten.

Sie fuhr auf. Sie nahm allen Mut zusammen, um wie sonst ihr Haar zu bürsten und unbefangen zu tun. Dabei war sie alles andre als unbefangen: ungestüm zermarterte sie sich den Kopf nach einem Wort, das sie ihm sagen könnte.

«Was hast du für mogen vor?» fragte sie leichthin, und das Herz klopfte ihr zum Zerspringen. Ihre Augen glänzten in krampfhafter Unruhe, sie hatte das Gefühl, er müßte es sehen. Doch wußte sie ebensogut, daß er völlig blind war, blind wie ein Wolf, der sie anstierte. Es war ein sonderbarer Kampf zwischen ihrem menschlichen und seinem unterirdischen, magischen Bewußtsein.

«Ich weiß nicht», antwortete er. «Was möchtest du gern?» Seine Worte klangen leer, sein Geist war versunken. – «Oh», beteuerte sie redselig, «mir ist alles recht ... ich finde bestimmt alles schön.»

Und insgeheim sagte sie zu sich selbst: ‹Gott, warum bin ich nur so aufgeregt – warum bist du so aufgeregt, du dumme Gans! Wenn er es merkt, ist es aus mit dir – du weißt ganz gut, dann ist es mit dir aus, wenn er merkt, in was für einer verrückten Verfassung du bist!›

Und sie lächelte vor sich hin, als wäre es alles ein kindisches Spiel. Dabei war ihr, als schlügen über ihrem Herzen die Wasser zusammen, fast schwanden ihr die Sinne. Sie sah ihn im Spiegel, er stand hinter ihr, groß wie ein überhängender Fels – blond, entsetzlich beängstigend. Verstohlen sah sie nach seinem Spiegelbild und hätte alles getan, damit er nicht wüßte, daß sie ihn sehen konnte. Er wußte nicht, daß sie sein Spiegelbild sah. Unbewußt und glitzernd blickte er hernieder auf ihren Kopf und auf ihr lose fallendes Haar, das sie mit fliegender Hand bürstete. Sie drehte den Kopf auf die Seite und bürstete wie toll. Für nichts in der Welt hätte sie sich umdrehen können und ihm ins Gesicht sehen,

336

unmöglich. Das wußte sie, und ihr war zumute, als müßte sie gleich ohnmächtig zu Boden fallen, hilflos, erloschen. Sie fühlte seine drohende Gestalt, die harte, gewaltige, starre Brust dicht hinter ihrem Rücken und wußte, sie könnte es nicht mehr lange ertragen, in wenigen Minuten müßte sie ihm zu Füßen fallen und vor ihm am Boden kriechend sich zermalmen lassen.

Der Gedanke peitschte sie auf, sie nahm all ihren scharfen Verstand zusammen und gewann die Geistesgegenwart wieder. Sich nach ihm umzusehen, wagte sie nicht – er stand noch immer unbeweglich hinter ihr, unbeirrt. Da zwang sie sich mit aller Kraft der Selbstbeherrschung, die ihr geblieben war, in lautem, nachlässigem Ton die Worte ab: «Bist du wohl so gut und holst mir da hinten aus der Reisetasche meine...»

Sie konnte nicht weiter. ‹Meine... was denn...?› schrie es in ihr. Aber er hatte sich umgedreht, überrascht, betroffen, daß sie ihn bat, in ihrer Reisetasche nachzusehen, an die sie ihn noch niemals herangelassen hatte. Sie drehte sich um mit bleichem Gesicht und unheimlich überspannten, flackernden Augen und sah, wie er sich über die Tasche beugte und zerstreut den flüchtig zugeschnallten Riemen öffnete.

«Was wolltest du haben?» fragte er. – «Ach, eine kleine Emaildose... gelb... mit einem Kormoran, der sich die Brust zerrauft...» Sie trat zu ihm, fuhr mit dem schönen, nackten Arm in die Tasche, wühlte hastig in ihren Sachen und zog vor seinen Augen die entzückend bemalte Dose heraus. «Siehst du, da ist sie.»

Nun hatte sie das Übergewicht. Er konnte nichts tun als die Tasche wieder zuklappen, während sie flink ihr Haar für die Nacht zusammenflocht und sich hinsetzte und die Schuhe aufschnürte. Sie hütete sich wohl, ihm noch einmal den Rücken zuzuwenden.

Er war machtlos, ohne eigentlich zu wissen, was geschehen war. Jetzt hatte sie die Oberhand, sie wußte, er hatte von ihrer furchtbaren Angst nichts gemerkt. Noch immer schlug ihr das Herz. Wie konnte sie so dumm sein, sich so aufzuregen! Sie dankte Gott dafür, daß Gerald blind und stumpf war. Gottlob, er sah nichts.

Langsam löste sie die Schuhbänder, und er fing auch an, sich auszuziehen. Gott sei Dank, nun war es vorüber. Jetzt hatte sie ihn fast gern, beinah lieb.

«Du, Gerald», lachte sie zärtlich, «hast du aber mit dem Professormädchen angegeben... das konnte dir wohl gefallen!» – «Wieso angegeben?» Er drehte sich um. – «Die ist ja so in dich verliebt... ach Gott, ist die verliebt!» Gudrun war so vergnügt und reizend, wie sie nur sein konnte.

«Das glaube ich gar nicht», sagte er. – «Das glaubst du nicht? Ach, jetzt liegt das arme Ding da und ist ganz hin vor lauter Liebe. Himmlisch findet sie dich... göttlich, solchen Mann hat es auf Erden noch nie gegeben. Ja, ja, so ist es. Zu drollig!» – «Was ist denn dabei drollig?» – «Nun, die Art, wie du es anfängst», sagte sie mit halbem Vorwurf. –

Er fühlte sich in seiner männlichen Eitelkeit getroffen. «Nein, weißt du, Gerald, so ein armes kleines Mädchen...!» – «Ich habe ihr doch nichts getan.» – «Aber hör mal... wie du sie da einfach durch die Luft spediert hast!» – «Das gehört zum Schuhplatteln», sagte er mit hellem Lächeln. – «Ha-ha-ha!» lachte Gudrun. Ihr Spott zitterte ihm mit sonderbarem Widerhall durch den ganzen Körper nach.

Wenn er schlief, lag er zusammengerollt im Bett, wie eingewickelt in seine eigene Kraft und doch hohl. Und Gudrun schlief fest, einen allsiegenden Schlaf. Auf einmal fuhr sie auf und war überwach. Die Holzwände in dem kleinen Zimmer glühten in der aufgehenden Sonne, die durch das Fenster unten am Fußboden heraufschien. Wenn sie den Kopf hob, konnte sie das Tal hinabsehen: da lag der Schnee in einem rötlichen Zauber, der sein Geheimnis fast verriet, umsäumt von der Tannenfranse am Fuß des Berges. Eine winzige Gestalt ging unten in dem unbestimmten Licht.

Sie sah nach der Uhr, es war sieben. Er schlief noch fest. Und sie war grell wach, metallisch wach, beängstigend. Sie lag da und sah ihn an.

Er schlief, wehrlos gegen seine gesunde Natur. Sie fühlte eine ehrliche Hochachtung für ihn – bisher hatte sie Angst vor ihm gehabt. Sie lag ganz still und dachte daran, was er war, was er in der Welt vorstellte. Einen prachtvollen Herrenwillen hatte er doch. Sie überlegte sich, was für eine Umwälzung er in so kurzer Zeit in den Zechen zuwege gebracht hatte. Wenn er eine Aufgabe vor sich hätte, eine große, tatsächliche Schwierigkeit, so würde er sie bewältigen, das wußte sie. Wenn er einen Gedanken faßte, führte er ihn aus. Er hatte die Gabe, Verwirrtes in Ordnung zu bringen. Konnte er nur die Verhältnisse anpacken, dann mußte er sie auch klären.

Eine Weile ließ sie sich von den Schwingen wilden Ehrgeizes tragen. Gerald mit seiner Willenskraft und seiner Gabe, die Welt der Tatsachen zu begreifen, mußte auf einen Posten kommen, wo er die Industrieprobleme der Gegenwart angreifen und lösen könnte. Im Laufe der Zeit würde er die Änderungen durchsetzen, die er für nötig hielt, und die Großindustrie neu organisieren. Sie wußte, das konnte er. Für diese Dinge war er der rechte Mann, auf dem Gebiet hatte sie nie jemand gesehen, der so große Gaben hatte. Er selbst hatte zwar keine Ahnung davon, aber sie wußte es.

Es bedurfte nur des Anstoßes, jemand mußte ihm die Aufgabe in die Hand geben, weil er so wenig seiner selbst bewußt war. Das konnte sie. Sie wollte ihn heiraten, dann ging er ins Parlament unter die Konservativen und würde in dem großen Wirrwarr von Arbeiter- und Industrieinteressen schon Ordnung schaffen. Er war eine Herrennatur, großartig in seiner Furchtlosigkeit, und wußte, daß im Leben wie in der Geometrie kein Problem unlösbar war. Er würde sich weder um sein persönliches Interesse noch um sonst etwas kümmern, nur um die Sache. Im Grunde war er ein sehr reiner Mensch.

Das Herz klopfte ihr rasch, immer höher schwang sie sich in ihren Zukunftsträumen. Er sollte ein Napoleon des Friedens, ein Bismarck werden – und sie die Frau, die ihn antrieb. Sie hatte Bismarcks Briefe mit tiefem Anteil gelesen. Und Gerald würde freier, verwegener als Bismarck sein.

Doch als sie so in hohen Träumen dalag und sich wärmte an dem wundersamen, falschen Sonnenschein der Hoffnung, war es, als ob etwas in ihr zerspränge, und ein furchtbarer Zynismus wehte herein wie ein kalter Wind. In ihren Händen wurde alles lächerlich: der letzte Duft, den sie aus den Dingen sog, war immer Spott. Dann fühlte sie am tiefsten die Pein des Wirklichen, an dem sie nicht vorbeisehen konnte, wenn ihr die grausame Ironie von Plänen und Hoffnungen aufging.

Sie lag da und sah ihn an, wie er schlief. Er war makellos schön, ein vollkommenes Werkzeug. Sie sah in ihm das reine, beinah übermenschliche Instrument, und war so stark davon ergriffen, daß sie sich sehnte, Gott zu sein, um ihn als ihr Gerät zu gebrauchen.

Und sogleich kam ihr die ironische Frage: ‹Wozu?› Sie dachte an die Bergmannsfrauen mit ihren Linoleumfußböden und Spitzengardinen und den kleinen Mädchen in hohen Schnürstiefeln; an die Frauen und Töchter der Grubenleiter, an ihre Tennistees und ihre wilden Kämpfe um die Stellung. Dann an Shortlands mit seiner leeren Vornehmheit – all die leeren Gesichter in der großen Familie Crich. Und an London, das Unterhaus, die Gesellschaft. Ach Gott!

So jung Gudrun war, sie hatte doch dem gesellschaftlichen England schon den Puls gefühlt. Ihr stand nicht der Sinn danach, es in der Welt zu etwas zu bringen. Mit dem durchdringenden Zynismus grausamer Jugend wußte sie, daß ein Aufsteigen in der Gesellschaft nichts anderes hieß als einen neuen äußern Schein an die Stelle des alten setzen – einen falschen Taler für einen falschen Pfennig eintauschen. Die ganze Währung war falsch. Doch war ihr in ihrer Menschenverachtung natürlich bewußt, daß in einer Welt, die mit falschen Münzen rechnete, ein unechtes Goldstück mehr galt als ein unechter Groschen. Sie aber verachtete reich und arm ohne Unterschied.

Schon machte sie sich über ihre Träume lustig. Zu erfüllen waren sie leicht. Doch erkannte sie im Geist zu genau, wie unecht die eigenen Wünsche waren. Was lag ihr daran, daß Gerald aus einer alten, erschöpften Firma einen einträglichen Betrieb gemacht hatte? Die alte, erschöpfte Firma und das blühende, glänzend organisierte Werk, beide waren gleich unecht. Nach außen hin war es ihr natürlich sehr wichtig, und nur aufs Äußere kam es ja an; das Inwendige war ein schlechter Spaß.

Alles war ihr im Grunde doch nur ein Stück Ironie. Sie beugte sich über Gerald und dachte voll Mitleid: ‹Ach, lieber Junge, das Spiel lohnt nicht einmal dich. Du bist doch im Grunde etwas Gutes und Schönes – was willst du bei der schlechten Komödie mittun!›

Ihr wollte vor Mitleid und Schmerz um ihn das Herz brechen, und in demselben Augenblick verzog sich ihr Mund zur ironischen Grimasse bei dem Gedanken an die schöne Rede, die sie eben ihrem Herzen gehalten hatte. Eine Posse war das alles. Sie dachte an Parnell und Katherine O'Shea. Parnell! Wer kann denn die Unabhängigkeit Irlands wirklich ernst nehmen – das politische Irland überhaupt, was es auch tun mag? Und das politische England, wer nimmt das ernst? Wer kümmert sich im Herzen einen Deut darum, wie an der alten, geflickten Verfassung noch weitere herumgepfuscht wird, wer gibt noch einen Pfifferling für unsere nationalen Ideen? Alles alter Kram!

Ja, weiter ist es nichts, Gerald, du mein junger Held. Jedenfalls wollen wir uns den Ekel ersparen, noch in der alten Brühe herumzurühren. Sei du schön, Gerald, pfeif auf das alles! Es gibt vollkommene Augenblicke. Wach auf, Gerald, wach auf, überzeuge mich davon! Ach ja, überzeuge mich, ich habe es nötig.

Er öffnete die Augen und sah sie an. Sie grüßte ihn mit einem spöttischen Rätsellächeln, in dem es beizend lustig schillerte; und über sein Gesicht zog das Abbild ihres Lächelns, völlig unbewußt.

Sie freute sich riesig, als sie ihr Lächeln auf seinem Gesicht erscheinen sah. So lächelte ja das Kind in der Wiege. Es war ihr eine unerhörte, strahlende Freude.

«Es ist dir gelungen», sagte sie. – «Was?» fragte er noch halb im Schlaf. – «Mich zu überzeugen.» Sie beugte sich über ihn und küßte ihn heiß und heißer, es raubte ihm alle Gedanken. Er hatte sie fragen wollen, wovon er sie überzeugt hätte, doch tat er es nicht, er war glücklich, daß sie ihn küßte. Es war, als suchte sie mit ihren Lippen nach seinem tiefsten Herzen, um es anzurühren. Und das wollte er vor allen Dingen, daß sie ihn anrührte im Kern seines Wesens.

Draußen sang jemand, eine schöne, verwegene Männerstimme:

«Mach mir auf, mach mir auf, du Stolze,
Mach mir ein Feuer von Holze.
Vom Regen bin ich naß
Vom Regen bin ich naß . . .»

Gudrun wußte, das Lied würde ihr bis in die Ewigkeit nachklingen, gesungen von kühner, spottender Männerstimme. Es bezeichnete einen ihrer höchsten Augenblicke, einen Augenblick schneidendster nervöser Glückseligkeit, und hielt ihn für die Ewigkeit fest.

Es war ein schöner blauer Morgen. Von den Bergen wehte ein leichter Wind, scharf wie eine Degenspitze, und trug feinen Schneestaub durch die Luft. Gerald ging hinaus, er hatte den schönen, blinden Ausdruck eines Menschen in der Fülle des Glücks. An dem Morgen waren Gudrun und er ohne Mißklang eins und genossen es in völliger Dumpfheit. Sie hatten den Rodelschlitten mitgenommen, Birkin und Ursula sollten nachkommen.

Gudrun war ganz in Scharlachrot und Königsblau, in rotem Pullover und roter Mütze und blauem Rock und blauen Strümpfen. Fröhlich ging sie über den weißen Schnee, Gerald, in Weiß und Grau, zog den kleinen Rodelschlitten. Immer kleiner wurden sie in der weißen Ferne, als sie die steile Wand hinanstiegen.

Gudrun ging ganz auf im weißen Glanz des Schnees und wurde zum reinen, unbewußten Kristall. Als sie im harten Wind oben stand, sah sie um sich herum Gipfel an Gipfel aus Fels und Schnee im klaren Himmel verblauen, ein Garten mit strahlenden Blumen, die ihr Herz pflückte.

Sie hatte Gerald vergessen.

Als sie den steilen Abhang hinunterrasten, hielt sie sich an ihm fest. Ihr war, als würden ihr die Sinne an einem ganz feinen, sengend heißen Schleifstein gewetzt. Zu beiden Seiten stob der Schnee wie Funken in die Luft, der weiße Hang wurde zur Flamme und flog ihr schneller und schneller entgegen, und sie schmolz, ein wirbelndes Kügelchen, dahingetrieben durch die weiße Hochspannung. So sausten sie fast mit der Geschwindigkeit des freien Falls hinunter, bis unten eine Kurve kam. Da nahm die Bewegung ab.

Sie hielten. Aber als sie aufstehen wollte, versagten die Füße den Dienst. Es entfuhr ihr ein sonderbarer Schrei, sie klammerte sich an ihn, ihr Gesicht sank an seine Brust. Halb ohnmächtig lag sie in seinen Armen, selbstvergessen, preisgegeben.

«Was ist dir?» fragte er. «Ist es dir zuviel geworden?» Sie hörte kein Wort.

Als sie wieder zu sich kam, richtete sie sich auf und sah sich erstaunt um. Ihr Gesicht war bleich, die großen Augen glänzten.

«Was ist?» fragte er noch einmal. «Regt es dich zu sehr auf?» Sie sah ihn mit glänzenden Augen an, wie verklärt, und lachte grauenhaft lustig. «Nein!» – ein Triumphgeschrei. «Es war der vollkommenste Augenblick meines Lebens.»

Sie sah ihm in die Augen und lachte schrill und verwegen wie eine Besessene. Ihm war, als stäche ihn ein feines Messer ins Herz, aber er wollte nichts davon wissen und achtete nicht weiter darauf.

Dann stiegen sie wieder hinauf und flogen noch einmal durch die weiße Flamme, königlich. Gudrun lachte mit blitzenden Augen, über und über mit Schneekristallen bepudert. Gerald fuhr meisterhaft. Er fühlte wohl, er konnte den Schlitten um ein Haar genau lenken, ihm war, als könnte er ihn durch die Luft mitten in das Herz des Himmels schneiden lassen. Der sausende Schlitten war die Ausdehnung seiner eigenen Kraft, er brauchte nur die Arme zu bewegen, dann war die ganze Bewegung sein. Sie suchten an den hohen Wänden nach einer neuen Bahn, es mußte noch eine schönere geben, als sie bisher gehabt hatten. Er fand auch, was er wollte, eine prachtvoll lange, tollkühn geschwungene Kurve, die am Fuß eines Felsens vorbei mitten in die Tannen unten am Berg führte. Er wußte, es war gefährlich, wußte aber auch, daß er den Schlitten zwischen seinen Fingern hindurch lenken könnte.

Die ersten Tage vergingen im Hochgefühl körperlicher Bewegung mit Rodeln, Skifahren und Schlittschuhlaufen. Das Jagen durch den weißen Glanz war heißer und wilder als das Leben selbst und trug die Seelen der Menschen hinüber in eine dünnere, unmenschliche Luft, wo reine Geschwindigkeit und reine Schwerkraft herrschen in ewigem Frost und Schnee.

Geralds Augen wurden hart und fremd, und wenn er auf Skiern vorbeifuhr, sah er einer mächtigen, unheilvollen Erscheinung ähnlicher als einem Menschen. Die Muskeln federten in reinem Schwung, der Körper flog durch den Raum, geistlos, seelenlos, in der ungebrochenen Linie einer Naturkraft.

Zum Glück schneite es einen ganzen Tag, und sie mußten zu Hause bleiben. Birkin meinte, das wäre gut, sonst würden sie alle blöde werden und anfangen zu kreischen und zu schreien wie eine noch unentdeckte Gattung von Schneetieren.

Am Nachmittag saß Ursula im Reunionsaal und unterhielt sich mit Loerke, der seit einiger Zeit aussah, als wäre er nicht zufrieden. Doch war er angeregt und boshaft wie immer.

Ursula meinte, er hätte einen Verdruß gehabt. Auch seinem Reisegefährten, dem großen blonden, gutaussehenden Jüngling, war anscheinend nicht wohl in seiner Haut. Er ging umher, als gehörte er nirgends recht hin, und wurde von Loerke in einer Abhängigkeit gehalten, gegen die er sich auflehnte.

Loerke hatte noch kaum mit Gudrun gesprochen, dagegen hatte ihr der blonde, junge Mensch fortwährend sanft und unterwürfig seine Ergebenheit bezeigt. Gudrun wollte sich gern mit Loerke unterhalten. Er war Bildhauer, und sie wollte von ihm hören, wie er über seine Kunst dächte. Sie fühlte sich zu ihm hingezogen. Er hatte etwas von einem Landstreicher an sich, das sie reizte, einen interessanten Greisenausdruck, und obendrein eine scheue Art, sich von allen fern zu halten und mit sich selbst zu leben, die ihr den Künstler zu verraten schien. Er schwatzte wie eine Elster und machte schlechte Witze, die manchmal geistreich waren, oft aber auch nicht. Und in seinen braunen Gnomenaugen erkannte sie den schwarzen Blick eines verkümmerten Lebens, das hinter all seinen kleinen Narreteien lag.

Seine Gestalt fesselte sie – die Gestalt eines Knaben, eines Proletarierjungen. Er versuchte nicht, sie zu verdecken, immer hatte er einen einfachen Lodenanzug an, mit Wickelgamaschen. Er trug seine dünnen Beine unbekümmert zur Schau. Unter Deutschen war er mit seinen schlanken Waden übrigens etwas Besonderes. Nie gab er sich die geringste Mühe, sich irgendwo angenehm zu machen, sondern hielt sich ganz für sich, trotzdem er doch anscheinend Lust am Spaß hatte.

Sein Freund Leitner war ein großer Sportsmann und sah mit seinen schweren Gliedern und seinen blauen Augen sehr gut aus. Loerke rodelte hin und wieder und lief auch wohl Schlittschuh, aber er blieb kühl dabei, und seine feinen Nasenlöcher, die einem Londoner Gassenjungen reinsten Wassers Ehre gemacht hätten, bebten vor Verachtung bei Leitners etwas raufboldmäßigen Kraftleistungen. Nachdem die beiden Männer so lange zusammen gereist waren und im gleichen Schlafzimmer gewohnt hatten, waren sie nun offenbar auf den Punkt gekommen, wo sie einander nicht mehr ausstehen konnten. Leitner haßte Loerke mit dem Haß der gekränkten Seele, die sich ohnmächtig aufbäumt, und Loerke behandelte Leitner mit Spott und leise bebender Verachtung. Sie mußten bald auseinandergehen.

Schon waren sie nur selten zusammen. Leitner hängte sich bald an diesen, bald an jenen, immer unterwürfig, Loerke war viel allein. Im Freien trug er eine enganschließende Kappe aus braunem Samt mit Ohrenklappen und sah aus wie ein Kaninchen mit hängenden Ohren oder wie ein Kobold. Sein Gesicht war rotbraun, mit einer trockenen, leuchtenden Haut, die sich je nach seinen unablässig wechselnden Mienen zu runzeln schien. Seine Augen hielten fest, wen sie ansahen – braune, ausdrucksvolle Augen, wie Kaninchenaugen, wie die Augen eines Kobolds oder eines Verdammten, mit merkwürdig dumpfem, gemeinem, wissendem Blick und unheimlich glimmendem Feuer. Jedesmal, wenn Gudrun versucht hatte, ein Gespräch mit ihm anzufangen, war er ausgewichen, ohne auf sie einzugehen. Er hatte sie nur mit den wachsamen dunklen Augen angesehen, ohne irgendeine Beziehung mit ihr zu knüpfen. Auch hatte er sie fühlen lassen, daß ihm ihr stockendes Französisch und ihr noch stockenderes Deutsch zuwider waren. Sein eignes unvollkommenes Englisch probierte er gar nicht erst, dazu war er viel zu ungewandt. Doch verstand er trotzdem recht gut, was gesprochen wurde. Gudrun war gekränkt und beachtete ihn nicht weiter.

An dem Nachmittag aber kam sie in das kleine Gastzimmer, als er sich mit Ursula unterhielt. Sein feines schwarzes Haar, das spärlich auf dem großen nervösen Kopf lag und sich an den Schläfen lichtete, erinnerte sie unbestimmt an eine Fledermaus. Er saß krumm auf dem Stuhl – der Geist einer Fledermaus. Sie sah, wie er Ursula langsam und wider Willen von sich erzählte, wortkarg, verbissen. Da setzte sie sich zu der Schwester.

Er sah sie an und blickte wieder weg, als beachtete er sie nicht. Dabei hatte er in Wirklichkeit ein tiefes Interesse.

«Denk dir, wie interessant, Runa», sagte Ursula, «Herr Loerke arbeitet an einem großen Fries für eine Fabrik in Köln – für die Straßenfront.»

Sie sah ihn an. Seine mageren, braunen, nervösen Hände, die zum Greifen wie geschaffen schienen, hatten etwas Unmenschliches an sich, fast wie Klauen.

«Woraus?» fragte sie. – «Aus was?» übersetzte Ursula. – «Granit», antwortete er. Sogleich wurde aus dem Gespräch eine Reihe von einsilbigen Fragen und Antworten, wie sie unter Künstlern vom gleichen Fach hin und her zu gehen pflegen.

«Was für Relief?» fragte Gudrun. – «*Haut relief.*» – «Wie hoch?» Gudrun fand es sehr interessant, daß er einen so großen Granitfries für eine große Granitschleiferei in Köln zu machen hatte. Er machte ihr einige Angaben über den Entwurf. Ein Jahrmarkt war dargestellt, Bauern und Handwerker im Taumel des Vergnügens, betrunken, albern in ihrem modernen Kostüm, wie sie sich im Karussell lächerlich machen und gaffend vor den Schaubuden stehen, wie sie küssen, torkeln, im Knäuel übereinanderpurzeln, in russischen Schaukeln durch die Luft fliegen, in Schießbuden schießen – ein Rausch wüster Bewegung.

Man unterhielt sich angeregt über technische Fragen. Er machte auf Gudrun einen großen Eindruck. «Aber wie herrlich, daß Sie so eine Fabrik haben!» warf Ursula ein. «Ist das ganze Gebäude schön?» – «O ja. Der Fries ist ein Teil der Architektur. Es ist schon etwas sehr Großartiges.» Dann zuckte er die Achseln und nahm einen überlegenen Ton an: «Skulptur und Architektur müssen zusammen arbeiten. Die Zeit der belanglosen Statuen und der Tafelbilder ist vorbei. Die Skulptur ist überhaupt ein Teil einer architektonischen Idee. Und da die Kirchen doch nur noch Museen sind, und die Industrie das ist, was uns bewegt, so soll unsre Kunst der Industrie ihre Häuser bauen und die Fabrik unser Parthenon sein. *Ecco!*»

Ursula dachte nach. «Es ist doch wohl auch gar nicht nötig, daß die großen Fabrikanlagen immer so scheußlich sind.»

Sofort wurde er lebendig. «Das ist es ja eben! Unsre Arbeitsstätten brauchen nicht nur nicht so häßlich zu sein – am Ende schädigt das sogar die Arbeit. Die Menschen können sich auf die Dauer mit so scheußlichen Kästen nicht abfinden, sie leiden zu sehr darunter und müssen mit der Zeit verwelken. Und dann wird auch die Arbeit welk. Sie glauben schließlich, das Werk selbst, die Maschinen, die Arbeit wäre häßlich. Und dabei ist die Maschine, ist die Arbeit unerhört, irrsinnig schön. Daran wird unsre Zivilisation zugrunde gehen, daß die Leute nicht mehr arbeiten wollen, weil ihre Sinne sich gegen die Arbeit empören, weil die Arbeit sie anekelt. Lieber werden sie dann hungern. Dann erleben wir es, daß die Hämmer nur noch in Bewegung gesetzt werden, um zu zerstören, dann kommt die Zeit. Aber noch sind wir da und können schöne Fabriken, schöne Maschinenhäuser bauen ... noch können wir's ...»

Gudrun verstand ihn nur zum Teil. Sie hätte vor Ärger weinen mögen. «Was sagt er?» fragte sie Ursula. Und Ursula übersetzte, stotternd, abgekürzt. Loerke beobachtete Gudrun, um zu sehen, wie sie darüber dachte.

«Sie meinen also», sagte sie, «die Kunst soll der Industrie dienen?» – «Deuten soll sie die Industrie, so wie sie vor Zeiten die Religion gedeutet hat.» – «Ist aber Ihr Jahrmarkt eine Deutung der Industrie?» – «Si-

344

cherlich. Was tut denn der Mensch auf einem solchen Jahrmarkt? Das
Gegenstück der Arbeit... die Maschine treibt ihn, anstatt daß er die
Maschine treibt. Er genießt die mechanische Bewegung im eigenen Körper.» – «Dann gibt es also nichts als Arbeit – mechanische Arbeit?» –
«Nichts als Arbeit!» Er beugte sich vor, seine Augen waren zwei dunkle
Seen mit blitzenden Nadelspitzen an der Oberfläche. «Nein, etwas anderes gibt es nicht. Entweder die Maschine bedienen oder die Bewegung
der Maschine genießen... Bewegung ist alles. Sie haben nie gearbeitet,
um den Hunger zu stillen, oder Sie wüßten, welcher Gott uns regiert.»

Gudrun bebte, das Blut schoß ihr ins Gesicht. Fast kamen ihr Tränen,
sie wußte nicht warum. «Nein, um den Hunger zu stillen, habe ich noch
nicht gearbeitet», antwortete sie. «Aber gearbeitet habe ich wohl.» –
«*Travaillé... lavorato?*» fragte er. «*E che lavoro... che lavoro? Quel
travail est-ce que vous-avez fait?*» Er fiel in ein Gemisch von Französisch und Italienisch, unwillkürlich sprach er zu ihr in fremden Sprachen. «Sie haben nie gearbeitet, wie die Leute arbeiten», setzte er bissig
hinzu. – «Doch, das habe ich. Ich tue es noch... ich arbeite auch jetzt
noch, um mein Brot zu verdienen.» Er hielt inne, sah sie fest an und ließ
das Thema fallen, weil er glaubte, sie hielte ihn zum besten.

«Und Sie? Haben Sie jemals gearbeitet, wie die Leute arbeiten?» fragte Ursula. – Er sah sie mißtrauisch an. «Allerdings», stieß er barsch
heraus. «Ich weiß, was es heißt, drei Tage im Bett liegen, weil man
nichts zu essen hat.»

Gudrun sah ihn mit großen ernsten Augen an, die sein Selbstbekennt-
nis aus ihm herauszogen wie das Mark aus den Knochen. Seine ganze
Natur verbot es ihm, doch ihre großen Augen schienen ein Ventil in ihm
zu öffnen, und unwillkürlich fing er an zu reden.

«Mein Vater war kein Freund der Arbeit, und eine Mutter haben wir
nicht gehabt. Wir sind aus Österreich, Österreichisch-Polen. Wie wir da
gewohnt haben? Äch!... wie es gerade kam. Meist vier Familien zusammen in einem Zimmer... jede in einer Ecke – und das WC in der
Mitte, ein Bottich mit einem Brett darauf – äch! Zwei Brüder hatte ich
und eine Schwester – und manchmal hatte der Vater ein Frauenzimmer
bei sich. Er war ein freier Mensch, auf seine Art... hätte sich mit jedem
in der Stadt gerauft – es gab eine Masse Soldaten da –, und war doch
auch ein kleiner Kerl wie ich. Aber für jemand anders arbeiten wollte er
nicht – das ging ihm gegen die Natur. Das tat er nicht.»

«Und wovon haben Sie gelebt?» fragte Ursula. Er sah sie an – dann
ging sein Blick plötzlich hinüber zu Gudrun. «Sie verstehen mich doch?»
– «Ganz ausreichend», antwortete sie. Einen Augenblick begegneten
sich ihre Blicke, dann wandte er sich ab. Mehr wollte er nicht sagen.

«Wie kam es dann, daß Sie Bildhauer geworden sind?» fragte Ursula.
– «Wie ich Bildhauer geworden bin...» Er schwieg einen Augenblick.
«*Dunque*...» fing er in verändertem Ton wieder an und geriet ins Fran-
zösische... «ich wurde größer... oft habe ich auf dem Markt etwas

beiseite gebracht. Später habe ich dann gearbeitet . . . Tonkrüge gestempelt, ehe sie gebrannt wurden. Es war eine Steinzeugfabrik. Dann habe ich angefangen die Modelle zu machen. Eines Tages hatte ich genug davon. In der Sonne habe ich gelegen und die Arbeit geschwänzt. Dann bin ich gewandert, nach München, nach Italien, und habe mir zusammengebettelt, was ich brauchte. Die Italiener waren sehr gut zu mir – gut und anständig. Von Bozen bis nach Rom hatte ich beinahe jeden Abend mein Essen und ein Bett, manchmal einen Strohsack beim Bauern. Die Italiener habe ich lieb, von Herzen. *Dunque . . . adesso . . . maintenant . . .* verdiene ich zwanzigtausend Mark im Jahr, oder auch vierzigtausend . . .»

Er blickte zu Boden und verfiel in Schweigen. Gudrun sah sich seine feine, dünne, leuchtende Haut an, die in der Sonne rotbraun verbrannt war und sich straff über die vollen Schläfen spannte, sein dünnes Haar und den derben, borstigen Schnurrbart, der über dem beweglichen, ziemlich häßlichen Mund kurzgeschnitten war.

«Wie alt sind Sie?» fragte sie. – Er blickte auf, die ausdrucksvollen Koboldaugen sahen sie verdutzt an. – «Wie alt?» wiederholte er auf deutsch. Er zögerte. Offenbar sprach er nicht gern darüber. «Wie alt sind Sie denn?» fragte er statt aller Antwort. – «Ich bin sechsundzwanzig.» – «Sechsundzwanzig», sagte er noch einmal und sah ihr in die Augen. Nach einer Pause kam es dann auf deutsch: «Und Ihr Herr Gemahl, wie alt ist der?» – «Wer?» fragte Grudrun. – «Dein Mann», übersetzte Ursula mit leisem Spott. – «Ich habe keinen Mann», sagte Gudrun auf englisch. Auf deutsch antwortete sie: «Einunddreißig.»

Loerke beobachtete sie scharf mit den unheimlichen, ausdrucksvollen, argwöhnischen Augen. Ihm schien, es klänge etwas in ihr mit seinem Wesen zusammen. Er war in der Tat wie einer von den seelenlosen Zwergen, der ein Menschenwesen findet, das auch keine Seele hat. Doch tat die Entdeckung ihm weh. Auch sie war gefesselt, gebannt, als hätte ein fremde Kreatur – ein Kaninchen, eine Fledermaus oder ein brauner Seehund – sie angeredet. Und obendrein erkannte sie etwas, wovon er nichts wußte: seine ungeheuerliche Fähigkeit, die Bewegung ihres Lebens zu verstehen und aufzufassen. Er war sich seiner eignen Kraft nicht bewußt, er ahnte nicht, wie er mit seinen ausdrucksvollen, unterirdischen, wachsamen Augen in sie hineinblicken und sie sehen konnte, wie sie war, mit allen ihren Geheimnissen. Er konnte sie nur so wollen, wie sie war – denn er kannte sie ganz, mit unterbewußter, unheimlicher Erkenntnis, bar jeder Illusion und jeder Hoffnung.

Gudrun sah in Loerke den felsigen Grund des Lebens. Jeder andere hatte seine Illusionen und mußte sie haben, sein Vorher und Nachher. Aber er kam in völligem Stoizismus ohne das aus, er brauchte keine Illusion. Im tiefsten Grunde täuschte er sich nicht. Dort berührte ihn nichts, nichts machte ihm Unruhe, er gab sich nicht die leiseste Mühe, mit etwas im Einklang zu sein. Er lebte, ein Einzelwille ohne Zusammenhang und Beziehung, stoisch, auf den Augenblick eingeschränkt. Für ihn gab es nur seine Arbeit.

Merkwürdig zog auch seine Armut, seine elende Jugend sie an. Ein Mann aus der Gesellschaft, der den üblichen Weg durch die Schule und die Universität gegangen war, kam ihr fade, abgeschmackt daneben vor. Es regte sich in ihr eine etwas gewaltsame Zuneigung zu dem Kind des Schmutzes. In ihm erschien ihr die Unterwelt des Lebens leibhaftig, darunter gab es dann nichts mehr.

Auch Ursula fühlte sich von Loerke angezogen. Beide Schwestern machte er sich in gewissem Sinn pflichtig. Doch in manchen Augenblicken fand Ursula ihn unbeschreiblich untergeordnet, falsch, pöbelhaft.

Birkin und Gerald mochten ihn beide nicht. Gerald sah ein wenig verächtlich über ihn hinweg, Birkin ertrug ihn nur mit Anstrengung.

«Was wohl den beiden solchen Eindruck macht an dem Wurm?» meinte Gerald. – «Das mögen die Götter wissen. Er schmachtet sie wohl an, auf seine Art. Das tut ihrer Eitelkeit wohl, und schon sind sie gefangen.» – Gerald blickte überrascht auf. «Schmachtet er sie denn wirklich an?» – «Sicher. Er ist eine Knechtsseele und lebt fast wie ein Verbrecher. Und auf so etwas stürzen sich alle Weiber, wie der Wind in einen luftleeren Raum.» – «Komisch, auf so was?» – «Es ist zum Verrücktwerden. Aber Mitleid und Abscheu sind Anziehungsmittel, und damit macht es das unanständige kleine Scheusal.»

Gerald blieb nachdenklich stehen. «Sag mal, was wollen denn die Frauen eigentlich?» – Birkin zuckte die Achseln. «Das weiß Gott. Befriedigung durch das, was sie im tiefsten abstößt, scheint mir. Es ist, als kröchen sie in einen grausigen, finstern Tunnel und wären nicht eher zufrieden, als bis sie am Ende angekommen sind.»

Gerald sah hinaus in den feinen Schnee, der wie Nebel vorüberwehte. Das Wetter war grauenhaft unsichtig. «Und was ist das Ende?» – Birkin schüttelte den Kopf. «So weit bin ich noch nicht vorgedrungen. Ich weiß es nicht. Frag Loerke, der ist nicht weit davon, der hat schon etliche Stufen hinter sich, die weder du noch ich je erreichen können.» – «Stufen? Ja wohin denn?» Gerald wurde ungeduldig. – Birkin seufzte und runzelte unwillig die Stirn. «In den sozialen Haß hinein. Er lebt wie eine Ratte im Strom des Verderbens, da, wo es hinuntergeht in den bodenlosen Abgrund. Er ist weiter als wir, er hat einen glühenderen Haß auf das Ideal. Bis aufs äußerste haßt er es und ist doch noch davon beherrscht. Er wird wohl Jude sein... jedenfalls zum Teil.» – «Wahrscheinlich», meinte Gerald. – «Ein nagendes Neinsagerchen, das an den Wurzeln des Lebens knabbert.» – «Wie kann man ihn dann aber gern haben?» – «Im Grunde ihrer Seele hassen sie eben auch das Ideal. Sie wollen die Kloaken entdecken, und er ist die Zauberratte, die voranschwimmt.»

Noch immer stand Gerald am Fenster und starrte hinaus in den dichten Schleier. «Im Grunde verstehe ich nicht recht, was du meinst...»

Es klang matt, wie die Stimme eines Verurteilten. «Ein eigentümliches Verlangen, scheint mir!» – «Wir werden wohl denselben Wunsch haben», meinte Birkin. «Nur wollen wir gern mit einem Satz hinunter, in der Ekstase, wenn du so willst – und er läßt sich treiben, die Kloaken hinab.»

Indessen warteten Ursula und Gudrun auf die nächste Gelegenheit, sich mit Loerke zu unterhalten. Wenn die Männer dabei waren, hatte es keinen Zweck anzufangen. Dann hatten sie keine Verbindung mit dem einsamen kleinen Bildhauer. Er mußte mit ihnen allein sein. Doch war es ihm lieber, wenn Ursula zuhörte und gleichsam zwischen ihm und Gudrun vermittelte.

«Machen Sie nur Ornamentales?» fragte Gudrun ihn eines Abends. – «Jetzt nur noch. Ich habe alles mögliche gemacht... bis auf Porträts, damit habe ich mich nie abgegeben. Aber andere Sachen...» – «Was denn?»

Er besann sich einen Augenblick, stand dann auf und ging aus dem Zimmer. Rasch war er wieder da und brachte ihr eine kleine Papierrolle mit. Sie rollte das Blatt auseinander, es war die Fotogravüre einer Statuette, gezeichnet F. Loerke.

«Ein ganz frühes Ding – noch nicht im Zeichen der Industrie», sagte er, «mehr fürs Publikum.» Es war die Figur eines nackten Mädchens von zierlichem Wuchs auf einem schweren, ungesattelten Pferd. Das Mädchen war jung und zart, noch völlig Knospe. Sie saß seitlich auf dem Pferd, das Gesicht mit den Händen bedeckt wie in Scham und Kummer, und hatte anscheinend alles um sich her vergessen. Ihr kurzes Haar, das hellblond sein mußte, fiel gescheitelt nach vorn und bedeckte die Hände halb.

Die Glieder waren jung und zart. Die kaum ausgebildeten Beine, die Beine eines Mädchens eben vor der grausamen Reife, hingen kindlich rührend über den Flanken des mächtigen Pferdes, die kleinen Füße lagen übereinander, als wollten sie sich verstecken. Aber es gab kein Verstecken. Nackt war sie preisgegeben auf der nackten Weiche des Pferdes.

Das Pferd stand ganz still, gestreckt wie zum Anlauf, ein schwerer, prachtvoller Hengst, starr in verhaltener Kraft. Der Hals war fürchterlich gewölbt, wie eine Sichel, die Flanken eingezogen, straff gespannt.

Gudrun wurde blaß, und ein Schatten zog ihr über die Augen, wie Scham. Seltsam bittend, fast wie eine Sklavin sah sie zu ihm auf. Er streifte sie mit einem Blick und warf den Kopf ein wenig in den Nacken.

«Wie groß ist es?» fragte sie tonlos und wollte immer noch unbewegt erscheinen. – «Wie groß?» Wieder sah er sie an. «Ohne Sockel – so hoch...» er zeigte mit der Hand – «mit Sockel ungefähr so...»

Unverwandt blieb sein Blick auf ihr haften. In seinen raschen Handbewegungen lag schroffe, hochfahrende Verachtung, und es war fast, als knickte sie darunter zusammen.

«Was für Material?» Sie warf den Kopf zurück und sah ihn an mit geheuchelter Kühle. Er verwandte noch immer kein Auge von ihr, der Bann war noch nicht gebrochen.

«Bronze... grüne Bronze.» – «Grüne Bronze!» wiederholte sie kalt und nahm die Herausforderung an. Sie stellte sich die schmächtigen, kindlich zarten Glieder des Mädchens glatt und kalt in grüner Bronze vor. «Sehr schön», sagte sie leise und sah zu ihm auf mit einem Blick, der aussah wie verborgene Huldigung. Er schloß die Augen und wandte sich triumphierend ab.

«Warum», fragte Ursula, «muß denn das Pferd etwas so Starres haben? Es steht da, steif wie aus Holz.» – «Steif?» wiederholte er, sogleich in Harnisch. – «Ja. Sehen Sie nicht, wie starr und stumpf und brutal es aussieht? Pferde sind doch nervöse Tiere, zart und von feinem Gefühl.»

Er hob die Schultern und breitete die Hände aus mit einer gleichgültig trägen Bewegung, die ihr andeuten sollte, daß sie nichts von Kunst verstände und sich Unglaubliches herausnähme.

«Ja, wissen Sie», sagte er von oben herab mit beleidigender Nachsicht – «dies Pferd ist eben ein Stück Form, Teil eines geformten Ganzen, eines Kunstwerks. Nicht das Konterfei des lieben Pferdes, dem Sie ein Stück Zucker geben, nein, sondern ein Teil dieses bestimmten Kunstwerks, der gar keine Beziehung hat zu irgend etwas außerhalb.»

Ursula war böse, weil sie so verletzend *de haut en bas* behandelt wurde, mit dem Hochmut des *l'art pour l'art* der sich in die Tiefe populärer Kunstliebhaberei herabläßt. Sie wurde rot und antwortete scharf mit erhobener Stirn: «Und trotzdem ist es das Abbild eines Pferdes.» – Er zuckte noch einmal langsam die Achseln. «Wenn Sie wollen, gewiß... eine Kuh ist es zweifellos nicht.»

Nun fiel Gudrun ein, mit heißen Wangen und glänzenden Augen. Sie wollte um jeden Preis verhindern, daß Ursula sich weiter lächerlich machte.

«Was heißt das: Abbild eines Pferdes?» fuhr sie die Schwester an. «Was verstehst du unter Pferd? Die Idee, die du davon im Kopf hast, willst du dargestellt sehen! Und hier ist eben eine völlig andre Idee. Nenn es ein Pferd, wenn du willst, oder sag, es ist kein Pferd. Ich habe genau dasselbe Recht, zu sagen, daß dein Pferd kein Pferd ist, sondern eine Privatidee von dir.»

Ursula war auf den Mund geschlagen und besann sich einen Augenblick. Dann kam es: «Warum hat er denn so eine Vorstellung vom Pferd? Seine Idee sieht so aus, das weiß ich wohl. Im Grunde ist es ja ein Selbstbildnis...»

Loerke schnaubte Wut. «Selbstbildnis! Hören Sie, gnädige Frau, es ist ein Kunstwerk, nicht etwa ein Bildnis von irgend etwas. Es hat mit nichts in der Welt das geringste zu schaffen außer mit sich selbst, zwischen ihm und der alltäglichen Erscheinung von diesem oder jenem ist nicht die leiseste Beziehung. Das sind zwei ganz verschiedene Schichten des Seins, die nichts miteinander zu tun haben. Wenn man aus der einen in die andre übersetzen will, so ist das schlimmer als töricht, es verdunkelt die Begriffe und richtet überall Verwirrung an. Sehen Sie, Sie dürfen doch nicht die relative Tatsache verwechseln mit der absoluten Welt der Kunst! Das geht nicht an.»

«Ja, so ist es!» Gudrun geriet beinah in Überschwang. «Die beiden Gebiete sind ganz und für ewig getrennt und haben nichts miteinander zu tun. Ich und meine Kunst, wir haben nichts, gar nichts miteinander gemein. Meine Kunst ist in einer andern Welt, ich bin in dieser.»

Sie sah wie verklärt aus. Loerke saß da mit geducktem Kopf, wie ein Tier, das sich zur Wehr setzt. Er blickte auf, sah sie an, rasch, verstohlen fast, und sagte vor sich hin: «Ja – so ist es. So ist es.»

Ursula schwieg nach diesem Ausbruch. Sie war außer sich, am liebsten hätte sie den beiden die Augen ausgekratzt. «An dieser ganzen Rede ist ja kein wahres Wort», sagte sie dann unverblümt. «Das Pferd ist das Abbild Ihrer eignen starren, stumpfen Brutalität, und das Mädchen ist ein Mädchen, das Sie geliebt und gequält und dann weggeworfen haben.»

Er sah sie an mit einem verächtlichen Lächeln in den Augen, es war ihm nicht mehr der Mühe wert, zu antworten. Auch Gudrun schwieg in bitterer Verachtung. Ursula war so unerträglich ahnungslos und platzte hinein, wo Engel sich scheuen aufzutreten. Aber was half es, die Dummen mußten ertragen werden, so gut es ging.

Doch auch Ursula ließ sich nicht irre machen: «Und ihr müßt eure Welt der Kunst und eure Welt der Tatsachen hübsch getrennt halten, weil ihr euch selbst nicht ins Auge sehen könnt. Es darf Ihnen nicht klarwerden, wie starr und steif und stumpfsinnig brutal Sie in Wirklichkeit sind, und darum sagen Sie: das ist Kunst! Kunst ist Wahrheit über die Welt, weiter nichts – Sie sind nur nicht mehr Mensch genug, um das zu sehen.»

Bleich und zitternd saß sie da in ihrem Eifer. Gudrun und Loerke schwiegen in eisigem Widerwillen, und auch Gerald, der im Anfang der Unterhaltung dazugekommen war, sah sie mit tiefer Mißbilligung an. Er fand sie banal. Sie hatte eine so gewöhnliche Art, mit den Geheimnissen umzuspringen, die dem Menschen seine höchste Würde geben. Alle drei wünschten dringend, sie möchte gehen. Aber sie blieb still sitzen mit weinender, bebender Seele, und zerknüllte das Taschentuch in der Hand.

Die andern schwiegen beharrlich und ließen Ursulas taktlosen Ausbruch abklingen. Dann fing Gudrun kühl und wie beiläufig an, als nähme sie eine gleichgültige Unterhaltung wieder auf: «War das Mädchen ein Modell?» – «Nein, sie war kein Modell. Sie war eine kleine Malschülerin.» – «So, eine Schülerin!» Wie deutlich Gudrun alles vor sich sah! Die ahnungslose kleine Schülerin, die unbekümmert in ihr Verderben ging, viel zu jung, mit glattem, flachsblondem, kurzgeschnittenem

350

Haar, das ihr bis auf den Nacken fiel und mit den Spitzen ein bißchen nach innen umbog, weil es ziemlich dick war; und Loerke, den berühmten Meister, mit der Kleinen, die wahrscheinlich aus guter Familie und gut erzogen war und sich nun so groß dünkte, von ihm geliebt zu werden. Sie wußte nur zu gut, wie herzlos und gemein es dabei zuging. Dresden, Paris, London, darauf kam es nicht an. Sie kannte das.

«Wo ist sie jetzt?» fragte Ursula. Loerke zuckte die Achseln, um auszudrücken, daß er davon keine Ahnung hätte und daß es ihm auch von Herzen gleichgültig wäre. «Das ist schon sechs Jahre her. Nun ist sie wohl dreiundzwanzig und nicht mehr zu gebrauchen.»

Gerald hatte das Bild genommen und sah es sich an. Auch ihm gefiel es. Auf dem Sockel las er die Inschrift: «Lady Godiva.» «Das ist aber doch nicht Lady Godiva!» sagte er und lächelte vergnügt dazu. «Das war doch eine Frau in den besten Jahren, Gemahlin von irgendeinem Earl, soviel ich weiß. War es nicht die, die sich mit ihrem langen Haar zugedeckt hat?» – *À la Maud Allan*», sagte Gudrun mit spöttischer Grimasse. – «Wieso Maud Allan? Stimmt es nicht? Ich hatte immer gedacht, so wäre die Sage.» – «Ja, mein guter Junge, du hast die Sage vollkommen begriffen.» Sie lachte ihm zu mit ein bißchen zärtlicher Verachtung. – «Mir wäre natürlich die Frau lieber gewesen als das Haar», lachte er zurück. – «Das sieht dir ähnlich!»

Ursula stand auf und ging weg und überließ die drei sich selber. Gudrun nahm das Bild wieder und vertiefte sich hinein. «Ja, ja», neckte sie jetzt Loerke, «Ihre kleine Malschülerin haben Sie verstanden!» Er hob behaglich Brauen und Schultern. – «Das kleine Mädchen?» fragte Gerald und zeigte auf das Bild. Gudrun hielt es vor sich auf dem Schoß. Sie sah Gerald voll in die Augen, er war wie geblendet. «Die hat er doch gut verstanden, wie?» Es klang halb wie Hohn, halb wie Mutwillen und Scherz. «Sieh dir doch die Füße an – sind sie nicht süß, so fein und zart ... ach, sie sind ja so schön, so ...» – Langsam hob sie die Augen auf und sah mit heißem, flammendem Blick Loerke ins Gesicht. Er fühlte sich erkannt, das brennende Gefühl hob ihm die Seele, und er wurde immer herrischer.

Gerald sah sich die kleinen Bronzefüße an. Sie waren einander zugewandt, einer deckte den andern halb zu in rührender Angst und Scheu. Er konnte den Blick nicht davon wenden. Dann legte er mit einem wehen Gefühl das Bild weg. Ihm war so leer zumute.

«Wie hieß sie?» fragte Gudrun Loerke. – «Annette von Weck.» Loerke entsann sich. «Ja, sie war hübsch. Sie war niedlich – aber eine Geduldsprobe. Es war nicht zum Aushalten – keine Minute hielt sie still ... bis ich sie tüchtig geklapst habe, so daß sie weinte ... dann konnte sie fünf Minuten ordentlich sitzen.» Er dachte zurück an das Werk, an seine Arbeit, die ihm das einzig Wichtige war.

«So? Richtig geklapst haben Sie sie?» fragte Gudrun kühl. Er gab den Blick zurück und las in ihren Augen die Herausforderung. «Ja», sagte er

351

nachlässig, «ärger als ich je in meinem Leben jemand geschlagen habe. Es mußte sein, es ging nicht anders. Nur so konnte ich mit ihr arbeiten.»

Gudrun sah ihn eine Weile mit großen, tiefen Augen an, als betrachtete sie seine Seele. Dann blickte sie stumm vor sich hin.

«Warum haben Sie denn eine so junge Godiva genommen?» fragte Gerald. «Sie sieht auch auf dem Pferd so winzig aus, nicht groß genug – so ein Kind!»

Loerkes Gesicht verzog sich zur Grimasse. «Ja, größer und älter mag ich sie nicht. So sind sie schön, mit sechzehn, siebzehn, achtzehn... nachher ist nichts mehr mit ihnen anzufangen.»

Nach einer kleinen Pause fragte Gerald: «Warum nicht?» – Loerke zuckte die Achseln. «Dann interessieren sie mich nicht mehr – sie sind nicht mehr schön und haben keinen Zweck mehr für die Arbeit.»

«Also über zwanzig ist die Frau nicht mehr schön?» – «Nein, für mich nicht. Unter zwanzig ist sie fein, frisch, zart, leicht. Nachher – mag sie sein, wie sie will, ich kann nichts mehr daran finden. Die Venus von Milo ist eine Bourgeoise... und das sind sie alle.»

«Dann halten Sie also überhaupt nichts von Frauen über zwanzig?» – «Was soll ich mit ihnen! In der Kunst sind sie nicht mehr zu gebrauchen.» Loerke wurde ungeduldig. «Ich kann sie nun einmal nicht schön finden.»

«Sie sind ein Feinschmecker», sagte Gerald mit ein wenig sarkastischem Lächeln.

«Und die Männer?» fragte Gudrun plötzlich. – «Ja, Männer, die taugen in jedem Alter was. Ein Mann muß groß und kräftig sein – ob alt oder jung, darauf kommt es gar nicht an, wenn er nur die richtige Größe hat. Etwas Massives – Dummes in der Form.»

Ursula ging allein hinaus in den reinen Neuschnee. Doch bedrängte sie das blendende Weiß und tat ihr weh. Sie hatte das Gefühl, die Kälte erdrosselte ihr langsam die Seele. Ihr Kopf war benommen, betäubt.

Auf einmal wollte sie weg. Wie ein Wunder fiel ihr plötzlich ein, daß sie ja weggehen könnte in ein andres Land. Sie hatte sich hier oben im ewigen Schnee gefühlt wie in der Verdammnis, als gäbe es nun nichts anderes mehr auf der Welt.

Nun kam ihr plötzlich wie vom Himmel herab der Gedanke, daß ja unten jenseits dieser Wände die schwarze, fruchtbare Erde läge und im Süden das weite Land dunkel wäre von Orangen- und Zypressenhainen. Graue Olivenwälder gab es dort, und die wundervollen Schattenkronen der Steineichen ragten gefiedert in einen blaueren Himmel. O Wunder aller Wunder! Es gab noch eine andre Welt als das stumme Reich der Gletscher. Man konnte weggehen und es hinter sich lassen.

Das Wunder sollte nun sofort wirklich werden. Sie wollte die Schneewelt nicht mehr sehen, die furchtbar unveränderlichen, eisgetürmten Firnen, nicht einen Augenblick länger. Nach der dunklen Erde stand ihr

352

der Sinn, die Fruchtbarkeit des Ackers wollte sie riechen, den Schatten der geduldigen immergrünen Bäume fühlen und den Sonnenschein, wie er die Knospen weckte.

Froh und voll Hoffnung ging sie nach Hause. Birkin lag im Bett und las. «Rupert», fiel sie über ihn her, «ich will weg von hier.» – Er blickte langsam auf. «So?» fragte er freundlich. Sie setzte sich zu ihm und legte ihm die Arme um den Hals, ganz überrascht, daß er nicht überraschter war.

«Du nicht?» fragte sie ängstlich. – «Ich hatte noch nicht daran gedacht. Aber gewiß, ich möchte wohl auch weg.» – Sie setzte sich plötzlich kerzengerade auf. «Gräßlich ist es hier, der Schnee ist mir schrecklich in seiner Unnatur, dies unnatürliche Licht, in dem man jeden sieht, dieser Leichenspuk, und die unnatürlichen Gefühle, die sie alle davon bekommen!»

Er lag still und überlegte lachend. «Schön, wir gehen weg, meinetwegen morgen früh. Dann sind wir morgen schon in Verona und können Romeo und Julia besuchen und im Amphitheater sitzen – möchtest du das?»

Da barg sie ihr Gesicht an seiner Schulter in plötzlicher Scheu und Verwirrung. Er lag so frei da, ihn drückte nichts. «Ach ja», sagte sie weich und ganz erlöst. Ihre Seele hatte neue Flügel, weil er es gar nicht schwer nahm. «Romeo und Julia sein, wie schön wird das. O du!»

«Freilich weht in Verona ein schrecklich kalter Wind von den Alpen her. Den Schneegeruch werden wir da noch nicht los.» Sie setzte sich auf und sah ihn an. «Freust du dich auch?» fragte sie ängstlich. Unergründlich lachten seine Augen. Sie versteckte ihr Gesicht an seinem Hals, schmiegte sich dicht an ihn und bettelte: «Lach mich nicht aus – bitte, lache nicht so!» – «Wieso, was soll das?» Er umschlang sie lachend. «Ich mag doch nicht ausgelacht werden», sagte sie leise. Er lachte immer mehr und küßte ihr zartes, duftendes Haar. «Hast du mich lieb?» flüsterte sie in leidenschaftlichem Ernst. – «Ja», lachte er. Da bot sie ihm den Mund. Ihre Lippen waren straff, rastlos, heftig, und die seinen weich und tief und zart. Einen Augenblick verweilte er im Kuß. Dann zog ein leichter Schatten über seine Seele. «Dein Mund ist so hart», sagte er mit leisem Vorwurf. – «Und deiner so schön weich», war die frohe Antwort. – «Warum spannst du die Lippen immer so?» – «Laß mich nur», sagte sie rasch. «Das ist so meine Art.»

Sie wußte, daß er sie liebhatte; sie war seiner sicher. Und doch konnte sie eine gewisse Zurückhaltung nicht aufgeben, es war ihr schrecklich, wenn er sie so ausfragte. Selig gab sie sich seiner Liebe hin und fühlte dabei, daß er in aller seiner Freude doch ein bißchen traurig war. Sie konnte ihn mit sich tun lassen, aber ganz sie selbst sein und nackt und unverhüllt seiner Nacktheit begegnen, einfach hinfließen in reinem Vertrauen, ohne sich ihm anzupassen, das wagte sie nicht. Sie überließ sich ihm, oder ein andermal war sie die Angreiferin und holte sich ihre

353

Freude – sie hatte ihre volle und ungetrübte Freude an ihm. Doch waren sie nie ganz zu gleicher Zeit ergriffen, an dem einen fehlte es immer ein wenig. Aber sie freute sich und hoffte und war selig, frei und lebendig, und er fügte sich in Geduld, weich und still.

Sie bereiteten sich zur Abreise für den nächsten Tag. Zuerst gingen sie in Gudruns Zimmer und fanden die beiden gerade fertig angezogen für den Abend im Reunionsaal.

«Runa», sagte Ursula, «ich denke, wir fahren morgen. Ich kann den Schnee nicht mehr aushalten, er reißt mir die Haut und die Seele entzwei.» – «Auch die Seele, Ursula?» Gudrun war etwas überrascht. «Die Haut, ja, das kann ich mir denken – es tut furchtbar weh. Aber für die Seele, meinte ich, wäre er großartig.» – «Nein, nicht für meine. Er macht sie wund.» – «Wahrhaftig?»

Dann wurde eine Weile kein Wort gesprochen, und Ursula und Birkin fühlten, wie Gudrun und Gerald aufatmeten im Gedanken an ihre Abreise. «Ihr wollt nach dem Süden?» fragte Gerald. Seine Stimme klang ein bißchen gezwungen. – «Ja.» Birkin wandte sich ab. Zwischen den beiden war in letzter Zeit etwas unerklärlich Feindseliges. Birkin war meist gleichgültig und ließ sich halb unbewußt und sorglos treiben, geduldig, ohne nachzutragen, während Gerald im Gegenteil gespannt war, fest zusammengefaßt in weißem Sprühen, wie zum Ringkampf. Die beiden gaben einander auf.

Gerald und Gudrun waren sehr nett gegen die beiden Reisenden und sorgten für ihr Wohl, als wären es zwei Kinder. Gudrun kam zu Ursula ins Schlafzimmer und warf ihr drei Paar von den farbigen Strümpfen, womit sie aufgefallen war, aufs Bett. Es waren sogar schwere seidene Strümpfe aus Paris, ziegelrot, kornblumenblau und grau. Die grauen waren handgestrickt, ohne Naht und sehr dick. Ursula war begeistert. Gudrun mußte ihr schon sehr gewogen sein, wenn sie solche Schätze verschenkte.

«Die kann ich dir doch nicht wegnehmen, Runa. Nein, auf keinen Fall – dafür sind sie zu schön!» – «Ja, sind sie nicht schön?» Gudrun sah ihrem Geschenk mit begehrlichen Augen nach. «Mollig wie ein Lamm!» – «Du mußt sie behalten», sagte Ursula. – «Ich brauche sie nicht, ich habe ja noch drei Paar. Nein, du sollst sie haben. Da, nimm sie nur...» Und mit zitternden, erregten Händen legte sie die heißgeliebten Strümpfe unter Ursulas Kopfkissen.

«Es gibt doch nichts auf der Welt, was so viel Freude macht wie wirklich schöne Strümpfe.» – «Nein», antwortete Gudrun, «sicher nicht.»

Damit setzte sie sich auf einen Stuhl. Offenbar wollte sie noch einmal mit Ursula plaudern. Ursula wußte nicht, was sie von ihr wollte, und wartete.

«Ursula», fing Gudrun ziemlich skeptisch an, «hast du nun ein Gefühl von Abschied für immer, auf Nimmerwiedersehen?» – «Oh, wir kommen schon wieder. Die Eisenbahnfahrt soll uns nicht hindern.» –

«Das weiß ich wohl. Aber im Geist, wenn ich so sagen soll, gehst du doch von uns allen weg?» – Ursula zuckte zusammen. «Ich habe noch keine Ahnung, was wir machen, ich weiß nur, wir fahren irgendwohin.» – Gudrun wartete. «Freust du dich denn?» fragte sie nach einer Weile. – Ursula überlegte einen Augenblick. «Ich glaube, sehr.»

Gudrun verließ sich mehr auf das unbewußt strahlende Gesicht der Schwester als auf ihren zweifelnden Ton. «Glaubst du aber nicht doch, daß du die Verbindung mit unsrer alten Welt brauchst – Vater und die Familie und all das, England und die geistige Arbeit –, meinst du nicht, das gehört unbedingt mit dazu?»

Ursula schwieg und versuchte sich da hineinzudenken. «Ich glaube», sagte sie schließlich, fast ohne es zu wollen, «Rupert hat recht ... man braucht einen neuen Boden zum Leben, man läßt das Alte hinter sich.»

Gudrun beobachtete die Schwester unverwandt mit regungslosem Gesicht. «Man braucht einen neuen Boden, der Meinung bin ich auch. Doch scheint mir, die neue Welt entwickelt sich aus der alten. Wenn man sich aber mit einem einzigen Menschen zusammen absondert, so heißt das nicht eine neue Welt schaffen; das heißt sich in seinen Illusionen verschanzen!»

Ursula sah aus dem Fenster. Der Kampf begann in ihrer Seele, und sie hatte Angst. Vor Worten fürchtete sie sich immer, weil sie wußte, daß sie auf ein bloßes Wort hin oft zu glauben meinte, was sie im Grunde nicht glaubte. «Vielleicht», sagte sie, mißtrauisch gegen sich selbst und die ganze Welt. «Doch glaube ich, man kann nichts Neues haben, solange man noch am Alten hängt. Verstehst du, wie ich es meine? – Das Alte bekämpfen gehört auch mit dazu. Ich weiß, man ist versucht, in der Welt zu bleiben, nur um sie zu bekämpfen. Aber das lohnt nicht.»

Gudrun dachte nach. «Gewiß. Wenn man in der Welt lebt, gehört man bis zu einem gewissen Grad dazu. Aber täuscht man sich nicht selber, wenn man meint, man könnte sie verlassen? Schließlich ist ein Häuschen in den Abruzzen, oder wo es auch sei, keine neue Welt. Nein, die einzige Art, mit der Welt fertig zu werden, ist, sie zu erleben.»

Ursula wandte sich ab. Sie hatte solche Angst vor Diskussionen. «Es gibt wohl noch eine andre Möglichkeit, nicht wahr? Man kann sie in der eignen Seele erleben, ehe die Tatsachen selber sich abwickeln. Und wenn man einmal seine Seele gesehen hat, dann ist man ein andrer Mensch.»

«Ja, kann man sie denn in seiner Seele erleben? Wenn du damit sagen willst, daß du den ganzen Weltablauf bis zu Ende siehst, kann ich dir wirklich nicht beistimmen. Jedenfalls aber kannst du nicht plötzlich davonfliegen auf einen andern Planeten, weil du meinst, du hättest hier alles gesehen.»

Ursula richtete sich plötzlich auf. «Ja – dies kennt man. Hier hält einen nichts mehr. Aber man hat etwas wie ein zweites Ich, das einem neuen Planeten angehört und nicht dem unsern. Es gilt nur den Absprung zu finden.»

Gudrun überlegte eine Weile. Dann mußte sie lächeln, es sah fast wie Verachtung aus. «Und was passiert dann, wenn du in der Unendlichkeit bist? Schließlich sind die großen Gesetze auch da dieselben. Du am allerwenigsten kommst doch um die Tatsache herum, daß die Liebe das Höchste ist, im Unendlichen sowohl wie auf Erden.»

«Nein, das ist sie nicht. Die Liebe ist zu menschlich und zu klein. Ich glaube an etwas über den menschlichen Dingen, etwas, wovon die Liebe nur ein Teil ist. Ich glaube, was wir werden sollen, kommt uns aus dem Unbekannten und ist unendlich mehr als Liebe, nicht so menschlich begrenzt.»

Gudrun sah sich Ursula an, mit abwägendem Blick. Sie bewunderte und verachtete die Schwester über die Maßen. Dann wandte sie sich plötzlich weg und sagte kalt und gemein: «So? Ich bin noch nicht über die Liebe hinaus!» Ursula schoß der Gedanke durch den Kopf: ‹Eben weil du nie geliebt hast.›

Gudrun stand auf und legte Ursula den Arm um den Hals. «Geh nur und suche deine neue Welt, mein Kindchen.» In ihrer Stimme klirrte es von unechter Güte. «Die glücklichste Reise ist doch die Fahrt nach Ruperts seligen Inseln.»

Sie hielt Ursula noch immer umschlungen und strich mit den Fingern über ihre Wangen. Es war Ursula höchst unbehaglich dabei zumut, Gudruns huldvolle Art tat ihr sehr weh. Gudrun fühlte ihren Widerstand und ließ verlegen von ihr ab. Dann drehte sie das Kissen um, und die Strümpfe kamen wieder zum Vorschein.

«Ha-ha!» lachte sie, ein ziemlich bitteres Lachen. «Was wir alles reden — neue Welten, alte Welten...!» Und sie sprachen von alltäglicheren, behaglicheren Dingen.

Gerald und Birkin gingen ein Stück dem Schlitten voran, der die abreisenden Gäste an die Bahn bringen sollte. «Wie lange wollt ihr noch hierbleiben?» fragte Birkin und blickte in Geralds feuerrotes, fast ausdrucksloses Gesicht. — «Ich weiß noch nicht. Bis wir keine Lust mehr haben.» — «Und ihr meint nicht, daß vorher noch der Schnee schmelzen könnte?» — Gerald lachte. «Schmilzt der denn überhaupt?» — «Dann geht es euch also gut?» fragte Birkin. — Gerald kniff ein wenig die Augen. «Gut? Ich weiß nie, was das eigentlich heißen soll. Ganz gut und ganz schlecht: bedeutet das nicht manchmal dasselbe?» — «Kann wohl sein. Und wie wird es nun, wenn ihr wieder nach Hause kommt?» — «Oh, ich weiß nicht. Wir kommen nie wieder nach Hause. Ich sehe weder vorwärts noch rückwärts.» — «Und sehnst dich nicht nach dem, was nicht ist?»

Gerald sah in die unbestimmte Ferne, mit schmalen Pupillen, wie ein Falke. «Nein. Dies hier ist wie ein fünfter Akt. Gudrun ist wohl das Ende. Ich weiß nicht — sie ist so weich, ihre Haut ist wie Seide und ihre

Arme sind süß und schwer. Mir welkt das Bewußtsein dabei, es brennt mir wohl den Geist noch aus.» Er ging ein paar Schritt und starrte vor sich hin, mit leblosen Augen, wie die grausigen Kultmasken wilder Völker sie haben. «Es blendet einem die Seele, man sieht nichts mehr. Und man will auch nichts sehen, man will blind sein. Man will es gar nicht anders.»

Er sprach wie in Trance, die Worte klangen leer. Dann raffte er sich plötzlich auf zu einer Art von Überschwang und sah Birkin an, gedrückt und finster: «Weißt du, was man leidet, wenn man mit einer Frau zusammen ist? Ach, sie ist schön und ohne Makel, sie scheint dir so gut! Es zerreißt dich wie ein Stück Seide, und jedes Kosen und jeder Biß ist wie Feuer ... Oh, die Wonne, darin zu verbrennen ... ja, man brennt auf! Und dann ...» Er blieb auf dem Schnee stehen und öffnete die geballte Faust – «Dann bleibt nichts übrig ... dein Hirn ist dir verkohlt wie Lumpen – und ...» Er blickte um sich mit wunderlich großer Gebärde – «Man brennt ... du verstehst doch, was ich meine ... es ist eine gewaltige Erfahrung, danach kann nichts mehr kommen – und dann ... dann bist du Asche, als hätte dich der Blitz getroffen.» Er ging stumm weiter. Es klang wie Prahlerei, aber in der höchsten Not prahlt der Mensch die Wahrheit.

«Ich wollte um keinen Preis», fing er wieder an, «daß ich es nicht erlebt hätte. Das hat man nun ganz. Und sie ist eine unglaubliche Frau. Wie ich sie dabei hasse! Sonderbar ...»

Birkin sah ihm in das fremde, halb bewußtlose Gesicht. Gerald schien entgeistert über seine eigenen Worte.

«Aber jetzt ist es doch genug?» fragte Birkin. «Die Erfahrung hast du nun. Wozu in der Wunde wühlen?» – «Oh ... ich weiß nicht. Es ist noch nicht zu Ende ...»

Die beiden gingen weiter. «Ich habe dich auch liebgehabt, ebensogut wie sie», sagte Birkin bitter. «Vergiß das nicht.» – Gerald sah ihn an mit fremdem, abwesendem Blick. «So?» kam es in eisiger Skepsis. «Oder denkst du dir das nur?» Er wußte kaum, was er sagte.

Dann kam der Schlitten. Gudrun stieg aus, und sie nahmen alle voneinander Abschied. Sie wollten nicht mehr beisammen sein, keiner hätte noch ein Bedürfnis danach gehabt. Birkin setzte sich, und der Schlitten fuhr weiter, Gudrun und Gerald standen im Schnee und winkten. Birkins Herz wollte erfrieren, als er sie da allein im Schnee stehen und immer kleiner, immer einsamer werden sah.

Verschneit

Als Ursula und Birkin abgereist waren, fühlte sich Gudrun frei zum Kampf mit Gerald. Je länger sie zusammen waren, desto mehr lastete er auf ihr. Im Anfang verstand sie, ihn zu behandeln und ihren Willen stets zu behaupten. Doch sehr bald fing er an, ihre weiblichen Manöver zu übersehen, er beachtete ihre Launen und Heimlichkeiten nicht mehr und tat nur blind und starr, was er wollte.

Schon hatte ein tiefes Zerwürfnis begonnen, das sie beide erschreckte. Aber er stand allein, während sie anfing, sich nach einer äußern Zuflucht umzusehen.

Als Ursula weg war, fühlte Gudrun ihr Ich mächtig und lauter wie eine Naturkraft. Sie zog sich in ihr Zimmer zurück, kniete am Fenster nieder und sah hinauf zu den großen blitzenden Sternen. Vorn lag der matte Schatten des Gebirgsstocks. Das war der Mittelpunkt der Welt. Sie fühlte etwas seltsam Schicksalhaftes in sich, als stünde sie selbst im Mittelpunkt alles Seins, und darüber hinaus gäbe es keine Wirklichkeit.

Da öffnete Gerald die Tür. Sie hatte gewußt, daß er bald kommen würde. Er ließ sie kaum je allein, wie ein Reif legte er sich auf sie, tödlich.

«Ganz allein im Dunkeln?» fragte er. Aus seinem Ton hörte sie, daß er ihr böse war, weil sie allein sein wollte. Doch fühlte sie sich völlig sicher und war freundlich gegen ihn.

«Willst du so gut sein und das Licht anzünden?» sagte sie. Er antwortete nicht, kam zu ihr und blieb im Finstern hinter ihr stehen.

«Sieh doch da oben den schönen Stern», sagte sie. «Weißt du, wie er heißt?» – Er kauerte neben ihr am niedrigen Fenster. «Nein. Wie schön!» – «Nicht wahr? Siehst du die bunten Strahlen ... ein herrliches Gefunkel ...»

Schweigend kauerten sie nebeneinander, und mit einer stummen, schweren Bewegung legte sie die Hand auf sein Knie und nahm seine Hand. «Sehnst du dich nach Ursula?» fragte er. – «Nein, gar nicht.» Dann verlangte sie schlaff: «Sag mir, wie sehr du mich liebhast.» – Er wurde noch eigensinniger: «Wie sehr meinst du wohl?» – «Ich weiß nicht.» – «Was denkst du dir denn?»

Nach einer Pause kam ihre Stimme hart und gleichgültig aus dem Dunkel: «Oh, herzlich wenig.» – Es klang kalt und obenhin, ihm wurde eisig ums Herz. «Warum habe ich dich denn nicht lieb?» fragte er, als ob sie recht hätte; er haßte sie für das Wort. – «Ich weiß nicht warum. Ich bin gut gegen dich gewesen. Du warst in einem furchtbaren Zustand damals, als du zu mir kamst.» Ihr schlug das Herz zum Ersticken, doch war sie stark und gab nicht nach. – «Wann bin ich in einem furchtbaren Zustand gewesen?» – «Als du das erste Mal zu mir gekommen bist. Ich mußte ja Mitleid mit dir haben. Aber Liebe war es niemals.»

Er glaubte wahnsinnig zu werden bei der Erklärung. «Warum mußt du es mir immer wieder sagen, daß du mich nicht liebhast?» fragte er mit erstickter Stimme. – «Und du? Bildest du dir vielleicht ein, daß du mich liebst?» – Er verstummte in kalter Wut. – Du denkst doch nicht etwa, daß du mich lieben kannst!» sagte sie noch einmal in beinah höhnischem Ton. – «Nein.» – «Du weißt, daß du mich nie geliebt hast!» – «Ich weiß nicht, was du mit ‹Liebe› meinst.» – «Doch, das weißt du. Du weißt ganz genau, daß du mich nie geliebt hast. Oder glaubst du doch?» – «Nein», sagte sie in sinnloser Offenheit und Halsstarrigkeit. – «Und du wirst mich auch niemals lieben, nein?» Er war ihrer teuflischen Kälte nicht gewachsen. «Nein», sagte er. – «Nun also, was hast du dann gegen mich?»

Er verstummte in einer kalten Raserei und Verzweiflung, vor der er selbst erschrak. ‹Könnte ich sie umbringen›, flüsterte es wieder und wieder in seinem Herzen. ‹Könnte ich sie nur umbringen – dann wäre ich frei.› Ihm schien, der Tod allein könnte den gordischen Knoten lösen.

«Warum quälst du mich so?» fragte er. Da schlang sie ihm die Arme um den Hals. «Komm, ich will dich doch nicht quälen!» Es klang mitleidig, als tröstete sie ein Kind. Die Frechheit ließ ihm das Blut erstarren, er fühlte nichts mehr. Dies triumphierende Mitleid war kalt wie Stein, sein Ursprung war Haß und Angst vor seiner Macht, die sie immer niederhalten mußte.

«Sag, daß du mich liebhast», drängte sie. «Sag, daß du mich immer liebhaben willst... tu's doch, bitte, bitte!» Ihre Stimme liebkoste ihn, sie selbst war ganz fern, eiskalt, nur begierig, zu zerstören. Einzig ihr despotischer Wille hielt sie an ihm fest.

«Willst du es denn nicht sagen?» schmeichelte sie. «Sag, du willst mich immer liebhaben, sag's doch, auch wenn es nicht wahr ist, bitte, Gerald!»

«Ich will dich immer liebhaben.» Wie im letzten Kampf stieß er die Worte hervor. Rasch gab sie ihm einen Kuß.

«Nun hast du es also wirklich gesagt!» lächelte sie, mit einem Anflug von Spaß. Er stand da, als hätte sie ihn geschlagen. «Versuch doch einmal, mich ein bißchen liebzuhaben und nicht immer nur zu begehren», sagte sie halb verächtlich, halb zärtlich.

Ihm war, als bräche Finsternis in gewaltigen Wogen in seinen Geist ein. Er fühlte sich erniedrigt an der Wurzel seines Wesens, wertlos gemacht. «Du verlangst also nicht nach mir?» – «Du bist so aufdringlich und gar nicht ein bißchen zart und lieb. So grob bist du, ich zerbreche noch daran... du verbrauchst mich ja nur – es ist mir schrecklich.» – «Schrecklich?» wiederholte er. – «Ja. Findest du nicht, ich könnte mein Zimmer für mich haben, jetzt, wo Ursula weg ist? Du kannst doch sagen, du brauchtest ein Ankleidezimmer.» – «Tu, was du willst

– du kannst ja abreisen, wenn du willst», brachte er mühsam heraus. – «Ja, das weiß ich. Du auch. Du kannst von mir weggehen, wann du willst. Du brauchst es mir nicht einmal vorher zu sagen.»

Die schwarzen Fluten brandeten ihm im Kopf, er konnte kaum aufrecht stehen. Eine furchtbare Müdigkeit kam über ihn, und er mußte sich hinlegen. Er zog sich aus und fiel ins Bett wie jemand, den plötzlich der Rausch hinwirft, und die Finsternis wogte auf und ab, als läge er auf dunklem, unruhigem Meer. Eine Weile lag er ganz still und ließ das Schwindelgefühl über sich ergehen, ohne zu denken.

Schließlich kam sie aus ihrem Bett herübergehuscht. Starr lag er da, den Rücken ihr zugekehrt. Er war beinah bewußtlos. Sie umschlang den unheimlichen, gefühllosen Körper und legte die Wange gegen seine harte Schulter. «Gerald», flüsterte sie. «Gerald!»

Er blieb unverändert. Sie zog ihn an sich und drückte ihre Brüste gegen seinen Rücken, sie küßte die Schultern durch den Pyjama hindurch. Die Starrheit des leblosen Körpers erstaunte sie, sie war bestürzt. Doch gab sie nicht nach. Ihr Wille bestand darauf – nicht ihr Gemüt –, daß er ihr ein Wort sagen sollte.

«Gerald, Liebster!» flüsterte sie, über ihn gebeugt, und küßte ihm das Ohr. Als ihr warmer Hauch in regelmäßigen Zügen sein Ohr umspielte, schien die Spannung sich zu lösen. Sie fühlte, wie sein Körper nach und nach ein bißchen weicher wurde und die beängstigende, unnatürliche Starrheit wich. Sie packte ihn an, krampfhaft fuhr ihre Hand über ihn hin.

Das heiße Blut kehrte in seine Adern zurück, die Glieder lösten sich. «Dreh dich um, sieh mich an», flüsterte sie inständig, verzweifelt, triumphierend.

Und endlich gehörte er wieder ihr, warm und geschmeidig. Er drehte sich um und nahm sie in seine Arme. Und als er sie fühlte, wunderbar weich und aufnahmebereit, preßte er sie an sich. Sie war wie zermalmt, in seinen Armen hatte sie keine Macht mehr. Sein Geist schien jetzt hart und unbesieglich wie ein Edelstein, da gab es keinen Widerstand.

Seine Leidenschaft war ihr entsetzlich, hart, grauenhaft unpersönlich, Zerstörung, hoffnungslos. Sie fühlte, es kostete ihr das Leben. Er brachte sie um.

«O Gott, o Gott», entfuhr es ihr in der Angst, als er sie umklammert hielt und sie fühlte, wie er das Leben in ihr erwürgte. Und während er sie küßte und beruhigte, atmete sie kaum noch, als wäre sie wirklich verzehrt und dem Tode nah. ‹Muß ich sterben?› fragte sie sich immer wieder. Und sie fand auf die Frage keine Antwort, im Dunkel nicht und nicht in ihm.

Am nächsten Tag war sie fast vernichtet und doch immer noch hart und feindlich. Sie ging nicht weg, sie wollte seine Macht nicht zugeben und bis an das Ende der Reise bei ihm bleiben. Er ließ sie fast nie allein, er folgte ihr wie ein richtender Schatten, ein unablässiges ‹du sollst›, ‹du sollst nicht›. Manchmal war er der Stärkere, und sie schwand fast dahin wie ein verwehender Wind. Dann war es wieder umgekehrt. Ein ewiges Hin und Her, immer mußte einer zerbrochen sein, damit der andre lebte, der eine fühlte sich bestätigt, wenn der andre nichts war.

‹Schließlich›, sagte sie sich, ‹gehe ich weg von ihm.› – ‹Ich kann mich losmachen›, sagte er zu sich selbst in der höchsten Qual.

Und er nahm es sich vor. Er dachte sogar daran, wegzufahren und sie heimlich zu verlassen. Aber zum erstenmal war ein Bruch in seinem Willen: ‹Wo soll ich hin?›

‹Bist du dir denn nicht selbst genug›, hielt er sich vor und rief seinen Stolz zu Hilfe. ‹Dir selbst genug!› Er hatte das Gefühl, Gudrun wäre sich selbst genug, in sich fertig und abgeschlossen wie ein Schmuckstück in seinem Kästchen. Er erkannte das mit ruhiger, vernünftiger Seele und gestand ihr zu als ihr gutes Recht, in sich selbst vollendet und ohne Verlangen zu sein. Er begriff es und nahm es hin, es bedurfte nur noch eines letzten Aufschwungs, und er erreichte es auch. Sein Wille brauchte nur einmal zuzupacken, dann konnte auch er sich auf sich selbst zurückwenden und fest werden wie ein Stein, unzugänglich, in sich vollendet, abgesondert von aller Welt.

Die Erkenntnis stürzte ihn in fürchterliche Verworrenheit. Ja, man konnte unverwundbar und in sich abgeschlossen sein: aber so sehr er es auch mit dem Verstand wollte, er sehnte sich nicht danach und konnte es nicht wirklich machen. Er sah wohl ein, daß er von Gudrun vollkommen frei werden müßte, wenn er überhaupt leben wollte. Er mußte sie verlassen können, wenn das ihr Wunsch war, und durfte nichts von ihr verlangen und fordern.

Aber um nichts von ihr zu fordern, mußte er ganz allein stehen, in reinem Nichts. Bei dem Gedanken versagte ihm der Geist: dann würde er nichts mehr sein. Oder er könnte nachgeben und versuchen, ihr zu gefallen. Und schließlich könnte er sie ermorden. Dann gab es noch die Möglichkeit, einfach gleichgültig zu werden und ohne Sinn und Ziel sich an den Augenblick wegzuwerfen. Aber seine Natur war zu ernst, nicht leicht, nicht fein genug für die Liederlichkeit des Überlegenen.

Ein seltsamer Riß klaffte in ihm. Wie ein Opfertier, das aufgeschlitzt den Göttern gespendet wird, so war er auseinandergerissen und Gudrun geschenkt worden. Wie sollte er wieder heil werden? Die Wunde, der geheimnisvolle, unendlich empfindliche Riß in seiner Seele, wo er wie eine Blume der ganzen Welt offen und seiner Ergänzung, dem andern, Unbekannten, ausgeliefert war – diese Wunde, wo er bloßlag, wo aufgeschlagen war, was ihn einhüllte und schützte, wo er Mangel, wo er Grenzen hatte und nicht vollendet war –, sie war seine grausamste Freude. Warum sollte er darauf verzichten und sich zuschließen, unzugänglich werden, immun, ein Teil nur des Ganzen, eingesperrt in seiner Hülle, wenn er doch hervorgebrochen war wie ein Keim, um ins Wesen hineinzuwachsen und den Himmel zu umfassen, den kein Auge gesehen hat?

Die ungestillte Seligkeit seines Verlangens wollte er behalten, mit all der Qual, die sie ihm schuf. Ein sonderbarer Eigensinn hielt ihn in Fesseln: er wollte nicht von ihr weggehen, was sie auch sagen und tun mochte. Sie war das Bestimmende seines Wesens. Wenn sie ihn auch mit Verachtung behandelte und ihn immer wieder von sich stieß und sich ihm versagte, er wollte sie doch nie verlassen. War er nur in ihrer Nähe, dann fühlte er, wie er sich belebte und über sich hinauswuchs, dann fühlte er die Erlösung – seine eigene Unzulänglichkeit und den Zauber der Verheißung – und drang zugleich ein in das Geheimnis seines Untergangs.

Sie peinigte sein ungeschütztes Herz, selbst wenn er auf sie einging, – und peinigte sich selbst. Vielleicht war ihr Wille der stärkere. Sie hatte ein entsetzliches Gefühl, als zerpflücke er die Knospe ihres Herzens, als risse er sie auf, wie ein Unhold, der den Menschen verachtet und doch nicht von ihm abläßt. Wie ein Knabe, der einer Fliege den Flügel ausreißt, der eine Knospe zerpflückt, um zu sehen, was in der Blüte ist, riß er an den Geheimnissen ihrer Person, an ihrem Leben. Sie mußte daran zugrunde gehen, wie eine unreife Knospe stirbt, wenn man sie vorzeitig öffnet.

Vielleicht könnte sie sich ihm öffnen, nach langer Zeit, in ihren Träumen, wenn sie ein körperloses Wesen wäre. Jetzt aber durfte er ihr keine Gewalt antun, er sollte sie nicht zugrunde richten. Sie verschloß sich leidenschaftlich gegen ihn.

Eines Abends stiegen sie zusammen den steilen Abhang hinauf, um den Sonnenuntergang zu sehen. Sie standen in dem feinen, scharfen Wind und sahen die gelbe Sonne in Purpur tauchen und verschwinden. Dann glühten im Osten die Zacken und Kämme vor dem braunpurpurnen Himmel wie himmlische Blüten in lebendigem Rosenrot, ein feuriges Wunder, während tief unten die Welt in Dämmerung verblaute und ein rosiger Nebel darüber hinzog, selig wie eine Verkündung.

Sie empfand die Schönheit wie einen Wahnsinn, sie wollte die glühenden, ewigen Firnen an ihre Brust drücken und sterben. Er sah die Berge auch, und sah, wie schön sie waren. Aber es weckte keinen Widerhall in seiner Brust, nur bittere Phantasien. Er wünschte, die Firnen wären grau und häßlich, damit sie nicht ihre Kraft aus ihnen ziehen könnte. Warum mußte sie die Abendglut umarmen und damit sich selbst und ihn so furchtbar verraten? Warum ließ sie ihn da stehen in dem eisigen Wind, der ihm ins Herz wehte wie Tod, und suchte ihre Freude bei den rosigen Gipfeln?

«Was ist uns das Abendlicht?» sagte er. «Was betest du es an? Ist es dir so wichtig?» – Sie fuhr zurück in Scham und Zorn. «Geh, laß mich allein! Wie schön, wie schön», fuhr sie fort in seltsam singenden, überschwenglichen Tönen, «etwas Schöneres habe ich nie gesehen. Stell dich nicht zwischen mich und diesen Abend. Geh weg, du gehörst nicht hierher...»

Er trat ein wenig zurück, und sie stand da, statuenhaft entrückt in die mystische Glut der untergehenden Sonne. Er wartete. Alles konnte er aufgeben, nur nicht das Verlangen.

«Das war das Schönste, was ich je im Leben gesehen habe», sagte sie mit kalter, brutaler Stimme, als sie sich endlich nach ihm umwandte. «Empörend, daß du mir das verderben willst! Wenn du es selbst nicht sehen kannst, warum auch mich davon ausschließen?»

«Eines Tages», sagte er weich und sah sie an, «verderbe ich dich, wenn du dastehst und in die untergehende Sonne siehst – weil du so lügst.» Eine leise, brünstige Verheißung lag für ihn in den Worten. Es überlief sie kalt, aber sie blieb stolz. – «Oho! Ich habe keine Angst vor deinen Drohungen!»

Sie versagte sich ihm und hielt sich streng für sich in ihrem Zimmer. Doch er wartete in einer seltsamen Geduld, die ein Teil seines Verlangens war. ‹Schließlich›, sagte er sich, und es war ein wirkliches, inbrünstiges Versprechen, ‹wenn es soweit ist, mache ich ein Ende mit ihr.› Im Vorgefühl davon bebte er leise an allen Gliedern, so wie er in der wildesten Leidenschaft bebte, wenn er ihr nahe kam und sie heißer begehrte, als er ertragen konnte.

Inzwischen stand sie die ganze Zeit in einem eigentümlich untertänigen Verhältnis zu Loerke, das einen Stich ins Hinterhältige, Verräterische hatte. Gerald wußte davon. Aber weil er im Augenblick so unnatürlich geduldig war und durchaus nicht hart gegen sie werden wollte, ließ er es gehen, wenn ihn auch bei der sanften Güte, mit der sie den andern Mann behandelte, den er haßte wie ein schädliches Insekt, immer wieder ein Schauder überlief.

Er ließ sie nur allein, wenn er zum Skifahren ging, das er sehr liebte und das sie nicht mitmachte. Ihm war dann zumute, als flöge er aus dem Leben hinaus ins Jenseits. Wenn er wegging, unterhielt sie sich viel mit dem kleinen deutschen Bildhauer, immer über denselben Gegenstand, ihre Kunst.

Sie hatten fast den gleichen Geschmack. Er konnte Mestrovič nicht ausstehen, die Futuristen befriedigten ihn nicht, seine Vorliebe waren westafrikanische Holzschnitzereien und die aztekische Kunst, sowohl in Mexiko wie in Mittelamerika. Er hatte einen Blick für das Groteske und konnte sich berauschen an allerlei merkwürdigen Mechanismen, an allem Naturwidrigen. Die beiden spielten ein sonderbares Spiel miteinander, mit halben Worten und halben Blicken, als wären sie allein eingeweiht in die furchtbaren innersten Geheimnisse des Lebens, die die Welt nicht zu erkennen wagte. Ihr Umgang war ein seltsames, kaum verständliches Geplänkel mit Andeutungen, sie erregten sich immer wieder an der feinen Sinnlichkeit der Ägypter und Mexikaner: ein subtiles Hin- und Widerwinken, das über Wink und Lockung nie hinausgehen sollte. Aus der Färbung der Worte und Gebärden sogen sie höchste Befriedigung für die Nerven, aus einem wunderlichen Austausch halb gesagter Gedanken, verschwiegener Blicke, bedeutsamer Ausdrücke und Bewegungen, den Gerald nicht verstand und der ihm ganz unerträglich war. Ihm fehlten die Begriffe, in denen er über die beiden nachdenken konnte, die seinen waren zu grob.

Das Berückende Jahrtausende alter Kunst war ihr Heiligtum, dem innern Geheimnis der Empfindungen galt ihre Andacht. Kunst und Leben waren für sie das Wirkliche und das Unwirkliche.

«In Wirklichkeit», sagte Gudrun, «kommt es doch auf das Leben gar nicht an ... im Mittelpunkt steht für uns die Kunst. Was man im Leben tut, ist kaum von Belang, es bedeutet nicht viel.» – «Ganz richtig», antwortete der Bildhauer. «Was wir in der Kunst leisten, das ist der Atem unsres Lebens; was wir im Leben tun, sind Bagatellen, über die das Publikum sich aufregen mag.»

Gudrun fühlte sich merkwürdig gehoben und frei bei solchen Gesprächen, sie hatte das Gefühl, für die Dauer festen Grund gefunden zu haben. Gerald war natürlich eine Bagatelle. Die Liebe gehörte zu den zeitlichen Dingen im Leben, außer, wo die Kunst mit im Spiel war. Sie dachte an Kleopatra – Kleopatra mußte eine Künstlerin gewesen sein. Sie hatte aus den Männern das Wesentliche, das Äußerste an Empfindung geschöpft und die Hülse weggeworfen. Maria Stuart dagegen und die große Rachel, die nach dem Theater aufgelöst ihren Liebhabern in die Arme sank, waren die populären Göttinnen der Liebe. Was war der Liebhaber schließlich anderes als Stoff für die feinsten Wonnen des Wissens, für die weibliche Kunst vollen sinnlichen Verständnisses!

Eines Abends politisierte Gerald mit Loerke über Italien und Tripolis. Der Engländer war eigentümlich reizbar, der Deutsche erregt. Es war ein Streit mit Worten, im Grunde aber ein Kampf zwischen den beiden Naturen, und die ganze Zeit sah Gudrun in Gerald die anmaßende Verachtung des Engländers für den Fremden. Obwohl Gerald bebte, obwohl seine Augen blitzten und das Blut ihm in die Wangen stieg, lag so viel Schroffheit in seinen kurzen Worten, so viel wilde Verachtung in seiner Art und Weise, daß Gudrun aufflammte und Loerke sich gekränkt fühlte und heftig wurde. Denn Geralds Behauptungen fielen wie Hammerschläge: all und jedes, was der kleine Deutsche sagte, war nichts als armseliger Blödsinn.

Schließlich wandte sich Loerke an Gudrun, hob die Hände mit ironischer Demut, zuckte die Achseln und deutete an, daß er dagegen nicht aufkommen könnte. Etwas kindlich Hilfesuchendes lag in der Bewegung.

«Sehen Sie, gnädige Frau ...» fing er an. – «Bitte, sagen Sie nicht immer gnädige Frau», fiel Gudrun ihm auf deutsch ins Wort mit blitzenden Augen und brennenden Wangen. Wie ein lebendig gewordener Medusenkopf sah sie aus. Ihre Stimme schallte, die andern Gäste sahen sich nach ihr um. «Bitte, nennen Sie mich nicht mehr Mrs. Crich!» Der Name hatte sie die ganze Zeit unerträglich beschämt und in Verlegenheit gesetzt, vor allem aus Loerkes Mund.

Die beiden Männer sahen sie entsetzt an, Gerald wurde bleich bis an den Backenknochen. «Was soll ich denn sagen?» fragte Loerke weich, spöttisch, bedeutsam. – «Sagen Sie nur das nicht», kam es dumpf, ihre Wangen waren dunkelrot.

In Loerkes Gesicht dämmerte es, sie sah, er hatte verstanden. Sie war also nicht Mrs. Crich! Ach so, daraus erklärte sich viel. «Soll ich Fräulein sagen?» fragte er boshaft. – «Verheiratet bin ich nicht», antwortete sie mit einigem Hochmut.

Nun klopfte ihr das Herz, es bebte wie ein verscheuchter Vogel. Sie wußte, sie hatte Gerald grausam verwundet, und konnte es nicht ertragen.

Gerald saß aufrecht da, ganz unbeweglich, sein Gesicht war bleich und still wie eine Marmorbüste. Er bemerkte sie nicht, auch Loerke nicht oder sonst jemand. Loerke duckte sich und blickte verstohlen empor, mit gesenktem Kopf.

Gudrun quälte sich, etwas zu sagen, um die Stockung zu überwinden. Sie verzog das Gesicht zu einem Lächeln und blickte anzüglich, fast höhnisch zu Gerald hinüber: «Es ist doch das beste, die Wahrheit zu sagen!»

Jetzt war sie wieder in seiner Gewalt: sie hatte ihm den vernichtenden Schlag versetzt und wußte nicht, wie er es aufnahm. Sie beobachtete ihn, er war ihr interessant. Für Loerke hatte sie kein Auge mehr.

Endlich stand Gerald auf und ging gelassen zum Professor. Die beiden fingen an, sich über Goethe zu unterhalten.

Die Schlichtheit von Geralds Benehmen an dem Abend reizte sie eigentlich. Er schien weder böse noch angewidert, nur eigentümlich rein und kindlich sah er aus, schön. Solchen klaren, fernen Ausdruck hatte er manchmal, und er nahm sie immer gefangen.

Unruhig wartete sie den ganzen Abend. Sie dachte, er würde ihr aus dem Weg gehen und sie seinen Unwillen fühlen lassen. Aber er sprach ganz einfach und ruhig mit ihr wie mit jedem andern im Zimmer. Seine Seele war fern, etwas wie Friede wohnte darin.

Voll heißer, wilder Liebe ging sie in sein Zimmer. Er war so schön und unzugänglich. Er küßte sie, er hatte sie lieb, sie genoß ihn unendlich; aber er kam nicht wieder zu sich, er blieb fern und unberührt. Sie wollte mit ihm reden. Doch seine reine, schöne Unbewußtheit hielt sie ab. Sie war gequält und düster.

Am nächsten Morgen aber sah er sie mit ein wenig Widerstreben an, ein Schatten von Abscheu und Haß lag dunkel über seinen Augen. Da zog sie sich wieder in die Kampfstellung zurück. Er aber mochte sich immer noch nicht gegen sie aufraffen.

Loerke wartete jetzt auf sie. Der kleine Künstler, der in seiner festen

Schale ein abgesondertes Leben führte, empfand, daß hier endlich eine Frau war, von der er etwas haben könnte. Er hatte keine Ruhe mehr, ungeduldig wartete er darauf, mit ihr zu reden, und wußte es schlau dahin zu bringen, daß er viel in ihrer Nähe war. Ihre Gegenwart regte ihn an, er umkreiste sie geschickt, als hätte sie eine geheimnisvolle Anziehungskraft.

Im Hinblick auf Gerald hatte er nicht das geringste Mißtrauen zu sich selbst. Gerald gehörte ja nicht dazu. Loerke haßte ihn nur, weil er reich und stolz war und gut aussah. All das, Reichtum, gesellschaftlicher Hochmut und ein schönes Äußeres trafen aber nicht den Kern. Wenn es um die Beziehung zu einer Frau wie Gudrun ging, dann wußte er, Loerke, besser, wie man es anfing, und hatte eine Macht, die Gerald sich niemals träumen ließ.

Wie konnte Gerald hoffen, eine Frau von Gudruns Kaliber glücklich zu machen? Meinte er, daß ihm da sein Stolz, sein Herrenwille oder seine Körperkraft helfen könnten? Loerke wußte ein Geheimnis, mit dem sich all das nicht messen konnte. Die stärkste Macht ist fein und weiß sich anzupassen, sie greift den Gegner nicht blindlings an. Und er, Loerke, hatte Verstand, wo Gerald ein Esel war; er konnte in Tiefen eindringen, von denen Gerald keine Ahnung hatte. Wie ein Bettler im Vorhof des Tempels mußte Gerald zurückbleiben vor den Schranken des Mysteriums dieser Frau. Doch er, Loerke, konnte eindringen in das dunkle Innerste, konnte das Weib in seinem tiefen Verlies aufspüren und dort mit ihm ringen, mit der großen Schlange, die im Herzen des Lebens aufgerollt schläft.

Was will denn eine Frau im Grunde? Erfolg, Wirkung unter den Menschen? Oder gar eine Verbindung in Liebe und edler Gesinnung? Wollte sie ‹das Gute›? Wer das von Gudrun annehmen konnte, war sehr dumm. Das war die Fassade ihrer Wünsche. Doch brauchte man nur über die Schwelle zu gehen, und man fand sie ganz und gar zynisch in bezug auf die menschliche Gesellschaft und das, was sie bieten konnte. Wer drinnen war im Haus ihrer Seele, atmete eine scharfe, beizende Luft, eine schwüle Nacht des Gefühls und eine emsige, kritisch feine Bewußtheit, die die Welt verzerrt sah, grauenhaft.

Also was denn? Die blinde Gewalt bloßer Leidenschaft? Nein, sondern das feine Prickeln des Sinkens. Ein ungebrochener Wille mußte auf ihren ungebrochenen Willen wirken mit tausend feinsten Schaudern des Verderbens, mit den abgefeimtesten Geschäften des Zerpflückens und Niederreißens im dunklen Innern, während die äußere, individuelle Schale ganz unverändert blieb, sogar sentimental in der Art, sich zu geben.

Doch ist die Reihe reiner Gefühlserfahrungen zwischen zwei Menschen immer begrenzt. Wenn die höchste Stufe sinnlichen Reagierens einmal nach irgendeiner Richtung erreicht ist, dann kann es nie darüber hinausgehen. Dann bleibt nur übrig, daß sich dasselbe wiederholt, daß die beiden Helden der Komödie auseinandergehen, daß ein Wille sich den andern unterwirft – oder der Tod.

Gerald war in alle Außenwerke von Gudruns Seele eingedrungen. Er war für sie der höchste Vertreter der bestehenden Welt, das Nonplusultra der Welt der Männer, wie sie sie sah. In ihm kannte sie die Welt und war mit ihr fertig. Und weil sie ihn ganz kannte, sah sie sich wie Alexander nach neuen Welten um. Doch neue Welten gab es nicht. Es gab keine andern Männer, nur noch Kreaturen, kleine, niedrigste Kreaturen wie Loerke. Die Welt war für sie ausgeschöpft. Nun blieb ihr nur noch die innere Nacht des Individuums, das im Ich eingesperrte Gefühl, das religiös-obszöne Mysterium des Sinkens, die geheimen galvanischen Vorgänge der teuflischen Zerrüttung, die die lebendige, organische Form des Lebens auflöst.

All dessen war Gudrun im Unterbewußtsein inne. Sie kannte den nächsten Schritt – wohin sie wollte, wenn sie Gerald verließ, das war ihr klar. Sie hatte Angst, Gerald könnte sie umbringen, und sie wollte sich nicht umbringen lassen. Ein feiner Faden verband sie noch mit ihm, und zerrissen werden sollte er, aber nicht durch ihren Tod. Sie mußte weiter, ihr blieb noch eine erlesene Erfahrung langsam zu ernten, undenkbare Feinheiten des Gefühls kennenzulernen, ehe sie vollendet war.

Der höchsten Feinheiten war Gerald nicht fähig; er konnte ihr Innerstes nicht anrühren. Aber wohin seine derbern Schläge nicht drangen, da fand Loerke Einlaß mit der feinen, behutsam eingeführten Klinge seines insektenhaften Verständnisses. Jedenfalls war es jetzt Zeit, zu dem andern überzugehen, zu dieser Kreatur, dem mächtigsten aller Hexenmeister. Sie wußte, in seiner tiefsten Seele hatte Loerke mit nichts in der Welt einen Zusammenhang, für ihn gab es weder Himmel noch Erde, noch Hölle. Er kannte keine Verpflichtung, er hängte sich an nichts, und weil er von allem andern absehen konnte, war er in sich unbedingt.

In Geralds Seele dagegen war immer noch eine Anhänglichkeit an die andern, an das Ganze. Und das war seine Beschränkung. Er war begrenzt, *borné*, untertan einem innersten Bedürfnis nach dem Guten und Rechtschaffenen, nach Einssein mit dem höchsten Sinn. Daß der höchste Sinn die unvermischte, tiefste Erfahrung des allmählich fortschreitenden Todes sein könnte, bei ungebrochnem Willen, das konnte er nicht anerkennen. Und das war seine Beschränkung.

Loerke war voll lauernden Triumphs, seitdem Gudrun gesagt hatte, daß sie nicht mit Gerald verheiratet wäre. Der Künstler war um sie wie ein schwebendes Insekt, das im Begriff ist, sich niederzulassen. Er kam ihr nicht gewaltsam nahe, nie tat er etwas zur unrechten Zeit. In der tiefen Finsternis seiner Seele leitete ihn ein sicherer Instinkt, dort hatte er einen geheimen Austausch mit ihr, unmerklich, aber fühlbar in seiner Wirkung.

Während zweier Tage unterhielt er sich mit ihr und setzte die Gespräche über Kunst und Leben fort, an denen sie beide soviel Freude hatten. Sie rühmten das Vergangene und sogen aus seiner vollendeten Form ein sentimentales, kindisches Entzücken. Vor allem liebten sie das späte achtzehnte Jahrhundert, die Zeit Goethes und Shelleys, und Mozart.

Sie spielten mit der Vergangenheit und ihren großen Gestalten zu ihrem Vergnügen ein kleines Schachspiel, sie spielten Puppentheater. Die großen Männer waren ihre Marionetten, sie selber waren Gott und machten das ganze Drama. Von der Zukunft sprachen sie nie, höchstens gab einer von ihnen lachend einen Spaßtraum von der Zerstörung der Welt zum besten, wie es durch irgendeine menschliche Erfindung zu einer lächerlichen Katastrophe käme: jemand fabrizierte einen so fabelhaften Sprengstoff, daß die Erde in zwei Hälften auseinanderflog und jede in andrer Richtung in den Weltenraum hineinsauste, zum Entsetzen ihrer Bewohner. Oder die Menschen teilten sich in zwei Hälften und jede entschied, daß sie selber vollkommen wäre und recht hätte und die andre Hälfte an allem die Schuld trüge und zerstört werden müßte: eine andre Form des Weltuntergangs. Oder Loerkes Angsttraum, daß die Welt ganz kalt würde und es überall schneite, und nur weiße Geschöpfe, Eisbären und Weißfüchse und Menschen, die wie schreckliche weiße Schneevögel aussähen, am Leben blieben in grausamer Kälte.

Solche Märchen waren das einzige, was sie über die Zukunft zu sagen wußten. Ihr höchstes Entzücken waren entweder Spottbilder der Zerstörung oder schöne, sentimentale Puppenszenen aus der Vergangenheit. Es war eine seelenvolle Wonne, die Welt Goethes in Weimar wieder aufzubauen, oder Schiller heraufzubeschwören – Armut und treue Liebe –, oder Jean-Jacques – heilige Schauer –, oder Voltaire in Ferney, oder Friedrich den Großen, wie er seine eignen Gedichte vorliest.

Sie redeten stundenlang über Literatur und Skulptur und Malerei, und vergnügten sich zärtlich mit Flaxman und Blake und Fuseli, mit Feuerbach und Böcklin. So hätten sie ihr Leben lang weiterreden können. Sie hatten das Gefühl, das Leben der großen Künstler in petto noch einmal zu leben. Im achtzehnten und neunzehnten Jahrhundert verweilten sie am liebsten.

Die Unterhaltung wurde in einem Gemisch von Sprachen geführt. Die Grundlage war auf beiden Seiten Französisch. Aber Loerke schlingerte am Ende seiner Sätze ein bißchen im Englischen herum und landete dann in seiner Muttersprache, während Gudrun sich kunstvoll bis an den Schluß ihrer Sätze wand mit allem, was ihr gerade einfallen wollte. Sie hatte eine eigne Freude an dem Durcheinander. Da gab es eine Fülle von schiefen, phantastischen Ausdrücken, von Doppelsinn, von umgangenen Deutlichkeiten, von verführerischer Unbestimmtheit. Es war ihr wirklich ein körperlicher Genuß, aus den verschieden farbenen Fasern dreier Sprachen den Faden des Gesprächs zu spinnen.

Und dabei schlichen die beiden immerfort um das Feuer einer noch unsichtbaren Erklärung herum. Er verlangte danach, doch hielt ihn ein Widerstreben zurück, dessen er nicht Herr werden konnte. Auch sie wünschte es, aber sie wollte es aufschieben, hinausschieben bis in unbestimmte Ferne. Immer hatte sie noch Mitleid mit Gerald, noch eine Beziehung zu ihm. Und das Schlimmste war, sie hatte rückblickend ein sentimentales Mitleid mit sich selbst in Verknüpfung mit ihm. Um des Vergangenen willen fühlte sie sich an ihn gebunden mit unsichtbaren, ewigen Fäden – weil all das zwischen ihnen geschehen war, weil er damals in der ersten Nacht in seiner Not zu ihr gekommen war in ihr Haus, weil...

Geralds Abscheu vor Loerke wurde mit der Zeit übermächtig. Er nahm den Kerl nicht ernst, er hätte ihn bloß verachtet, wenn er nicht in Gudruns Adern seinen Einfluß gespürt hätte. Das Gefühl aber, daß Loerkes Wesen Gudrun beherrschte, machte ihn wild.

«Was findest du eigentlich an diesem Geschmeiß?» fragte er in ehrlicher Verwirrung. Er als Mann konnte an Loerke überhaupt nichts Anziehendes oder Bedeutendes entdecken. Er suchte immer nach etwas Schönem und Edlem, aus dem er sich die Macht über eine Frau erklären wollte, und hier sah er nur insektenhaft Abstoßendes.

Gudrun schoß das Blut in die Wangen, einen solchen Angriff konnte sie nie verzeihen. «Was soll das heißen? Herrgott, das Glück, daß ich nicht mit dir verheiratet bin!» – Die Spöttelei und Verachtung in ihrem Ton traf ihn wie ein Stich. Ihm stockte der Atem. Doch faßte er sich wieder.

«Sag mir, um alles in der Welt –» es klang gefährlich dumpf – «sag mir, womit er dich in seinem Bann hält.» – «Ich bin gar nicht in seinem Bann», wies sie ihn ab, mit kalter Unschuld. – «Das bist du doch. Du bist dieser trocknen kleinen Schlange verfallen wie ein hypnotisierter Vogel, der gleich in ihren Rachen fliegt.»

Sie sah ihn an in finsterer Wut. «Du hast keine Betrachtungen über mich anzustellen, das paßt mir nicht.» – «Ob es dir paßt oder nicht, ist mir gleich. Das ändert nichts an der Tatsache, daß du vor dem Wurm niederfallen und ihm die Füße küssen möchtest. Ich will dich auch gar nicht daran hindern... tu es doch, fall hin auf deine Knie, küß ihm die Füße! Aber wissen will ich, womit er dich festhält... was ist es?»

Sie erstickte vor Wut. «Du wagst mir zu drohen, du Großmaul, du Junkerseele? Was du wohl für ein Recht über mich hast!» Sein Gesicht war bleich, es sprühte darin; an dem Licht in seinen Augen sah sie, daß sie in seiner Macht war – das war der Wolf! Und darum haßte sie ihn mit einer solchen Gewalt, daß sie kaum begriff, warum es ihn nicht totschlug. Wenn es nach ihrem Willen ginge, so wäre er auf der Stelle tot, weg, als wäre er nie dagewesen.

«Von Recht ist hier nicht die Rede», sagte Gerald und setzte sich auf einen Stuhl. Sie sah zu, wie er die Stellung wechselte. Dieser feste, maschinenhafte Körper war ihr in seinen Bewegungen wie ein Albdruck; ihr Haß war mit tödlicher Verachtung gemischt.

«Es handelt sich nicht um ein Recht auf dich... obwohl ich einiges Recht habe, vergiß das nicht. Ich will nur wissen, was dich diesem ekligen kleinen Bildhauer da unten so in die Hand gibt. Was macht dich so klein, daß du dich vor ihm am Boden windest? Ich will wissen, was das ist, wonach du kriechst.»

Sie stand am Fenster und hörte zu. Dann wandte sie sich um. «So?» sagte sie so obenhin, so verletzend wie möglich. «Das möchtest du wissen? Er versteht etwas von Frauen, weil er nicht dumm ist! Daher kommt es.» – Ein unheimliches, tierisches Lächeln erschien auf Geralds Gesicht. «Was der wohl versteht! Er hat einen Verstand wie ein Floh, ein hüpfender Floh mit einem Saugrüssel. Ich sehe nicht ein, daß du vor einem Flohverstand auf dem Bauch rutschen müßtest.»

Gudrun fiel Blakes Darstellung der «Seele eines Flohs» ein, und sie versuchte Loerke damit in Übereinstimmung zu bringen. Blake war auch ein Hanswurst. – Aber sie mußte Gerald antworten. «Meinst du nicht, ein Floh versteht mehr als ein Dummkopf?» – «Dummkopf?» wiederholte er. – «Jawohl, ein arroganter Dummkopf» – Dummkopf sagte sie auf deutsch. – «Bin ich ein Dummkopf? Meinetwegen! Lieber als so ein Floh wie der da unten.»

Sie sah ihn an. Eine gewisse stumpfe, blinde Dummheit in seiner Natur hemmte sie, dagegen kam sie nicht auf. «Du, damit blamierst du dich», sagte sie. – Er saß da, verwundert. «Bald gehe ich», sagte er. – Da brach sie los: «Du weißt doch, ich bin ganz unabhängig von dir... ganz mein eigner Herr. Mach du deine Pläne, ich mache meine.»

Er überlegte. «Du willst damit sagen, wir kennen uns von jetzt an nicht mehr?» – Sie stutzte und wurde rot. Er stellte ihr eine Falle, er wollte sie zwingen, ihre Karten aufzudecken. Sie wandte sich nach ihm um. «Uns nicht mehr kennen, davon kann nie die Rede sein. Wenn du aber etwas ohne mich unternehmen willst, sollst du wissen, daß ich dir nichts in den Weg lege. Bitte, nimm nur ja keine Rücksicht auf mich.»

Ein so leiser Hinweis darauf, daß sie ihn brauchte und noch von ihm abhängig war, genügte, um die Leidenschaft wieder aufzuwecken. Eine Veränderung ging mit seinem Körper vor, er konnte nicht wehren, daß der heiße Strom ihm die Adern heraufstieg. Innerlich stöhnte er in seinem Joch, aber es war ihm teuer. Er sah sie mit hellen Augen an, erwartungsvoll.

Sie wußte sofort, was vorging, und schauderte in kaltem Widerstreben. Wie konnte er sie mit so hellen, warmen Augen ansehen und auch jetzt noch auf sie warten! Die Worte, die gefallen waren, genügten sie denn nicht, um sie durch eisige Welten voneinander zu scheiden? Und doch war er ganz gelöst, erregt, und wartete auf sie.

Es verwirrte sie. Sie wandte den Kopf und sagte: «Ich gebe dir jedenfalls Bescheid, wenn ich neue Entschlüsse fasse...» und ging aus dem Zimmer.

Er blieb sitzen, in einem feinen Schauder der Enttäuschung, der ihm nach und nach das Denken lähmte. Doch hielt seine unbewußte Geduld immer noch stand. Unbeweglich saß er da, lange Zeit, ohne Gedanken, ohne von sich zu wissen. Dann stand er auf, ging hinunter und spielte Schach mit einem der Studenten. Sein Gesicht war offen und klar, mit dem Zug von unschuldigem *laisser aller*, den Gudrun kannte und bei dem ihr am wenigsten wohl war. Dann hatte sie beinah Angst vor ihm und haßte ihn deswegen.

Nach diesem Gespräch fing Loerke, der bisher nie eine persönliche Frage an sie gerichtet hatte, plötzlich an, sich nach ihren Angelegenheiten zu erkundigen. «Sie sind gar nicht verheiratet, nicht wahr?» – Sie sah ihm voll in die Augen. «Nicht im mindesten.» Es klang gemessen, wie immer. Loerke lachte und legte sein Gesicht in wunderliche Falten. Eine dünne Haarsträhne hing ihm in die Stirn, sie merkte, daß seine Haut, seine Hände, seine Handgelenke hellbraun waren. Richtige Greifhände hatte er, die aussahen wie ein Topas, bräunlich und sonderbar durchscheinend.

«Gut!» sagte er. Noch immer kostete es ihn einigen Mut, fortzufahren. «Ist Mrs. Birkin Ihre Schwester?» – «Ja.» – «Ist sie denn verheiratet?» – «Ja, sie ist verheiratet.» – «Und Ihre Eltern?» – «Ja», sagte Gudrun, «unsre Eltern leben noch.» Und sie erzählte ihm kurz und wortkarg von ihren persönlichen Verhältnissen. Er beobachtete sie scharf, voll Neugier.

«So!» sagte er überrascht. «Und ist Herr Crich vermögend?» – «Ja, sehr reich, er hat Kohlenbergwerke.» – «Wie lange dauert denn die Freundschaft schon?» – «Ein paar Monate.»

Dann kam eine Pause. «Hm, das hätte ich nicht gedacht», sagte er schließlich. «Ich glaubte, die Engländer wären so... kalt. Und was haben Sie vor, wenn Sie von hier weggehen?» – «Was ich dann vorhabe?» wiederholte sie. – «Ja. Unterrichten können Sie nicht wieder», er zuckte die Achseln, «entschieden nicht. Das überlassen Sie nur der *canaille*, die zu nichts anderem taugt. Sie... ja, Sie wissen doch, daß Sie eine ganz ungewöhnliche Frau sind, eine bedeutende Frau! Warum also Ihr Licht unter den Scheffel stellen – warum sich überhaupt Gedanken machen? Sie sind ein ungewöhnlicher Mensch und sollten nicht den gewöhnlichen Weg durch das gewöhnliche Leben gehen!»

Gudrun war rot geworden und blickte auf ihre Hände. Es gefiel ihr, daß er ihr so schlicht sagte, sie wäre eine ungewöhnliche Frau. Schmeichelei konnte das nicht sein – dazu hatte er eine zu hohe Meinung von sich und war von Natur viel zu sachlich. Er sagte es in demselben Ton, wie er von einer Skulptur gesagt hätte, sie wäre schön: weil er wußte, daß es so war.

Es freute sie, daß er es sagte. Die andern Leute wollten immer alles über einen Kamm geschoren haben, keiner durfte anders sein als die andern. In England war es guter Ton, ganz alltäglich zu sein. Es war ihr eine Erleichterung, daß sie als etwas Besonderes galt, dann brauchte sie sich um den gewöhnlichen Maßstab nicht weiter zu kümmern.

«Ja, sehen Sie», sagte sie, «ich habe keinen Pfennig Geld.» – «Ach Geld!» Er zuckte die Achseln. «Wenn man erwachsen ist, liegt das Geld überall auf der Straße. Zu den Seltenheiten gehört es nur, solange man noch klein ist. Machen Sie sich doch darum keine Gedanken! Geld gibt's überall.» – «So?» lachte sie. – «Jederzeit. Dieser Gerald gibt Ihnen schon etwas, wenn Sie ihn darum bitten...» – Sie wurde dunkelrot. «Ich bitte jemand anders –» es kam etwas mühsam heraus – «nicht gerade ihn.» – Loerke sah sie scharf an. «Schön. Dann jemand anders. Nur gehen Sie nicht wieder nach England zurück, da in diese Schule. Das wäre eine Dummheit.»

Wieder kam eine Pause. Er hatte Angst, sie geradeheraus zu fragen, ob sie mit ihm käme; er war nicht einmal ganz sicher, ob er sie haben wollte. Und sie hatte Angst, daß er sie fragen könnte. Eifersüchtig hütete er sein Alleinsein und besann sich hundertmal, ehe er sein Leben mit jemand teilte, selbst für einen Tag.

«Der einzige andre Ort, den ich kenne, ist Paris», sagte sie, «und Paris kann ich nicht ausstehen.» Ihre großen ruhigen Augen blickten Loerke voll an. Er senkte den Kopf und wandte das Gesicht ab.

«Paris, nein! Wenn man die Wahl hat zwischen der *religion d'amour*, dem letzten ‹Ismus› und der neusten Rückkehr zu Christus, tut man noch am besten, den ganzen Tag Karussell zu fahren. Kommen Sie doch nach Dresden, da habe ich ein Atelier... Arbeit kann ich Ihnen geben, oh, das wäre nicht schwer. Ich habe zwar nichts von Ihren Sachen gesehen, aber ich glaube an Sie. Kommen Sie mit nach Dresden, es lebt sich da sehr angenehm, so angenehm, wie es in einer Stadt nur möglich ist. Da haben Sie alles, ohne die Pariser Albernheiten und das Münchner Bier.»

Er saß da und sah ihr kalt ins Gesicht. Was ihr an ihm gefiel, war, daß er einfach und ohne Redensarten mit ihr sprach wie mit sich selbst. Er war vor allem der Kunstgenosse, der Kollege.

«Nein... nicht Paris», fing er wieder an, «das macht mich krank. Ach Gott, Liebe! Ich kann sie nicht ausstehen. *L'amour, l'amore*, die Liebe... in allen Sprachen ist sie gleich gräßlich. Frauen und Liebe, das ist das Langweiligste, was es gibt!»

Es kränkte sie ein bißchen. Und doch war das auch ihr tiefstes Gefühl. Männer, Liebe – der Gipfel der Langeweile. «Ganz meine Meinung», sagte sie.

«Tötend», wiederholte er. «Was liegt daran, ob ich diesen Hut trage oder einen andern. So ist es auch mit der Liebe. Ich brauche überhaupt keinen Hut und trage ihn nur, weil es so üblich ist. Ebensowenig brauche ich Liebe, höchstens aus Konvention. Ich will Ihnen etwas sagen, gnädige Frau...» er beugte sich zu ihr und machte dann eine rasche, wunderliche Bewegung, als schlüge er etwas beiseite – «gnädiges Fräulein, einerlei... das kann ich Ihnen sagen, ich gäbe alles, alles, all Ihre Liebe, für ein bißchen geistige Kameradschaft...» Seine Augen flackerten sie an, schwarz und boshaft. «Verstehen Sie?» fragte er mit einem leisen Lächeln. «Mir ist gleich, ob sie hundert, ob sie tausend Jahre alt ist... wenn sie mich nur versteht.» Er klappte plötzlich die Augen zu.

Wieder war Gudrun eigentlich gekränkt. Fand er sie denn nicht hübsch? Sie lachte auf: «Ich muß also noch ungefähr achtzig Jahre warten, bis ich Ihnen genehm bin, nicht wahr? Bin ich nicht so schon häßlich genug?»

Er sah sie an mit dem raschen kritischen Blick des abwägenden Künstlers. «Sie sind schön, und ich freue mich darüber. Aber das ist es ja nicht», sagte er mit Nachdruck, und es tat ihr wohl. «Nein, Sie haben Geist – die Art, wie Sie mich verstehen... Ja – ich bin nur klein, *chétif*, unbedeutend. Schön! Also verlangen Sie nicht von mir, daß ich stark sein soll und gut aussehen! Aber das Ich...» er legte die Finger mit einer wunderlichen Bewegung an den Mund – «das Ich sucht nach einer Geliebten, das Ich wartet auf sein Du, auf den Geist, der zu seiner Geistesart paßt. Verstehen Sie mich?»

«O ja, ich verstehe.»

«Und was das andre angeht, das Lieben...» er machte eine Handbewegung, als wollte er etwas Lästiges wegstoßen – «das ist unwichtig, völlig Nebensache. Kommt es denn darauf an, ob ich heute abend Weißwein trinke oder ob ich gar nichts trinke? Nein, nicht im geringsten. Mit der Liebe ist es auch nicht anders... Lieben, *baiser!* Ob man's tut oder nicht, *soit ou soit pas*, heute, morgen oder nie, das bleibt sich gleich, daran hängt nichts... nicht mehr als am Weißwein.»

Zum Schluß ließ er den Kopf sonderbar zur Seite fallen mit einer verzweifelten Bewegung allgemeinen Verneinens. Gudrun verwandte kein Auge von ihm. Sie war blaß geworden. Plötzlich streckte sie ihm die Hand hin und griff nach der seinen.

«So ist es», sagte sie ziemlich laut und nachdrücklich, «das finde ich auch. Auf das Verstehen kommt es an.»

Er sah sie fast ängstlich an, verstohlen. Dann nickte er mürrisch. Sie ließ seine Hand los: er hatte ihren Händedruck nicht im leisesten erwidert. Sie schwiegen.

«Wissen Sie», sagte er auf einmal und blickte mit dunklen Prophetenaugen zu ihr hinüber, im Vollgefühl seiner eignen Bedeutung, «Ihr Schicksal und meins laufen die gleiche Bahn, bis...» Er brach mit einer kleinen Grimasse ab.

«Bis wann?» fragte sie erbleichend. – Ihre Lippen wurden ganz bleich, sie war furchtbar empfänglich für solche üblen Prophezeiungen. Aber er schüttelte nur den Kopf: «Ich weiß nicht, ich weiß es wirklich nicht.»

Gerald war noch nicht vom Skifahren zurück, als sie um vier Uhr zu Kaffee und Kuchen in die Gaststube kam. Es wurde schon dunkel. Der Schnee war so schön, wie er nur sein konnte; Gerald hatte eine weite, einsame Fahrt gemacht von einem Grat zum andern und war nun so hoch hinaufgekommen, daß er in etwa acht Kilometer Entfernung auf der Paßhöhe die halbverschneite Marienhütte sah und darüber weg noch den Blick in das tiefe, tannendunkle Tal hatte. Er konnte den Heimweg über die Hütte nehmen – bei der Aussicht, wieder nach Hause zu kommen, schüttelte er sich; man konnte auf Skiern da hinunterfahren auf die alte Kaiserstraße, unterhalb des Passes. Auf die Straße, wozu! Er wollte den Gedanken nicht denken, daß er wieder in die Welt zurück müßte. Immer hier oben im Schnee bleiben! Hier war er glücklich, wenn er ganz allein auf seinen Skiern über weite Strecken dahinsauste, und die schwarzen, schneegeäderten Felsen im Fluge nahm.

Es wurde ihm eisig ums Herz. Die sonderbar demütige, unschuldige Stimmung der letzten Tage verflog, bald mußte er wieder den fürchterlichen Stürmen und Qualen zur Beute fallen.

So hielt er widerstrebend auf das Gasthaus zu, das unten im Kessel zwischen den Bergkuppen lag, und kam an, schneeverbrannt und fremd. Er sah den gelben Schein der Lichter und zögerte. Wenn er doch nicht hineinzugehen und den Leuten dort wieder unter die Augen zu treten brauchte! Er fürchtete die unruhigen Stimmen und scheute sich vor der verwirrenden Gegenwart der Menschen. Er fühlte sich von ihnen abgesondert, als läge ein leerer Raum um sein Herz, oder eine Schicht reines Eis.

Als er Gudrun erblickte, empfand er es wie einen Stoß. Sie sah sehr großartig und stolz aus, wie sie sich mit langsamem Lächeln verbindlich mit den Deutschen unterhielt. Plötzlich packte ihn ein jähes Verlangen, sie zu ermorden. Was für eine Erfüllung aller Lust müßte das sein! Den ganzen Abend war sein Geist fern, der Schnee und seine Leidenschaft hatten ihn den Menschen fremd gemacht. Der Wunsch verließ ihn nicht wieder. Immer von neuem kam ihm ein Vorgefühl der Wonne, sie zu würgen, bis kein Funken Leben mehr in ihr zuckte und sie ganz regungslos, ganz weich, gelöst für immer, tot unter seinen Händen lag. Dann war sie ewig sein, unveränderlich, der letzte, höchste Genuß.

Gudrun merkte nichts von dem, was ihn bewegte, er schien ihr ruhig und liebenswürdig wie immer. Ja, bei seinem liebenswürdigen Wesen erwachte ihre ganze Grausamkeit.

Sie ging in sein Zimmer, als er beim Auskleiden war. Der sonderbar heitere Glanz reinsten Hasses, mit dem er sie ansah, entging ihr völlig. Sie stand an der Tür und hielt die Hände auf dem Rücken.

«Ich habe es mir überlegt, Gerald», sagte sie mit beleidigender Lässigkeit, «ich gehe wohl nicht wieder nach England zurück.» – «So? Wohin denn?» Sie überhörte seine Frage. Sie hatte sich ihre Erklärung

Punkt für Punkt zurechtgelegt, nun mußte sie auch gegeben werden, wie sie ausgedacht war.

«Ich sehe nicht ein, was es noch für einen Zweck haben könnte», fuhr sie fort. «Zwischen uns ist es aus...»

Sie machte eine Pause, damit er etwas sagen sollte. Aber er schwieg. Er redete nur stumm mit sich selbst: ‹So, ist es aus? Das scheint mir auch so. Aber zu Ende ist es noch nicht. Vergiß das nicht. Wir müssen noch irgendeinen Schluß machen. Ein Abschluß muß sein, sonst ist es nicht zu Ende.› So sprach es in ihm. Laut sagte er nichts, kein Wort.

«Was gewesen ist, ist gewesen», fing sie wieder an. «Ich bereue nichts. Du hoffentlich auch nicht...» Sie wartete, ob er nicht etwas sagen würde. – «Oh, ich bereue nichts», sagte er verbindlich. – «Nun also. Um so besser. Dann macht sich keiner Gedanken, und alles ist, wie es sein muß.» – «Wie es sein muß», sagte er ohne jeden Sinn.

Sie machte eine Pause, um ihren Faden wieder zu finden. «Unser Versuch ist mißglückt. Aber wir können es ja noch einmal probieren, anderswo.» – Leise zuckte ihm die Wut in den Adern. Es kam ihm vor, als wollte sie ihn aufpeitschen. Warum? «Versuch?» fragte er. «Was für einer?» – «Nun... Liebesversuch, scheint mir.» – Ein bißchen verwirrt kam es heraus. Wie doch alles gewöhnlich wurde, wenn sie davon sprach! «Unser Liebesversuch ist mißglückt?» wiederholte er laut. Inwendig sagte er: ‹Ich muß sie umbringen. Mir bleibt nichts anderes übrig.› Ein überschweres Begehren, sie zu ermorden, wurde Herr über ihn. Sie ahnte nichts davon.

«Meinst du nicht? Nennst du dies etwa einen Erfolg?» – Wieder zuckte es ihm wie Feuer durchs Blut bei der Beleidigung, die in ihrer dreisten Frage lag. «Ein paar Bedingungen zum Erfolg waren wohl da. Es – hätte einer werden können.» Doch hielt er inne, ehe er den letzten Satz zu Ende gesprochen hatte. Schon als er anfing, glaubte er nicht daran. Nein, es wäre nie etwas daraus geworden.

«Nein», sagte sie. «Du kannst ja nicht lieben.» – «Und du?» – Ihre großen düstern Augen waren fest auf ihn geheftet wie zwei finstre Monde. «Ich habe nur dich nicht lieben können», sagte sie in starrer, kalter Aufrichtigkeit.

Blendend schlug der Blitz ihm ins Hirn, er schlotterte am ganzen Körper. Sein Herz schlug Flammen, das Bewußtsein war ganz in den Handgelenken, in den Händen. In ihm war nur noch die unaufhaltsame blinde Gier, sie zu ermorden. Die Handgelenke wollten ihm bersten, er könnte nur Ruhe finden, wenn er sie zwischen den Fingern hätte.

Aber noch ehe er Zeit fand, sich auf sie zu stürzen, ging ein plötzliches, gerissenes Verständnis in ihrem Gesicht auf, und wie der Blitz war sie zur Tür hinaus. Ohne sich umzusehen, lief sie in ihr Zimmer und schloß sich ein. Sie hatte Angst und wußte doch, es konnte ihr nichts geschehen. Ihr Leben hing am Rand des Abgrunds, das sah sie, und trotzdem war sie eigentümlich sicher. Er war ja ihrer Durchtriebenheit nicht gewachsen.

Als sie nun in ihrem Zimmer stand, zitterte und bebte sie in einer furchtbaren Lustigkeit. Sie wußte, sie konnte ihm mit ihrer Geriebenheit standhalten und sich auf ihre Geistesgegenwart und Weibesschlauheit verlassen. Aber es ging auf Leben und Tod, das hatte sie jetzt begriffen. Ein Ausgleiten, und sie war verloren. Eine eigentümliche Übelkeit und Spannung und zugleich etwas wie körperlicher Übermut hielten sie in Atem, wie den Bergsteiger, der in Gefahr ist, aus großer Höhe abzustürzen, und nicht nach unten sieht – sich seine Angst nicht eingesteht.

‹Ich fahre übermorgen ab›, beschloß sie. Gerald sollte nicht etwa denken, daß sie Angst hätte oder gar vor ihm wegliefe. Im tiefsten Grund fürchtete sie sich nicht vor ihm. Sie wußte, sie war sicher, wenn sie seiner physischen Gewalt aus dem Weg ging. Sogar körperlich fürchtete sie ihn nicht, und das wollte sie ihm beweisen. Wenn sie ihm bewiesen hätte, daß sie keine Angst vor ihm kannte, in welchem Zustand er auch sein mochte, dann konnte sie ihn für immer verlassen. Noch war der Kampf, so fürchterlich er war, nicht der Entscheidungskampf. Und sie wollte Vertrauen haben. Wenn ihr auch grauen mochte, fürchten wollte sie sich nicht und sich nicht von ihm einschüchtern lassen. Er konnte sie niemals auf die Knie zwingen, nie über sie Herr werden, nie ein Recht auf sie haben: das wollte sie behaupten, bis sie es bewiesen hätte. Wenn das geschehen war, dann war sie für alle Zeit von ihm frei.

Doch bisher hatte sie es weder sich noch ihm bewiesen, und das hielt sie bei ihm fest. Sie war an ihn gebunden und konnte nicht von ihm los. – So saß sie Stunden lang im Bett, warm eingehüllt, und grübelte vor sich hin. Sie sollte ja wohl nie damit fertig werden, die endlosen Gedankenfäden zu verweben.

‹Etwas anderes wäre es, wenn er mich wirklich liebte›, sagte sie sich. ‹Aber das tut er nicht. Er will ja jede Frau, die ihm über den Weg läuft, in sich verliebt machen und weiß es nicht einmal. So ist er! Vor jeder Frau läßt er seine männlichen Reize spielen und ruht nicht, bis alle denken, wie herrlich es sein müßte, ihn zum Freund zu haben. Daß er die Frauen dabei nicht beachtet, gehört zum Spiel. Vergessen kann er sie nie. Als ein Hahn hätte er zur Welt kommen müssen, dann könnte er sich großtun vor fünfzig Weibchen, und sie wären ihm alle zu Willen. Seine Art, den Don Juan zu spielen, interessiert mich wahrhaftig nicht. Ich wäre eine tausendmal bessere Donna Juanita. Er wird dir langweilig, weißt du, seine Männlichkeit wird dir zu dumm! Es gibt nichts Öderes, nichts von Grund aus Dümmeres und obendrein Eingebildeteres. Gott, der bodenlose Dünkel dieser Männer – lächerlich, die Wichtigtuerei!

Sie sind ja alle gleich. Sieh doch Birkin! Dünkelhaft und beschränkt – das ist ihr Wesen. Ja, nur wenn man so lächerlich beschränkt und im

Kern bedeutungslos ist, kann man sich so großtun. In Loerke steckt
doch tausendmal mehr. Gerald ist so eng begrenzt, er läuft sich tot,
mahlt bis ins Unendliche immer auf derselben Mühle, wenn zwischen
den Mühlsteinen schon längst kein Korn mehr ist. Diese Leute mahlen
immer weiter, wenn es nichts mehr zu mahlen gibt, sagen immer dasselbe, glauben immer dasselbe, tun immer dasselbe. Herrgott, ein Stein
könnte dabei die Geduld verlieren.

Ich bete Loerke durchaus nicht an, aber jedenfalls ist er ein freier
Mensch, nicht erstarrt in lauter Stolz auf die eigne Männlichkeit. Er
mahlt nicht brav weiter auf den alten Mühlen. Mein Gott, wenn ich
an Gerald und seine Arbeit denke – in Beldover das Büro und die
Gruben –: mir wird übel. Was in aller Welt habe ich damit zu tun –
und der bildet sich ein, er kann eine Frau lieben? Genausogut könnte man es von dem selbstgenügsamen Laternenpfahl verlangen. Diese
Männer mit ihrem ewigen Geschäft – Mühlen, die mahlen und mahlen
und mahlen, wenn nichts mehr zu mahlen ist. Tötend! Wie ist es möglich, daß ich ihn jemals ernst genommen habe!

In Dresden hört und sieht man wenigstens nichts mehr davon. Da
wird es amüsant, was kann man da alles erleben! Hellerau, deutsche
Oper, deutsches Theater! Und die deutsche Bohème, das wird ein Spaß.
Ja, Loerke ist ein Künstler, ein freier Mensch. Da wird man so manches
los, das ist die Hauptsache: das gräßliche Einerlei gewöhnlichen Tuns,
gewöhnlichen Geredes, gewöhnlicher Posen. Ich bilde mir nicht ein, daß
ich in Dresden das Lebenselixier finde, darüber mache ich mir keine
Illusionen. Aber da bin ich wenigstens nicht mehr unter Leuten, die ihr
eignes Haus und ihre eignen Kinder haben, ihre eignen Bekannten, ihr
eigen hier und ihr eigen da. Da haben die Menschen weder Eigentum
noch Häuslichkeit, kein Dienstmädchen, kein geschäftliches Ansehen,
weder gesellschaftliche Stellung und Rang noch einen Bekanntenkreis
von der Sorte. Herrgott, das Uhrwerk der Gesellschaft, es tickt einem
im Kopf, als wäre man besessen von seiner toten, sinnlosen, mechanischen Eintönigkeit. Oh, wie ich das Leben hasse, und die Geralds, die
einem nichts Besseres bieten können!

Shortlands – Himmel! Denk dir, du solltest da leben – eine Woche
und noch eine Woche, und dann noch eine...! Nein, das ist nicht auszudenken – unmöglich...› Sie brach ab in ehrlichem Entsetzen, sie
konnte nicht mehr.

Der Gedanke an ein mechanisches Tagein, Tagaus, Tagein, Tagaus
ad infinitum war für sie eine Herzensangst, die wirklich an Wahnsinn
grenzte. Die furchtbare Sklaverei des Ticktacks der Zeit, der weiterrük-
kenden Zeiger, der ewigen Wiederholung von Stunden und Tagen –
Gott im Himmel, das war zu furchtbar, um darüber nachzudenken.
Und da gab es kein Entrinnen, keinen Ausweg.

Fast kam ihr der Wunsch, Gerald möchte bei ihr sein und sie erlösen
von der Angst vor ihrem eignen Denken. Sie litt Qualen, wie sie da

allein lag und die schreckliche Uhr ansehen mußte und das ewige Ticktack hören. Alles Lebendige, das ganze Leben löste sich darin auf: ticktack, ticktack, ticktack; dann schlug die Stunde, und wieder ticktack, ticktack, ticktack, und der Zeiger rückte weiter.

Gerald konnte sie nicht davon erlösen. Er, sein Körper und seine Bewegung, sein Leben – dasselbe Ticktack, dasselbe Weiterrücken über das Zifferblatt, ein grausig mechanisches Weiterrücken über das Angesicht der Stunden. Was waren seine Küsse, seine Umarmungen! Sie hörte ihr Ticktackticktack.

Ha – ha – sie lachte über sich selbst, solche Angst hatte sie, daß sie versuchen mußte, sie wegzulachen – ha – ha –, war es nicht, um den Verstand zu verlieren – um den Verstand zu verlieren?

Dann wurde sie flüchtig ihrer selbst bewußt und dachte, ob sie am Morgen wohl sehr überrascht sein würde, wenn ihr Haar auf einmal weiß wäre. Wie oft hatte sie zu spüren geglaubt, wie es unter der entsetzlichen Last ihrer Gedanken und Gefühle weiß wurde! Und wenn sie sich dann morgens im Spiegel sah, war es braun wie immer und sie selbst ein Bild der Gesundheit.

Sie war wohl sehr gesund. Vielleicht war es nur ihre eiserne Gesundheit, die sie der Wahrheit so gerade ins Gesicht sehen ließ. Wenn sie nervös wäre, hätte sie ihre Illusionen, ihre Phantastereien. Aber so war kein Entrinnen. Immer mußte sie alles sehen und wissen, niemals konnte sie fliehen. Sie stand vor dem Zifferblatt des Lebens, und wenn sie sich abwandte, wie auf dem Bahnhof, um sich in der Zeitungsbude die Bücher anzusehen, sah sie immer noch die Uhr – wahrhaftig, ihr Rücken sah, sah das große weiße Zifferblatt. Umsonst blätterte sie fieberhaft in den Büchern, umsonst machte sie Tonfiguren. Sie las ja nicht wirklich, arbeitete gar nicht wirklich. Sie sah nur zu, wie die Zeiger eintönig und mechanisch über das ewige Zifferblatt der Zeit rückten. Nie lebte sie, immer sah sie nur zu. Sie war wie eine kleine, rasch ablaufende Taschenuhr vor der Riesenuhr der Ewigkeit – Würde und Schamlosigkeit, oder Schamlosigkeit und Würde.

Das Bild gefiel ihr. Sah nicht ihr Gesicht wirklich wie ein Zifferblatt aus – fast rund, häufig blaß, und so unbeweglich? Beinah wäre sie aufgestanden und zum Spiegel gegangen, aber der Gedanke, ihr eignes Gesicht als Zifferblatt zu sehen, füllte sie mit solchem Grauen, daß sie eilig an etwas anderes dachte.

Warum war denn keiner gut zu ihr? Warum war keiner da, der sie in die Arme nahm und an die Brust drückte und ihr Ruhe gab, reine, tiefe, heilende Ruhe? Ach Gott, es hielt sie niemand sicher im Arm, ganz fest, damit sie schlafen konnte. Sie sehnte sich so sehr nach dem guten, beschirmten Schlaf. Wenn sie schlief, lag sie immer schutzlos da, und es würde wohl nie anders. Immer sollte sie so schutzlos schlafen, nie Befreiung, nie Erlösung finden. Nie erlöst sein, nie und nimmer – wie sollte sie das ertragen!

Gerald! Konnte er sie denn in den Arm nehmen und ihren Schlaf behüten? Ach, er brauchte selbst jemand, der ihm Schlaf gab. – Der arme Junge. Weiter brauchte er ja gar nichts. Was er auch tun konnte, er machte die Last nur noch schwerer, die Last ihres Schlafs wurde noch drückender, wenn er bei ihr war. Er war nur eine Müdigkeit mehr in ihren dürren Nächten, in ihrem unfruchtbaren Schlummer. Vielleicht gab sie ihm ein bißchen Ruhe. Vielleicht ließ er deshalb nie von ihr ab und verfolgte sie wie ein hungriges Kind, das nach der Mutterbrust schreit. Das war am Ende das Geheimnis seiner Leidenschaft, seines ewig ungestillten Begehrens – er brauchte sie, um schlafen zu können, um Ruhe zu finden.

Ja, war sie denn seine Mutter? Hatte sie zum Liebsten ein Kind haben wollen, das sie die Nächte hindurch warten mußte? Sie verachtete ihn, sie ließ ihr Herz hart werden. Dieser Don Juan – ein kleines Kind, das in der Nacht schreit!

O Gott, wie sie dies Kind haßte, das in der Nacht schrie! Mit Freuden wollte sie es umbringen – erwürgen und begraben, wie Hetty Sorrell es getan hatte. Sicher hatte Hetty Sorrells Kind in der Nacht geschrien – Arthur Donnithornes Kind. Ach, die Arthur Donnithornes! Heute hießen sie Gerald. Männlich bei Tage – schreiende Kinder bei Nacht. In Gottes Namen, mochten sie zum Mechanismus werden, zum Werkzeug, zur reinen Willensmaschine, die wie ein Uhrwerk abläuft in ewigem Repetieren. Das war das Rechte für sie: ganz in der Arbeit aufgehen, vollkommene Teile einer großen Maschine werden und im fortwährenden Repetieren zur Ruhe kommen. Gerald sollte nur seine Firma leiten, da wäre er zufrieden wie ein Schubkarren, der den ganzen Tag auf einem Brett hin- und hergeschoben wird – sie hatte so etwas gesehen.

Der Schubkarren, das eine bescheidene Rad – die kleinste Einheit der Firma. Dann der zweirädrige Karren, dann die Lore, mit vier Rädern, die Dampfpumpe mit acht, die Fördermaschine mit sechzehn Rädern und so fort bis zum Arbeiter – tausend Räder, zum Elektrotechniker – dreitausend, zum Werkführer unter Tag – zwanzigtausend, zum Betriebsleiter – hunderttausend Räderchen, die sich immerfort drehten, damit er an seiner Stelle funktionierte, und schließlich bis zu Gerald – eine Million Räder und Zähne und Achsen.

Armer Gerald, so viel kleine Räder waren nötig, um ihn in Gang zu halten! Er war komplizierter als ein Chronometer. Himmel, war das öde! Ein Chronometer – der Stumpfsinn –, ihr wollte bei dem Gedanken vor Langeweile die Seele vergehen. All die Räder, die es zu zählen, zu beachten, zu berechnen gab! Genug, genug – auch die Fähigkeit des Menschen, sich zu komplizieren, war begrenzt. Oder vielleicht war sie es nicht.

Inzwischen saß Gerald in seinem Zimmer und las. Als Gudrun verschwunden war, stand er betäubt da im plötzlich gehemmten Begehren.

Eine Stunde lang saß er auf dem Bett, wie vor den Kopf geschlagen. Kleine Inseln von Bewußtsein tauchten auf und versanken wieder. Er rührte sich nicht, lange Zeit war er wie leblos, der Kopf war auf die Brust herabgesunken.

Dann blickte er auf und begriff, daß er beim Ausziehen war und zu Bett gehen wollte. Ihn fror. Bald lag er im dunklen Zimmer im Bett.

Doch die Dunkelheit konnte er nicht aushalten, die undurchdringliche Dunkelheit vor seinen Augen machte ihn verrückt. Er stand auf und zündete die Kerze an. Eine Weile blieb er sitzen und starrte vor sich hin. An Gudrun dachte er nicht, er dachte an gar nichts.

Dann ging er plötzlich hinunter, um sich ein Buch zu holen. Sein Leben lang hatte er ein Grauen gehabt vor den künftigen Nächten, in denen er nicht würde schlafen können. Er wußte, schlaflose Nächte vor sich haben mit bangem Stundenzählen, das ging über seine Kraft.

Stundenlang saß er im Bett, unbeweglich wie eine Statue, und las hastig, mit scharfem, angespanntem Geist. Aber es drang nicht ins Innere. Starr, unbewußt las er die ganze Nacht bis in den Morgen hinein, dann überwältigte ihn Müdigkeit und Ekel, Ekel vor sich selbst, und er schlief zwei Stunden.

Er stand auf, straff und tatkräftig. Gudrun sprach kaum ein Wort mit ihm, nur beim Kaffee sagte sie: «Ich fahre morgen.» – «Wollen wir nicht bis Innsbruck zusammen fahren, der Leute wegen?» fragte er. – «Vielleicht», meinte sie zwischen zwei Schluck Kaffee. Als er sie mit dem Wort beim Trinken Atem schöpfen hörte, wurde ihm übel. Er stand schnell auf, um nicht länger mit ihr zusammen zu sein.

Er bereitete alles zur Abreise für den nächsten Tag vor. Dann aß er ein wenig und ging weg, um den ganzen Tag Ski zu fahren. Vielleicht, sagte er dem Wirt, ginge er nach der Marienhütte, vielleicht auch in das Dorf unten im Tal.

Für Gudrun war der Tag voll Verheißung wie der Frühling. Die nahe Erlösung schwirrte ihr im Blut, ein neuer Quell des Lebens sprang auf. Sie packte gemächlich und mit Genuß, blätterte ein bißchen in ihren Büchern, probierte verschiedene Kleider an und sah voll Behagen in den Spiegel. Neue Kräfte regten sich, sie war glücklich wie ein Kind, jeder fand sie schön und reizend – ihre weiche, üppige Gestalt, ihr strahlendes Gesicht. Und darunter verbarg sich der Tod.

Am Nachmittag sollte sie mit Loerke spazierengehen. Ganz unbestimmt lag das Morgen vor ihr, und gerade das genoß sie. Vielleicht ging sie mit Gerald nach England, vielleicht nach Dresden mit Loerke, vielleicht auch nach München zu einer Freundin. Alles mögliche konnte sich morgen ereignen, das Heute war die weiße, schillernde Schwelle grenzenloser Möglichkeiten. Grenzenlose Möglichkeiten – das war das Schöne, das Schillernde, unbestimmt Lockende, eine reine Illusion. Grenzenlose Möglichkeiten – und der Tod war unvermeidlich, und möglich war nichts als nur der Tod.

Sie wollte gar nicht, daß etwas wirklich wurde und bestimmte Gestalt annähme. Morgen auf der Reise sollte irgendein Ereignis, ein Anstoß, den sie gar nicht voraussehen konnte, sie urplötzlich in eine ganz neue Bahn werfen. So wollte sie zwar zum letztenmal mit Loerke hinaus in den Schnee, aber durchaus nicht ernst oder gar geschäftlich mit ihm reden.

Und wenn man Loerke sah, blieb der Ernst von selber fern. In der braunen Samtmütze war sein Kopf rund wie eine Kastanie, die losen, braunsamtnen Ohrenklappen flogen ihm wild um die Ohren, eine dünne Strähne gnomenhaft schwarzen Haars wehte über die ausdrucksvollen Koboldaugen. In seiner leuchtenden, durchsichtig braunen Haut, die sich um die kleinen Züge zu wunderlichen Grimassen zusammenknitterte, schien er ein unheimliches Gemisch von Knabe und Greis – wie eine Fledermaus. Seine Gestalt war kümmerlich und unscheinbar in dem grünlichen Lodenanzug, er sah merkwürdig anders aus als andre Menschen.

Er hatte für sich und Gudrun einen kleinen Rodelschlitten mitgenommen, und zwischen den blendenden Schneewänden, deren Licht auf ihren schon sonnengehärteten Gesichtern brannte, stapften sie hinauf und lachten, stichelten, witzelten, phantasierten ohne Ende in allen möglichen Sprachen. Die Phantasien waren ihnen das Wirkliche, glückselig warfen sie mit ihren Wortwitzen und Wortcapriccios um sich wie mit bunten Bällchen. Ihre Naturen funkelten ungehemmt einander zu, ganz Spiel, sie genossen es unendlich. Und beide wollten, daß ihre Beziehung Spiel bliebe – köstliches Spiel, wie jetzt.

Loerke nahm das Rodeln nicht sehr ernst. Er hatte nicht den Eifer, das Feuer, mit dem Gerald sich dem Sport hingab. Das gefiel Gudrun. Sie war der ewigen Strafflheit in der körperlichen Bewegung so überdrüssig. Loerke ließ den Schlitten aufs Geratewohl fröhlich davonsausen wie ein Blatt im Wind; und wenn er sie bei einer Kurve beide in den Schnee beförderte, dann wartete er nur, bis sie beide von dem eiskalten weißen Boden wieder aufgestanden waren, und lachte und machte kecke Späße wie ein Hutzelmännchen. Sie wußte, noch in der Hölle würde er ironische Witze machen – wenn er in der Stimmung wäre –, und das gefiel ihr über die Maßen. Ihr schien, er höbe sich hinaus über den öden Alltag des Lebens, das Einerlei der Begebenheit.

Sie trieben ihre Späße, bis die Sonne unterging, sorglos, zeitlos. Als dann der Schlitten in einem etwas gefährlichen Wirbel unten ankam, sagte er auf einmal: «Einen Augenblick», und zog aus irgendwelchen Taschen eine große Thermosflasche, ein Paket Keks und eine Flasche Schnaps hervor.

«Ach, Loerke, das ist ja eine himmlische Idee! *Mais c'est un comble de joie!* Was ist denn das für ein Schnaps?» – Er sah die Flasche an und lachte: «Heidelbeer.» – «Wahrhaftig! Aus den Heidelbeeren unter dem Schnee! Sieht er nicht aus wie aus Schnee gebrannt, riechen Sie denn nicht die Heidelbeeren?» Sie roch immerfort an der Flasche. «Es ist doch, als röche man sie durch den Schnee hindurch.»

Sie stampfte ein bißchen mit dem Fuß auf den Boden. Da kniete er nieder und pfiff, legte das Ohr auf den Schnee und zwinkerte mit den schwarzen Augen zu ihr hinauf.

«Ha! Ha!» lachte sie und freute sich an seiner drolligen Art, sich über ihre Sprachverwegenheiten lustig zu machen. Er neckte sie immerfort und zog all ihre Angewohnheiten ins Lächerliche. Und da sein Spott noch alberner war als ihre Übertreibungen, was konnte sie anders tun, als befreiend lachen!

Sie fühlte förmlich ihre Stimmen in der starren Frostluft der frühen Dämmerung, es klang wie silberne Glocken. Es war doch unglaublich schön, dies silbrige Spiel zu zweit.

Sie trank den heißen Kaffee, und seine Würze umwehte sie in der Schneeluft, wie eine Biene um Blüten summt. Sie nippte am Heidelbeerwasser und aß die süßen, gefüllten Eiswaffeln dazu. Wie gut das alles schmeckte, roch, klang, hier in der Totenstille, in Schnee und sinkender Dämmerung.   .

«Sie fahren morgen weg?» kam es endlich. – «Ja.» Dann waren sie eine Weile still, und der Abend zog seine bleichen Kreise stumm in unendlichen Höhen, bis hinauf in die nahe Ewigkeit.

«Wohin?» – Das war die Frage – ‹wohin›? Ein schönes Wort. Käme doch nie eine Antwort darauf! Es sollte ewig nachklingen. «Ich weiß nicht», lächelte sie ihm zu. – Ihr Lächeln spiegelte sich auf seinem Gesicht. «Das kann man nie wissen.» – «Das kann man nie wissen», wiederholte sie.

Dann schwiegen sie wieder, und er aß hastig Kekse, wie ein Kaninchen Salatblätter frißt. Er lachte: «Und wohin nehmen Sie die Fahrkarte?» – «Himmel, man muß ja eine Fahrkarte nehmen!» – Das war ein Schlag. Sie sah sich im Bahnhof, am Schalter. Und dann kam ein befreiender Gedanke, sie atmete auf.

«Man braucht ja doch gar nicht zu fahren!» – «Sicher nicht.» – «Ich meine, nicht dahin zu fahren, wohin die Fahrkarte lautet.» Das leuchtete ihm ein. Eine Fahrkarte konnte man ja lösen, wenn man nur nicht nach dem angegebenen Ort zu fahren brauchte. Abreisen und die Fahrt unterbrechen, nicht am Bestimmungsort ankommen, irgendwo aussteigen, wo es einem einfiel – das war eine Idee!

«Dann nehmen Sie eine Fahrkarte nach London! Dahin sollte man nie fahren.» – «Da haben Sie recht.» – Er goß ein bißchen Kaffee in einen Blechbecher. «Sie wollen mir also nicht sagen, wohin es geht?» – «Ich weiß es wirklich nicht. Je nachdem, wie der Wind steht.» – Spöttisch sah er sie an und schürzte die Lippen wie Zephir, wenn er über den Schnee säuselt. «Nach Deutschland!» – «Es scheint so», lachte sie.

Plötzlich gewahrten sie neben sich eine undeutliche weiße Gestalt. Gerald! Gudrun schreckte zusammen bis ins Herz und sprang auf.

382

«Sie haben mir gesagt, wo du bist», kam seine Stimme durch die weißliche Dämmerung wie ein Richterspruch.

«Jesus Maria! Sie sind ja herangeschlichen wie ein Gespenst», sagte Loerke. Gerald gab keine Antwort. Seine Gegenwart war unheimlich, geisterhaft.

Loerke schüttelte die Thermosflasche, dann hielt er sie umgekehrt über den Schnee. Zwei, drei braune Tropfen fielen heraus. «Nichts mehr drin!» sagte er.

Gerald sah die wunderliche, schmächtige Gestalt des Deutschen deutlich und fern, wie durch einen Feldstecher. Und die kleine Gestalt war ihm zuwider, sie mußte weg.

Da klapperte Loerke mit der Keksdose. «Kekse sind noch da.» Er blieb auf dem Schlitten sitzen und reichte sie Gudrun, sie griff hinein und nahm einen. Dann wollte er sie Gerald anbieten, aber Geralds Haltung ließ so wenig Zweifel daran, daß er keine Kekse angeboten haben wollte, daß Loerke mit einer etwas unbestimmten Bewegung die Dose wegstellte. Er nahm die kleine Flasche und hielt sie gegen das Licht. ‹Und Schnaps ist auch noch da!› sagte er zu sich selbst. Dann schwang er sie auf einmal höchst ritterlich durch die Luft, beugte sich grotesk zu Gudrun und sagte: «Gnädiges Fräulein, vielleicht...»

Ein Krach, die Flasche flog ihm aus der Hand, er fuhr zurück, die drei bebten vor Erregung. Loerke drehte sich zu Gerald um mit teuflischem Grinsen im leuchtend braunen Gesicht: «Bravo!» Er raste förmlich in dämonischem Spott. «*C'est le sport sans doute.*»

Im nächsten Augenblick saß er possierlich im Schnee, Gerald hatte ihm eine schwere Ohrfeige gegeben. Doch raffte er sich zusammen, erhob sich bebend und stand da, schwach und gedrückt; aber die spöttischen Dämonenaugen sahen Gerald voll ins Gesicht. «*Vive le héros, vive...*»

Da zuckte er zusammen. Schwarz kam Geralds Faust auf ihn heruntergefahren und traf mit gewaltigem Schlag seine andre Wange. Er flog zur Seite wie ein zerbrochener Strohhalm.

Da trat Gudrun herbei, hob die Faust hoch empor und schlug senkrecht hinunter, Gerald ins Gesicht und auf die Brust.

Ein Staunen brach über ihn herein, als ob die Luft zerspalten wäre. Weit, weit öffnete sich seine Seele bei dem Schmerz, in großer Verwunderung. Dann lachte es auf in ihm, er wandte sich und reckte die starken Hände, um endlich den Apfel zu pflücken. Nun konnte er sein Begehren stillen.

Er nahm ihren Hals in die harten, unbezwinglichen Hände. Der Hals war wunderbar weich, innen glitten unter seinen Fingern die Saiten ihres Lebens. Ja, das zerdrücken! Das konnte er nun. Ach, die Wonne, die Erfüllung – endlich! Reines Wohlgefühl der Erfüllung strömte ihm in die Seele. Er sah zu, wie ihr angeschwollenes Gesicht allmählich bewußtlos wurde und die Augen sich verdrehten. Wie war sie scheußlich!

Das war Vollendung, das war der Lohn. Wie wohl das tat, wie wohl, Gott im Himmel sei Dank! Er merkte nicht, wie verzweifelt sie sich wehrte, ihr Sträuben war nur die heiße Antwort der Leidenschaft auf solche Umarmung. Je wilder sie kämpfte, desto wilder, seliger wurde der Wahnsinn, bis der Höhepunkt erreicht war und ihr Ringen, überwältigt, in weichen Bewegungen abklang – bis sie gestillt war.

Loerke setzte sich auf im Schnee, er war zu betäubt und hatte zu große Schmerzen, um aufzustehen. Nur die Augen waren bewußt. «*Monsieur!*» sagte er erregt mit seiner dünnen Stimme. «*Quand vous aurez fini...*»

Da hielt Geralds Seele inne, und Verachtung und Ekel fielen über sie her. Es ekelte ihn bis auf den Grund. Herrgott, was tat er, in was für Tiefen hatte er sich gehenlassen! Als ob sie einen Mord wert wäre, wert, daß ihr Blut an seinen Händen klebte!

Eine Schwäche kam über ihn, ein furchtbares Weichwerden und Auftauen, seine Kraft war dahin. Unbewußt ließ er los, und Gudrun fiel auf ihre Knie. Sollte er nun sehen, nun wissen?

Er war entsetzlich schwach, seine Gelenke waren wie Wasser. Ihm war zumute, als triebe ihn ein Wind; er drehte sich um und ging weg, wie betäubt.

‹Ich wollte es ja im Grunde gar nicht›, war das letzte Bekenntnis seiner Seele in ihrem Ekel, als er den Abhang hinaufschlich, am Ende aller seiner Kraft, nur halb unbewußt vor jeder künftigen Berührung ausweichend. ‹Ich habe genug – ich will schlafen. Ich habe genug.› Ein Gefühl von Übelkeit drückte ihn zu Boden.

Er war schwach, doch ausruhen wollte er nicht, nein, weitergehen, weitergehen, bis ans Ende. Nie wieder stehenbleiben, bis er am Ende war, das war das einzige Verlangen, das übrigblieb. So trieb er immer weiter, unbewußt und zerschlagen, ohne Denken, weiter, solange er noch gehen konnte.

Über den Bergen lag das unirdische Geisterlicht der Dämmerung, der Himmel war rosig blau. Die kalte, blaue Nacht senkte sich hernieder auf den Schnee. Hinter sich sah er unten im Tal, in dem großen Schneebett, zwei winzige Gestalten: Gudrun auf den Knien, wie eine Enthauptete, und Loerke, der neben ihr im Schnee saß und sie stützte. Das war alles.

Gerald stolperte im bläulichen Dunkel den Schneehang hinauf und klomm immer weiter, klomm, ohne es zu wissen, und war doch zu müde. Zur Linken ging es steil hinab, eine schwarze Felswand mit Geröll und Schneeschründen, Adern von Schnee, die undeutlich die schwarze Masse zerschlitzten und um sie herum klafften, im Fels klafften und ihn zerschlitzten, ohne einen Laut. Das alles machte gar kein Geräusch.

Noch mehr verwirrte ihn zur Rechten die Mondsichel, die da vor ihm am Himmel stand. Sie glitzerte sehr hell, schmerzhaft hell, sie wich nicht vom Fleck und hörte nicht auf zu glitzern. Ihr war nicht auszuweichen. Er sehnte sich so sehr danach, ans Ende zu kommen – er hatte genug. Und doch schlief er nicht ein.

Mühsam stieg er noch höher hinauf, manchmal ging es über eine abschüssige Strecke freigewehten schwarzen Felsens. Dann hatte er Angst, zu fallen, große Angst. Und hier oben auf dem Kamm blies ein eisiger Wind, der ihn fast überwältigte wie ein schwerer Schlaf. Doch hier war das Ende nicht, er mußte weiter. Das unbestimmte, ekle Gefühl ließ ihm noch keine Ruhe.

Als er einen Vorsprung erreicht hatte, sah er den Schatten von etwas noch Höherem vor sich. Immer höher, immer höher. Er folgte der Spur, die nach dem Gipfel führte, wo die Marienhütte stand. Von dort ging es dann nach der andern Seite hinunter. Das wußte er. Doch richtig bewußt war es ihm nicht. Er wollte nur weiter, weiter, in Bewegung bleiben, solange er konnte, gehen, immer gehen, bis es zu Ende war. Mehr wollte er nicht. Er hatte keine Ahnung mehr, wo er war. Doch suchten seine Füße, dem Lebensinstinkt gehorsam, auf der Skispur zu bleiben.

Er rutschte ab, einen Schneehang hinunter, und erschrak. Er hatte keinen Bergstock, nichts. Aber da er weich gefallen war und sich nicht verletzt hatte, ging er weiter in der mondhellen Nacht. Es war so kalt, es lag auf ihm wie Schlaf. Er stand in einer Rinne zwischen zwei Schneerücken und zögerte. Sollte er auf den andern Kamm hinauf oder unten weitergehen? Wie dünn war der Faden seines Lebens! Am Ende stieg er lieber hinauf? Der Schnee war fest und verläßlich. Er ging weiter. Da ragte etwas aus dem Schnee. Mit einem Schatten von Neugier ging er darauf zu.

Es war ein halb verschüttetes Kruzifix, ein Pfahl, darauf ein kleiner Christus unter einem schrägen Dach. Er wich ihm aus. Jemand wollte ihn ermorden. Er hatte ein großes Grauen davor, daß er ermordet würde. Doch stand das Grauen draußen, neben ihm, wie sein eigener Geist.

Wozu die Angst? Es mußte doch so kommen. Ermordet werden! Entsetzt blickte er um sich und sah den Schnee, die schwankenden, bleichen, dämmerigen Wände der oberen Welt. Ermordet sollte er werden, das sah er. Der Tod hatte den Arm schon erhoben, er konnte nicht mehr fliehen.

Herr Jesu, mußte es denn sein? Ja, nun fiel der Schlag, nun wurde er ermordet. Herr Jesu! Er irrte weiter, mit erhobenen Händen, um zu fühlen, was da kam; er wartete auf den Augenblick, wo er stehen bleiben würde. Dann wäre es vorbei. Aber jetzt noch nicht.

Er war in eine tiefe Schneemulde gekommen, die zwischen steilen Wänden und schroffen Abstürzen lag. Von dort führte eine Spur hinauf auf den Gipfel. Unbewußt irrte er weiter, bis er ausglitt und fiel. Beim Fallen brach etwas in seiner Seele, und er schlief sofort ein.

Ab

Als am andern Morgen die Leiche gebracht wurde, saß Gudrun hinter verschlossener Tür in ihrem Zimmer und sah vom Fenster aus die Männer mit ihrer Last über den Schnee kommen. Sie blieb still sitzen und ließ ein paar Minuten verstreichen.

Es klopfte an die Tür, sie öffnete. Da stand eine Frau und sagte leise, ach viel zu ehrfürchtig: «Gnädige Frau, sie haben ihn gefunden!» – «*Il est mort?*» – «Ja – seit mehreren Stunden schon.»

Gudrun wußte nicht, was sie sagen sollte. Was sollte sie reden, fühlen, tun? Was erwartete man von ihr? Sie empfand nichts und wußte sich nicht zu benehmen.

«Danke schön», sagte sie und schloß die Tür. Die Frau ging verletzt weg. Kein Wort, keine Träne – Gott, war das eine kalte Person!

Gudrun blieb in ihrem Zimmer sitzen mit blassem, unbewegtem Gesicht. Was hatte sie zu tun? Weinen und vor den Leuten klagen konnte sie nicht, sie konnte sich nicht anders machen, als sie war. So blieb sie regungslos sitzen und versteckte sich vor den andern. Ihr einziges Bedürfnis war, allem, was sich ereignen konnte, aus dem Weg zu gehen. Nur an Ursula und Birkin setzte sie ein langes Telegramm auf.

Am Nachmittag stand sie plötzlich auf, um nach Loerke zu sehen. Sie warf einen angstvollen Blick nach der Tür von Geralds früherem Zimmer. Nicht um die Welt wäre sie da hineingegangen.

Loerke saß allein im kleinen Gastzimmer. Sie ging auf ihn zu. «Es ist doch nicht wahr!» sagte sie. – Er sah sie an. Ein blasses, trübseliges Lächeln verzog sein Gesicht, er zuckte die Achseln. «Wahr?» wiederholte er. – «Wir haben ihn doch nicht umgebracht?» fragte sie.

Es behagte ihm nicht, daß sie in solchem Zustand zu ihm kam; er zuckte die Achseln: «Es ist geschehen.»

Sie sah ihn an. Bedrückt saß er da und wußte nicht, was er tun sollte, mit ebenso unbewegtem, dürrem Herzen wie sie. Herrgott, war das eine dürre, dürre Tragödie!

Sie ging wieder in ihr Zimmer und wartete auf Ursula und Birkin. Nur weg wollte sie, weg. Ehe sie nicht hier weg war und frei, konnte sie nichts denken und nichts fühlen.

¹ Der Tag ging vorüber, der nächste kam. Sie hörte den Schlitten vorfahren, sah Ursula und Birkin aussteigen und scheute auch vor ihnen zurück.

Ursula kam ihr gleich entgegen: «Gudrun!» Die Tränen liefen ihr über die Wangen, sie schloß die Schwester in die Arme. Gudrun barg ihr Gesicht an Ursulas Schulter und konnte immer noch nicht dem kalten Teufel der Ironie entfliehen, der ihr die Seele erfrieren machte. ‹Ha, ha!› dachte sie. ‹So benimmt man sich in solchen Fällen?›

Aber weinen konnte sie nicht, und der Anblick ihres kalten, blassen, unbewegten Gesichts ließ auch Ursulas Tränen bald versiegen. Nach einer kurzen Weile hatten die beiden einander nichts mehr zu sagen.

«War es sehr schlecht von mir, euch wieder hierher zu holen?» fragte Gudrun schließlich. Ursula blickte etwas verwirrt auf. «Daran habe ich noch nie gedacht.» – «Ich komme mir scheußlich vor, daß ich euch gerufen habe, aber ich konnte einfach keine Menschen sehen. Dem war ich nicht gewachsen.» – «Nein?» Ursula erstarrte.

Birkin klopfte und kam herein, mit bleichem, ausdruckslosem Gesicht. Sie wußte, daß er alles wußte. Er gab ihr die Hand: «Diese Reise ist nun jedenfalls zu Ende!» Gudrun warf ihm einen erschrockenen Blick zu.

Dann schwiegen alle drei, sie wußten nichts zu sagen. Endlich fragte Ursula leise: «Hast du ihn gesehen?» Hart und kalt erwiderte er ihren Blick und machte sich nicht die Mühe, zu antworten. «Hast du ihn gesehen?» fragte sie noch einmal. – «Ja», sagte er kühl.

Er wandte sich an Gudrun: «Hast du schon irgend etwas unternommen?» – «Nein, gar nichts.» Es war ihr im Tiefsten zuwider, etwas aussagen zu müssen.

«Loerke sagt, Gerald wäre dazugekommen, wie ihr unten an der Rodelbahn auf dem Schlitten gesessen hättet, dann hätte es scharfe Worte gegeben, und er wäre wieder weggegangen. Worüber habt ihr gesprochen? Es ist besser, daß ich es weiß, damit ich den Behörden Auskunft geben kann, wenn es nötig ist.»

Gudrun sah ihn an, blaß, stumm, hilflos wie ein Kind. «Gesagt haben wir gar nichts. Er hat Loerke zu Boden geschlagen und mich beinah erdrosselt. Dann ist er weggegangen.»

Bei sich dachte sie: ‹Eine hübsche Illustration zum ewigen Dreieck!› Sie wandte sich ironisch ab, weil sie wußte, daß der Kampf allein zwischen Gerald und ihr ausgetragen worden war. Der Dritte war ja nur zufällig dabei gewesen – ein unvermeidlicher Zufall vielleicht, aber doch nur ein Zufall. Sie mochten immerhin das ewige Dreieck darin sehen, das Dreieck des Hasses. Es wäre einfacher für sie.

Birkin ging weg, kalt und in sich versunken. Aber sie wußte, er würde doch alles für sie erledigen und ihr durchhelfen. Sie lächelte mit leiser Verachtung vor sich hin. Er sollte ihr nur die Arbeit abnehmen, er war ja gut und sorgte so gern für andre.

Birkin ging wieder zu Gerald. Er hatte ihn liebgehabt, und doch fühlte er gegen den leblosen Körper, der da lag, fast nur Widerwillen. Unbeweglich war er, kalt und tot – ein Kadaver. Birkin war zumute, als erstarrte ihm das Innerste zu Eis. Doch mußte er stehenbleiben und den erfrorenen Körper ansehen, der Gerald gewesen war.

Der erfrorene Leichnam eines Mannes. Birkin mußte an ein totes Kaninchen denken, das er einst steif wie ein Brett auf dem Schnee gefunden hatte. Und dies war nun Gerald, steif wie ein Brett, zusammengerollt wie im Schlaf, in der grauenhaften Starrheit, die niemand übersehen konnte. Ihm grauste. Das Zimmer mußte geheizt werden, die Leiche mußte auftauen, sonst brächen die Glieder wie Glas oder wie ein Stück Holz, wenn man sie ausrecken wollte.

Er streckte die Hand aus und berührte das tote Gesicht. Der harte, schwere Eisklotz stieß an sein lebendiges Herz, er dachte, nun müßte er auch erfrieren, von innen heraus. In dem kurzen blonden Schnurrbart war der warme Atem gefroren, ein Stück Eis lag unter den starren Nasenlöchern. Und das war Gerald!

Noch einmal strich er über das scharfe, glitzernd blonde Haar des gefrorenen Körpers. Es war eiskalt, eiskaltes Haar, förmlich böse. Birkins Herz wurde zu Eis; er hatte Gerald liebgehabt. Er sah das wohlgebildete Gesicht – eine sonderbare Farbe hatte es jetzt –, die feine, gekniffene Nase und die männlichen Backen, erfroren, hart wie Kiesel. Und er hatte es liebgehabt. Was sollte man denken, fühlen? Ihm gefror das Hirn, sein Blut wurde zu Gletscherwasser. O wie kalt! Schwere, mörderische Kälte drückte von außen gegen seine Arme, und noch härtere Kälte war in seinem Herzen.

Er ging über die Schneehänge nach dem Ort, wo Gerald umgekommen war. Schließlich kam er in die große Mulde zwischen den Abstürzen und hohen Wänden, dicht bei der Paßhöhe. Es war ein trüber Tag, der dritte graue, windstille Tag. Alles war weiß, eisig, bleich, nur die schwarzen Felsblöcke nicht, die manchmal wie Baumwurzeln aus dem Schnee ragten, manchmal wie nackte Gesichter. In der Ferne fiel eine Wand steil unter einer Felsnadel ab, durchzogen von schwarzen Felsrinnen.

Es war ein flacher Kessel im Gestein, im Schnee der oberen Welt. In diesem Kessel war Gerald schlafen gegangen. Ganz hinten hatten die Führer eiserne Haken tief in die überschneite Wand eingeschlagen, um sich an einem großen Seil die Steilwand hinaufziehen zu können auf die zackige Paßhöhe, wo die Marienhütte zwischen nackten Felsen versteckt lag. Ringsum ragte ein zerrissenes Gebirge von Schneespitzen in den Himmel.

Gerald hätte das Seil finden und sich hinaufziehen können auf den Kamm, hätte die Hunde aus der Marienhütte hören und dort unterkommen können. Er hätte weitergehen können, den steilen Absturz nach Süden hinunter in das schwarze Fichtental, und dann weiter auf der großen Kaiserstraße, die südwärts nach Italien führte.

Er hätte das können! Und dann? Die Kaiserstraße, der Süden, Italien? War das ein Ausweg? Nein, auch der Weg führte nur wieder hinein. Birkin stand aufrecht im beizenden Wind und sah nach oben, nach den Firnen, und hinunter nach Süden. Hatte es denn Sinn, nach Italien zu gehen, auf der uralten Kaiserstraße?

Er wandte sich ab. Das Herz mußte brechen oder nach nichts mehr fragen. Besser, nach nichts mehr fragen. Was auch das Geheimnis sein mag, aus dem der Mensch und das Weltall hervorgegangen sind – menschlich ist es nicht. Es hat seine eignen großen Ziele, der Mensch ist dafür nicht das Maß. Das beste war, alles dem unermeßlichen schaffenden Geheimnis, dem nicht menschlichen, zu überlassen, und nur für sich selbst zu ringen, nicht für die Welt.

«Gott kann ohne den Menschen nicht auskommen», hatte ein großer französischer Religionsphilosoph gesagt. Das war sicher falsch. Gott kann ohne den Menschen auskommen. Er konnte den Ichthyosaurus und das Mastodon entbehren. Die Ungeheuer trugen keine Entwicklungsmöglichkeit in sich, und Gott, das schaffende Geheimnis, gab sie auf. So konnte das ewige Geheimnis auch ohne die Menschen fertig werden, wenn ihnen die schöpferische Entwicklung und Wandlung nicht gelingen sollte. Es konnte den Menschen verschwinden lassen und ein schöneres Wesen an seine Stelle setzen, genau so, wie das Pferd den Platz des Mastodon bekommen hatte.

Es war Birkin ein großer Trost, das zu denken. Wenn die Menschheit in eine Sackgasse geriet und sich verzehrte, dann mußte das ewige Geheimnis ein andres Wesen erschaffen, schöner und herrlicher, ein neues, liebenswerteres Geschlecht, das die Reihe seiner Gestaltungen fortsetzte. Das Spiel hörte nie auf. Das Geheimnis der Schöpfung war ohne Anfang und Ende lebendig, nie auszuschöpfen. Rassen kamen und gingen, Arten verschwanden, aber immer neue Arten standen auf, schöner, ebenso schön, Wunder über Wunder. Der Ursprung war unvergänglich und unerforschlich, grenzenlos. Er konnte Wunderbares hervorbringen zu seiner Zeit, neue Rassen und neue Arten, neue Formen der Bewußtheit, neue Gestalten, neue Wesen. Mensch sein war nichts in der Fülle der Möglichkeiten des Schaffenden. Wo nur je in einer Brust das ewige Geheimnis selber schlug, da war vollkommenes Wesen, unsägliches Glück. Menschlich oder nicht menschlich, darauf kam es nicht an. Das Herz der Welt schlug in unbekanntem Leben, in wunderbaren, noch ungeborenen Arten.

Birkin kam wieder nach Hause zu Gerald. Er ging in das Zimmer und setzte sich ans Bett. Tot, tot und kalt!

> Der große Cäsar, tot und Lehm geworden,
> Verstopft ein Loch wohl vor dem rauhen Norden.

Das, was einst Gerald gewesen war, gab keine Antwort. Fremd, gefroren, Eis – weiter nichts. Weiter nichts!

Todmüde ging Birkin an die Geschäfte des Tages. Er erledigte alles ruhig, ohne viel Aufhebens. Große Reden und Gefühle, jammern und anklagen – dazu war es zu spät.

Doch als er abends wieder hineinging, weil sein Herz danach hungerte, Gerald noch einmal zwischen den Kerzen liegen zu sehen, zog sich ihm plötzlich das Innerste zusammen; die Kerze, mit der er hereingekommen war, fiel ihm fast aus der Hand, und mit seltsam wimmerndem Ton brach er in Tränen aus. Er setzte sich auf einen Stuhl, geschüttelt von einem wilden Schmerzensausbruch. Ursula, die ihm nachgegangen war, schreckte zurück, als sie ihn da sitzen sah mit vorgesunkenem Kopf und krampfhaft bebendem Körper und das fremdartige, furchtbare Weinen hörte.

«Ich habe es nicht gewollt – so hat es nicht kommen sollen», wimmerte er vor sich hin. Ursula mußte an das Wort Wilhelms II. denken: «Ich habe es nicht gewollt.» Fast mit Grauen sah sie Birkin an.

Auf einmal war er still. Doch hob er den Kopf nicht, um sein Gesicht nicht zu zeigen. Verstohlen trocknete er die Augen mit den Fingern. Und plötzlich richtete er sich auf und sah Ursula ins Gesicht mit dunklen, fast zornigen Augen: «Er hätte mich liebhaben sollen. Ich habe ihn darum gebeten.» – Angstvoll bleich, antwortete sie mit kaum geöffneten Lippen: «Wäre es dann anders gekommen?» – «Ja», sagte er, «das wäre es.»

Er dachte nicht mehr an sie und wandte sich wieder nach der Leiche um. Mit seltsam zurückgeworfenem Kopf, fast hochmütig, wie jemand, der vor einer Beleidigung zurückfährt, sah er in das kalte, stumme, entseelte Gesicht. Es hatte einen bläulichen Schimmer, ein kalter Strahl ging von ihm aus und durchbohrte das Herz des Lebendigen. Kalt, stumm, seelenlos! Birkin dachte daran, wie Gerald einmal kurz seine Hand gefaßt hatte mit einem einzigen warmen Druck tiefster Liebe. Eine Sekunde – und dann hatte er sie fahrenlassen, auf immer. Wenn er dem Händedruck treu geblieben wäre, der Tod hätte ihm nichts anhaben können. Wer sterbend noch lieben und noch glauben kann, der stirbt nicht, der lebt in dem Geliebten weiter. Gerald hätte im Geist mit Birkin weiterleben können, auch nach seinem Tod. Noch ein Leben hätte er mit dem Freund leben können.

Nun war er tot, Erde, bläuliches, vergängliches Eis. Birkin sah die bleichen Finger, die leblose Masse. Ein toter Hengst fiel ihm ein, den er gesehen hatte: ein toter Haufen Sexualität, höchst ekelhaft. Und dann dachte er an das schöne Gesicht eines Menschen, den er liebgehabt hatte, der sterbend seinen Glauben dem Geheimnis hingab. Das Antlitz war schön gewesen, nicht kalt und stumm und seelenlos. Keiner konnte daran denken, ohne neuen Glauben an das Geheimnis zu gewinnen und warm zu werden in der Seele von neuem, tiefem Vertrauen in das Leben.

Und Gerald! Der Neinsager! Kalt, erfroren ließ er das Herz zurück, es konnte kaum noch schlagen. Geralds Vater hatte erschütternd still ausgesehen: aber diesen äußersten, ganz furchtbaren Ausdruck kalter, stummer Materie, den hatte er nicht gehabt. Birkin sah ihn an und konnte nicht von ihm lassen.

Ursula stand dabei und sah zu, wie der Lebendige das erfrorene Antlitz des Toten anstarrte. Beide Gesichter waren gleich unbewegt. Die

Flammen der Kerzen flackerten in der eiskalten Luft, in der übervollen Stille.

«Hast du noch nicht genug gesehen?» fragte sie. – Er stand auf. «Es ist bitter.» – «Was – daß er tot ist?» Er begegnete ihrem Blick. Er antwortete nicht. – «Du hast doch mich», sagte sie. – Er lächelte und küßte sie. «Wenn ich sterbe, dann weißt du, daß ich immer bei dir bin.» – «Und ich?» – «Und du bleibst bei mir. Wir brauchen im Tod nicht zu verzweifeln.» – Sie faßte seine Hand. «Mußt du denn um Gerald verzweifeln?» – «Ja», antwortete er.

Sie reisten ab. Gerald wurde nach England übergeführt, um dort beigesetzt zu werden. Birkin und Ursula gaben mit einem von Geralds Schwägern der Leiche das Geleit. Die Geschwister Crich bestanden darauf, daß er in England beerdigt würde; Birkin hatte den Toten in den Alpen begraben wollen, dicht am Schnee. Doch die Familie ließ nicht mit sich reden.

Gudrun ging nach Dresden. Von ihrem Ergehen schrieb sie nichts. Ursula blieb mit Birkin etwa vierzehn Tage in der Mühle, und beide waren sehr still.

«Hast du Gerald nötig gehabt?» fragte sie ihn eines Abends. – «Ja.» – «Bin ich dir nicht genug?» – «Nein», sagte er. «Du bist mir genug, soweit ich der Frau bedarf. Du bist mir der Inbegriff aller Frauen. Aber ich wollte auch einen Freund haben, der über alle Zeit mit mir verbunden wäre, wie du es bist.»

«Warum bin ich dir nicht genug? Du bist mir genug. Ich brauche außer dir keinen. Weshalb ist das bei dir anders?»

«Weil ich dich habe, kann ich mein Leben lang ohne einen andern Menschen auskommen, ohne die Freundschaft eines andern. Doch um es wirklich ganz zu machen, wirklich glücklich, wollte ich auch eine ewige Verbindung mit einem Mann: eine andre Art der Liebe.»

«Daran glaube ich nicht. Das ist Eigensinn, Theorie, das ist verrannt.» – «Hm...» sagte er. – «Du kannst nicht zwei Arten von Liebe haben. Wie könntest du?» – «Es sieht auch wohl so aus, als ob ich es nicht könnte. Und doch wollte ich es.» – «Du kannst es nicht, weil es verkehrt ist, eine Unmöglichkeit», sagte sie. – «Das glaube ich nicht», antwortete er.

D. H. Lawrence

Lady Chatterley
Sonderausgabe zum Film
352 Seiten. Gebunden und als
rororo 1638

Verliebt
Gesammelte Erzählungen. Sonderausgabe
428 Seiten. Gebunden (Erzählerbibliothek)

Liebende Frauen
Roman
rororo 929

Söhne und Liebhaber
Roman
rororo 4212

Auf verbotenen Wegen
Roman
rororo 5135

Der Regenbogen
Roman
rororo 5304

C 83/16

Rowohlt Lesebücher

Das Rowohlt thriller Lesebuch
(rororo 5201)

Das Rowohlt panther Lesebuch
(rororo 5202)

Das Rowohlt Lesebuch der Liebe
(rororo 5203)

Das Rowohlt rotfuchs Lesebuch
(rororo 5204)

Das Rowohlt Lesebuch der neuen frau
(rororo 5205)

Das Rowohlt Grusel Lesebuch
(rororo 5206)

Das Rowohlt Lesebuch der Poesie
(rororo 5207)

Das Rowohlt aktuell Lesebuch
(rororo 5208)

Das Rowohlt Schmunzel Lesebuch
(rororo 5209)

Das Rowohlt Theater Lesebuch
(rororo 5210)

Das Rowohlt Lesebuch der Morde
(rororo 5212)

Das Rowohlt Lesebuch der Rockmusik
(rororo 5213)

Das erotische Rowohlt Lesebuch
(rororo 5214)

Das Rowohlt Lesebuch der heiteren Familiengeschichten
(rororo 5215)

ro ro ro

C2108/3

Rowohlt Lesebücher

Das Rowohlt Lesebuch für Mädchen
(rororo 5216)

Das Rowohlt Abenteuer Lesebuch
(rororo 5217)

**Das Rowohlt Lesebuch vom
lieben Tier**
(rororo 5218)

Das Rowohlt Indianer Lesebuch
Herausgegeben von Claus Biegert
(aktuell 5219)

C 2108/3a

Graham Greene

Die Kraft und die Herrlichkeit
Roman (91)

Der dritte Mann
Roman (211)

Der stille Amerikaner
Roman (284)

Heirate nie in Monte Carlo
Roman (320)

Unser Mann in Havanna
Roman (442)

Die Stunde der Komödianten
Roman (1189)

Leihen Sie uns Ihren Mann?
Komödien der Erotik (1278)

Die Reisen mit meiner Tante
Roman (1577)

Eine Art Leben
(1671)

Das Ende einer Affäre
Roman (1787)

Schlachtfeld des Lebens
Roman (1806)

Ein Sohn Englands
(1838)

Zentrum des Schreckens
Roman (1869)

Der Honorarkonsul
Roman (1911)

rororo

C 57/29

Die Erzählerbibliothek

Sinclair Lewis
Spielen wir König
Gesammelte Erzählungen
255 Seiten. Gebunden

Henry Miller
Der Engel ist mein Wasserzeichen
Sämtliche Erzählungen
351 Seiten. Gebunden

Robert Musil
Frühe Prosa und
Aus dem Nachlaß zu Lebzeiten
380 Seiten. Gebunden

Vladimir Nabokov
Der schwere Rauch
Gesammelte Erzählungen
351 Seiten. Gebunden

Jean-Paul Sartre
Die Kindheit eines Chefs
Gesammelte Erzählungen
286 Seiten. Gebunden

James Thurber
Was ist daran so komisch?
Gesammelte Erzählungen
432 Seiten. Gebunden

John Updike
Werben um die eigene Frau
Gesammelte Erzählungen
319 Seiten. Gebunden

Thomas Wolfe
Tod, der stolze Bruder
Sämtliche Erzählungen
448 Seiten. Gebunden

C 2152/1a

Die Erzählerbibliothek

James Baldwin
Sonnys Blues
Gesammelte Erzählungen
253 Seiten. Gebunden

Gottfried Benn
Der Ptolemäer
Sämtliche Erzählungen
252 Seiten. Gebunden

Albert Camus
**Jonas oder
Der Künstler bei der Arbeit**
Gesammelte Erzählungen
251 Seiten. Gebunden

John Collier
Blüten in der Nacht
Gesammelte Erzählungen
318 Seiten. Gebunden

Roald Dahl
Georgy Porgy
Gesammelte Erzählungen
446 Seiten. Gebunden

Ernest Hemingway
Die Stories
497 Seiten. Gebunden

Kurt Kusenberg
Mal was andres
Phantastische Erzählungen
511 Seiten. Gebunden

D. H. Lawrence
Verliebt
Gesammelte Erzählungen
428 Seiten. Gebunden

C 2152/1

Graham Greene

Das Attentat
Roman (1928)

Orientexpress
Roman (1979)

Kleines Herz in Not (4051)

Jagd im Nebel
Roman (4093)

Zwiespalt der Seele
Roman (4177)

Am Abgrund des Lebens
(4249)

Lord Rochesters Affe
(4307)

Ein ausgebrannter Fall
Roman (4329)

Der menschliche Faktor
(4693)

Erzählungen
(4749)

**Dr. Fischer aus Genf oder
Die Bombenparty**
(5051)

Fluchtwege
(5285)

Das Herz aller Dinge
Roman (5450)

Monsignore Quijote
(5453)

ro
ro
ro

C 57/29 a